YI ZHI MINGLING II

一纸命令 II

时代出版传媒股份有限公司
安徽文艺出版社

王礼光 ◎著

YI ZHI MINGLING II

王礼光 ◎ 著

一纸命令 II

时代出版传媒股份有限公司
安徽文艺出版社

图书在版编目（CIP）数据

一纸命令.Ⅱ/王礼光著.--合肥：安徽文艺出版社,2024.10
ISBN 978-7-5396-8102-3

Ⅰ．①一… Ⅱ．①王… Ⅲ．①长篇小说－中国－当代
Ⅳ．①I247.5

中国国家版本馆 CIP 数据核字(2024)第 101945 号

出 版 人：姚　巍
责任编辑：张妍妍　　姚爱云　装帧设计：丁　明　张诚鑫

出版发行：安徽文艺出版社　　www.awpub.com
地　　址：合肥市翡翠路 1118 号　　邮政编码：230071
营 销 部：(0551)63533889
印　　制：安徽新华印刷股份有限公司　(0551)65859551

开本：710×1010　1/16　印张：21.25　字数：370 千字
版次：2024 年 10 月第 1 版
印次：2024 年 10 月第 1 次印刷
定价：45.00 元

（如发现印装质量问题，影响阅读，请与出版社联系调换）
版权所有，侵权必究

担当起军人必须担当的使命（自序）

2017年4月，尚在上幼儿园大班的儿子看到打印的《一纸命令》初稿，蹦蹦跳跳地反复念叨："一纸命令，命令之一。"转而用稚嫩的童声问我，"爸爸，你什么时候写'命令之二'啊？"

我当时心里一愣，心想这小子操的哪门子心？因为我之前从未写过长篇小说，这本纯粹是摸着石头过河，想到哪写到哪的作品，尚且不知能否出版呢，哪里想过写第二部？但看到小家伙很天真、很认真的样子，我心里还是埋下了写《一纸命令Ⅱ》的种子。

《一纸命令》出版后，"以其无限地接近现实军营，描述了一段通往强军兴军必由之路的军官版突击"，受到许多官兵和军迷读者的喜爱，让我这个初涉文学者备受感动和鼓舞，续写的想法逐渐充斥着大脑，却一直没能打开思路，不知如何下手，从哪里写起，写哪些内容。因为大多内容在《一纸命令》中都有涉及，炒剩饭毫无意义。

2020年春节，因疫情居家隔离，我就让上小学三年级的儿子读读《一纸命令》，连哄带骗让小家伙坚持读了几天。他走马观花看了一遍，然后一本正经地对我说："要写得炮火连天，大家才爱看，这本缺少硝烟味。"

不得不佩服小家伙的洞察力。仔细回想了一下书中故事，大多是军营中的生活琐事、趣事，原本就是想告诉大家一个真实的军营。至于实战化演训和对未来战争的探讨研究，虽有一些涉及，却没有系统而详细的描述。结合军队的使命和当今国际国内复杂多变的形势，便有了《一纸命令Ⅱ》的初步构思：一定要围绕备战打仗这个主责主业来写，重点聚焦军事斗争最前沿，突出几场演练。

面对世界百年未有之大变局，我国军队这些年也发生了翻天覆地的变化，巨变的背后是一茬茬热血军人的辛勤付出。作为一名文学爱好者,我有责任讲好这些平凡英雄的故事;作为这场伟大变革的亲历者和见证者,部队每一步扎实的脚印都保留着铭心刻骨的记忆,让我无形中积累了丰富的创作素材。加上国际上战火不断,战争距离我们似乎很近很近,紧张忙碌的工作之余,耳边一直萦绕着战车轰鸣、战机呼啸的声音,有时仿佛就置身那个硝烟弥漫的战场,眼前时不时浮现战友冲锋陷阵的身影,促使我绞尽脑汁去思考和描摹,尽力刻画出每一个战斗可能出现的场景。

战争是最具不确定性的,信息化战场更是一个"万花筒"。尽管远去或者正发生的战争提供了诸多借鉴,但每一场战争的时代背景不同,各国的国情不一样,交战双方的军力千差万别,单一或者局部战争并不能完全反映未来战争的全貌。我军面临的未来战争究竟是什么样子?谁也无法给出明确答案。

这并不意味着没有规律可循,没有确定性的存在。对战争不确定性的掌控,恰恰来自于对确定性的把握。书中合成营之间的比拼,侧重呈现科学的练兵思维;合成旅之间的对抗,侧重体现指挥员的谋略素养;多军种联合登岛作战演练,则侧重折射我军新时代的职能使命。这些或远或近、或大或小的故事,既展现部队宏观的一面,又展现部队微观的一面。尤其是合成营作为未来战场独立遂行任务的作战单元,其建设发展几乎贯穿了书中的整个主线。看似是从3名中校营长中选拔出红旗旅的上校参谋长,实则探究制胜未来战场所需要的指挥人才,人才是构建部队战斗力大厦坚固而持久的根基。

军人的眼睛,永远盯着未来战场。新时代的优秀指战员要有两个"瞄准星":先进的创新理论是打赢瞄准星,能确保未来战争中决战决胜。海明军、张凌天、伍晓刚、王春阳等中高级将领结合历史事件、经典战例、演练进程、国际国内时事谈认知思维、作战理念、高科技的发展运用,重点探讨部队建设发展的方向性问题。过硬的战术技术是狙击瞄准星,可以在战场上一击制敌。杨吃狼(杨铭)、白阿毛、王春雨、杨松等基层指战员的战法运用、战斗精神、科技练兵,重点探讨实战化落地生根的问题。

战斗力建设最终都要经过血与火的战场检验,制胜未来战场靠什么?无外乎两点:精神和物质。我们并不否认战斗精神对制胜的重要作用,人若没了骨气,再好的武器也无济于事,书中有着不吝笔墨的描述。但也绝不能忽视"科技是核心战斗力",军队始终是时代科技的集合体,谁夺取了科技优势,谁就抢占了催生新质战斗力的制高点,出其不意地首先使用某一新型武器装备或某一新型作战力量,谁就易获得作战上的显著优势,也就占据了作战胜势。

历史上无数个战例已经证明了这一点。

科技改变了战争,战争改变了我们。与传统战斗力相比,新质战斗力全要素植入了更多的信息化因素。面对崭新的作战方式,保障模式也随之发生日新月异的变化,未来战斗必然要有一个强大的支撑机构,靠过去千军万马拥向战场的人海战术,显然行不通了。智通公司无所不能给人一种神秘感,也给人一种期待和希望,揭示了蕴藏在民间的战争伟力。

书中刻画了一群有血有肉的人物形象,烘托出一幅多姿多彩的军旅图。红旗旅合成一营更是以"全体牺牲"的方式上演了"向我开炮"的壮烈,是我军千千万万英雄儿女的一个缩影,展现了中国军人的气概,唱响了时代赞歌,生动诠释了新时代我军必须担当的历史使命和可能付出的巨大牺牲。

有什么样的坐标系,就有什么样的人生轨迹。为了我军的光荣使命,无论前面是地雷阵,还是万丈深渊,相信每一名热血军人都将义无反顾、勇往直前,哪怕粉身碎骨也在所不惜!

需要说明的是,书中内容可能无法做到尽善尽美,在内行人看来可能有些内容实属外行,也未必经得起实战检验,但终究是做了一些有益的探索,真心希望用跟上时代的文艺作品助力我军使命必达。

为实现建军100周年伟大奋斗目标勇毅前行!

为实现中华民族伟大复兴的中国梦团结奋斗!

目 录

担当起军人必须担当的使命（自序）/ 001

第一章　子弹从鼻梁边飞了出去 / 001
我们常说的枪口不能对人，那是指平时出于保障安全的需要，枪口不能对准自己人。难道上了战场，枪口还不能对准敌人吗？

第二章　一把火烧了战备物资 / 013
明明烧了自家赖以居住的老巢，却给人一种虎门销烟的悲壮感，惊得大伙儿一个个张大了嘴巴。

第三章　客车坠河，为何见死不救？/ 023
"将军赶路不追兔"，避免受"尖叫"影响，最有效的办法就是对与战场无关的消息"充耳不闻"，于是他下令全营关闭所有电台。

第四章　驾驶故障战车抢占阵地 / 033
谁都想打不对称战争，大人揍小孩自然不需要什么战术。面对强敌，我们国家的武器装备仍处于劣势，故要立足于现实装备，以能击敌不能。

第五章　英雄背后竟牵出一桩间谍案 / 051
之前大部分群众宣泄情绪可以理解，现在事实清楚了，依旧有人拿这说事，恐怕是有人故意诋毁解放军形象，那性质就恶劣了。

第六章　口叼匕首缘何重返训练场 / 071

每个时代的战争，都有属于它的十八般武艺、七十二绝技。不能不分场合随意用，也不能到了用时不敢用，一切都要实战说了算。

第七章　下士和中将比拼刺杀 / 091

炼成一把钢刀，除了要经历锻造、淬火、打磨等必不可少的工序，更重要的是要有一颗随时准备亮剑的心。

第八章　没有考官的考核 / 116

教育要入心入脑，军事科技要温故而知新。这些年，我们反复提科技强军，留给战士学科技的时间反而不多，这个观念要改一改了。

第九章　石梁河生死阻击战 / 145

能逃过眼前这劫比什么都强，哪怕是阎王帮他收拾了对面一众小妖，他都会拜上三拜。

第十章　以不变应万变是瞎扯？/ 159

战争最根本的规律是见招拆招、以变应变。打败你的未必是你时刻提防的正面之敌，而很有可能是一个看似与你无关的路人，肯定不在你现在的名单上。

第十一章　敌后侦察 / 169

军人的气质，并不完全在于那身崭新的军装与挺拔的身姿。只有经历过刀口舔血、枕戈待旦的日子，才敢说自己当过兵。

第十二章　蓝军究竟如何过的河？/ 188

别人唯恐不能保密，人家倒好，直接把部队过河的消息公开了。反其意而用之，一来能给对手造成恐慌，二来明确告诉你，就是让你想不到。

第十三章　战斗机器人俘虏了红军旅长 / 199

老巢被人端了，仗都打败了，我们没受损失有什么用？还不如痛痛快快地干一场呢,全军覆没也比屈辱存在着好。

第十四章　一股检讨反思风暴 / 207

重任在肩,使命催征,我们绝不能在该觉醒的年代沉睡了。摆在大家面前的只有一条路——前进!

第十五章　神秘人物浮出水面 / 225

他们是曾经的对手,但不是敌人,天生的战友情谊让两个旅手拉手、心贴心成了同一个战壕的人。

第十六章　差点成了"肉夹馍" / 240

"不救你　你就死了",没有任何表情符号,甚至连个标点都没有,只是在两个"你"中间空了一格。

第十七章　军马云集,剑指何方? / 270

和平并不等于安全,蜘蛛网一样脆弱的和平之花,极易被战争飓风摧垮。"厉害了,我的国",有一个必要非充分条件——"厉害了,我的军"!

第十八章　不打无把握之仗 / 287

战争迷雾可能永远存在,但作战计算可将战争迷雾降至更低,乃至驱散。拥有先进的算法作战系统,就相当于用战术核武器来对付只有常规武器的对手。

第十九章　登陆上岸 / 302

我们提倡反常用兵,更强调反常的科学性。既然无法隐蔽作战企图,与其夜间登陆给自己徒增困难,倒不如白天大摇大摆地发起进攻。

第二十章　新时代"向我开炮"壮举 / 321

军人的使命,有时不需要走完一生的长征,一次壮举足矣!如果祖国需要,不只是一个营,就是牺牲一个旅、一个军也在所不惜!

第一章　子弹从鼻梁边飞了出去

我们常说的枪口不能对人,那是指平时出于保障安全的需要,枪口不能对准自己人。难道上了战场,枪口还不能对准敌人吗?

天行暮色,落日留下一片血红的影子,山间越发平静。一群身穿迷彩全副武装的战士,三三两两或坐或躺,连睁眼看这夕阳余晖的勇气都消失殆尽,打了败仗的沮丧弥漫着整个空间,令人窒息的怒火随时像要爆炸。

突然,西南方向传来一阵嗡嗡嗡的声音,一架无人机吊着一个蓝布箱子缓缓飞来,那是红旗旅合成二营安排送饭来了。眼看无人机已到达这残破的阵地上,却被一阵冲锋枪给扫射了下来,饭菜撒得满地都是。

合成一营中校营长杨吃狼拿着无人机残片,带着一群人怒气冲冲地走来,每个人的毛孔里都散发着战斗气息。合成二营中校营长牛起义怒不可遏地站了起来,先声夺人地质问道:"哪儿冒出来的野人?!"

杨吃狼大步迎了上去,剧烈起伏的胸脯如藏着鼓风机,眼珠子似要蹦出眼眶:"山人姓杨,不姓野!"一副傲慢不逊的神情,像是可以践踏一切规则。"胜利者就有这个特权,光明正大地走过来,在这玩无人机,想暴露我们的目标吗?"

杨吃狼原名叫杨铭,刚当营长时的一次冬季野营演练,他不忍心让官兵们蹚刺骨的河水过河,而是绕道前行,结果贻误了战机。红旗旅大校旅长胡勇智讥讽他带的营为"绵羊营"。杨铭很是不服气,发誓做羊也要做"吃狼的羊"。

"狼吃羊"是大自然法则,杨铭的"羊吃狼"一度沦为全旅的笑柄,有人直接给他取了个外号——"杨吃狼"。杨铭并不生气,反而笑纳了,因为他发现几乎所有蓝军都乐以狡猾的狼自居。大丈夫生于天地间,使命迫使他这只羊必须拼杀出来,吃掉所有的狼。久而久之,杨铭竟习惯了人们叫他"杨吃狼",不少年轻战士甚至不知道他的真实姓名了,也都跟着喊"杨吃狼"营长。

在刚刚结束的战斗中,杨吃狼带领部队攻占这个226高地后,受命占据有利地形待命。不承想,6个多小时过去了,仍没有接到旅导演部任何指令,几次询问,都回复说"再等等",不明白导演部葫芦里卖的什么药,大家心里可都窝着火呢。

红旗旅整个演练部队恐怕一天都没正儿八经吃东西了,牛起义很憋屈,觉得犯不着再饿着,就让留守人员送点吃的。嘿,留守的那帮家伙还真给力,知道这山路不好走,竟想到了使用无人机。他扫了一眼自己的残兵败将,悲从心出,又血脉偾张道:"俘虏也是人,也是要吃饭的。"

"你们可不是俘虏,是被我们全力击毙的。"杨吃狼摆摆手,像汽车雨刮器划过前挡风玻璃一样僵硬,有点气不过地又说,"让你们投降,你们就不投降,怨谁呢?"其实他骨子里根本不希望牛起义投降,先前的几次模拟演练,他乘坐装甲车一冲锋,蓝军多半屈膝就范了。这次牛起义拒不投降,反倒给了他势如破竹一举攻下阵地的机会。山体陡峭,装甲车上不来,杨吃狼就带着一个连突击上来了。

牛起义也是憋气带窝火,自从当上营长,旅里每次组织自主性对抗演练,合成二营就像个后娘养的孩子,总是被指定为蓝军,在固定地域固定防守,按部就班等待着红军的进攻,他就一直当俘虏,算算有五六次了。无论是请示、争辩、求情、生恨,都无法令他背离这个路径。旅里就是这么安排,他只能服从。这次他下定决心即使当蓝军也要当出样子来,才拼死抵抗,誓不投降。没想到连饭也没的吃了,牛起义委屈得竟眼含泪花。

信息化战场还不跟现场直播似的,什么隐蔽伪装都让你无处藏匿,就眼前这群残兵败将,早被发现了,或根本没有发现的价值,多一架无人机又能怎!杨吃狼对这种原始的攻防早就厌烦透顶,只是擅自行动的话导演部会裁决目标暴露,进行远程火力打击之类的,这样他就出局了。要想不被导演部抓住把柄,只能按人家的规矩来。他又担心战士们的情绪受感染,故作强硬态度,说:"我们自己带的都是干粮,也还没有饭吃呢。未经批准,私自送饭就是不行。"

经谁批准?什么个程序?实际上杨吃狼这个所谓的胜利者也不知道该找谁,谁也没有明确这是哪一级的责任。他认为这条规定就是多余,战场上还能批准送吃的?又不是和劫匪对峙,是不是还要弄个谈判专家讨价还价?他从内心鄙夷向对手乞讨的行为。

刚落下第一滴泪,牛起义就后悔刚才的软弱,同样是一个壕沟里对峙的热血男儿,即便倒下,又岂能在敌人面前示弱?随着头脑的清晰和精神的坚毅,他瞬间变得刚强起来:"我们就送饭了,又能怎么样?大不了大家一起完蛋。"他希望更加猛烈的刺激能冲淡失败的阴影和这焦躁的无聊,用狂暴抑制战场上本源的狂暴。

"战斗准备!"合成一营战士的激情突然发作,哗啦拉枪栓声响成一片,杨吃狼夺过身边二级军士长杨松的冲锋枪对准了牛起义。这是合成一营应对俘虏暴动的常用动作,只不过以前演练时用的多是模拟弹,连枪口都指向一边,装装样子罢了,而这次用的全是实弹。杨、牛这两个针尖对麦芒的家伙,万一真从枪里崩出个"花生米",准会有人脑袋开花。

气氛紧张得犹如一根吱吱燃烧的导火索节节加剧,远在100公里外的旅大院导演部都能感受到动魄惊心。Z战区副司令员兼战区陆军司令员海明军中将到B集团军下达新的演习命令,刚到红旗旅,恰好赶上了这场旅里自导自演的演习,饶有兴趣地坐在大屏幕前观看了起来。

"这枪口怎么能对人呢?太危险了。"旅长胡勇智原本是为了增强这次演练的硝烟味,才下令全部用真枪实弹。6个多小时未给合成一营下达任何指令,是为了迎接海明军等人的工作组。谁知海明军中途去了趟军部,临时安排了一项会议,耽误了一阵子,没想到这会儿出现这岔子,使局面完全超出了胡旅长的掌控。

得知枪膛里上膛的是实弹,海明军脑子里流星般闪过一丝惊悚,随即冷静下来,扭头淡淡地说了句:"枪口不对人,那还是枪吗?难道上了战场,枪口还不能对准敌人吗?"稍停,中将又补充说,"我们常说的枪口不能对人,那是指平时出于保障安全的需要,枪口不能对准自己人,到了战场就要按照战场规矩来。"

"什么是战场规矩?"随行的陆军上校参谋王春阳随口问道。

"战场规矩就是没有规矩。"海明军脱口而出。战争素来奉行诡道逻辑,没有规则是唯一的规则,指挥员无权依据教条般的定义苛责多变的战场,敢于凌驾危险之上的血性刚气,恰是淬炼刀剑锋刃的火炉。

话虽如此,但事情真真切切发生在眼前,大家还是有点担心,都紧盯着演练大屏幕,希望对峙双方能按规则行事。但现实往往事与愿违,怕啥来啥。

"你以为我不敢开枪吗?"杨吃狼气势汹汹,一声令下便会射出一场悲剧。

牛起义忽地一把撕开衣服,拍打着坚硬结实的胸脯:"朝这打!"他从不缺乏勇气,在危机时刻狂飙到能引爆眼球,起起伏伏的胸肌平添了几分视死如归。

杨吃狼反倒有些蒙,脑子像被人打了一记闷拳,卡在一片混沌里。

这时画面掠过合成三营占领的阵地,他们俘虏了100多人,营长白阿毛下令全营宁愿自己饿肚子,也要保障兄弟单位被俘兄弟的伙食,一副其乐融融的景象。这让胡勇智颇为自豪,"团结、和谐、战友情深嘛"。海明军看得枯水无鱼一样索然无味,眼前的一幕反而勾起了他的兴趣:"这才有点打仗的味道。"

胡勇智此刻根本没有心情听海明军说了什么,他开始后悔演习用实弹了,后悔没让杨吃狼继续进攻,后悔没有在中将到来之前就宣布演习结束了。要知道自从任代理旅长推行"菜篮子计划"失败后,他也做过深刻的反省检讨。胡勇智这人脑袋瓜转得还真快,认清形势真的变了,一番痛定思痛后,着力加强自身学习,还积极申请到国防大学深造了一年,回来后又当了一年多副旅长,这才当上了旅长。

别看胡勇智去高等军事学府镀过金,言必称信息化、实战化,骨子里还是传统战争思维,认为还是安全第一,不能出任何事故。旅里自行组织的几场演练,都是按照传统的攻防模式。旅大校政治委员伍晓刚几次提出异议,都被胡勇智振振有词地拒绝了:能练好手中武器,就是扎扎实实打基础,基础牢了,方能稳坐钓鱼台。

伍晓刚有一张微胖白净的脸,一双深邃的大眼睛,站在那里无须说话就自带几分喜感,若再交谈起来,那天然厚道的微笑与朴实的语言,会带给你无尽的踏实和信任感。可即使有这样一副弥勒佛形象,胡勇智也总把他当成白面书生,时常先生训学生。

这也难怪。胡勇智当副旅长时,伍晓刚尚是政治机关的副营职干事,慑于胡勇智的资历,他也不好争辩什么,他要维护班子团结,指挥打仗还是要靠旅长。

形势越发紧张,热浪滚滚中透露出一派冰冷肃杀的气息,胡勇智自言自语道:"看来,营里没有教导员真是不行。"原来,自从合成一营教导员魏振亚中校今年3月去军事院校培训,杨吃狼就军政一肩挑了。

胡旅长连忙通知人去调和,却被海明军制止了。"让他们自行解决,"中将眸子里透出锐利的威严和对战斗力生成的枯苗望雨,"我就不相信,这小子真敢开枪。"

胡勇智急吼吼道:"首长,真开枪了,是要死人的。"

海明军回道:"战场上哪有不死人的?!"

"首长,真死人了,咱谁都负不起这责任。"胡勇智真的着急了,拳头般大小的心,承受不了这么高负荷,才这样在中将面前口无遮拦,没大没小。

"我在这里,轮不上你负责。"海明军平静的外表下深藏着一种磐石般的坚定和内敛的霸气。他潜意识里在思考一个问题:我们看影视剧,常常惊叹于我方被捕人员坚定的理想信念、高超的斗争艺术、智慧的解救行动,甚至希望他们策反敌人或者武力暴动成功。相反,假如到了真正的战场上,虽说我军有优待俘虏的优良传统,遇到俘虏逃跑、反抗、暴动等,真的就不能开枪吗?战场上从来不是一派祥和,从来没有风和日丽,只有血与火的对弈、生与死的厮杀,要么主宰战场成为猎手,要么处处挨打沦为猎物,本质上还是人消灭人。即便是在平时演习,像白阿毛那样把俘虏当成上帝一样优待,就真的是对的吗?既然这个问题没想明白,那就看看杨吃狼如何处理吧。或许,年轻人的思路更开阔。

"听我口令,凡违抗军令者,格杀勿论。"杨吃狼心底迸发出的一声狮吼,把短路的意识连接上了。牛起义依旧面不改色,眼神冷峻如冰,多日来的憋屈如同火山在这一刻爆发,刚好有个理由发泄和伸张自己:"吓唬谁呢!来到这个世上,我就没打算活着回去!"他恨不得把事情闹大才好呢,哪怕是倒在枪口之下,也比在这不死不活的强。

"战斗精神蛮高的嘛!"伍晓刚随口念叨了一句,原本只是想舒缓一下紧张气氛。

"不要把闹情绪与战斗精神混为一谈。"中将看出了眼前争执的本质,不过是发泄情绪的粗野斗狠,与军人充沛的武德有着天渊之别。但猛然间狂怒发作带来的杀伤力可怕得令人窒息。杨吃狼高高举着的左手,只要放下,瞬间可就真血流成河了。

千钧一发之际,杨松附在营长耳边耳语了几句,杨吃狼听后突然大笑起来:"我这位兄弟说得对,你们都是死人了,我和你们一般见识,难道我们是人打鬼吗?"

海明军一听两人对话,心稍稍放松下来,深吸了一口气,鼻孔抽搐了几下,出气也顺畅了许多。他看杨松有点面熟,扭头问王春阳:"这个兵是谁?还算有点理智。"

"他叫杨松,二级军士长,现任合成一营的士官参谋。"杨松是王春阳从军校毕业一直到当营长时带过的兵,这些年,两人始终保持着密切联系,自然熟悉。

如果是别人夸赞杨松,即便夸上天,胡勇智都嗤之以鼻。如今中将这么夸他,哪怕是夸一名列兵,胡旅长也会锦上添花说上一句:"关键时刻,一个理智的兵,能化解一场危机啊。"人就是这么善变。

话音未落,情况急转直下。杨吃狼欲抽回顶在牛起义胸口上的钢枪,却被牛起义死死攥住枪口,牛起义不无鄙夷地说:"真怂。"

一句话,像利剑一般戳中了杨吃狼的软肋,一股压不住的怒火不由得从两肋一下子顶上了脑门子,他两颊微微颤动着,厉声道:"说谁呢?"

"说的就是你,连枪都不敢开,算什么军人?"牛起义一根筋的牛劲也上来了,用挑衅的眼神看着杨吃狼,有种就义不屈的凛然,映衬得杨吃狼倒成了找事不成的软蛋。

杨吃狼火冒三丈,怒吼一声:"别逼我!"枪口更紧地顶住牛起义胸口了。

剑拔弩张,胡勇智隐约感觉背后发凉,嘴里嘟囔着:"两个傻帽,两个疯子,回头我一人给一个处分。"可这些话此刻只能说给自己听听罢了。

杨松这时从口袋里掏出一把子弹,拽了拽杨吃狼说:"营长,我刚才一紧张,忘记装子弹了,来,咱先装上子弹。"说着,杨松伸手欲夺下杨吃狼手中的钢枪,钢枪却像焊接上了一样牢牢固定在两名营长身体之间,丝毫没有动弹的余地。

杨吃狼骂道:"干什么吃的!"

杨松这是有意解决眼前暴烈的冲突,子弹是从旁边战友弹匣里卸下的,杨吃狼拿的枪里真有子弹。牛起义却并不买账,他似乎料定杨吃狼不敢开枪,是故意和杨松一唱一和找个插剑入鞘的台阶下,更加挑衅道:"要是到了真正的战场上,连子弹都不装吗?两个孬兵!"

"你别阴魂不散的,真正的战场上哪有那么多废话?早就一枪崩了你。"说着,杨吃狼快速往回拽枪,牛起义依旧死死攥着,一来一回间,杨吃狼猛一使劲,枪管一下子戳到了牛起义的鼻子上,乒的一声,子弹顺着牛起义的鼻梁边飞了出去。

战场空气瞬间凝固了,官兵们个个面如雕塑一般,紧绷,凝重。

好悬啊!牛起义踉踉跄跄后退了几步,鼻子鲜血直流,他连忙用手捂住。两个营的战士见状嚷嚷着扭打在一起,场面一度失控。

"住手!"一个清越的声音浇熄了现场的熙攘,负责一线指挥的红旗旅上校副旅长李晓辰这当儿正好赶了过来,立马宣布第一阶段演练结束,部队全部撤回,紧张局面犹如燃着的火药般快速发散掉了。

牛起义被送往后方医院。杨吃狼被关了禁闭,并且关在了合成二营山下的临时营房里,负责看守的也是二营战士,从战场胜利者成了战俘的"阶下囚"。

第二天,旅里召开了紧急会议,对前一阶段演练进行总结。会上,胡勇智向杨吃狼和牛起义全力开火,延续着一贯的猛烈批评,加上一番冠冕堂皇、又臭又长的说辞,让海明军几番有叫停的冲动,出于对整体情况并不了解,中将强烈抑制住了情绪,把到了嘴边的话又咽了回去。

胡勇智讲到即兴处,竟当场宣布要给杨、牛两个营长纪律处分。一言未发的中将忍不住打断他："哎,胡旅长,这是不是有点小题大做了?"就像等待另一只未落地的鞋子,基层官兵尤其讨厌这种提前通知而又缺席或者推后的工作组,中将了解到事情的罪魁祸首竟是自己——因为自己来迟了,因此心有愧疚,更加不愿意处理人,让稍后再议,依法依规处理。

伍晓刚点头表示："慎重起见,我们会好好再议。"

胡勇智把中将的话咂摸得没有半点滋味后才明白,真正处分两个中校,需要旅党委会研究决定,也不是他旅长一个人能做主的,既然海明军让再议,实际上是不太同意这一决定,伍晓刚也提出了异议,他再坚持意义也不大,便见风使舵般不再提此事。

毕竟只是擦枪走火,没击中人,又"战事"不绝,考虑到杨吃狼已经被关了禁闭——对一名干部来说,这实际上比处分还重,好比被派出所拘留了,留下案底了,不管所犯何事,被拘多久,终归是丢人啊——后来,伍晓刚让两人各写一个书面检查草草了事。

当然,杨吃狼和牛起义都未能出现在总结会上。他们一个躺在医院,一个被关在禁闭室。

深夜,负责看守的卫兵仅给杨吃狼递了两瓶矿泉水,没有任何吃食,饿得杨吃狼肚子咕咕乱叫。之前他和牛起义一样,一天没怎么吃东西,加上关禁闭时间,差不多两天粒米未进。墙角爬过的耗子,他都恨不得抓起来吃;嗡嗡作响的蚊子,他随手捏死都塞进了嘴里。杨吃狼要的就是这种感觉,不是"战场"所逼,他根本没有这个毅力把自己逼到这个地步。如果眼前真有只狼,他怕是真的能把它生吃了。要知道,真正的饥饿才能迸发吃人的威力,只是没想到,这么快就轮到自己了。

摇摇欲坠的尊严在饥饿面前显得多么一文不值,杨吃狼几次身不由己地走到窗前,有意无意展示着肩上的中校军衔。卫兵一副公事公办的威严形象,压根就不正眼看他一眼,即便他想开口乞求点残羹剩饭,恐怕也是守着公鸡下蛋——白搭。他只好躺着忍饥挨饿,希望自己能早点睡着,一觉睡醒说不定就有香喷喷的饭菜送过来。可是杨吃狼越想越睡不着,越睡不着越想,飞来飞去的蚊子像是吹着喇叭嘲笑他,搅得他心烦意乱。

一阵敲门声打破了宁静,卫兵打开门后,杨吃狼一看是杨松,惊喜之余,有气无力地问道："有吃的没?"

杨松随手掏出一袋压缩食品说："刚开完会,也没啥吃的,就找到这些。"

杨吃狼赶紧夺过来欲撕开,却越是情急,越是找不到开口,无奈将压缩食品袋子揪得老长,仍旧未能打开——军用食品连包装袋都这么讲究、耐用。杨松看到营长的样子忍不住想笑,夺过来翻看了一下,找到开口撕开,拿出一块压缩饼干递给营长。

杨吃狼伸手去夺,手一哆嗦却没抓紧,饼干掉在地上。他丝毫没有顾忌,捡起来大口嚼了起来,碎渣掉了一地。吃了几口干粮,他差点噎住了,喝了几口水说:"这玩意平时根本都不想吃,现在吃起来真香。"

杨松善意提醒营长慢点吃!当过兵的人对这种压缩干粮有种特殊的情结,就像早上的馒头,总觉得没有包子、油条、蛋卷、葱花饼之类的吃起来上档次、有口感,实际上,馒头真正做好了,能碾压一切油炸食品,并且卫生、健康、经饿。

"哎,你咋进来的?"稍稍填了填肚子,杨吃狼这才想起来问。

杨松指了指门口说:"我和他们说了说,就让我进来了。"

"我说你小子面子可真够大的啊,我和他们暗示了半天,让给弄点吃的,他们就是视而不见,还小声说,以其人之道还治其人之身,把我气得……"杨吃狼稍停了一会儿,恨恨道,"等老子出去了,非好好收拾这帮兔崽子不可。"

"这也不能怨他们啊,我们也用同理心想一想,咱不是也没给人家饭吃吗?"在人与人的相处中,杨松有一个深刻的体会:每个人都不是傻子,每个人都有尊严,也都有底线和报复的手段,并不像路边的小草,可以随便踩上一脚还能溜之大吉。践踏谁的尊严、触碰谁的底线,谁就能迸发出吃人的力量,兔子急了还咬人呢!

杨吃狼一听,眼睛一瞪:"那是打仗,死人和关禁闭能一样吗?"

杨松轻轻叹了一口气,心中五味杂陈:"唉,和平年代,在很多人眼里就是一样的。"

杨松抬头看了看营长又道:"再说了,他们也是大活人啊,没饭吃,必然有情绪啊,咱还拿枪指着人家,幸亏只是擦枪走火打偏了,万一牛营长有什么闪失,你想过后果吗?"

杨吃狼在这儿着实深深反思了一下,真闹出了人命,估计这辈子也出不去了。他拍拍杨松的肩膀说:"还好你比较理智,一直劝说,还好老天有眼,让我没有滑向犯罪的深渊,没有罪不可赦,至少还能见到明天的太阳。"

人都是有感情的,有时候真的要克制一下。幸运的是,杨松打听到牛营长没什么大事,医生给简单消毒包扎了一下,打了针破伤风,估计这会儿也出院了。他望了望门口说:"要不是门口卫兵是去年我当新兵排长时带的兵,我今天也很难进来,恐怕你又要饿一夜了。"

"众人皆醉我独醒,老子就是不正经。"一听牛起义没事了,一听又要挨饿,杨吃狼紧张的心情一下子炸毛了,"他们敢,再不给老子饭吃,老子……"

门吱的一声开了,一名上校推门进来说:"你想干什么?我看你是吃饱了有力气要威风了,和谁称老子呢?像什么话?还是个军人吗?"

杨吃狼抬头一看是王春阳,站起来敬礼道:"老连长,你怎么来了?"

王春阳说:"我来看看你这熊样,一个真正的军人,不管什么时候都要有气节,这刻在骨子里的气节,是无法改变的。以后,不要再让我听见什么老子老子的,战场打不赢,你连孙子都不是。"

"是,老连长,我一直把你当成玉皇大帝,在你面前再也不说老子。"杨吃狼再次举手敬礼。王春阳拨开他的手:"别贫嘴,不是在我面前,在所有人面前都不行,纯洁的战友情谊,哪儿养成的这毛病!"

杨吃狼沉浸在看见老连长的喜悦中,并没把他的训话当成责怪,反而感到一种亲切的幸福。他指了指吃剩的压缩干粮说:"老连长,你来这也不提前打个招呼,我好为你接风啊,你看这整的。"

"别扯那些没用的了,我陪首长来是执行一项演练计划,还有一个选人用人方案。"说到这,王春阳戛然而止。

杨吃狼好奇地问:"啥计划?"

"你在这再坚持上一晚,明天一早收拾一下,准备参加旅里的动员会吧,我倒要看看你这只羊到底能不能吃狼。"王春阳也卖起了关子,看时间不早了,示意杨松一起走,他还要连夜赶回去部署明天的会议。临走前,王春阳递过来两个汉堡、一大杯饮料和一盘蚊香:"算你小子幸运,路过一家快餐店还没关门,知道你好这一口。"

新兵时的爱好,老连长竟还记得,还有这盘细致入微的蚊香……杨吃狼内心涌出一阵莫名的激动,眼含泪花暗暗起誓:不管明天是上刀山下火海,还是蹚地雷阵,一定不辱使命。

早上,杨吃狼被一阵响亮的口号声催醒,卫兵打开门,身后跟着红旗旅少校参谋肖述泉,这是胡勇智特意安排过来宣读赦令的钦差。柔柔的阳光伴着一股清风透进来,杨吃狼晕晕的脑袋瞬间清醒不少。卫兵走上前立正敬礼,颇有礼貌地道:"营长好,接到旅里通知,你现在自由了。"

杨吃狼正准备离开,肖述泉伸手拦住,看了看表说:"现在是北京时间6:59,我接到的通知是7:00准时放人,还有1分钟时间。"

杨吃狼狠狠狠瞪了瞪肖述泉："像球一样滚开！"欲强行闯出。

肖述泉大声道："中校同志，请注意你的用词。你是想等1分钟呢，还是想继续在这儿待着呢？"

杨吃狼知道肖述泉是出了名地较真，以前没怎么打过交道，没想到在这颜面扫地的时刻领教了，却也忍无可忍了："屁话，老子哪个也不想，这就要走。"

肖述泉双手把住门框，死死地拦住门，目不转睛地看着腕上的手表，大声念道："10、9、8……3、2、1。"当念到"1"时，肖述泉放下手臂说："杨营长，你可以离开了。"

看着判若两人的少校，杨吃狼浑身透着一股暴涨的杀气。肖述泉只是淡然地笑笑，像是送走旅店的一位普通客人。杨吃狼此刻不想和任何一个人多说一句，头也不回快速离开了这个令他虎落平阳的鬼地方。

回到野外帐篷宿舍后，杨吃狼三下五除二脱掉迷彩服和鞋子，躺在床上呼呼大睡。他顾不上计较自己遭遇的奇耻大辱了，因为他敏感地意识到部队会有大动作。争分夺秒地补觉也是一种战斗力，任务部署到他这一级至少需要半天时间，这正是他补觉的良机。

这些天太累了，如今的程序多如牛毛，再小的演练都能让他这个营主官脱层皮。杨吃狼刚躺下10来分钟，迷迷糊糊中仿佛进入了一个战场，战场上他一马当先冲锋在前，背后似乎又有种力量羁绊着他，令他动弹不得。这时，文书兼军械员柴祥文进来摇醒他："营长，营长，开会了。"

杨吃狼吃力地睁开眼，来不及回味刚才的梦境隐喻着什么，就穿衣戴帽跟着走出了帐篷。会议设在旅作战会议室，驾驶员陈爽早早准备好了越野车，一个多小时的车程，杨吃狼一路睡到了会场。

参加动员会的是全旅营连以上单位主官和机关导调人员，主席台上就座的有Z战区副司令员海明军中将、B集团军军长张凌天少将、政治委员青云少将，Z战区综合训练基地司令员任锋云大校、政治委员龚泽运大校，红旗旅旅长胡勇智大校、政治委员伍晓刚大校，还有王春阳上校。

根据会议安排，王春阳宣读了战区演练计划，分为三个阶段实施：一是合成营攻防检验，二是合成旅对抗演练，三是多军种联合军演。本次会议上只明确了第一阶段内容。

海明军两眼扫射了一下会场，目光刺向前排就座的几名上校、中校。会场上安静极了，静得每个人听到的最大的声音就是自己的呼吸声，大家都等待着中将放大招。中将直言说："经和你们集团军领导、旅领导商议，我们也要通过此次演练，锻炼培养一批优秀人才,充实我们的旅领导班子。"

海明军话音一落,牛起义带头鼓掌,随即掌声雷动。

中将示意掌声停下,让大家别高兴得太早,说"蓝军会把你们逼到极限,逼入绝境",他要求大家做的就是"向死而生",还强调提醒了一点:"一切按打仗要求来!"

这算是给大家支的招吗?不知别人是否在意了,杨吃狼却奉为原则,也当成了取胜的锦囊妙计。他的理由是,中将的话一言九鼎,不可能无缘无故强调什么。他心中泛起"水到绝境是风景,人到绝境是重生"的得意。

旅里参谋长空缺半年了,能当上旅参谋长,也就是旅长的热门人选。杨吃狼、白阿毛和牛起义都按捺不住内心的激动,摩拳擦掌,跃跃欲试。

散会后,大家各自准备去了。

与会官兵陆续离去,青云将军也随即赶赴国防大学深造,海明军和张凌天等红旗旅的"外来户"出来透透气,在办公楼前的主干道上漫步。当旅长时,海明军总是陪上级领导散步。如今,人们陪他散步。强烈的使命感,让中将并不甘心做个事不关己的看客,或者是高高在上的发号施令者,百感交集中他依旧在沉思默想。

在战争年代,选人用人相对简单,就看一条:能不能打仗?

是骡子是马,拉出来一遛,放战场上一下子就检验出来了。苏联元帅科涅夫总结卫国战争经验教训时曾讲过,"战争环境比任何一个干部机关都能更好地纠正战前干部机关和最高统帅部在一些岗位的人事任免中所犯的错误,战争一步步地把那些不适应战争要求的人从指挥岗位上撤下"。

天上这时飞过几只白鹭,海明军如凝视着一架架战机般深情凝望,一只白鹭发出凄惨的叫声,像是受了伤。海明军触景生情,想到新中国1600多名开国将帅中,绝大多数曾在战斗中负过伤,还有十几位独臂、独腿或独脚将军。这些战将,久经沙场、出生入死,在战争中学会打仗,在战斗中被官兵认可,用鲜血和生命赢得了胜利,用战功和勋章证明了自己,也成就了自己。

疾风知劲草,烈火炼真金嘛!张凌天收回同样投向天空的目光,想着集团军现在有三个旅的参谋长空缺——不是没有人干,想干的人一大把,可就是很难找到合适的人——像是了却一桩心事般如释重负地说:"首长给我们提供的思路很好,我们就是要通过这次演练,从合成营几名符合条件的营长中选拔出合格的参谋长来。"

相较于战争年代,如今的疾风没有那么强劲,烈火也没有那么炙热了,但军人生来为战胜,选人用人的硬刻度仍然是打仗,主考官仍然是战争。考察识别干部不能坐在会议室里数人头,要走向演训一线看劲头,变伯乐相马为沙场选马。海明军眼睛盯着远方,目光刺向苍穹。他内心一直坚信:运气也是实力的一部分,机会只留给准备好的人。他恐怕不只是要选出旅参谋长那么简单,更大的筹划酝酿已久了。

　　一场大战就此拉开序幕。

第二章　一把火烧了战备物资

明明烧了自家赖以居住的老巢，却给人一种虎门销烟的悲壮感，惊得大伙儿一个个张大了嘴巴。

第一阶段任务比较明确，要求红旗旅各参演单位在48小时之内攻下玉皇顶高地。

玉皇顶位于Z战区综合训练基地演练区域，距离红旗旅驻训营地600多公里。

这容易让人想到楚汉之争时，刘邦和项羽约定先入关者为王。虽然道路遥远、地形复杂，但在这种犬牙交错的地方作战，恰似两只老鼠在洞穴中争斗，将是勇敢者取胜。杨吃狼不禁哑然一笑："这是要占山为王，还是进行龟兔赛跑啊？"

传统以团为作战单位的部队编制庞大，人员与武器辎重众多，以致行动如蜗牛般迟缓。合成营相当于缩小版的团，各种作战要素如麻雀五脏俱全，具备自我保障能力，能够独立担负作战任务。而合成营的编制规模与总重量仅相当于原来同类团的1/4—1/3，有效降低了远征作战的运力需求。

合成营建设多年，一直处于半闭关半修炼半遮面状态，即便外界多有解读，也多是新闻媒体带有褒奖性的报道，到底战力如何，海明军想借助一场实战化演练检验一下。

战区动员部署会结束后，送走战区、集团军领导，胡勇智再次召集全旅干部开会，他喜欢以会议落实会议，一般会议讲话都在一个小时以上。有人吐槽"参加胡旅长的会议要带着干粮"，杨吃狼直言"最好带着尿不湿"，要不是伍晓刚出面严肃制止，差点喊出"尿不湿旅长"的诨号。他经常是上午的会开到下午，下午的会开到晚上，晚上的会开到凌晨，讲到激情处时常两三个小时不休息，同样的话翻来覆去"炒剩饭"。这次会上就重复了四遍："这是红旗旅露脸的好机会，谁掉链子，就摘谁的帽子。"

　　胡勇智知道自己有这个毛病,可就是控制不住自己。曾经有一次他给新兵讲作风纪律课,一堂课讲了4个多小时,中间没安排休息,新战士坐得笔直,纹丝不动,也不敢打报告上厕所,一名新战士因此尿了裤子。事后,胡旅长很是自责,在他开会前或者尚清醒时往往说一句"想上厕所的自行去",杨吃狼正是钻了这个空子经常借上厕所溜出会场。

　　伍晓刚看看墙上的挂钟,会议已经开了近两个小时,扭头小声打断胡旅长说,"大战在即,我们还是以鼓励为主",也是在提醒他注意时间。胡勇智意识到话确实有点说过头了,讲得也确实没词了,就请政委发言。伍晓刚当仁不让,面向大家大声讲了一句话:"我们将落实战区、集团军首长的指示,从这次演习中选拔出优秀人才,提拔到重要岗位上,希望大家认真对待。"而后,宣布散会。

　　这种面对面的部署会,说得再明白不过了,随后旅里竟还专门下发了红头文件,以显得足够重视。这亦是胡勇智的一贯做法,他坚持留在纸上的才是王道法令,也方便以后有案可查,要不然怎么叫作"一纸命令"呢?文件内容上只是把战区作战会议精神转述了一遍,任务命令中最后一句再次清楚写道:一切按打仗要求来!

　　想想动员时海明军的讲话,加上这正式文件的车轱辘表述,战场意识在杨吃狼脑袋里不断打转,甚至有一种莫名的驰骋硝烟弥漫的沙场的冲动。

　　胡勇智想当然地认为自己部署会上讲得很明白了,大家要做的就是迅速行动实现他的作战意图。作战会议刚结束,他就一味带起了节奏,亲自挨个打电话督促几个作战营快速向集结地开进,毕竟一分钟能决定战斗的胜负,一小时能决定会战的胜负,一天能决定国家的命运。他还引用江湖上的一句话:"天下武功,唯快不破。"营里几名连队主官也极力撺掇杨吃狼立即出动,不能让别的营抢了先。

　　杨吃狼开启车内指挥网,调出任务地域交通要图以及气象水文等情况,想着尽快定下开进路线。以前多是在旅编成内行动,他只是作战地图上的一个红色标点,现在要他独立决策,他成了俯视整个地图的人,思考的方式和角度自然不一样了。

　　营里几名指挥员头碰头,凑在一起,闪闪的屏幕荧光从脑袋间的缝隙漏出。杨吃狼指着一片红蓝区域说:"按照营里机械化行军的速度,600公里一天就可到达。可我们不清楚对手是谁、装备性能如何、怎么部署,不清楚我们的机动路线、路上会遇到什么情况,不清楚我们的友邻是谁、如何协同。我们总说不打无把握之仗,连最起码的目标预案都没有,仅靠见招拆招是不行的。"

那些奇妙的对策之所以能产生并奏效,都是因为熟悉了对手。四渡赤水之于毛泽东、七亘村设伏之于刘伯承、淮海战役之于粟裕、松骨峰战役之于彭德怀,我军战史上每一个经典战例都有一个共同点,那就是"知道敌人是谁,知道敌人在哪里,知道如何与敌人过招"。

虽说杨吃狼平时大大咧咧,像个不太懂音乐的人——时而不靠谱,时而不着调的,甚至有时耍点小孩子脾气,小事装迷糊,可大事上他不糊涂,是个粗中有细的主,真正做起事来也是有板有眼的。杨吃狼时而起身捏着下巴冥思苦想,时而俯身用红色铅笔勾勾画画可行的机动路线,以及可能会遭遇的敌情。

一番标定后,杨吃狼连行军速度、行军长径都估算了一遍。还别说,杨吃狼对战勤计算得是出奇地准——虽说是估算,也八九不离十。他放下手中的笔,怅然地望了望车外的帐篷,若有所思道:"这么短时间内从驻训点开拔,驻训时带的物资怎么办?"

这样的问题,牛起义和白阿毛都没当回事。牛起义为了抢占先机,带领全营迅即出发,只带了必要的武器装备。或许是饿怕了,他们干粮倒是准备得十分充足——足够十日份的压缩饼干、自热食品、方便面以及火腿肠、榨菜等,其余物资每个连队留下3人负责看守。白阿毛则要求全营带上全部物资,临走前还搞了一次卫生大扫除,整个营地干净又整洁。

可令杨吃狼奇怪的是,他始终确定不了合成四营的行踪,明明动员部署会上红旗旅的四个合成营都参加了,为何这次担任进攻的只有三个?合成四营哪儿去了?

杨松也觉得纳闷:"会不会执行其他任务去了?"合成四营营长郭恩典刚刚上任不久,血气方刚的,说不定有什么紧急任务。

"肯定是有其他任务了!"杨吃狼十分肯定地说,却又想不明白,战区组织的演习,怎么可能红旗旅白白漏掉了一个合成营?什么样的任务,让他们连演练都不参加?

杨松突然有个大胆的推测:"会不会担任这次的蓝军了?"要不然为何他们多方打听蓝军是谁都无从得知?而已得知的消息是,战区演练会议刚结束,合成四营就凭空消失了。

杨吃狼像是刚睡醒就看见了孔明——眼前一亮,真有这个可能!红旗旅组织这种自主对抗可不止一两次了。他下令进一步核实,尽快把蓝军情况搞清楚。

杨松等人领命。

既然尚不能确定蓝军是谁,就姑且把四营当成假想敌吧。因为战争不是针对一个抽象的敌人,而是针对一个必须时刻被牢记在心的真实敌人。

只是合成四营郭恩典营长是从集团军作训参谋下来任职的,他们之前并未打过几次交道,对此人的了解尚是一片空白。或许,战区看中的正是这一点,才让四营担任蓝军的,以前的蓝军专业户可是牛起义的合成二营。还有一点就是,此次演练选人,重点考察的是杨吃狼、白阿毛、牛起义三人,他们担负同样的任务,更能清晰评判出谁更适合带兵,谁更能打仗。

要真是合成四营担任蓝军,那我方可就没有什么秘密可言了,营长郭恩典是否了解情况先不说,营里的其他干部和老士官可是对几个合成营门儿清。杨吃狼突然做了一个大胆的决定:"部队轻装前进,除了武器装备和必要的给养,不能带的物资全部烧掉。"

命令一出,几名连队干部面面相觑,像是围棋盘里下象棋——根本对不上路数。别人都在收拢物资,营长却要烧掉,他们明白过来后,明确表示反对。杨松善意提醒道:"营长,咱这毕竟是演习,真把物资烧了,上级会追究责任的,要不要先报旅里批准?"

"报旅里?就胡旅长那个守财奴,他能批准吗?什么是一切按照打仗要求来?真把物资留下,这不是留给敌人吗?"杨吃狼不想浪费时间,毕竟一分一秒都很金贵,优柔寡断历来是指挥员的大忌。说完,杨吃狼从指挥车上走了下来,见全营官兵还在忙碌地拆卸帐篷,他瞪大眼睛环视一周,大喊一声:"别拆了,直接烧掉!"

闻听此言,大家停下手中的活,你看看我,我看看你,立在那里不知如何是好。

正在拆帐篷的中士姚永泽小声嘀咕:"什么?烧掉?那以后住哪?"

"那是以后的事,只要我们打赢了这场仗,面包、牛奶会撑死你的。"杨吃狼用手比画着说,却没有人行动,领队的一级上士潘建祥觉得营长是在开玩笑,竟理解成"营长是不是嫌我们拆得慢",大声喊道:"同志们,加把劲,我们尽快拆完。"

杨吃狼当头棒喝,大声重复了命令:"全部烧掉!全部烧掉!我说得不够清楚吗?"

潘建祥见营长一脸的严肃,只好带领战士依令而行,却动作缓慢,似乎心有不舍,生怕营长下错了命令。杨松见状,打圆场说:"营长,这样吧,要不我们先挖个坑,把这些物资埋了吧?"

"这不是自欺欺人吗?再说,时间上也来不及,执行命令,烧掉!"杨吃狼接过柴祥文手里的一桶汽油,倒在一堆帐篷和物资上,随手掏出打火机点着,熊熊大火迅即燃烧起来。站在一旁的杨吃狼哈哈大笑道:"芝兰当道,不得不除。"芝兰香草长得不是地方,哪怕再漂亮,也要清除掉。杨吃狼想打赢这场战斗,断不能带这些累赘。

杨吃狼将一些破旧物资扔向火堆,抛出了一道完美的抛物线,明明烧了自家赖以居住的老巢,却给人一种虎门销烟的悲壮感,惊得大伙儿一个个张大了嘴巴。随后,众人跟着营长一起烧物资。

吃惊的还有坐在演练导调指挥中心里的成员。这次演练的重点是检验合成营的作战能力,将校们的关注点自然在杨吃狼带领的这个主力合成一营上,大家密切注视着大屏幕上的画面。现代技术真是了不得,利用卫星呈现出的战场高清画面,可以看到整个演练的战场,包括对抗双方的兵力态势、电磁态势以及单车、单炮、单兵的动作。如果聚焦得更细,指战员的每一句话都听得清清楚楚,就像电视上的转播镜头一样。胡勇智不断自言自语道:"真的烧了,真的敢烧啊……这个疯子,不拿战备物资当回事,简直是胡闹……等演练结束了,看我怎么收拾他……"

"胡旅长,你就舍不得那几顶帐篷吗?战场上火烧物资、自毁武器,甚至焚城的现象比比皆是。"海明军仿佛料到了这一切,内心异常平静,他又援引《战争论》中的一句话说,"任何不必要的时间花费,每项不必要的拐弯迂回,都是浪费实力,从来为战略思维所恶。"

莫斯科保卫战,为了阻止拿破仑法军的进攻,俄国人施行坚壁清野的策略,一把大火烧光了莫斯科的一切。二战中,为了阻止希特勒德军的进攻,俄国人再次火烧了莫斯科。以战胜敌人为目的,绝顶大胆有时是绝顶明智。胡勇智当然清楚这些道理,可他心里还没有把眼前的演练与生死存亡的战争画上等号,也就没有办法认同杨吃狼的胆大妄为。

看到如此决绝的营长,杨松担心的同时也看到了演习取胜的希望。营里有两名刚分配过来的新战士,对营里的情况尚不熟悉,杨松建议营里安排他们留守,杨吃狼坚决予以否定:"物资都烧了,还留两个人干什么?等着做俘虏吗?"

杨吃狼说完,眼珠子骨碌碌一转,摸了摸太阳穴,发现新大陆般惊呼道:"对呀,旅大院里还有我们营十来个留守人员,让他们全部去,一个不留,不准请假。"

杨松说:"人全部去了,那营房怎么办?营里的物资怎么办?"

"营房没人能搬得走,至于营里那些破旧物资,就请警卫连的兄弟们巡逻时帮忙照看一下。"见杨松有点畏难情绪,杨吃狼又微微笑道,"放心,丢了也不用他们赔,再说了,谁还敢偷到军营去?"

营里留守的都是一些专业技能不熟的新战士,去了增加不了多少战斗力。杨松有点不明白营长的真实用意,也担心安全上出问题。部队是最不惧危险的,面对战争、地震、洪水等,只要一声令下,军人二话不说,勇敢冲锋,连生死都置之度外,是何等顶天立地!而有时部队又过分强调安全,乃至把战士当成孩子来管,许多部队甚至禁止新战士单独外出,更别说实战化演训了。

"我让他们跟着去,并不是让他们直接冲锋,要是那样的话,真的就乱套了。"

"那是为什么?"

"不为什么,只为练兵。演练最贴近实战,要花钱,哪能天天搞?可演练又是最锻炼人、最考验人的,机会难得,我们拿着纳税人的钱,就要让钱花得有价值。"

尽管营长说得在理,但以前没这么搞过,杨松担心一下子跨度太大,会捅娄子:"我们是不是也得给他们留一些时间,有一个学习过渡期啊?"

"要学也得到战场上学,没有战场环境怎能塑造打仗的状态?"杨吃狼下定决心,即便是真正的战争,他也会把新战士拉到前线,让新兵在炮火下磨砺。毕竟,战争是要死人的,也是最磨炼人的。

杨松大声道:"明白了,营长,坚决落实好。"

"这是把难题甩给了旅里,让旅里给他当保管员啊?"胡勇智有点气不过,警卫连可是他这个旅长的大内侍卫,凭什么他这个营长说用就用。

"胡旅长干吗这么小气?邻居家里有事还相互看看门呢,何况都在一个院里,都是你的部属,多走几步路的事。"海明军担任红旗旅旅长,甚至更早任营、连长时,每年组织部队到外地驻训、演练,往往都离不开跨区远距离机动,一套组合拳打完,几个月就过去了。这一过程,大部分人员都参加了,但也有部分人员留守。中将一直觉得这司空见惯、理所应当,听杨吃狼这一说,联想到外军的一贯做法,有种豁然开朗的感觉。

部队许多新闻报道中都出现了"全员全装拉动"这样的表述,真正能做到的却是凤毛麟角。海明军之前多次说过类似的话,但往往只是遣词造句般的口号。其实,不用添加任何修饰语,一句"仗怎么打,兵就怎么练"足矣!牛起义的做法代表了常态,杨吃狼只不过烧了几顶帐篷,却引起轩然大波,这背后折射出什么,中将心知肚明,大家心知肚明。

如今刻在海明军骨子里的印记,依旧是按部就班地锻炼。因为,中将也是从战士、尉官、校官一步步走过来的,有的时候真是"屁股决定脑袋",或者说"不在其位,不谋其政",别人这样说,他之前也未必能听得进去,如今却引发了新的思考。中将眨巴着黑黑的眼睛左右看了看,和大家分享了晚清名将胡林翼的一句话:"凡兵之气,不见仗则弱,常见仗则强,久逸则终无用处,异日则必不可临敌。"

似乎是有意营造些临战气氛,营区突然响起了刺耳的警报声,警报声飘荡在整个营区上空。这是胡勇智特意安排的,用以表明这次演练并不是只有一线的合成营参加了战斗,他让全旅上下都进入了战备状态。海明军虽然知道这不过是做做样子,却也认同了,不能前面打仗,后方无动于衷甚或一片歌舞升平吧。

警报声容易勾起人们对国耻日的追忆,海明军对"九一八"事变的认识,不仅局限于痛恨国民党的不抵抗政策,还痛惜日军从东北抢走的金银,最终成为日本扩军备战的军费;在沈阳兵工厂生产的武器,最终成为日军屠戮我同胞的凶器;从东北掠去的各类物资,最终成为支撑日本全面侵华,乃至发动太平洋战争的重要物资基础。

任时光飞逝,任岁月老去,这些记忆始终藏在中将内心深处,永生难忘。他若有所思地说:"要是东北军能一把火烧掉仓库里的那些物资,也不至于全部落入日军手中,也不至于让日军长驱直入。"

大家沉重地点头,却又不能沉浸在历史的悲痛中。海明军饶有兴趣地和大家聊起了历史上的大火,从三国中火烧乌巢、赤壁之战到八百里火烧连营;从火烧阿房宫、明朝故宫大火到巴黎圣母院大火,大家天南海北、由古到今地谈论着。杨吃狼点燃的一场火,顺势蔓延了古今中外史,在演练大厅里熊熊燃烧了起来。

在单一兵种作战时代,行军是行军,打仗是打仗,行军时防止敌人埋伏就够了。而一体化非接触联合作战的时代,和平行军进入交战区域只是一种美好愿望,前后方的概念日渐模糊,行军途中时时处处都要准备打仗。

王春阳赞同杨铭的做法,先把预案做细了再开进。"夫未战而庙算胜者,得算多也。"

胡勇智却支持牛起义立即开进,他理直气壮地宣称大鱼吃小鱼的时代尚未走远,快鱼吃慢鱼的时代急速到来;他把在这里磨蹭时间比喻成沉迷于小步舞曲的节奏,认为会丧失很多战机;他引用美军从发现目标到实施精确打击,即完成"发现—定位—瞄准—攻击—评估战果"这样一个"打击链条"的一连串数据证明这种观点:海湾战争100分钟,科索沃战争40分钟,阿富汗战争20分钟,伊拉克战争10分钟。

不可否认,指挥控制系统的飞速发展,基本实现了发现即摧毁的反应速度。王春阳明白"兵之情主速"的道理,但他更清楚凡事不能蛮干,即便有短道速滑的拼劲,谁都不可能用百米冲刺的速度去跑完马拉松,"欲速则不达"。看似一些不可思议的冲动行为,背后总有科学支持。磨刀不误砍柴工的精心准备,与长驱直入的快速机动并不矛盾。

未来战场讲求以快制胜,这不仅是磨刀效率的较量,更是出刀速度的比拼。对于这个昔日手下的连长、参谋、营长,胡勇智还是习惯于居高临下,批评王春阳干什么总是畏首畏尾,这样就什么事都干不成了。

王春阳不愠不火地讲述,刘邦拿下项羽后,有点得意忘形,御驾亲征北方匈奴,却因对匈奴骑兵快如闪电的作战特点根本没什么概念,在白登山还没来得及转移,就被迅速集结的敌军围得跟铁桶似的,险些把命丢在那儿。

冷兵器时代的故事,如何能佐证今天的信息化战场?胡勇智一脸的不屑,却又反举一例:成吉思汗把骑兵快的优势发挥得淋漓尽致,仅仅凭借10万人的骑兵部队,就打造出一个前无古人后无来者的辽阔帝国。

胡旅长似乎有点词不达意,不知道想要证明什么。可两个故事都说明,目标与速度之间需要统筹兼顾。王春阳将以上对话上升到理论高度:战场制胜之要,犹如旋转的陀螺保持平衡的奥秘,不仅在于转速要快,而且在于重心要稳。忽视了这一点,再有力的劲道也无法让它在地面立起来。

海明军仔细聆听两位的高论,端详战争博弈的时间差,也发表了自己的看法:"我们既要看到快吃慢的势能日渐凸显,也要警惕慢吃快的变量始终存在。其实很简单,一切按照规律行事。静下心来想,沙场破敌的真谛其实不是先发制人,而是先机制人。"

"就是这个道理,首长讲得太对了。"张凌天牵引出一个经典战例,"2008年8月8日北京奥运会开幕当天,格鲁吉亚对南奥塞梯发动突然袭击,不到13小时便攻占其首都茨欣瓦利,抢占了先机,但俄罗斯反应之快、效率之高,完全出乎格鲁吉亚政府的预料。俄第58集团军接到命令后,2小时20分钟内完成作战准备,随后实施越境行动;3天完成对格鲁吉亚的战略分割;从实施反击作战到主要战事结束只用了5天,实现了后发而先至。"

众人天马行空的交谈,一下子点到了胡勇智的要害,让他醍醐灌顶,如坐针毡,两年前的演习画面突然浮现在他眼前。正是那次贸然开进,让他差点被蓝军斩首,实在尴尬、狼狈至极。海明军竟还伤口上撒盐,扭头问基地任锋云大校:"这次演练有斩首计划吗?"

"首长,有这方案。"任锋云响亮地回答,"只要他敢贸然开进,我们就决不手软。"

海明军点点头说:"那就行,现代战争讲究快,更要贴近实战。秉纲而目自张,执本而末自从。我们要紧紧牵住训战合一这个牛鼻子,未来仗怎么打,今天兵就怎么练,反过来也一样,现在兵怎么练,将来仗就怎么打。如果在演练中接到作战任务,要能马上直接投入战斗,而不需要停下来再搞物资准备、战备动员、等级转换那套程序。"

胡勇智脸上火辣辣的,也不再催促杨吃狼快速开进了。

倒是海明军给他出了个考题:"胡旅长,你说说现代战场以何制胜。"

胡勇智明白中将这样问,肯定有首长自己的思考,至于自己说什么,对与错都无关紧要,与其这样,还不如让首长自己说。于是,胡旅长一脸谦虚地说:"还请首长不吝赐教,我们洗耳恭听。"

海明军笑呵呵道:"我考你,你这是反过来考我啊。"

胡勇智一个劲儿地恭维道:"我们才疏学浅,洗耳恭听!洗耳恭听!"

海明军想尽快化解对胡勇智的"围攻",并未过多谦虚,掰着手指头列举了10种:机械动能制胜、核武威慑制胜、信息优势制胜、精确打击制胜、体系支撑制胜、联合行动制胜、网络攻防制胜、太空夺控制胜、算法对抗制胜、武器智能制胜。有些还稍微解释了一番。

胡勇智真是做到了洗耳恭听,除了点头称"是"外,没有发表自己的任何看法。

大概过了40分钟,牛起义带领的合成二营一路飞驰,实际上他也不知道蓝军是谁,而是贯彻了胡旅长"以快制胜"的理念,想在机动上拔得头筹。以他多年担任蓝军的经验,他猜想蓝军很可能是由战区哪一支部队组成,胜负基本上都内定好了,还不是谁先到谁吃肉,去晚了怕是汤也喝不到了。

牛起义派出一个尖刀班在前面疏通交通,保证沿途一路畅通,这样一来,他们在国道上竟跑出了高速公路的速度。他全神贯注紧盯前方,一副志在必得的样子。这时,不远处飞过2架武装直升机。营上尉参谋胡强猜测可能是陆航的兄弟在训练。

牛起义半信半疑,他早先打听过了,没听说陆航部队这几天有训练任务啊。他拿起望远镜使劲地瞄了瞄,发现情况不太对劲,直升机几乎以难以置信的大速度在飞行,而一般的训练很难如此高速飞行,再看看飞行方向,正是奔向自己来时的营区。

牛起义赶紧让人通知留守人员做好战斗准备,可由于出发紧急,竟没给留守人员配备大功率电台,如今的距离已超出留守人员手中电台的通讯距离。牛起义又不敢用手机通讯,比起暴露自己的位置,他宁愿选择牺牲那些武力值弱的留守人员。

武装直升机像一只只巨大的猎鹰直奔猎物一样,径直飞抵牛起义的留守营区,停在一排营房面前。蓝军一个排的武装人员鱼贯而出,迅即投入战斗。可怜合成二营留守的十余名战士还在认真整理物资呢,就被这伙不速之客惊呆了、制服了。

导演部宣布,合成二营留守的人员和物资全部被俘。听到这个消息,海明军只是淡淡地说了句:"知道了!"似乎早在预料之中。

胡勇智原本刚有点阳光的脸上又变得阴沉起来。

大家从中将细微的情感表达中,好像读懂了他的关切点,明白了中将为什么一直强调"一切按打仗要求来"了。就目前来说,杨吃狼的简单粗暴在中将心中是加了分的。

胡勇智担心有人带了这个头,会传染性影响其他部队,助长故意损坏公物的风气,好来个"旧的不去新的不来",这还了得!岂不都成了败家子?还有,杨吃狼一旦当上了参谋长,还不更肆无忌惮把家底败光了?作为一个旅的当家人,他深知兴家犹如针挑土,败家犹如水冲沙,内心对杨吃狼产生了十万个厌恶,用"一为不善,众美皆亡"形容恰为贴切。至于另外两个营长,牛起义无情无义,还是白阿毛稳重、靠谱。

尽管合成二营负责留守人员连同物资被"一锅端",尽管海明军赞赏杨吃狼的勇气,在红旗旅随后下发的情况通报中,胡勇智还是让人加了一句:下不为例。

收到电报后,杨吃狼和全营人员立马松了一口气。下不为例,从字面上理解,不能有下次了,但事实上导演部默认了他们这一做法,至少不再追究责任了。

这让杨吃狼更加坚定了"一切按打仗要求来"的底气,或许,跟随王春阳多年形成的那股叛逆和那份勇气,此刻能撑破天。

第三章　客车坠河，为何见死不救？

"将军赶路不追兔",避免受"尖叫"影响,最有效的办法就是对与战场无关的消息"充耳不闻",于是他下令全营关闭所有电台。

杨吃狼坐在电子地图面前,战场区域像雷达过境一览无余,少校副营长胡楠主张沿小路开进,这样神不知鬼不觉能造成奇袭,被他断然否决:"信息化战场上,连只鸟都藏不住,还神不知鬼不觉呢。"

杨吃狼利用大数据分析具有可行性的机动路线,指着地图快速定下决心:"我们沿红阳市、新昌市,走320公里红新高速,然后再走160公里新(新昌)马(马山)高速,最后只有140公里的乡村道路。而出营到上高速这一段要当心,蓝军可能早就盯上我们了。"

在内地作战,高速公路网贯穿南北,是机动的最佳选择,而按照我国现行交通规定,履带式坦克无法直接上高速,如果换成挂胶履带,又太耽误时间,因此,牛起义和白阿毛都选择了走107国道。单从当前演练情况来看,显然此次演练没有达到战时级别,杨吃狼却不管那么多,既然一切按照实战来,那就是战时标准了,他执意走高速。

高速公路上开阔且没有任何遮蔽物,车队机动最难的就是防空,杨吃狼让杨松立即联系防空营。杨松一脸无奈地说:"营长,请示了一下旅里,旅里说防空问题他们解决,让我们按规定做动作就行。我也咨询了我们的防空营,他们说尚未接到此项任务。"

"这是什么屁话?他们解决?怎么解决?"美军较早在军事领域进行了"云+边+端"的探索运用,它的提出背景是F-22虽然有超强的信息感知能力,但是无法与其他战机实现信息共享,形成一个典型的信息孤岛。如今,杨吃狼觉得自己的合成营也快成了信息孤岛,这与现代信息化战争显得格格不入。

一番思考后,杨吃狼从这些看似简单的信息中品读出,或许空袭并不是本次演练的重点。俄乌冲突颠覆了传统单兵作战行动,单兵都应防范来自天庭的威胁,一个没有制空权的合成营,孤零零地漫长地开进,还不成了敌人的活靶子?导演部不可能不明白这个道理。安全起见,他还是尽最大的努力,让坦克全部装好高射机枪。此举对付不了轰炸机、高空侦察机,应付一下武装直升机、无人侦察机还是可以的。

一切准备就绪。营里将行军编队和路线分发至每辆单车信息终端。

杨吃狼立即下令:"出发!"

虽说营里配有全地形合成营指挥车,可以适应高原、山地、湖泊、沼泽、戈壁等多种地理环境,还装备有多套数字通信系统,能够兼顾执行决策规划、态势处理、行动控制、火力打击等一系列军事任务,但坦克兵出身的杨吃狼对坦克情有独钟,非形势特别需要,他更习惯坐在坦克上指挥,他享受这钢铁巨兽带来的威风凛凛的感觉。

凌晨四时许,深山驻地夜黑如墨,发动机隆隆轰鸣划破夜的宁静,铁甲奔腾,信息流转。杨吃狼指挥全营兵马成一字长蛇阵,冲入漆黑的山地,向600公里外的地域集结。

出门即遭遇敌情,这几乎成了历次演练的固定模式。杨吃狼判定车队上高速前,是蓝军发起偷袭的关键时刻。是稳扎稳打,还是险中求胜?

杨吃狼反复权衡,坚定地选择了后者。

这是一条险象环生的机动路线,看着地图上纵横交织、九曲回肠的线条,大家把心都提到了嗓子眼上。刚出营门不久就要快速通过长3公里的S形路段,接着是一个近乎40度的长坡。其他车辆如履薄冰缓慢通行,50多吨重的坦克似乎也不像平时么听使唤,不由自主地出现溜车、侧滑险情,驾驶员彭怀银异常紧张。杨吃狼连忙让停车:"坐后面去,这一段我来开。"然后和彭怀银互换了个位置。

杨吃狼这一招果然有用,见营长亲自开车,后面驾驶员心里都有了底。通过这个险地,杨松问营长有啥感想,杨吃狼心有余悸:"说实在的,我油门能踩到底,却不敢真正踩到底,因为心里确实没有底。好在上天眷顾我,才没有出现事故。要是蓝军在这儿偷袭,咱们可就惨喽。"

事实上,危险才刚刚开始。15分钟后,部队行至一个岔路口。一侧地势相对平坦,装甲装备可以充分发挥性能优势,快速机动,但路途较远,蓝军很可能在此设伏；另一侧则危机四伏：车辆首先要冲上近30度的上坡，没有喘息停留的机会，便要立即冲下同样陡峭的急坡，但路程较短，蓝军可能断定他们不会走这条路。

导演部因势利导将这地形看成是天然的蓝军，果然只在地势平坦的一侧设伏。杨吃狼倒也放开了，他毅然选择走艰险的那条路，驾驶坦克趁天微微亮前成功冲出蓝军伏击圈，几乎零战损顺利到达红新高速公路入口。

高速交警李招功将满是泥泞的车队拦下，一番交涉后就是不让上高速，一名西装革履、大腹便便的"领导"背着手走了过来，一脸的豪横："军人有什么了不起？不就是一个演习吗？这路轧坏了谁赔？"

杨吃狼瞅他那熊样就气不打一处来，霸气十足地回应道："我们是没有什么了不起，可我们堂堂正正、顶天立地，如果我们穿军装的倒下了，你们这些穿西装的就要跪下。"不由分说让人起开栏杆，强行通过。那名"领导"还欲拦截，被杨吃狼狠狠瞪了一眼："不要奔赴在做狗的路上！"

当过十多年兵的李招功内心一阵震撼，站在那儿愣了好一会儿，目送着车队有序通过。

那名"领导"气急败坏地将这突发事件报到局里，局里层层上报到交通部，交通部协调到国防部，负责此事的交通部耿亮副部长正好是海明军的好友，打电话质问他，说"太不像话了"！海明军笑笑，回应说："老弟莫慌，高速公路都是豆腐渣工程吗？真轧坏了，我负责找人修。"中将之所以有恃无恐，是因为在这次演练中，他还有一个秘密任务，就是检验一下中国的高速公路到底怎么样。

德国二战时期就开了战机在高速公路上起飞的先河，随后美苏跟着修建了不少战备高速公路，能够支持运输机、轰炸机等大型军机起飞。我国这方面起步较晚，1989年9月才建成第一条战备高速公路。现代战争模式已发生重大改变，战备集结速度对战争的影响显而易见。坦克不比战机，可以有重点地建设部分战备交通公路，面对四通八达的交通公路网，真正到了战时，坦克等履带式装甲车就真的不能直接开上高速公路吗？

之前海明军还没有下定决心演练这个课目，也不好刻意安排哪支部队、哪个路段，既然杨吃狼强出头了，他正好顺水推舟了。随机试验更能摸清真实情况，海明军内心还有点小庆幸，他不想军旅生涯中留有遗憾。

待说明了这深层次原因后，耿亮副部长不但不予追责，还指示相关单位密切配合，并批评了那名出言不逊的"领导"。

试验得知，履带式装甲车受重面积大，不是紧急制动、转弯之类的，对路面造成不了多大损坏,顶多留下些白点,也很快消失。海明军和交通部门达成一致意见:此事不作任何宣扬,就当什么事都没发生。中将同时要求部队只做不说,严禁谈论此事,以至于后来很多人淡忘了这事。

白阿毛营携带的物资本身就多,行军速度本就受到诸多掣肘。为了求稳,他立足发挥装甲装备机动优势,以期能够快速通过。可他没想到,这正中蓝军下怀。蓝军吃准了白阿毛在天时地利都不占优势的情况下,必定不会铤而走险。

白阿毛使出浑身解数,按照预案多次调整战术,将装甲装备机动优势发挥至极致,但途中遭遇伏击,在蓝军的密集火力封锁下,3辆战车受损。他只得下令维修人员抢修了20多分钟,方重新上路。

行军至新昌市附近,一座军用油库被熊熊大火包围。

车队不由自主地放慢了行军速度,"油库领导"亲自打来求救电话,言语之恳切,令白阿毛为之动容。白阿毛之前到这个油库拉过油,当时正值寒冬,路面结了一层厚厚的冰,拉油车趴窝,油库官兵不仅热情招待,还帮忙修好了车,让白阿毛很是感动。如今,油库失火,焉能不救?

营部上尉参谋张泽湘提醒说:"我们现在是打仗,要是蓝军捣鬼怎么办?"

白阿毛似乎也意识到了这一点,可转念一想,万一是真的呢?此时,滚滚浓烟已经四处飘散开来,他鼻孔里仿佛都塞满了焦油味,嗓子眼也被油烟浸染了。十万火急,已经刻不容缓。他嘴里反复嘟囔着:"万一呢?万一⋯⋯"

导演部的胡勇智小声嘀咕着:"圈套,蓝军圈套,千万别上当!"

白阿毛犹豫的当儿,"胡勇智"竟打来电话,严厉地命令道:"三营长,怎么还不去救火?全心全意为人民服务的宗旨哪儿去了?净给解放军丢脸,净给红旗旅和我丢脸。"

"胡旅长,你都下令了,你的部属会不会执行呢?"海明军扭头看了看一脸茫然的胡勇智,心想这是一种什么样的神操作。

胡勇智深深佩服蓝军的仿真能力,声音、语气都特别像,恐怕连他自己都难以区分。他内心不得不承认,要真是自己下命令,估计真会这么说。如今,他只能眼睁睁地看着蓝军利用他的权威发号施令,苦涩地笑了笑:"蓝军真是无孔不入啊。"他多么希望白阿毛此刻能打来核实电话,那他就可以大喝一声:"不是我下的令,千万别上当!"

可惜,白阿毛始终没有打来电话。

"旅长"都发火了,白阿毛"如梦方醒",连忙命令保障连派人去救火,保障连鬼使神差安排工兵排去救火,原因是工兵排距离失火地点最近。岂料,还未到着火地点,就遭遇了蓝军伏击,工兵排连同扫雷车都被导演部判定出局。

"明明预感到有危险,却省去那一两个电话,未加详细核实就往枪口上撞,还派工兵去救火,真是愚蠢。"胡勇智对白阿毛担忧中透露出失望。

海明军有点看不惯说部下"愚蠢",他能够原谅无知,但绝不会纵容无耻,白阿毛中计是心善远大于蠢。中将顺便向胡旅长讨教有什么应对高招:"那你说说如何去救火?"实际上也是想听听大家的意见。

"最好是不去救火,要去也是派步兵去。"胡勇智心想步兵损失了还可以补充,工兵一锅端了,这仗就没法打了。

"步兵去就不被伏击了?工兵有装备、距离近,你让步兵用什么去救火?"海明军觉得客观的研判是必要的,但不能总站在上帝的视角苛求别人。在导演部知道失火真假,在演练一线未必就能辨得清。蓝军盗用仓库领导和"胡旅长"号码打的求救电话,本就是保密电话,缺少必要的技侦手段,还真是难以识辨,"打仗嘛其实就是打心理"。

以前总说"打仗就是打后勤"或者"打仗就是打信息"之类,现在怎么成了"打心理"?

人类所有战争都源于人心,人心也是战场上最大的变数。中将简单描述说:"战争的不可确定性,首先是人心的不可确定性,指挥员的指挥素养、性格特点,官兵的思想素质、战斗意志,后装保障能力、政治工作开展情况等,都是影响官兵心理的因素。是勇猛作战,还是畏缩不前?都第一时间反映在战斗员的心理上,我们部署工作只有围绕官兵的心理承受能力、变化进行,才能有的放矢。"

心理学家曾将相同的两张照片贴上罪犯、科学家两种身份标签,分别给被测试者甲、乙观看。结果甲说:深陷的眼睛里暗藏着内心的险恶;而乙则说:深沉的目光折射出思维的深邃。同一个人得到完全相反的评价,这说明第一印象所形成的心理定势,能够干扰甚至主导人们对事物的后续判断。

蓝军利用白阿毛的善良设置的思维陷阱,加上"胡旅长"电话的临门一脚,最终让白阿毛中计而损兵折将。中将临时闪现了这么一个观点,如《孙子兵法》上的"为兵之事,在于顺详敌之意"等谋略,他盘算着之后应该好好研究一番,也就不在此问题上纠缠了,转而又问胡旅长一个问题:"你说说救火的手段有哪些?"

要不咋说胡勇智聪明呢?同样的伎俩只能使用一次,他断不会再反问中将。

刚才大家谈论火烧物资时,他就偷偷上网查了查救火的常用手段,也算是临阵磨枪了,于是,他侃侃道:"兵来将挡,火来水灭,无外乎出动消防车前往火场一线扑打灭火,利用飞机喷洒灭火剂灭火,或者通过人工降雨手段进行灭火。"

"你说的都是常规灭火手段,很准确。"海明军点点头,话锋一转道,"不过,还有非常规手段,比如,战机客串消防员。"

这多少让胡旅长懊悔查找的只是救火的常用手段了,转念再一琢磨,自己把话都说满了,不给中将发挥的空间,这天就没法聊了。他这种自我安慰、自我救赎的本领,犹如生命深处的一股清泉,让他左右有个好心态。

都知道战机轰炸会引起大火,怎么可能灭火?不过确有此事,在树多人少的森林王国瑞典,面对难以控制的弥天大火,瑞典人不得不脑洞大开——派出了瑞典空军的鹰狮战机客串消防员,向熊熊山火投下"宝石路Ⅱ"型激光制导炸弹。客串非常出彩,"鹰狮"有效地遏制了火势的蔓延。

道理其实很简单,小孩子往柴火堆里扔个鞭炮,有时就能炸灭一团火。中将内心里浮现孩童时光的记忆,那时娱乐活动少,过年最大的爱好就是放炮,有时为了省根火柴,往往点燃一堆火,往火堆里扔炮,看着被炸得四溅的火星,犹如天上的繁星,亦是一道美景。

小孩子放的鞭炮当然不能和现代化的导弹相提并论,但灭火原理是一样的,还有更不可思议的呢,比如苏联在使用炸弹灭火上更是胆大。早在1966年,苏联就引爆了一颗相当于3万吨TNT当量的核弹,成功扑灭一处天然气井大火。

用战机灭火主要有三个方面的考量:一是战机所用的炸弹大多具有红外制导功能,能准确找到着火点;二是爆炸会消耗大量氧气,使燃烧处于暂时缺氧状态;三是炸弹威力巨大,炸起的沙土可以覆盖可燃物,从而达到灭火目的。

"蓝军侦察卫星10分钟后变轨过顶!"高速路上行程过半,导演部通报了这一敌情。

牛起义连忙指挥部队靠国道边停车就地伪装;白阿毛则瞅准时机将车队开进了附近的一个加油站;杨吃狼却要求各连保持无线电静默,加大车距加大车速前进。杨吃狼四下观察了一番,这空旷的高速上缺乏伪装,停下来更易暴露目标。

没想到杨吃狼歪打正着,蓝军使用的该型侦察卫星主要通过侦察截获雷达、通信系统的电磁信号获取情报,牛起义和白阿毛都忽视了辨认卫星类别环节,像牛起义那样利用伪装网进行变形伪装非但没必要,还会影响作战准备时间。而白阿毛开进加油站的做法更不可取,大量汽车、装甲车聚集加油站,不仅容易暴露目标,还造成车辆拥挤,一旦蓝军进行空袭,就会造成大量损失。

导演部这一阶段的讲评通报,让合成一营的官兵更加自信。负责打头阵的战车在高速公路上全速前进,带领长长的军车队伍一路飞驰。杨吃狼综合判断、反复过滤敌情后,却下令全营放缓速度,注意观察敌情,随时准备战斗。

杨松感觉此次演练和以往并没有多大区别,进言说:"和平年代的演练,空袭、炮火、毒气之类的打击,在居民多的城市也就是做做样子而已,任谁也不敢真正释放毒气。即便是在高速公路上,也不会真正制造大规模敌情,一旦高速被堵,必然会造成很大麻烦。"

没想到杨吃狼说翻脸就翻脸,他严厉呵斥道:"你怎么也这么想?那是投机取巧,演练可以如此,真正到了战场上,敌人会对我们这样仁慈吗?什么叫一切从实战出发?如果连演练时我们脑子里都没有敌情,还谈什么实战化?还谈什么打赢未来战争?"

杨松嘴角露出一丝笑意,他担心营长口上说实战化演练,却想方设法钻演练的空子,故意将了营长一军。既然营长这么说,他就吃了定心丸,淡淡地说了句:"营长说得对,我们一切按照实战来。"

此后导演部的敌情通报,杨吃狼照单全收通报给各连,该做的战术动作一样都不少。导演部在几次讲评中,都褒奖合成一营的实战化意识强,可即便如此,他带领的一营开进速度还是最快的,远远把牛起义、白阿毛两个营甩在了后面。

早饭、午饭都是在开进途中吃干粮,杨吃狼掏出一款军用智能手机,想趁这当儿再熟悉一下操作。这款新式手机是专门为这次演练配发的,拨弄了一会儿,他不免自嘲道:"手机功能倒是挺多,就是连个无线网都没有,咋用啊?"

杨松调侃道:"怎么,你还想上互联网?咋不上太空网络呢?"

杨吃狼有点不服气道:"你还别说,输入密码,真就能连接上来自太空的Wi-Fi信号,甚至还能收到卫星发来的问候信息。"

"营长,你说的这些,只是科幻电影中的场景吧?"

是科幻电影的场景不假,但目前正在加速变为现实。杨吃狼认真说道:"作为卫星互联网计划的重要组成部分,美国太空探索技术公司计划发射超过1.2万颗卫星组成太空星链,向全球用户提供高速互联网接入服务。"

"还真有这项服务?!"见营长说得有鼻子有眼,杨松自知对此信息一无所知,心里不免生出学无止境的感慨。

杨吃狼望了望远方的天空,像是预感到了这一美好前景,表示也是前两天偶然在网上看到的。卫星互联网好比把 Wi-Fi 搬到了太空中,只要在信号覆盖范围之内,人和装备都可通过卫星直接实现互联网接入,进而搭建起全球无线网络。

杨松多么希望梦想尽快成真,他清楚世界上目前尚有一半人口无法使用互联网,我国偏远山区、大漠戈壁等部分区域如今依旧是通信盲区,如果这项工程实现了,最起码对应急救援是重大利好,2008 年的汶川抗震救灾,他依然记忆犹新。

不知不觉到了马山县城,小县城一派清新气象,给人一种赏心悦目的感觉,两人都不再说话,透过车窗用水晶般的瞳孔打量着这座美丽小城,高楼、店铺、人群、车辆随风向后飘移。杨吃狼感觉不过瘾,干脆拿出望远镜四处搜寻,说是观察敌情,鬼知道他心里泛起什么波涛呢!

相似的风景多少有点审美疲劳,总想着能出现不一样的花絮点缀。一位餐馆外叉腿而坐、大口吃面的姑娘闯进了他的视野,让他觉得与众不同。他见过的姑娘多是羞涩着合腿而坐,很少有这样豪放的。他正想一饱眼福,无奈车速过快,只是匆匆瞥了一眼,未来得及将这一幕定格。

多少有点遗憾,但演练不就是为了保护城市的安宁,保障居民安心就餐吗?想到这儿,杨吃狼眼中的美、心中的醉,突然化开成远处的山脊轮廓,以及更辽阔的日月星辰。

穿过马山县城,很快下了高速,此时已经到了黄昏。行驶在只有两车道宽的乡村道路上,路上的行车大多开启了车灯,会车间有不自觉的司机不关大灯,像是手电筒照射般晃眼。杨吃狼预感到真正的危险可能随时发生,他瞪大眼睛盯着前方,等待可能遇到的情况,任凭车辆颠簸,仍目不转睛。

然而,一切平稳。

向前行驶了大约 25 公里,抵达石梁河附近,杨吃狼正调整车队行进方位欲下令全营快速通过,眼前的一幕让人惊呆了,前面行驶的一辆中巴车一头扎进河里。

石梁河大桥全长 1986 米,客车坠河地方桥面距离河面有 20 多米,坠河的瞬间一声巨响,水花四溅,像是一发炮弹打进了水里。目睹了眼前一切的杨松立马意识到出事了,急切地对营长说:"咱赶紧下去救人吧。"

杨吃狼满脑子敌情,做出的第一反应是:"救什么人?咱这是打仗,这肯定是敌人设置的圈套,早不掉晚不掉,专门等咱过桥时掉进河里,哪有那么巧合?"

杨松还想说什么,被杨吃狼无情地打断:"一切按打仗要求来,实战。"他下令部队加大车距,快速通过大桥。

路过中巴车坠河处,杨吃狼等人不自觉往河中望,灰蒙蒙的河面上,泛着点点星光,这是陆续有人从车里爬出来,打开手机、打火机等能照明的工具照亮,几名落水群众在河里拼命地喊着"救命"!

"营长,这可能不是演练,可能真发生了交通事故。"一种不安情绪袭上杨松心头。

杨吃狼严肃道:"不要扰乱军心。"还劝杨松沉住气、稳住神,"将军赶路不追兔。"

走在喧闹的大街上,如果有人突然歇斯底里地尖叫,往往能够快速地吸引人们的注意力,博取回头率,这在心理学上叫"尖叫效应"。

军人不是生活在真空里,时刻面对信息浪潮的冲击,也不时面临"尖叫效应"的吸引。杨吃狼认真研究过近年来发生的几场现代化战争,几乎都伴随着鱼目混珠的信息干扰与反干扰,同时不乏虚假重磅信息的厉声尖叫。这次客车坠河,他断定就是蓝军炮制出来的"尖叫",只要自己停下来便中了蓝军圈套。

杨松道:"蓝军这'尖叫'的成本也太大了吧?"

"如果傻子都能看得出来,你还会相信吗?"杨吃狼的战争哲学观是:越是舍不得在战场欺骗上花本钱,就越达不到欺骗的效果;欺骗敌人的效果达不到,就需要花更大的本钱去弥补。战场欺骗必须下真功夫。因为欺骗行动本来就不是真实的,如果假的不真做,舍不得下真功,只是蜻蜓点水、虚晃一枪,在狡诈的对手面前就很容易露馅。故而,客车坠河越"惨",他越有理由相信是引他入套。换成是他,他只会做得更逼真。

杨松听后默不作声了。

信息匮乏年代,决策水平与情报获取量成正比,信息量由小到大,决策质量几乎呈线性提升,但当信息从匮乏走向过载甚至爆炸,决策质量与信息量间的函数曲线也开始下滑,利用繁杂信息形成准确判断变得难上加难,如同从打开的高压水管中喝水一样,看似水源充足,取之却也不易。

生活在战场都能直播的当今时代,想要完全封锁一些信息非常困难,反而炮制一些虚假信息更容易干扰视听,也更容易给对方造成伤害。俄乌冲突爆发后不到一周,就出现约131万条关于乌克兰和顿巴斯局势的虚假报道,这些虚假信息生产速度特别快,大约每20分钟就会出现100条新的假消息。许多假新闻虽然被及时澄清,但澄清的内容最终还是未能获得应有的关注。

现代战场的扑朔迷离,使得动辄开撕的舆论战场变成一成是海水、九成是火焰,炙烤着网民焦躁的情绪,冰冻着并不复杂的真相,对手无可厚非地会制造一些假象配合行动。想避免受"尖叫"影响,杨吃狼坚持认为在营里现有条件下,最有效的办法就是对与战场无关的消息充耳不闻,如同过去在战场上对敌军撒的反动传单压根就视而不见,你能奈我何?枉费心机。他下令全营关闭所有电台。

导演部的众将校也蒙了,海明军转过身看大家个个眉头紧皱,表情凝重,忙问龚泽运大校:"演练中有这坠河事件吗?"

"没有啊。"龚泽运一脸的严肃,色如生铁。

海明军眼睛直勾勾地看着石梁河坠河的车辆,意识到弄不好可能会出大事,让赶紧通知当地政府,让赶紧联系杨吃狼就地救人。

当地政府接到通报后,随即派出救援队,马山县县委书记刘泽生和县长孙劲也都第一时间赶到了现场。可杨吃狼怎么也联系不上。

合成一营通过了石梁河大桥,完全开启了夜间行军模式,行军至乡村小道,速度也减了下来。夜空中的星星像一个个看客,笑盈盈地望着下面长龙一般的队伍;路边河岸上的柳树枝条随着风儿的吹动,透过车灯光向行进的官兵们挥手示意。

杨松无心欣赏这些,客车坠河的一幕如幽灵一样让他心乱如麻,打开网络看到救援刚才坠河中巴车的场景,救生船、吊车、救护车络绎不绝,人头攒动,现场蚂蚁搬家般一片忙碌,加上不远处传来的声声救护车警报,让杨松确信这是一场事故无疑,他再次劝道:"营长,可能真的出事了,你看看!"

杨吃狼简单瞄了一眼,脸上写满不屑:"这还玩起了舆论战,看样子他们做局手段挺有一套啊。"不一会儿,全营都传开了,网上一片叫骂声,骂刚才路过的解放军连国民党兵都不如,不救人,甚至有人说是解放军的军车把中巴车撞下河的。杨吃狼知道后更加气愤,更加坚定了不上当的决心,再次下令:全营关闭所有网络,不准收发任何信息。

合成一营顿时像进入了巨大时空屏蔽器中,完全消失在众人的视线,引来众人摇头和胡勇智痛骂。

海明军抬腕看了看时间,站起来说出去透透气。实际上,他不忍看到民众伤亡的信息,参加过九八抗洪、汶川抗震、武汉抗疫等,他经历过太多的伤感,留下过太多的泪水,不想在众人面前再落泪。

张凌天也劝首长先休息会儿,这一天多都没合眼了,他也不想首长太受刺激。

第四章　驾驶故障战车抢占阵地

谁都想打不对称战争,大人揍小孩自然不需要什么战术。面对强敌,我们国家的武器装备仍处于劣势,故要立足于现实装备,以能击敌不能。

如期到达集结地域,除了侦察、警戒、上厕所等应急事,杨吃狼命令所有人员一律不准下车,就地补充干粮、水分。一天的行军人困马乏,多数官兵简单吃些零碎食品,便很快进入了梦乡。

杨吃狼稍稍放平了指挥车座椅,舒了一口气,静静地躺在上面,疲倦的身躯尚未享受到安眠惬意,眼前竟浮现客车坠河的惊悚画面——夜幕下泛着粼光的河水中一双双眼睛充满了求生渴望。耳边回响着呼救的声音以及白天装备发动机刺耳的轰鸣声,像蚊子在耳朵里狂魔乱舞搅得他心神不定、胡思乱想,他不停地按着微微发胀的太阳穴,迷迷糊糊不知何时睡着了,还做了一连串的噩梦,惊得一身冷汗。

次日拂晓,杨吃狼被清脆的闹钟声惊醒,透过车窗向外看,远处的山脉仍被黑夜锁住,看不清轮廓。他伸了伸懒腰,稳定一下被噩梦折腾的情绪,让人打开指挥电台开始排兵布阵,接收的第一个信号竟与梦境中的相差无几,被胡勇智臭骂了一顿:"你小子给我惹大事了,解放军的形象让你丢尽了!"

战场上不可预料的因素很多,像这样的突发事件往往鱼龙混杂,海明军引导大家不要受突发事件干扰:"这是在打仗,既然地方救援已经展开了,我们就安心打好这一仗再说。"同时他安排伍晓刚赶紧去对接地方政府善后。

临行前,伍晓刚致电杨吃狼说:"杨营长,你给我听好了,你只管好好打仗,善后工作我来处理。"杨吃狼乱如麻的心像是有了主心骨,感动得泪水差点涌出来,他理了理思绪,立即召开"诸葛亮会"。他欲让杨松带着一个尖刀班化装侦察,导演部却下达了一个特殊命令:不准勘察地形!

打仗不准看地形,这不是逼公鸡下鹅蛋吗?这一消息迅速在部队扩散、蔓延、沸腾,似乎打乱了所有人的部署,引起了一阵阵骚动。

杨松还提醒是不是搞错了,环境完全陌生,不勘察地形怎么用兵?他事先准备的多种侦察手段及侦测仪看样子用不上了。

"命令就是命令,都什么年代了,还能搞错命令?"杨吃狼虽一时没弄明白导演部的真实用意,可他清楚演练提升"陌生系数",战时才有"打赢底数",一股无名的怒火发泄后反倒清醒了。作为一个指挥员要随机应变,而不能跟着悠悠之口瞎咧咧,叽叽喳喳像个带崽的母鸡。

知己不知彼,再精心的筹划也可能是"自说自话"。几名连长也有异议:就这样上战场如盲人摸象,没有方位感,没有安全感,只有恐惧感。

"机会对大家来说,都是平等的,不让侦察,我们还少跑腿了呢。"杨吃狼让大家换个思路考虑问题,"不勘察地形,虽然作战难度大,但是在完全陌生的环境下练兵,给了我们自由发挥的空间,正好磨砺一下。"

牛起义却拽着白阿毛要去导演部抗议。白阿毛挣脱他,问:"抗议什么?"

"抗议太不公平!"牛起义怒气未消道,"蓝守红攻,蓝军先占领了有利地形,构筑了防御体系,而我们远道而来,又不准提前看地形,公平吗?"

白阿毛摇摇头:"不公平。"

牛起义又问:"蓝军在这儿想必练了很久,而我们是打第一仗,公平吗?"

白阿毛又摇头:"不公平。"

牛起义再次问道:"蓝军想必早与训练基地密谋好了,总导演、红蓝双方的调理组组长都是基地领导,他们不回避,公平吗?"

白阿毛再摇头:"不公平。"

看白阿毛活脱脱一个事不关己的呆头木鸡,牛起义气急败坏道:"你只会摇头说不公平吗?"

白阿毛像是吃透了牛起义的心思,反唇相讥道:"你不就是想让我说不公平吗?"

牛起义趁机拱火道:"既然不公平,就去找导演部解决啊。"

白阿毛一改常态,严正声明道:"找什么导演!体育比赛才讲究公平,战场什么时候讲究公平了?质疑这不公平,那不公平,是把演习当成比武了?"

白阿毛起初也不太明白,还专门咨询了王春阳,老连长告诉他,战争就是"找别扭大师",会让你在最不熟悉的环境里接敌,用最不默契的武器作战,用最不适应的方式对抗,又像在新兵连时开导他那样循循善诱,一番话让他有所醒悟:"赛场上,对手从同一起跑线出发;但战场上,敌人却可能一开始就已处在遥遥领先的位置。"如今牛起义不怀好意地问,无非是想挑起他的不满,不满势必会扰乱心智。白阿毛现学现卖,用老连长讲的故事和道理教育他:"训练有训练的规则,战场有战场的规则,考核有考核的规则,比武有比武的规则……"

"停,停,打住!"牛起义见白阿毛不上道,还一味地东拉西扯,手一摆打断他的话说,"我今天不是来听什么规则的,我是来要公平的。"

白阿毛压根就不理牛起义这茬,旁若无人地继续说:"无论什么规则,都必须是实战规则。检验利用规则是否合理,最根本的一条就看追求的是练为考的锦标主义,还是练为战的实战主义。"

牛起义不服气道:"行,我们就按规则来,我们这次演练不就是考核吗?"

白阿毛一本正经道:"考核不假,但我们这也是实战化考核,说不公平的,可以脱下军装再来谈公平。"如果从竞技的角度来评判,不让勘察的确不合理。而这一切站在战场上来思考,那就再正常不过了。二战时的北非战场上,德军元帅隆美尔曾命令用88毫米的高炮平射英军坦克,使得战局逆转。一位英军少校愤愤不平:"这太不公平了,竟然用打飞机的高射炮来打坦克!"

而这句"太不公平了",一度成为战场上体育竞技思想的典型笑柄。战争,被克劳塞维茨称为"世上甚为惨烈的暴力行为"。它的残酷性就在于,一方的机会,就是另一方的灾难;一方的攻取,就是另一方的失守;一方的胜利,就是另一方的惨败。二者之间的距离,不是冠亚之分,而是生死之别。因而在激烈对抗的战争舞台上,敌对双方无所不用其极,无不欲将敌手置之死地而后快。

"别说得那么邪乎,什么生生死死的?你就说我们这仗怎么打吧!"牛起义有点不耐烦道。

"有什么条件打什么仗呗!"白阿毛看了看牛起义,又是一番教科书式的说辞,"未来战争何时打、在哪打、怎么打,至少50%不由我们说了算。我们不可能像挑选货物那样随意选战区。有时候你准备好了人家不一定打,你没准备好对方就可能打上门了;有时可能在熟悉的地方打,也有可能在陌生的地域打。如果因为对手对我们不公平,我们就不打了,或者因为吃了败仗,就抱怨对手对我们不公平,你觉得能行得通吗?"

牛起义眼瞅着唐僧念经似的白阿毛,忽然想起,现如今真正的竞争对手不是蓝军,而是白阿毛和杨吃狼,和对手抱怨,只会让对手更加看不起。不管结果如何,不还有"矬子里面挑将军"吗？于是，他连忙收住话题："咦，谁给你洗脑了？这说辞整起来跟个司务长发衣服似的一套一套的，听你一席话……"

"胜读十年书！"白阿毛本能地接道。

"想吃后悔药？"想着白阿毛平时那么一个闷葫芦，今天嘴皮子咋就这么溜了，牛起义又气呼呼道，"什么叫我觉得能行得通吗？简直莫名其妙。"

白阿毛故意不看牛起义，反而望着远方的天空，漫不经心道："今儿天气可真好，明媚的阳光，嘲笑着世间的沧桑。"

牛起义学着白阿毛的样子望着天空，脚上像踩着弹簧似的自言自语："问：土豆多少钱一斤？答：鸡蛋很新鲜。"近在咫尺的两个人，如同一个天上一个地下，聊的话题也是一个向东一个向西。

白阿毛撇撇嘴角，挤出一丝蔑笑："什么乱七八糟的？"

牛起义冷言冷语道："装什么糊涂！我和你聊勘察，你聊啥天气？战场上只有血与火，哪有那么多的诗情画意？不想当将军的白阿毛不是个诚实的好兵。"

白阿毛心想这家伙知道战争的残酷啊，既然啥都明白，何必再废话？于是他干脆来个软刀子："没事把牢骚拿出来晒晒太阳吧，脑子就不会缺钙了。"

牛起义知道这是在含沙射影地骂他，如今自己在言语上已经很难占上风。三观不合，浪费口舌，他回敬了白阿毛一句："你脑子才缺钙呢！"就急匆匆地走了。他心里也明白：在战争中期望与对手来一场公平对决，那只能是一种天真怪异的幻想，到头来必会一败涂地。原本只是想让白阿毛当个出头鸟，他竟然没有上当，还把自己一顿怼。

当下，他们不仅无法到现地勘察，随身携带的地图也都是几十年前的了，虽说大致的地形地貌没变，但一些道路会变、树木会变、房屋会变、居民地会变，尤其是这些年开挖矿山，现地已发生了很大改变。

由于排兵布阵只能靠相对比较新的网络终端地图，各营指挥员努力记着地图上密密麻麻的高地、道路、河流、植被、民居等，努力回想着部队在战场机动时遇到的种种情况，开始了一段长长的沉思。

或许是坐得太久了，海明军站了起来。从定下决心到发起进攻还有一段准备时间，他环顾了一下作战指挥大厅，看到许多人只顾埋头作业，似乎只是各扫门前雪。他轻轻敲了敲桌子，发动大家一起讨论："如果让你们指挥合成营作战，这仗如何打？"

原本这是一线指挥员面临的一道考题,导演部的参谋们只负责搜集情况、下达指令、拟制文书、上传报告,得空思考也是天马行空,有人想象着"黄鸟于飞,集于灌木"的美丽意象,有人痴迷于"金戈铁马,气吞万里如虎"的宏大场景,有人陷入"究天人之际,通古今之变"的深层思考,还有人想着自己的家庭琐事,比如家里的水电费该交了,孩子考了多少分,该报哪个补习班……此时的作战指挥大厅俨然一个时空容器。至于如何用兵,谁也没有认真思考过,他们更多地只想着静观其变、静等结果。面对中将的提问,越是没有准备,大家的神经绷得越紧。

海明军让人在侧屏上调出作战地形图,整个演练地域高低不平地呈现在眼前,比起传统的平面挂图更加直观形象。中将指着地图说:"我们现在的电子地图高级了,但看地图的本领不能丢,历史上优秀的指挥员都喜欢看、记地图,实际上他们是把头脑中的我情、敌情数据和变化叠加在了地图上。地图是心中缩小的战场,战场是放大了的地图,那一时那一刻,在他们的大脑中,肯定有一幅幅生动的战斗画面和一场场立体电影在反复播放。每一仗的决策,每一场战斗的胜利,在他们的头脑中不知预先演练了多少次。"

海明军此刻脑海中已经有了这份地图,并形成了流畅的几何战斗影像,点击即可播放,而导演部的智囊们一边仔细听,一边在脑子里过电影,有的闭着眼想象着作战画面,有的开始计算兵力兵器的运用,包括一线指挥的杨吃狼等人,正在努力描绘着这张地图,连点成线成影。

沉默了足足 3 分钟,像获得特赦一样,一束束躲闪的目光又聚焦到了前排。海明军再次示意大家围绕此次作战部署发言,坐在前排的少校参谋张亚飞说:"玉皇顶三面环山,中间开阔,易守难攻,应该从侧翼进攻,来个出其不意。"

中校参谋艾文博站起来否决了这一战法:"你那是几十年前的老式战争,战争双方的武器打击距离不同,但不至于相差太大。弱势的一方可以凭借过人的谋略,利用更高的士气来扳平。可是,当双方武器装备相差太大,再高明的战争谋略和指挥艺术恐怕都无济于事,也不是军心士气能够弥补得了的。"

科索沃战争中就有这样的画面:美军飞机飞得很高,南联盟虽有防空武器,但够不着,只有挨炸的份。少校参谋普结结站起来进行了补充,还绘声绘色地模仿了当时一个令人揪心的镜头:一个老人怒视着天空祈求,上帝啊!你要是可怜塞尔维亚人,就让北约飞机从天上下来吧,在地面上打一仗,是胜是负,快点结束吧!

现场发出几声会意的笑声,中将的眸子闪了闪,略带几分冷峻:"好笑吗?有什么好笑的?那是发生在南联盟,要是发生在我们身上,你们还能笑得出来吗?"体系作战的砝码是如此之重,像玩跷跷板一样,将停留在单一作战的对手抛上高空,重重摔碎。海明军十分清楚这背后的悲壮故事:为了激励士气,南联盟53岁的空军司令柳彼萨·维利科维奇亲自驾驶米格战机升空,欲和北约战机一决雌雄。可惜,雷达被干扰,通信被中断,老将军看不到对手在哪里,却被对手死死锁住,一上天就被击得粉碎。击落他的,还不是美军,而是荷军。跟随司令员作战的另外5架米格战机,只比他多挨了5分钟。

一想到这,海明军眼前总会浮现近代中国的血泪史、屈辱史,尤以鸦片战争为最。以林则徐之智和关天培之勇,也无奈英军何。被誉为中国"睁眼看世界第一人"的林则徐曾设想用小船接近英国舰队,实施火攻。他大概不知道,英国人的船体早就不是木头做的,而是铁制的,是烧不着的。

"落后就要挨打"的惨痛教训读来犹如剜心,痛彻肺腑,警醒海明军必须时刻保持忧患意识。仔细想想,战争从来就是因为不对称才打起来,因为你弱,人家才敢欺负你,真正对称了反而谁也不敢轻易动手了。能战方能止战嘛!

仰望星空更要脚踏实地,不切实际的空谈信息化,更像是空中楼阁,更易让人在虚幻中沉沦。目光能看到世界坐标系,才能迈向世界一流。海明军说得更明白一点:当我们眼中再无强敌时,也就是我们建成世界一流军队之时,但这不是盲目自大,而是建立在超强实力上的自信。这实力就是从搞好眼前演练开始一点点积淀的。他发动大家思考,实际上也是一种练兵动员,因为就解放军现有的用人导向来说,身处大机关的军官们多是从各层级比较优秀的人中选拔的,更易获得晋升和发展空间,在座的智囊们以后很可能就是一个旅或团,乃至更高级别的指挥员。

听了刚才几个人的高论,海明军觉得如今人们谈论更多的是高科技战争,却往往忽视了我军的装备现状。我们无法和美军比,也不必和南联盟比,我们要最大限度地发挥出手中武器装备的最佳性能。他面向大家说:"世界上任何一支军队都不会觉得它拥有的兵力兵器比需要的多和先进,除非它想自废武功。我们不要动不动就信息化战争怎么样、怎么打,谁都想打不对称战争,大人揍小孩自然不需要什么战术。面对强敌,我们国家的武器装备远没有发展到那种程度,甚至说还处于很大的劣势,故我们要立足于现有装备,以能击敌不能。"

不经意打开的一扇窗,让战前没想到的问题吹进来了,原来脑子里没有的想法蹦出来了。王春阳站起来说:"进攻讲究一个'势'字,既精打要害、破敌体系,避其锐气、攻其惰归,还要拆力卸力、借力打力,四两拨千斤。就现有装备来说,左翼主攻不失为一种好的战法,主要兵力迂回到左侧380高地,这样坦克、装甲车的火力就能直接打到玉皇顶了。"

中校参谋任露的思考恰在这个频点上,但他有一个疑问:"后续坦克、装甲车上不去怎么办?那就发挥不出快速突击能力了。"

王春阳不紧不慢地说:"不能占领阵地,可利用步兵指引目标,引导炮火射击,这样即便不能出奇制胜,也能大大减少正面的进攻压力。"

海明军点点头,静等事态的发展。

蓝军总算搞清楚了,真的就是郭恩典的合成四营。

杨吃狼不愧为王春阳带的兵,两人的思路竟不谋而合——迂回进攻,来个出"敌"不意。少校副营长胡楠心存疑惑地问:"营长,你不是说战场上一只鸟都瞒不住吗?怎么又出'敌'不意了?"

"战略战役上达不到的,战术上往往能够做到,这矛盾吗?"时间的痕迹体现在沧海桑田上,也刻写在人的观念演进和心灵变迁中。通过最近的军事理论学习,杨吃狼觉得以前的认识有失偏颇,尤其是战场上的事切忌说满,又不愿承认,只好为自己开脱说,"凡战者,以正合,以奇胜。从古至今,这条制胜法则从未改变。信息化战场上,体系和高新武器平台为精妙战术的运用提供了更加广阔的空间。"

"营长说话总是有道理,还总能引经据典让人无可辩驳。"胡楠双手抱拳看似恭维,实乃暗讽杨吃狼强词夺理。要是往常,杨吃狼定会哈哈一笑或者臭骂一通,此刻却一言不发,脸色极不友好。

杨松倒认为营长说得没毛病,造成出"敌"不意的两个因素是秘密和速度。当无人机蜂群以250千米/小时的速度来袭时,防御系统从发现目标到启动拦截只有15秒,预警时间短,难以合理分配火力,导致部分无人机能够避开拦截,攻击对方目标。巧用蜂群攻击,可以让敌方无从招架;精用特战力量,可以在敌意想不到的时间和地点发起攻击;活用欺骗战术,用敌人想不到的方式打击或瓦解敌军。

通过一路上的袭扰来看,杨松本能地判定玉皇顶上的蓝军并不多,武器装备并没有达到可视化的程度,达成进攻突然性还是可能的。

"可左侧装甲车根本开不上去,仅靠步兵冲击,还不成了敌人的活靶子?"胡楠不无担心道,他建议一部分兵力从正面进攻。

"合成营,关键是合成,合成才能有战斗力。"杨吃狼显然还是受客车坠河事件影响,有点乱了分寸,甚至不敢正视指挥网络终端,生怕蹦出什么诛心的信息来,才说了这句官兵皆知的大白话。只见他捂住脸沉思了一会儿说:"让我安静一下,再想想吧。"

想想也好。反正合成一营最后进攻，还有时间。这实际上是对他们开进途中表现的肯定，就像体育赛场，小组赛越是名次靠前的队伍往往越是最后出场。这又像竞技扑克牌中的复赛打法，同样的底牌，由不同的人去打，孰高孰低，一目了然。

牛起义的合成二营率先发起了进攻，部队发起攻击前，他先派工兵操纵综合扫雷车采取爆破式扫雷方式，不到2分钟便成功在蓝方混合雷场开辟了通道。

不承想，蓝方再次抢速布雷，牛起义再次命令工兵排雷。工兵排长杜宝林边作业边报告："营长，这次是化学地雷。"

化学地雷里面装填化学毒剂，爆破式扫雷会把地雷中的毒剂挥洒到空中，形成染毒地带，必须采取犁掘式扫雷方式。但这种方式耗时长，且雷场位于下坡和急转弯结合地段，使扫雷难上加难。排雷快一秒，胜算就多一分。牛起义命令道："排除一切困难，赶紧排雷。"

工兵倒也不辱使命，杜宝林不断调整操纵杆，每微调一次方向就得推拉操纵杆五六次。10分钟过后，通道终于成功开辟。

只是由于牛起义贸然开进，途中损兵折将，兵力战损了五分之一，正面进攻又受到了猛烈阻击。牛起义命令全营步兵下车战斗，还未到阵地前沿，兵力损失已超过一半。

装步连进攻靠两条腿穿插，步战车这个金箍棒就成了烧火棍。这种老套的进攻方式，简直把步战车当成了代步工具，就像下雨天遇到了泥泞的土路，就果断舍弃了自行车一样。海明军道："装步连进攻，关键发挥步战车突击作用，与步坦、步炮协同，形成重锤破壳之势，达成割裂敌防御体系、动摇敌整体防御之目的。"

装步分队冲击，两条腿冲不到步战车前面指示目标、消灭反坦克目标，步战车就是敌人的活靶子！张凌天看出了问题的端倪，一针见血道："这是典型的装备已鸟枪换炮，可别身子上了车，脑子还在地下跑！"

合成二营勉强攻下蓝军第一道阵地，再也没有力量向前推进一步了。牛起义瘫坐在被击中仍冒烟的装甲车上，仰天长叹道："问君能有几多愁？恰似'一群太监上青楼'！"

合成三营由于前期损失了大批工兵，不敢也不宜从正面进攻，白阿毛选择了从右翼进攻。右翼地形险恶，山石林立，蓝军不大可能在那大面积布雷。白阿毛利用山涧空隙,突然向蓝军一个制高点发起奇袭,他们像利刃划开前沿阵地,5公里纵深推进到距核心阵地不足1公里。

眼看就要接近蓝军的心脏地带,蓝军急忙调集火力疯狂反扑,展开强力压制。

白阿毛改变常用的步坦协同战术,实施"群狼"突击,进一步拉大装甲车车距,让步兵战斗队形散开,三步一匍匐,五步一滚进,使蓝军发挥不出集中打击优势。

夺控战斗,易守难攻。白阿毛的兵力和装备不断被导调员判决出局,几百人的队伍急速减员:八连连长阵亡,2辆坦克、3辆步战车被击毁……

好不容易冲到玉皇顶山脚下,钻进蓝军眼皮底下,躲进火力打击死角,白阿毛的合成三营只剩余不足100人,武器装备也损失惨重,白阿毛寻找机会借助装甲火力掩护发起最后攻击。

白阿毛环顾四周,见左侧百米外有条"川"字形雨裂沟,立即下车带人匍匐进去。

"营长,还冲吗?咱剩这些人干不过人家了。"参谋张泽湘从地上刮把干土面,糊住左手鲜血淋漓的伤口。

"冲!蓝军能打散我们的队形,可打不垮我们。"满脸血污的白阿毛转身部署战斗,"我带120反坦克火箭手和一组机枪手从左翼进攻……"

张泽湘一把拽住营长道:"你可是全营的主心骨,你若是牺牲了,我们整个营就完蛋了,还是我去吧。"

"打剩一个人也要打!"白阿毛拨开张泽湘,爬出雨裂沟,大喊一声,"兄弟们,跟我爬也要爬上玉皇顶!"

雨裂沟到玉皇顶五六百米远,可进攻到一半,却发现悬崖峭壁,后续跟进的装甲车辆无法通行。白阿毛亲自带着人,背负沉重的武器装备攀爬超过60度的陡壁,耗费巨大体力,艰难冲击到玉皇顶阵地前沿。

从正面强攻无异于自投罗网,白阿毛对着地形反复思考,果断定下决心,组织剩余精锐从玉皇顶背后攀爬上去,而横亘面前的是近乎90度的陡壁。白阿毛来不及多盘算,带领数十名队员再次负重攀爬。

队员们经过艰难攀爬,体力几乎像油灯似的烧竭燃尽。眼看蓝军指挥部映入眼帘,白阿毛示意大家不要出声,连喘气都张大嘴呼吸,因为他们发现上面有蓝军哨兵。他竖起大拇指小声给队员们打气说:"大家坚持住,只要我们翻过这道崖壁,控制了蓝军指挥部,胜利就一定属于我们!"

话音未落,二级上士薛嘉文一脚蹬滑,从高处坠落。"啊",薛嘉文不禁叫出了声。

闻声而来的蓝军哨兵立即向上级报告了这一敌情。

蓝军炮火瞬间而至。

白阿毛不得不组织人员退回一隐蔽处,安排好人员送薛嘉文后,还想继续组织进攻。不料这时一发炮弹袭来,所剩几十人也全出了局。白阿毛强忍着疼痛想站起来却怎么也站不起来,不得不在一声"叹息"中面对现实,放弃了进攻。

海明军扭头对张凌天说:"白阿毛营虽然失利了,可他们的斗志还是蛮高昂的,军人的血性还是有的,他们能从这样的陡壁爬上去,就很了不得。"

张凌天回应说:"是啊,现在很多年轻战士没有受过这样的训练,平时连棵树都爬不上去,别说爬悬崖了,看着就挺害怕。"

"可还是输了。"接连失利,让胡勇智脸上根本挂不住。他为白阿毛深感惋惜,毕竟距离成功仅一步之遥。胡旅长相信只要白阿毛能带人冲进蓝军指挥所,他就能说服导演部判定白阿毛营获胜,可偏偏输在了该死的一声"啊"上,想到这他忍不住骂了一句:"笨蛋。"海明军斜眼看看他,胡勇智连忙住嘴,他这种一有情绪就口无遮拦的臭毛病没少吃亏,真得改,可就是改不了。

胡勇智心底开始祈祷,此刻他倒是希望杨吃狼能攻占玉皇顶阵地。

杨吃狼将主要兵力摆在了正面。

合成二营、三营出师不利,给了合成一营很大机会,但也有了更大的压力。为了缓解这种压力,发起进攻前,杨吃狼站在装甲车上进行了临机动员:"我有时真羡慕大家。"

"羡慕什么?"众人不解地问。

杨吃狼大声道:"羡慕你们有个好营长,是他带领你们打赢了战斗。"

"喊",笑声一片;"好",掌声一片。

杨吃狼跟着鼓掌道:"相信我们昨天投下的种子,必然报以今天的绿荫。战斗吧!我的战友兄弟们。跟着我,一定能赢得胜利。"

一番逗趣式激情鼓动,说明杨吃狼的心情也调整得不错,大家心里倒也舒畅不少,在一片叫好声中燃起了无限斗志。

海明军跟着笑了笑,别说杨吃狼自卖自夸这招还真管用,但一看这种堂堂之阵就味同嚼蜡:"要还是这样部署,我们还机动几百公里干什么?在家里打几枚导弹就行了。这哪像现代战争,简直就是原始社会的过家家,谁拳头硬谁当家。"

果然是老一套,工兵携带破障器材对障碍物实施破障,综合扫雷车缓慢向前推进清除蓝军埋设的地雷,装甲车开道,步兵后面跟进。

就在海明军起身要走的当儿,3架自杀式无人机突然扑向玉皇顶阵地,携带着巨型炸药,与蓝军阵地火力点同归于尽,燃起巨大火球。与此同时,炮兵、坦克兵火力密集齐射,将整个蓝军阵地炸得犹如破碎的火焰山。杨吃狼趁机命令部队快速发起冲击,蓝军立即组织火力防御。

海明军又稳稳地坐下了。

20世纪60年代,美军率先在越战中用"火蜂"无人机进行战略侦察;70年代,以色列最早将无人机直接用于战场;进入90年代后,无人机大量采用高新技术,可适应多种作战任务;爆发于2022年的俄乌冲突更成为世界无人机的展示橱窗,多款无人机你方唱罢我登场,将无人机的使用推向了人类实战的新高度。

红旗旅尚未配属无人机营,一般旅里配发的无人机,都是用于战场侦察或平时照相、录像用的,还有就是一些特殊情况——像牛起义用来为战场送饭。这种直接用于战斗的自杀式无人机,部队还真没配发过,偏偏这个时候海明军扭过头来问胡勇智:"你们旅啥时候配发这种战斗无人机了?"

"没有配发啊。"这种威力巨大的自杀式无人机,从外观上看,有点像中国淘汰的歼击机改装而成,胡勇智也是第一次见,他一脸的惊讶,"杨吃狼这是从哪里弄来的,我也不太清楚。"

"是不太清楚,还是根本不知道?难不成是他自己掏腰包买的?"一个旅长连手下营里多少装备都搞不清楚,海明军用怀疑的表情表达了不满。

胡勇智心想,或许是上级专门为这次演练配发的,机关人员怎么没有人向他报告?在海明军等首长面前,他不便发火,只能强作镇静地说:"首长真会说笑,这到哪儿买去?肯定是上级配发的。"

"我看未必吧!"既然战场上出现了新情况,中将就耐心地看下去。果然,无人机一番火力突袭后,摧毁了蓝军的一些重要火力点,杨吃狼的进攻也明显快了起来。

冲击至玉皇顶高地前沿二线阵地时,蓝军组织力量进行了疯狂反扑,只见杨吃狼轻点鼠标,迅速在指挥系统上标出3个高地,突然灵机一动,大声命令道:"杨松,命令你速带一个连从右翼进攻!"

"营长,不能用明话呼叫!"炮手张晓谊急忙制止,压低了声音说,"营长,那个地方杨松参谋根本过不去啊。"

杨吃狼根本不予理会，又大声补充了一句："战机稍纵即逝,赶快执行!"还特意解释了一句,"即便蓝军了解了我方企图,也来不及调整部署。"说完,他脸上露出阴险一笑。

果不其然,蓝军截获通话后上当了,把防御前沿的一个主力连火速调了过去。这时,杨吃狼又改用密语命令杨松："按原计划行事。"

"好一招调虎离山!"海明军对杨吃狼这种应急处置能力很是赞赏。

杨吃狼指挥全营快速进攻,火力已经直接打到了玉皇顶阵地上,发现上当的蓝军重新加入了战斗。由于兵力实在悬殊,又没有后续梯队跟上支援,杨吃狼渐渐感到不支,眼看到手的胜利即将化为泡影。

这时,从左翼380高地打出的几发炮弹对蓝军的重要目标实施了精确打击,一发炮弹像长了眼睛一样,不偏不倚正好落在蓝军的指挥所内,让杨吃狼顿时燃起了劫后重生的希望。

原来,杨松带领一个坦克排提前机动到380高地上。380高地到玉皇顶多是悬崖峭壁,蓝军未料到他们会从这里进攻。杨松留下一部分人员在车上,做好炮火射击准备,另一部分人员携带侦察通信装备从高地侧面攀援而下,在茂密的树林中隐蔽起来,躲过了蓝军分队的清剿。

当蓝军全力围歼正面进攻的红军时,杨松带着人悄悄爬上高地,占据视界开阔的有利位置。指示完蓝军的炮兵阵地,杨松又找到了蓝军的指挥所,利用藏在380高地上的坦克猛烈射击。炮弹穿越树林飕飕作响,击裂障碍而过,一举打掉了蓝军的指挥所。

杨吃狼趁机组织力量反击,蓝军一阵炮火急袭,升舱驾驶的驾驶员被判"中弹牺牲"。杨吃狼来不及多想,钻进驾驶室亲自开起了坦克,并快速盖上了驾驶顶盖。坦克轰鸣前进,炮手张晓谊果断射击。

但此时,通路被彻底炸断,必须绕路前进。

杨吃狼果断命令："发射烟幕弹,准备转向前进!"

炮手张晓谊报告："烟幕弹已经用光!"

大名鼎鼎的"悍马"越野车之所以在现代战场上频频遭遇滑铁卢,说白了是缘于裸奔:装甲防护能力薄弱的"悍马",面对持有轻型反坦克武器的对手和各种地面爆炸物时不堪一击,在伊拉克和阿富汗战场上常常深陷泥沼。

没有烟幕掩护的坦克横向前进,无异于在蓝军阵前裸奔。关键时刻,杨吃狼急中生智,驾驶战车猛地来了一个360度原地快速转体。顿时,车体周围弥漫起阵阵沙尘。就在这一瞬间,杨吃狼驾驶坦克快速绕路杀向蓝军阵地。

杨吃狼这番操作,显然说明他对装备性能了然于胸,实现了人与武器的最佳结合,这就是海明军强调的"兵器素养"。朱可夫指挥部队与德军激战时,部属突然报告:有几十辆KB坦克没有炮弹了!他立即做出反应:"这种坦克可以使用野战炮的1930式炮弹!"一句话,让这些坦克重新投入战斗,扭转了战局。中将肯定杨吃狼这一招亦起到了关键作用,微微一笑道:"这小子有点头脑!"

见中将表扬自己部下,胡勇智脸上也有光,跟着附和道:"这小子技术还行,只要熟练掌握加上巧妙运用,一些并不十分先进的装备也能成为战斗利器。"在胡勇智的内心,却闪现着另一个画面:假如让杨吃狼徒步冲锋,估计早就歇菜了。

17时16分,杨吃狼突然感觉头上下起了"小雨",嗅觉神经触发了杨吃狼的职业敏感,他骤然一惊:"不好!是柴油!"可能是刚才的炮弹碎片击中了坦克上的油箱。

17时17分,杨吃狼一看仪表盘,油温90℃,已经超过正常温度,可是离玉皇顶主阵地还有1300米。

是把这次演练就当作一次普通演练抓紧停车排险呢,还是把它当作一场生死战斗继续驾车冲击呢?杨吃狼极速思索,仿佛他的这一决定,如首位登上月球的宇航员阿姆斯特朗前进一小步,人类前进一大步那般意义重大。

全营仅剩5辆冲击的战车了,临时选定的是一条狭长通道,只容得下1辆坦克通过。如果停车排险,战车完全暴露在蓝军火力覆盖下,必将被秒杀,此次演练将功亏一篑;如果继续前进,油温极有可能在到达阵地之前就超过极限温度,发动机熄火烧缸,装备就会彻底报废,还可能危及车上人的性命。损坏武器装备以及车毁人亡,哪一件都不是小事,胡勇智定不会饶了他,闹不好要负刑事责任。

怎么办?怎么办?梦想指引的人生,不需要精算个人得失,慎重思索几秒后,杨吃狼孤注一掷,稳踩油门,全力向玉皇顶高地冲去,让炮手自行射击。

17时18分,杨吃狼两眼紧盯仪表盘,时速36公里,油温96℃。再往前看,前方道路弯曲狭窄,像极了驾驶训练用的车辙桥,稍有不慎,坦克便会坠入谷底。杨吃狼屏息凝神,灵活推拉操纵杆,平稳地通过了这段险路。

17时19分,时速52公里,油温102℃,距离550米,坦克车体部分已被柴油淋湿,此时如遇静电着火,很可能会车毁人亡。

时间紧迫,行至相对平缓路段,杨吃狼将变速杆一把推到5挡,油门踩到底,逼近极限速度,以求尽快到达阵地。

17时20分,坦克车体上的伪装网已经燃烧,杨吃狼驾驶的坦克仍在狂奔,车内其他乘员仿佛感到了事情的不妙,个个屏住呼吸,气氛紧张到了极点。

而此时,坦克遭遇一处路面崎岖的陡坡,坡度达33度,超过了大纲规定的坦克爬坡坡度,油温已到达105℃,距离阵地不足200米。杨吃狼心里明白,这么陡的坡,这样的车辆状况,弄不好会出事故,一个声音在脑海中高叫着:"还是停下来吧!"

蓝军火力也密集打过来,子弹、榴弹在头顶上方飞过,能清楚地听到弹体划破空气的嘶鸣。军人除了冲锋,还是冲锋,打红了眼的杨吃狼不顾一切,驾驶坦克慢慢驶向坡底,在坦克即将上坡的一瞬间猛踩油门,只听轰的一阵怒吼,坦克一口气冲上玉皇顶主阵地,时间定格在17时22分,后面车辆顿时信心倍增,鱼贯跟进。

杨吃狼和同伴快速跳出坦克,取出灭火器快速扑灭明火,并打开柴油滤清器盖。只见左侧的滤清器已摇摇欲坠,他立即拿起扳手固定滤清器,堵住了喷油口。

满身油污的张晓谊拍了拍同样狼狈的杨吃狼的肩膀,问:"营长,真悬啊,怕不怕?"

杨吃狼笑了笑:"你小子想啥呢,哪有时间害怕?"也对,如果害怕的话,就无法冷静思考下一步该怎么做,无法成功处置这一险情,无法抢占蓝军阵地了。

这一幕,看得指挥部的将校们心惊肉跳,待导演部宣布杨吃狼占领了阵地,胡勇智仍惊魂未定……

第一阶段演练渐进尾声,像一首钢琴曲的最后一个音符那样,无论用上多么高亢的调,其结局都是消失与离开。

按照演练规则,杨吃狼攻占了玉皇顶高地,应该是优胜者,应当获得鲜花与掌声。

然而,杨吃狼还没有享受到胜利的喜悦,却已成了众矢之的。

总结会就在战地临时会议室召开,战区有重要军事活动,张凌天陪同海明军回战区了,参加会议的是红旗旅的营、连以上干部,还有王春阳。

去旅部开会的路上,牛起义边走边对四营长郭恩典说:"你小子做得真够绝的,一点余地都不给我们留。"

郭恩典从担任蓝军那一刻起,实际上就不由自主了。海明军、张凌天等人都特意交代要尽一切可能给红军制造障碍,毕竟军事行动的天然目的就是打败敌人。能不能把红军"逼向打赢"、红军能不能"向死而生"不好说,他能做的就是真正把红军"逼到极限,逼入绝境"。可郭恩典不能那么说,太官方了,他只好拍拍牛起义的肩膀说:"彼此,彼此,你老哥担任蓝军,不是也毫不留情吗?只是心有余而力不足吧。"

"杨吃狼这小子算什么能耐?依靠自杀式无人机,胜之不武。"牛起义碰了一鼻子灰,心里更加不服气。

"你小子自己淋过雨,就想着捅破别人的伞,让大家和你一样淋个落鸡汤。你不知道吹灭别人的灯,会烧掉自己的胡子?"郭恩典对牛起义早有耳闻,同情他的遭遇,但也鄙视其背后捅人刀子,更不想引火烧身。说完,郭恩典大踏步往前走,远远把牛起义甩在了身后。

看着郭恩典远去的背影,听他说一句话又是"伞"又是"灯",隐喻暗语的,牛起义知道两人不是一个道上的,还担心从大机关下来的城府深,别把自己套路进去了。他扭头一看,白阿毛已经追上来了,就假装问道:"我说三营长,杨吃狼使用无人机,算不算战场作弊?"

"也不能算人家作弊,毕竟规定上没说不让寻求帮助。"白阿毛宁愿自己伤身,也不愿伤兄弟感情。他和杨铭这么多年从新兵连一路走来,就像青萝卜一节在地上,一节在地下,虽然从外表上看两人泾渭分明,理念、个性也不尽相同,杨铭有时甚至看不起他,但品质是一样的,终究还是同根同路人,也是他在红旗旅唯一能说知心话的人了。白阿毛从未叫过杨铭"杨吃狼",此刻更不愿落井下石,心底还挺佩服他有这本事,喃喃自语:"我咋就没想到呢?工兵没有了,咋没想到申请辆扫雷车呢?哪怕向友邻工兵团借也行啊。"白阿毛以为杨铭的无人机是申请支援的。

牛起义不以为然,也无法体会到两人的爱恨情仇,又有点挑拨离间道:"当参谋长我是没戏了,杨吃狼挡的可是你的道。"这话被快速赶上来的杨吃狼听见了,杨吃狼对牛起义反讥道:"瞎挑拨啥呢?谁规定不能有外援了?有本事自己找去,别在这酸溜溜的。"

"你有本事,又是放火又是损坏装备的,我就不信旅长能饶了你。"牛起义的嘴巴确实一点不饶人,这也正是杨吃狼担心的。不管别人怎么说,他想听就听,不爱听就不听,可胡旅长那个小心眼的话,他不听不行啊,官大一级压死人,何况,胡旅长肩上的星星比他多两颗,官大两级呢。

大家在会议室里落座后,闹哄哄的一片。胡勇智、伍晓刚、王春阳等领导进来在主席台上落座后,声音戛然而止。胡勇智看了看时间,宣布开会。他果然率先发难,除去上高速的事中将提前说明了,暂且不予追究,他让杨吃狼立刻交代三大"罪

状":

其一，自杀式无人机哪来的？说实在的，自杀式无人机从哪里冒出来的，杨吃狼到现在还不清楚，进攻前一个小时他才被告知有这么个战法，正想反问旅长，请他告知一二。还好，王春阳代为回答了，说是某一军事科研所提供的，由我军淘汰下来的战斗机改装而成，想检验实战效果如何。要不是安排专人操作，合成一营也无人会操作。

王春阳代表的是上级机关，能动用改装机本身就大有来头，说不定是海明军有意安排的，胡勇智也不好追究什么，只是不悦道："王参谋，你应该知会旅里一声啊，这万一出了什么事，可不好交代啊！"

"我们也是临时决定增加的，其实就是看看效果如何，没想到还真是起了不小的作用。"王春阳越是轻描淡写，胡勇智越是感兴趣，恨不得让王春阳立马送来几十架，这样他在下一步合成旅对抗中胜算就大了。

在战场上，不成功的创新可能意味着死亡或不可挽回的灾难，所以一项新技术或一件新武器的出现并不完全是好事。二战中，德军潜艇司令官邓尼茨突发奇想，命人在部分潜艇上安装高炮专门对付飞机，以掩护其他潜艇前出大西洋。没想到，邓尼茨偷鸡不成蚀把米，改装后的潜艇两次与盟军飞机展开激战，均被飞机投下的深水炸弹炸成重伤，还因此暴露了德军潜艇编队的行踪，遭到盟军更为猛烈的轰炸。

造武器和买鞋子有很多相似之处，不是越贵越新越潮就越好，关键是结实不结实、合不合脚。美军明确规定：一种新装备使用的尖端技术不能超过30%，另外70%采用成熟技术，以提高装备的可靠性，正常发挥战斗力。面对评估尚未得出结论的无人机作战，王春阳给出了模棱两可的回答："无人机作战是未来的发展趋势，只要战场上用得着，我们肯定会大力支持的。"

一款武器先进与否，不能只看性能、参数，还要综合衡量其实用价值。好比一款高档汽车，有70%的速度是无法行驶到的；一个高档别墅，有70%的面积是闲置不住的。而对一款先进武器来说，有70%的性能是很难在实战中用到的。这些道理胡勇智明白，他转而质问杨吃狼第二个问题："为什么火烧那些帐篷？火烧战备物资可是犯法的。"

杨吃狼坦然道："我是坚持从实战出发，战场情况紧急，带着多余的物资是累赘。"

这一点，在杨吃狼火烧物资时，导演部都详细讨论过了，海明军是持肯定态度的,胡勇智心知肚明,也没有理由过多掰扯,只是淡淡说了句:"想办法补上就行。"

胡勇智质问杨吃狼的第三个问题是:"你明知道坦克漏油,为何不停下来检修?"

好装备是设计出来的,更是使用出来的。这样带着故障冲锋就是挑战装备性能极限,就是在赌,杨吃狼也很害怕。但他清楚,没有不顾一切的冲锋,就不可能攻破蓝军阵地。他极力平静地说:"当时情况紧急,不允许,也来不及了。"

"什么来不及?你停下来修车,地球就不转了?再说,你就不能下车战斗吗?我看你就是怕吃苦、缺乏军人血性。羊在山上晒不黑,猪养圈里捂不白。"对胡勇智来说,虽说胜败乃兵家常事,可这些年的仗他是败多胜少,只要不主动举白旗,演练不死人,最多批评几句,深刻检讨,旅长照样当。可一旦出现车毁人亡的重大事故,他这个旅长怕是乌纱帽不保。想到这,胡勇智责令杨吃狼作出深刻检讨。

到了真正的战场上,还允许下来修车吗?二战中库尔斯克坦克大会战,参战双方损失了数千辆坦克,该追究谁的责任?下车,凭人肉炸弹自杀式冲锋吗?王春阳本想再替杨铭争辩几句,可转念一想,假如自己是旅长,会不会也希望杨铭停下来?车毁人亡的后果,谁也承担不起。

何况,多年的从军经验告诉他,旅长要收拾一个营长还不是小菜一碟?这个时候越是替杨铭说话,越会激怒胡勇智,弄巧成拙,便没再说什么,还忽然生出一种演习就是演习、现状就是如此的悲凉。

说到底,真正出了问题,责任最大的是杨吃狼。万一坦克爆炸了,自己的小命或许都报销了。胡旅长一句关心话都没有,反而过来兴师问罪,杨吃狼无比悲愤,心里拔凉拔凉的。他干脆装聋作哑,杜口吞声,不表态,不争辩,用无声的语言抗争。

"你以为你不说话就行了?我告诉你,坦克要是爆炸了,你我都得上军事法庭。"胡勇智正在气头上,想到这么可怕的后果,稍停又说了一句,"哦,对了,那时你可能早见马克思了,只能审判我们了……"

伍晓刚看胡勇智一味上纲上线,忍不住打断旅长说:"别说得那么严重,毕竟有惊无险,演练嘛,意外总是有的。"

"正是因为演练有意外,我们才要格外当心。"胡勇智认为不管干什么,安全这个兜底工作不能丢,安全工作好比"1",其他工作好比后面的"0","0"越多,工作越有成效。如果没有了"1",后面的"0"再多也还是"0"。他不依不饶地说,"政委,这样的干部我们不能惯着,一定要严肃处理。"

"胡旅长,别着急嘛!要处理,也得等海司令员和张军长回来嘛,他们临走前可是交代的,杨铭的一些战法是可取的,让我们好好总结一下。"伍晓刚温柔的话里可顶着尚方宝剑。

"你少拿首长……"胡勇智一看身边的王春阳,仿佛觉得隔墙有耳,这话要是传到首长那里,怕是拍多少马屁也挽救不了。祸从口出的教训他有过,吃过亏,这才紧急闭嘴,看了看伍晓刚,"政委,还是你说说吧。"

"我们第一阶段的演练告一段落了,回去之后认真搞好反思总结,一些事情在没有定论之前,大家不要议论,不要有思想包袱。我们散会之后抓紧时间清点物资,按计划返回,大家路上一定要组织严密。"伍晓刚说完,也就宣布散会了。

杨吃狼面无表情地坐在座位上,回想刚才旅长一连串不痛不痒的质问,总觉得遗漏点什么。事情没有想象中的糟糕,等所有人走后他方起身离去,似乎又逃过了一劫。

回营的路上,杨吃狼突然明白了过来:旅长没有提及客车坠河事件,没有追究他见死不救的责任,这才是他最担心的。旅长没追究,他就真的没事了吗?

第五章　英雄背后竟牵出一桩间谍案

之前大部分群众宣泄情绪可以理解,现在事实清楚了,依旧有人拿这说事,恐怕是有人故意诋毁解放军形象,那性质就恶劣了。

参演部队浩浩荡荡班师回营后,客车坠河事件像大火煮沸水般持续翻滚。新昌市公安局专门派来叶有为警官通报这起交通事故,伍晓刚等人在会议室里接待了他,伍大校开门见山问:"事故原因调查清楚了吗?"

"基本调查清楚了,驾驶员叫郭冬冬,是马山县的一名客运司机,今年32岁。"叶有为拿出一份文件,介绍了事发情况:从马山县城出来,乘客发现后面有解放军的车队,频频回头观看,有的还把头伸出了车窗向外看。客车行驶到石梁河附近,有乘客提议驾驶员快速通过,然后将车辆停在旁边,让解放军车队先过,借机欣赏一下装甲车。司机本就属于疲劳驾驶,又只顾和乘客说话,一个不注意错打方向盘,一头扎进了河里。

这起事故造成的严重后果是:客车司机和1名中年妇女当场死亡,其余16名乘客正入院观察治疗,其中3名重伤患者包括1名儿童正在抢救。

万幸的是,客车坠河处距离岸边不远,河床上水草繁茂,像是给河边铺上了一层厚厚的绿毯子,车窗又多数是打开的,大部分乘客自救上了岸。因车头先入河触地,司机被卡住无法动弹而遇难。

遇难的中年妇女甚是令人惋惜,一名被救人员透露,客车坠河时,中年妇女一直护着身边7岁的女儿。母女二人被救上岸后,意识模糊不清的小女孩嘴里一直喊着"书包……书包……"。中年妇女仗着自己有点水性,再次潜入水中寻找书包,无奈被水草和书包缠住,疲惫至极,再也没能上来。

人们此刻无心去评价母亲的行为值与不值。书包被打捞上来时,里面只有一团浸泡得发烂的书纸和少量的零食。

　　小女孩叫井井,父亲曾当过5年兵,退伍后和人跑过几年的长途运输。3年前因疲劳开夜车跌进了悬崖,当时家里花光了所有积蓄,也没能挽回父亲的生命。母女二人自此相依为命,生活艰辛,迟迟见不着阳光,母亲流泪的次数比下雨的次数还多,井井内心独自承载着倔强。这次到红阳是为了给井井看病,小姑娘总感觉身上有点莫名地发热,可也不发烧。即便如此,懂事的井井也没有忘记学习,她要通过努力学习改变命运,改变妈妈和家庭的命运,没想到出了这档子事。

　　井井如今正躺在医院治疗,刚刚脱离生命危险,醒来后她该如何面对眼前的一切呢?人们不敢想象这对一个单亲家庭的孩童来说会是怎样的天塌地陷。

　　"我们要尽一切可能做好善后工作,需要我们部队配合的,我们全力配合好。井井的父亲当过兵,她就是部队的孩子,我们部队不会不管。"伍晓刚为这次事故痛心,他极力控制着自己的情绪,代表部队表了态,愿逝者安息!

　　一个事件若被肤浅地解读,谁也无心去深究任何细节了,往往会被舆论牵着鼻子走。就这件事而言,似乎无人关注客车坠河的原因了,大家纷纷把矛头指向了杨吃狼的合成营,指向了人民解放军。尽管部队在演习,但海明军等人都清楚,这个时候,你再有百把张嘴,有许多巧言,也无法辩解,哪怕你是在真打仗,这种见死不救也着实说不过去。在人们的记忆中,抗美援朝战争时,罗盛教还勇救冰窟中朝鲜落水儿童呢,献出了年仅21岁的宝贵生命,演习能比拟朝鲜战场吗?

　　王春阳则把主要精力用在了配合伍晓刚善后上,他既不能完全把责任推给杨铭,也不能怪群众不讲道理,左右为难之际,网上的一条帖子引起了他的注意:救人的小姐姐,你在哪里?

　　发帖人说,当时中巴车上有一名短发姑娘,在落水后快速从车窗里爬出,奋力救人,当她把第五名群众拖上岸时,晕倒在河堤上,被随后赶来的救护人员送往当地医院。谁知,姑娘醒来后,竟趁人不注意拔掉输液针头溜出了医院,不知去向……

　　尽管客车坠河事件没人追究杨吃狼的责任,但众口铄金、积毁销骨,他那颗骄傲的心好像突然被什么撞击了一下,无形之中犹如泰山压顶,压得他一刻也喘不过气来,压得他一肚子火无处发泄。

　　返回阔别三个月的营区,营里立即组织人员卸载物资。杨吃狼指着一名小个子战士没好气地说:"你,把那箱子放到我房间里去。"那是他随身携带的一些资料

第五章 英雄背后竟牵出一桩间谍案

和书,是他的精神食粮。此刻,他只想躲进房间看看书,任谁也不能打扰,不能招惹。

那名战士艰难地卸下箱子,却难以搬动,杨吃狼火了,说:"干什么扭扭捏捏的?像个娘们一样。"孰料,那名战士扭头冲杨吃狼大声喊道:"娘们怎么了?"

"娘们就欠练……"杨吃狼仔细一看,是个生面孔,白白净净的脸庞,一双晶莹灵光的大眼睛,颇有几分清秀英姿,连忙改口道,"嘿,还真是个娘们,你谁呀?"

杨松从旁边跑近前说:"这是军事研究所的王工程师,来我们营当兵锻炼的,伍政委专门打电话让好好安排一下。"王春雨所在的研究所隶属于智通公司,主要从事智能化作战理论研究,为军工企业提供智能指导,指导军工企业研究试验新式武器、探讨完善后勤保障,必要时配合军工企业向部队直接输送后勤物资和武器装备等。只是,这次当兵锻炼,她带着诸多秘密使命而来,身份处于绝对保密状态,对外一律称军事研究所技术人员。

杨吃狼扬起了手说:"政委他老人家都发话了,那就好好安排吧,可别委屈了这位大小姐。"全军那么多研究所,至于哪个军事研究所的,是研究什么的,为什么要安排一个女人来当兵,还来到了清一色男兵的合成一营,杨吃狼此刻一点兴趣都没有。

"教导员不在,那就住教导员房间吧,已经请示过教导员了。营长,你看行吗?"杨松似乎早就拿定了主意,只待营长最后拍板。

杨吃狼淡淡道:"住就住吧!"

王春雨抢话说:"我不住教导员房间,要住就和战士们一起住,我喜欢热闹。"

"你爱住哪就住哪,我们集体宿舍多的是,只是别有损我们营的声誉,传出去可不好听。"杨吃狼边说边往宿舍走,头也不回。

"怎么损坏营里的声誉了?"他的话气得王春雨眉头一蹙,"这人怎么这样?说话也不经唾液消消毒!"

杨松见状,扯了扯王春雨的衣袖说:"王工程师,你还是住教导员房间吧,我们营里战士都是男兵,你和他们住在一起不合适。"

"哦,这我倒是忘了。"作为军人转改的文职人员,王春雨对作战部队并不了解。原本她是要到通信营去的,安排的是和通信班女兵一起住在集体宿舍,是她执意要来合成营锻炼的。没想到,合成一营压根就没有女兵,群住的想法泡汤了,只能住营部教导员房间了。

房间就在营长房间的隔壁。

听说营长有"杨吃狼"这个名号,王春雨半夜笑醒了几次……

杨吃狼痛责自己太把演练当实战了,满脑子都是复杂凶险的敌情,才想当然误判,没去救人。就像一道特别简单的数学题,一旦植入高规格的竞赛中,总想着用复杂的公式去计算,却不承想,看到的表象就是答案。回到房间后,他翻了几页书,也无法集中精力去看,放下书,拿起,又放下,翻来覆去到凌晨才睡。第二天早上,他依旧没有起床,柴祥文打了早饭送进去,被他给骂了出来,杨松等几拨人好言相劝也无济于事。

王春雨吃完早饭回来,看见门口围了不少人。她心里一咯噔,是不是出了什么大事?她轻声问杨松:"咋回事?都围在这儿干吗?"

"营长没吃早饭,也没起床。"杨松指了指营长房间,低着头说,"谁劝也不听。"

透过虚掩的门,王春雨看见杨吃狼侧身躺在床上,身上搭着军用毛巾被,腿脚都裸露在外边,依稀可辨身穿体能训练服。王春雨心想这么大动静他肯定醒了,便故意大声问:"你们遇到这样压床板的战士会怎么办?"

"早一盆水泼上去了!"中士马赞兴奋地接话,像是抢到了头彩一样。刚说完,小马便觉得失言了,连忙捂住嘴。

杨吃狼听得真真切切,却假装没听见。他不相信,在这个营里,有谁敢用水泼他这个土皇帝营长。

王春雨没说什么,转身来到水房,顺手取个脸盆接了半盆水,径直走进营长房间,拉开杨吃狼半盖着的毛巾被,猛地一泼,泼了他一身一头水,现场顿时鸦雀无声。

杨吃狼一个激灵翻身坐了起来,大声骂道:"哪个王八犊子?敢泼……""老子"尚未出口,看到王春雨俊俏的脸上布满怒容,他不由得改了词,"哪儿来的野丫头?敢在这里放肆!"

"不起床,活该!"

"刚来就撒野,你有什么资格教训我?"

"就凭我住教导员房间,我现在履行的是教导员职责,党委书记管你不应该吗?"

"那你要是住皇宫,岂不是皇帝了?"杨吃狼觉得太高看王春雨了,便冷嘲热讽道,"哦,对了,宫女、太监也住皇宫。"

"我看你才是太监,一个营长,遇到一点挫折就压床板,丢人!还羊吃狼呢,吃草都嫌硌牙吧!"王春雨针锋相对,36℃的嘴仿佛说出了-36℃的话,讽刺中透出冰冷。

"别惹我!你信不信我一巴掌把你拍墙上,抠都抠不下来?"杨吃狼忽地从床上下来站起,右手高高举着,恨得咬牙切齿。要是战士说他,他早就一巴掌打过去了——哦,根本没有战士这么说过他,至少到目前没有。

王春雨毫无惧色,反而迎了上去:"怎么,还想打我?"

"要不是个女人,早揍你了。"杨吃狼无奈放下手。

"有本事在这逞能,还不赶紧滚起来,营里这么多事就不管了?"

杨吃狼一副绵羊心态:"谁爱管谁管,爱咋地咋地。"

王春雨露出鄙夷的神色:"正告某些人,脾气不要大于本事。有本事的人有脾气那叫个性,没本事的人有脾气那叫毛病。"

虽说这明显是在说自己,杨吃狼却没有急于发火,因为他非常认同王春雨的这句话,他之前说过一些战士"毛病不少",实际上是不想用那些战士,反而说谁"有个性",往往带有一种欣赏的眼光。

沉默了数秒钟,两人的急火降了不少。各自生活不易,个人经历不同、立场不同、所求不同,勿在别人心中修行自己,勿在自己心中强求别人。杨松这时跑过来报告说:"营长,旅里刚打来电话,说一会儿有记者团来采访,让我们做好准备。"

一听采访,杨吃狼的第一反应是,肯定是采访那倒霉的客车坠河事件,他很豪横地说:"有啥好采访的?不让救人的命令是我下的,要承担什么责任我来,大不了枪毙我。"

王春雨瞪了杨吃狼一眼道:"你连死都不怕,还怕什么?口说大话。"在她的心里,与军人的勇敢、不怕牺牲相比,那些口口声声说不怕死,乃至自杀的人,恰恰是因为懦弱害怕而产生了恐惧、焦虑、绝望,乃至走向极端。

杨松提醒说:"营长,情况还没弄明白呢,咋就想着承担责任了?"

"不是来爆料的,是来干什么的?难道还是为我歌功颂德来了?"杨吃狼张口结舌掩盖着内心的极度抗拒,"想办法让他们赶紧走,不接受。"

杨松颇为难地说:"营长,不行啊,说是战区首长、旅领导都要陪同过来,是一个记者团。"

"啊,还是一个记者团!"杨吃狼如临大敌。

"问清楚要采访什么了吗?"王春雨看着紧张的杨松问,她也觉得此事棘手。

杨吃狼此刻倒是眼前一亮,指着王春雨对杨松说:"她现在不是履行教导员职责吗？采访属于政治工作，就由她负责吧，就说我不在。"说完，杨吃狼快速穿衣服、鞋子，打算避避风头。

采访团说到就到，杨吃狼等人刚走到营门口，就遇见了海明军、胡勇智和十余名记者。记者均来自军内外主流媒体，其中包括中将多年的好友——资深媒体人文耀老师。他是军内外著名的评论家，经常撰写颇有见地的理论文章，对认知域作战也颇有研究，是记者团中唯一海明军亲自邀请来的成员。

一见这阵仗，杨吃狼连连后闪。胡勇智冲他连吼了几嗓子："看你那尿样，躲什么躲？今天不是来找你的。"

王春雨招呼着大家走进营部会议室，因为没有摆放席卡，大家也不知道如何坐。几名老同志在中将的示意下落座，其他人各自找个空位坐下来。海明军很快揭开了谜底："今天这么多记者朋友来，主要是采访我们的救人女英雄——王春雨同志。"话音一落，众人愕然，杨吃狼更是一头雾水。

一番介绍后，大家方明白过来，那个救人的姑娘就是王春雨。

记者们纷纷采访、拍照，王春雨一直摇头不语。相持了一会儿，她竟梨花带雨般地说："先别说我救人了，我的内心其实是自责的。当时我看到司机也时不时在拍照，担心交通安全出现问题，就提议让军车先过，让大家一饱眼福，没想到车辆坠河，造成了这么严重的事故。我才是始作俑者，罪不可恕。"

"不要有什么心理负担和顾虑，你的英雄行为值得大家学习，这一点是毋庸置疑的。"文耀先是自报家门简单介绍一下，然后鼓励王春雨勇敢站出来，勇敢接受采访，勇敢走出内心的阴影。

王春雨久仰文耀老师大名，多次拜读过他的文章，常常为其深邃的观点、犀利的语言、珠玑的妙语折服，心想着有朝一日能当面讨教就好了，没想到第一次见面竟在这样尴尬的场合。见文耀老师慈眉善目、和蔼可亲，她调整了一下情绪，详细说出了当时的情况，和官方调查的结果基本一致。她十分庆幸自己学过游泳、跳水、划船等水上项目，原本只是用来强身健体的，没想到生死关头救了自己也救了群众。她还庆幸自己将物资全部邮寄到杨松那了，要不然掉进水里可就麻烦了。

得知中年妇女遇难，王春雨自责当初只顾着抢救小女孩了，没留神孩子母亲又下了水，要是能拉住她多好。得知井井已经脱离了生命危险，她才稍稍放心。

记者们进行了深入采访，也都作了理性的分析，出于采访前胡勇智下达的死命令，这次谁也没有提演习的事，谁也没有采访杨吃狼。杨吃狼忽然觉得自己有点多余，多余得有点无处安身，似乎成了受人冷落的可怜虫了，他偷偷一个人走了出去，消失在人们的视线里。

在和文耀等人的交流中,海明军吐露,媒体有时真的需要引导,假若今天来的是自媒体等网络写手,就王春雨提议让军车先过这事,说不定就能捕风捉影爆出炸点,不知会有多少个版本,甚至有着天翻地覆的说辞。这引起了中将进一步深思,信息化战场上,奔腾的舆论战该如何打,会以什么形式打,我军认知域作战现在处于什么水平,真的应该好好研究了。

因为这场采访,大家关注的焦点都转向王春雨救人上了。虽然王春雨是文职,但终归还是部队的人,这笔账就应该记到解放军头上。

王春雨因救人荣立一等功,鲜花、掌声不断,镜头下的她英姿飒爽,俨然成了这支部队的形象大使,解放军的形象逐渐扭转,但总时不时冒出一些杂音,一些不良媒体就爱拿解放军见死不救说事,却很快淹没在主流声音中。

文耀敏锐嗅到背后可能隐藏的秘密,他从一个媒体人的角度提醒中将说:"之前大部分群众宣泄情绪可以理解,现在事实清楚了,依旧有人拿这说事,这恐怕就是有人恶意为之了,或者说有人故意利用这件事诋毁解放军形象,那性质就恶劣了。"

中将深表认同。回避不是办法,更不是军人应有的态度。他让善后的王春阳主动对接相关部门,做好清查整治工作。中将俨然把这当成了一场不见硝烟的战斗,足见其十分重视。他还有更深层的考虑:诋毁解放军形象,就是动摇人民心中的信仰,任由这种风气滋长,潜移默化中使人们的价值观错乱,这无异于自毁长城。

在伍晓刚等人的大力协调下,井井已经被转往驻地一家军队医院继续治疗。

杨吃狼向伍晓刚请假,想去医院看看井井,正好伍晓刚这当儿欲和王春阳前往新昌市公安局了解情况,俩人就临时决定先和杨铭、王春雨到医院探望井井。

醒来后的井井一直询问妈妈的情况,医生、护士都不愿将残酷的事实告诉这个可怜的孩子,可隐瞒终究不是办法,也是隐瞒不住的,护士长危丽卉眼含热泪悄悄告诉她:"妈妈不在了。"井井听后,两眼死死盯着有些被撕扯烂的书包,不哭也不闹,却看得令人揪心地疼。

伍晓刚轻声走了进来,手里拎着一个崭新的书包,书包里装满了书和学习用具,王春阳、杨吃狼和王春雨紧随其后,各自手里拎着一些零食、水果和毛毛熊玩具。

正在床前和井井说"悄悄话"的危丽卉见这么多人进来,很有礼貌地站在一旁,微笑着点头迎客,算是和大家打招呼了。井井见人进来,眼睛对着门口斜视了一下,又很快转过目光,身体微微动了一下,没有说一句话。

伍晓刚俯下身和蔼地摸着井井的头说:"丫头,我们大家来看看你,给你带了新书包,喜欢吗?"小姑娘的泪水顺着清秀的脸颊流淌,依旧没有言语。

危丽卉提醒说:"井井需要休息。"大家实在不忍心过多打扰井井,他们现在要做的,是让小姑娘一个人好好静静。伍晓刚将书包放在床头柜上,就招呼大家出去了。

出了病房,伍晓刚询问了井井的病情,并嘱咐好生照顾。危丽卉点点头说:"人在我们这儿,请首长放心。"

伍晓刚和危丽卉握手告别,像是两军换防那样凝重。往外走的路上,大校边走边说:"井井这孩子太可怜了,咱需要想想办法安顿好她啊!"

杨铭自告奋勇地说:"以后井井就交给我吧。"

王春阳一脸的疑惑:"交给你?"

"我当他爸爸。"杨吃狼话刚出口,就觉得不妥,像是白捡了个便宜似的。大家用怀疑的目光看着他,他赶紧改口说:"当哥哥,当哥哥。"

杨吃狼有这份爱心王春阳十分宽慰,但领养一个孩子毕竟不是一件小事,要给井井一个好的成长环境才行,这对一个未婚男士,尤其是一个未婚的年轻军人来说显然不易。上校沉思了一会儿说:"你还是算了吧,井井的事我来想办法,你就安心处理好演练事宜吧。"

"上校同志,你能想什么办法?"伍晓刚想过自己收养井井,但家属身体不太好,又要照顾两位老人,他着实不忍心再给妻子增添负担,又担心井井受委屈,就想着还是先听听王春阳的意见吧,说不定能找一个很好的孤儿院。

"我们家一个是养,两个也是养。"自从国家放开二胎后,张燕燕一直想再生一个,男孩也好,女孩也罢,主要是给宣宣做个伴,也能让闲下来的自己有点事做,但王春阳这些年东奔西跑的,实在顾不上。帮井井转院时,他就和爱人沟通过,想收养井井,张燕燕满是欢喜地一口答应。

听王春阳有这么个想法,伍晓刚觉得这个办法更好,可行,这事就这么愉快地定了。

从医院出来,杨吃狼和王春雨回了营区。

伍晓刚和王春阳则去了新昌市公安局。接待他们的是熊炜局长和叶有为警官。不巧的是,市里有个紧急会议,熊炜局长寒暄了几句,指示叶有为招待好二位旅领导,就匆匆开会去了。

叶警官透露了一个新的信息:司机郭冬冬曾在红旗旅服役过。

王春阳和伍晓刚对视了一下,觉得事有巧合,也很蹊跷。

叶有为拿出一部手机说:"这是从石梁河里打捞上来的,功能竟然一点不受影响,显然是特制的,看,上面还保存着许多部队的照片。"

王春阳接过来大致翻了翻:"怎么这么多照片?"

伍晓刚凑过来看了看说:"现在保密这么严,教育搞了这么多,怎么还存这么多涉军照片?"

"他不是退伍了吗？可能是出于对部队的感情,保存一些照片也是可能的。"叶有为分析说,"对于每个当过兵的人来说,部队都是一生值得回忆的地方。我就当过兵,手机里还有一张新兵连的照片呢!"叶有为打开自己的手机,手机里果然有一张泛黄的照片。那是他历经多重磨难,军事训练成绩全部合格后授衔时让人拍下的,虽然只是"一道拐",但他觉得比自己拿到大学录取通知书还兴奋,比穿上学士服的意义还重大。这么多年换过几次手机,但这张照片一直留存着,证明着自己曾经光荣当过兵,也激励着自己永远不要退缩。

王春阳继续翻看着郭冬冬手机里的照片,下意识地摇了摇头:"这不一样,不一样。"他指着一张照片解释着,"一般人保存照片,就像叶警官一样,都是保留自己的照片,或者一些自己喜欢的特殊照片,你看这些照片,总是瞄准装备的关键部位拍摄,还很专业,不像是照着玩的。"

王春阳此话一出,引起了伍晓刚的警惕:"你的意思是他是故意照的,或者……"他不敢继续说下去,或者根本不愿再往曾经的战友身上泼脏水,这是对逝者的尊重,也是对战友的信任,可多年的保卫经验让他又不得不往这方面想。有媒体披露在中国境内活动的间谍达几十万之众,时不时有间谍落网的报道。

伍晓刚出于职业敏感的强烈反应,更加印证了王春阳的担心,他知道伍晓刚在战区保卫部门工作过,处理过很多泄密案件,不由得心里一惊,又仔细看了看手机说:"一个客车驾驶员能用这么高级的手机,也很少见,建议对郭冬冬住处进行搜查。"

伍晓刚赞同立即展开搜查,他心中甚至闪过一丝旅里有没有"内应"的惊悚,内外勾连窃取军事秘密,这问题可就捅破天了,不管自己再怎么淡泊名利,再怎么清心寡欲,甚或再怎么好学上进,仅此一条,也只能解甲归田了,且是不光彩的出局,愧对国家,愧对组织,也愧对自己的良心。

叶有为对二人的异常反应有点不解,不仅觉得有点小题大做,还认为是对逝者的一种漠视。他颇感为难地说:"这不太好吧,我们也没有理由啊。"

"我们就以慰问家属的名义,上门慰问一下老兵。"王春阳出主意说。

伍晓刚觉得这个主意好,当即表态自己出慰问品的钱,见两人不吭声,他连忙作了进一步澄清:"我个人掏腰包,绝不占公家一分钱便宜。"

这种事叶有为经历多了,他心里清楚花不了多少钱,既然是局里在牵头调查,自然应该由局里出经费,哪能让解放军出力又出钱啊!叶有为争着要出这笔钱,见实在没有客气的必要,再客气就成了虚伪,同意改天以慰问的名义,去郭冬冬家里拜访一下。

"改天干啥?择日不如撞日,我看就今天,就现在吧。"伍晓刚又对叶有为说,"不会打扰你工作吧?"旅里其实有很多工作,他不想再跑一趟,把事情搞清楚心里也踏实。

"不会,不会,伍政委真是个急性子。"叶有为摆摆手笑笑说,"我现在的工作就是陪你们,走,我现在就带你们过去。"

三人走出办公楼,叶有为开了一辆警车,伍晓刚、王春阳坐上去就出发了。

车子大概行驶了 50 分钟,进入了马山县城,车站就在县城的西北角。伍晓刚两眼瞟向窗外,看到一家小超市,示意司机靠边停车,下车买了一些礼品,往后备厢一放,车子继续前进。

一行人穿越车站七转八拐进入了一个巷子,狭窄的道路、破旧的小区表明这像个贫民窟。他们找一个宽敞些的地方靠边停车,叶有为喊来女房东姚兰,带领二人径直到了三楼。她打开房门一看,两室一厅的房间,里面收拾得利利索索,东西摆放得整整齐齐,窗台上的绿萝多日未浇水,显得毫无生机。叶有为有点自夸地说:"这当过兵的人就是不一样,干什么都有板有眼的。"

"我平时看这小伙子挺勤快的,也挺爱干净,就放心地把房子租给他了。"姚兰看上去 50 岁左右,略显富态,叹了口气说,"没想到遭遇了这种不幸。"

伍晓刚问:"他一个人住这吗?"

姚兰说:"以前还有一个女的倒是来过几次,自从郭冬冬出事后,再也没有来过。"

伍晓刚又问:"他们结婚了吗?"

姚兰说:"我也不清楚,那女的每次来都神神秘秘的,我有几次半夜打麻将回来看到的。"叶有为接话说:"怕是没结婚吧?郭冬冬婚姻状况显示的是未婚。"

伍晓刚再问:"他们在这住了多久?"

"3年多吧。"姚兰一边比画一边说,"他们今年可是交了1年的房租,我寻思着这房子要是不住了,我就把钱退给人家,不能死人的钱也赚啊,可就是没人来退房。"

伍晓刚说:"你联系那女的了吗?"

姚兰说:"以前都是郭冬冬联系我,我也没有那女的电话。"

"这些东西送你了,你先去忙吧,有什么需要我们再联系你。"伍晓刚问完,把带来的礼品递给姚兰。想着能收到解放军送的东西,不管价值多少,都是值得纪念的光荣,她欣喜地推辞了一番,还是收下了,要给钱,自然没人收。

三人开始检查房间,桌子上、抽屉里、柜子里都仔仔细细搜了一遍。床头柜里放着一些军事照片,和之前手机里保存得差不多。王春阳将几十张照片摆在桌子上,端详了一番,指着几张照片,像是发现了新大陆似的说:"你们看这些照片,看起来都是一般照片,可连起来就是整个演练区域。"又指着另外一组说,"这几张看起来就是拍摄了几辆车,连起来就是一个梯队的开进照片;这几张照片看似拍摄装备的几个零部件,拼凑起来就是整辆坦克。"

伍晓刚和叶有为听后点点头,叶有为说:"还是王参谋心细,可这能说明什么呢?"

"说明这绝不是一般的军事爱好者,有可能是有目的有计划的窃取军事秘密者。军事爱好者,不可能家里一张自己的照片都没有。"王春阳断言。

"就是,我家里有一张新兵连的照片我都当成宝贝似的。还有,能和军人尤其是当大领导的军官合影,更是一种莫大的荣幸。"叶有为当兵期间合影过的最大的军官就是营长,说着,他欲拉伍晓刚和王春阳合影。

或许叶警官还没有意识到问题的严重性,正在沉思中的伍晓刚一把推开他,让叶有为赶紧上报国家安全部门,好好查查这个郭冬冬。

看着伍晓刚严肃的神情,王春阳跟着点点头,叶有为只能同意。

三人走出了出租屋,叶有为交代房东姚兰保护好现场,不要让任何人进去,因为郭冬冬可能涉及一起重要案件,同时密切注意这间房子的动向,如果有人回来,立即打电话给他。两人相互留了电话。

伍晓刚认为旅里有必要开展一次全面的保密排查,万万没想到还是晚了一步。返回的路上,保卫干事史衍卿打来电话急匆匆地汇报,接到当地公安的通报,旅报道员、中士赵可亮涉嫌失泄密,已经被旅里控制起来了。伍晓刚心头一惊:"是泄密还是卖密?"

史衍卿谨慎地回道:"尚不清楚。"

伍晓刚意识到事情的严重性,一个劲儿催促驾驶员开快点。一向视安全为生命的政委这样催车,以前从未有过。王春阳不说话,驾驶员也默不作声只顾全心开车。等他们一路飞驰到了旅里,战区保卫局大校局长罗湘红和当地公安局的人也都到了,简单交涉后,赵可亮被带走了……

红旗旅的工作节奏被这莫名其妙的变故彻底打乱了。

有着"罗探长"之称的罗湘红亲自来调查,看这架势问题就不小。胡勇智担心万一捅破了天,对旅里声誉或者个人前途有影响,紧急和伍晓刚商议对策。他希望政委能利用战区的关系,尽量大事化小,小事化了。

罗湘红此次到旅里,并非单纯为了赵可亮的案子。他刚刚在邻市处理完一起醉驾致人伤亡案,一向机灵和重感情的他正好顺道看望海明军。再说了,保密无小事,他也想尽快查清赵可亮这起案件背后有没有隐情。

恰如一块岩石不为波浪起伏所动,伍晓刚坚信罗探长既然出面了,事情一定会弄个水落石出。他安抚坐立不安的胡旅长,让他静心沉气,眼下最要紧的是按照上级要求搞好演练总结。

胡勇智明白在案子破获之前,再怎么着急也无济于事,对红旗旅来说,对他来说,事已至此,是福不是祸,是祸躲不过。既然泄密事不好说,那就好好说说演练的事。

红旗旅很快撰写了第一阶段演练报告,海明军却不满意。在这份报告中,杨吃狼俨然成了极度危险分子,什么火烧战略物资、见死不救、涉嫌损坏武器装备等,不明真相的人见到这一报告,肯定把杨吃狼想象成了十恶不赦之徒。

王春阳猜测可能有人故意抹黑杨铭,搞不好还要收拾他。王春阳决定找政委当面聊聊。

两人沿着训练场边的小路边走边聊,话题先是扯到了保密上:2023年跨年夜,俄军在马科耶夫卡遭袭造成89人死亡,主要原因是军队人员使用手机并被乌军定位;2011年,卡扎菲在苏尔特近郊被俘后遭击毙,其被逼上绝路也是因为手机泄密……

这次失泄密到底严重到什么程度,会不会牵涉境外的间谍,伍晓刚不是没有想过,但无端猜测只会徒增烦恼,与其莫名忧愁尚未确定的事,不如全身心干好当下该干的工作,这才是一名老共产党员应有的觉悟嘛!关于演练报告,伍晓刚直白地说:"这个报告我是持保留意见的。"

王春阳不解:"那你为啥同意上报了?"伍晓刚可是党委书记,没有他的同意,这个报告是很难以党委的名义报上去的。

人的一生就像打铁,被敲打得越狠,溅出的火花就越多。培养锻炼一个人,不仅要看在顺境中,还要看在逆境中他如何应对。伍晓刚评价杨铭是棵好苗子,有思想,有个性,看似像只软弱无力的绵羊,骨子里却有狼的血性,人们称他"杨吃狼"还真是贴切,只是特顺遂,容易折断,与其让他在战场上受挫,不如平时多磨砺他,只有遇绝境而不绝望才能走得更远。

王春阳没想到伍晓刚面临不可预测的失泄密后果还能思考得这么透彻与长远,心想姜还是老的辣。他替杨铭谢谢伍政委的一番苦心,也深感自己的冒昧与狭隘。

伍晓刚连连推托谢意,因为杨铭也是他的兵:"如果这小子连这一关都过不了,算我看走眼了。"一个人的成长,并不仅仅意味着知识技能的积累,更重要的在于精神和灵魂的发育。伍晓刚一改严肃的表情,笑呵呵道:"战区安排这场演练真是好啊,就像一面镜子,把旅里干部的能力素质映射得格外清晰,我相信我的兵。"

"我也相信他能很快地走出来。"杨吃狼从新兵连就是王春阳带的,他之所以能从一个刺头兵成长为一名优秀营长,正是因为具备不服输、不屈服的性格,这也让王春阳以前敢想不敢干或者还没来得及干的想法能在他身上实现,所以,王春阳对杨吃狼特别关注又关爱。

何况,王春阳还有一个秘密卧底——王春雨。王春雨在合成一营当兵锻炼,就他这个妹妹的性格、手段、心理学功底,想改造一个人还不是手到擒来?

给杨吃狼扣个危险分子大帽子,砸得他是一百个不服。他受党和军队培养教育这么多年,虽说不上是个纯粹的共产党人,但自信一直践行着为人民服务的宗旨,这"莫须有"的罪名比给他一个处分还难受,让他隐隐觉得胸闷得透不过气来。

杨吃狼独自驾车出了营区,一路狂奔了5个小时,在石梁河大桥客车坠河的地方停下,这比从驻训点到这儿近了100多公里。他摇下车窗,趴在方向盘上静静沉思,心里早已五味杂陈,嘴上却一言不发。何以言?何能言?与谁言?还是那样的晚风,却吹不走任何的疲惫与心碎,天边透着一丝尚未褪去的彩虹,偶尔有车辆匆匆经过,却无人注意他,他也没有理会别人。

估摸着过了10来分钟,杨吃狼慢慢下车,来到桥边,盯着客车坠河点,反思自己真的错了吗。他想着救人该派哪个连去,如何救,越想越乱,头脑里反而被蓝军的圈套、嘲笑充斥着。他想着当时如果自己下车救人的后果,环顾四周可以埋伏兵力的地方,苦笑一下,都什么年代了,还像抗战时期打短兵相接的伏击战?转念一想,即便周围没有任何埋伏,蓝军的远程炮火袭击也足以报销他一半的兵力。

假如让他重新选择一次,估计——不,他肯定还会选择全营继续前进,最多留下几个人善后。他越想越觉得委屈,竟忍不住掩面抹了一把夹杂着汗水的泪水。杨吃狼突然意识到,有时自己是多么弱小。他反复念叨着:"不是我的错,却让我背锅,纵有千百张嘴也无处辩驳,心痛只能藏心窝;不是我的错,却替人受过,纵有万千理由也听从发落,谁解我心中困惑?"

这时,有人从他身后拍了拍他的手臂,杨吃狼连忙绷住情绪,扭头一看,王春雨递来一张餐巾纸:"觉得委屈是吧?男人哭吧哭吧不是罪,哭出来心就不会干涸了。"

杨吃狼心头惊过一阵电闪雷鸣,用袖子抹了一下脸,像小孩子擦鼻涕一般,极力平复自己的情绪,问:"你从哪儿冒出来的?"从红旗旅到这好几百公里,她是如何知道自己在这里,又是如何过来的?难道施了魔法飞过来的不成?

"光明正大走过来的。"这句他曾作为胜利者对牛起义说的话,如今被王春雨这么一用,瞬间有种绝妙讽刺的味道。杨吃狼觉得羞愧,却又找不出合适的理由反驳,比起之前的趾高气扬,如今他更像一只斗败的公鸡,色厉内荏,神气不起来了,只是弱弱地问道:"你怎么知道我在这儿?"

王春雨笑盈盈地道:"根据你身上的定位啊!"

杨吃狼掏出手机,一脸的不解:"这个吗?我关机了啊!"

"关机怎么了?关机照样能找着你,现在设备多先进。"王春雨伸出微弯的右手掌道,"孙猴子,休想逃出如来的掌心。"

杨吃狼下意识地打开手机,未接电话、短信、微信提醒冒个不停,连旅113、114挂号台都反复呼叫多次。他离开营区不到30分钟,伍晓刚和王春阳就到了营里,本想安抚一下他的情绪,却怎么都联系不到他,调取营门口的监控录像,才发现他开着私家车走了。

伍晓刚和王春阳商议,暂时不公开杨吃狼离队的消息,只当是执行特别任务去了。一个大男人,不必担心他像小孩子、大姑娘那样被拐卖,也万不到寻短见的地步,丢肯定不会丢,只是军心涣散影响不好。王春阳给妹妹打电话,让她帮助查找杨吃狼的行踪。

正在训练基地调试手机定位设备的王春雨,立马定位了杨吃狼的行踪,一路跟踪到了石梁河大桥。真是好事不出门,坏事传千里。不知是谁走漏了风声,不少官兵一直拨打他的电话。按正常的工作程序,旅里主要领导来了,总得向营长汇报一下吧。

王春雨只好和哥哥商议,告知大家是基地有一项紧急任务需要杨吃狼配合,因为在涉密场合,所以手机始终处于屏蔽状态,这才止住了大家寻找他的无线信号。

原本以为自己只是出来散散心,没想到鬼使神差跑到这儿来了。走漏消息也怪不得别人,前年营里的一名战士私自离队,杨吃狼召集营里几名干部骨干秘密寻找,还不是这边刚开完会,那边旅领导就知道了?何况是一营之主呢?调取监控那一刻就等于昭告天下了。

短短几个小时,牵挂自己的人那么多,杨吃狼鼻子酸了,也预感到自己闯祸了,起码没有站在全营的角度考虑,不应是一营之主的所作所为,任性得有点过了。一股强烈的羞愧感涌上心头,他连忙往回走,却被王春雨喊住:"干吗去?"

"我得赶紧回去,家里人都在找我。"杨吃狼扭头说罢,示意她一起回去。他不能把她一个人留在这儿,那样他就又太自私了。

"哟,这会儿知道紧张了?"王春雨冲着他笑,似乎并没有打算回去的意思,让杨吃狼莫名地发怵。

杨吃狼再也无心逗留,只想着赶紧回去。王春雨示意他看看电话和微信有什么不对。

杨吃狼低头看了看,一眼就看出了端倪——时间都是两个小时之前的,却又不明白这是何故。

"说明大家现在不想找你了,你对大家不是那么重要了。"王春雨还故意吓唬他说,"也可能是你被部队除名了呢!回不回去已无所谓了。"

杨吃狼怔了一下,想想也没严重到除名的程度吧,也许确实是大家找他的热度减了。他回去的愿望突然不那么强烈了,再次来到大桥的栏杆处,和王春雨并排站着。河水涨了不少,流得也比先前急了,涌动的波浪像嗷嗷待哺的小鸟争先恐后,他心中思绪似河水翻滚,流向不知名的远方。

一个人如果连自己的情绪都控制不了,即便给你整个世界,你也早晚毁掉一切。当你成不了心态的主人,必会成为情绪的奴隶。轻易放纵善变的情绪,只会让情况越来越糟,事情本身没有伤到你,你对事情的负面情绪反而会让你遍体鳞伤。

"没想着去害任何人,人民群众有危险不能第一时间出手相救,是不是也是一种危险呢?更是一种潜在思想意识里的危险。"王春雨像是洞穿了杨吃狼的心思,真诚的善意宛如田野立春后的禾苗,地气一动,便呼出那一拨又一拨的绿色。她看着他问:"杨大营长,你说呢?"

杨吃狼不说话,算是默认了,也给情绪按下了暂停键。从这个角度说,旅里的通报是多么精准、多么了解他,不冤。长征路上一次阻击战牺牲了那么多人,只为打出一个生孩子的工夫。再想想失去母亲的井井,就是给自己一个处分也不为过,凡事从别人身上找问题,一想就疯;凡事从自身找问题,一想就通。他心里亮堂了不少。

天空渐渐暗了下来,望着泛着粼光的河水,杨吃狼不敢想,要是那天水流有这么大,流淌这么急,客车没有碰巧掉到厚实的河草上,会有怎样的后果。

王春雨情不自禁地哼唱代答:"我说一切都是天意,一切都是命运,谁也逃不离。"她故意把"谁也逃不离"拉得老长。

杨吃狼苦笑着:"什么天意?你也信这个?"

"或许这就是天意吧,让你的罪孽不至于太深,还可以救赎。"王春雨步步引"狼"入套,一字一句都有情怀在流动。她笑笑说:"不信咱猜拳看看,十局只要你能赢一局,就算你赢。不过,如果你输了要答应我一个条件。"

按照规则,一般是一局决胜负或者三局两胜,总之,只要能多赢一局就算赢。王春雨这样打赌,伤害性不大,但侮辱性强啊。杨吃狼当即答应,结果十局真的就全输了。

王春雨得意地说:"这就是天意。"

杨吃狼只好心不甘情不愿地认栽,却依旧不明白为何会输得这么惨,他的大脑像是被王春雨控制了似的,出什么她比他还清楚。

王春雨也不过多解释,开出的条件竟是:"学一声狼叫。"

这对杨吃狼来说,原本也不是什么难事,新兵时,王春阳就多次带着他们"喊山",那时他学得最多的就是狼嚎,还被战友评为学得最像的一个。如今王春雨提出让他学狼叫,是不是也是天意呢?只是杨吃狼没有了当时的那股狼劲,难为情地双手捂嘴嗷嗷嗷叫了几声,似狼非狼,似狗非狗的。

王春雨笑了笑:"你那是狼叫啊?吃多了噎着了吧?"她也双手捂嘴,全然不顾淑女形象吼叫了几声。杨吃狼吃惊地望了望她,一下子放开了,不顾一切号叫着,尽情释放着心里的郁闷与压力。

"听说,我们的杨大营长失踪了,原来是在这儿和美女学狼叫啊!"身后传来一个熟悉的声音,杨吃狼转过身仔细一看,牛起义和白阿毛正从一辆迷彩越野车上下来,车灯还忽闪忽闪的。

杨吃狼惊讶道:"你们来干吗?"

"抓你回去啊,旅长不相信你执行什么秘密任务,特意派我俩过来的。"牛起义一脸的严肃,越说越沉重,"我们来好几分钟了,看你们学狼叫很投入,就没打扰你们。估计这是你最后的美好时光喽,多吼几嗓子吧。"

这倒是符合胡勇智的性格。要是按照战场"逃兵"处理,他的"罪过"可就大了,毕竟穿上军装就要受纪律的约束,如果上纲上线他真有可能被除名。杨吃狼不由得心里咯噔了一下。

"好了,别和杨营长开玩笑了,我们只是路过。"白阿毛上前解释说,他和牛起义是专门请假来的,演练不是不让勘察现场吗,两人输得不服气,相约来的,下午听说杨吃狼"失踪"了,就想着会不会也来基地了,没想到在这儿碰着了,巧了不是?

杨吃狼心里清楚,不管怎么洗白,私自离队是事实。他对牛起义说:"这下,你可以报告旅长,让他处理我了。"

"你把我当成什么人了?要赢你,也得在战场上光明正大地赢你,让我用下三烂的手段,我呸!"牛起义吐着口水,说着大义凛然的话,竟让杨吃狼心生一丝敬意,无言以对。

为化解尴尬,王春雨有意撇开沉重话题,转问二人:"我说两位大营长,演练可不是只靠嘴说说,这勘察有什么收获吗?"

白阿毛说:"还是有些收获的,当时我们如果提前侦察到哨兵的精确位置,再坚持一下,就能攻进蓝军指挥所了,还有单兵的素质也需要提高,一些组训模式也需要改进……"

牛起义不以为然道:"你就别在那里事后诸葛亮了,战术运用本就没有好坏之分,还不是他们想让谁赢谁就赢,想让谁输谁就输?"

"赢就是赢了,输就是输了,大丈夫应能屈能伸。"杨吃狼刚刚积起点对牛起义的好感,似乎此刻又烟消云散了,忽然间仿佛又领悟了做人做事的真谛。

"那也比某些人强,跑到这里闹情绪,当逃兵。"牛起义一如既往的毒舌。

一句话戳到了杨吃狼的痛处,任君掬尽三江水,难洗今朝满面羞。"谁当逃兵了?老子这就回去!"任杀任剐,他都认了。他快步走向停在一旁的车辆,王春雨紧随其后,两人乘车飞驰而去,远远地把牛起义和白阿毛甩在了身后。

或许是愁云惨淡的内心释然了,又或许是夜间不堵车的缘故,杨吃狼觉得回来的路比去时近多了。接近凌晨两点,他们到达了营区。营门口被拒马围得严严实实,大门紧闭,让部队更多了层神秘的色彩。

杨吃狼使劲按了几次喇叭,卫兵才缓缓打开大门,移开拒马。

杨吃狼心中颇有不满,平时也没见卫兵这般磨叽啊。车辆行驶到2名卫兵旁边停下,他伸出头进行酒精测试。这是红旗旅的一项硬性规定,驾驶员开车进出必须测试酒精,尤其是夜晚。

杨吃狼对准酒精测试仪大吹一口气,抬头一看,差点惊掉了下巴:"啊,旅长,怎么是你?"

罗探长亲自询问赵可亮,赵可亮一脸惊恐,眼睛不敢直视,似乎浑身在抖。

罗探长站起身走到赵可亮面前,拿出一摞照片,轻轻拍了拍他的肩膀说:"小伙子,不要紧张,咱们就是聊聊,这些照片都是你照的吗?"

赵可亮瞄了瞄这些似曾相识的照片点了点头。

罗探长继续问:"照得不错,还记得什么时候,在哪照的吗?"

赵可亮沉默了一会儿,摇了摇头。

"别着急,再好好想想。"罗探长再次把照片递到赵可亮面前,一张一张地翻给他看。看大校如此随和,赵可亮紧张的心慢慢放松了下来,尽量回忆这些照片的来历,虽然记不清具体时间了,但肯定都不是最近两年的照片,因为这两年的照片他都系统整理过,有着清晰的记忆。

而这些照片,正是赵可亮泄漏的200多张照片中的一部分,至于如何泄的密,他想破脑袋也没能拼凑起来一点记忆。他只知道每次照完相后,导到专用笔记本电脑上存放,谁需要都是刻光盘,年头久了的照片存放在专门的移动硬盘上,不存在泄密啊!

多年的审讯经验让罗探长断定赵可亮不像在说谎,只好让人暂且将赵可亮看管起来。他带着办案人员再次来到赵可亮的住处,看能否寻到蛛丝马迹。

赵可亮住的是集体宿舍,和机关另外3名战士住在一起。

宿舍内一尘不染,玻璃擦得洁净如新,被子叠得有棱有角。虽然说4个人都是机关兵,内务水平却一点不比建制班排的差,还多次被当作内务示范宿舍供人参观。

罗探长蹲下身打开赵可亮的衣柜,里面的衣服被叠得整整齐齐,他实在不忍心破坏这和谐秩序,可办案需要,他又不得不把每件衣服拿出来,抖搂一遍,每个衣兜都掏了一遍。他起身让人把赵可亮的携行运行物资拿来,细细搜查一遍,仍旧一无所获。

赵可亮说的话,"照片、相机、笔记本电脑",在罗探长的脑海里不停打转,他突然眼前一亮,带着人径直去了赵可亮办公的地方——红旗旅的新闻报道组。

报道组位于红旗旅办公楼三楼,其实就是一间十几平方米的办公室,里面摆放着两台老旧台式电脑,平时供宣传干事崔云龙和赵可亮使用。听说办案人员要来,崔云龙早早等在了办公室,将电脑和所有柜子、抽屉都打开了,自己笔直立在一旁。

罗探长让崔云龙取出赵可亮平时存放照片的笔记本电脑,负责技侦工作的蔡馨瑶工程师一番测定后,报告说电脑从未联过网,也未发现插过U盘、硬盘等移动电子设备的记录。这证明了赵可亮说得不假。工作人员又将每个抽屉、资料柜甚至电脑包、相机包都仔仔细细搜查了一遍,也未发现任何对案件有价值的线索。

罗探长估摸了一下,笔记本电脑上按时间顺序,分门别类地储存了大概30G的照片,经仔细比对,泄漏的照片都集中在前年的3月到该年底。探长这就纳闷了,单从密级角度来看,这个时间段的照片也并非有什么特别之处啊。

罗探长摸着下巴思考了一会儿,让人将近3年来赵可亮报的账,不,红旗旅所有关于照相的账单都拿过来。

罗探长什么时候改行查账了?难道赵可亮还涉及经济犯罪?随行的保卫干事史衍卿不解,却又不得不去一楼财务室落实大校指示。

红旗旅前年承办过陆军的财务现场会,平时财务管理严谨规范,各类账目都是分门别类地存放。加上这些年照相都是电子存档,清洗的照片不多,仅有的花费无非就是购买一些空光盘、零星配件、维修之类的。不大一会儿,史衍卿就和财务人员将20余张账单拿了过来。

面对"清澈见底"的账单,罗探长仔细翻了翻,并未发现有什么不妥之处。他闭上眼,双手掩面沉思片刻,突然睁开鹰一般的眼睛,目光停留在一张维修单据上,报销单落款写的是崔云龙。

这张单据显示,旅里的照相机前年3月在马山星光照相馆维修过。崔云龙解释说:"当时修理照相机是赵可亮去的,按照旅里报销人要写干部的报账要求,落款就写成了我。"

顾不上掰扯这种报账要求合理不合理了,罗探长又问了一张购买照相机内存卡的票据,崔云龙说:"这个事是我经手的,前年底我们新买了一张相机卡。"他担心是不是违规了,走到柜子跟前,从照相机中取出内存卡说,"这张卡就是那时购买的,我们有预算,走的是正常程序。"

罗探长微微一笑道:"对了,这就全对上了。"停顿数秒,他示意崔云龙将办公室物品规整好,手轻轻一摆说,"走,带上赵可亮去星光照相馆……"

第六章 口叼匕首缘何重返训练场

每个时代的战争,都有属于它的十八般武艺、七十二绝技。不能不分场合随意用,也不能到了用时不敢用,一切都要实战说了算。

被旅长抓了个现行,杨吃狼瞬间有种自投罗网的感觉,他也做好了慷慨就义的准备,脑海中迅速搜索着大义凛然的词句准备回击旅长轰天裂地的炮火。

"是我!"不料,胡勇智多一句问话都没有,直接喊了句,"放行!"

这太让杨吃狼感到意外了,要不是胡勇智亲口承认了,他甚至怀疑眼前的人是不是真的旅长,是不是他大变戏法找了一个替身,或是深夜出门吃错药了。愣了几秒钟,他方松开刹车加油前进。

车辆缓慢行驶到了营里,杨吃狼忐忑的心依旧怦怦直跳。

正等候营长大驾归来的杨松,当晚给他解开了心中谜团。

距离第二阶段演练还有月余,胡勇智晚饭后将旅月训练计划拿给中将看,海明军接过来简单翻了翻说:"这些写在纸上的东西能看出啥名堂,要看也是到一线看看。"中将很欣赏一句话:在机关坐着看都是矛盾问题,在基层转着看都是招数。

说者无心,听者有意。胡勇智从中将的话里听出了弦外之音,结合中将最近一直倡导的"一线工作法",他猜测海明军很可能要对他的老部队全面检查一遍,还是不打招呼、直插一线的那种。

老道的胡旅长琢磨着如何应对,本打算召集各个营、连主官开个部署会,后来一想大张旗鼓提前部署岂不成了"此地无银三百两"?何况三个合成营的营长都不在,不太当家的他又不放心,只能换个思路应对了。午夜查岗是他开出的第一剂药方。他凌晨一点准时从机关办公楼出发,独自一人对各个点位尤其是门岗重点检查。

那个点正好转到了旅大门前,正赶上杨吃狼从外面回来,胡勇智只是履行了一个卫兵该有的职责。胡旅长这次没带随从是一种低调的高明,他相信不管有没有人跟着,至少哨兵都知道,他这么做很快会传遍全旅,自然也会传到中将那里。

对随后赶来的牛起义和白阿毛,胡旅长也痛快地放行了,还特意交代两位营长:"做好迎检准备,该说的说,不该说的不说。"而对杨吃狼,他没作任何交代,原因是胡勇智清楚他那个犟种,不说还好,说了更会捅娄子,给领导讲不该讲的,看不该看的。

听杨松这么分析,杨吃狼似乎明白了一点,原来自己在旅长心中是这么个形象,但也产生了新的疑问:难道旅长不知道自己干吗去了?这也不对啊,胡旅长压根没问,就连车上的王春雨,他也装作没看见。

杨吃狼去哪儿了,胡勇智心里明镜似的。杨松对事情的前因后果相当知晓,毫不掩饰道:"计划召集营、连主官开会那会儿,伍政委把一切情况都告诉他了,连你几点出的门、几点回来,胡旅长都一清二楚。"

那为什么旅长秘而不宣,不处理自己呢?杨吃狼更加不明白了,这可是个绝佳机会啊。难道旅长变得善解人意、体贴部属了?

杨松笑笑说:"那你是不了解我们的旅长大人,谁都不想当坏人,他现在更不会干损人不利己的事。"中将转部队,好多问题表象在基层,根子却在机关,他肯定会询问一些基层官兵。这个时候,旅长需要人们替他说好话粉饰,而不是先把人得罪了。

这正是胡勇智的过人之处,在赵可亮案件水落石出前,胡勇智不想再出什么幺蛾子。

单就这一次来说,杨吃狼心底还是很感念胡勇智没有落井下石。

太阳一天比一天起得早,一出来就光芒四射的,人还没睁眼,就看到窗外聒噪的鸟儿们,在缀满果实的枝头上抖翅翘尾、蹦蹦跳跳。

部队虽然深入改进作风了,但迎来送往的陋习尚未根治,尤其是迎接上级检查这一套老传统,总免不了打扫卫生、整理内务、完善登统计之类的繁文缛节,一些单位检查考核项目繁多,检查的人往往比抓落实的人还多,让人应接不暇,心生厌烦。

中将不想让这些琐事干扰战斗力,就喊着张凌天直奔合成三营的训练场。偌大的训练场上满是人,北侧靠近主干道的一旁矗立着10块醒目的标语牌子,上面书写着10个红色大字:好儿女从这里走向战场。

这是红旗旅营区内最大的综合训练场,也是胡勇智预料与设计好首长检查的第一站,果然精准,昨天他们连夜整修了训练场,焕然一新。

中将看了看散发着油漆味的标语口号,以为仅仅刷了漆,再走近一看,连基座支撑架都换成了新的,想着前几天路过时那破烂的宣传牌,确实也该更换了,只是工程量有点大了。训练场上四处显示着平整过的痕迹,车辙印清晰可见,一些刚打过的草散发出淡淡的青草味,来不及清理干净的草渣星星点点地散落在草丛中、路边,处处宣示着眼前都是突击完成的,甚或说为了专门迎接他的。

合成三营正在组织全营人员进行战术训练,见两位将军走过来,白阿毛赶紧吹哨喊停,小跑到中将面前恭恭敬敬地立正敬礼。海明军本已举手阻止,白阿毛依旧大声报告说:"中将同志,合成三营正在组织战术训练,请指示。"

海明军只好还礼说:"继续训练。"

礼毕,白阿毛转身跑开,下令继续训练。

清风拂面,海明军边走边看,目光所及之处,练兵景象热火朝天,似乎表明了,平整训练场就是为了大干一场。中将感慨道:"中原大地就是好啊,不穷不富好养兵,不冷不热好练兵,不南不北好用兵。"

张凌天竖起大拇指道:"首长总结得精妙啊。"

中将笑了笑,兴致勃勃地走近低姿匍匐现场,不到40厘米高的铁丝网上包着蘸满汽油的破布,熊熊燃烧的火焰占去了10厘米,能容纳身体通过的空间不到30厘米。官兵们紧贴着地面目视前方爬行,火焰燃烧产生的高温还是透过迷彩服直逼脊背,让中将不由自主地想起了烈火中的邱少云。

"嗒——嗒嗒——"的机枪集合扫射声突然响起,虽然用的是空包弹,但也让人顿生恐惧。背上是烈火硝烟,耳畔是密集的枪声,停下来就会被烤成"乳猪",就会被子弹"打死",只有华山一条道——紧贴地面,拼命爬行。终于从铁丝网下爬出,不等你喘息,前面的深坑、高墙、浮桥、绳索、攀登……10多个障碍在等着你,个个障碍都是对毅力、体能和技巧的挑战。

中将不经意间露出了会心的笑容,连连夸赞道:"都说这个营基础训练扎实,果然不错啊,跑出的骏马飞出的鹰,杀出的威风练出的兵,从这些战术动作和组训方式就能看得出来,不下一番功夫是不行的。"

"是啊,从上次攻占玉皇顶演练就能看出这个营的战术素养非比寻常。虽然没能攻下阵地,但也算得上死得光荣了。"张凌天很看重官兵的基础训练,只是他不明白战士口中叼个匕首是什么意思,便问白阿毛,"这个训练动作不是被取消了吗?"

海明军对此也有点疑惑，他看过有部队武装泅渡时口叼匕首的，爬战术、障碍训练怎么也叼着匕首？

白阿毛没有正面回答将军问题，而是喊来一名最有"发言权"的战士，让他解释一下。

海明军仔细一看，这不是上次演练受伤的战士薛嘉文吗？他和蔼地问："是小薛吗？身体恢复得怎么样？"

"首长，你记性真好，是我，我身体完全好了，谢谢你的关心。"这么大的首长还记得自己，薛嘉文心底涌出一阵暖流。他一番感激后，谈了训练口叼匕首的感受："我躺在病床上一直在想，当我失手摔下时，嘴里要是叼着个东西，肯定下意识猛咬，就不会忍不住大叫，也就不会被蓝军发现了，说不定还有转败为胜的机会……"

海明军这才注意到，薛嘉文粗而厚的嘴唇上有多处溃烂痕迹，殷红的嘴角有些伤疤已经结痂了。中将用手指了指自己的嘴唇示意道："上火了？"

薛嘉文不好意思地笑道："没有，不怕首长笑话，我做梦都在咬嘴唇。"

海明军对薛嘉文上次跌落的情景记忆犹新，当时只顾救治受伤战士了，庆幸他因缚有安全绳而只是轻伤后，只当是一次意外，没有升华到战斗力提升上。

如果把训练与强军连成一条线，那么每名战士都是这条线上永不停歇的光点。薛嘉文为自己的失误多么内疚，做梦咬嘴唇足以说明一切，尽管没人去责怪他，他却在极力补救，在看似微不足道的一点点努力中，垒筑起强军兴军的钢铁长城。

战士们对事业的痴、对岗位的爱、对工作的狂，恰恰印证了中将经常引用的一句话——"大脑不是一个等待填满的容器，而是一个需要点燃的火炬"。中将上前拍了拍薛嘉文道："好样的，好好训练，别有什么心理负担，内省不疚，夫何忧何惧？"

薛嘉文点点头，眼眶中闪着泪花，跑去继续训练了。

每个时代的战争，都有属于它的十八般武艺、七十二绝技。前些年，不少基层部队将口叼匕首嵌入各种训练中。但在和平积弊大讨论时，有人认为它不实用，更像作秀，是形式主义，因此被许多部队赶出了训练场，白阿毛的合成三营也不例外。

薛嘉文痛定思痛检讨反思后，大胆建议营里恢复口叼匕首训练。

合成三营当时是有很多不同意见的，有人担心让已经淘汰的训练课目重返练场，会被上级追究责任，或者说干扰正常训练，被视为不务正业。营里为此专门召开军事训练分析会，经过一番激烈的思想碰撞，决定在部分专业特别是侦察专业中恢复口叼匕首训练。眼前训练的正是合成三营的侦察分队。

人生最遗憾的莫过于，轻易地放弃了不该放弃的，固执地坚持了不该坚持的。

第六章　口叼匕首缘何重返训练场

作为传统训练动作，人衔枚、马裹蹄在古代行军作战中早已有之。口叼匕首特别能展现军人的血性和精气神，之所以被大家反感，是因为之前经常出现在不该出现的训练场景中。

不能不分场合随意用，也不能到了用时不敢用，一切都要实战说了算。海明军之前听特战旅队员们说过，双手不空而又需要使用匕首时，把匕首叼在嘴里更方便；持枪偷袭时，匕首叼在嘴里比放在鞘里出手更迅速。鞋子合不合脚，只有自己穿了才知道。部队类型不同、担负任务不同，战法、训法运用也是千差万别。其他单位当经验推广的，不一定适合自己；别人明确反对的，也未必对自己无用。

过去在中将看来完全是"银样镴枪头，好看不顶用"的前滚翻出枪动作，在他去了一个部队后，有了全新的认识。一位班长告诉他，车速那么快，跳下时不先来个前滚翻再出枪，一定摔个嘴啃泥。

身处不同高度，眼中的景致截然不同。会当凌绝顶，一览众山小；驻足山脚下，只会这山望着那山高。紧贴实战、随机应变、灵活管用，才是战法训法运用的关键、练或不练的标准。

说到实战化训练，一个残酷的现实是人员伤亡问题，而对待伤亡的不同态度，往往影响着训练水平。美军允许出现的最高死亡率是千分之三，实际上经常越过这道红线。张凌天直言："我军每年也会有一些官兵死亡，但多是五花八门的事故，真正死于训练的，并不是很多。训练死的一票否决，让每名带兵人如履薄冰，甚至是胆战心惊。"

作为军队的高级领导干部，海明军觉得张军长这话说得有失严谨，尤其是在公共场合很容易授人以柄。但这毕竟是客观存在的现实，实际上也说出了他想说而没顾得上说的。一定的死亡率在我军也是允许的，但实际操作中，往往过分追求训练零伤亡。中将评价说："这样做，似乎很合理。于公，是对战士的父母负责；于私，与一票否决绝缘，可以保位子。可一旦打起仗来，人家可就不管你那么多了，训练零伤亡的部队常常会付出大伤亡。万骨已枯，功却无成啊！"

敞开心扉地畅谈，显然是触动了中将的伤感神经，张凌天有意切换了话题："这个营的白阿毛营长训练就是一把好手，是少数民族战士提干的，就是跑得快，有一句顺嘴的话叫'吃饱了，不训练干啥'，还是很鼓舞士气的。"

"这我还不知道吗？那时候，我刚到红旗旅当旅长，白阿毛比武夺冠给旅里树立了一个很好的榜样。"海明军当时以白阿毛为骄傲，白阿毛也是全旅的骄傲。白阿毛的宣传、提干，也都是他大力支持与一手促成的。

张凌天当时在友邻单位学习白阿毛事迹时,自我感觉学习挺上心、挺认真、触动挺深,没承想知根知底的当事人就在眼前,他觉得自己有点班门弄斧,有眼不识泰山了:"强将手下无弱兵,还是首长兵带得好啊。"

"哪儿的话?基础训练这东西,主要还是靠个人。"刚才谈论了那么多沉重的训练话题,生生死死的,经过这么一个小插曲,海明军反而清醒了不少,瞬间有一种更深刻的认识,"不管到了什么时候,人的生命都是最宝贵的,连毛主席都强调保存自己是第一位的。科学练兵能减少伤亡,还是要尽一切可能减少伤亡。每名年轻的战士都是一条鲜活的生命,背后都背负着一个家庭,'所有的母亲都憎恨战争',我们这些带兵人,要对得起人家的父母。"

军事体育训练,锻炼的是力量,但使的不是蛮劲;锻炼的是速度,但拼的不是玩命。想到这,海明军快走几步来到战士面前,伸手翻开一名刚完成战术训练的战士的手,看到满是血泡的手,心疼地问:"小伙子,疼不疼、累不累?"

战士张宗豪紧张得吞吐着说:"首长,不累。"

"我是不累,可你们累喽!"海明军幽默一笑,顿时拉近了与战士间的距离。

张宗豪知道自己没有表达清楚,红着脸壮着胆,重新大声说:"报告首长,我们不累。"这些可爱的战士正用汗水洗去稚嫩,用青春书写忠诚。

"小伙子们,你们都是好样的!我们军人就是要有这股气,我们的汗水掉下来要把地上砸个坑,我们的誓言说出来要让天空有回声。"海明军激情澎湃的动员,让战士们瞬间忘掉了疲惫,个个像小老虎嗷嗷叫着掀起了训练热潮。

宣传干事崔云龙拿着相机过来欲给海明军照相,中将摆摆手说:"不要把镜头对着我,多照照我们的战士,他们训练辛苦,出彩也出镜。"崔云龙还是先对准中将咔嚓了两张,然后迅速掉转镜头向一群战士继续咔嚓。

这时,胡勇智和伍晓刚气喘吁吁地跑过来,伍晓刚靠近海明军说:"首长,刚才我们旅里开了个常委会,来晚了。"

"不是和你们说了吗?不用陪同,你开你们的会,我看我的部队。"海明军用手左右一划拉,"这些地方我都熟悉,不需要向导。"

"首长,这些都是你的老部队,训练不足的地方你多指导。"胡勇智连忙接话,又不忘恭维中将,"首长是训练方面的专家,当年旅里转型建设,都是你带领我们技术攻关打下的底子。"

海明军心想这是哪跟哪,眼下这个营战术训练哪有什么科技含量,充其量就是一个体能意志的考验,便微微一笑道:"小伙子们训练都很认真,不错。"听中将夸赞部队训练,红旗旅的两位大校心里多少有点底了,感念还是自己人好说话。这也是他们匆匆赶来听到的最动听的语言。

训练强度大,伙食必然要跟上。海明军顺势问胡旅长:"营连队伙食怎么样?"胡勇智连忙喊白阿毛,却被海明军制止,"我是问你,你喊营长干什么?"

胡勇智这些年去基层单位了解过伙食,但他始终没能在基层扎下根,多少有点像浮在水面上的葫芦。虽说在连队吃过几次饭,但往往是加了几个菜的,倒是上次在一营二连外训点吃过一顿"碰饭",杨吃狼硬是没让加菜,令胡旅长印象深刻,认为就四个菜,因此想当然地随口一说:"连队伙食不错,四菜一汤。"

海明军撇撇嘴没说话,张凌天眼睛一瞪:"早就六菜一汤了,你这个旅长的四菜一汤是什么时候的伙食标准?"胡勇智面不改色地说:"有时是四菜一汤,我吃过。"实际上,胡旅长也没说错,野外驻训条件简陋,有时任务紧急,保障起来相对困难,通常做四菜一汤,不过,量加大,菜更精细,还是很受官兵欢迎的。

海明军装作没听见,眼睛看着不远处合成三营新建的装备车库,若有所思……

这下坏了,昨天换下的破旧宣传牌和训练场上的待维修车辆都放在了车库,还有一些废旧器材也堆放在那里,此刻万不能让中将看到那片狼藉。胡勇智急中生智道:"首长,我们的旅史馆建得不错,到那儿去看看吧,这室外挺热的。"

旅史馆是海明军当旅长时建立起来的,每个版块的设置、每张图片的选用、每段文字的配备,都是他认真审核过的。遇有重要领导参观,海明军有时亲自上阵解说,那些内容早就刻印在他脑海里了。虽说后面增加了一些新内容,但多是沿着当初的设计思路延展的。再说,来的第一天,伍晓刚就带他去看过,他还对布展提出了一些改进意见。他呵呵笑道:"旅史馆的那些东西,我烂熟于心了,还用得着看吗?"

胡勇智适才觉得有点冒失了,赶紧拉着伍晓刚到一边商议对策,还没想到如何应对,只听中将指着车库向这边喊道:"胡旅长,那是车库吧?我们去看看。"

真是怕啥来啥,胡勇智小声和伍晓刚交代了几句,匆忙过去招待首长了。

伍晓刚却不以为然地摇摇头,想着请首长看看也好,有问题可以现场解决。

罗湘红等人驱车来到马山县城,星光照相馆坐落在当地繁华地段,旁边有个大型超市,并不难找。随行的还有王春阳,他受海明军的委托,协助调查此案。

照相馆的老板看样子30出头,长得也算帅气,谈吐中透出几分儒雅气质。罗探长的第一感觉是这么一个人与"钱记阁"的名字不相配,与从事照相行业不相配。可名字多是父母取的,谁又能左右呢?什么人应该从事什么职业,谁又能说得清楚呢?罗探长有时庆幸自己的敏感,有时又厌恶自己太过敏感。

见身穿军服和警服的人都来了,钱记阁热情地迎了上去,以为今天来了单"大生意",他有过几次受邀到部队照合影和证件照的经历,业务量不少,收入也很可观。

罗湘红出示了一下证件,表明身份后说:"我们是来调查一桩案件的,请你配合。"

"领导尽管问,我一定配合。"说着,钱记阁引导着大家进屋。

进入照相馆落座后,罗探长向四周瞄了瞄,这间30来平方米的房间布置得倒也精致,只有必要的办公电脑、照相设备、维修器材等,不像有些照相馆为了炫耀技术,不管当事人是否同意,满屋子挂的都是摄影作品。这间屋子里悬挂着几幅字画,显眼处还挂着一幅《中国地图》。

罗探长笑了笑说:"钱老板不光会照相,还会修理,全能啊。"

钱记阁面露难色地说:"马马虎虎吧,混口饭吃。"

罗探长起身走到地图下面,凝神望了望。钱记阁跟了上来,笑着说:"总想着有时间能看看祖国的大好河山,这不工作忙吗?一直未能成行。"

罗探长说:"生意很好啊。"

"这些年生意不好做,除去房租、水电,勉强混日子吧。"钱记阁这话就有点自相矛盾了,一方面说工作忙,一方面又抱怨没生意。不过,这也符合人性特点,赚大钱的人往往还四处哭穷呢,不同的问话有不同的说辞,对不同人又有不同的说辞。

罗探长掏出一张收据,直奔主题:"这收据是在你这里开的吧?"

钱记阁接过一看,上面抬头写着红旗旅的番号,还有开具日期,爽快地承认了:"是2年前的事了。"

罗探长试探着问:"你还记得谁来的吗?"

钱记阁假装想了想,说:"我记得当时一个穿军装的小伙子来找我修照相机。"

罗探长拉过一旁的赵可亮说:"你看是不是他?"

钱记阁仔细瞅了瞅,笑着说:"看着有点像,现在穿便装,真的不敢认了。"让赵可亮换成便装,是罗探长特意安排的,想借助衣服差异观察一下钱记阁的反应。

回忆起当时修理照相机的情形,钱记阁历历在目:"小伙子当时挺着急的,一直盯着我看。想着解放军的事情重要,我就放下其他活,先给他修好了。"赵可亮说当时部队正在演练,他还着急回去拍摄照片呢,就一直等着修理好才回去。

过去2年的事了,钱记阁咋记得那么清楚?罗探长虽有怀疑,但直接问出来又觉得毫无意义。屋里又没有监控,还不是两个当事人说什么就是什么?罗探长来到电脑前,打开看了看,里面满满当当的照片和一些短视频,照片少说也有几千张,多是证件照、结婚照,还有一些风景照之类的。从这些照片的质量看,钱记阁的照相技术还是不错的。罗探长问:"这些照片没有隐私吧?可以看吗?"

　　钱记阁说:"没啥隐私,既然是查案,你们随便看。这些都是平时给顾客照的,我都留着呢,也方便顾客回来找不是?"

　　罗探长像雷达搜索引擎一样,快速翻看着每张照片,突然停在了一张钱记阁的个人照片上,扭头问道:"挺帅的嘛!哪里照的?"

　　钱记阁摇摇头:"10多年前的事了,不记得了。"

　　看打扮,这是个学生;看背景,这是东南大学。罗探长猜测钱记阁在东南大学上过学,但如果从这所还算有点名气的重点大学毕业了,如今不大可能窝在这小县城经营个小照相馆,断定是中途退学了,便直截了当地问:"什么原因从东南大学退学了?"

　　这一问,钱记阁蒙了,以为来之前,部队和公安机关肯定掌握了自己的底细,连忙回道:"当时就是学不进去,不想上了。"

　　这完全不像一个正常的退学理由,是主动退学,还是被学校开除?罗探长隐约觉着这有点揭人伤疤,便没再追问,继续翻看照片。王春阳凑上前指了指几张照片,使了个眼色。罗探长心领神会地站起身,向钱记阁告别:"谢谢钱老板配合,耽误你做生意了,今天就到这里了,如有需要我们再来叨扰。"

　　"配合部队和公安办案,这都是应该的,我随时恭候。"钱记阁客气道,并将众人送出屋外。

　　走出照相馆,罗探长发现,门口右侧放了一排充电宝。这里距离超市这么近,超市门口就有充电宝,有必要在这儿也放这么多吗?没等人问,钱记阁解释说:"方便顾客使用。"赵可亮附和说:"上次我来修理照相机时,就用这个充过电。"

　　罗探长说了句"钱老板还真是心细",便上车走了。

　　路上,罗探长问王春阳:"老弟,刚才看你想说没说,你发现了什么?"

　　王春阳道:"那些照片我在郭冬冬家里见过,担心打草惊蛇,就没说什么。"

　　想着钱老板的诸多疑点,罗探长断定这里面一定有内幕,寻思着回去好好厘清思路,再来会会这个钱老板。只是战区首长一个电话将他召回去了,说是负责一项重大安保任务,并明确钱记阁和郭冬冬案件有关,两案并案,由国家安全部门派专人调查。

马山,这个小小的县城,像天空中突然炸开了一个黑洞,迅速把人们的注意力吸引过来。

对装备情有独钟的海明军,禁不住往车库方向走去。

原本胡勇智知会伍晓刚通知卫兵尽量拖延时间,最好能找个理由拦下中将,不让他进去。

伍晓刚并不太赞同这样做,且不说中将去哪里是他的自由,红旗旅无权也无人敢拦,昨天在车库存放那些废旧物品时他就持保留意见,只是没有更合适的地方,正好请中将帮忙现场解决。

一行人走到车库门口,却被执勤哨兵、上等兵王传付拦住:"请各位首长取出随身携带的易燃易爆品、电子设备等违禁物品,暂时交由我保管……"

海明军摸摸衣兜掏出一个手机:"噢,就这个手机。"正欲上交,旁边的哨兵、一级上士严传浪用胳膊肘捣捣王传付,王传付没有"正确"理会,接过中将的手机,其他人只好照做。胡勇智递交手机时狠狠瞪了小王一眼,偷瞄到这一信号的严传浪心里很慌。伍晓刚最后一个交手机时,又拍了拍严传浪的肩膀,严传浪心里五味杂陈。

以前旅长、政委来过几次,胡勇智想交手机的时候,不用人提醒,就交给身边参谋了,参谋在值班室等着就行。不想交时,也没人敢过问,手机根本到不了哨兵手里。倒是伍晓刚每次来都主动上交了手机。如今,战区首长、军长都在,旅领导不好发作,肯定会秋后算账,尤其是伍政委那莫名的一拍,也定有深意,严传浪突然间有种大祸临头的感觉,赶紧让小王取来首长们上交的手机,回营里反省去了。

这次严传浪完全曲解了旅长本意,胡勇智以为是伍晓刚交代的缓兵之计,偷偷让人将存放废旧物品的库房全部上了锁。

中将挨个察看库房,一些装甲装备被保养得一尘不染,有的车辆前面还放着"红旗车""模范车"之类的牌子。这是演练回来后,全营组织装备保养竞赛时设置的一些荣誉。看到这些中将有种说不出的滋味,从爱护装备的角度说,这样做无可厚非,但从战斗力角度考虑,可就有点过犹不及了。

大家只顾机械地参观,胡勇智偶尔解说一下,没有人主动发表丝毫的见解,生怕触碰到中将敏感的神经。走到最后几间车库面前,见车库大门紧锁,中将忍不住问:"这里面放的什么重要宝贝,锁得这么严实?"

胡勇智小声回道："就是一些废旧器材。"

在中将的坚持下，门被打开了，满满当当的宣传牌子堆满了整个大库房，真是比存放一辆装甲车空间利用率还高，看样子是积攒了好多年的。

中将不晓得哪里来的这么多宣传牌，堆放在这儿更显得不伦不类，杂乱无章。因为多是文化方面的内容，没等中将问话，伍晓刚主动坦白说："这些有昨天从训练场上更换下来的，还有以前库存的，没找到合适的地方存放，就先放在这里了。"

"先存放在这里？你们还打算回收再利用吗?!"中将有点不理解，也有点儿生气，"堂堂装备车库，简直成了废品收购站。牛棚里养鸡——架子不小。"

这些东西自然不能再利用了，但旅里确实没法处理，伍晓刚看着眼前的废品，心里莫名有层层重压，硬挤出苍白无力的理由："旅里无权处理这些东西。"

中将简直不敢相信自己的耳朵，一个责任心算是比较强的旅级单位党委书记竟然说没有权力处置一堆破烂玩意："就算当成废品卖又如何？"

"那可不行，这些都是旅里的固定资产，要走报废程序才行。"伍晓刚摇摇头，作了一番深入解释，"按照规定，单价500元以上的物资就要列为固定资产，要报废就要走报废程序。别看这些宣传牌子现在不值钱，可当初安装时都是花费几千上万甚至十几万的，报废是按照当时价格计算的，这些年攒下来价值早就过百万了，超过了旅里的审批权限。"

张凌天问："为什么积攒在一起？不能及时处理吗？"

"旅里也想及时处理，可过了10万元的就要上报常委会。这些年旅里一直很忙，常委超过半数聚在一起的次数都很少，很难有时间专门开会研究这等琐事，昨天更换的宣传牌就没来得及研究。"伍晓刚还有一个担心，一旦处理了，上级来检查发现没有了实物，追究下来也是一个问题。

伍晓刚的言语和表情像是冒犯了军长，见张凌天直视的眼神陡然生起一股强烈的复杂情绪，他连连作了澄清，声称自己口中的"上级"并非单指集团军这一级，还有更高机关的巡视、审计等。

还有没有类似的情况？隔壁的库房门打开了，里面竟满满当当存放着废旧的电脑、打印机、电视机之类的。海明军仔细一看，赫然发现有些竟是自己在这儿当旅长时就淘汰的，如今依旧安然地躺在库房里沉睡，他真想知道自己当年用的那台电脑是不是也在其中。这些物品处理起来更麻烦，不仅涉及价格问题，还有保密问题。保密审核又是一道没完没了的程序，还可能会像打乒乓球一样推来挡去。

这里面有担当作为的问题，包括但又不仅限于红旗旅的个别干部做事不走心，不察实情,不解难题,心中无数,脑中无事,眼里无活,手里无牌,落实无果。当然也有制度机制设计的问题,在执行力超强的军队,决策指示容易落地生根,条条框框也容易捆住基层手脚。中将觉得这么好的库房存放些破烂玩意,浪费、堵心、不安全,实在没有必要,必须研究一个切实可行的办法。

中将出了车库,领完手机匆匆回招待所了,一副心事重重的样子。

下午的体能训练,中将照例来到了合成三营,一路上他谈笑风生,但这并非代表他的心情调节得挺快挺顺。海明军总是这样,他觉得好的坏的情绪都会传染,即使心里诸多不悦,也不会轻易表露出来,在战士面前,他总是散发出勃勃生机。

营里按计划组织5公里武装越野擂台赛,不掐个人的时间,只看连旗冲过终点先后。白阿毛进行了简短动员,中将记住了其中的一句话:不想成为别人的猎物,只有让自己先成为"狩猎者"。

这句话用在这里未必贴切,却能鼓舞士气,这就是最有力的动员。

发令枪响,对垒的两个连队犹如两列高速行驶的列车,在800米的环形跑道上疾驰,你追我赶,交替领先,瞬间完成了第一个800米。连旗在空中猎猎作响,如冲锋号角;现场加油声此起彼伏,似击鼓催征。

"快,把连旗交给我,七连追上来了。"10分钟后,八连班长王建舟夺过连旗就往前冲,带动全连甩开了七连一段距离。七连不甘示弱,像打了鸡血一样嗷嗷叫着往前冲。

训练场上气氛瞬间燃爆,充满血性的吼声响彻军营,两面连旗在跑道上上演着速度与激情,看得海明军等人热血沸腾,频频点头:"你们怎么想到了这种训练方法?"

"这是我们战士自发的。"白阿毛上周听战士们议论,现在的体能训练一点儿激情都没有,训练考核如同做功课一般,既枯燥又乏味,很多战士感到厌倦。营党委分析认为,训练中确实存在着虎气不够、血性不足的现象,就想到了这个办法,改单兵考为团体赛,以连队为单位组织,以连旗为标志定成绩。

这办法确实不错,战争年代,军旗所指枪林弹雨也要上,军旗所在最后一人也要坚守。海明军斩钉截铁地说:"旗帜就是灵魂,旗帜就是号令,旗帜就是生命,旗帜就是胜利。"一连串的强调,足以说明旗帜在中将心中的分量。

只剩下最后一圈了,比拼更加激烈,有的战士身上披挂着三四套装具,有的三五个人推着一个人跑,有的一瘸一拐地艰难奔跑。"帮一把"的深情,"一起跑"的承诺,都是为了连队的集体荣誉。海明军真想上去推他们一把。

海明军当战士时,连队就组织过这样的训练,不过那时是各班排的训练。前些年观摩了几次国际军事比赛,他触动很深,他发现俄军所有比赛项目规则都源于各种实战经验。

海明军认为,突出以战领训,必须勇于告别各种有形或者无形的条条框框,坚持做到仗怎么打兵就怎么练,打仗需要什么就苦练什么,部队最缺什么就专攻精练什么,从实战需要出发,从难从严训练部队。

海明军随口念叨了一句:"打仗之要,不可求之于言语,独见之于战耳。"或许是声音太小,或许是太过嘈杂大家没听清,又或许大家不明白中将想表达什么意思假装没听见,总之,大家一个个看着中将默不作声。中将也觉得过于文绉绉,就针对眼前训练说:"不仅仅是5公里武装越野,我看还需要增加一些战术背景,这样才能更贴近实战。"

一直在中将旁边察言观色的胡勇智连忙接话说:"首长说得是,我们立马改进。"

伍晓刚跟着说:"首长这个提议非常好,切中了当前训练积弊的要害。"

"你们就别吹捧了,关键是要拿出具体的落实办法。"说话间,七连率先冲过终点。

以微弱劣势失利的八连颇不服气,冲着七连队官兵高喊:"七连,下次再战!"

"好,我们时刻准备着,下次再较高下!"七连官兵激情应战。

殊不知,刚才海明军等人的谈话,宣告了这样纯粹的体能比拼即将退出舞台,或许就在下回的过招中,就有染毒地带、小股敌特袭扰、无人机侦察等新的比拼项目。

鹿死谁手,尚不可知。但有一点是可以肯定的,那就是比拼将更加激烈、更加刺激,折射的是战斗激情在燃烧。

晚饭安排在合成三营就餐,海明军和战士们坐在一起边吃边聊,还真就四菜一汤,两荤两素,色香味都还不错,海明军吃得挺满意。

晚餐中有一道菜是红烧大鲤鱼,海明军平时酷爱吃鱼,忍不住多打了两块。落座后,他发现身边战士瓦子文餐盘里打的菜很少,只有一块鱼。中将夹起一块鱼给瓦子文,瓦子文起身连连推托,海明军笑道:"我这可不是搞局长吃鱼那一套,这可是扎扎实实的鱼肉。"

局长吃鱼是网上流传的一个段子：局长说了一堆套话，把鱼眼、鱼头、鱼骨头乃至鱼尾都分给了别人，自己落了一堆实惠的鱼肉，还自称收拾烂摊子，实乃讽刺意味很浓。

瓦子文听后笑了。恭敬不如从命，他端起盘子愉快地接受了，吃得心里美滋滋的。

中将很快就光盘了，他端起盘子准备去刷，被胡勇智连忙抢了过来，可那笨样刷起盘子来实在滑稽可笑。海明军也不管他，直接溜到了后厨。胡勇智招呼一名战士过来帮忙收拾，放下盘子快速跟了过去。后厨的几名炊事班战士正蹲在地上吃饭，旁边放着两大盆切好的茄子、西红柿。

战士们见首长进来，连忙都站了起来，嘴里的鸡腿也不吃了。海明军弯腰看着菜盆子问："吃得饱吗？"

炊事班长李少雄大声说："报告首长，吃得饱，吃得好，吃得有营养。"

瞧这话问的，炊事班的能吃不饱吗？中将忽觉自己有点小儿科了。海明军指着大盆里的茄子、西红柿，又问："这盆里的菜咋回事？"

"报告首长，本来今天晚饭要炒的，旅里通知说四个菜够了，让明天再吃。"李少雄不明就里，如实报告了。胡勇智听了真是打脸。海明军瞬间明白了一切，弯下腰捞起一把菜说："这菜到明天都不新鲜了，还能吃吗？"中将走出后厨，像卡了鱼刺一样难受。

张凌天指着胡勇智说："你呀，你呀，我说你什么好？"

张凌天紧追海明军走了出去。

胡勇智指着李少雄，重复着同样的话："你呀，你呀，我说你什么好？一点眼色都没有。"也跟了出去。

战士们愣在那儿，一个个面面相觑……

晚饭后，海明军一行人围绕操场散步几圈后，来到合成三营装步九连，空空的楼栋里亮着几盏灯，连队按计划正组织夜间射击训练。走进一间亮着灯的宿舍，见几名战士正在宿舍里聊天、看书，海明军好奇地问："怎么没去训练啊？"

一级上士钱征凯大声说："报告首长，我们是专门等着领导座谈的。"

"我说要座谈了吗？"海明军这才发现他们连纸笔都准备好了，奇怪地问，"你们怎么知道我要来咱这里？"

中将这个"咱"已经说明了一切，海明军当兵之初就在这个连队，胡勇智断定中将会探望故地。"首长,三营的其他连队,白天你都去了,就九连没来,我们猜测的。"他又根据首长检查一般少不了座谈的惯例,让连队挑了些健谈的官兵候着,没想到被首长当场问,便谎称是连队自己安排的,便于首长掌握真实情况。

伍晓刚不屑这样落实责任往下移,出了问题把板子打到基层,把压实责任变成往下甩锅的行为,便说是自己安排连队的。

"你们还真会揣摩首长心思。"海明军看了看伍晓刚,想着上午的车库存放废品之事,也想更多地了解大家的真实想法,"那就聊一会儿吧,不过大家要实话实说,我要听真话。"战士们端坐在马扎上,挺胸抬头,两手放在膝盖上,显得很拘谨。中将晓得其中缘由,让跟随的各位将校离开宿舍后,指着一个床铺说:"这个铺我睡过,咱们同过床,还有什么不好意思的?"他在这个连队当兵时,睡的就是这个铺位,虽然营房经过几次整修,床换了几茬,但床的位置和房间布局没变。说完自己都笑了。

那可是荣誉铺位,是优秀班长或者取得重大荣誉的战士才能睡的,如今钱征凯就睡这个铺,可老鼻子光荣了,不大的床铺总能睡出龙床的感觉,这促使他晚上经常自省自励,对工作不敢有丝毫的懈怠。

如今听中将亲口讲述,更是倍感荣耀,大家情不自禁地跟着笑,也就打开了话匣子。

海明军随手拿来一个马扎坐下,战士们跟着围坐在一起,七嘴八舌地谈论开来,讲了些人尽皆知的却又无力解决的问题。

有人说,现在训练还是基础体能多,距离信息化战场太远。

有人说,要想尽快形成战斗力,必须把厚厚的教材化繁为简。

有人说,要搞好思想政治教育,必须把高深的理论剥茧抽丝。

还有一名中尉隐晦又形象地说,立起的烟囱很多,真正冒烟的却不多;树栽得很多,开花结果的却很有限。

见中尉一直低头看自己的笔记本,海明军说:"我能看看吗?"

中尉点点头,将笔记本递了过去,海明军接过来一看,是一首题为《心里话》的短诗:

领导让我说出心里话,
他要试探我的真假,
面对我的尴尬,

领导说"别怕,别怕"。
我有千言万语,
却——
语无伦次地表达,
领导评价:
嘀嘀咕咕说些啥?

战友要我说出心里话。
他想对己有所启发,
任凭战友问话,
我侃侃而答,
战友惊讶:
也算一个什么"家"。

我想说出心里话,
一支笔,几张纸
把我满腔的真诚记下,
笔下仿佛生花,
于平常中显出我的酸甜苦辣,
呵——
我揭了自己的伤疤,
我颂扬了自己的伟大,
我勾勒出一幅人生的画。

  中尉是连队的副连长崔晨曦,平时爱学习爱思考,制订计划、组织训练、登统计样样精通,之前在旅战勤部门工作过,原本他有机会作为优秀参谋人员留在机关的,就是因为向旅里提建议,惹恼了胡勇智,才又被打了回来。这首短诗正是中尉那次选调机关时的内心独白。
  要不要向中将进言?会带来什么样的后果?中尉心中的海浪在剧烈地翻腾。
  见崔晨曦写得颇有思想和文采,想他也定是一个有故事的人,中将鼓励中尉挖一挖和平积弊的具体问题:"有什么话,你不妨直说。"

崔晨曦咬了咬嘴唇，一肚子的话，随口水反反复复咽了回去。

"你不说，那我说喽。"海明军想打破这僵局，也想趁机让中尉放下思想包袱，就给大家讲了一个故事：1953年8月，时任海军参谋长的罗舜初列席国防部部长彭德怀主持的军委例会，主要传达中央关于精简节约的指示精神。当听到彭总要削减购买苏联两艘驱逐舰中的一艘时，罗舜初站起来反对说："彭总，不可以，驱逐舰一般不能单独执行作战任务，至少要两艘以上编队航行、作战，互为掩护，少一艘都无法进行正常训练。"后周恩来总理决定，按协议引进两艘驱逐舰。

海明军假设自己就是当年的那个罗舜初，把故事讲述得异常生动、活泼、精彩，大家听得有滋有味。中将停顿了一会儿，话锋一转："大家对此事怎么看？"

和当年大家的意见很是相似，有人赞赏罗舜初直言的勇气，有人说他胆子真大，一个听会代表敢和彭总理论。用罗舜初当时的话说："不对，我哪里是和彭总理论？我是给他当参谋。"

中将满眼的信任与期待，坦言自己并非圣人，鼓励大家也给自己当一回参谋。

见中将这样平易近人，大家越发体会到"越是大领导越是没架子"，崔晨曦黯淡的眼神霎时发亮，一股脑儿将心声全部倒了出来："体能、技能、轻武器射击，考来考去'老三样'，这样的考评于战斗力提升几无益处。更有甚者，不看部队性质、编制、装备，不分战位、岗位，各个单位、各类人员一个跑道一张考卷，考评一刀切、一考定乾坤，这种看似科学合理、公平公正的考评，到底又提升了几分战斗力？"

崔晨曦所讲的既是面对实战尺子的检讨，又是为实战需求发出的呼吁，看着中将认真在听，他讲起来更添几分底气："不同兵种打仗靠的是不同的本领，就像一则寓言里所说，让猴子、大象、鳄鱼都来比爬树，结果能说明啥？"

海明军思考过这个问题，如果战争是一场大考，平时的考评就是模拟考试，后者的成绩往往决定前者的胜负。可如果模拟考试成绩人人都很好，上了战场却发现很多考题没见过，那该是一件多么可怕的事情！如今最有发言权的一线官兵提出来了，他当然不能回避。中将说："你这个问题很尖锐哟！基础体能、技能，全军都是一个标准，军人都必须贯彻落实。当然，我们也要根据大家的专业情况，制定不同的考题，就像你说的，术业有专攻，不能让猴子、大象、鳄鱼都来比爬树。"

座谈渐入佳境，谈笑间大家深入交流开来。二级军士长车伟形容当下的世界就像一列全速行进的列车，谁慢下来，谁就会被远远地抛在后面。说到高速发展，网络可谓一马当先，以超乎想象的速度改变了人们的生活。正聊起当前复杂严峻的保密问题时，偏偏荣誉铺位传来清脆的手机铃声，气氛顿时紧张起来，一双双眼睛齐刷刷地投向荣誉铺位。

旅里发生泄密事件后,全旅上下都在严查账外机,明确规定发现一起处分一起。中将来连队前听胡勇智说过,任务期间战士手机统一保管,还信誓旦旦称绝没有漏网之鱼。中将断定这是战士隐藏的账外机,也就是除了批准之外使用的手机。这胡勇智不是睁眼说瞎话吗?

钱征凯心跳剧烈,脸红红的,不敢抬头,那正是他未上报的账外机。手机响铃像是打开了潘多拉盒子,发出魔鬼一样的吼叫,此刻他多想冲过去关掉手机,或者手机突然坏掉。在这么高的级别的首长面前出丑,不是一个处分能了事的。他已经开始想会后如何向首长和旅里承认错误,争取宽大处理。

铃声持续了近1分钟终于不响了,大家紧张的心尚未平复下来,手机却又连环炮似的响了起来。大家谁也不敢说话,气氛如等待火箭发射般紧张,中将笑笑说:"是谁的手机响了?过来拿一下哈。"钱征凯想了想,终于鼓起勇气站了起来,走过去拿起手机就挂了。仿佛有意挑衅似的,手机再次响了起来。中将抬起手掌道:"赶紧接一下,估计是有急事吧,不能因为我在这座谈耽误了你们的事。"

钱征凯只好接通视频电话,开口就说:"忙着呢,打什么电话?"正欲挂断,电话那端却传来婴儿撕心裂肺的哭声。钱征凯1岁多的儿子,这几天因为身体不舒服,一到这个点就哭闹,家里人谁也哄不好,但只要穿军装的钱征凯逗几下就不哭了。这不,小家伙又开始闹了,妻子无奈只好拨打钱征凯的电话。钱征凯违规使用账外机也是为了等妻子的电话,只是中将来得突然,没有及时关机。

中将示意他好好和家里人说说。钱征凯打开视频电话,向儿子打了一个响指,镜头扫过在座的人,小家伙竟然不哭也不闹了。钱征凯安慰了妻子几句,就挂了电话,红着脸开始向首长检讨,表示愿意接受任何处理。

"处理什么?就因为接家里一个电话?"中将让钱征凯不要有什么心理负担,坦言军人保家卫国,也不能不顾自己的小家,从一定意义上说,军人只有小家稳固了,才能更好地保护祖国这个大家。

中将的话听得大家心里暖暖的,也道出了当前的许多无奈。微胖战士王进说,虽然名义上放开了使用智能手机,但是研制的软件把很多功能屏蔽了,把好好的手机变成了板砖;有的正课期间手机统一保管,就那么一点使用手机时间,还逼着关注一些官方的微信公众号,乃至就某一篇文章点赞、转发、评论,或是要求登陆所谓的平台,刷一些浩如烟海的学习资料,真正留给战士处理自己事的时间很少。

这些情况中将之前曾专门调研过,多次呼吁过,就像所有国家都不会因为车祸增多,就不让人开车了一样,这是挡不住的大势所趋。可有的单位在实际执行中往往是简单粗暴,视手机、新媒体等为洪水猛兽。新媒体是一柄双刃剑,如果因为被一面刃割伤过就拒绝使用,早晚还会被敌人用另一面刃伤到。在信息化的洪流面前,筑起高坝早晚决堤,只有疏导利用,才能灌溉万亩良田。像钱征凯这样家里有特殊情况的,完全可以向连队申请正常使用手机。

中将一直认真倾听、记录。众人还一起剖析了当前检查中的种种弊端,尤其是弄一堆不痛不痒的问题清单,诸如宣传灯箱更换不及时、卫生打扫有死角、草长得长了点、落叶多了点等。一扫把就能解决的问题,还让基层上整改报告,拿出处理意见之类的,给基层增添无尽的烦恼和压力。潜藏在普通官兵心底的朴素认知,虽然不那么醒目和刺激,但是如同宽广的大江大海,缓慢而坚定,沉着而有力。

见大家不再发言,中将看了看时间,时间已溜走了一个多小时。他扬了扬手中的笔记本说:"大家讲的我都记下了,今天我们就聊到这儿,以后大家有什么问题,咱们随时聊。造原子弹的是人才,能把茶叶蛋煮好的也是人才。我回去后找相关部门研究一下,争取让烟囱都冒烟,栽的树都开花结果。我相信能把帽子甩过墙头,我们就一定有办法翻过去。"中将接着说出了自己的手机号码。

战士们纷纷起身鼓掌。

门开了,胡勇智和伍晓刚等人鼓着掌进来。

中将起身站定后,拿起放在桌子上的矿泉水喝了两大口,随手翻开桌子上的一本战士的笔记本。座谈时他就想看看了,只是不想打断座谈的节奏,才等到座谈结束。厚厚的一大本政治教育笔记,记得干净利索,有的像印刷上去似的。

海明军扭头问伍晓刚:"这也是你安排的?"

伍晓刚连忙澄清:"不,我们没有刻意安排。"

一名战士插话说:"首长,我们的政治教育本平时都是放这里的,没人安排。"

"你叫王天聪是吧?"海明军看着眼前面目清秀的娃娃,笑笑说,"这本子是你的吧?文如其人,天资聪慧,书法家的名号果然名不虚传,这小楷写得可以当字帖了。"刚才座谈中,王天聪自我介绍了一番,让海明军印象深刻。

海明军先是勉励王天聪:"不光字要写好,还要有好的内容,思想教育也讲究内容为王嘛!"既然扯到了思想教育上,海明军又对着伍晓刚说,"你是这方面的行家,思想是行动的武装,搞好思想发动能提升不少战斗力啊。"

"首长才是做思想工作的高手,请你多给我们指导才是。"伍晓刚连连谦虚。

"你就别谦虚了,你再替我吹喇叭,你的活我也不可能替你干。"海明军走出九连,坐车走了。他临时接到通知,要参加战区的一个常委会,因3名常委都在外面,就改成视频会议了,议题都是之前各常委传阅过的,这次就是过一下会,形成决议,只因密级比较高,中将要回旅作战值班室参会。

海明军喜欢这样开会,简洁、高效。他曾对机关人员形容说:"信息化战争作战节奏快,以秒计时,发现即摧毁,开战即决战。如果习惯于慢吞吞,热衷于架投影、写讲话、搞材料、走程序,恐怕作战命令还未传达到,兵力装备还未展开,战争就已经结束了。"

之后,中将结合战区部队实际,深入调查研究,提交了翔实的调研报告,经上报中央军委相关部门批准,简化下放了报废物品的处置权限,明确规定:过了使用年限的物品,由团以上单位审批报废;涉及一般保密的,由团以上单位保密部门审批;绝密以上的,上报大单位保密部门审批。一些淘汰的重要物资,可拍照留存为证。

中将一鼓作气、行之有效地解决了诸多问题,红旗旅进一步转变训练、管理方式,不推诿不卸责,变矛盾击球手为难题终结者,及时清理、优化了库房,将不合时宜的思想桎梏、破破烂烂的坛坛罐罐扔在战斗打响之前。

在合成三营察看了一圈,海明军万千思绪涌上心头。返回的车上,他下意识地翻看了一下手机备忘录上写的几句感想:只有解放大脑,才能解放手脚。你不让他接触新知识,不给他平台,他如何转变思维方式?如何提高信息化能力?

中将在思索,在重新审视白阿毛。信息化时代,白阿毛还是不是一个好兵?是不是一个称职的指挥员?能不能打赢未来战争?

白阿毛就像一个无名小卒,行动虽慢,但不曾退后一步。张凌天的看法与海明军不谋而合:"兵,当然还是一个好兵,要说起指挥信息化战争,白阿毛的学习劲头、战斗精神还是有的,只是文化基础底子薄了点,领悟能力有点弱。"

两位将军都是从基层一步步摸爬滚打上来的,对基层需要什么样的带兵人,对新时代部队需要什么样的指挥员,有着清醒而又客观的认识。多少年来,只要你跑得快、打得准、投得远,战士们就服你,兵就好带。可信息化时代就不一样了,更需要的是头脑,是思维,是格局,是应变战争的能力。

归根结底就一句话:如何让打仗的大脑指挥打赢的拳头?

这些,白阿毛显然还有欠缺。

中将不停在内心追问:那么杨吃狼和牛起义呢?

第七章　下士和中将比拼刺杀

炼成一把钢刀，除了要经历锻造、淬火、打磨等必不可少的工序，更重要的是要有一颗随时准备亮剑的心。

挑、刺、扎，出击时杀气凛凛，势如猛虎；拨、挡、闪，防守时巧妙避敌，动若脱兔……官兵身着护面，吼声嘹亮；钢枪相碰，铿然有声，好似铁甲武士在奋勇搏杀。第二天早饭后，海明军一行人来到合成二营训练场。牛起义精心组织了一场全营刺杀操训练，向海明军等人展示近战硬功。

海明军脑海中浮现出一种"大刀向鬼子们的头上砍去"的豪壮景象，1933年有"砍头口"之称的喜峰口一战，遂有了《大刀进行曲》一歌。中将平时很喜欢这首歌，哼唱了几句，转而面向大家说："炼成一把钢刀，除了要经历锻造、淬火、打磨等必不可少的工序，更重要的是要有一颗随时准备亮剑的心。"

刺杀虽然在我国历史上源远流长，现代意义上的刺杀却起源于欧洲。大约在1688年，法国陆军元帅沃邦采用套环将刺刀固定在枪管上，这种可装拆式枪刺使火枪同时具有了射击与刺杀两种功能，并在战场上发挥了显著的作用。

我军建军初期人数少、装备差，刀是红军的一件重要武器，在作战中经常运用。随着武器装备不断发展，白刃战明显减少，刺杀训练逐渐淡出训练场。2018年颁发的《军事体育训练大纲》再次将刺杀提上训练日程，全军刺杀骨干培训班应运而生。牛起义正是因为参加了那次培训，回来后在全营掀起了如火如荼的刺杀操训练。此举一度受到胡勇智的大力推崇，多次代表旅里向首长汇报展示，这次向中将展示也是精心准备的。

打仗从来都是狭路相逢勇者胜。气为兵神，勇为兵本。高技术战争以高体能作基础，高技能作保障，高智能作支撑，方能以"高"制高。更有人总结说：科技的背后,都是拼刺刀。

突刺!防刺!一个个凌厉的动作,一双双鹰隼般的眼睛,敌情就在心头,热血喷涌激荡。中将略显激动地说:"英国名将蒙哥马利在20世纪60年代观看我军刺杀操表演后,曾得出一条结论,他要告诉全世界军队,不要同中国军队在地面上交手,这要成为军事家的一条禁忌。我坚信这个禁忌,是永远经得起检验的。"

合成二营一轮训练完毕,战士们笔挺地立在原地。海明军走进战士中间,看着满头大汗却又活力四射的年轻战士,时不时用拳或掌捶打着战士结实的胸脯,念叨着"变黑了,变瘦了,人却更精神了,找对象更有魅力了"。他停下问一名下士:"刺杀操训练,你有什么收获吗?"

这名下士叫王鑫,他响亮地回答:"报告首长,刺杀是单兵训练传统技术,外练筋骨皮,内练一口气,练好了很实用,会拼刺刀,就算敌人冲到面前,我也不会害怕。"

刺杀训练,给官兵带来的改变远不止这些。当你渴望打赢就像在水中渴望空气一样,你就一定会成功。海明军听说有些性格腼腆的战士入伍前连鸡都不敢杀,到了部队也比较怯弱,遇到重大任务容易掉链子,这样的训练会让他们变得坚强勇敢。

王鑫红着脸坦白自己就是首长说的那种人,以前胆子小,回农村爷爷奶奶家,真的不敢看杀鸡、杀猪,更别说自己动手杀了。而现在,每当喊出那一声"杀"的时候,他的内心就觉得有股力量在奔涌,什么都不怕了,因此去年才下决心转的士官。

成长是条漫漫长路,但有时只在一瞬间。

"小王不仅转了士官,去年还因为训练成绩突出,年底荣立三等功。我们今年三月组织的侦察比武中,他还拿了第一名。"伍晓刚之所以记得这么清楚,是因为去年立功时专门讨论过这事,有人觉得小王又转士官又立功的,好处不能让一个人都占了,是伍晓刚据理力争坚持给小王立了功。

海明军肯定了红旗旅这一做法,表示就是要树立鲜明的练兵备战导向,不能一味搞什么平衡照顾,谁有本事谁荣誉加身,本事越大,收获越多。

有了中将的鼓励,伍晓刚大着胆子说:"听说首长是刺杀高手,拿过全军个人刺杀比赛第一名,要不你给我们示范一下?"

"首先纠正一下啊,那是在军校时,军校学员比赛的第一名,天外有天,人外有人,可不敢妄称全军第一啊!"海明军满满的幸福回忆,略有点兴奋,"那都是30多年前的事了,好汉不提当年勇喽!"

"全军院校组织的活动,也是全军第一名啊。"伍晓刚从言语中听出了首长内心的激情澎湃,更有点顺杆爬了,"好汉不妨提提当年勇,能鞭策自己,亦能提振士气,何况首长的勇猛不减当年,还是表演一下让我们开开眼界吧。"

鞭策自己倒也不假,一看到这些年轻娃,海明军总想到自己的过去,但要说勇猛不减当年可就有点违心了。在战士们期待的眼神中,中将已经动作娴熟地挽好袖子,俯身和蔼地对小王说:"小伙子,有没有兴趣比试一下?"

王鑫看了看伍晓刚,得到旅领导的肯定点头,壮了壮胆说:"比就比!"

众人顿时围坐一圈。海明军接过战士递过来的钢枪,在手中试了试,做好了和小王一对一近身搏斗的准备。海明军原本不喜欢这样比试的,在他的印象中战士们多半会故意输给首长,有点胜之不武。中将却也想多了,现在战士个性张扬,表现欲望强,尽管敬重首长,却也不肯轻易认输。随着现场教练员牛起义一声哨响,比拼开始。王鑫率先出击,海明军一个防左刺,击中小王。

王鑫又一个强势进攻,海明军轻轻一闪,来了一个四两拨千斤,王鑫一下子摔倒在地。仅仅三个回合,小王就败下阵来。大家暗自感叹:姜还是老的辣!

海明军将钢枪递给身边战士,拍了拍王鑫结实的肩膀说:"小同志,不错,有胆量比试就很不简单。人生不是一定会赢,而是努力去赢哦!"

中将的话像一束光、一粒种子,带着巨大的冲击力落进小王心里,落进在场官兵的心里,不仅让小王没有落败的沮丧,反而激起了他的无穷斗志。小王激动得连说话都几乎结巴起来,却又表达得斩钉截铁:"请首长——放心,我一定——我一定——努力,不辜负首长信任。"

"有志气,希望你成为自己最想成为的人。"多年的带兵经验让中将明白,尤其是自上而下的鼓励,有时不经意间的一句话,会瞬间点燃一个人的青春梦想,乃至改变一个人一生的成长路径。他十分庆幸自己是这方面获益匪浅的幸运儿,也就从不吝惜从任何年轻战友身上发现可以褒奖的优点,适时给予恰如其分的慷慨鼓励。

望着这群可爱的战士,海明军眼前浮动着一些拼刺刀的画面,尤其是克里特岛战役。在这场战役中,德国空降兵付出了惨重代价,一个重要原因就是他们碰到了当地土著勇士,这些人擅长使用冷兵器,在近身搏斗中占据优势,德国人后来称他们为"刺刀男"。

在战场上,军人应该像出膛的子弹一样,直刺敌人心脏,靠无所不敢以求无所不赢,做到真正击败敌人。"我们的刺杀训练多注重观赏性而忽略了实战性,要根据时代特点、战场特点更新完善刺杀训练内容。"海明军指出了当前刺杀训练问题所在,想了想又给出了解决办法,"我们可以把刺杀看成军营文化的一部分,多组织刺杀操比赛,这样说既能活跃氛围,又能锻炼参与者的身体素质,也能增强实战技能。"

大家点头称是,海明军说完走了,身后"杀！杀！杀"的厮杀声在操场上空久久回荡。

中将对刺杀操训练是比较认可的,牛起义颇为得意。但仅靠这个课目撑门面太单一,牛起义钉着训练计划反复思索着近期适合展开的课目,心想白阿毛搞了越野擂台赛,我们营就搞个体能拉练赛。

清晨,天还没亮,海明军被一阵急促的集合号声惊醒,他条件反射似的快速起床穿衣,昨晚旅里向他报告说合成二营今天计划组织30公里战斗体能拉练。胡勇智干脆通知全旅搞一次紧急集合,除了二营,其他单位只组织点验,可不组织拉动。

官兵们打背囊、取手榴弹、背防毒面具、套雨衣……一系列动作紧张有序。很快,各个连队集合完毕。胡勇智煞有介事地检查各类物资,大到被褥、武器弹药,小到针线包、牙刷牙膏都详细检查,这可是他的拿手好戏,正好在首长面前展示一下。多年的管理经验,让他独具慧眼,任何的遗漏都别想逃过他的法眼。胡勇智还让人拿出电子秤,随机抽取2名战士身上的战备物资进行检查:30公斤,合格！

"你这个旅长的工作可真够仔细的。"海明军提了提饱满的背囊,确实够沉的,在落实好战备训练的基础上,他总想着给大家减轻点负担,"背囊里的东西,要全部是打仗用得着的才行。"

中将来红旗旅这么久,第一次当面当众表扬胡勇智,这让他有点沾沾自喜了,他当即表态:"首长放心,全部都是打仗用的,没有一样多余。当然,也不会少一样。"

中将满意地点点头。

"如果生活装具少枕头包、褥子,战斗装具没有手榴弹、备用弹匣等,不仅是身体偷懒,还是思想缺战,昨天我就是这么要求的。"胡勇智趁着这股兴奋劲儿说,却一不小心暴露了昨天指导二营训练彩排的事实。

海明军观看拉练的兴趣顿减几分,却没有明显表现出来。转念一想,彩排一下也好,最起码能规范,就当是多训练了几次,以检促训、以考促训嘛！以前自己迎检也是这么干的,何必苛责别人呢？就耐着性子看了下去。

作为第一梯队的步兵四连官兵,并没有冲出营门,而是先跑到综合训练场。中将十分纳闷地问:"你们不是拉练吗?怎么连营门都不出?"

胡勇智解释说:"首长,我们还有课目呢,要完成规定课目才能到营区外。"这倒提起了海明军的兴趣,他跟着官兵们一路小跑到了综合训练场。

"前后跟紧,按建制顺序,一个个跟上来,每个人都要从高墙爬过去。"营长牛起义一边指挥战士通过高墙,一边将背囊从身上取下,顺手往高墙外面一扔。只见他后退一段助跑,左脚蹬墙,身体一跃,双手一扒墙头,一个翻身,就到了墙对面。

牛起义从高墙后走了出来,大声命令道:"按照我的动作,三个人一组,冲!"

见营长亲自示范,身手如此矫健,全营官兵个个斗志昂扬、不甘示弱,很快通过了高墙。

就为了过这个障碍,让全营官兵迂回这么大一圈?海明军觉得这与未来信息化战场关系不大,顶多就是负重过障碍,而且真正到了战场上,遇到这样的障碍,迂回绕过去或者工程兵开道就是了,谁还去飞奔过障碍?就这一下子不知耗掉多少体力呢,还容易暴露目标。

一贴膏药怎能治好老寒腿?海明军亲自安排部署了一番,接下来的体能规定动作不见了,取而代之的是硝烟浓、战味足的组合练习:单人扛着20多公斤重的弹药箱奔袭200米,随后进行手榴弹投掷,匍匐穿越铁丝网、跨越壕沟……中将说:"将训练重心放在单一基础训练内容上,容易演变成练为考、练为看,而忽视了实战意义更重要的体系训练。"多个火药味十足的课目轮番上阵,官兵们没一会儿就满头大汗,气喘吁吁。

官兵在中将面前尽量保持着良好形象,但疲累的身体最为诚实,还未出营门就累倒了一片。等大家稍稍休整恢复元气后,接下来营里怎么组织,海明军不用问也能猜到,就是沿用过去的老一套,通过染毒地带、遭遇空袭、遇敌小股袭扰之类的。可就算一次体能训练吧,中将也打算全程跟着看个究竟。

果不其然,刚出红旗旅大门不久,营里突然接到紧急通报:前方500米处有纵深200米的染毒地带。

"穿戴防毒器材,迅速通过染毒地段。"二营官兵在牛起义的指挥下,沉着应对,做好防护措施,快速有序地通过。

牛起义边跑边指挥部队,显然还没完全从刚才的疲惫中缓和过来,通过染毒地带时,不慎摔倒,防毒面具稍微松动,一大口呛人的瓦斯直冲脑门,就像大把芥末混着辣椒直接往嘴里灌,牛起义眼泪哗地就出来了,感觉身上爬满了蚂蚁。严整佩戴防毒面具的海明军见状,现场当起了裁判:"防毒面具的操作要领是迎风戴、背风脱,你们没有遵守,要是战时恐怕早就中毒身亡了。"

官兵们表面上听其言,很多人心里却没当回事,希望早早通过这染毒地带,好畅快呼吸新鲜空气。因天气闷热防毒面具内大量出汗,海明军的视野变得有点模糊,但依然可见有人开始松动防毒面具松紧带,甚至背过身去掀开防毒面具透气。

这个课目不演练好,怕是很多人不会长记性,早有准备的海明军干脆让人在前方搭了一个密闭帐篷,里面充满了刺激性极强的气体。如果防毒面具本身有问题或者佩戴不合格,进入帐篷后不出10秒就会不由自主地跑出来。中将让每个班轮流进去,1分钟之内出来的为防护不合格,将被判为"中毒"而丧失战斗力;3分钟后根据命令出来的算合格。

海明军带头进去在里面待了足足5分钟,出来后大家轮流进去,其中一个班进去10个人,不到30秒就跑出来6个,还呛得眼泪、鼻涕像下水道里的水一样流,喷嚏连天,径直冲进救护站去洗消。全营进完,竟有三分之一的人"中毒"。

海明军让人进一步查明了"中毒"原因:有少数佩戴防毒面具不规范的,也有自作聪明把面具中的滤毒片卸下来的,还有个别防毒面具超过保质期起不到防护作用的。中将让人一一记录在案。

帐篷中的毒烟虽然不至于严重损害人的健康,但给人的刺激是刻骨铭心的。洗消完毕,仍有部分人员感到身体不适。毒烟情况解除后,海明军站在人群中问大家感受如何。因卸掉滤毒片而"中毒"的中士傅伟说:"今天首长给我们扎扎实实上了一课,这次我尝到了'中毒'滋味,真是不好受,以后再也不敢马虎了。"

海明军紧皱的眉毛舒展出一丝愉快,道:"长记性就好,战场上就是要多点记性!"未来战场就像一片无法完全勘测的海域,每一场战斗都遍布暗礁。最清晰的脚印,往往印在最泥泞的路上。

这时,伴随保障的炊事员杨季燊提来一大桶水让大家喝,渴坏了的战士们伸手去接时,怒火中烧的胡勇智一脚将水桶踢翻在地,大声道:"战场上没有伸手可得的东西,想喝就自己去舔。"胡旅长本想欲擒故纵,按照中将的个性很可能宣布"中毒"的战士全部退出,那接下来的课目就无人唱戏了。

战士们并不买胡勇智的账,一个个愣住了,许多人不敢相信自己的眼睛和耳朵,站在他们面前的仿佛不是旅长,而是名副其实的魔鬼。

海明军曾见过有个单位特战队员训练时,指挥员将水桶踢翻在地的类似场景,可不明白胡勇智闹的是哪一出。那个特战队训练时在草地上,水桶踢翻后坑洼的草丛里能蓄住一些水,口渴难耐的战士趴在地上能舔到水。眼前这桶水踢翻后,水很快浸入干裂的泥土中了,连个水滴都找寻不见,难道让战士嘴啃泥吗?

海明军见场面一时陷入尴尬境地,还不得不替胡勇智解围:"别怪你们旅长狠心,战场上就是这样,从来没有送到嘴边的美味。"说着,又苦涩地笑了笑,"今天这水实在是无法舔起来了,但我们要有这个理念,一切必须靠自己想办法争取。"

中将的话多多少少安慰了大家,胡勇智的苦肉计也有了立竿见影的效果,至少成功转移了中将的注意力,唤起了他的同情心。海明军未再提"中毒"战士的事,部队很快转入了下个训练课目,且实战的味道显著加强。

队伍一路急行军,在行军路线的选择上,他们尽量绕开平坦的大道,专找崎岖的山路和乡村小道,一会儿爬坡,一会儿过渠,不是翻山越岭,就是穿越荆棘小道。有时刚行至一条田间小道,突然又遭遇小股敌人袭扰,途中各种险情不断。虽然信息化程度不高,但是锻炼人,胡勇智累得上气不接下气。他根本没想到海明军全程跟着走,几次鼓动中将坐车走大路均被拒绝,自己想偷懒也不行,只能强打起精神一路小跑。

太阳由东向南悄然偏移,散发出耀眼的光芒,不远处散落的几户人家上空袅袅升起的炊烟,唤起了海明军儿时的记忆。他读小学那时还有早读,放学了家家户户都会冒这种烟,仿佛是归家般的召唤。

几番周折,部队经过近30公里的强行军,已走够规定的路程,该到鸣金收兵的时候了,犹如饱经暴风雨洗礼的船即将靠岸一样,大家的脸上流淌着欣喜与盼望。这时海明军却临时增加了一个课目:开展露天宿营训练。还好,战士们都带了锹镐。伍晓刚笑笑说:"这是首长关照我们啊。"

"首长最初的想法,是让你们武装泅渡,2公里外就有一条河,你们看看,有一个人携带救生物资了吗?连一点防水的设施都没有吧?这河还能过得去吗?"张凌天军长加重了语气,接着说,"无论什么地点、什么时间,也不管在什么情况下,都应该始终保持战备物资齐全和通信畅通,否则在未来战场上付出血的代价。"这分明是代表海明军说给红旗旅两位主官听的,也是给他们找个台阶下。

"要不怎么说是首长关照我们呢?"没有水上救生物资,武装泅渡的后果可想而知,伍晓刚有点难堪地说,"我们下次多做些预案,再想细点。"

命令一出,战士们迅速抽出背囊上的短柄锹镐,开始构筑野战工事。

按照规定,每名官兵需要挖一个卧姿掩体。战士们迅速动手挖掩体,海明军走到连队少尉排长刁鹏伟面前,看他头盔放在一边,询问他怎么不戴头盔。

刁鹏伟摸了摸脖子,倒也坦率:"首长,我们折腾了这么久,浑身都是汗,脖子也酸得很,就摘下头盔透透气。"

战斗装具是士兵的第二生命。海明军并未直接批评刁排长,而是语重心长地说道:"二战后,盟军曾做过一个统计,坚持佩戴头盔的战场纪律,至少保护了7万名盟军士兵的生命。"刁鹏伟听后自觉戴上了头盔。海明军又指着刁鹏伟构筑的掩体说:"打仗时工事能用这么松软的土吗?这地方如此低洼、开阔,构筑掩体有实战意义吗?"

刁鹏伟原本以为挖掩体是小专业,像小孩子过家家走走过场,有那个意思就行,难不成还真要在这里宿营?于是,他为了图省事,就选了一片松软的地方挖,没想到首长还真较真,惭愧之余,他立马表示即刻改正。

海明军立即召集全营干部骨干,围绕如何利用地形选择射击位置构筑掩体,边讲解边示范,随后重新赋予任务,组织分队作业。

深海不会因为一杯沸水而加温,制胜战场不一样,每个专业岗位都是战斗力链条上不可或缺的一环,看似最不起眼的一环也可能是最致命的,因为它可以使整个链条断掉。海明军说:"训练要像打井,挖得越深,水就越甜;打仗要像磨面,磨得越细,品质越好。"

专业有大小之分,但无轻重之别。小专业运用得当,照样可以四两拨千斤。英军雷达部队二战前刚刚成立,对空雷达更是名副其实的小专业,可就是这个家族的新丁将不列颠空战的战损比例越拉越大,英德战机损失比例从1∶2、1∶3扩大到1∶4,英军赢得制空权。

连续10多个小时、10多个专业的训练,让官兵们一个个灰头土脸的,就在大家挖好掩体,准备喘口气时,海明军又命令:宿营地暴露,部队迅速转移。

夕阳西下,余晖洒在官兵们黝黑的面庞上,那一双双闪着光亮的眼睛里,燃烧着永不熄灭的火苗,大家擦擦脸上的汗水,又向指定地域疾进……

郭冬冬、钱记阁可能涉嫌一桩窃密卖密团伙案,国家安全部派专人下来调查。这一案件原本已经移交给驻地国家安全局了,考虑到叶有为对整个案件比较熟悉,他奉命进入专案组,协助新昌市国家安全局继续侦查此案。

王春阳和叶有为早早来到新昌机场接人,两人笔直地站在机场出口,一军一警给人足够的安全感。乘客三三两两走了出来,一位中年时髦女郎在叶有为面前停下,一头干练短发,戴着黑色墨镜,复古蕾丝披风外搭黑色收腰连衣裙,左手臂挽着一个银色小包,神秘脱俗,颇像传说中的女侠。

叶有为主动和冷艳女郎握手:"冷组长,欢迎,欢迎。"又指着王春阳说,"我给你介绍一下,陆军上校参谋王春阳。"

女郎严肃的脸庞下藏着一丝坏笑:"不用了。"伸出一只手和王春阳握手,"怎么,不认识了?"说着,顺手摘下了墨镜。

王春阳仔细一看,兴奋地叫了起来:"冷一欣,真的是你啊!刚才在车上听叶警官说,接一个叫冷一欣的专案组组长,我还以为是重名的呢!"

"和我冷一欣重名的人不算多吧,你怕是把我忘了吧?"冷一欣笑笑,又说,"怎么样,老战友?这么多年没见了。"

王春阳咧嘴一笑:"冷大美女,怎么可能忘了你呢?你可是警界的一枝花!江湖上多有传闻,今日难得一见。"

"哟,这几年不见,嘴巴也变甜了。"冷一欣爽朗地笑笑,"王哥,这可不是你的性格!"

这一声"王哥",瞬间把王春阳拉回了红旗旅的时光,当初一起参加条令知识竞赛,一起带新兵,一起抗震救灾的经历历历在目。他不免感叹这一晃有好几年没见了。这期间,他去过她家几次。自从关舜牺牲后,关尧老爷子身体每况愈下,王春阳像对待父亲一样经常去看老人家,只是不巧冷一欣几次都执行任务去了。听她家人说冷一欣去了国家安全部,涉及国家机密,王春阳也没过多打听。实际上,冷一欣什么也没有告诉家里人,家里人以为她还是坐办公室的职员,出差不过是开会、参观乃至旅游之类的。有时出差时间久了,家人虽有怀疑,但压根想不到她会从事这么危险的工作。

今天以这种方式相见,王春阳既惊喜又意外,眼睛不自觉地从头到脚瞥过冷一欣,发现她越发显得冷静成熟,情不自禁地说道:"这些年,你变化挺大啊。"

冷一欣笑道:"是吗?"说着不由得张开双臂原地小角度转了一下身子,"这身打扮,有时也是工作需要。"冷一欣真的继承了父亲的遗志,多次扮演卧底打入敌特内部,出入各种交际场合,除了过硬的侦查破案能力,还练就了左右逢源的本事。这刚回来不久,又执行了此次任务,王春阳预感到这次事情"闹大了"。

走出机场,三人上了车,直奔星光照相馆。

店里只有一个十七八岁的小姑娘,身穿乳白色 T 恤、浅蓝色运动短裤,一头柔顺亮发披肩,脸蛋俊俏中带点野性,正专心地玩着手机游戏。王春阳仔细打量了一下屋子,与上次来基本上没有什么变化,随口问了句:"你们老板呢?"

"出差了!"小姑娘头也不抬。

"去哪了?"

"不清楚。"

王春阳有点不解:"你老板去哪了,你怎么不知道呢?"

"我老板去哪了,为啥非告诉我?"小姑娘脸一仰,看是穿军装的,身边还有警察,盯着王春阳看了一会儿,把游戏关了说,"看在你是解放军叔叔的分上,就告诉你,老板只和我说出差几天,让我帮他看一下店。"

"你这小丫头,还挺厉害的。"王春阳感觉小姑娘镇定自若的样子,不像撒谎,继续问,"你叫什么?以前怎么没见过你?你是干什么的?"

姑娘翻了一下眼,像是在说"这人问题真多",想了想还是回答了:"我叫吴敌,是这里的学生,家住下面的镇上,今年刚高考完,到老板这儿照过几次艺术照。"

王春阳心想,真是无敌了,笑了笑。

"怎么了?"吴敌看这当兵的笑得莫名其妙。

"没什么。"王春阳止住笑,用问题掩饰内心的涟漪,"你和老板熟吗?"

不料,姑娘却说:"瞧你这话说的,我一个小姑娘和他一个大男人熟什么?非亲非故的,我连老板大名叫什么都不知道,就知道姓钱。"

"你都不知道老板叫啥,就敢帮人看店?"王春阳越发觉得姑娘伶牙俐齿,反衬得自己问的问题多么像牛追兔子——看你那笨劲,却又越发担心姑娘受骗。现在的小姑娘真是不怕人,要么防范意识差,要么无防人之心。

"那有什么不敢的?我住在这儿,还免房租了呢。"小姑娘早就盘算过,现在帮老板看店呢,就是想以后多门营生,今年能不能考上大学还不一定呢。再说了,即便考上大学,不还是要工作?早接触社会多积累经验不是?

看小姑娘那天真洒脱的样子,倒是不像有什么心机,冷一欣上前说:"小妹妹,我们就是想请你们老板照几张相,没有别的意思。"说着,向王春阳使了个眼色。

王春阳心领神会地和小姑娘道别。

小姑娘瞥了冷一欣一眼,看她这身打扮倒是像专门来照艺术照的,说声"拜拜",继续玩游戏了。

走出照相馆,叶有为问:"怎么不搜查一下?"

王春阳说:"不要打草惊蛇。"

冷一欣说:"你已经打草惊蛇了。"

王春阳有点懊悔今天话多。一个中学上个月失踪了一名女学生,是生是死至今尚不清楚,在社会上闹得沸沸扬扬的,或许担心祖国的花朵受骗,他今天才多说了几句。冷一欣说:"没什么关系了,反正老板已经跑路了。"

王春阳有点不太相信,想着只有谍战剧里发生的场景,怎么也不会这么快就让自己穿越剧中吧。冷一欣说:"不信,你拨他电话试试。"

王春阳一拨,果然无法接通。他多少有点信了。

命案关天,三人又去了当事人郭冬冬家中……

人生不如意事十之八九,任何事摊开了揉碎了说,都透着一股悲凉,累累伤痕也是一种财富。与其喋喋抱怨,不如静下来深思。流年似水,青春的灼痛终将沉淀为一种经历,成为蕴藏在灵魂深处的暗夜精灵。

私自离队被旅长宽恕后,杨吃狼有点受宠若惊,连呼吸的空气中都透出沁人心脾的香甜,继而像是打了鸡血似的拼命训练,再见少年拉满弓,不惧岁月不惧风。看着营长一反常态,几名战士担心营长精神错乱会出什么事,围过来问东问西的。

杨吃狼眉飞色舞地描述道:"说我是危险分子,那我就比危险分子还危险,比恐怖分子还恐怖,打败所有敌人,但使龙城飞将在,不教胡马度阴山,做过五关斩六将的关云长,做追击匈奴的霍去病……"

王春雨掩饰不住,笑出声来:"好了,好了,那些都是早死了的人,你应该做个廉颇。廉颇老矣,尚能饭否?"

杨吃狼一听这也是已故之人,想着如何回击她,但一看时间都到饭点了,连忙说:"廉颇虽老,尚能胃口大开。"众人愉快地向饭堂走去……

杨吃狼因私自离队被伍晓刚责令在旅党委会上作出深刻检讨,没想到这只狼根本不在乎,这远没有关禁闭,尤其饥饿,对他触动大,而一旁的胡勇智竟玩起了装聋作哑,一言未发。

后来,王春阳偷偷问妹妹是如何让杨铭走出心理阴影的,王春雨俏皮地回答道:"很简单,我和他猜石头、剪刀、布,谁赢了听谁的,结果我赢了,他就乖乖听话了。"

这怎么可能?像天方夜谭一样。王春阳起初压根就不相信,待了解了事情经过,他给予了八个字评价:招法虽浅,成效明显!

受到哥哥的夸赞,王春雨十分自豪地说:"天底下闪光的可不只有金子这一样,为战友们扫去心灵的阴霾,送去清风阳光,也是一件闪光而快乐的事!"

原以为，胡旅长变得通情达理了，杨吃狼找他解决在演练中烧掉的帐篷等物资。不料，胡勇智再一次让他意外："自行负责。"

这个时晴时雨的胡旅长，真可用"人心方寸间，山海几千里"来形容，杨吃狼挠头不已：总不能各连摊派或者组织官兵捐款吧？毕竟命令是自己下的。

一顶帐篷3000元，50顶需要15万元，这对从来不和钱睡觉的杨吃狼来说是一笔不小的数目，这些年他花钱大手大脚惯了，狗窝里根本放不了剩馍，存款从未上过六位数。他趴在桌子上，一边掰着手指头算一边骂："这狗屁旅长，真是连葛朗台都不如，说变就变。"具体需要多少钱，杨吃狼也不知道，几年前一次演习中，他问过旅里的军需助理员，人家随口说两三千，他就信了。他压根不知道的是，如果价拨新式帐篷，一顶班用帐篷就需要一两万元，会更让他捉襟见肘。

倒不是胡勇智真就在乎这50顶帐篷，都是旅里的公用物资，与名目繁多的后装物资相比，不过是沧海一粟，他才不在乎呢。何况，火烧物资当天，海明军、张凌天等人都亲眼所见，根本不需要他们有任何指示，损耗的早就给补上了，胡勇智压住不发，就是想借机杀杀杨吃狼那股自作主张、目中无人的傲气。

这与杨吃狼私自外出不同，那损害不了单位的利益，这可是真金白银，尽管有一千个、一万个理由，终究还是需要旅里填补这个窟窿。只有"不按规矩办"后果自负，方能捍卫规矩的价值，遏止"迈过锅台上炕"的鲁莽，减少"事后诸葛亮"的悔恨。

胡勇智还有一个足以说服所有反对者的理由，那就是借机考察一下合成营的战场筹措能力，不能什么物资都靠旅里解决啊，真打起仗来，自我保障是必须的。

王春雨看杨吃狼算得认真，蹑手蹑脚地走了过去，一拍他肩膀道："大营长，别算了，不就是帐篷吗？我解决了。"

杨吃狼吓了一跳，站起来说："你怎么知道我在算帐篷？"

"猜的呗，你烧了战备物资，可不就得赔吗？"王春雨似乎有点幸灾乐祸地问，"一共需要多少顶？"

"50。"杨吃狼心里有一百个生气，一百个不服，白阿毛营里损失的物资，旅里早就补发到位了，胡旅长却让他自行解决。看王春雨一副自信满满的样子，倒不是完全看笑话的，既然她说能解决，就看看她如何解决吧，毕竟她现在也是营里的一员了，还常常以教导员自居。杨吃狼说："这事你要是能解决，我，我……"

看杨吃狼吞吞吐吐的样子，王春雨觉得甚是好笑："我什么？我，我，我的。"

"我给你记一功。"

"喊,记功就免了,我倒是想让你答应我一件事。"也是,王春雨因救人刚荣立过一等功,前面还不知道获得过多少荣誉呢,一个小小的营长记功承诺岂不是毛毛雨?再说了,营里根本没有给她记功的权限,顶多等人家实习结束了,在实习鉴定上美言几句,也丝毫影响不了什么。杨吃狼想也没多想就答应了。

原本以为她会提什么苛刻条件,说出来竟让人觉得搞笑——王春雨说:"以后,不要让战士给我打洗脸水了。"

杨松落实旅首长的指示精神,尽力保障好王春雨的生活。伍晓刚指示说:"改作风不能多发津贴了,只能生活中多照顾了。"大校说这话是有根据的:延安时期,中央政治局委员的津贴每月不过 10 元,音乐家冼星海的津贴每月 15 元,著名学者何干之津贴每月 20 元,还派给他一名警卫员。

考虑到全营就她一个女兵,杨松特意安排门口营值日员每天给王春雨房间里提桶水,早晚各打一瓶开水,有眼色的值日员看见她回来了,还会提前倒好洗脸水,甚至挤好牙膏,这让她很过意不去。一个大姑娘家,在这里真成了安享盛世的"公主"。王春雨说了几次,战士们都说自愿干的。可不是嘛,举手之劳的事,能为一位美女姐姐服务,本身就是一种莫大的荣幸。何况,值日员天天轮换,她也没法一个个地说,只好找营里的头头解决了。

杨吃狼的反应更是出人意料,他像法官断案一样严肃地说:"这事有点难办,大家都是自愿的,民意不可违哦。"

王春雨上前揪住他耳朵说:"少贫嘴,让你说一声,有这么难吗?"

杨吃狼哎哟一声,故作痛苦样:"哪有求人办事还这样欺负人的?"

王春雨松开杨吃狼道:"你要先搞清楚了,咱现在是谁求谁办事。"

杨吃狼揉了揉耳朵,正想叫来值班员胡墨轩落实这事,哨音响起:"集合!"根据计划安排,全营组织体能测试。"拜拜",她冲他挥挥手,回宿舍换体能训练服去了。

王春雨来到训练场,看到还是传统的号码簿、计时器、统计分数人员,对正在组训的杨吃狼说:"怎么还用这种考核方式?也太落伍了吧!"

杨吃狼从新兵连开始采用的就是这种考核方式,年复一年沿用至今。

王春雨显得有点激动地说:"现在都什么年代了,科技这么发达,还采用这种原始方式,不觉得费劲吗?现在都用智能手环了。"

杨吃狼早就听说过智能手环,也知道一些部队已经采用,遂向旅里建议过几次,都被胡勇智拒绝了,说弄那些花里胡哨的东西,犹如云彩里织罗裳,到头来只会化作泡影,还不如扎扎实实地训练。人家说得也有几分道理,又是旅长,此事只好作罢,却成了杨吃狼的一块心病。如今,王春雨主动提起,让他显得有点兴奋:"你也知道智能手环?"

"多大点儿事,回头我给全营弄点,让大家先试试。"王春雨走到一旁,掏出智能手机,输入一连串的技术参数后,发回了智通公司……

冷一欣等人到了郭冬冬租住的房屋中,又从头到尾细细搜查了一遍,除了上次搜查后凌乱的物品,并未发现什么有价值的信息。

冷一欣走进卫生间,对着马桶观察良久。房东姚兰拉了拉王春阳的胳膊说:"这位警官是不是想上厕所?你们两个大男人出去吧。"

王春阳正想招呼叶有为一起出去,冷一欣突然说:"大嫂,你进过这屋吗?"

"不,不,我从来没进过这屋。"姚兰以为对她有什么怀疑,连忙解释把房子租给了客人,就不能随意进人家屋了。

冷一欣眼睛一瞪,冷艳的眸子中露出几分杀气,大嫂更慌了:"就是叶警官他们过来,我帮着开了一下门。"姚兰指着王春阳和叶有为说,"这位大兄弟和叶警官都能够做证的。"

冷一欣换了副和蔼的面孔说:"大嫂,你别误会,我只是问问,你确定没进来过,没用过这马桶?"

姚兰十分肯定地说:"真的没进来过,更别说用这马桶了,这屋里的马桶自从安装上,我从来就没有用过。"

冷一欣又问:"真没有人回来过?"

姚兰说:"我真的没有见过。"

"不对,肯定有人回来过,还是个女的。"冷一欣摇摇头说。

王春阳问道:"你怎么这么肯定?"

冷一欣指着马桶说:"你看这马桶垫子是放下的,一般男性站着小便,垫子应该是掀开的,显然是女性所为。"

"会不会是风刮下来的?"叶有为随口一说。

"你看这卫生间,连个窗户都没有,哪来的风?"冷一欣又摸着结实的马桶垫子说,"这需要多大的风才能吹下来啊。"

王春阳试探着问:"会不会郭冬冬上大号时放下的?"

"也不大可能。"冷一欣指着洗脸池上的刷牙缸说,"从生活上看,郭冬冬当过兵,是个生活极为讲究的人,他出车前都给刷牙缸套上塑料袋。这马桶底下没有一丝屎垢,周围却有这么多尿渍,要是他上完大号把马桶刷了一遍,不可能不刷掉尿渍。"

上次搜查,王春阳并未关注马桶这一细节,但仔细回想起来,上次离开时明明把物品都归于原位了,这次来看明显乱了许多,显然有人动过。想到这,他也肯定了冷一欣的判断。

叶有为不由得佩服说:"冷组长真是心细,洞察秋毫。"

冷一欣没有答话,她满脑子都是案子,转而对姚兰严肃地说:"大嫂,要是有人回来,你要及时通知我们。"

姚兰连连点头称是。

返回新昌市公安局的路上,王春阳心里稍稍宽慰,因为经过多方排查,基本上排除了部队内外勾连窃密的嫌疑,红旗旅包括伍晓刚个人就不用承担太大的责任了,他也只是协助调查。看着冷一欣冷艳的神情,王春阳不由得笑了笑说:"你真是越来越冷了,一双眼睛都能杀人,怨不得房东大嫂那么紧张。"

冷一欣报之一笑说:"没办法啊,这都快成职业病了。"

王春阳想问冷一欣的婚姻打算,再强的女人也需要一个完整的家啊,缺乏温暖的呵护,他担心冷一欣会变得越来越"冷"。车上有叶有为在,他始终没有开口,等把过去有关她的记忆放映一遍,冷一欣已经睡成了一幅画。

到了新昌市公安局,叶有为拿出郭冬冬的手机给冷一欣,这可是重要的物证与突破口。她接过来,十分平淡地问:"技术鉴定了吗?"

"鉴定过了。"叶有为特意强调这是一款特制的手机,防水、防火、防摔,照相、摄像功能特别强大,并且有个特点,可以边照相、录像边传送,并且不留下任何痕迹。

王春阳问:"那以前留下的照片呢?"

"估计那是郭冬冬故意留下的,正好匹配他曾经当过兵,是一名军事爱好者的身份。"叶有为又说,"或许,这也是他自作聪明,聪明反被聪明误了。"

"那他手机里的联系人呢?"按照"六度分离"理论,最多通过六个人就能够认识这个星球上的任何一个人,王春阳想着可以从郭冬冬手机上的联系人入手,顺藤摸瓜,快速寻找突破口。

"一个联系人都没有。查不到这个号码的任何通话记录,这种手机通话也不会留下记录,或者他根本没有用这个手机通过话。"叶有为的回答有点出人意料的拗口。

"那意思是,郭冬冬至少还有另外一部手机。"冷一欣的逻辑是,当今环境下郭冬冬不可能不与外界联系,既然这部手机没有任何通讯记录,也许就像影视剧中的所有间谍一样,他把这部手机视为重要的通讯工具,只用在关键时刻。

叶有为说:"我们查过,郭冬冬没有注册过任何手机号码。"

"没有注册过,并不代表没有。"冷一欣推测说,"看来,还得重新到客车坠河地方打捞一下,看有没有遗失的手机。"

叶有为有点为难地说:"这么多天过去了,而且前天河水突然暴涨,河流很急,估计难度很大。"

冷一欣道:"这可能是我们现在唯一的线索了。"

都说大海捞针难,可从石梁河中打捞一部手机也难啊。或许,正如叶警官所说,它真的不知被冲到哪里去了,新昌市派出去的打捞组一无所获。

一切陷入了扑朔迷离之中。

王春雨还真是说到做到,仅仅用了一天,100顶帐篷就快递到了合成一营,还有800多个智能手环。

"不是说50顶就行吗?怎么弄来100顶?我可没有钱支付!"杨吃狼了解到这款帐篷的单价1万多,惊得直挠头,还以为厂家发错了或者为了多销呢。

"50顶用于补缺,另外50顶留着给你下次烧啊。"王春雨看库房里的帐篷,都是10年前配发的旧款,这些年使用得比较频繁,又多是在荆棘、沙石密布的山区,破损严重,却还缝缝补补的坚持用,她干脆一股脑儿给换了。

"你从哪儿弄来的?不说清楚,我可不敢要。"虽说杨吃狼急于补漏,可这些优质帐篷真弄来了,来源不明,他还真不敢轻易笑纳。

"企业捐赠的,军民共建嘛!"王春雨指着一箱箱的智能手环,言称也是企业捐赠的,让赶紧发给大家用吧,足够全营一人一个的。

当下,各地拥军活动正如火如荼地开展,给部队捐赠一些急需物品也在情理之中。杨吃狼还想追问是哪家企业这么好心,毕竟私自接受企业捐赠也是违规。杨松上前说:"营长,既然王工程师给我们弄来了这些物资,我们就不要辜负了人家的一片心意,赶紧发下去试试效果吧。我已经上报了旅里,我们这边做好登记就是了。"

智能手环是智通公司研制的一款智能可穿戴设备,已在全军多个部队配发使用,通过加密数据链与作战室的主情报系统相连,后者可将雷达、摄像机及其他战场探测设备获得的多源信息进行综合、分析,将结果传递给腕表佩戴者,帮助官兵实时了解战场态势和周围环境,在此基础上迅速做出最有利的战术判断。

杨吃狼思量王春雨也绝不会干违纪违法的事,便催促着杨松赶紧发给大家使用,好像是自己研制发明的某项专利,亟待检验实用效果,那种渴望的心情溢于言表。

令人始料不及的是,战士们领到智能手环后,由于缺乏配套的智慧训练场,且出于保密需要,更是不敢与指挥系统相连,其功能根本无法完全发挥出来,只能发挥出测量血压、心率,以及充当跑步的计时器等简单功能。

杨吃狼向旅里提出建立智慧训练场的构想,被胡勇智断然否定了:"别异想天开了,听风就是雨,你是标志时代的灵敏的晴雨表吗?要建也要瞅准时机。"杨吃狼心里门儿清,这不过是旅长的托词,猴年马月也解决不了。

杨吃狼不想宏伟计划刚迈出一步就这么搁浅了,他完全不理解这种自缚手脚的行为。王春雨也有点失落,她满心为官兵做点实事,不明白为什么这么好的东西都送上门了,还有人会拒之门外。

杨吃狼是属弹簧的,往往压得越紧,反弹越厉害,旅里不给解决,他就想着自己单干,只要利于战斗力提升,任谁也不能阻挡他所规划的滚滚洪流!有个前提是必须寻求王春雨的支持,起初她是怎么也不答应,劝他"就老老实实地做强军兴军的一滴水吧"。

但她经不住杨吃狼的软磨硬泡:"你也不出头,他也不出头,都把自己装在套子里裹足不前,痴鼠拖姜,作茧自缚,强军兴军便遥遥无期,甚至永无出头之日,我感觉自己作为一名军人都有罪。"王春雨听后一阵震撼,尤其是"痴鼠拖姜"的形容直击她的心灵,姜性辛辣,且根茎相互缠绕,很难拖动,痴心老鼠拖姜像蚕吐丝作茧自缚一样,这不正是一些部队缺乏活力的现状吗?少数人强军口号喊得震天响,一遇到具体事,就往往自己束缚了自己。她青春的面庞充满了青春的热血,军人的志气、骨气、底气尚在,内心反复斗争了多次,终于下定决心全力支持他。

两人立说立行,而他们做的第一件事就非常"荒唐"——撤销车库岗哨。

连续几天的排查,新昌市公安机关几乎察看了马山县城的所有监控路线,一个总是戴着墨镜和口罩的女子引起了冷一欣的注意,这名女子不仅去过郭冬冬的住处,还多次光顾过星光照相馆。

办案人员全力追踪,终于弄清楚了那名女子的身份,她的名字叫马家妹,现年26岁,家住深夏某小区,通知当地警方赶到马家妹租住的房屋时,已经是人去房空。

早在郭冬冬出事后,马家妹就在门上贴了退房告示,上面就打印了两个字:退房。正好房租到期了,合同上留的电话号码也是空号,房东文惠联系不上马家妹,上门看到了留言,也就算解除合同了。

马家妹不比郭冬冬当过兵,平时好吃懒做不说,还特别脏,混乱不堪的房间里被扔满了方便面盒子、水果皮,连卫生间的卫生纸、卫生巾都懒得打扫,屋里弥漫着腥臭味,墙壁上有一块块黑点,怕是她躺在床上抽烟后,直接将烟头戳在墙壁上揉灭弄的。

文惠是一个极为讲究乃至有洁癖的中年妇女,她大骂马家妹"一个姑娘家,弄得比猪窝还脏,真不要脸",到派出所报警,一查马家妹是用假身份证登记的。一气之下,她扔掉了房间内所有家具,还把房屋重新粉刷了一遍,冷一欣再去估计也不会发现什么线索。

钱记阁也像人间蒸发了一样,没有再回照相馆。小姑娘吴敌看了几天店,越发感到无聊,又联系不上老板,家里人担心其安全,就让她回老家去了。距离合同到期还有半个月,这家房东大哥也不打算出租了,准备装修一下开个早餐店,正发愁找不到人呢。

冷一欣只好将两方面情况上报,请求全国相关职能单位协查马家妹和钱记阁的行踪。

在焦急等待中,冷一欣也无事可做,王春阳就邀请她到红旗旅看看。那个她曾经战斗、曾经挚爱、曾经和关舜留下美好记忆的地方,让她多么魂牵梦绕,又多么不敢触碰。如今在王春阳的鼓励下,冷一欣决定迈出这一步。

两人悄然来到了红旗旅,王春阳特意给她找了套迷彩服穿,佩戴着王春阳的上校军衔,冷一欣真的就有女团长的气质与风范。他们边走边聊红旗旅这些年的变化,尤其是两人有交集的人和事,不知不觉来到了合成一营的障碍训练场。

杨吃狼、王春雨和杨松等人站在障碍场的一头迎接。

杨吃狼看见两人,立马跑近前敬礼道:"王连长、冷连长,是你们啊。"

冷一欣点点头道:"你这都是营长了,还连长、连长的叫?"

"你永远是我的连长啊。"杨吃狼新兵入伍时,冷一欣是女兵连的连长,当时就对干脆利索的冷连长佩服之至,如今看到更加成熟的冷大美人,还是习惯叫她连长。

听说杨铭习惯了人们叫他"杨吃狼",一见面,得到本人亲口确认后,冷一欣还是忍不住掩面而笑。她感叹时光飞逝,曾经令人头疼的新兵一晃都成为主力营的营长了。

"哥,你来了……"一见面,王春雨激动得差点忘了和王春阳的约定:一是不能说出俩人的兄妹关系,二是不能透露智通公司的信息,三是不能搞特殊化。

王春阳努力朝妹妹挤挤眼,这一幕恰巧被杨松看见,杨松急中生智道:"叫我呢,人前不是不让叫哥吗?"王春雨心领神会道:"知道了,杨班长,杨参谋,下次一定注意。"又转身拉着冷一欣的手说,"欣姐就是女王,高冷放光芒,红旗旅一直流传着你的传说,今日一见,比想象中的还要美,还要冷。"说着,王春雨假装哆哆嗦嗦的样子。

冷一欣眼瞅着这个佩戴着文职衔的"女兵",多像自己10多年前当兵的样子,她听王春阳说过这个妹妹,只是在车上王春阳交代过,不让挑破这层关系,只当是刚认识的。于是,她就像老班长教育新兵一样说:"这大热天的,你冷什么?怕是抽筋了吧?"众人哈哈大笑。

王春阳接了一个电话,说是海明军找他,就和大家先行告别,见首长去了。

王春雨多次听哥哥说过冷一欣,听说过她悲惨的遭遇和传奇的故事,只是没机会见面,这次他乡遇"故知",感到格外亲切。

看着战士们一个个飞越障碍,冷一欣沉思良久,感慨人生的旅途好比跑这400米障碍,需要你勇敢地去跨、越、跳、钻、爬、冲。

第一次跑障碍,王春阳就告诉了她这些人生哲理,当时她还没有多深的体会,只是想着如何跨越过去,如何快速冲过终点线。如今在社会上奔波多年,冷一欣对人生的障碍有了更深的体味。

王春雨放肆地打断了冷一欣的思绪,没大没小地说:"冷姐姐,听说你是跑障碍不见障碍,你给我们表演一下吧。"

冷一欣回了回神道:"跑障碍,怎能不见障碍啊?"

"不是有种水上漂吗?你是障碍上飞啊。"王春雨俏皮地说,还用手指点江山般比画着,"如履平地,一马平川。"

"鬼丫头,越说越离谱了。"冷一欣笑笑说,"老了,不比当年了。"但她的内心开始跃跃欲试了,障碍场上疾如闪电的身影,早让她的青春热血沸腾,燃烧起来。这岂能逃出王春雨的火眼金睛？她拉着冷一欣的胳膊，温柔地说道："冷姐姐，你就给我们一个学习的机会吧，也让我们开开眼界，我可是盼星星盼月亮盼着呢。"

看着眼前熟悉的障碍，似是星辰非昨夜，为谁风露立中宵？这是自己洒过无数汗水的地方，冷一欣心底涌现出和关舜比赛的场景，纵然素心一片，也有说不出的惆怅。她默默闭上眼低下头，感觉花香在风里轻柔地流动，记忆的潮水翻涌起当初的美好，可就在转身之后，两人已是阴阳相隔多年。王春雨不想让冷一欣就此陷入悲痛，进一步鼓励说："冷姐姐，听说你跑障碍都是和男兵比，那就和杨吃狼营长比比吧？"

冷一欣抬起头，四下看了看，把心里的平静和勇气再找回来，眼睛猎鹰一般掠过杨吃狼。杨吃狼连连躲闪："靓男不和美女争高低。"

王春雨对杨吃狼跑障碍是门儿清，直接揭了老底："你是不屑，还是不敢呢？"

"是不敢，不敢，我甘拜下风。"杨吃狼倒也坦诚，早已料到的结果，何必再在语言上计较高下？这也是他化解被进一步围攻的有效法门。

冷一欣诧异地说："杨营长，你不是跑障碍很厉害吗？听说，还拿过全军的军事三项比武第一名。"

"那是白阿毛，冷连长，你记错了。"杨吃狼纠正道。

冷一欣一拍脑袋，全都捋清楚了："哦，这年龄大了，真的记错了，你是大学生士兵提干的，白阿毛是少数民族战士，比武得了第一名提干的。"

杨吃狼指着不远处说："连长说得对，白阿毛就在三营当营长，要不我把他喊过来？"

冷一欣摆摆手说："算了吧，别搞得兴师动众的了。"

这时，几名男兵过来，有鼓励营长和冷一欣比跑障碍的，也有嚷嚷着自己要和她一比高下的，被杨吃狼一顿呵斥："去、去，别跟着瞎添乱，有点出息行吗？"

王春雨见状，头一歪，沉声道："冷姐姐，我陪你跑。"说完，用鄙夷的眼光瞪了杨吃狼一眼，意思是说："真孬。"

杨吃狼一脸疑惑，看向瘦弱的王春雨，用怀疑的目光回敬："你跑？"

"我跑怎么了？别门缝里看人。"王春雨显得不屑一顾。

冷一欣倒不意外，她早听王春阳说过这个妹妹不爱瑜伽爱体操，不爱红装爱武装，像眼前障碍多是锻炼身体的柔韧性，王春雨肯定没问题。冷一欣有意试探一下，也给自己找个跨越心坎的理由，终于鼓足勇气表态："好吧，你可让着姐姐点。"

两位美女比赛吸引了众多的观众，大家自觉腾出了两个障碍场，站在两旁当起了观众兼啦啦队。随着杨吃狼响亮的哨声响起,站在左边障碍场的王春雨率先冲了出去,身轻如燕般向前飞去,很快越过了矮墙、二郎板、高墙、云梯等障碍物。

冷一欣把对关舜的满腔思念化作动力,在后面紧紧追赶。到了深坑,王春雨跳下去像是崴了脚,眼睛也像被沙子眯住了,时睁时闭的,艰难爬上来后,速度明显放缓,冷一欣直接扑向了壕沟的对面,站起后快速跨越过五步桩。

王春雨跨越五步桩一脚踩空又被滑倒,强忍着疼痛,吃力地站了起来,冷一欣见状从隔壁的障碍场过来搀扶着她一起跑过了终点。在众人的欢呼声中,杨吃狼一看时间:妈呀,1分59秒。

"你脚没事吧?"冷一欣边说边扶王春雨坐下。王春雨感激地说:"没事,谢谢冷姐姐,就是刚才崴了一下。"

"喝点水吧。"杨松过来递上水壶。王春雨还真是有点渴了,接过来喝了一口,连忙"呸呸呸"吐了出来,一脸吃惊地望着杨松问:"这是什么水?"

杨松静静地回答说:"我们喝的水啊。"

冷一欣接过来尝了一口,笑了:"还是老味道。"原来,战士们在自己水壶里加上糖和盐,做成补充体力和预防中暑的自制饮品。喝着喝着,他们竟喜欢上了这奇特的味道。

冷一欣当年拉练时就习惯了这种味道,她以一名老班长的口吻对王春雨说:"小丫头,看来你这兵还没当好啊。"

王春雨苦涩地笑了笑说:"放心吧,冷姐姐,我会好好锻炼的。"

不知是刚才风沙眯了眼,还是咸咸的汗水流进了眼,王春雨的右眼依旧时睁时闭的,冷一欣掏出一张湿纸巾,帮她简单擦掉灰土。许多战士围过来,被杨吃狼一顿臭骂:"看什么看?不知道丢人,连个女人都跑不过,还不赶紧练。"随即,杨吃狼下了一道命令:时间超过2分钟的,加练1小时。

众人散开,王春雨闭着眼,也学着冷一欣的腔调说:"杨吃狼,你就能跑2分钟以内了?"杨吃狼这才意识到,自己也未达到这个标准,厚着脸皮说:"还差那么一点点吧。"王春雨严肃道:"要求别人做的,首先自己要做到,还不赶快训练去,别打扰我和冷姐姐说话。"

"是,我立马训练去。"杨吃狼敬完礼跑开了,王春雨一笑眼泪就出来了,可沙子进眼里更深了,她赶紧闭上眼。冷一欣捧着她俊美的面孔边吹眼睛边说:"你是没注意动作要领,要是掌握了方法,估计能拿全军第一。"

"平时训练都是在体育场,没想到深坑底下这么不平,还这么多沙子。"王春雨略显遗憾却又毫不服气地说,"要是我不崴脚、不眯眼,你未必能赢得了我。"

"傻丫头,你什么年纪?我什么年纪?老了,还和你这小丫头斗什么气?"冷一欣并不生气,甚至更喜欢王春雨这种勇争第一的野劲头,这多像当年的自己啊。

王春雨心想,冷姐姐离开军营这么多年了,孩子都10来岁了,对于一个女人来说,早已过了上蹿下跳的黄金年龄,即便是军营的年轻女兵,有几个能跑下来的?

冷一欣给王春雨吹眼睛,又用湿巾给她擦了擦,轻声问道:"感觉好点了吗?"

王春雨眨巴眨巴大眼睛,真的就好了,刚想再说声"谢谢",就被冷一欣抢了先,她模仿春雨的样子说"谢谢哦",逗得两人笑得前俯后仰。冷一欣直起身又帮着王春雨揉脚踝:"还好,没肿,女孩子要学会保护自己。"按摩了一会儿说,"站起来走走看看。"

冷一欣扶她站了起来,王春雨走了几步,感觉真的好多了,跳着扑向冷一欣怀里:"冷姐姐,你真好!"她想在姐姐怀里多躺一会儿,就像躺在妈妈的怀里那样,有种扯不断的天生温情。

这种温情却随着哥哥的到来而中止——这时,王春阳乘坐一辆军用越野车赶来,一下车就喊:"冷一欣,快回去,马家妹有消息了。"说着,一步跨过路边的排水沟,来到冷一欣面前急切地说,"刚才新昌市警方打来电话说,深夏警方发现了马家妹的行踪,正在进行秘密监视。"

"怎么没打我电话?"按照办案程序,警方一有消息应该是第一时间通知冷一欣的。

王春阳解释说:"人家打你电话,没人接听,电话就打我这里来了,我给你打电话你也没接。"

冷一欣掏出电话一看,果然有3个未接电话:"哦,可能是刚才跑障碍了,没听见。"

冷一欣意识到事情紧急,边搜索航班边问:"今天飞往深夏的最后一趟航班是几点?"

"18:40。"

"这里距离机场多远?"

"80公里。"

"还有多长时间?"

"80分钟。"

冷一欣飞速地计算着时间:"登机安检口闸机提前20分钟关闭,换取登机牌需要 10 分钟,就是说必须在 50 分钟内赶到。"

"是的,高速公路上好说,但我们这距离高速公路口还有 20 公里,现在这个点正是堵车时候,怕是时间来不及。"王春阳来的路上已经查好了航班、算好了时间,感觉时间根本来不及,"要不明天再去吧?"

"不试一试怎么知道?"冷一欣不想错过任何一次破案的机会,几起令她走了不少弯路的案件,就失利在该全力冲刺时却力不从心或者掉以轻心,她不能让失误因为自己而重演,一番神操作快速订了张机票。

杨吃狼看王春阳这么火急火燎地过来,说不准有什么紧急任务,便跑了过来,听了两人刚才的对话后自告奋勇地说:"冷连长,我知道一条小路,可通往高速,我带你们去吧。"

王春阳来不及细想,当即同意:"去吧,注意安全。"

王春阳的电话这时又响了,是妻子张燕燕从河阳老家打过来的:"春阳,井井生病了,你能否抽空回来一趟?"妻子言语中透出急切、期盼、无助。

王春阳正想以演练推辞,或者送完冷一欣再回去,被冷一欣制止:"嫂子肯定有急事了,你赶紧回去吧,有杨营长送我就行。"

王春阳十分清楚这一点,不到万不得已,妻子断然不会打电话直接让他回去的。

王春阳不好再推托,指着排水沟对面的越野车说:"事不宜迟,那你们赶紧坐我带的车去吧。"这辆越野车是张凌天从军部带来的,除了自用,主要保障中将出行,不仅车况好,出入旅营门还无须检查,卫兵见牌照一准放行,这样就省去了派车和检查的时间。

大家跟着王春阳跳过了排水沟,王春雨也忍着脚痛跳了过去。三人上车后,杨吃狼坐在副驾驶位置上负责带路,冷一欣和王春雨坐在后排座上。王春阳挥手告别,回旅部不到 1 公里,他只能靠两条腿回去了。

车子发动一溜烟走了。刚刚冲出营门,冷一欣突然意识到了什么:"哎呀,我的包还在旅部呢。"

杨吃狼扭过头说:"放心,到时给我们一个地址,我帮你邮寄过去。"

"不行,里面有机密文件,我专门放在旅部保险柜里的。"冷一欣的第一反应是这些东西必须随身携带,万一机密文件有任何闪失,她难辞其咎,又深感时间确实紧急,转而又道,"算了,到时候再想办法拿吧。"

"快点回去拿!"王春雨让驾驶员刘睿赶紧掉头。在她看来,包里不仅有秘密文件,肯定还有冷一欣贴身用的,不随身携带很麻烦的。冷一欣这才意识到是必须回去拿包,身份证、工作证都在里面呢,没有这些,如何登机、如何住宿、如何证明身份,又如何办案?

刘睿掉头返回到旅机关办公楼前,正看到王春阳满头大汗地跑了回来,冷一欣边说明情况,边跑向二楼保密室,找保密员一级上士谌云林取回包。谌云林忙中出错,竟多次输错密码。王春雨轻声劝道:"班长,别紧张,慢慢来,我们不着急的。"杨吃狼瞪了她一眼,没吭声。谌云林闭上眼深呼吸一口,睁眼再次输入密码,这回真的打开了。

冷一欣接过包就冲下楼去,连字也未来得及签。按照保密规定,出入库都要登记,看着无奈的谌云林,随后赶上来的王春阳轻轻摇了摇头:"我替她签吧。"

车辆快速驶出营区,按照杨吃狼指的路线行进。

车辆行驶到一条乡村小路,刚下过雨,小路被大车轧得坑坑洼洼,若是装甲车,通行没问题,可汽车行进就艰难了。还好他们开的是越野车,车辆还能缓慢行驶。10分钟行驶了不到3公里,照这个速度,还未上高速,飞机恐怕就已经起飞了。

冷一欣顺手撕下军装上的军衔、姓名牌等标识,装进兜里,让刘睿停车,说:"班长,你坐后面,我来开。"

两人下车交换座位后,冷一欣一句"坐稳了啊",猛地一踩油门,车辆飞奔起来。她紧握方向盘,瞅准路,左右调整方向,快速通过了一个个水沟、土坑,泥水和泥块像炸弹碎片一样四处飞溅。王春雨、杨吃狼和刘睿紧紧握住车厢把手,仿佛坐在了颠簸驰骋的装甲车上,丝毫不敢松劲,也不敢说话。就这样,20公里的小路还是行驶了25分钟,才上了高速,加上刚才取包的时间,距离闸机关闭还有30分钟,却还有60公里的路程,还要换取登机牌,还要安检呢。

无论怎么算,时间都是来不及的,王春雨和杨吃狼都劝冷一欣回去,明天再走也不迟。冷一欣却始终没有答应,这当儿高速公路上的车辆不是很多,她几乎将油门踩到底,一路奔袭,时速一直保持在200公里以上。反正就这么远距离了,就当是乘车奔袭去一趟机场吧。

没有了刚才的颠簸,杨吃狼反而更紧张了,注目、凝神、屏息,这一刻,他感觉到从未有过的速度和力量,风隔着玻璃都给人一种嗖嗖的感觉,窗外的风景转瞬即逝。

冷一欣在超越极限,冷一欣似乎无极限。

尽管杨吃狼巴不得冷一欣赶不上飞机,回红旗旅还能给他一个叙旧的机会,为了消除内心的恐慌,他不由自主地说:"我今天终于体验到了什么是速度与激情。"

王春雨却套用一句流行语形容说:"冷姐姐,以前听人说,你这不是开得太快,是飞得太低,我今天算是领教到了。"

冷一欣难得接话说:"你俩别在那嘀嘀咕咕的,我是受过专业训练的,有急事可以这么干,你们可不行啊,还是要遵守交通规则的。"可就是接了这么一句,差点误事。

眼看到了机场高速收费口,冷一欣一个不注意,就拐错了出口,她紧急刹车,旁边被塑料隔离桩隔开。冷一欣快速跳下车,对迎面走过来的交警文友飞出示证件,说了句:"执行紧急任务。"文警官接过一看是国家安全部工作人员,看着着急忙慌的冷一欣,瞄了瞄军车,二话没说帮着拦住后面通行的车辆,挪开隔离桩,示意让她先行通过。

冷一欣点头致谢驾车而去,一眨眼到了机场,她停车后对刘睿说:"车交给你了。"拎起包立即奔向候机大厅,王春雨和杨吃狼在后面跑步跟着。距离闸机关闭还有不到3分钟,她掏出身份证、工作证,正瞄准哪个办理登机的窗口人少,准备强行插个队。

一瘸一拐跟过来的王春雨气喘吁吁地说:"冷姐姐,你跑那么快干什么?"随手拨打哥哥发来的电话号码,旁边的一位穿军装、袖标上有"军代表"字样的军人电话响了。寥寥对接几句,那名军人走过来说:"我是机场军代表秦璞,冷一欣女士的登机牌已经办好,赶紧登机吧,飞机马上要起飞了。"就在10分钟前,王春阳通过机场军代处给冷一欣办好了登机手续。

冷一欣一把夺过登机牌,连说"谢谢,谢谢",快速冲向秦璞指向的军人优先安检口,顺手将包放到安检机上安检,并向安检员出示工作证,还简单说了几句。安检员看了看工作证和她身上的迷彩服,象征性地对她扫描一下就放行了。冷一欣弯腰拎起包的瞬间,向身后挥手致意。

杨吃狼和王春雨亦挥手送别,默默祝福着她好运。

冷一欣又一个飞奔冲向登机口,过去的瞬间,闸机关闭……

第八章　没有考官的考核

教育要入心入脑，军事科技要温故而知新。这些年，我们反复提科技强军，留给战士学科技的时间反而不多，这个观念要改一改了。

几天后，海明军等人来到合成一营，大步流星直奔装甲车库，真的未见一名哨兵站岗。中将纳闷："咱这车库不设岗哨吗？"张凌天也不解："十天前来检查，还就合成一营岗哨认真负责，怎么今天连人影都没有了？"

两位将军如此问，显然是触动了胡勇智紧张而敏感的神经。迎检事先都向各单位打过招呼了，不可能单独漏掉了一营，他也不明白症结究竟在哪，急得如热锅上的蚂蚁，掏出手机边拨打杨吃狼的电话，边凭经验主义断言说："肯定是溜号了，这个杨吃狼，一点不让人省心，这点小事都抓不好。"

杨吃狼和王春雨、杨松等人这时满头大汗地跑了过来。胡勇智放下未接通的电话，像是等来了救星般欢悦，又像等来了煞星般恼怒，他板着面孔厉声质问："岗哨哪儿去了？"

"在呢，在呢，我们早发现你们了，只是没让打扰你们。"杨吃狼知道让首长们等待会引起不满，有时会带来严重后果，却没有半点内疚之意或者想要为自己开脱。他笑呵呵地走上前，反而手一摆做了一个"请"的姿势，道："请各位首长进入库区，看看我们的电子哨兵，保证个个都是火眼金睛。"

胡勇智没有等来想要的解释，却讨来冷淡而满不在乎的嘴贫，他瞪了一眼玩世不恭的属下营长，心里虽恼火，但不便发泄，此刻也只能跟着杨吃狼走。

引导大家到了车场值班室，正面一侧大屏闪闪，监视着库房的边边角角，杨吃狼这才解说道："以前我们采取定时巡库、安排流动哨、随机抽查等管理方法，耗时、费力、操心。"又以夜班为例介绍，"每班岗哨两个人，每班两个小时，从晚上八点到早上六点,共需要 5 班岗 10 个人。自从用上了电子眼,每晚就能让一个班的兵力睡上好觉。"

海明军到访过不少战役储存仓库,那里点多线长,人员编制少,大多采用类似的电子哨,作战部队却很少用,尤其是在人员集中居住的营区,能用人力解决的事,很少有领导会动心思想到智能化,这个弊病一直存在,我们与强大对手的主要差距往往也在这里。难得杨吃狼这样为战士着想,这表明他对战斗力负责,海明军欣慰之余更多的是关心这套系统的安全性。

杨吃狼指着电子屏,详细介绍了在营区和库房构建的这个由高压电子防护栏和红外对射装置组成的防护系统,电子监控设备覆盖营区所有盲点死角,并将控制终端统一放置在装备值班室,这样就能实行人防、技防、制度防"三位一体"防范。

胡勇智想着,这么好的设备,一定价格不菲,他关心的是这套设备投入了多少钱,以及营里是如何瞒着他这个旅长解决的。

"没花钱。"杨吃狼指了指王春雨,道出了背后金主,"是她们科研所帮忙安装的。"

王春雨告知这套设备报价在 20 万元左右。

胡勇智质问杨吃狼:"怎么不报告?"

"我们前两天刚安装好,还在细微调试,打算效果好了再向旅里报告。"杨吃狼心想,真向你报告了,你也未必批准,说不定这事又黄了,干脆听从王春雨的建议先做了再说。这倒不是做成既定事实逼领导就范,而是提高工作效率的一种方式。一件事如果想做,就早点下定决心,拖一天就纠结一天,去想都是问题,去做才有答案。现在全军上下提倡自主抓建,胡勇智也挑不出毛病来。营里昨晚就接到旅里通知了,说是有大首长要来营里检查,这次杨吃狼故意晚点过来,就是想先抑后扬,引起领导重视,能给个确切的指导意见,最好能一锤定音。

反正没花旅里钱,在众多首长面前胡勇智也不太想追究什么,只是图个口舌之快,宣示一下自己旅长的权威:"我看你们就是想先斩后奏。"

执勤站岗,他一直坚信人最可靠,遂用怀疑的口气说:"真的有那么神奇?"

还没等人回话,突然警报声大作,高压电子防护系统终端显示屏不停闪烁,上面显示:2 号装甲车库警报,电线短路。

事发突然。只见王春雨一边在大屏幕上切换出 2 号车库监控画面,察看异常情况,一边通知车库值班员检查车库内高压线路和红外装置。3 分钟后,警报声消失,车库值班员二级上士刘鲁超报告:"2 号车库两条线路搅在一起,已成功排除。"

在确定这不是事先安排的演练内容后,海明军带头鼓掌,盯着屏幕寻找新的目标。

王春雨将镜头拉近,系统自动跟踪着主干道上两个正在行走的战士,他们手里拿的瓶装饮料名称都看得清清楚楚,像是安装了自动跟踪器的两个探子,一举一动都在密切监视之中,这似乎有侵犯个人隐私之嫌,镜头很快切换到营连值班室。

端坐镜头下的哨兵个个军容严整,有的在接听电话,有的在填写值班日志,王春雨按照中将指令接通了二连值班室的哨兵,算是远程查岗了。海明军轻声问:"你是哪里的人?"

镜头下的哨兵回答:"报告首长,四川人。"

现场陷入了短暂沉默,似乎显得有点冷场。胡勇智知道中将问战士,一般都会问其姓名,这是出于对战士的尊重,便自告奋勇却又不敢太声张,一面留心着中将的反应,一面对着荧屏压低了声音说:"请向首长报告你的姓名。"

胡旅长根本没有对准话筒说话,传过去的声音显得极低,哨兵一脸的疑惑,硬着头皮催问:"报告旅长,请你大声点,听不清。"

胡勇智只顾着偷瞄中将的反应,没想到哨兵先蹦出索要的声音,他大声重复了一遍:"请向首长报告你的姓名!"语速极快。

哨兵尴尬得有点紧张,仿佛自己做错事了一样,小心翼翼地再次催促道:"报告旅长,没听清,请你说得慢一些。"

"请向首长报告一下你的姓名。"胡勇智越是不想重复,越是着急,普通话越是不标准,越是表达不清楚。镜头中的哨兵急得直挠头,无辜,茫然,不知所措。

海明军大声说了句:"你叫啥子嘛!"

哨兵响亮地回答:"报告首长,海明军。"

胡勇智猛然训斥:"没问你首长叫啥,是问你叫啥!"

哨兵再次大声回答:"报告首长,海明军。"

胡勇智生气道:"胡说八道什么?"

杨吃狼插话:"旅长,他就叫海明军。"

"咱不搞封建那一套,皇帝的名字,老百姓都不能叫了,我海明军又不是独有的,这么普普通通的名字,全国估计有好几万人叫呢,没想到在这碰到了。"海明军指了指自己,又鼓励战士说,"咱俩做个约定好不好?我好好干,不给海明军丢人;你也要好好干,也不给海明军丢人。"

中将的鼓励,如水,润物无声;如歌,余音绕梁;似光,照亮迷途,引领希望的花朵在微笑中继续前行。哨兵回以清脆、响亮的答案:"是,首长,海明军坚决完成任务。"

胡勇智立马变了口气说:"这么好的事情,应该在全旅推广。"

中将觉得有点无厘头:"你这没头没脑的,我这名字有啥好推广的?"

胡勇智连忙澄清道:"首长,我是说推广这套设备,挺好用的。"他盘算着,这样他就可以坐在办公室里看到旅里角角落落了,还能规范一下报告词。像眼前反应这么慢又和首长重名的战士,在这么重要的场合,是坚决不能让值班的。

海明军调侃道:"胡旅长,你不心疼钱了?"

"首长,为了战斗力花钱,这是应该的。"胡勇智显得理直气壮。

"不光在你们旅,等试验效果好了,我们力争在集团军、在战区,乃至申请在全军推广。科技强军嘛,不是一个可以绕过去的弯,而是一道必须跨过去的坎。"说完,海明军看了看张军长。张凌天点点头应下了这个差事,表示尽快在集团军推广。他又扭头对王春雨说:"这项任务,还需要王工程师多指导啊。"

"义不容辞。"王春雨趁机从电脑中调出一串文档。张凌天问:"这是什么?"

王春雨放大了其中一个文档道:"这是营里给每台装备量身定做的电子病历。"

海明军等人凑近对着电脑认真看,里面详细记载了车辆的型号、性能、状况、维修时间、注意事项等。中将问建这个用途是什么。

"合成营装备多,训练任务繁重,装备故障率较高,有了电子病历,就能在最短时间内修复故障装备。"王春雨觉得自己说的话有漏洞,容易授人以柄,想了想又补充说,"信息化条件下,每个单位装备都很多,训练任务都很重,我们只是想着把有价值的事情做得有意义些。"

这有点像人的病历卡,有助于医生快速诊断。在简明观点和朴素语言足够用的地方,海明军绝不喜欢半句刻板、沉闷的概念,他直截了当地问:"实际使用中效果如何?"

王春雨将话语权交给了站在一旁的杨松:"行不行,他们最有发言权。"

杨松结合自身体会讲了一件事:就在昨天上午,一辆运输车送到修理间急诊。值班修理工李祥及时将车辆型号输入电脑,常见故障原因及排除方法立刻呈现。经过快速抢修,故障汽车很快又投入紧张的训练中。

以往,有些装备故障问题,只有专业对口的修理工才能解决。如今,任何一个修理工都可以通过电子病历对症下药,快速解决装备故障问题。杨松随手点击进入某型柴油机基本情况栏目,该型柴油机的缺陷和不足、维修记录、常见故障等一目了然。再看，常见故障栏中油管爆裂等故障原因，维修方案以及备品备件很快呈现眼前。

海明军任红旗旅旅长时就看过一个经典维修案例：第四次中东战争中，埃叙联军共损失坦克2600余辆，以军仅损失坦克843辆，修复坦克高达3400辆次。也就是说，以军的坦克平均要重返战场接近3次后才被彻底摧毁，相当于坦克数量间接增加了约3倍。

战场上那么多武器装备，一点小问题都要专业对口的修理人员去排除，根本顾不过来。当时海明军就想，要是对装备的性能、状况有所了解，抢修起来会不会像以军那样高效？他让人建立起装备档案，只是那时多是打印出来，制作一块牌子贴在装备上，或者登记造册放在库房里，真正能共享的有限，也没有通过系统的数据分析。没想到，奔跑的身影在历史的轨道上悄然重叠，在合成一营继承发扬了下来，海明军瞬间有种亲切感。中将提出了明确要求："我们在以后的专业培训中，应专门建立装备电子病历数据库，把不同类型装备的性能、技术参数及历次故障、解决方案等资料登记造册，分门别类输入电脑。这样我们不仅能掌握装备的底数，还能正规化管理。"

现代战争打的是技术，用好巧劲才能事半功倍。海明军有点触景生情地说："创新也要掌握科学的方法，既要大处着眼，学习曹冲称象，善于把工作这头象融入强军兴军事业中，又要小处着手，学习庖丁解牛，善于从关键环节拿出解决问题的具体措施。"

实际上军事领域有很多类似的小创新、土发明，灯烛虽微弱，光焰却灿烂：它们看上去并非高大上，也不是什么科技专家、学者所创，而是发端于广大基层官兵的草根智慧；它们并不需要太多的硬科技，而是基层官兵聚焦破解作战训练一线的矛盾与问题，立足战斗岗位，着眼部队实际，利用制式装备与就便器材，灵活运用土法进行的革新创造。有时用一根针解决了一把刀都无法解决的问题。

今天的一切创新，都是为了明天制胜战场。打仗用得上、战场急需的，革新再小也有用；战场用不上、打仗用不了的，用力越大，离目标就越远。海明军眼睛扫了一圈车库，犀利的目光停留在一排刚刚保养过的崭新车辆上，说："而我们总是不放心，屡有不该拆开看的地方拆开了，不该保养的地方保养了，就像医院存在过度医疗问题一样，我们车辆保养有没有过度维护的地方？"

有，肯定有！众人没吭声，这事谁都心知肚明，却又不好承认。

海明军没再追问，到了饭点，和众人一起吃午饭去了。

下午去装备训练场检查,众人从路口下车步行前往,海明军边走边笑问杨铭:"听说,你这只羊一心想着吃狼,我也跟着大家叫你'杨吃狼',你不介意吧?"

杨铭挠挠头,笑笑说:"乐意大家这样叫我,这是对我的一种鞭策与警醒。"

"我可听说了,很多年轻战士都不知道你的真名了,'杨吃狼'这个名号可是如雷贯耳啊!"

"首长过奖了,吃狼,先要有副好牙口,我现在充其量刚学会吃草。"

"还很谦虚嘛!"言归正传,海明军笑呵呵地问道,"当合成营长有什么体会?"

杨吃狼笑答以前当装步营长,抓好步炮就不用愁了,现在当合成营长,需要掌握10余种兵种知识和技能,内容涉及步兵、坦克、通信、工兵、防化、侦察等专业。还好自己是坦克兵出身,装甲专业有点基础。

千军万马向"合"而行,千变万化向"战"而生。合成营作为未来战场独立遂行任务的作战单元,营指挥所通过指控平台受领任务后,很短的时间内,作战地域的地形、气候、水文,敌方可能的兵力部署等情报信息就传到指挥席位,指挥员必须能够自主分析、判断情况,定下战斗决心,组织实施战斗。

面对复杂多变的战场环境,如何透过战争迷雾,下定战斗决心,是对一位指挥员的综合考验。杨吃狼以为中将会深究此事,脑子里这会儿想的全是打仗的事,海明军却冷不丁问了个管理方面的问题:"从以往的执行者到如今的决策者,自主权大了,但对能力素质的要求也高了,你觉得如何在营里树立威信?"

杨吃狼过电似的搜集着一路跌跌撞撞走来的带兵经验,称营里许多官兵是自己的同龄人,与自己一起成长,想要树立威信、赢得信任,就得让他们知道,每个岗位都很重要,都不可或缺。作为营长,自己得对他们的岗位非常了解,甚至比他们自己还了解。如果他们遇到什么困难,自己要及时提供帮助与鼓励。除技术问题外,更重要的是人。

海明军微微露出笑意,表示官兵有了被尊重感,有了主人翁意识,很多问题就不是问题了。这时,前方硝烟弥漫中,几辆坦克轰鸣开来,刘睿和柴祥文两名全副武装的战士不仅不躲,反而一前一后迎面冲了上去。旅里随行参谋肖述泉大喊:"快闪开,快闪开!"见战士们没有理会,肖参谋又摆手冲着坦克大喊,"快停下,快停下!"在巨大轰鸣声中,他的声音显得多么脆弱,很快被淹没。

眼看坦克就要碾压过来,大家的心都提到了嗓子眼上,刘睿和柴祥文却顺势钻进了坦克底下,坦克从"身上"开过去后,他们腾空而起,迅速进入战斗状态。胡勇智心有余悸地问杨吃狼："你这唱的是哪一出？"

杨吃狼多年来深入一线带兵，一心求得技术和思维上的突破，基层的一些规矩反而淡化了，他只顾着陪首长说话，竟忘了向首长报告，旋即稳定了一下情绪说："训练啊！不少影视剧中就有这么一个情节，为了训练胆量，让士兵趴在平地上，坦克从上面开过去……"

"你也知道那是影视剧，可信吗？那是为了吸引眼球表演给大家看的，我们这是训练，是要出人命的。"胡勇智认为影视剧为了作秀，增强视觉冲击力，是完全没有底线的，实战中根本不太可能。他给出的道理很简单：坦克的毁伤能力强，几乎能摧毁前方平地上的一切敌人，但主要是通过火力，而不是碾压。他大声质问杨吃狼："为什么不挖散兵壕？出了问题你负得起这个责任吗？"

中将理解胡旅长此刻的心情，保安全的底线思维一直占着胡勇智思想的上风。以前外军发生过类似的事情，直接让士兵趴在地上，坦克逼近的时候，由于士兵过度紧张，不由自主地打滚，结果惨死在履带之下。即便海明军自己现在当旅长，也未必敢组织或者批准训练这样危险的课目。

可这又是实战中不得不面对的。一名军人直面了危险而感到自豪，远比他受到肯定获得奖赏成长得更快。信息化战争无论怎样打，仅靠海、空、天力量以及非接触攻击不会画上句号，战场落地必然存在刀光剑影，交战双方在陆地决高低、见分晓。融机动、火力、防御、信息于一体的装甲机械化部队无疑占据着重要一席。中将结合刚才的演示说："不可否认，坦克有了很多克星，但在实战中，士兵们还是避不开坦克冲到跟前的场面。巨大的钢铁躯体，震耳的轰鸣声，足以使战士们的恐惧达到极点，甚至吓尿了都有可能。"

要正面躲避坦克的打击，有个办法是挖掩体，在坦克兵鼻子底下藏身。但这个方法也不是万能的，有些时候甚至是致命的。金门之战中，解放军刚上岸滩，来不及挖掩体——实际上沙滩也不适合挖掩体——吃了大亏，这些教训是惨痛的。

从备战打仗的角度，合成一营组织这样的训练课目，是完全有必要的，在突如其来的危险中足智多谋先要有坚毅的神经。不少国家都将抗碾压训练列为训练课目，虽然没有影视剧中那么惊心动魄，但是更加务实。首先，让士兵们亲眼看到坦克驶向掩体压垮墙壁，然后再让他们蹲在简单加固的堑壕里，坦克从头顶上压过去。这时，士兵们内心承受的压力极其强烈，其效果是任何军事游戏无法达到的。

要想在战场上战胜敌人，必须在训练场上战胜自己。不能胜寸心，安能胜苍穹？勇敢，一向被视为军人的优秀品质，非凡的勇气间或可以补救错误。不过，即便是勇士,也并非没有产生过恐惧。勇士之所以称为勇士,是因为能克服恐惧。那些懦夫,才往往在恐惧面前匍匐在地。

如何让官兵克服恐惧,在最黑暗时刻点亮微弱模糊的内在光芒,杨吃狼想了不少点子,除了坦克碾压训练,还有打靶等。合成一营用的不是常见的人像平面靶,而是"立体靶"——给木靶套上假想敌的军装,在里面塞满干草,再将草莓酱、蕃茄酱、新鲜猪血等倒入塑料袋中并戴上帽子,作为靶头。

为什么这样设计?杨吃狼不怕盗用外军的经验,质问得坦然、硬气:"你可曾在战场上看过敌人在胸部挂着一块白色木板,上面还画着圈圈,标出数字的呢?敌人不会直挺挺地站在那里摆好姿势让你射击,他们只会像老鼠一样从掩体内伸出头来窥视四周。我要你打的就是这颗'老鼠头',要你平时就熟悉脑壳破裂时迸出像蕃茄酱一样液体的血腥画面,这才是贴近实战。"

杨吃狼还将战士拉进血屋训练,当荧屏上出现鲜血四溅、胳膊腿乱飞的镜头时,还有很多人不适应。这样做就是为了减轻官兵的战场恐惧感——单独一次果断是勇气的表现,如果它成为特性,就体现了心理习惯。

中将的一位上过战场的老首长曾经告诉他,刚上战场,一个胳膊、一条断腿、一个残破的脑袋随时可能出现在身边,确实有人吓得惊恐万状,但在血肉横飞的战场待上一阵子就习惯了,甚至会笑着说:"你看,谁的脑袋挂树上了。"仿佛是在向那些搏杀的英灵致敬一般,中将思绪万千,有说不尽的感慨:"但我想,这个转变过程太残酷了,对不少人来说很难,否则也不可能出现那么多战场心理疾病患者。"

"我们常常教育战士要闻战则喜,这大多是我们的理想状态。实际上,许多战士是临战而惧,这不光是我军的现状,也是全世界所有军队的普遍现象。"伍晓刚顺着中将的思路,道出战争是耗费体力和折磨身心的王国。

临战时,官兵的心理和身体反应究竟怎样?中将在这方面自觉调查研究还很不足,心里还真没底,实际上没有经过战争检验,再扎实的调研又有几分可信度?中将见多了口头表态好,关键时刻掉链子的人,他超出就事论事的局限,登高俯视未来战场,一口气点出了部队当前存在的诸多问题,借以抒发对强军兴军的渴望:

"从'天天忙得像打仗'到'天天忙着想打仗',隔着和平积弊的沟壑。这道沟有多深,我们离实战就有多远,一旦打起仗来,就会有多少血肉之躯来填平。

"都在讲'中心居中',有没有把'中心'放在心中,备战打仗摆不上位、摆不正位、摆在虚位,喊起来重要、抓起来次要、忙起来不要的现象?

"都在讲'备战打仗',有没有与第一要务争时间、抢资源,唱的是备战打仗的调子,迈的还是四平八稳的步子,工作跟着感觉走、频道跟着检查换,研战练战不走心、杂事琐事难脱身的现象?

"打仗意识不是一个口号,而是一种习惯;不是一项要求,而是一种素养。真实战场的残酷往往超出寻常、难以预料,官兵需要具备强大的心理素质,平时得学会到大风大浪中去冲浪,到逼得自己没有退路的环境中去搏杀,人生之树才会向着阳光健康顽强地生长,也才能更快地适应未来残酷的战争。"

一番抒怀之后,海明军心中畅快了许多,他夸赞杨营长今天提供了一个很好的机会,促使大家勇敢地正视这个问题。

杨吃狼招呼刘睿和柴祥文跑过来,简单介绍了两人的基本情况。中将给予了很大的鼓励:"你们俩一个是驾驶员,一个是军械员,都不简单喔,任务完成得非常好。你们非常优秀,心理素质过硬,将来上了战场也不怕。"

刘睿说:"现在上战场也不怕。"

柴祥文说:"驾驶员、军械员,我们首先都是战斗员。首长,可不能歧视我们啊。"营里选定他们俩进行演示,也是为了更好地体现课目的普遍性与可行性。

"我可没有小看你们的意思喔!"海明军会心地笑了笑。

有了中将的肯定,大家也就没有多说什么。伍晓刚提醒了一下:"下次再进行这么危险的课目,记得报备。"

"是!"杨吃狼敬礼。

相比于坦克过顶,读秒爆破训练更需要官兵有过人的胆气和沉着冷静的心理素质。杨吃狼随后给大家演示了这个更加刺激的课目:6名官兵围成一圈,组长接过炸药的第一时间,根据导火索的长度判断时间,再确定相应的传递次数。

每个人拿到已经点燃导火索的炸药,迅速读秒,紧接着传给下一个人,直到炸药在手中传递到第二轮,一级上士潘建祥喊完"8",立即将其扔进面前的水坑里,所有人四散卧倒。"轰!"水花四溅,两名没跑远就卧倒的战士,整个后背被水打湿。

只要大家有胆量,不慌张,迅速传递,是不会发生危险的,但前提是必须有过硬的心理素质做支撑。回想第一次训练的场景,潘建祥至今心有余悸:"拉火之后,导火索刺刺冒着烟,炸药在手里传递,紧张得发抖,炸药差点在手中爆炸……"

仿佛是有意栽花的科学浇灌,也有无心插柳的意外收获。潘建祥说出了大多数官兵的心声:"读秒爆破训练之初,满脑子想的就是什么时候能赶紧把炸药扔出去,后来随着训练的深入,大家的心理素质增强了,动作从容多了。"

杨吃狼拿起一截导火索,像是拿起一把能测量官兵心理素质的尺子。导火索一般都是10厘米左右,但为了增加训练难度,长度是不固定的,有可能是7厘米或者8厘米,需要组长自行判断,从而真正达到锻炼、提高心理素质的目的。

经过一段时间的模拟训练和反复探索,合成一营的战斗心理素质训练有了更严谨也更科学的设置标准和训练程序。他们采用声、光、电等多种手段,还原构设战场环境,让官兵在近似实战条件下克服恐惧心理和紧张情绪,还梳理了5类20多项心理脱敏、心理放松和战斗心理训练招法,有效提高了官兵们的战场抗压能力。

心理素质过硬既是一种训练,也是一种教育,合成一营结合思想教育和军事理论学习,多管齐下,进行了系统的梳理总结,形成了一套较为完备的训练成果。

在查阅相关静态资料环节,众人在潘建祥的引导下走进步兵二连宿舍,海明军随手翻开战士的笔记本,上面赫然记的全是军事知识。他翻开一篇仔细读着:

"随着全球城镇化进程的快速推进,未来战争发端于城镇、终结于城镇的趋势愈加明显。未来渡海登陆作战,上陆就是攻城,首战就是城战,城战就是决战,城镇作战将是摆在我们面前的一道'绕不开、躲不过'的现实难题。

"渡海登陆作战要着眼于破敌凭坚固守的难局,围绕粉碎敌'以拖待变、固守待援'的防御企图,按照'三控七剿'打好地域控制战……"

海明军拿着战士的笔记本,看看封面上写的名字正是潘建祥,又瞅瞅他的一级上士军衔,问道:"小潘,这些你都明白什么意思了吗?"

潘建祥大声说:"报告首长,知道。"

"噢,那我考考你。"海明军看了一眼笔记本内容,抬头问,"'三控七剿'指的是什么?"

"报告首长,'三控'是指直击要害控势、整体固防控域、软硬兼施控心,'七剿'是指诱敌出击剿、火力拔点剿、工事纵火剿、烟熏出洞剿、爆破封堵剿、心战喊话剿、兵力寻歼剿。"

海明军看与本子上记的一字不差,连连称赞"不错,不错",又继续提问:"如何进行烟熏出洞剿?"这些本子上没有进一步记录。

潘建祥不慌不忙地回答:"通过向工事内投掷催泪弹、烟幕弹及施放烟雾等方法,迫敌脱离工事,歼敌于工事之外。"

海明军带头鼓掌,众人一起跟着鼓掌。

提问完军事理论,海明军四处瞅了一会儿,却没看到有任何的政治教育记录,这对突出政治铸魂的军队来说很少见。去部队检查,很多单位都是把政治教育本摆在显眼位置上,汇报中也列在第一位,刚刚去过的二营、三营亦是如此。中将疑惑地问道:"你们怎么不搞政治教育?"

潘建祥回答:"搞啊。"

"怎么没有记录?"中将翻开了另外几本,也未见有只言片语的教育内容记录。

小潘直言道:"我们营长说了,教育要记到心里,写在本上的决心,不如留在训练场上的脚印。"

话倒是说得很漂亮,伍晓刚有点不放心地说:"到底搞了没有?和首长说实话,不用绕弯子。"

"我们进行了主题教育、战斗精神教育、艰苦奋斗教育……"潘建祥一口气说了近期的教育内容,用实际证明了教育搞得很扎实。

海明军听后问:"你们是怎么组织的?"

潘建祥据实报告,有集中大课教育时间,更多的是随机穿插进行的。比如他们上次训练完,按规定要对所有动用的车辆进行保养,个别战友发牢骚说"几十辆装甲车保养起来困难,担心完不成任务",营长就请来一位老人,带着一幅画,讲了一个感人的故事。

潘建祥打开手机里保存的一张照片:"就是这幅画,就是这位老人。"照片上是一位满头银发的老人,手里拿着一幅画。老人叫胡国桥,原是军队院校里的一名教授,画是他退休后用半年时间画的,他正给周围战士讲背后的故事。

画中,山路上怪石嶙峋,十几名衣衫褴褛的战士奋力地推着一门火炮,一个看起来还是孩子的小战士光着脚板,身后是一串带血的脚印。

这就是二连的前身。1947年5月,孟良崮战役中,上级命令二连向500公里外转运全团辎重物资,计划20天就能完成的转运任务,连队整整用了两个月才到达目的地。胡国桥当时还是连队里一名入伍不到3个月的新战士,以后的十几年里,他在二连当过班长、排长、指导员。

为躲开敌人的围追堵截,连队不得不选择难行的山间小路,很多战士没有鞋子,脚划破了,溃烂化脓,在行军路上留下一个个血红的脚印。有时几天几夜连续行军,吃不上饭,睡不上觉,但全连没有一个非战斗减员,无一人逃跑掉队,100多辆马车的弹药物资无一丢失、损坏,官兵们经受住了严峻的考验。

每一个战斗故事,都是一座精神高地。每一次对前辈们的回望与追忆,都是一次精神的洗礼。胡国桥老人的讲述,让战士们听得热泪盈眶,像是回到了那个烽火岁月，也对当前任务有了全新的认识。

心中有了那道彩虹，泪水也折射太阳的光芒。潘建祥眼含泪水说："送走老人后，营长没有下达任何命令，反而让我们思考一个问题——是什么支撑前辈在恶劣环境中奋勇向前？是什么让前辈在前行的路上，宁可倒下也不停下？"

二连荣誉的背后，是多少枪林弹雨的战斗，多少壮怀激烈的牺牲，多少上下求索的追寻，多少千难万险的跋涉，多少执着坚定的前行？大家没有任何豪言壮语，许多人连一句话都没说，便自觉去保养车辆了，一直干到天亮，完成了所有车辆的保养任务。先辈们的故事像一碗水，一代代年轻军人喝下去，用身体暖成了血。潘建祥和战友们一道，一路捡拾着故事的碎片，拼好了前进的地图。

海明军揉了揉湿润的眼角，感慨普通人身上闪耀着道德光芒的力量，又从一个新的角度进行了动员："都说军人很清贫，我说我们是世间最富有的人。我们拥有大海万顷浪、蓝天万里云、边疆万重岭。就拿我们保养车辆来说，也是一件幸福事，很多人对武器装备有着特殊的情感，甚至是武器崇拜，不惜花大价钱购买。"

这对于身处部队，见惯了武器装备的官兵来说，倒是一个新鲜的提法。前些年倒是有地方人员到部队花钱打靶，如今也都明令禁止了。

"不惜千金买宝刀，貂裘换酒也堪豪。"海明军随口吟了这两句诗，道出了所谓的武器崇拜：从古至今，人们对武器便有特殊的执着。从定制的刀枪剑戟到专属的座驾战车，武器装备作为力量的符号，更能体现出个性的追求。

武器装备在当今绝非像普通商品那样想买就能买。尤其是在我国，一把手枪、一颗子弹都不行啊。普通人要想拥有一件武器，除了一系列烦琐的审批程序外，还要支付一大笔金钱。而到手后的装备，也往往需要拆除火力系统，成为徒有其表的空壳。

当军迷遇上富豪，迷恋便以一种超出常人想象的方式被重新定义。

甲骨文公司的老板拉里·埃里森曾花600万美元购买一架东欧小国摩尔多瓦的退役米格-29战斗机，他亲自驾机往返于家乡和公司所在地之间，飞行一次的油钱就可以买一辆宝马轿车。英国的一位父亲每天驾驶坦克送两个儿子上学，这位成功商人有近130辆可以合法上路的坦克，出演电影、参加展览，孩子上学不过是小事一桩。

无论是开着战机上班，还是驾驶坦克上学，这些令人瞠目结舌的举动都已足够拉风，真要刨根问底的话，估计只能归结为拥有者对武器的真爱了。

"我们没有炫耀的实力与能力，但我们能免费乘坐坦克也是一种幸福。"小潘听得异常认真,也毫无保留地展露了心迹,"原本谈的女朋友不是很认可军人职业,自从来部队坐了一回坦克后特自豪,结婚后一直鼓励我在部队长干。"

"首长这是给我们的教育另辟蹊径,下次搞教育我们把首长的这一思想分享给官兵。"听完故事,伍晓刚萌生出请首长给全旅官兵讲一课的想法。伍政委体会出现在的教育听谁讲很关键,同样的道理,战士、尉官、校官以及将军讲,效果完全不一样,能请中将面对面讲课,保证没有一个人打瞌睡,甚至是一种能够吹嘘多年的荣誉。

"搞教育,也不一定要上大课啊,记住一点就行,爱是教育的灵魂,能激励你、温暖你、感动你的,往往不是励志语录的心灵鸡汤,而是历经磨难的一件件具体的事。"中将虽然赞同实施者身份所起的作用,但认为根本的还是要在内容和形式上下功夫。他指着潘建祥说:"你看,他们的教育搞得多灵活,我们应该向他们学习才是。"

小潘不好意思地笑了笑,说非常热爱自己的装甲车,一坐到操纵杆后面,就能体会几十吨重战车的威力,这种感觉难以形容。军人职业荣耀感是激发武德的不竭动力,一支崇尚荣誉的军队,更易形成难以撼动的战斗意志。

海明军鼓励说:"小伙子,好好干,前途一片光明哦!"

潘建祥敬礼说:"谢谢首长,我们一定努力,请放心!"

备战打仗,战士一句"请放心"价值千金!

海明军点点头,继续翻看笔记本上的内容,一段不太工整的文字映入眼帘:

你是否设想过这样的场景:当你正在看电视时,手机突然响了,电话那头不是亲朋好友,而是某国士兵的声音;打电话的也不是某个人,而是迷你无人机。在未来战场上,当成千上万的干扰无人机蜂拥而出时,那将是怎样的一个震撼的场景?

有报道称:美国特种作战司令部公布的研发项目中,有一项是专门用于战场宣传的微型干扰无人机。这种无人机的重量不超过 1 磅,每架无人机广播时能覆盖周围 1 平方英里的区域。当无人机发动群体攻击时,作战半径将超过 40 英里……

"这些军事知识为什么要记得那么详细呢?"看到一项内容就密密麻麻记了好几页,连细节都详细记着,海明军有点纳闷。

"我们营长说了,好记性不如烂笔头。"潘建祥指着笔记本道。

胡勇智虽支持合成营研究军事、研究作战,但对比教育,落差也太明显了吧,他忍不住说道:"正反都是你们有理啊。"

也是,教育要入心入脑,军事科技要温故而知新才行。海明军赞同一营的做法,干什么不妨多些"黄金圈思维",首先要清楚深植内心的目标是什么,检查教育看本本的陋习提了多少年,纠正了多少年,犹如心肺复苏,连呼吸机都用上了,就是没有松开卡脖子的手,不仅造成了"五多"屡禁不绝,而且未必真正起到了学习效果。听力再好,也好不过传感器;记忆再强,也强不过存储器;人脑再快,也快不过处理器。科技领域每一次重大进步,军事领域总会衍生出相应的新型作战力量。这些年反复提科技强军,但我们留给战士学军事科技知识的时间并不多,这个观念要改一改了。

伍晓刚觉得合成一营的做法不错,应该提倡,还想着回头旅里规范一下,多搞一些经常性随机教育。用固定形式规范非固定形式的内容,势必会陷入形式主义。海明军也来了个简单粗暴:"你们还是别规范了,军事科技倒是可以多学点,教育越规范,越强调,越容易教条。营里这些自主教育就很好,给大家讲一个小故事,分享一段视频,可能更让人印象深刻。"

众人笑着走了出去。

体能训练时间到了,战士们按计划进行单杠、蛇形跑、3000米跑等体能测试。在海明军的印象中,组织这样的考核需要给考官准备桌椅,桌子上摆上矿泉水,给考官发计时器,给考生发号码布等,当年别人考核他、他考核别人都是这样。在合成一营体能考核现场,海明军却没有见到一名考官。中将问道:"你们的考官呢?"

"首长,我们这次考核不需要考官,采用的是电子考官。"杨吃狼边说边带领大家到了室内"智慧训练场"。

大家通过虹膜识别自动校验身份。与传统的人脸、指纹识别有些不同,这种基于眼睛中虹膜的识别技术,比目前指纹和声纹更加进步,可以准确把双胞胎区别出来。

海明军对自动虹膜识别有所了解,只是没想到会用在这儿,这说明合成一营细节做得很到位,现在部队有不少双胞胎,总是要区分开嘛!

人员识别身份后,现场领取了电子手环,年龄、身高、体重、部职别等个人信息一目了然。稍作准备后,杨松等人开始了自主考核。

500多平方米的训练场热闹非凡,不少战士在训练、考核,王春雨随机当起了现场解说员,讲话抑扬顿挫,又那么富有节奏感:"有了这套系统,组训人员只需在智慧平台录入参训人员的基本信息,智能化系统就能完成体能档案全方位分析,训练、考核全过程采集,课目、成绩全要素呈现等数据处理。"

见几名战士正在一手抓着一条粗绳子用力甩,海明军停了下来,他知道这是在进行战绳训练,通过训练可以增加臂力、握力、身体协调性等。王春雨解说时不忘推广公司的产品:"智慧手环的功能除了定位,还开启了智慧系统的联通模式,在进行跑步机、动感单车、战绳训练时也会将相关数据同步上传,相当于给部队训练配备了私人管家。"她还大着胆子邀请中将体验一把。

没想到海明军竟然答应了,他舒展了一下筋骨,选择了战绳和其他几项练习,就当是锻炼身体了,不大一会儿,就大汗淋漓,着实体验了一把科技带来的便捷。王春雨顺势递过来湿纸巾,中将接过来擦了擦汗,感叹身体大不如从前了,以后多来锻炼。她做了一个欢迎的手势:"大门随时为首长敞开。"

中将还以感谢。

这时,杨松将考核结果即时打印出来拿给中将看,上面清晰地记录着完成的课目、扣分的不规范动作、注意事项等,考核结果显示杨松的整体成绩为优秀。

"智慧训练系统能根据考生的成绩,为每位考生制定一对一的个性化训练方案。"王春雨用纤细玉手指着考核成绩。

海明军接过成绩单看了看说:"小伙子的成绩不错。"

杨松如实报告说:"报告首长,今天有点紧张了,综合成绩比上次测试少了5分,下次争取加倍拿回来。"

"有股子志气。"训练的根须是苦的,而成绩的果实是甜的,海明军欣赏杨松身上这种不服输的劲头。中将提议并带头鼓掌:"来,我们给自己鼓鼓掌,平时的训练成绩常鸣常惊人,战场上才能常打常胜利。"

看王春雨鼓掌甚欢,像是传递着丝丝话语,掌声渐停后,海明军问:"这样的考核成绩准确度多少?"

王春雨回答说:"智慧训练场通过摄像头和智能芯片,将考核动作简化成以人体骨骼为点连起来的线,以此判断动作是否标准,精度达99.9%以上。"

"你真的这么有把握?"

王春雨坦言进行过上万次的测试,差错率不到千分之一。智慧训练场不仅是训练考核的好帮手,还是贴心的私人医生。以前掐秒表,现在掐脉搏,她随机招呼一名战士,指着他戴的手环说:"通过佩戴的手环,系统能够实时采集心率、血压等生命体征,在数据出现异常时及时提醒,极大地降低训练损伤率。"

海明军见过类似的智慧训练场,有比这更大更完善的,通过王春雨的讲解,他还是感受到了科技的力量,颇有感触地说:"以前看过很多部队的体能训练,不是武装5公里越野,就是泥潭摔跤举圆木,殊不知现代化的人民军队,也在借助科技的力量引领当下训练的潮流。"他又转而问胡勇智,"这样的训练场地怎么就一营有,其他单位呢?"

胡勇智正纳闷呢,上次杨吃狼报告说建什么智慧训练场,他不是没批准吗?怎么建的?钱从哪里来的?因为压根没当回事,所以这件事他很快就抛到九霄云外了。正不知如何回答,伍晓刚接话说:"首长,我们先在一营进行试点,如果试点效果好了,再在全旅推广。"原来,杨吃狼在胡勇智那碰壁后,就和王春雨一起找到了伍晓刚,正好营里有个废弃的仓库,伍晓刚觉得这是好事,当即拍板"可以先行试点"。

"还试点什么呀?不少部队早就投入使用了,我们这都差十万八千里了,好的经验要拿过来就能用。我们的行动是唯一能够反映出我们精神面貌的镜子。"海明军要求旅里快速拿出个建设方案。

王春雨趁势递交上一个方案:"首长,方案我和杨营长都拟好了,只要旅里同意,选好场地就行,建设经费我们科研所出了。"

海明军微微一笑道:"你看看,这送上门的好事,还有什么好说的?赶紧落实吧。"

两位旅主官对天上掉馅饼的事欣然同意,当即通知作战、后勤部门拿出一个切实可行的方案。

"还选什么啊?原坦克营老车库那么大一块地方,不是现成的吗?室内室外的都可以建。"海明军这些天一直琢磨着那块宝地如何开发呢,这次正好利用上。

"看这什么事,首长都给我们想好了。"要不是有过"错在多余喝彩"的先例,胡勇智差点喊出"首长英明"了,他和伍晓刚相视一笑,这就算是通过了。

"这些建设中,从'人因工程'出发进行人性化设计,训练效率会更高。"王春雨已经谋划未来建设了,且思考得更深更远更人性化。高新技术飞速发展,给军队战斗力建设带来全新机遇与挑战。谁抓住了机遇,谁就能抢占未来战争制高点;谁错过了窗口,谁就可能被远远甩在后面。

人因工程学是一门新兴的交叉科学,涉及生理学、心理学、工程学、系统科学、管理学等诸多学科,其应用领域十分广泛。王春雨饶有兴趣地介绍道:"人因工程技术,简单地说就是打通人与武器的交流障碍。"

在人和武器的交互关系中,是人适应武器还是武器适应人?前苏联设计人员认为,实现关键性能,比人的舒适程度重要得多,这一理念导致其武器装备有许多不合理的设计。中东战争中,明明米格-21战机的性能比幻影-2000好,可飞行员一句"没空调不愿开",道出了人机功效差对实际效果的影响。

王春雨这么一解释,大家伙就明白了,就是武器设计更加人性化些。这些在生活中也比较常见,诸如高速公路上路标指示牌使用反光油漆,方便为司机夜间行驶提供指示;快餐店洗手间设置低矮的水池,方便儿童使用;手机设有响铃、振动、静音模式,避免来电铃声影响他人工作和休息等。

杨吃狼想想是这么个道理,只有实现人与装备的最佳结合,才能在未来战场一招制敌、一剑封喉。他顺口道:"我还想着在坦克上安装空调呢,夏季有时候真是太热了。"他视坦克为生命,明白就坦克那丁点儿大的空间,还不够装武器弹药的呢,但夏季那一身臭汗一身泥的滋味确实不好受。

王春雨笑道:"还装空调呢,恐怕以后你要失业喽,现在坦克都实现了无人驾驶。"

"听说过无人汽车、无人机,什么时候有无人坦克了?"杨吃狼满眼问号,一惊一乍的,成功吸引了众人的注意力。

见多识广的海明军也有点糊涂了。虽说随着人工智能、大数据、云计算等前沿技术的成熟完善,战士可以通过表情、眼神、大脑等操控武器,就像高位截瘫的科学家霍金所坐的轮椅,就是用其大脑直接控制,人类目前已采用脑后插管的方式实现脑机接口,但真没听说过坦克无人驾驶,中将纳闷:"还有这回事?"

王春雨和杨吃狼唱双簧等的就是中将这句话,她说:"那就请首长移驾野外训练场,观看一场无人坦克实弹射击表演。"这让大家的好奇心迅速膨胀起来,燃起了对未知事物的强烈兴趣,连连催促,而杨吃狼已先行一步。

一场大雨过后,天空好像被水洗过一样,瓦蓝瓦蓝的。以往经常被尘土笼罩的装甲综合训练场,也褪去灰色面纱,展露出冷峻清新的素颜。凹凸不平的道路交错列阵,就像发怒时一条条暴起的青筋;一处长300多米、20多度的山坡,就像高挺的鼻梁,不可一世。

海明军下车后,向远处望了望,淡淡道:"天气不错嘛!"见杨吃狼等几名坦克乘员快速登车,中将眉头一蹙道,"你不是说无人坦克射击吗?杨吃狼怎么上车了?"

王春雨笑了笑,断断续续地说:"这不是怕……首长……你……不来吗?"

"你这鬼丫头,别吞吞吐吐了。把我们诓到这里来,肯定有你的道理。来都来了,就听你安排吧。"海明军不相信王春雨敢欺骗首长,烽火戏诸侯乃军中大忌。让人感到奇怪的是,偌大的射击场竟然不见一个保障兵。

在人们的印象中,坦克实弹射击少不了保障人员,从靶位设置到通信保障,从炸点标定到成绩汇总,哪儿都离不开人。如果是建制连队战斗射击,光靶区至少就要好几名保障兵。而这一次,保障人员都去哪儿了?

靠人保障已经成为过去时了!合成一营把信息化手段引入训练实践,通过在装甲车辆和实体靶标上加装传感器,综合运用遥感定位、射频传感、数字通信、远程遥控等技术,基本实现了保障智能化、靶区无人化。

转瞬间,一辆坦克快速驶向射击阵地,像极了一个即将冲进角斗场的猛士。杨吃狼果断下达射击指令:"穿甲弹,右前方,敌坦克,3000,歼灭!"只见坦克在行进间微微掉转炮口,轰的一声,远处一个靶标应声开花。这时,海明军身边一台电子设备响起嘀嗒嘀嗒的提示音,屏幕上一个亮点不停闪烁。

"首长请看,这就是我们的自动评判系统,坦克完成射击的同时,指挥所指挥信息终端和坦克车载信息终端能同步收到射击数据,不仅可以实时评判成绩,坦克乘员还可据此对瞄准点进行修正。"王春雨指着电子设备屏幕,一脸的笑容,像是做错了事的孩子,"首长,我们也不是完全骗您,虽说不是无人驾驶坦克,但实现了打靶无人化保障。"

海明军自然不会计较这些小节,笑了笑,示意他们继续展示。以往坦克完成一次5个靶位的战斗射击,至少需要10余名保障兵携带工具深入靶区设靶,一趟下来少说也要10多分钟,不仅耗费人力和时间,还存在较大安全风险。现在,实现靶区保障无人化、报靶录入自动化、察打修正一体化,训练效果自然大大提升。

"目标不变,实施打击!"坦克车组根据车载终端显示的弹着偏差,迅速修正射击诸元后再次开火。一声巨响过后,自动评判系统显示成绩为优秀。王春雨神秘地向中将透露:"这样还可以避免人工检靶时的人情分,降低差错率,使官兵的训练成绩更加客观准确。首长,要不你来试试?"

海明军笑问:"我这不违规吧?"新中国成立伊始,百废待兴,当时生产一发炮弹的费用相当于一位农民一年的生活开支。对炮手来讲,发射出的每1发炮弹都要"稳、准、狠"。志愿军部队为此提出了"三百方针",即一个人,一百天,用一百发炮弹,歼灭一百个敌人。这些海明军刻骨铭心,对数年前占用战士宝贵的训练弹打靶曾被杨松善意提醒过,也记忆犹新,还是先问明白的好。

心直口快的王春雨轻扬眉眼道:"首长,我们这套系统本就是检验训练成果,由首长亲自做示范,岂不更有说服力?"

胡勇智上前伸手欲阻拦,海明军摆摆手,自信地一笑:"既然来了,就给大家当回试验射手吧。"说罢,他从容地登上坦克,戴好坦克帽,车辆发动后,搜索目标、瞄准、击发,轰轰轰打了4发炮弹,几乎全部穿靶心而过。

"首长,打得真准、真稳。"海明军下车后,胡勇智带头鼓掌、竖大拇指,众人跟着鼓掌。胡勇智又见中将衣服上蹭了不少灰,连忙上前去拍,被中将推开,说:"有点灰怕什么?装甲兵训练一身汗一身油一身灰正常嘛!"

海湾战争结束时,美伊双方指挥官在一个帐篷里签署停火协议。美军指挥官满身征尘且眼睛浮肿,神情疲惫;伊军指挥官则军装笔挺,一尘不染,精神矍铄,容光焕发。胜利者像投降者,投降者倒像胜利者。海明军当时看后实在不解,似乎这样的结局早就注定了。

海明军拍拍手说:"以机器换人力,用智能增效能。这样,我们就能把长年担负保障任务的官兵解脱出来,让大家有更多的时间和精力抓自身训练。"

王春雨见火候已到,趁机鼓着劲儿道:"我们这可不止能在坦克上使用,在其他火器上也可以使用。"她觉得抓信息化建设,仅靠她和杨吃狼推动,无异于蚂蚁推大象,能寻求中将的支持,方能如秋风扫落叶般扫除一切障碍。

中将确实很给力,当即表态:"使用范围越广越好,我们照单全收。"

没有比心更远的地方,没有比奔跑更美丽的身影,想着强军兴军大业,海明军像是每一个毛孔都感悟到科技的力量,抑制不住内心的兴奋说:"我们要有等不起的紧迫感、慢不得的危机感、坐不住的责任感,抢抓机遇,努力奔跑,以全新思维摆脱传统训练模式的桎梏,以全新手段提升练兵备战的效率,为战斗力建设革故鼎新、减负增效。"

张凌天等人点点头,实际上已经筹划酝酿先行在红旗旅全面推广了。

王春阳得知井井生病,请假后飞奔回家了。

出院后,井井就被张燕燕接回了家。

在张燕燕和宣宣的精心照料下,井井很快恢复了健康,脸上也渐渐有了笑容,尤其和宣宣相处得异常和谐，一口一个"姐姐"叫得脆甜，让这个家庭多了不少欢乐。张燕燕很快为井井办理了领养手续，也在宣宣就读的小学给井井报了名，这样她就可以一起接送了。只是，井井依旧喊她"阿姨"，张燕燕也不介意，一切由着孩子。

考虑到农村空气好，院子大，还可以让孩子接触一下农活、农作物，张燕燕正好利用暑假，带着俩娃回老家住上一段时间。

张燕燕只在电话里说井井得了一种怪病，王春阳实在猜不出家里究竟发生了什么，想得最多最坏的结果就是井井躺在病床上不能说话、不能动弹、不认识人的场景，做好了承受巨大打击的心理准备。回到家，眼前的景象还是让他大吃一惊：井井双脚浸泡在放满冰块的水里。

王春阳连忙拿开井井的双脚说："天气再热，也不能这么泡啊！"

井井却用稚嫩的手推开王春阳，用惊恐又带有乞求的语气说："叔叔，让我再泡一会儿好吗？我好热，太烫了。"

王春阳松开井井的脚，心疼地问："咋回事？"

张燕燕讲述了井井的发病经过：一天晚上，宣宣给井井打好洗脚水，井井却莫名地一直说"烫"。最后，宣宣都换成了凉水，井井却还是喊"烫"。

张燕燕赶紧把井井送到村卫生院，乡村医生根本查不出病因，又连夜送到河阳县第一人民医院，在医院住了3天，依旧没有查出病因。张燕燕只好先带井井回来，可井井的病似乎越发严重，顿时感觉自己就像被火烧一般，难以忍受。

正在张燕燕一筹莫展之际，宣宣递给妹妹一个冰冻的脆脆冰，井井也不吃，而是把脆脆冰直接放在了脚上，顿时感觉疼痛好多了。张燕燕受此启发，干脆把冰箱的冷冻室清空，全部放上水冻成冰块，用于给井井降温。

又过了几天，井井的病症非但没有好转，反而一天天地加重，每次发病的时候，双手双脚就会变得红彤彤的，就像是被开水烫伤一般，而此时的井井最为煎熬。

刚刚失去母亲，如今又得了这样的怪病，这对于一个花一般年纪的女孩来说，着实有点残酷。张燕燕几次抹泪，她知道王春阳在演习，犹豫了好久好久，思想斗争了千遍万遍，才尝试着给王春阳打了电话。张燕燕说："这娃实在太坚强了，有时疼得实在受不了，拿头不停地往墙上撞。"

王春阳看到井井头上有明显撞过的淤青，心疼地一把搂过她。井井如同陷入火焰一般，一股灼伤感瞬间涌上全身，她本能地抗拒了。

张燕燕大声说："千万别碰她！"

看到如此痛苦的井井，王春阳只怪自己回来晚了，他立即拨通能联系上的所有医疗专家的电话，一个个咨询……

海明军又马不停蹄地去了合成四营和其他基层单位，这是他离任红旗旅的旅长后，第一次转遍了红旗旅的角角落落，中将异常喜欢身上多些与官兵零距离接触沾染上的泥土芳香。

中将觉得这泥土芳香里饱含的浓浓真情，让他懂得心存感恩、胸怀大爱；这泥土芳香里浸润的辛勤汗水，让他懂得脚踏实地、拼搏奉献；这泥土芳香里凝练的朴素智慧，让他懂得俯下身子虚心学习，丰富了头脑和心灵。每次扎根在基层泥土中，他都能体味不一样的人生，收获不一样的成长。

中将对此次发现的问题丝毫没有避讳，感触最深的是管理，尤其是训练指导思想上比较混乱，很多是各吹各的号，各唱各的调，便提议旅里可以组织一次集训，统一训练思想，互补有无。

胡勇智和伍晓刚这几天也在琢磨这事，没想到中将先提出来了，便顺理成章地落实了。

通知很快下发，要求营连军事主官和营部一名干部参谋参加，进行为期一周的强化训练。

杨吃狼让杨松和各连的连长一起参加集训，名单报到旅里，少校参谋肖述泉一看，打电话质问杨吃狼："通知上不是明确了吗？要求干部参加，你们怎么报了一名战士？"

"战士怎么了？杨松是我们营的首席参谋。"旅里刚下发过通知，要求提高士官人才的人岗匹配度，说到底就是让专业的人干专业的事。撇开老班长这层关系不说，杨吃狼觉得杨松人才难得，参加培训理所当然。

肖述泉毫不客气道："那也不行。"

杨吃狼以退为进，大声道："不行，我们就不报了，我也不去了。"

"不报可以，你们报个请示，我找领导签字，领导批准了就行。"肖述泉这是又把皮球踢给了杨吃狼，这只"狼"却压根不接，直接回道："没那闲工夫。"

肖述泉本想发火，转念一想，不可！于公，他在演练会场保障，听首长多次提过杨松，素质绝对杠杠的，怕是自叹不如；于私，他也听闻演练中要选拔出参谋长，万一杨吃狼真的上位了，自己还有好果子吃吗？他喜欢较真，可人不傻，立马换了副腔调说："营长，我请示一下首长吧。"他挂了电话出去，正好碰到伍晓刚，就把情况简要一说。

政委引他到办公室详细说说,听了肖述泉的一番描述,伍晓刚喝了一口水说:"士官参谋参加这是好事啊,旅里就需要多方面培养人才。"

部队的基础在基层,基层的基础在士兵,士兵的中坚在士官。欲发挥其作用,必先赋予其地位,这是普遍规律。红旗旅曾按照改革精神,在旅副参谋长办公室对面设立了一个士官长办公室,尽管坐进去了一位三级军士长,排名在副参谋长之后,可作用发挥不明显,那名老兵退伍后,办公室就一直空着呢。

伍晓刚向上指了指说:"楼上那个空房间,你觉得谁去合适呢?"

肖述泉心头惊雷滚滚:政委这是赤裸裸地为杨松站台啊!

且不说一时想不出个合适人员来,即便有合适的人选,肖述泉此刻也不会断然推荐他人,他随即跟上政委的轨道说:"杨松参谋我了解,士官长人选他最合适。"

"杨松是不错,可未必能胜任士官长一职。"伍晓刚认真关注过他,想象着这个小伙子的样子和种种表现,沉稳中透着锐气,但太过仁慈,管理上狠不下心来。士官长不同于一般的班长,仅仅个人业务能力强还是不够的,要具备超强的指挥管理能力才行。

伍晓刚向来重用"三类人":脚上沾泥的、真材实料的和久经沙场的,真正让吃苦的吃香、优秀的优先、有为的有位、能干的能上,杨松在这几个方面上都是佼佼者。可一会儿说杨松好,一会儿又说不能胜任,不知政委唱的哪一出,一下子给肖述泉整蒙圈了,站在那里不再表态。

伍晓刚说:"人才用起来才有战斗力,用活了才有创造力,正因为杨松有短板,所以我们更要烧旺淬炼人才的熔炉,培养、使用双管齐下。"

说来说去,政委还是想让杨松参加集训,说不准早就搭好了轻便的梯子。肖述泉心里这样想,嘴上却不识趣地说:"可通知都发了啊。"

"通知发了,就不能改了吗?"伍晓刚当初临时在外出差,出于保密需要,肖述泉电话汇报这事时也没说得太清楚,而且这事又是旅长签发的,他就没多说什么,现在有人提出了异议,就想着纠正过来。

肖述泉随口道:"那是会上研究过的,要修改通知,需要重新开会研究。"

伍晓刚隐约觉得胸口一团火,喝口水浇浇火,说:"开会重新研究?有这个必要吗?"稍微有点常识的人都明白,这又不是什么原则性问题,按照领导的意思办理就行了。

肖述泉这是较真得有点迂腐了,可他就是这么轴:"政委,我打听过了,合成一营几名干部都想参加集训,可他们偏偏报了杨松班长,这是没拿旅里通知当回事。"

本来是自己通知不合理,却还要给人扣帽子,要换成胡勇智处理这事,一句"废什么话,滚回去落实",肖述泉也能乖乖就范。可伍晓刚不愿用权威压人,他感觉肖述泉敢于较真也未必是坏事,比如纠治训练中的不实之风,查处基层的微腐败等,全旅风气海晏河清离不开肖述泉的严格监督,要循循善诱保护他这种积极性,这也是他吸收小肖为旅纪委成员的主要原因。

伍晓刚拿起桌子上刚刚签发的一份通知说:"我们通知让专业的人干专业的事,不是光下发一份通知了事。据我了解,像杨松这样的士官,素质比一般干部都高,那我们就要给予充分信任和大胆使用,让他们唱主角、挑大梁,做到人岗相适、人尽其才,这样才能让千里马竞相奔腾。"

无论器皿什物,置不得所,辄被破坏。人才使用也是这样,开发越深入,人才资源的利用率就越高;配置越精准,就越能把潜在资源变为现实优势。伍晓刚延伸到整个部队人才的使用,而这正是他这个政委的分内之事。他笑呵呵地道:"你让诸葛亮舞弄青龙偃月刀,恐怕难以挥动;让张飞摇着羽扇运筹帷幄,眼睛瞪得再大也无济于事。"

肖述泉想了想自己刚进机关时,领导让管过三个月的招待,但自己怎么也干不明白,每天急得直挠头,还是政委给自己调整到了训练方面,这才有了崭露头角的机会。他心想要是等政委回来再发通知就好了,也怪自己没把通知和政委汇报明白。

伍晓刚特意将一篇文章拿给肖述泉看,上面勾画了一段话:信息化条件下,远程精确打击代替了过去的地面集群作战,指挥形式由"树状"变为"扁平",统帅机关可以直接将命令下达到各个作战单元。很多时候,战场上唱主角的可能是一个排甚至一个班。有军事专家形象地指出,第二次世界大战是"师长的战争",现代战争是"营长的战争",未来则是以士官为主的"班长的战争"。

未来是不是"班长的战争",那一天什么时候到来,肖述泉倒是认真考虑过,甚至一度想过自己带着几个人像"红海行动"那样解救人质,建功立业,但这似乎终究太过虚幻,扎扎实实训练才是正理。

实事求是地讲,旅里的大多数士官班长,距离打赢班长还有不小的差距。伍晓刚又把目光聚焦到杨松这个名字上。每个人都不是天生完美的,所以更要快马加鞭地培训,扬长避短:"我们不仅要让听得见炮声的人呼唤炮火,而且要让看得见敌人的人指挥战争,首先要培养他们具备多谋善断的能力,能准确分析战场态势,知道怎么打、如何打。缺少了这些素养,就难以成为战争的胜者。"

考虑到干部的流动性更强,不等肖述泉接话,伍晓刚又接连打出了情感牌:"在这个旅,说好听点,我们军官像是客人,士官才是主人;说难听点,我们更像候鸟,士官才是留鸟。杨松在这个旅待了 20 多年,你我才来多久?全旅能找到一个在这待 20 多年的干部吗?"话一脱口,伍晓刚就觉得言过其实了,事情也没这么绝对,胡勇智就一直待在旅里,立马纠正道,"想必只有旅长一个人吧?恐怕以后也很难出现了。"

伍晓刚说这些仅仅是为了一个通知吗?他把一个人的修养刻印于做人做事的细节上,彰显于具体而微的点滴,居高不自恃,才高不自负,位尊不自矜,以理服人、以文化人,如陶行知先生所言,"你的教鞭下有瓦特,你的冷眼里有牛顿,你的讥笑里有爱迪生"。

肖述泉确实受益匪浅,感觉政委说得句句在理。没有了刚才的权威顺从,而是发自内心地赞同说:"政委,我懂了,立马改正。"

通知是旅长签发的,伍晓刚避免让肖述泉为难,主动和旅长沟通了一下。这么芝麻大点的事,胡勇智根本不记得通知上有这一条了,只要各主战营军事主官到齐就行了。深受政委一番教诲后,肖述泉似乎明白了一点点说不上来的道理。临走前,伍晓刚送他一本《党委工作方法》,或许,他从中能寻悟点什么。

培训班如期进行,胡勇智亲自动员部署,在上午的开班仪式上,他拿起准备好的稿子念了起来:"新使命、新要求、新定位,呼唤指挥员的思维转型和能力升级……"

胡勇智停顿了一会儿,仔细盯着稿子看了看,似乎觉得哪里不妥,却又说不上来,喝了一口水,还是读了起来:"我们要立起外军通、战法通、电磁通等'十通'新标准,突出作战理论、文书拟制、识图用图、一体化指挥平台运用等内容,通过上好启蒙课、传授敲门砖,夯实大家的技能基础;要向着上知天文、下知地理的战场指挥员目标迈进。"

之后,胡勇智渐入佳境,说起来口若悬河,一套一套的:"朝受命夕饮冰,昼无为夜难寐,理应是我们这一代军人的常态;状态满弓、激情满格,理应是我们这一代军人的追求;杖策只因图雪耻,横戈原不为封侯,理应是我们这一代军人的境界……"

这些对仗工整的四六句,看似有文采,细品也算贴切,实际上都是正确的废话,而胡勇智就喜欢这样做,深陷其中,还乐此不疲。杨吃狼实在听不下去,神仙梦都做了两三个,看看时间40多分钟过去了,小学生一堂课都结束了,胡旅长讲话仍旧没有结束的迹象,小声嘀咕:"就这一周时间,哪有那么多道道?还不如来点硬货。"

眼尖耳聪的胡勇智当即把杨吃狼点了出来:"我在上面开大会,你在下面开小会,捣鼓什么呢?"杨吃狼腾地站了起来说:"报告旅长,未来战场,突出特点是信息主导、体系破击、联合制胜,建议提升一下大家的指挥谋略和战术素养。"

虽是建议,但在胡勇智看来无异于当众发难,发难旅长自然没有好果子吃。

会场内一片死寂,噤若寒蝉,停顿了许久,胡勇智将稿子扔到一边,话锋一转:"接下来的一周,将是地狱般的一周!"刚才念那稿子,他就想着有点不对劲,杨吃狼这么一挑衅,他决定按照特种部队的要求开展魔鬼训练。

最近陪海明军转了这么久,耳濡目染受熏陶,耳提面命受教诲,胡勇智对实战化训练有了更深刻的理解:没有严酷的训练,一切都是白搭。军事训练只有更狠,没有最狠。他产生了一种错觉:似乎指挥员越会整人,越能服人;整得越狠,威望越高。

胡勇智拿起培训计划,要求组会人员重新修订训练内容,一脸严肃地说:"杨营长说得很对,咱就来点实际的,先来个10公里武装奔袭,这可是战术素养的基础。"

下发的培训计划原本是3公里轻装跑,胡旅长这么一定调,大家谁也不敢吭声,散会后简单准备了一下就开跑了,之后又爬了战术,一番折腾下来,大家猫着腰气喘吁吁。胡勇智见状,讥讽道:"上甘岭战役打得那么残酷,志愿军都没有后退一步,你们这点苦就受不住了?"这是哪跟哪?八竿子也打不着啊。

"现在伙食这么好,有吃有穿的,不比上甘岭上忍饥挨饿,大家都没吃饭吗?一点战斗精神都没有,钢多了怎么气还少了?"不知胡勇智今天怎么想的,什么都能与上甘岭扯上关系,好像他参加过一样,说得那么顺口与坦然。正在做俯卧撑的杨吃狼忍无可忍地脱口道:"上甘岭,上甘岭,中国人压力这么大,活着就是征服了上甘岭。"

"你这不是生活得好好的吗?羊都不吃草了,非要吃肉,我看你就会动动嘴皮子,来点硬货又吃不消了。"胡勇智眼瞅着趴在地上的杨吃狼,振振有词道,"实战化训练,顾名思义,要从难从严,是一个磨炼筋骨皮的过程,来不得半点虚假。"

"实战化并不是简单地爬一身土、出一身汗,把信息化装备练精,做到战时迅即能动、能通、能保也是实战化。"杨吃狼大喘着气,汗水不停地顺着早就湿透的衣服流,极力解释说,"信息化条件下的军事训练是协同,这无异于沙场联姻,急需珠联璧合,谁还拼体力?"

"别整些文绉绉的,体能是基础,要不然还年年考核干什么?"胡勇智喜欢卖弄文采,却不许别人在他面前如法炮制,他越说越激动,越说越含沙射影,"部队有一个诸葛亮就够了,多一个庞统就容易乱套,都像孙膑那样坐在轮椅上指挥,谁去冲锋陷阵?!谁去堵枪眼?!谁去炸碉堡?!"

杨吃狼明白,胡旅长的画外音是让他不要当指手画脚的师爷,当好冲锋的小卒就行。他早饭就没吃多少,又这么大的训练量,消耗这么大,肚子早就咕咕叫了。当真诚成了一种伤害,他选择闭口藏舌,以沉默敷衍,不然胡勇智又长江流水滔滔不绝。

杨吃狼这一招不仅没有奏效,反而让胡旅长变本加厉起来,大声道:"大家别想着中午回去啊,午饭就在阵地上吃了,我会让炊事班的人送过来。"

杨吃狼一听,站起来跨立大声道:"报告旅长,午饭时间到了,可不可以先吃饭?"

胡勇智却一改常态,走近前拍了拍他的肩膀,笑嘻嘻道:"杨营长,知道你饿了,别急,饭菜一会儿送到。"再次领教胡旅长这样的温柔以待,杨吃狼顿觉脊背发凉,毛骨悚然。但旅长安排得也没错,强化训练就需要连贯作业。

又煎熬了约摸10分钟,果然有炊事班来人送饭,打头阵的却是一条大黄狗。别人不明其தc,白阿毛倒吸一口冷气。三营长隐约中猜透了旅长带这条狗的用意。集训前,胡旅长向他打听过在"猎人学校"集训的情况。

白阿毛前年曾在举世闻名的委内瑞拉"猎人学校"集训1个月,让他印象最深的是,学校有个规矩:教员第一,保障人员第二,狗第三,学员第四。受训学员没有姓名,没有国籍,只有编号。受罚者往往要抱着一条脏兮兮的病狗——不论干什么,包括睡觉都得把狗抱着,狗不得落地;吃饭时,要让狗先吃,狗吃完了,学员才能吃。

炊事班人员将饭盆放在了地上,每个人一小块牛肉和一丁点儿青菜,主食是一个粗黑馒头,汤是一瓶浑浊的河水。大家也顾不上卫生了,排着不太整齐的队伍领取简易得不能再简易的泡沫饭盒打饭。杨吃狼无意和大家争抢,那样太有失身份,所以他最后一个领取。他撕下点馒头刚想往嘴里塞,突然听胡勇智大喊:"所有人员听口令,将饭菜放在地上,站在原地不要动。"

众人以为饭菜被人投了毒似的,警惕地将饭盒放在跟前,面面相觑,一声不吭。"在这里,我们要让老朋友先吃。"说着,胡勇智让人把狗牵过来,自由觅食。

大黄狗似乎有意辱人,专挑牛肉吃,吃完杨吃狼的,还伸出长舌头,将青菜和馒头舔一舔,然后深情地望了望他,似乎在表达仁慈:嗨,伙计,还给你留点,不错吧。

等大黄狗吃饱离开了,胡勇智才命令大家将残羹剩饭全部吃掉。除了白阿毛,无人动手。拿起饭盒,望着被狗舔过的青菜和馒头,杨吃狼一阵恶心,不停地呕吐起来。

胡勇智走过来说:"不想吃,就别吃,这是你们今天全部的口粮。"

杨吃狼青筋凸起,径直走到旁边的泔水桶,将饭菜一股脑儿倒了进去,几名队员见状也跟着倒了进去,以示抗议。

大家静等着暴风雨的来临。胡勇智确实很生气,指着泔水桶咆哮着:"怎么,想造反吗?有的吃就不错了,上甘岭战役能吃到这吗?听过一个苹果的故事吗?还挑挑拣拣的,今天必须把这吃完。"

"要吃你吃,那是人吃的吗?"站在伴有恶臭气味的泔水桶旁,又和上甘岭比,杨吃狼被激将得舍得一身剐,敢把皇帝拉下马了。

真不知胡勇智今天哪根筋搭错了,二话没说,伸手从泔水桶里捞出一把菜叶塞进嘴里,艰难吞咽后说:"今天我和大家一样,就吃这个了。"

要是硬碰硬,杨吃狼是一千个一万个不服气,哪怕是脱下军装、关禁闭,或是被暴揍一顿,他也会和旅长对抗到底。但看到胡勇智带头吃,他瞬间偃旗息鼓了,甚至觉得胡旅长有点可爱和具有人格魅力了,不由自主地真切地想到了爬冰卧雪的志愿军战士,自觉和大家一起加入了吃剩饭的行列。

短短几分钟,地上,包括泔水桶里的饭菜被一扫而光。

训练依旧高强度,一直到凌晨,大家才筋疲力尽、饥肠辘辘地返回宿舍。胡勇智为了镇住这群"烈马",也真是拼了,全程全时跟训,以防离开后个别人"大闹天宫"。

胡勇智原以为训练结束后,早已累趴下的队员们会安分守己。

队员们原以为训练结束后,会有可口饭菜弥补这一天的屈辱。

顾不上卸掉身上装备,杨吃狼便带着一群"孙猴子"冲向食堂,火急火燎四处找吃食。

胡勇智还是多备了一手,早早让炊事班把所有菜和干粮都藏了起来。

杨吃狼毫无收获,越发觉得饥饿难耐,似乎比关禁闭那会儿还饿。他踹开存放主粮的库房,拎出一袋米,倒进锅里添上水煮了起来。即便煮不成米饭,煮粥总是可以的吧?

闻讯而来的胡勇智连连呵斥:"无法无天!胆大包天!无组织无纪律!"

白阿毛见状上前边劝边夺杨吃狼手中的饭勺,被杨吃狼一把甩开,扬了扬手中的饭勺道:"即便明天上断头台,今天也要做个饱死鬼。"

胡勇智大喊道:"警卫连的卫兵呢?把杨吃狼带到禁闭室去!"

牛起义、杨松和几名官兵却挡在了杨吃狼前面,牛起义道:"旅长,我们太饿了,让我们吃点吧。"

胡勇智早有耳闻杨、牛两位营长冰炭不投,如今却为一碗粥站在了同一战壕里,这完全不是君子不念旧恶,分明是达成了一种攻守联盟,集体挑战旅长的权威。他更加气急败坏,强令卫兵带走杨吃狼。

四名卫兵上前,和参训队员推搡在一起,场面乱作一团,一度失控。

"住手!"正当场面不可收拾时,身后传来伍晓刚政委那浑厚的声音,他去集团军开会,星夜赶了回来。

"旅长,消消气,这事我来处理。"伍晓刚安抚了一下胡勇智,目光又转向杨吃狼,笑着说,"杨营长,怎么能让你在这煮饭呢?专业人干专业事才对,胡旅长知道大家训练辛苦,早早准备好了可口饭菜,大家请跟我到大厅就餐。"

大家半信半疑地跟着伍晓刚来到隔壁的就餐大厅,像变戏法似的,真有六大桌丰盛的饭菜。

胡勇智也像置身梦境中,刚刚从这路过时,桌子上还一无所有呢,咋一下子弄出这么多饭菜来?正想问个究竟,伍晓刚拍拍他说:"胡旅长,赶紧吃吧,你也饿了不是?"

面对如此诱人的美食,胡勇智顾不上计较那么多了,气呼呼地坐下来便吃。伍晓刚招呼大家赶紧吃,众人站着、坐着,狼吞虎咽起来。

看大家吃得差不多了,伍晓刚又当即宣布:"我们今天训练了两天的内容,明天上午大家休息。"众人一片欢呼,刚才的剑拔弩张烟消云散。

众人吃饱喝足离开后,胡勇智问伍晓刚这是唱的哪一出。

"我这是在救你。"

胡勇智不解道:"救我?"

"胡旅长,我如果再晚来一会儿,估计会出大乱子。"接到杨松报告后,伍晓刚当即连夜赶回,并安排炊事班按照会餐标准准备了集训人员的饭菜。

当义务兵那会儿,因为想入党,要表现好点,胡勇智曾跳进野外粪坑淘大粪,满身的粪便、蛆虫,至今恶心如昨,眼前这点对他来说根本不算啥。

伍晓刚也是从那个年代过来的,他明白旅长的良苦用心。可如今年代不一样了,这些都是玩着网络、刷着视频,被父母捧在手心长大的孩子,哪能受得了这些苦?何况让他们精神上受辱呢?"猎人学校"的特种兵训练法,对他们来说不适用、不科学,那是针对特种群体的。就我国而言,被选中参训的,都是万里挑一的人才,无论是军事素质还是心理素质,都是超强的,何况背后还有祖国荣誉的强有力支撑。

"服从命令不是驯服和顺从,旅长,你想过没有?要是真把大家逼急了,都不愿意干了,我们还怎么指挥打仗?接下来的演练还咋进行?"伍晓刚说这话,不是没有根据的,他在战区工作时,就听说曾有个别单位集体闹转业,人因工程也包括人性化管理。

回想刚才杨、牛等人那吃人的表情,如果强行处置,真有可能出大事,不仅影响部队凝聚力、战斗力,而且自己的名誉也会扫地。胡勇智细思极恐,自己今天做得确实有点太心急了些,或者说是太极端了。

有一说一,伍晓刚不忘夸赞胡勇智率先垂范,与以前"道虽不远人,理却不加身"相比,旅长今天能带头吃剩饭,一直跟训,着实难能可贵,要不然局面恐怕早就失控了。

胡勇智释然了,笑称自己倒是想偷偷吃点,可众多耳目不给机会啊。

伍晓刚亦笑,问:"泔水的味道不太好吧?"

"想知道啥味,改天自己尝尝不就得了?"胡勇智难得的幽默,嘴角绽开灿烂的笑容,"我说味道好极了,你信吗?"两位大校都笑了笑,难得的和谐。

接下来的几天训练,基本上回归了正统,贯彻胡勇智"从严从难"思想是必须的,多是训练了一些基础体能技能,以及对一些课目进行了规范,也算是落实了中将的指示。

集训最后一天,胡勇智正参加战区的作战会议,没能出现在集训结业典礼上,已获悉演练预先号令的他,请伍晓刚破天荒地传递一句话:战场上见!

第九章　石梁河生死阻击战

能逃过眼前这劫比什么都强,哪怕是阎王帮他收拾了对面一众小妖,他都会拜上三拜。

战争总有结束之日,实战化训练却是数学中的射线,只有起点,没有终点,永远在奔跑的路上,永远在博弈下一场战争。这既是由战争规律决定的,战胜不复,正如人不可能同时踏入同一条河流,人也不可能同时踏入两场一模一样的战争;也是由军队的使命任务决定的,军人的腕表上没有和平刻度,只有打仗和准备打仗两种状态。

Z战区正式下达了第二阶段的演习命令:担负红军模拟任务的红旗旅奉命在玉皇顶、石梁河、马山以西地域组织防御,远在1500公里外的蓝军第801旅担任进攻一方。

没让红旗旅担任进攻部队,胡勇智表面上不服,多次和伍晓刚找海明军、张凌天争取任务,自然是被不留情面地拒绝。从军长办公室出来,胡旅长安慰有点失落的政委说:"看开点,天上只有一个月亮。"

伍晓刚扬起眉毛问:"什么意思?"

"争也没用啊。"胡旅长心里是乐于接受现实的,他潜意识里认为,守住地盘易于夺取地盘,防御战比进攻战好打多了,虽说战争进入了信息化时代,模糊了攻守概念,淡化了前后方界限,依靠坚固阵地防御还是最有效的办法之一。

对抗演练,既是"矛"与"盾"的博弈和比拼,也是"训"与"战"的设计和预演。矛是否锋利,要刺向盾牌后才能知晓;盾是否坚硬,也要经过矛击后才能得到检验。一场成功的演练,选好对手尤为重要。不知导演部出于何种考虑,相隔千里的两个旅组成了对抗双方。表面上看,他们似乎井水不犯河水,但军人使命又注定了他们会产生交集。

公开资料显示,合成第801旅素有"蛟龙旅"之美誉,原是中原大地第一支机械化步兵旅,军改之后由内地换防到某沿海后就销声匿迹了,其人员构成、装备配备、训法战法等都一无所知。

演习场上的对手,就是未来战场上敌人的影子。在信息化条件下,虽然战争形态、作战样式发生了变化,但"制敌必先知敌"的制胜之道并没有改变,熟知对手的昨天、看清对手的今天、预判对手的明天,都是作战双方孜孜以求想要达成的目标。

朱可夫在二战后期对德作战时很自信,为什么？朱可夫说:"我不知道德军将要行动的计划,但是根据对情况的分析,他们只能这样,而不会有别的做法。"一句"他们只能这样",说明朱可夫把德军打仗时能出的牌摸得太清了。

1948年,我军在碾庄包围黄百韬兵团后,蒋介石对邱清泉兵团下达了奋力驰援的死命令。刘伯承获悉后只派出少量部队抗击邱清泉东援,并笑着说:"他是不会真心东援的。"原因是东进要路过商丘,商丘就是"伤"邱嘛,出兵东进,于主帅不利！果然,邱清泉象征性地驰援后就按兵不动了。

如果不把对手研究透彻,犹如盲人摸象,施策毫无章法,能打仗、打胜仗无疑是一句空话。胡勇智深知此理,红旗旅当务之急就是要摸清801旅的情况,他号召动用一切关系搜集有关801旅的资料。还特别强调一句:要注意甄别信息的真伪。

杨吃狼动用了不少关系,收到的有用信息却少之又少。

王春雨将任务发回智通公司请求查找801旅相关信息。一个小时后,公司回复:合成第801旅,中国人民解放军第一支两栖合成旅,旅长郑晅阳、政委贺坚定,武器配备……近年来一直走"陆地是猛虎,入海是蛟龙"的路子。

王春雨察看了一下801旅装备情况,除了根据作战需要配备了一些海上装备,其他和红旗旅的基本配备一致。但公司特别提醒:可能有一个合成营刚刚装备了陆航直升机。王春雨把这些资料毫无保留地贡献出来,杨吃狼接过后参加旅里作战会议去了。

这次演练不比第一阶段,上次胡勇智主要是坐在台下的看客,即便真的出了问题,最多负个领导责任,这次需要他亲自上阵指挥,不得不打起十二分精神来。战区任务部署结束后,他立即召集机关和营连主官开会,围绕"打得赢"排兵布阵。

胡勇智初步计算了时间,按照行军速度,红旗旅到达新昌市至少需要三天时间,他命令各营做好相关防备。这是胡勇智给出的"临界时间"。

战场上部队的集结、情报收集处理、火力准备、系统运转与更新、指挥指令下达等都有一个"临界时间"。信息化战场作战时间不断压缩,作战节奏不断加快,各方都会想方设法了解到对方的临界时间,从而最大限度地将其利用好,尤其是武器装备占优势的一方更是不遗余力地抓住对方的临界时间,创造优于对方的临界时间,争取来个突然袭击,打个时间差。

美军为赢得第二次打击的条件,争取5分钟内全军进入戒备状态。俄军为获得攻防作战的主动权,对各级作战行动准备和指挥,都规定了临界时间,如防御战斗组织火力配系,要求连2—3小时、营2—4小时内完成;师规模的部队,要求在5—6小时内由行进间发起协调一致的进攻。

有句名言:"时间就是军队。"战争存在于时空,必受时空影响,因此,时间也会成为武器。指战员必须具有极为敏锐的时间思维,更加重视对时间的掌控,以时间效能为牵引,抢占时间先机,真正成为时间的主人。

为达成优于对手的临界时间,杨吃狼拿着资料说:"合成第801旅可能有一个营配备了陆航直升机,另外他们可能通过民航等手段投送兵力,这样只要一天时间就可能到达我方阵地,还可能更快,我们必须提前准备……"

胡勇智打断杨吃狼的话:"别可能可能的了,据我们掌握的可靠资料,目前801旅配备的还是装甲输送车,运输投送能力和我们旅处在同一个级别,你这信息从哪里来的?"

他不可能说是王春雨提供的,一个过来当兵锻炼的文职人员,说出来大家也不会相信。通过前几次营里训练、升级改造,杨吃狼觉得王春雨深不可测,肯定有她的渠道搞到这些秘密信息,却又没有让人绝对相信的理由,心一虚他就容易信口雌黄:"我军校同学提供的。"他确实求助过多名军校同学,只是同学爱莫能助,但至少能圆谎了。

"第801旅确实是一支神秘的部队,我找遍了国防大学的同学,才了解到这些资料,你的同学就那么神通广大?没见过草原,不知道天高地厚。"胡勇智差点为自己智慧的辩驳笑出声来,冷冷地说,"上次演练,你一直推迟行军,这次怎么这么着急了?你是不是还想说敌军还有5分钟就到达战场啊?想表现,每个新的一天都有机会,就看你能否把握住。"第一阶段的演练和前期的训练,让海明军和张凌天等人对杨吃狼的印象不错,认为他是参谋长最合适的人选,可胡勇智就是看不上他。

杨吃狼也不明白,一向主张"以快制胜"的旅长今天怎么变得慢吞吞了?战场并不是完全讲道理讲民主的地方,统一指挥,令行禁止才是最重要的。在这种临战场合下,旅长是全旅的核心与绝对的权威,在事情没有定论前,旅长说什么都是对的,如果硬碰硬,扣个抗命不遵或者扰乱军心的帽子,给个处分都是小事。他不想进行更多的争辩,与其掏心掏肺的话到了旅长那成了笑话,不如直接烂在肚子里自己消化。

"我看杨营长说得有道理,战场上瞬息万变,早做准备总是好事。"倒是伍晓刚政委明白其中玄妙,深知合成一营有高人,宁可信其有,不可信其无。

"那合成一营就早做准备吧。"胡勇智公布了部署初步方案,一营负责防守石梁河地域,旅基本指挥所计划设置在玉皇顶高地,石梁河是进攻的必经之地,只要部队过了石梁河,据险防守,实在不行,炸毁石梁河大桥,801旅就很难突破。就算他们架桥过河,真正进攻到玉皇顶至少需要2个小时,这样他就有时间调兵遣将了。

胡勇智坚持他的"三天临界时间论":"旅现有的机动能力,一个急行军就能到达防御区,即便801旅速度再快,也不可能跑到我们前面。"

几名营连主官点头附和,因为这给他们提供了充足的准备时间。

胡勇智问大家还有没有疑问,数秒没人发言,他刚说一句"今天的会就到这里了",坐在靠近走道位置的杨吃狼站起来抓起本子就撤,被胡旅长喝住:"这么着急干什么去?我还没宣布散会呢。"

杨吃狼故技重施,指了指门口说:"上厕所,内急。"说着,他快速跑了出去,生怕被抓回去再开会似的,引来会场一阵哄笑。

伍晓刚看了看墙上挂钟,会议已经进行了3个多小时,对胡旅长说:"会议也不短了,我看今天就开到这里吧。"

胡勇智斜眼看了看伍晓刚,宣布:"散会。"

伍晓刚快速走出办公楼,边喊边快步赶上杨铭。他知道杨铭上厕所是借口,是嫌会议太长,却未点破,反而安慰他说:"杨营长,你心里别有想法,旅长就那个脾气,指挥打仗我们都要维护旅长的权威。"力量不在胳膊上,而在团结上,伍晓刚一直下活血化瘀功效的药,寻求团结的最大公约数,就像凸透镜,努力把分散的力量集中到一点。他表扬杨铭今天做得不错,挺给旅长留面子,看来是成熟了。

"多谢政委关心,其实我心里也没有底,上次营级演练,600公里的距离,我们开进了一天。这次是两个旅的对抗,需要考虑的因素更多,说不定旅长考虑的是对的。"杨吃狼嘴上这么说,其实早已下定决心要快速行动,他不想和旅长争辩,也是想多为自己争取点时间,不然的话,胡勇智没完没了的会还不知道开多久。

在许多人眼中,杨吃狼是个自负到轻狂的家伙,他曾说"如果一个人自己都不相信自己,那就是彻彻底底地失败了"。

"你啥时候变得这么不自信了?"伍晓刚觉得事出反常必有妖,又笑问道,"你说的第801旅情况,是谁提供的?"

"是王春雨,在我们营当兵锻炼的那个女工程师。"杨吃狼不想不敢不愿欺骗政委,就实话实说了,却声音极低,像生怕政委听见似的。

听了王春雨这个名字,伍晓刚脸上微微抽动了一下道:"坏了,这信息肯定是真的,我要提醒旅长注意。"伍政委说着快步走开了,对杨吃狼摆摆手说,"你也早点回去准备吧,越快越好。"

政委这么大的转变,杨吃狼有点始料不及,或许政委像自己一样盲目相信王春雨吧。

伍晓刚立即折回办公楼找到胡勇智,告诉他第801旅可能会提前到达,甚至会进行突袭行动。胡旅长坐在他那豪华的办公转椅上,双腿跷在办公桌上,一手转着桌子上篮球般大小的地球仪,这是他的习惯性动作。他认为地球仪是个好东西,世界那么大,不但可以看看,还可以转转,站在地球仪旁指点江山,有种"运筹帷幄之中,决胜千里之外"的味道。胡旅长在外面也是比较注重形象的,常年穿着迷彩服、作战靴,给人一副随时上战场的印象,可回到办公室无事时,总爱将生疼的脚跷起来。原本是为了缓解一下疼痛,却给人一种十分傲慢的感觉。他双手一摆:"理由呢?"

伍晓刚不能说是凭直觉,这样的话从一个旅政委口中说出来太滑稽和荒诞不经了,但他也不便透露王春雨的真实身份,这是首长给他定的一条政治纪律,他亲口保证过。于是,他只好自降了八度底气,说杨铭分析得有道理,听人劝吃饱饭。

"听他的年都能过错,杨吃狼自己心里都没有底,我的大政委,你怎么就能相信呢?"从以往的交锋看,要是杨吃狼有十足的把握,不,哪怕有三成的把握,就足以让胡勇智下不来台,这次连争辩也不争辩,分明就是心虚。胡旅长一本正经地对政委道:"打仗靠实打实,捕风捉影的事,咱不能信。"

伍晓刚委婉提醒道:"也不能说是捕风捉影,打仗嘛,各种情况想细点总归是好的。"

"当心点是应该的,可我们不能听风就是雨,因此打乱了部署,乱了自己阵脚不是?"胡勇智倒也显得句句在理,强调千万别被不必要的疑虑搞得心理瘫痪了。

伍晓刚一时说服不了胡勇智,不过还是争取到了让合成一营随旅部一起行动。

这一点,胡勇智不赞同也不反对。他心知肚明:杨吃狼这小子浑身贴膏药似的,毛病多,鬼点子也多,打仗很专业也很敬业,说不定关键时候能救命。

在伍晓刚的一再催促下,各作战单元有条不紊地准备着。

杨吃狼带领的合成一营提前了一个小时开进。消息传到胡旅长那里,胡勇智大发雷霆:"杨吃狼想干什么?他这是先斩后奏!想绑架旅指挥部吗?"

胡勇智欲强令合成一营停下,可一营主战装备已经占据了各主干道,若是强令停下,就会挡住后面分队开进。伍晓刚分析当前的利害后,劝胡旅长以大局为重,既然机关也基本准备停当了,提前开进未必是坏事。作战方案是旅党委开会研究的,此时不可能再开会更改了,胡勇智一番权衡后,勉强下令即刻开进。

红旗旅快速向预定地域开进,大部队6个多小时就到达石梁河北岸。伍晓刚劝胡勇智早点过桥,被他断然拒绝了,想着志愿军雄赳赳气昂昂地跨过鸭绿江的场景,他神气十足地说:"我要看着我的部队过桥,等部队都过桥了,我们再过也不迟。"

伍晓刚强行留下一个警卫排,特意交代排长万杰:"注意提高警惕,保护好旅长。"

"伍政委,你就是太小心了,我在我的地盘,还担心有人偷袭不成?"胡勇智眺望着天空,烈日正当头,空气中的热浪让人有种窒息的感觉,他连喝几大口万杰递过来的矿泉水,说,"这才半天多工夫,蛟龙旅哪能来得这么快?怕是还没有出窝吧?"这话引来身边几名参谋莫名的呵呵傻笑。

胡勇智越是这样,伍晓刚越是心里没底。他把一边溜达的杨铭喊过来交代了一些事项,并安排王春雨留在旅长身边监督,名义上却说:"你在这陪旅长聊聊天。"有美女陪着,胡勇智何乐而不为呢?伍晓刚只好带着大部队先行过河了。

旅里落实胡勇智的"三天论"是非常坚决的,如同朝鲜战争中美军发起的"礼拜攻势",这几乎成了部署工作的一个时间参照表,因此配备的航空兵、防空导弹分队均未到位。

"这个胡勇智,怎么还不快点过河?在那里磨蹭什么?"荧屏前张凌天看着都着急。

"别看胡旅长现在这么神气,说不定下一秒就成了石达开,想过河也过不去喽!"海明军也替胡勇智捏了一把汗。

桥头河边的一棵大柳树枝繁叶茂,柳条犹如一条条长鞭,垂下一个绿色的帘洞。树上趴着几只鸣叫不疲的蝉,像是竞赛似的非要较个高下。这让人想起了唐代诗人虞世南《蝉》中的名句:居高声自远,非是藉秋风。

胡勇智两眼盯着自己的威武部队过河,心中泛起百万雄师投鞭断流的万丈豪情。

王春雨深情地望着上次客车坠河的地方,不声不响,还是自责没能救起井井的妈妈。又想到,人应如树,站着是一道美丽的风景,倒下是一根优质的栋梁。

胡勇智称赞她是"女中豪杰",大难不死,必有后福,本想顺带奚落杨吃狼几句,把上次讲评会上落下的这茬给补上,转念一想背后议论部属不太光彩,何况是在女同志面前,有损战友情谊,有损旅长身份,就和众人说了一个作战距离的话题:

从人类使用武器这一天开始,武器打击距离就呈现越来越远的趋势。先是大刀,面对面对砍,几米之内决生死;然后是马其顿方阵的长矛,只要你靠近就将你刺死;接着是英国人的长弓,几十米外把敌人干掉;之后德国来复枪出现了,把作战距离拉到百米开外;随后大炮来了,把作战距离延伸到几十公里;然后飞机登场,把作战距离拓展到几百公里;洲际导弹来了之后,把这个纪录改写成几千上万公里了。现在的电子战,打击距离用数字已无法表达,只能用一个成语叫"无远弗届"来形容。

万杰不太理解"无远弗届"是什么意思,胡旅长也没作进一步的解释,只当是无穷远得没有边界了。王春雨只顾听着,左瞅瞅右看看,像是比万杰的警惕性还高。

长龙般的部队陆陆续续通过大桥,眼看大部队过完了,石梁河的这边只剩下旅部少数人员和一个警卫排。胡勇智站起来拍拍手,下达了过桥的命令。

恰在这时,5架轰炸机呼啸而来,几个俯冲下来,大桥陷入一片火海。胡勇智强令开进中的防空分队匆忙还击,却无济于事,导演部判定石梁河大桥被完全炸毁。

"这防空分队怎么一点警惕性没有?怎么就没发现空袭的飞机呢?"张凌天有点没看明白。

对防空兵来说,武器系统雷达的开机时机极为关键:开早了容易暴露位置,进而遭到反辐射导弹攻击,开晚了会丧失战机。就像黑夜中对峙的双方,要看清对手自己先要打开手电筒,而打开手电筒也就容易被对方发现了。1982年的贝卡谷地空战,以色列先利用无人机诱使叙利亚的"萨姆-6"导弹雷达开机,然后使用反辐射导弹在6分钟内摧毁了叙军19个导弹阵地。这会儿,防空分队落实胡勇智的指示,根本就没有开启雷达。

"缺乏警惕性是一个方面,主要是他们根本发现不了,你也不看看801旅使用的是什么飞机。"海明军让人回放一遍刚才的轰炸录像。这款战机,中将相当熟悉,像父亲养育孩子一样,就差亲自驾驶了。

张凌天仔细看了看荧屏上的战机,恍然大悟道:"明白了。"

整个轰炸前后不到3分钟,来无影去无踪。海明军窝了一肚子感慨:"这折射了一个道理,防空作战早已进入读秒时代,快一秒制胜,慢一秒失败。"

大桥被炸,留在桥北的兵力有限,张凌天脑海里倏然闪出湘江战役中的绝命后卫师,只是此时的后卫师成了胡勇智的一个警卫排,不无担忧道:"这一下胡旅长怕是遇到大麻烦了。"

胡勇智让人将坐标位置发给舟桥分队请求火速架桥,舟桥分队反应迅速,当即回复:20分钟到达,架桥需要30分钟。胡勇智仿佛看到了救星,深情地望着来时的路,期待着舟桥部队的兄弟过来"天堑变通途"。

时间一分一秒地过去,焦躁不安的胡勇智等来的却不是架桥分队,而是10余架武装直升机,仙女散花般伞降了一个加强连的兵力,距离桥头不足1公里。胡勇智这才意识到,真就像杨吃狼说的,801旅合成营真的装备了陆航直升机。存有丝丝庆幸的是,桥头构筑了简易工事,不至于让801旅直升机停得更近。

崭新的直升机,海明军只是在厂家定型时见过一次,原本是计划过两年列装部队的,没想到这次出现在演练场上,让中将感到有点意外的惊喜。或许天热喝水少的缘故,中将这几天扁桃体有些发炎,说话有点吃力,他扭头看了看王春阳,指了指屏幕上的直升机没有言语,王春阳心领神会地离开了。

中将干咳了两声,喝口热水压压后,让人反复回放刚才的投送画面,并拉近直升机的镜头仔细比对了一番,判定这是一款10吨级的运输载具,一次可以携带一个步兵班的兵力和装备,最快飞行时速可以达到350公里,可达到快速到达、快速部署的目的,有点类似于美国的"黑鹰"直升机。

中将这么说是有根据的,我国在20世纪80年代引进了24架民用出口版"黑鹰"直升机,主要用于在高原上执行救援任务,在2008年汶川大地震中出动了17架,到现在服役差不多40年了。海明军沉思了一会儿说:"高端直升机如何发展的问题一直困扰着我军,好在现在有了直20可以接替'黑鹰'直升机。"

如果说直20意味着我国已经消化了"黑鹰"的设计技术,并在其基础上进行了优化,那么801旅此次使用的直升机,就是"黑鹰"直升机的改进版,显然性能更优。

不大一会儿,王春阳返回了,将打印好的直升机性能参数递给中将。参数与中将的推断如出一辙。

战争不相信眼泪,只相信实力。胡勇智身边几个平时坐机关的参谋和一个警卫排,根本抵挡不住801旅一个连的快速抢攻,对面的兵力即便回援也断然来不及。胡旅长向河对岸发出求救信号以及命令万杰不惜一切代价顶住后,就再也不发声了,有种"出师未捷身先死"的悲凉,真后悔没听伍政委的话。

海明军不想演练就这么草草结束,如果此刻胡勇智在这阵亡或者被俘,那这场演练就太没有看头了,他忍不住让大家猜猜胡旅长这次还有没有救。

"我看是难逃一劫了,只是可惜了这么好的一个后生。"张凌天口中的后生自然是指王春雨,他听说了她的一些传奇故事。这次演练中,他还打算看这个女娃娃的精彩表演呢,没想到就这样陪葬了。战争往往就是如此,能摧毁一切美好。

海明军却乐观地认为:"我看就是有这个后生在,才能让胡旅长逃过这一劫。"

张凌天分析说:"对岸的兵力即便渡河赶过来,至少需要20分钟,而801旅空降的这些战斗人员,十几分钟就可以解决战斗,救援根本来不及。"

"那只是理论上的,别忘了战场就是一个万花筒,每一秒都蕴含着态势转机。"在中将看来,战场残酷又充满魔力,不到最后一刻不能轻易下结论。

"那我们就等着奇迹发生吧!"张凌天看看表,差不多10分钟过去了,801旅这支分队已经发起了猛烈进攻,只是双方都没有重武器,就像有了火器之后打了一场停留在一战时期的遭遇战。

旅长指挥车目标大,这个时候是万万不能坐的。王春雨掩护胡勇智到了右手边的小树林旁,万杰带领警卫排占据有利地形奋力抵抗。眼看就要顶不住了,胡勇智趴在简易土堆上,额头上不觉渗出了汗珠,脑子里除了以往的战术数据和固定模板,几乎一片空白,似乎已经做好了束手就擒的准备。

王春雨急切地说:"胡旅长,把你的枪借给我用用。"

胡勇智说:"你要枪干什么?"

"借给我去杀敌。"

胡勇智一瞅王春雨连枪都没有,不禁哑然失笑道:"你是非战斗人员,你会开枪吗?"

"当然会了,别忘了,转改文职前,我可是正儿八经的军人,不说百发百中,也是十拿九稳。"王春雨说的十拿九稳,就是偶尔脱靶,这在研究所已经是很好的成绩了。

"现代战争多打死一个敌人少打死一个敌人又有啥区别？是决定不了胜败的。"这也是此次演练胡勇智不让文职人员带枪的指导思想,现在想想有点武断了,最起码也要让他们体验一下上战场的感觉。他掏出手枪,递给王春雨道:"过把瘾也好,但你得答应我一个条件,如果我没有被敌人打死,你就给我一枪。"

王春雨佩服胡旅长对现代战场的清醒认识,却又不由得心里一惊,不知何故。

"大丈夫宁死不屈,宁死不做俘虏。"胡勇智这是把演练拿捏得死死的,演练又不是真的去死,但阵亡的指挥员要远比被俘受到的批判少得多,不管之前他犯了多么不可饶恕的罪责,阵亡了可能就债消了。

这么一说,倒是给王春雨整蒙了,她不知道到了真正的战场上,胡旅长是否还有如此杀身成仁的血性。她宽慰他说:"大丈夫还能屈能伸呢,放心吧,会有人来救我们的。"

"小姑娘,别说笑了。"胡勇智指了指石梁河,一脸的无奈,"对面吗？等他们过来,黄花菜都凉了,你我也早就歇菜了。"

旁边噼里啪啦的枪声越来越近,声声像是对胡勇智催命说:"投降吧,你无路可逃了！"胡勇智闭上眼,整个人宁静得如一潭湖水,万象掠过而不为所动。

眼见几名蓝军战士冲了过来,王春雨不得不使出最后的杀手锏,只见她取出一个微型机器人置于手掌中,简单地输入信息后,机器人嗖的一声飞出,直接命中靠前冲锋的一名蓝军排长。

一旁的胡勇智闻声睁开眼,吃惊地问:"你这是什么武器？"

王春雨嘘了一声:"秘密武器,千万别声张。"

胡勇智心领神会地点点头。他的保密意识是比较强的,或许根本就懒得问,能逃过眼前这劫比什么都强,哪怕是阎王帮他收拾了对面一众小妖,他都会拜上三拜。

这款"微型杀手机器人"是智通公司的最新研究成果,公司已经授权她在"合适时机"试验作战效果。它体型微小,可置于手掌心;它有摄像机和传感器,里面装有 2 克浓缩炸药,可以进行人脸识别,只要输入目标图像信息,就能实现精准打击;它的处理器比人类反应快 100 倍,能应对人类当前几乎所有防御手段。

这次王春雨贸然使用,将里面的炸药换成了迷雾剂,排长只是晕倒了。

导演部的人都以为胡勇智在劫难逃,不忍直视。现场也很少有人注意到这种武器的存在,蓝军以为是红军狙击手撂倒了排长,红军以为蓝军有人打了排长的黑枪。一头雾水中,只听一声炮响,杨吃狼带着一个坦克连赶了过来,边冲锋边用炮轰,用高射机枪射击。第801旅官兵见红旗旅援兵到了,仓皇上了直升机撤退了。

杨吃狼急令部队快速追击,连续打出多发炮弹,差点击中蓝军直升机。

原来,就在两个小时前,王春雨接到智通公司信息:801旅一个合成营装备陆航直升机已经查实了,要特别防止他们偷袭。王春雨就密报伍晓刚,让杨铭带一个坦克连先不过河,而是沿石梁河岸边向西机动了大约5公里隐蔽待命。这不,接到王春雨的指令,杨吃狼不到10分钟就赶了过来。

这时,舟桥分队也赶过来了,二话没说就开始架桥作业。只见,舟车陆续入水,汽艇开足马力顶推牵引门桥,数百吨重的钢铁浮桥犹如水上变形金刚合体,仅用29分钟,一座长1000多米、载重60吨的钢铁浮桥便横跨石梁河两岸。

死里逃生的胡勇智指挥着部队快速过桥,蓝军却仍留有后手,对准红军过桥部队一番远程火力打击,一辆指挥车和多辆物资车被摧毁。好在蓝军远程火力打击强度和精准度都有限,胡旅长有惊无险地过了河。到了石梁河南岸,他一头扎进深山里,在一个山坳处临时搭建的指挥所里,召开了紧急作战会议。

胡勇智劈头盖脸地质问防空分队:"敌人的轰炸机都来了,你们防空分队干什么吃的,怎么一点反应都没有?"防空分队指挥员冯佳中校委屈地说:"旅长,我们侦察了,第801旅使用的是隐形轰炸机、激光制导炸弹,正面雷达反射截面不足0.1平方米,我们旅现在装备的雷达根本发现不了,除非……"

"除非什么?"胡勇智迫不及待地追问。

冯佳回道:"除非装备量子雷达。"相比传统雷达,量子雷达可在复杂背景噪声干扰中剥离出探测目标,且精准无比,即便是隐身战机,量子雷达也可对其行踪做出准确判断,强大的反隐身技能使其成为隐身战机的克星。

胡勇智顾不上自己孤陋寡闻了,忙问:"我国有多少部队装备了这种雷达?"

"据我所知,我国目前还没有部队安装有这种雷达,还处于试验阶段。"冯佳直言不讳地说,"仅装备单光子量子雷达制导超远程空空导弹的作战飞机,理论上攻击距离可提升至千公里之外,实现超视距作战向千公里量级的非接触式战争转变。"

这导演部也太偏心了,这还打什么仗?胡勇智一听量子雷达尚在襁褓中,拿起电话机正想控告导演部,被伍晓刚快速上前拦住:"旅长,你冷静点,导演部这么安排肯定有领导的考虑。"

"有什么考虑?分明就是欺负人。"

战争年代,我们没有空军,没有防空炮,靠着小米加步枪,不照样走过了长征?不照样打败了国民党反动派?不照样和美帝国主义在朝鲜战场上一较高下?伍晓刚略显深思,提高了声调说:"或许,导演部就是想让我们打一场不对称战斗,看看我们如何应对。旅长,我们可不能冲动啊!"

胡勇智冷静地想了想,觉得政委说得有道理,以弱胜强正是我军的优良传统,何况是自己的刚愎自用延误了过河时间,再去怨别人只能自取其辱,只能有多少汤泡多少馍了。于是,他转而发布了一道道命令:命令防空分队雷达24小时交替开启,命令航空兵分队随时做好战斗支援准备,命令所有分队24小时立即进入战斗状态……现代战场上没有制空权,只能被动挨打,我们要以这次石梁河大桥被炸为教训,牢牢把制空权掌握在自己手里。

"看来,我们的指挥所也不安全了,我建议重新开辟新的指挥所。"指挥所部署在玉皇顶高地,是胡勇智原先坚持的,就凭"玉皇顶"这高大上的名字,他就有种天上人间、雄霸天下的想法。然而玉皇顶高地太过引人注目,思前想后,还是保命要紧,他主动和伍晓刚商议后,重新选定了3处备用指挥所,其中双峰山高地让两位大校都非常满意,一番权衡后,基本指挥所秘密定在了双峰山。

双峰山在玉皇顶西南60公里处,两端高高耸立,中间鼓出两部分,圆润,颇像女性乳房,故有了这个美丽的名字。林密洞深,飞机飞不过去,导弹打不进去,是天然的防空洞,且进出道路只有一条,一夫当关,万夫莫开,是占山为王的绝佳巢穴。历史上就有很多土匪在此占山为王,直到解放后才被剿灭干净。

胡勇智一贯认为,信息化战场总会有一些战机无法轰炸、坦克无法到达、电脑无法计算、精确制导无能为力的地方,这些地方只能靠经验丰富的步兵装备着轻武器前去攻占。就像阿富汗被誉为"帝国的坟场"一样,仅靠先进武器是无法征服的。

双峰山就是这样的理想之地,胡勇智觉得真是天助我也,有了这天然宝地便万无一失。他命令郭恩典的合成四营部署在道路进出口,这样真的连一只鸟也飞不进来了。

胡勇智还命令玉皇顶的指挥所照常开设,以假乱真,但需要寻一人来驻守。实际上让谁来替他挡箭就是谁的光荣,选择谁就意味着信任谁,杨吃狼、白阿毛还是牛起义?他思来想去,始终没能确定下来。

原本胡勇智是不主张修复石梁河大桥的,炸就炸了,这样801旅搬起石头砸自己的脚,进攻就多了道天然障碍。伍晓刚曾认真研究过海湾战争交战双方的后勤保障,与美军强大的支援保障系统形成鲜明对比的是,伊军薄弱的保障体系简直就是瘫痪状态。交战前10天,伊军每天可保证前送给养2万吨;第二个10天,则变成了每天前送给养2000吨;之后的20多天,前线伊军基本上是在没有任何支援保障下进行作战。缺粮、缺水、缺弹药,伊军战斗力被削弱得奄奄一息。

为避免红旗旅后勤保障不足,伍晓刚主张尽快修复石梁河大桥,他提醒胡旅长:"如果不修复石梁河大桥,我们所有的军需给养、武器弹药等物资,都需要空运,或者使用船只,耗费巨大的人力物力不说,万一第801旅来个釜底抽薪专打我们的补给单元,我们将会很被动的。"

修与不修各有利弊,胡勇智经不住伍晓刚的极力劝谏,一番权衡后勉强答应修复大桥,只是安排的人手有限,修桥的进度只能用龟速形容,有种"明修栈道,暗度陈仓"的意味,还特意交代工兵分队在大桥两端安装上炸药,一旦发现801旅有过河企图,立即炸毁,绝不给蛟龙旅"飞夺泸定桥"的机会。

这般磨叽,蓝军都看不下去了,郑晅阳和贺坚定一番商议后,决定给红旗旅加点料,果断命令航空兵对石梁河大桥多架次轮番轰炸。

导演部的张凌天有点看不明白了:"蛟龙旅进攻势必要过河,他们没有理由炸毁大桥啊?"海明军笑笑说:"恐怕这是蛟龙旅欲擒故纵,逼胡勇智下定决心吧。"

果然,这一炸反而给胡勇智炸蒙了。他由此判断出:蛟龙旅不会立即发动大规模进攻,他们正学习朝鲜战争美军专打我军后勤的那一套,以此来消耗红旗旅的作战能力。胡勇智坚信"敌人反对的,就是自己赞成的",不仅增派了大批工兵加快了修桥进度,还调集了一支防空小分队进行防护。

"郑晅阳和贺坚定对胡勇智的研究真是透透的啊,如此才能引他上当。"张凌天佩服蛟龙旅的用兵之法,也印证了之前和中将探讨的摸清对手脾气的制胜之道。

红旗旅也不是一无所获,大桥修复极大方便了后勤补给,大批物资源源不断地运往石梁河南岸,尤其是胡勇智的新指挥所——双峰山。

胡旅长这是要"高筑墙,广积粮"啊,这番部署,还算明智。针对指挥所的设置,张凌天拍拍手说:"玉皇顶倒是能居高临下,但就是一个天然的活靶子,卫星一侦察就能发现,易遭远程火力覆盖式打击。"

吃一堑,长一智嘛!海明军了解胡勇智的想法,毕竟两个人在一个旅共事这么多年。一朝被蛇咬,十年怕井绳。胡勇智是典型的守城派,早在海明军任红旗旅旅长时,胡勇智曾在研究作战方案时讲了一个令人啼笑皆非的笑话:青蛙提着瓶二锅头到乌龟家拜求高寿秘诀,乌龟吹了口水烟袋,不紧不慢地说:"其实呢,也挺简单,无论发生什么事情,先把头缩进去再说。"

海明军当时严肃地批评了这种"乌龟思想",还召开专题会议讨论辨析,如同辣椒的灼热刺激在味蕾上展开,除风发汗,排毒祛湿,一度让和平思想积弊纤毫毕现,并扼杀在摇篮里。如今胡勇智自己做主,又刚经受打击,嘴上虽不好明说,心里怕是旧疾复发,早被这种"乌龟思想"占了上风,胡旅长很可能就此坚守不出,把头缩进壳里了。

胡旅长要是真成了惊弓之鸟,这场战斗就没有多大意义了。张凌天也料到了这一点,感慨地说:"都想打对称战争,或者都想比对方强,恃强凌弱,哪有那好事?"

想守也未必能守得住啊。海明军仔细看了看演练大屏,像是洞穿了红旗旅的部署,十分肯定地说:"再难的堡垒总有攻破的时候。"这符合兵法上说的"小敌之坚,大敌之擒也",再固若金汤的防守,也只能迟滞敌人进攻,而不能完全阻止敌人进攻。

现在谈论这些为时尚早,两人不经意间复盘起刚才的战斗,海明军对蛟龙旅此次使用新装备隐形轰炸机、陆航直升机很是欣赏,不像有的单位"守着咸鱼吃淡饭",甚至烂在窝里。之前走过几个单位,一种新式武器配备后,在未完全掌握其性能前,他们往往持有十分谨慎的心态,担心弄坏了,故不敢使用,包括他在红旗旅当旅长期间,也曾有过类似的顾虑与举动。

这些年,海明军一直思考着战争中的存在与改变。

存在主义哲学有一个说法:有些事与物平时并不会注意其存在,只有出现问题时才会发现其重要性,发现存在本身就是理性和智慧。战争也是这样,常常是恃强势、挟重甲的力搏互砺陷入困局时,人们才会注意到一些原本并不关注的东西的重要性。

欧洲人1814年就发明了蒸汽机车,但直到1870年普法战争,普军才首次大规模利用铁路运输快速集结起数量惊人的部队,即便是临时召集的后备军人,集结速度也大大超过了法国职业军队,铁路运输一战成名,由此带来了军事运输模式的快速革新。

如果要问战争荆棘中还将结出什么果实,战场上还会出现什么课题,海明军借商业史学家克雷纳的话说:许多领域都没有最终答案,只有永恒的追问。

"但愿逃过这一劫的胡旅长,能给我们带来一些启示。"海明军充满期待。

第十章　以不变应万变是瞎扯?

战争最根本的规律是见招拆招、以变应变。打败你的未必是你时刻提防的正面之敌,而很有可能是一个看似与你无关的路人,肯定不在你现在的名单上。

这次杨吃狼和王春雨救了胡勇智一命,胡旅长心里十分感激,他想想都后怕,要是伍晓刚没让留下一个警卫排,要是第801旅投送的是一个营,要是杨吃狼没有及时赶来,那便是轰炸机直接在自己头顶上丢炸弹,这仗还怎么打?打败仗不可怕,胜固欣然,败亦可喜嘛,他经常用"在与假想敌的对抗演习中,美军获胜概率不足10%"来宽慰自己。可怕的是领导就在现场观看,看到自己狼狈的窘样,演练一开始就被"斩首",接替他指挥的那个人,演练一结束就可能占据他的旅长宝座。

想到这儿,胡勇智决定对杨吃狼以前的种种过失既往不咎,还对他好言宽慰,并要委以重任,以保自己在双峰山绝对安全。

蛟龙旅投送的突袭部队无功而返,见红旗旅的航空兵、防空导弹、炮兵分队都已部署到位,着实已经无缝可钻、无机可乘,只能另起炉灶寻觅战机。

夜幕降临,按照旅里部署,杨吃狼指挥全营在石梁河南岸西侧10公里处,选择了一个便于机动的山坡安营扎寨。合成三营部署在七八公里外的山沟树林中,依据不同地形地物分散配置,帐篷周围遍布杂草树枝,和外部环境融为一体,细心的白阿毛还让人在树林中设置了一些充气坦克,远远看上去就像真的一样。若从高空俯瞰,三营整体形成一个拉长的椭圆,置于其中的帐篷和伪装的车辆,犹如战斗序列中加宽的装甲车。

杨松到三营领取通信器材,来来回回经过好几趟,硬是没有发现,回来后再看看合成一营的部署,提醒营长:"别人都是选择在隐蔽处,咱这不是自暴目标吗?"

杨吃狼早盘算过这事,微微一笑道:"战场上真真假假,801旅配属的是隐形轰炸机,以蓝军的侦察技术,我们就是全部藏在地下也没有用,万一他们使用高性能燃烧弹,藏在树林里只有被烧烤的份,那些假目标能瞒过肉眼,但能瞒过仪器吗?越是这样部署,他们越认为我们是假目标,也越利于我们的机动。"

杨吃狼说得不无道理,历史上空城计之所以奏效,打的多是心理战。他故意不隐蔽,赌的也是心理。他这样部署,其实还有一个原因:折腾了一天,大家都疲惫至极,而体力是取得战斗胜利的基础,与其费尽心思规避未知的忧虑与危险,不如安然休息,保存现有的体力与保持清醒,以便随时能战斗,随时能转移,于机动中保存自己。

张凌天觉得再怎么着也不能违反军事常识,他指着大屏幕上的地图说:"只要再向西行进四五公里,就能在那片树林里隐蔽宿营。"这四五公里要是平地顷刻工夫即可到达,可要在树林里穿行,就不那么简单了。少将沉思了一会儿又说:"杨吃狼这是在赌啊,这样的部署,801旅几枚导弹就能让合成一营消失。"

海明军认为有点冒险精神倒不是什么坏事,打仗嘛,本身就是一场豪赌。没有一场胜利十拿九稳,也没有一场战争有百分之百的胜算,偶然性或者运气永远不能被完全排除在战争之外。没有一点赌的精神,就不会有那么多出奇制胜的先例,天才指战员往往都会做出疯狂的举动。

现代装备机动能力强,能随时转移才是制胜关键。海明军亦指着大屏猜测说:"杨吃狼的装甲车辆都部署在通路上,很可能是做好了随时出击的战斗准备,只有一味地防守才会退避三舍。"

张凌天此刻倒是希望杨吃狼能主动出击,化解这尴尬的场面,化解这无味的演练。

杨吃狼这次赌对了,这一夜相安无事。天一亮,合成一营就接到了胡勇智下达的命令:合成一营坚守玉皇顶高地,美其名曰,"谁攻占了玉皇顶高地就由谁坚守",言外之意是,"既然能占领,也必须要守住",还蕴含着的一层深意是要杨吃狼这个卒当他的替身,吸引火力,以保他这个帅。

守卫石梁河大桥的任务,则交给了白阿毛的合成三营。

牛起义的合成二营则又成了预备队,他极不情愿,却只能服从大局。

杨吃狼欣然领命,依托玉皇顶有利地形展开梯次部署。一番部署完毕后,看这兵力火力配置以及战法的模拟运用,也算是把兵力运用发挥到极致了。王春雨悄悄将玉皇顶阵地的部署情况发回了智通公司,咨询能否守得住。

智通公司好像知道王春雨会这么问,几乎秒回,且罕见地给出了解释:单就防御来说,蛟龙旅至少投入三个以上合成营才可能突破阵地,而他们不可能把四个合成营全部投入这里。当然,不排除801旅采取新的进攻方式。我再给你们提供12架无人机,这样玉皇顶防守就能做到万无一失了。

12架察打一体的无人机,足以配属一个营主力作战。王春雨压住内心的喜悦,来到指挥所报喜,看见杨吃狼在指挥系统前发呆,蹑手蹑脚地走了过来,故意"喂"了一声,吓了他一大跳。杨吃狼故作生气道:"你幽灵啊?不让你来你非来,添什么乱?"他对旅长躲进双峰山是有意见的,他上报的几种主动进攻方案都被旅里否决了,此刻不分青红皂白把气撒在了王春雨身上。王春雨并不生气,故意刺激这头狼说:"就这玉皇顶阵地,你能守住就不错了。"

"你是哪方的?怎长敌人志气灭自己威风?就算801旅全部主力拉上来,也休想攻破我这铜墙铁壁的阵地。"杨吃狼不服气道。

"你就吹吧,你还以为是第一阶段的演练,一个营对一个营?"王春雨翻眼看了看杨吃狼,给予警告式提醒,"即便是那样,几架无人机也能影响一场战斗。"

说到无人机,坐在旁边的杨松眼前一亮:"王工程师,你再给我们支援几架呗。"杨吃狼没说话,却是同样期待的眼神。

上一次支援的3架无人机,算是王春雨实习的投名状,只是很少有人知道。王春雨已经接到智通公司测试新型无人机的通知,这次正好亲自试验一番,直接开出价码问:"你们要多少?"

"韩信点兵,当然是越多越好了。"杨吃狼掰着手指算了算,说,"怎么也得有个三五架吧,要不然……"

"要不然怎么样,是不是又想撵我回去?"

"不,不,"杨吃狼连忙摆手,像个被冤枉的孩子,一脸无辜地纠正道,"有你这个智多星在,我们心里才有底。"他觉得王春雨是个言出必行的主,既然说给肯定会给,只是不知道能给多少。

王春雨亮出一只纤纤玉手,从小到大一个个手指又慢慢勾回,眼看只剩下大拇指了,杨吃狼一把攥住她的手说:"可别全勾回去了啊。"

王春雨咯咯笑道:"你攥我手指有什么用?我又不会变戏法,我活动活动筋骨。"

杨吃狼连忙松开,王春雨反而伸出两只巴掌道:"这样吧,我给你们12架无人机。"

杨吃狼喜悦得有点得寸进尺，称最好是察打一体的，察打察打，察在前，打在后，因为看不见就打不了。无人机最牛的地方是"无人"两个字，真正体现无人机技术水平的就是它的智能化程度，而在智能化中要求最高、水平最高的，就是"察"这一块的自动识别、自动标定和自动跟踪。上次进攻作战，目标是打蓝军一个措手不及，自杀式无人机一个俯冲就完成使命了，对方即便拦截也可能是同归于尽。这次主要是防御作战，最好能提前获取对方进攻企图，当然是察打一体的更好了。

智通公司提供的正是察打一体无人机，这样杨吃狼就能封锁主要路口，用无人机猎杀他们的装甲车，让他们有去无回了。"可万一……"巴以新一轮冲突爆发以来，也门胡赛武装宣称多次摧毁美军的MQ-9"死神"无人机。也有消息称，2023年5月9日俄胜利日红场阅兵当天，乌克兰出动约100架无人机试图袭击莫斯科，但均被击落。这说明在拥有强大体系防空能力的军队面前，无人机作战的作用还只是锦上添花，远没有达到改变战争模式、决定战争胜负的地步。采取的控制模式也是人在回路中参与、人在回路上监控，还不具备人在回路外机器完全自主遂行任务的能力，也远远达不到包打一切的程度。上次战术层面上只是侥幸，营一级体系作战能力毕竟有限。

杨吃狼的这"万一"搅动了战场上的诸多神经，他沉思了一会儿，凝重地问："能否搞到反无人机装甲车？既然我们能想到用无人机，801旅肯定也会想到，毕竟他们一些合成旅都配属了无人机营。如果他们使用无人机进攻，我们没有反无人机装备，那么该如何应对？珠海航展展示过我军类似的装备，俄军演习中也曾使用'虎-M'反无人机装甲车，对1500米处的无人机实施攻击，其对抗小型无人机作战效果明显。"杨吃狼想，无所不能的王春雨既然能配备多款多架无人机，肯定也能搞到反无人机装备。

"你说得有一定道理，我试试看。"既然来合成一营当兵锻炼，就是营里的一员了，荣辱与共，进退一起，王春雨自当竭尽全力帮助一营赢得胜利，于是她将需求发回了公司。

智通公司仅仅回复了五个字：暂无法提供。

王春雨略感遗憾，既然公司这样安排，肯定有公司的考虑，她不好勉强，也不敢造次。公司答应提供的12架无人机倒是很快到位了。

轻巧勇猛的无人机让合成一营官兵一见倾心，杨吃狼抚摸着新伙伴，眼中满是向往，犹如鸟儿拥有了调节平衡的尾巴，这样他就可以综合调配战场资源了。杨吃狼围绕无人机走了好几圈，突然脑洞大开：打坦克最好的武器是坦克，打航母最好的武器是航母,能否用无人机打无人机呢?这样即便没有反无人机装甲车,也不至于束手无策啊。

王春雨知道目前对付无人机最好的办法是干扰,先前研究一直围绕干扰与抗干扰做文章,反而忽略了"自相残杀"的效果。用无人机打无人机理论上是可行的,但她没有亲自试验过,当研究方向存有死角时,就不能轻易下结论。

杨吃狼曾在各类航展中看过无人机的飞行表演,也研究过相关的数据,不同型号的无人机性能差距很大,令他眼花缭乱,且他对眼前这款无人机知之甚少。

这款无人机从设计、研制到定型,再到实战,王春雨都全程参与,除了相关参数了如指掌外,还有就是像亲人一样时刻惦记。若不是演练,要不是有战争,她真想像以色列军人喂秃鹫一样给这些冷冰冰的武器赋予温情。

以色列是西域兀鹫的栖息地。受环境变化影响,近年来兀鹫数量不断减少。一只小兀鹫出生后失去了妈妈,仅靠兀鹫爸爸的觅食,不足以养活小兀鹫。以色列军方派人操纵无人机,定时给小兀鹫投食,直至小兀鹫成功长大,飞上天空。

喂鸟的无人机自然不能和当前察打一体的作战无人机相提并论,但王春雨慈善的心丝毫不减。她多次幻想过这样的画面,不是喂小兀鹫,而是用于为山区孩子送衣物,为被困的人送食品,她想象不出这是一个怎样令人激动的场景。可如今,她不得不用在演练上,甚至血腥的杀人上。

杨吃狼推了推正沉入幻想的王春雨,将无人机的部署方案拿给她,他故意给担负进攻的主力连一个连配属3架,余下的营部掌握。对杨吃狼这样的分配,王春雨表现出相当的不满:"你这是崽卖爷田心不疼啊。"

自从上次演练后,杨吃狼便看了许多无人机的资料,尤其受俄乌冲突启发很大——无人机蜂群作战才更能形成战斗力。但他仍极力争辩道:"能用机器代替的,何必让人去冒险呢?再贵的武器,也没有战士的生命重要啊!"

理是这么个理,可杨吃狼和全营官兵一直揣着明白装糊涂,仿佛就是不开窍似的。无奈无人机操作复杂,临阵磨枪培训操控人员无法适应战场需求。王春雨干脆帮人帮到底,在向公司申请增派2名技术人员的基础上,协调附近对口帮建的无人机大队以联演联训的名义秘密增援20人,成立了无人机排,配属合成一营防御作战。

杨吃狼装傻要的就是这个效果,一番阵前演练后,全营官兵大开眼界。防御的机器增加这么一个强有力的杠杆,官兵们打赢的底气爆棚。

红旗旅马不停蹄地完成了主要兵力火力的部署，"安内"完毕，势必就剩下"攘外"了。

双峰山旅指挥所里的布置科技感十足，一排排现代化桌椅、电脑摆放有序，一群参谋人员端坐在各自席位上操控着智能化指挥系统，各合成营、友军和上级信息都汇总到一个大屏幕上，正可谓"指尖燃烽火，方寸可点兵"。

胡勇智坐在中间指挥位置上，对自己的部署感到满意，幻想着按照正规战的打法，这种以逸待劳的方式至少能平分秋色。他泡了杯浓浓的绿茶，悠闲地喝了一口，嫌烫，"唏"了一声，放下。伍晓刚健步走过来说："旅长，经侦察得知，第801旅正全力从深夏向我们这里开进，我看有必要阻击一下。"

胡勇智扭过头来，淡淡道："他们大部队行踪确定了吗？"

"他们开进路线比较隐蔽，主要沿小路和城市居民区开进，反侦察能力很强，目前我们的卫星侦察只发现了一些零星部队。"

"既然我们无法确定他们的行踪，又如何实施阻击？"

"蛟龙旅这么短时间内开进，肯定有许多破绽。"伍晓刚指着地图，一指划过整个作战区域，像是探宝一样给出了判定理由，"801旅距离我们这1500多公里，这么长的路线，不可能做到完全隐蔽，只要我们仔细侦察，肯定能发现他们的行踪。要不请求空军侦察机侦察一下？"

"我看就不必了，发现又如何呢？扔几颗炸弹，还容易打草惊蛇。"刻意的谨慎竟让胡勇智才思泉涌起来，他歪着头，又是一番喷薄而出的说教，"凡先处战地而待敌者逸，后处战地而趋战者劳。我们在这儿是以逸待劳，如果盲人骑瞎马似的主动出击，我们可就成为疲惫之师了。再说了，条条大路通罗马，他们开进的路线有千万条，我们何必大海捞针？不如在这儿以不变应万变为好。"

消极等待似乎意味着坐以待毙，伍晓刚隐约有种不好的预感，据理力争说："军事行动中要实现以逸待劳，应善于抢先占据作战关键位置，因势利导，击敌之隙。"

"这一点，我赞同，我们现在就处于有利位置，就要耐心等待时机，第801旅利在行动，那我们就利在等待。"胡勇智还侃侃举例：西晋末年，司空刘琨发兵进攻石勒，石勒抓住远来的晋军体疲力竭、号令不齐等弱点，采取先据险要设伏待敌的策略，使晋军一军皆殁。

兵无常势，水无常形。一种战法，不同的人用，结局完全两样，这就叫以变应变。上一次的成功经验，下一次接着用，符合很多人的思维习惯，很多军队也会这样做。伍晓刚本想表达现代战争中，注重夺得先机、及时把握战机依然是影响战争胜负的重要因素,没想到被胡旅长曲解了本意,还强词夺理,令人无可辩驳。

再强大的军队也无法设计出完美的战争剧本,根据战况灵活应对才是最好的预案。陈赓大将说过,"再好的作战方案,战斗一打响,作废一半。开战前,是我指挥你们,开战后,就是前线指挥员指挥我了"。

胡勇智自然明白这些道理,以退为进反问道:"那么,战争就没有一点规律可循吗?"

伍晓刚道:"当然有!"

胡勇智又问:"打仗要不要遵循规律?"

伍晓刚道:"当然要!"

胡勇智再问:"违背战争规律会不会输?"

伍晓刚道:"当然会!"

胡勇智还问:"遵循战争规律,也有输的。作何解释?"

战争中似乎存在这样一个两难悖论:违背规律,必败;墨守成规,难胜。伍晓刚三言两语无法解释清楚,耐着性子说:"因为规律本身是变化的,对规律的运用也是变化的。要想取得胜利,仅凭一厢情愿的直线思维很难实现,灵活用兵才是永恒的规律。"

两位大校这是讨论战法,还是研究哲学呢? 一番唇枪舌战,谁也说服不了谁。

山地战往往是攻坚战和消耗战,胡旅长镇静地坚守,以逸待劳,犹如风雨中的泰山毫不动摇。伍晓刚觉得胡勇智有点像苏联话剧《前线》中故步自封的戈尔洛夫,却又无法改变他。伍晓刚深知,如果缺乏齐心协力的配合,主动出击也未必能占得了便宜,遂只好暂时搁置争议。

匆忙开进的蛟龙旅,确实担心红旗旅半路拦截。石梁河大桥的偷袭,原本就是为了打乱红旗旅的部署,没想到差点活捉了胡旅长,到现在还发酵着余威,让郑旭阳和贺坚定有了神仙助阵般的意外之喜。

眼见红旗旅放弃了主动攻击,还冠冕堂皇地"以不变应万变",导演部的海明军有点坐不住了,仿佛之前被动防御的猜测正在胡旅长身上变为现实。中将直言,"活"是战法精髓,能因敌变化、先敌变化者谓之"神",战争最根本的规律是见招拆招、以变应变。以不变应万变,这简直是瞎扯!

如同芳林新叶催陈叶,流水前波让后波,今日战争的脸已不再是悄悄地在改变,而是正在发生颠覆性变化,变速变量呈几何级增长。海湾战争拉开了信息化战争的序幕,伊拉克战争中远程精确打击唱主角,俄乌冲突让新型混合战争走向前台,一场战争淘汰另一场战争成为大势所趋。

红旗旅放弃主动出击,蛟龙旅开进得有点寂寞,这多少有违这次演练的初衷,好比站在台上的两个拳师都不出拳,这算哪门子事啊?海明军的目光静静地落在大屏幕上,他感慨:有什么样的思维就有什么样的习惯,就会衍生出什么样的战法。一名优秀的将领绝不能被先前的经验障眼蔽目,哪怕是太阳光线也有被阴云折射和弥散的时候。

以往的战争看得见,未来的战争看不见。准备看得见的战争,只是一种视线;准备看不见的战争,则需要一种视野。有一点中将十分肯定:打败你的未必是你时刻提防的正面之敌,很有可能是一个看似与你无关的路人,肯定不在你现在的名单上。

明者因时而变,知者随事而制。胡勇智处处选择防御型战法,就意味着缺乏主动求变意识,中将真替他捏把汗:胡旅长这样墨守成规,怕是要吃大亏啊!

蛟龙旅像是掐准了时间配合胡勇智,果真三天到达。越是开进顺利,蛟龙旅越是不敢贸然进攻,同样采取隐蔽部署,派出大量侦察人员到石梁河南岸侦察,伺机寻求战机。

杨松带着人在玉皇顶附近抓住了蛟龙旅2名化装侦察人员,上报了营里,营里上报到旅里,旅里让营里自行处置。

杨吃狼决定以其人之道还治其人之身。伍晓刚是赞成的,如今两军对垒,侦察是必要的。胡勇智也不再反对,就当是无心插柳吧,能否成荫也没有那么重要了。他撂下一句话:"及时把侦察情况传到旅里,不能私自行动,以免破坏了旅里的统一计划。"

杨吃狼才不管他什么统一计划呢,能让侦察就行,总比待在山上被动挨打强。他担心夜长梦多,受领任务后立即着手准备去了。

红旗旅指挥部一片忙碌景象,人员来来回回犹如蜜蜂采蜜,仿佛一下子变成了影视剧中呈现的八路军指挥部,人头攒动,嘈杂喧闹,电话不止。海明军让人查查这是咋回事。

询问得知,这是胡旅长设置的一道临时演练考题。当新型指挥系统遭敌强电磁干扰,无法指挥时,他命令采用手工计算诸元、有线架设、手键拍发、旗语等传统技能应对,而这正是胡勇智的看家本领,就他那旗语动作完全是教科书级的。

"这不是乱弹琴吗?不能把新装备的科技含量转化成战斗力含量,再高科技的装备也只是烧火棍。"海明军曾一度认为应该练好新技能，不丢老招法。因为未来战场什么情况都有可能发生，信息化装备和手段是把双刃剑，在战场上它是敌人重点打击目标，一旦遭敌干扰或火力重创便无法正常工作，就只能依靠传统作战技能指挥部队打仗。但降维打击理论让他明白了，过度依赖老招法就是行走在失败的路上，取胜的关键还是必须站在科技的制高点上，如马克沁机枪对弓箭（热兵器对冷兵器）、坦克对骑兵（机械化对畜力）、精确制导对兵力集中（信息化对机械化）等。说得再通俗一点，就像"光脚的不怕穿鞋的"，可光脚的论跑跑不过穿鞋的，论踢踢不过穿鞋的，凭什么跟人家比？

"从歪曲的、片面的、错误的前提出发，循着错误的、不可靠的途径行进，往往当真理碰到鼻尖上的时候还是没有得到真理。"恩格斯的这句话表明，方向错了，一切努力都是白费。假如把未来战场比作一台机器，需要达到10000的转速方能适应，老办法的发动机所提供的极限转速只有6000转，无论如何努力都不可能达到预期效果，唯有用创新的方式解决。

询问红旗旅演练这项内容有什么考虑，果然不出中将预料，胡勇智振振有词地报告说："我们不能过分依靠现代化装备了，一旦高科技失灵，自己又没有基本的作战技巧，那将是非常恐怖黑暗的时刻，就只能坐以待毙了。"

"荒唐，使用老战法失败的概率，要比高科技失灵的概率更高。"公平起见，中将无法叫停红旗旅这一行径，但作为理论探讨一番终归是有益的。打仗嘛，不可能没有一点意外，心怀忧患意识是好的，但不能因此瞻前顾后、患得患失。在练兵备战过程中，时间和精力是最宝贵的资源，把过多的精力投入缺乏核心竞争力的老办法上，科技强军，尤其是解放和发展新质战斗力就容易停留在口头上。

像海明军熟悉的两伊战争中，伊朗仓库里有的是先进的排雷器材，却弃之不用，采取人工排雷，结果一次战役就丧生2000多人。伊拉克直到战争结束，还堆积着各种先进导弹，但是战争中用的仍然是手榴弹和燃烧瓶。为什么会出现这等滑稽之事？因为训练思路落后，有了新装备，练的却是老招法，最后没有训练出能够操作使用这些新武器装备的士兵。

要不要练老招法，实际上反映的是能否适应战争形态的发展，创新训练思路的问题。鲜花在眼前，并不意味着蜂蜜在手中。蛟龙旅都打进来了，红旗旅还在照搬旧套路、演练老招法，易错失对高科技的有效运用。

白阿毛坚决落实胡勇智依托坚固阵地防御的要求，带领全营人员在石梁河一带日夜构筑工事，营指挥所几乎都挖在了地下，每辆战车都挖了掩体，这样过分依靠阵地工事,想要机动防御都难。

　　海明军指着荧屏上合成三营掩体里的装甲车,仿佛看到蛰伏在各自巢穴中的一头头钢铁巨兽,抑或是遗弃在博物馆仅供参观的报废武器,有点惋惜地说:"这并不是藏于九地之下的善守时代了,白阿毛完全可以利用这些装甲车的灵活性机动防御。放在这些掩体里,还不成了活靶子?我看是麻秆手杖——靠不住,还不如一门大炮摆在那里威力大呢。"

　　不能站在思维浪尖上的指挥员,必将淘汰在战争的大潮里。军事斗争的一条基本规律就是先进战胜落后。胡旅长幻想着对抗双方高科技装备失灵,与蛟龙旅进行一场兵力与火力的赤脚较量,好比将发家致富寄托于买彩票中大奖一样,成功的概率能有多大呢?

　　镜头中几名战士依旧在加固战壕,整修装甲车掩体,中将有点失望地说:"脑子一固定,就很危险。信息化战争的形式变了,如果指挥员的观念不更新,知识结构不改善,能力素质不提高,蝶蛹就变不成蝴蝶,只能是包在厚茧里的毛毛虫!"

第十一章 敌后侦察

军人的气质,并不完全在于那身崭新的军装与挺拔的身姿。只有经历过刀口舔血、枕戈待旦的日子,才敢说自己当过兵。

一番细致入微的准备后,杨吃狼精心挑选了 12 名特战队员,组成了一个特战小组,携带新型夜视仪、导航仪等十余种信息化装备以及作战地图、手电筒等传统工具走向停在一旁的武装直升机。

这 12 人可不是随便挑的,他们都是各方面的专家。杨吃狼是小组指挥员兼"行动专家",负责指挥整个小组的行动,如何接敌,如何行动,如何撤出,遇到突发情况怎么办,行动失利后怎么办,都必须考虑周全。杨松这个对敌情了如指掌、能及时判断敌情变化的"情报专家"协助营长指挥。

"狙击专家"中士林俊斌,不仅能指哪打哪,还练就了一双能快速发现目标的鹰眼;

"爆破专家"下士刘嘉,能够完成普通爆破手完成不了的任务;

"通信专家"下士刘旺,能在隐蔽条件下保持联络畅通;

"格斗专家"二级上士丁猛,秉持着"手套上要沾上对手的血"的信念,苦练近身格斗,以一敌百……

带队的杨松向走在队伍最前面的杨吃狼小声报告,说负责伤员救护的"卫生专家"还未到。杨吃狼嘿嘿一笑:"说曹操,曹操一会儿就到。"

这时,王春雨全副武装地追赶过来,拦住了他们的去路。杨吃狼心中一阵窃喜,却又故意提高嗓门道:"你来干什么?我们这是去执行一项重要而又秘密的任务。"

王春雨憧憬军营的样子,她曾经多少次梦想过到特战部队当一名狙击手,一个人一杆枪,穿越深山老林,在重重艰险与考验中去完成一项艰巨的狙击任务。

这次难得的多重锻炼机会,她岂能放过?她大声道:"我也要去!"

杨吃狼指着不远处的直升机问:"别胡闹,你学过跳伞吗?"

"小看人了不是?跳伞可是我的专业。"王春雨这话并非吹嘘,一心想当特种兵的她,跳伞技术绝对一流。

"光会跳伞还不行,这路上很艰险、很辛苦的。"杨吃狼摇头晃脑地说着自己都觉得违心的话,却又找不到合适的词给双方一个满意的台阶下。

"我喜欢挑战,难啃的骨头磨利牙。"王春雨心里的这份自信从未泯灭,倒是真有点像她说的岗位就是前线,训练就是作战,越是艰险越向前。

杨吃狼无法把她文静的外表与内心的激越对接起来,只能跟着她的思路顺些可有可无的句子:"我们这可都是'专家型'队伍,就怕你到时哭鼻子抹眼泪。"

王春雨看了看大家伙,笑了:"说得那么玄乎,不就是某项训练的尖子吗?"

"肤浅了不是?专家是尖子,但尖子不一定是专家,可知道为什么?"杨吃狼故意卖了个关子。

王春雨轻描淡写地说:"比武不能完全反映真实的战场情况呗!"

杨吃狼本来准备了很多生动迷人的说辞,比如,"且不说比武的优胜者,有可能是筷子里拔旗杆",还准备以特种射击为例详加阐述,"你平时设置N个不同目标,战场上敌人只会从你最意想不到的方向发起袭击"。没想到,被王春雨一句话点到了问题的关键,他一时竟无言以对,脑子里一片卡顿。

"别磨叽了,赶紧走,也不知道是谁让小柴把侦察的消息透露给我的。"王春雨刚才也是歪打正着,并未真正理解特战专家的内涵。不过,她相信会有大把的时间弄明白,不想此时此刻在此地纠结此概念。她之前听人说过,"一个特战小组一般12个人",除了自己,眼前只有11个人,既然让自己来,肯定有自己的一席之地。

杨吃狼的这点小心思怕是早被她洞悉了,只是人家一直给自己找台阶下,自己还这么不知趣地东扯西拉,回过神来,她连忙补救似的问大家同意与否。

"去!去!去!"众人齐声道,像是早就彩排好了一样。

"那行吧,民意难违,就由王春雨同志担任我们的'卫生专家'吧。"杨吃狼宣布完这项任命,让人将准备好的战备急救包递给她。

战场救护是每名战斗员必备的技能,王春雨更是手到擒来,自然能胜任"卫生专家"一职,可凭她的本事只是为了救护吗?这个怕是只有杨吃狼心知肚明了。

王春雨爽快地答应了,接过急救包背在身上,随众人迈着整齐的大步奔向战鹰。

全副武装的特战队员们快速钻进机舱,直升机稳稳腾空,加速爬升。

升空后,飞机时而加速攀升,时而失速下沉,或依山谷地形飞行,或超低空掠地飞行,很快飞越石梁河,飞越一片片树林,40分钟后,战鹰到达预定的蓝军伞降区域。

"嘀嘀——"突然,舱门内黄色准备离机信号灯开始闪烁。放伞员发出跳伞指令,特战队员们起立、弓腰、勾头、两臂夹紧,向机舱门口靠近,等待离机。

不好,舱门锁死,无法打开。从直升机平时的检修保养就可看出,红旗旅对侦察是多么不重视和这次侦察准备得多么仓促。

队员们只好采用"尾门离机跳伞"。

"尾门离机跳伞"没有人辅助,一切动作靠自己操作,加上直升机不停摇晃,尾门打开后风速巨大,易造成跳伞员离机瞬间摔倒、离机后身体翻滚等情况发生,相比"机舱离机跳伞"难度更大、危险系数更高。

杨吃狼带领大家来到机尾,尾门打开。

绿色信号灯亮起,杨吃狼靠近舱门往下看了看,山川河流,深绿树林,尽收眼底,可哪哪又都像万丈深渊,稍有不慎就可能把大家伙推向另一个天堂,心里禁不住有点发慌。王春雨从他表情中读出了危险信号,初生牛犊不怕虎似的抢在前面想第一个跳,被杨吃狼不由分说地拽了回来。他深呼吸一口,闭眼纵身一跃——这个时候需要他这个营长带头。紧接着,特战队员迎着大风依次从机舱尾门鱼贯跳出,天空绽放出一朵朵伞花。

数分钟后,特战队员们准确着陆,快速整理了一下装具。杨吃狼一个手势,大家很快消失在树林中。

他们来到一个隐蔽的山林,队员们准确定位后,开始搜索前行,大约行进了10公里,行进到一个深山处,坑坑洼洼被废弃的矿区显示这里曾经有多么辉煌,现在却是那么凄凉。人们在攫取完大自然的财富后,都没有时间修复一下她的尊容。队员们转来转去,周围似乎都是一个样子,王春雨也觉得一直原地打转,忍不住问:"我们会不会迷路了?"

杨吃狼指了指杨松:"放心吧,有我们这个活地图在,就是把你扔到原始森林中,也绝不会让你迷路。"他鼓励大家坚持,有时候没有其他路可走,只能硬着头皮向前,走着走着就有了路。

林俊斌附和说:"营长说得不错,无论多么复杂的地理环境,只要给杨参谋一张地图,用不了一分钟,他就能迅速判定站立点,准确找到目标点。"

"是吗?"王春雨半信半疑,杨松既没有承认也没有否认,以她对杨松的了解,没有十足的把握,他都会断然否认的,这次连谦虚一下都没有,自然是有这项本领的。

回想起一路走来的场景:别人都是一边拿着地图一边对照地形地貌选择路线方位,而杨松常把地图揣在挎包里,偶尔拿出来扫一眼。即便遇到多条岔路口,出现了不同意见,也都是以杨松的为准,却从未出现过任何差错。王春雨十分好奇杨松是如何做到的。

原来,杨松对地图过目不忘,看一遍就全记住了。杨吃狼本能地调侃道:"欲练此功……"被王春雨瞪了一眼,他连忙收住不雅之词,赔笑说,"还得是令狐冲,不,还得是杨松。"尴尬在一片笑声中如泡影般消散。

"也没有那么玄乎,这地图我在家里看了好几遍呢。"杨松此刻真不是谦虚,亦不是天生强大,只是一心要强,心心在一艺,下最笨的功夫形成了肌肉记忆。他的人生信条是:"如果成不了最优秀的士兵,就做最努力的那一个。"

还真是活地图啊!这么一说,王春雨更深信不疑了,一行人加快了行军速度。

经过3个多小时的强行军,特战小组终于走出了这片山区,来到了一个由松树林构成的山坡上,路上车辙印明显。这一带区域是无人区,几乎很少有人来,王春雨纳闷:为什么会有这么多车辙印?她建议顺着车辙印搜索前行,获得大家同意。杨吃狼嘀咕了一句:"女人就是心细。"王春雨嘴角掠过一丝笑容,只当没听见。

果不其然,顺着车辙印隐秘行进了大约7公里,大家隐约看见远处搭建有军用帐篷。一行人提高了警惕,找一隐蔽处躲藏,王春雨遥控"小蜜蜂"迷你直升机,展开临空侦察。

这款单兵便携式微型侦察无人机非常小巧,长度和一支钢笔差不多,重不过一个鸡蛋的分量。"小蜜蜂"发出的声响极小,酷似蜂鸣,加上灰色涂装易于融入环境,即使被发现,也可能被误认为是鸟类或昆虫,特别适合执行隐蔽侦察、搜索爆炸物等任务。

杨吃狼望着远处帐篷,调侃道:"嗨,兄弟,小心你身后悬停的那只灰色小东西!"无声无息随风潜入夜的,不只有令人欢欣的喜雨,还可能是取人性命的毒虫。

"小蜜蜂"虽小,但五脏俱全。机上同时配备了光学和热成像侦察设备,能实时回传视频信号,昼夜都能工作。"小蜜蜂"还内置卫星导航芯片,不仅能手动控制飞行,还能按照预先设定的飞行路线进行自主飞行。

王春雨专心操作着"小蜜蜂",便携式指挥终端上清晰呈现战场态势实时画面,生成的目标地域数字态势图实时传回后方终端。

众人观察了一会儿,距离帐篷不远处,一排排坦克映入眼帘,王春雨觉得这应该是蓝军的主力部队。杨吃狼让围绕坦克周围再向外仔细观测,断定这是蓝军设置的假目标,应该是充气坦克。

王春雨不信,指着画面说:"你看,这些坦克的炮塔还在转动,怎么可能是假的?"

杨吃狼说:"研究方面你是专家,可惜实战经验不足。"

现在的一些仿真技术,既体现在外观,又深入内在,有时真可以说是仿到了骨子里。杨吃狼判断坦克为假目标的理由很简单:这么多的坦克,周围车辙印很多,却没有坦克履带的痕迹。

王春雨指着画面,不解地问:"那上面不是有履带印迹吗?"

杨吃狼说:"那是挖掘机的履带痕迹,是故意弄的,远没有坦克履带轧得深和实。"

作为一名坦克老兵,杨松证实了这确实不是坦克印迹。可他不明白,既然内行人一眼就能看出来,为何蓝军还这样做?是不是有点弄巧成拙了?

"也不能说他们是弄巧成拙,有可能是故意的。"杨吃狼指着假目标,让拉近些、放大些,说,"大家看看这些假坦克,表面都涂有金属反射性能的涂料,这就能逼真模拟现实雷达的反射特征。"

王春雨问:"他们这样做又是何意?"

"蓝军断定我们会利用卫星侦察或者其他高技术高空侦察,这样他们就能瞒天过海,吸引我们的反坦克弹药。"杨吃狼笑笑说,"只是,蓝军没有想到,我们12名勇士跑过来了,这样他们就露馅了。"

王春雨暗自佩服这个平时吊儿郎当的家伙,刚才还说女人心细,估计有点言不由衷吧,原来他才有一颗细致入微的心,也深刻明白了"观察从来不仅仅是眼睛与事物的相遇",又略带失望地问:"那我们是不是白忙活了?"

杨吃狼倒是信心十足,他断定,既然蓝军在这设置了这么多假目标,估计距离真目标也就不远了。

大家继续向前搜索,又排除了多处假目标。正当大家有点灰心丧气时,杨松指着前方一处山坡说:"这是801旅的防空导弹阵地。"

杨吃狼观察了一会儿,确信是蓝军真实的阵地:"看这阵地防守严密,强攻对我伤亡较大,可借助地形和夜色,采取火力引导、多点奇袭的方式,达成作战目的。"众人立马进入战斗状态,"狙击专家"林俊斌亦做好了爆头蓝军哨兵的准备。

体系协同时代,千里走单骑不再是勇气的代指,而是莽撞的隐喻。看队员们个个如临大敌,摩拳擦掌的,杨吃狼训斥道:"紧张什么呢?咱这是来侦察的,不是来摧毁的。只要将数据传回去,一枚导弹就能解决问题。"众人同意营长的意见,就凭小分队这几个人的力量,很难摧毁这个阵地,做不成孤胆英雄。

杨吃狼果断定下决心:"继续观察,不要打草惊蛇。"他摆了一个散开的手势,队员们三人一组快速抢占有利地形,并利用北斗定位信息感知、红外侦察等手段多源感知战场,将附近蓝军雷达站、导弹阵地等摸得一清二楚。

别看一个手势很简单,有时候胜过千言万语。因为一个战斗分队的每一个行动,通常是由好几名官兵共同完成的。战场环境嘈杂,一个战斗队人员分散,就算指挥员喊破嗓子,也很难保证大家听清每一个口令,更主要的是容易暴露自己的位置。大家要协调一致,没有比用手语更好更高效的办法了。杨吃狼和队员们经过一次次的协同演练、一次次的磨合突破,默契渐渐形成。

特战队员综合分析处理情报信息,拟制出一份涵盖目标方位、距离等侦察信息的目标清单。杨松正欲将之发送至旅指控中心,被杨吃狼示意叫停:"这么多重要目标在这,第801旅指挥部应该就在附近。"杨吃狼根据801旅的部署情况,敏感地意识到他们进入了蛟龙旅的核心地域,命令队员关闭所有无线电信号,隐秘搜索前行。

夜幕下,红外望远镜早已换成了增强型夜视仪继续观察。这种加装在头盔上的"第三只眼"仅重几百克,却能将多种夜视技术所取得的图像融合,让战士们的夜间可视范围达到1000米,可有效配合战士们在全黑暗环境感知战场态势。

队员们搜索发现800米外的一个隐蔽洞口有微弱的亮光,深夜了还不停有身影走动。从附近路段的车辙印看,指挥车印明显增多。杨吃狼判定这可能就是801旅的指挥所。大家加快步伐,欲靠近监视,被营长喊停:"再靠近会被发现的,那可就功亏一篑了。"

队员们身下是个土堆,像是以前种树挖的排水沟或是驻训部队掩埋光缆留下的。杨吃狼指着眼前这片树林说:"这片树林是我们天然的隐蔽所,前面视野开阔,没有遮蔽物,很容易被发现的。"

大家按照战斗队形分散开就地隐蔽,有的将身体深埋在干枯的树叶中,只露出两只黑眼睛,与大自然融为一体。杨吃狼觉得在现代侦测技术面前,这种物理隔离式伪装的作用属实有限。他命令完全实行无线电静默,在原地进行了更仔细的侦察,发现洞窟东北侧隐约停有数架直升机,于是更加肯定了这就是蛟龙旅的指挥所。

凌晨4时左右,一钩残月正慵懒地盯着大地,林壑深处,从洞口走出两个大校,王春雨调出照片一比对,惊讶得差点叫出声来,他们正是801旅旅长郑晅阳、政委贺坚定!郑晅阳没有什么特别的标识,这长相走在茫茫人海中一抓一大把,倒是贺坚定黝黑的皮肤,看似瘦削却又有线条分明的肌肉,活脱脱一个练家子。正因为单从外表无法把贺坚定与一名作战旅政委联系起来,才让王春雨一眼就认出了他。

杨松靠近了营长说:"我们快把方位发回旅里吧,请求火力打击,给他们来个一锅端。"

杨吃狼摇了摇头说:"还是等到天亮吧。"

杨吃狼了解他们的旅长,胡勇智这个时候肯定在睡觉呢,别说参谋不敢叫醒他,就是叫醒他了,胡旅长也未必会下命令进行火力打击。他指着眼前的地形说:"你看蛟龙旅选择的这个山洞,真像个蛇洞,细长细长的,导弹也不一定能打得准啊。"

杨松仔细观察了一下地形,完全击中目标确实有难度,说明蛟龙旅选址是下了一番功夫的,又担心道:"等天亮了,蛟龙旅跑了怎么办?"

"放心吧,都到这个点了,就算他们要转移,也要等到天亮了。记住,黑夜是个双向大保护源。"杨吃狼命令大家打起十二分精神来,密切监视洞口的一举一动。

时间慢慢地流淌着,多数队员困意来袭,上下眼皮直打架。杨松竟变戏法似的从口袋里掏出一个小米椒,递给营长吃下去提神。杨吃狼试着咬了一口,辣得眼泪、鼻涕一起流,嘴巴大张着连续多次深呼吸,借以释放辣味。杨松又摸出一个小米椒,塞进口中细细咀嚼做起了示范。

杨吃狼征求大家意见,问是否吃小米椒提提神,见大家直摇头,就换了个思路,安排两个人一组,每组轮流监视10分钟,其他人可临时打个盹。

半个小时过去了,轮到杨吃狼和王春雨监视。别看外面这些天热浪滚滚,山里还是挺冷的,尤其是夜晚的时候。队员们一路奔袭,衣服湿了又干、干了又湿,泛出粒粒白晶,贴在身上真是难受。山风像是卷着冰碴吹来,冻得王春雨直哆嗦。杨吃狼脱掉迷彩外套给她披上,王春雨感到丝丝温暖,嘴角露出一抹浅笑:"都说你是个粗人,看不出你心还挺细的。"

"哪有啊!我这是嫌热。"杨吃狼伸了伸懒腰,说着言不由衷的话,心里却在想：这什么鬼天气？大夏天也不让人消停,咋不下雪呢？

看着杨吃狼若隐若现的结实肌肉,估计冻一会儿也没多大关系,既然大家都说他没有血性,就当一次淬火锻炼吧,王春雨安然地享受着这多一层军装的温暖。

杨吃狼趴在土坎上,感觉浑身发冷,一滴水从高空落下,在他手持的冲锋枪上摔散,分作一圈圈细小的水雾,溅到他凹凸不平的脸上。那水不知是栖息在树上的鸟儿的尿液,还是雨露的急先锋。他的身体不由自主地颤抖起来。

善良的王春雨见状往他身边靠了靠,将衣服一半搭在他身上。杨吃狼触电似的感到一股暖流,这股暖流不仅是衣服上的,还有她身上透出的温柔诱惑,让他瞬间醉了,要不是深夜光弱,定能看到他的脸此刻跟猴屁股一样红。

杨吃狼绷住快速跳动的心,眼睛盯着洞口,却心猿意马地想着这个女人是干什么的,才来一个多月,营里的面貌几乎改变了一番,除了神仙,谁还有这通天本事？想着想着,一幅绚丽的女儿国景象带他进入了梦乡,真希望时光能来个32倍的延迟。

突然,王春雨用胳膊肘捣了捣杨吃狼："快注意看！蛟龙旅的人可能要转移。"

杨吃狼从梦乡中醒来,口水直流三千尺,看着天边渐渐明朗的晨曦,他拿起夜视仪仔细观察,洞口果然有人在撤收帐篷、装载物资。他赶紧叫醒大家,命令杨松将方位信息连同前期的侦察成果一并发回旅指挥所。

红旗旅指挥所接到杨吃狼发送的信息时,胡勇智果然在睡觉,值班参谋肖述泉多次掀开帐篷,见旅长侧身躺着正打着呼噜,愣是不敢叫醒他。

过了10分钟,见旅长仍没有醒来的意思,肖参谋只好走到政委床前,轻轻喊道："政委,政委,有情况,有情况。"

伍晓刚一直佩服粟裕大将的战备意识,养成了大战面前睡觉从不脱衣服的习惯,作战装具也都放在了随手可取的地方。他应声醒来,拿起文件揉揉眼看了看,一骨碌站起来说："这么重要的情报,怎么不早点叫醒我？快叫醒旅长。"

肖述泉指了指熟睡的胡勇智没吭声,伍晓刚提上鞋快速走到胡勇智床铺前,用力拍打着他："旅长,旅长,快起来,有重要情况。"

胡勇智正想发火,一睁眼见是伍晓刚,便强压住怒火道："我的大政委,有什么重要情况？这天还没亮呢！"

伍晓刚迫不及待地说："杨铭他们发现了801旅指挥部,他们正要转移。"

"他们这才去了一天,就发现了蛟龙旅指挥部,不会是801旅布置的假目标吧？"胡勇智揉揉惺忪的眼，像是不相信似的。

伍晓刚拿着传过来的情况说："你看这信息多详细、图片多清晰，这上面还有他们的旅长、政委呢，不太像是假的，我们赶紧采取远程火力打击吧。"

胡勇智一抬手道："别急，等天亮了再说。"

"等天亮，他们就都跑了。"伍晓刚往外面看了看，东方已出现鱼肚白，只是这山间密林处显暗，转而又说，"这天已经亮了。"

"跑就跑了呗，咱不打他，他们也会送上门来。"胡勇智还是坚持原先固守防御的观点，他并不主张先开火，以防上当，"咱不是统一过思想了吗？以不变应万变。"

"老胡啊，胡旅长，你就是太保守了，现代战争被动防守是守不住的。"进攻要审慎和条理分明，防守要大胆和富有魄力，伍晓刚眼见要错失良机，差点说出胡勇智这是宋襄公的打法，想了想还是以大局为重，甩了句，"我们对红旗旅是要负历史责任的。"

"防御的本质在于扎根在地，屹立不拔，守都守不住，进攻更可能失败。"胡勇智也论起了兵法。他坚信他的指挥部固若金汤，只要不主动送上门找打，外部就是狂风暴雨、天塌地陷，他也能稳坐钓鱼台。他信誓旦旦道："伍大政委，失败的责任，我来承担，如果801旅攻占了我们的指挥部，我引咎辞职。"

"恐怕到时候你负不起这个责任。"伍晓刚气得真不想搭理胡勇智。

"伍政委，为将之道，当先治心，什么时候指挥都不能乱，我们要沉住气才行，不能让蛟龙旅把我们的节奏带乱了。现在战局扑朔迷离，随时都可能遭遇突发情况，指挥部队最需要的是沉着恒定的心……"胡勇智反倒给伍晓刚做起了思想工作。

"不用你给我上理论课，这些道理我懂。"一个理性头脑并非一位将领的唯一心灵资产，勇气、精力、决心、审慎等特性在攸关胜负的场合将更有分量。伍晓刚知道胡勇智接下来想说什么，毫不客气地道："你是不是想说，莫斯科保卫战正吃紧时，面对德军大兵压境，苏联毅然决定传统的十月革命节阅兵照常举行，全副武装的苏联红军庄严无畏地从红场直赴战场？"

"咋说咱是一路人呢，还是政委了解我。"胡勇智正想用此表明泰山崩于前而色不变，麋鹿兴于左而目不瞬。

"别瞎扯了，下命令吧，再高深的理论关键时刻也抵不过一发炮弹有效。"伍晓刚没有工夫再听他没完没了的洗脑。

看到蛟龙旅官兵来回忙乎，眼看就要跑路了，杨松着急道："营长，这么久了，旅里怎么还没有行动？不会旅里没收到信息吧？"

杨吃狼说:"收肯定是收到了,值班的肖参谋多次向我核实信息的真伪呢。"

"那他不会觉得我们的情报有误吧?"

"不会,咱提供的情报那么详细,各个阵地都有,要不是真的801旅指挥部,他们并未发现我们来侦察了,干吗天不亮就要转移?"

"那为何旅里不组织远程火力打击呢?"

"就怕咱那个胡旅长装糊涂。"想到这儿,杨吃狼顾不得保密了,直接向旅指挥部报告,"蛟龙旅要跑了,再不打击就晚了。"一遍遍呼叫无果,侦察小组的成员真想此刻提着冲锋枪给上一梭子。

另一端的旅作战值班员肖述泉也焦急万分,要是换作别人,早就躲得远远的,可既然接了这活,他就要负责到底。肖参谋一直站在旅长面前,希望旅长尽快下命令。

胡勇智看看他,一脸的不高兴:"你怎么还杵在这儿呢?咋了,给我站岗呢?"

肖述泉说:"旅长,等着你下命令!"

胡勇智说:"我的命令是,你,赶紧滚蛋,该干啥干啥去。"

肖述泉依旧像被点了穴一样站在那里,伍晓刚凑过来说:"旅长,赶紧下命令吧,再晚就来不及了。"

胡勇智紧绷的脸突然松弛下来道:"政委,要不,我们开会研究一下?"

"扯淡,都什么时候了,你还开会研究?!"伍晓刚脸色铁青,突然快步走到指挥位置,罕见地以党委书记的名义发布命令道:"命令导弹分队向蛟龙旅发射2枚远程导弹。"

一切刚刚苏醒。两个亮点闯入视野,呼啸着向下俯冲。两枚水桶般粗的蓝灰色炸弹,在空中划出两道弧线,蛟龙旅指挥部瞬间陷入一片火海之中。

巨大的爆炸声中,两只大鸟受到惊吓,掠过天空。

杨吃狼隐约感觉一股巨大的冲击波袭来,从脚心贯穿到胸口。仿佛有人趁你不注意,在你心窝猛捣一拳。可惜的是,就在2分钟前,蛟龙旅已转移出了这个阵地。

阵地前沿的杨吃狼一拳砸在地上,恨恨地骂道:"真是蠢到家了,愚不可及,无可救药!这么好的战机,就让这帮蠢货断送了!"

"营长,别骂了,赶紧走吧,我们这会儿肯定暴露了。"杨松意识到了危险的逼近,和众人猛地拉起营长跑出这片树林。

薄雾笼罩,晨光熹微。他们沿着一条小路奔袭数里,果然见蛟龙旅一群士兵在秘密搜寻,情急之下,杨吃狼命令大家向一密林深处隐蔽而去。

早上醒来,错过了一场精彩的斩首行动,海明军似乎有点遗憾,这遗憾似乎比胡勇智还强烈。在他意识里,一支军队可以打败仗,尤其是演练中,败仗可以让人警醒。只是胡旅长这样送到嘴边的肥肉都不吃,对胜利也毫无追求,哪还有点高级指挥员的样子。

更可怕的是,红旗旅的两位指挥员已经有了裂痕,这种裂痕无论如何是弥补不了的。海明军仿佛嗅到了红旗旅失败的气味,坐在演练大厅里久久不语。

冷一欣赶到深夏后,案件进展得并不顺利。按照她的推测,这种案件背后肯定有一个严密的组织机构和巨大的利益团伙,境外也必然有接头人,单抓一个马家妹,一旦审不出有价值的信息,线索就会中断,还会打草惊蛇,让其他犯罪分子有了警觉。

这是一栋7层的单元楼,马家妹租住在顶楼,房东就住在楼下,马家妹要回住处,先要乘坐电梯到6楼,然后再爬一层楼梯上去。这属于过去那种买顶层送一层的老房子,被房东合理化利用了,电梯是后来加装上去的。

配合冷一欣办案的深夏国安局苏海榭警官,安排人密切监视了一个星期,并未发现马家妹有任何异常,她吃饭都是叫外卖,偶尔逛逛超市,也没有接触什么可疑的人。

其间,冷一欣安排人化装成抄水表、维修天然气管道的工作人员进去过两次,发现马家妹不是在看电视,就是在玩游戏,还抽着烟,房间里很凌乱,一屋子垃圾。这也证明了之前房东文惠说的是实话。

"冷组长,这马家妹是不是发现咱们了,还是咱跟错目标了?这么久也没啥可疑的啊。"苏海榭有些气馁。

马家妹每次订外卖,冷一欣都让人取来底单,对比了这一周的订单,她发现马家妹定的外卖档次越来越低了,从先前的大酒店到大排档,价格从几百元到一百多元,再到几十元,甚至几元。这倒不是孙膑主动减灶迷惑敌人,马家妹根本不懂什么兵法。冷一欣判断她的经济越来越拮据了,可能很快支撑不住了。

果然,三天后,晚上十点左右,马家妹一个人斜挎着小包出门了。她搭乘一辆出租车去了海边。下车后,马家妹四周观察了一会儿,扭动着腰,上了一艘大船。

冷一欣和苏海榭跟了上去。船上是一个移动酒吧,霓虹灯肆意闪烁,马家妹和一名陌生男子坐在一旁边喝酒边聊天,还左顾右盼。冷一欣密切注意着两人的一举一动。狐狸要露出尾巴了,马家妹从包里掏出一个装满资料的大信封,递给陌生男子。

海上突然刮起一阵旋风,船体一阵巨大晃动,吊顶上的大灯掉了下来,哗啦一声碎了一地,吊顶上电线发出吱吱声响,灯瞬间都灭了,漆黑一片,苏海榭大喊一声:"不要动。"

透过应急小灯的微弱亮光,陌生男子拉起马家妹就跑:"不好,我们被跟踪了!"

冷一欣和苏海榭快速追了上去,还是晚了一步,两人乘坐快艇飞一样地扬长而去。

冷一欣立即通知当地海警进行追捕。

夜幕下追捕一艘快艇绝非易事,此刻海风正大,时不时有海浪吹来,来来往往的船只也不少。海面上泛起星星点点的灯光,偶尔听到船鸣。

站在大船甲板上,望着漆黑偶有亮光的海面,苏海榭说:"冷组长,这样追捕下去,马家妹乘坐的快艇要是翻了,两人掉到海里,尸骨无存,可就没有线索了。"

冷一欣想的还不只是这些。万一快艇撞到其他船只,也可能出现船翻人亡的事故。她只好放弃了这次追捕行动。

案件随着这黑夜,又一次陷入了茫茫黑暗之中,只有点点星光给人丝丝希望。

杨吃狼带领的侦察小组犹如插在801旅心脏的一把钢刀,但也像是在刀尖上跳舞,困难重重,危险重重。

遭受导弹袭击的那一刻,蛟龙旅郑晅阳旅长、贺坚定政委就意识到防区混入了红旗旅的侦察人员,下令侦察连动用包括武装直升机在内的一切武器装备,全力追踪搜索。

这逼得杨吃狼等人四处躲藏,不得不与蓝军兜起了圈子。

杨吃狼边走边不时侦察四周,他透过望远镜看到花白的天地中间,有一个黑色的圆点。他瞬间打了一个激灵,既紧张又兴奋,肾上腺素加速分泌,这是蓝军的无人侦察机。他果断命令队员们隐蔽在低洼处。他们必须在无人机侦察时保持沉默,和这大地一起,隐没在树林中。队员们全都屏住了呼吸。

无人机越来越近,队员们能看到机体上有小红点在闪烁,那是摄像机在工作,一个浑圆的镂空架,缓缓打开,那是在探测热量。无人机在队员们的头顶忽上忽下,忽左忽右,大家的心情也跟着跌宕起伏,像极了坐过山车。无人机好像发现了他们一般,旋翼带出风,发出嗡嗡声俯冲下来。队员们个个紧握钢枪,做好了拼死一战的准备。

幸运的是，无人机终究没有发现他们，向前飞走了。"他们还会再来的，大家先别动。"杨吃狼说着掏出一颗手枪子弹，队员们也不约而同地掏出一颗子弹，有手枪子弹，有步枪子弹，这最后一颗子弹永远是给自己的。

眼尖的王春雨发现弹头不一样，研究过很多高新武器的她，却真的没有关注过这小小弹头之间有何区别，好奇地问道："为何步枪子弹为尖头，手枪子弹却为圆头？"

"尖头是公的，圆头是母的。"杨吃狼这么随口一说，让紧张的气氛舒缓了许多，几名年轻的战士捂着嘴笑。

王春雨狠狠瞪了他一眼说："驴唇不对马嘴，狗嘴里吐不出象牙。"

这些都是子弹喂出来的神枪手，却很少有人注意到这些细节，甚至以为子弹头都是尖的或者圆的，如今一对比才发现原来差别这么明显。

还是杨松为大家解开了谜底：步枪子弹为尖头，射程更远，威力更大；手枪交战距离往往只有10—20米，圆形弹头能有效防止过度穿透，也更有利于节省弹匣空间。

王春雨听后，若有所思地点点头。

真如杨吃狼所料，蛟龙旅的无人机又反复侦察了几次，搅得队员们心神不宁，只能处处小心行事。

蓝军还出动至少一个营的部队展开密集搜索，特战小队多次被逼入困境、险境、绝境。最险时，蓝军搜寻部队的说话声，杨吃狼等人都听得真真切切。就像当年红军第三次反围剿，毛泽东同志拿着地图、指北针走在最前面，带领部队从听得到敌人哨兵咳嗽声的夹缝中穿出包围圈一样，可谓绝地求生。

这样与蓝军在密林中兜圈子终究不是办法，杨吃狼带领大家躲在"葫芦谷"旁边的山洞里短暂休息。通往密林深处弯弯曲曲的小路拐弯处，有一个椭圆形池塘，池塘旁边的一块石头上刻有"葫芦谷"字样，字上的红漆斑斑驳驳，多处被灰土覆盖，三面环山的弧形峭壁几乎呈90度，如同巨大的屏风。崖顶有一个瀑布，飞流直下入"池塘"，颇像往葫芦里倒酒，恐怕这就是取名"葫芦谷"的原因。

葫芦谷山洞比较隐蔽，侦察机很难发现，这一躲就是两个多小时。或许是蓝军完成了战役部署，或许是主动放弃了追捕，蓝军分队竟不知去向。

只要心中有景，何处不是花香满径？休整过来的王春雨看着这山涧奇谷，一扫连日来的疲惫，欢喜地跑向池塘，脱掉重重的头盔放在一边，弯腰掬一捧清澈的泉水洗脸,顿感清爽不少,再掬一捧,用粉红小唇吸吮一口,甚觉甘甜。她忍不住再喝了几口,"好爽啊",像个冒着傻气的小女生一样天真无邪。

杨吃狼盯着她婀娜的背影看了一会儿,不晓得这个小身板到底蕴藏了多少洪荒之力。斯人若彩虹,遇上方知有,他情难自禁地道:"这是哪家的妹子?真是好看。"

王春雨回眸一笑:"你说啥?"发现大家都看着自己,她不由得好奇地问,"你们不渴吗?也过来洗洗吧。"视线相交的一瞬间,山谷布满了清澈的温柔。

大家不是不渴,军人的职业素养让他们更加懂得物极必反的道理,越是有梅子吃越要管住自己的口。队员们仍不敢大意,四周察看了一番,留下林俊斌、刘旺两个人继续观察,其他人才奔向池塘喝口水。

这一刻,王春雨才意识到,军人的气质,并不完全在于那身崭新的军装与挺拔的身姿,而是经过血与火的淬炼,留在内心的自信与坚定、执着与奉献,军人的素养体现在一点一滴、一笑一颦中。她这个曾经特招入伍的留洋博士,充其量只能算是穿过军装的人,而非真正的战斗人员。确切地说,只有经历过那种刀口舔血、枕戈待旦的日子,才敢说自己当过兵。她曾经一度为转改文职郁闷、落泪,现在想来自己早就被甩出轨道了,对这次当兵锻炼更觉来对了。

这里虽然水源充足,但没有食物,队员们带的两日份干粮均已消耗完,要想生存,必须尽快离开这个地方。杨吃狼让大家将水壶灌满水,便很快上路了。

山里的天,娃娃的脸,说变就变。

天空仿佛有意证明自己善变,大概走了两个小时,有闪电划过,滚滚雷声从远处滚滚而来。天阴了,淅淅沥沥地下起了小雨,路面变得湿滑,路边的悬崖令人望而生畏,最小的溪流也奔涌在高峭的溪壁之间,饥肠辘辘的队员们艰难前行,渐感体力不支。

杨松拿着地图说:"穿过这片山林,前面就有居民地。"

刘嘉说:"杨班长,你真会逗笑,这深山里怎么可能有人住呢?"

"杨班长说有就有,他可是我们营里的首席参谋,什么时候判断失误过?"林俊斌是杨松带过的兵,也是他的铁杆粉丝。

丁猛随声附和道:"就是,我们相信杨班长。"大家跟着杨松加快了行军的步伐,就算望梅止渴,也是一种精神鼓励吧。

这是一条什么路,简直就像在悬崖峭壁上攀爬,连壁虎路过都可能摔跟头。走到一个狭窄处,小路仅容得下一个人通过,下面悬崖深不可测,大家如履薄冰地摸着石头一步一步往前走。

遇到一处陡壁,需要用力跨过去才行。见上一名跨过去的战士腿脚有点哆嗦,王春雨提醒大家说:"注意脚下,不要往下看。"不料,自己手扶的一块石头脱落,她身子一歪,仰面掉向悬崖的那一刻,身后的杨吃狼一手抓住一棵小树,一手快速抓住了她的手,用力一拽,转手一把搂住她的腰,奋力向前方跳去,身后一个什么东西掉了下去,也无暇顾及,两人摔倒在一片空地上,有惊无险。杨吃狼正好压在王春雨丰满的胸脯上,双手还紧紧地抱着她纤细的腰,情急之下无处安放的手,正好给她当了垫背。

身下的王春雨也紧紧抱着杨吃狼,呼吸加重,心跳加快,从刚才的惊险中回过神来后,她不由自主地用手摸了摸杨吃狼的后背,湿漉漉的。王春雨感觉不妙,用眼睛余光瞥了一下,红红的,她一把推开杨吃狼一看,道:"是血。"

杨吃狼虽感背后疼痛,但依旧温柔地说:"没事,没事。"他真的太享受这美妙的时光了,情愿沉醉不醒。但他突然觉得哪里有点不对劲,连忙松开王春雨站起来,浑身上下打量着并转了转,脸色都变了,惊呼道:"我的枪呢?!我的枪呢?!"

就在杨吃狼奋力一跳的时候,冲锋枪被石块蹭掉进了万丈深渊,之前他还以为是石头呢。杨吃狼望了望那瘆人的深渊,想着下去找不大可能了,心情也随枪支跌到了谷底,像是丢了魂似的瘫坐在地上。队员们围过来,也感到事情的严重。

见大家从未有过的沮丧,死里逃生的王春雨倒是看得开:"丢支枪有那么严重吗?"与一个人的生命相比,丢支枪确实不算什么,但也确实够要命的。

杨松一脸惊慌失措地说:"王工程师,你可能有所不知,丢枪,要层层上报到军委的。"

"哟,要是这样说,问题确实有点严重。"王春雨深知,能惊动中央军委肯定事情不小,可她想了想,又觉得不是啥大问题,"不就是一支枪吗?咱补回来就是了。"

王春雨轻描淡写,给人的感觉就像是丢失了一个心爱的玩具,或者最多是一个依赖的拐杖,可以照价赔偿似的。

"怎么补?买卖枪支可是犯法的。"杨松听说过国外黑市上有买卖枪支的,可那只在影视剧中见到过,即便现实中真的有,他也不敢以身犯险。

"谁说要买卖了?我们自己造就行了。"王春雨打着包票说,"看在刚才救我的分上,这事就包在我身上了,保证还你一把,十把也行。"

"一把就行,多了还麻烦。"杨松当过营连枪械管理员,每支枪都有编号,无缘无故多几把和丢失几把本质上没有多大区别,都是要命的事。

可王春雨真有这本事吗?

有人持怀疑态度,可又不得不相信,因为她搞来的察打一体无人机远比一支枪高端大气多了,她给合成一营带来的巨变又岂是能用武器装备来衡量的?

杨吃狼心中也泛起一丝侥幸:既然是实战化演练,战场上丢枪遗弃武器也是常有的事,说不定也没么严重。就像上次火烧帐篷,烧就烧了,掀起的风波也就一阵便过去了。所有的担忧都是对未来不确定性的杞人忧天,他想着就顺其自然吧,心却始终放不下来。

在这儿待着终究不是办法,路还得走,众人站起来继续向前行。

艰难穿过这片伤心的山林,正像杨松说的,真有一片开阔地,稀稀疏疏生长着几棵粗壮的核桃树,别看树有些年头了,尚不太成熟的果子却挂满枝头,旁边真有几间破旧的房屋,只是早就没有人住了。

天渐渐暗了下来,山间的风越发阴森恐怖,队员们四处观察了一番,派出警戒哨,找了一个隐蔽的地方围坐在一起,丢失枪支的阴影笼罩在每个人的心头。刘嘉、刘旺等人饿得实在受不了,小心翼翼摘下低垂的核桃,用石块艰难砸开生吃,喝着刚才从葫芦谷里灌的泉水。王春雨担心这样会拉肚子,建议生堆火把核桃烧熟了再吃,顺便烧点热水。

杨松怕生明火会暴露目标,连忙制止,他又看了看营长,等着这个特战小队的头儿给点意见或者最后拍板。杨吃狼坐在那里呆若木鸡,一言不发,似乎还在想着如何弥补丢失的枪。

王春雨告知大家,这方圆30公里没有801旅的人,他们都已经撤走了,还十分肯定地说:"一个小时后,会有人来救我们,我们生明火也是为了方便他们找到我们。"

队员们将信将疑,就在最近的两个多小时里,队员们向旅里发出几次求援信号,胡勇智均以各种理由拒绝了。因为杨吃狼提供的情报,不仅让他和政委关系破裂,还狠狠地挨了张凌天一顿训,错失的战机也归咎于他。胡旅长更担心救援会落入801旅圈套,"拯救大兵瑞恩"的代价是沉重的。

演练嘛,毕竟不同于打仗。就现在这条件,随便找个老乡家就能填饱肚子,或者随便到一个集镇上,微信、支付宝还不是随便刷?包辆车也能回来。总之,是个活人就不可能被尿憋死。还有一个原因,就是胡勇智阴暗的一面了——若杨吃狼等人真的被俘,关键时候还能把一些责任推到他身上。所以,他严令各部队都不准轻举妄动。

王春雨只好自救了，就在 5 分钟前，她将位置信息发回了智通公司，请求支援，并说需要带些食物和水，外加一把冲锋枪。公司回复：一个小时后到达救援现场。

战士们信与不信已然不重要了，耐心等待一会儿就可见分晓，内心却早就升腾起了一堆熊熊燃烧的篝火，映照在美丽的夜空，像一群战斗英雄围绕着翩翩起舞的美女，温馨、浪漫，大家不由自主地看了看王春雨。

"那还等什么？快去捡柴火啊。"王春雨知道这些年轻战士的想法，为避免当前的尴尬，就代杨吃狼发号施令了。大家看营长依旧没说话，就当他默认了，留下两人观察敌情，其余分散开来捡柴火去了。不一会儿，一人抱回来一些，放在一起就是一大堆。杨松找些干柴点着火，篝火慢慢燃了起来。王春雨用小树枝挑着火苗，火星如萤火虫般飞舞，如烟花般散落。战士们添着柴，大家谁也不说话，烧熟的核桃被拨到了一边。

王春雨示意大家赶紧吃。队员们早已按捺不住，动手拿烧熟或者烧热的核桃，刘嘉被火烫到直甩手喊疼，刘旺嘴上脸上抹的全是灰，丁猛因砸不开核桃急得抓耳挠腮。杨吃狼终于说出话来："熊样，瞧你们那点儿出息。"

杨吃狼这一骂，大家反而舒了一口气，撒欢儿去捡核桃了。几名战士顾及军民关系，只摘伸手就能够得着的。杨吃狼觉得太过迂腐，用树枝随手扒拉着几颗核桃说："你们这些死脑筋，也太不知变通了，都什么年代了？老乡们早就搬走了，就这些破核桃，你送给老乡们，他们还不一定要呢。"

这倒也是，谁还为这点核桃，大老远来这深山里采摘呢？

"这核桃树都是老班长们辛苦种下的，不吃怎能对得起老班长们的一片心意？快点，你们几个到树上摘点来，让我们好好尝尝这山中野味。"林俊斌多次随部队到山里植树，也种过核桃树，只是不在这片山里。他看这横平竖直的栽法，猜想着应该是其他部队种的。

几名战士闻令腾地站起来，拍打几下屁股上的灰尘，噌地一下跃到树上，几番摇晃，很多核桃纷纷落地。树底下刘嘉、刘旺等年轻战士欢喜地捡着，像群小猴子，既闹腾又有趣。

气氛稍显轻松，杨吃狼突然吆喝了一声："大家敞开吃了，即使上刀山下火海，也不能做个饿死鬼。"显然，他这还是心里有气，借机释放郁闷呢。

林俊斌壮壮胆说："要么，请王姐姐为我们大家跳支舞吧。"几名战士也跟着起哄，嚷嚷着要王春雨跳舞。这也怪不得大家，不知谁透露了一个消息，说她在单位跳舞曾获得过一等奖。用一句颁奖词形容说:"春雨一支舞,跳过风雨追梦路,跳得天边见彩虹。"如今被困在这里,这些年轻战士自然想一睹风采。

王春雨缓缓站了起来,拿掉身上水壶、挎包等笨重的行头,拍了一下手说:"那我就给大家跳上一段,大家给我打拍子好不好?有会口技的吹口技。"王春雨曾经去过边疆、海岛慰问演出,那里条件艰苦,没有伴奏的清唱和这种简单的伴舞是常有的事,她是驾轻就熟。如今,慰问和自己并肩作战的队友,能让大家缓解一下精神压力,她自然不吝惜一段舞蹈。

众人爽快地答应了。军营最讲究整齐划一,鼓掌往往都讲究节拍,打起拍子来也抑扬顿挫。杨松摘了一片树叶,悠扬地炫起了口技。王春雨翩翩舞起《飞天》,像是耸身,又像仰望;像是飞翔,又像步行;像是耸立,又像倾斜。不经意的动作绝不失法度,手眼身法都应着节拍,翩翩的姿态飞舞开来,笔挺的军装平添几分灵美飒爽。

大家看得如痴如醉。

跳完《飞天》,队友们叽叽喳喳,让她再跳一支。王春雨含笑道:"不能光看我表演啊,这是咱自己搭建的舞台,大家是不是也要表演一个呢?"她倒不是考验大家的表演水平,或者是有意让谁难堪,作为心灵慰藉的必需品,这样互动更能调动大家的积极性。见大家姑娘上轿般忸怩不安,个个低头不语,她直接点名林俊斌:"小林,刚才你最活跃了,来给大家表演一个。"

林俊斌站起来,脸红红地说:"我就给大家朗诵一首诗吧,我自己写的《好梦》,祝大家都有一个好梦。"

"好,大家欢迎。"王春雨带头鼓掌。

林俊斌清了清嗓子,声情并茂地朗诵了起来:

甜蜜的回忆,
让人回味无穷,浮想联翩,
由衷地感到满足,
是那么地惬意。

或许
在你清醒时,
她很一般,
可真的梦一回,

感觉还真难。

于是乎，
多愁善感的你，
渴望于此去掉心烦，
只求——
好梦天天出现。

"你小子这是做啥好梦了？在这感慨得像个诗人似的。"杨吃狼自己也有过类似的体会，却说不出来那种感悟，此刻战士聊聊数句，真实地展现了对好梦的渴求，让他的心情一下子璀璨了很多，开始号召起大家表演节目来。

还别说，这战地晚会还真是有模有样的，起到了提振士气的作用。杨松听从营长号召，随手摘下一片树叶，单独给大家表演了口技，模仿各种鸟叫，惟妙惟肖，博得阵阵掌声。见大家的情绪被调动起来了，王春雨也响应群众呼唤，准备再跳一支《军中绿花》，让大家伴唱。

这时，远处传来直升机的轰鸣声，大家顿时警觉起来，赶紧用树枝扑打火堆，柴火星子如熔炉里的钢花四处飞溅，火星蹦到杨吃狼的衣裤上，他也不躲不闪，反而异常冷静地说："要是敌机真的来了，我们早就被发现了，扑灭火堆也没有什么用了。"他此刻宁愿相信是王春雨安排来救大家的飞机。

战士们还是习惯性地隐蔽起来，保持着战斗姿势。王春雨用手电筒闪烁着照了几下，3分钟后，直升机降落在刚才的火堆旁，她跑过去，随手一挥，招呼大家赶紧上飞机。

直升机成功绕过801旅的监视，经过一个多小时的飞行，终于将队员们送到了玉皇顶高地，大家下了飞机，有一种回家的感觉。

王春雨将一支冲锋枪递了过来。

杨吃狼接过来一看，喜不自禁："哪来的？"

王春雨不想节外生枝，淡淡道："下去找到了呗。"

杨吃狼才不管谁下去找的呢，只要枪没丢就行，就像丢失一样至关重要的东西后又失而复得，总是令人不顾一切地相信世界上真有奇迹。他连忙交由杨松收好。

杨松点了点头，接过冲锋枪，看了又看，还拉了枪栓空放了一枪检验了一遍，完好无损，喜极而泣。

第十二章　蓝军究竟如何过的河？

　　别人唯恐不能保密,人家倒好,直接把部队过河的消息公开了。反其意而用之,一来能给对手造成恐慌,二来明确告诉你,就是让你想不到。

　　战场并没有像红旗旅,尤其是胡勇智预料的那样发展,首先第801旅就没沿石梁河大桥过河,白阿毛煞费苦心构筑的防御工事防了个寂寞,成了现代版的"马奇诺防线"。

　　第801旅如何过的河？杨吃狼早有警觉,却是兔子拉犁耙般有心但无力阻止。侦察回来后,杨吃狼迫不及待地刷着网络的最新消息。出于保密,侦察这些天,他都不敢使用无线网。他无意间看到了一则消息:新昌市将在平凉渡口组织万人游泳大赛。

　　平凉渡口位于石梁河大桥以西45公里处,杨吃狼仔细看着相关海报图文,心里突然闪过一丝不安和惊奇,他觉得801旅绝不会错过这千载难逢的好机会,肯定会利用这做文章。他将801旅可能偷渡的消息上报旅指挥部,还特别提醒旅指挥部"别忘了他们是蛟龙旅"。

　　作战参谋肖述泉将消息迅速报告给了两位旅主官。胡勇智讨厌这种自下而上的指挥,仿佛被人牵着鼻子,尤其是自己的下属。他呵斥道:"你们是不是没有正事做了？净整这些鸡零狗碎的东西,一个地方的游泳比赛也值得你们关注？要是现在组织一场足球世界杯,或者是一场奥运会,你们是不是不知道自己该干啥了？"一训人,胡勇智就容易收不住,他站在正义的制高点,一脸严肃地说,"别忘了,我们这是在打仗,不管到了什么时候,军人打仗的主业不能丢。"肖述泉被旅长训斥了一顿,但仍不死心道:"万一这是真的呢？"

　　胡勇智怒道:"打仗又不是猜谜游戏,你咋不说万一蛟龙旅神兵天降,打到我们旅指挥部呢?"胡旅长调查过那个地方,河岸大部分湿软难行,呈 U 字形峡谷,幽深狭窄。地方政府在平凉渡口举行游泳比赛,恰恰是看中了那里优美的自然环境。那里适合徒步旅行,却不利于行军,尤其是装甲部队通行。

肖述泉回道:"也不是没有这个可能,战场上什么事都可能发生。"

"别蹬鼻子上脸了,该干啥干啥去。"胡勇智分明气得不行,内心暗想等这次演练结束了,一定把肖述泉发配得远远的,眼不见心不烦。

伍晓刚还是多备了一手,让白阿毛抽出一个班的兵力,由班长张宗豪带队沿石梁河岸边巡逻,防止蛟龙旅偷渡。

石梁河南岸,一抹抹醒目的绿,或连点成线,或连片成林,与收割过的麦田穿插交织,仿佛诉说着这片灵秀和谐的黄土地是多么肥沃,刚刚向人类递交了丰厚果实,而石梁河水像母亲的乳汁,依旧静静地流淌,静静地滋养。

张宗豪这个班还真是给力,沿着河岸日夜巡逻,蛟龙旅侦察分队透过望远镜发现了这个班,报告给旅领导,旅长郑晅阳和政委贺坚定觉得很可能还有暗哨、空中侦察,甚至太空侦察什么的,偷渡必须谨慎再谨慎。

胡勇智乘车前往合成三营检查,路过河边发现了这个班,看他们走来走去像群游客,拿着望远镜东张西望的,便让停车喊来班长,摇下车窗问:"你们是哪个单位的?"

张宗豪一看是旅长,连忙立正敬礼说:"报告首长,我们是合成三营的。"

胡勇智不悦道:"你们不去坚守阵地,在这儿瞎转悠什么?"

张宗豪大声说:"报告首长,我们在这儿巡逻。"

胡勇智指着茫茫一片河水说:"谁让你们在这儿巡逻的?看风景呢?"

"报告首长,是营里安排的。"连长给张宗豪安排这项任务时,说是根据营长白阿毛的指示,并不知道是受了政委伍晓刚的指令。

"你别一口一个首长地叫了,听着都累。"胡勇智看天色也不早了,手一摆,"你们也回去吧,就说是我说的。"说完,胡旅长乘车一溜烟杀到了合成三营阵地上。

见到前来迎接的白阿毛,胡勇智问的第一句话就是:"河边那个巡逻班是怎么回事?"

白阿毛如实报告:"是伍政委安排的,防止蛟龙旅偷袭。"

胡勇智冷笑道:"就你那点兵力,蛟龙旅真要偷袭,早把你消灭了。"

白阿毛连忙点头道:"是,是,首长说得是,我们立马加派兵力。"

"加派什么兵力?我让他们都撤回来了,蛟龙旅真要偷渡过河,这么宽的河面,几千人的队伍,成百上千的装备,你们营发现不了,旅里还发现不了吗?"胡勇智认为以旅里现在的侦察手段,蛟龙旅就不可能在他眼皮底下渡过河,"还有,我倒是希望他们偷偷渡河,正好把他们消灭在河里。"胡勇智做着春秋大梦,这样演练就可以胜利结束了。胡勇智生怕白阿毛破坏了这完美的结局,转而又说,"你弄几个兵在那,是此地无银三百两,告知蓝军我们这里有埋伏呢,还是虚张声势摆空城计呢?"

　　白阿毛听得脸红一阵白一阵,只是全副武装看不见,额头上也不时冒着虚汗,想说"政委的指示咋办",却又不敢开口问,只能按照谁的指示新就听谁的,完全按照旅长的话做了。即便事后政委问起来,还有旅长顶着不是?

　　蛟龙旅抓住战机,他们的侦察分队、特战分队、部分主力部队正是利用这次游泳比赛的机会,化装成游泳队员分批次过了河。

　　他们的武器,尤其是重装备,如何过的河?

　　蛟龙旅在平凉渡口西侧5公里处自己架桥过的河,那里河宽不到1公里,架桥方便,主要是当地政府正计划在那里修建一座大桥,人员、车辆来来往往的。第801旅化装成施工队架桥,武器装备也全部伪装成架桥器材,偷偷运到了河对面,之后借助幽深的河谷,觅寻一段浅浅山溪石质底床,机动到了预设阵地。话又说回来了,即便没有浅溪,茫茫大海也挡不住蛟龙旅,又岂能受困于小小的河沟?

　　胡勇智命令部队将主要精力放在了石梁河大桥上,密切监视着大桥上的一举一动,大桥的两端都安装上了炸药,一度筹划着趁801旅首脑过河时炸毁大桥。第801旅却派了一支先头分队过桥,还大多是雇用的当地民兵,乘坐两辆破旧装甲车改装成的巡逻车来来回回走了几趟,胡勇智视其为"穿透堤坝渗漏出的几滴水,决堤的浪涌肯定会随之杀来",信誓旦旦"将军之剑,不斩苍蝇",命令白阿毛"按兵不动中严阵以待"。

　　待第五次返回时,这些民兵干脆一去不返了,蛟龙旅打发他们回去休整了。胡勇智误以为蛟龙旅先头部队嗅到了危险,又缩了回去。殊不知,大部队早已神不知鬼不觉地从平凉渡口过了河。

　　"这个郑晅阳怎么还不过河?"胡勇智还在揣测着801旅什么时候过河,或许内心以为蛟龙旅不敢进攻呢。这时,玉皇顶高地遭到了猛烈轰炸,第801旅一阵炮火打破了对抗中的平静,先是航空兵轰炸,继而是远程炮火打击。接到报告后,胡勇智淡淡笑道:"他们这是声东击西,要掩护大部队从石梁河大桥上过河,不必理会。"

　　"旅长,有没有可能801旅的主力已经过河了?"伍晓刚看到炮火准备的架势,像极了进攻前的节奏,不无担心地道,"如果单纯为了过河,他们直接轰炸白阿毛的合成三营就行,犯不着舍近求远,轰炸玉皇顶啊。"

"这就是801旅的狡猾之处了,他们判定我们的指挥部就在玉皇顶高地,轰炸那里,造成进攻的假象,才能让我们放松对石梁河大桥的防御。"胡勇智侃侃而谈,似乎胸有成竹,"他们即便把玉皇顶炸平,没有地面部队跟上,也是徒劳的。"胡旅长连着给杨吃狼下了多道金令,无一例外,全是:坚守阵地!重要事情强调三遍,因为玉皇顶阵地很大程度上代表了他的指挥部。坚守越久,双峰山越安全。

蛟龙旅轰炸过后,果然没有地面部队进攻,这更加坚定了胡勇智的判断:第801旅的主力依旧在石梁河北岸,只是躲在哪里尚不可知。他命令部队严阵以待,随时做好战斗准备。

一连四天,蛟龙旅都在轰炸玉皇顶高地,有时一天1次,有时一天2—5次。时间上毫无规律,搅得红旗旅官兵心烦意乱。

伍晓刚认为一味地退缩只能被动挨炸,主张航空兵部队主动迎击。胡勇智反复斟酌后,果断命令部分航空兵起飞迎战。导演部的首长们可都看着呢,最起码要做足样子,好检验一下配属给他的航空兵作战能力。

郑晅阳显然低估了胡勇智的战斗意志,这样消耗下去的对抗战,蛟龙旅丝毫占不了便宜。他和贺坚定商议说:"我们必须让红旗旅战机完全不敢出击,否则,我们后续战斗企图将无法达成。"

贺坚定看了看刚才的战况,虽说己方战机占据着性能上的优势,但也架不住红旗旅战机群狼式的拦截,同意旅长"不间断连续打击"的方案,加大了对红旗旅目标的攻击。每次轰炸虽然还只是5架战机,却能在1个小时内轰炸3次,一天连续攻击4次以上,不,甚至是全天候轮番攻击。

这让胡勇智有点蒙了,他掌握的战场数据是801旅一共才配属15架隐形战机,他让情报部门好好查查801旅到底有多少隐形战机,得到的答复依旧是15架。

伍晓刚有个疑问:有没有像周总理指示开国大典那天"飞机不够,我们就飞两遍"的可能?起初,胡勇智也这么想,但算算来回行程、轰炸时间,人为不可能做到。

导演部也有点看不懂了,第801旅是如何凭借15架战机做到如此密集轰炸的?在确信没有外援的情况下,他们按照海明军提出的思路进行了精确计算:假设801旅第一拨飞机攻击目标时,第二拨已在飞行途中,第三拨正好起飞,每一拨间隔10分钟。这样循环,飞机在地面停留时间仅为7分30秒,就再次起飞参战。

这么短的时间,要给飞机加油、充氧、充气、挂弹、体检……许多工作要做,技术再熟练,时间也完全不够呀!

人工做不到,科技能做到啊。随后801旅上报的轰炸报告,证实了中将的猜测。原来,配属给蛟龙旅的每架战机都有详细的电子档案,哪个部分该保养了,哪个部分该更换了,都有记载。剩余飞行时间还有多少、剩余功率当量还有多少等,一看便知。许多需要人做的工作机器帮人做了,在某些方面甚至比人做得更可靠。比如,飞机哪个部分零件有什么问题,机器会自动显示。

在上次去杨吃狼的合成一营检查时,针对"电子病历",中将就谈论过这个问题,只是第801旅运用得更为出色罢了。

15架战机飞出了四五十架的效果,导演部明白了咋回事,佩服蛟龙旅的精细计算和将隐己之形与明敌之形巧妙结合起来的做法,而红旗旅一直未能解惑,不敢贸然出动战机迎战。为了减少损失,胡勇智命令杨吃狼让所有人员、装备都进入防空洞,连王春雨支援的无人机都不例外。

到了第五天,蛟龙旅依旧轰炸,这次轰炸比以往更加猛烈。杨吃狼仿佛预感到暴风雨就要来临,下令全营做好战斗准备,并请示旅里火力支援。胡勇智嘲笑道:"蛟龙旅就是做做样子,你记住一条,只要他们的地面大部队没有过河,就万无一失。"

谁也没有料到,一阵炮火狂轰滥炸后,蛟龙旅融合步、坦、炮、工等多兵种的合成营,密切协同,多路突破,像一把把高举的战斧,劈开红旗旅一道道坚固阵地……

幸亏杨吃狼多留了个心眼,将10架无人机部署在前沿阵地上,对准第801旅的装甲车一阵猎杀,瞬间有5辆战车趴窝,这才阻挡了蛟龙旅疯狂进攻的势头。合成一营也损失惨重,蛟龙旅使用激光武器摧毁了一营大部分无人机。

这款激光武器由一套发射车组合而成,主要用于拦截低空无人机,具有快速的机动力、超强的反应力,无须装填任何弹药,一束激光横扫一切,且发射费用极低。它曾在珠海航展中亮过相,杨吃狼没能到现场观看,心中藏有不小的遗憾,当时以为只是当作展品进行展览,没想到这么快就用到了演练场。

看着自己辛苦弄来的无人机一架架被摧毁,王春雨不无心疼地对杨吃狼控诉说:"你看,你能想到的,第801旅都想到了,他们知道我们会使用无人机,也配备了反无人机装备。"出乎她预料的是,蛟龙旅使用的不是反无人机装甲车,而是更先进的激光武器。她不清楚蛟龙旅这些激光武器是哪里来的,自己替红旗旅申请反无人机装备可是被拒绝的,难道蛟龙旅另有渠道?肯定有,从隐形轰炸机、直升机的配备看,这都超出了她的预知。或许,也是智通公司所为。因为,在王春雨看来,智通公司是无所不能、深不可测的,而她只是其中一名普通员工罢了,不可能掌握所有信息。

王春雨后一种猜想是对的,智通公司在多个军兵种多个单位试验着多种武器,有些是对立相克的,红旗旅和蛟龙旅分别运用无人机与反无人机装备。

杨吃狼宽慰道:"无人机被摧毁,不代表使用它们有什么不对,要不是这些无人机,我们很难阻击住801旅的进攻势头。"

看见王春雨歪着头在听,杨吃狼又有了进一步解说的兴趣:"就像合成营,我们的武器配备几乎都是公开的,不能因为敌人配备了反坦克导弹,我们的坦克就不用了啊。"

王春雨点点头:"这倒也是。"道理其实很简单:世间万物,无不是在相克之中求相生,相反之中求相成,相争之中求相进。就战法而言,没有永远的明星,只有彼此的克星,只有熟悉对手的每个套路,才能从容应对。

苏军当年为对付阿富汗游击队,使用100多架号称"空中坦克"的米-24武装直升机,对喀布尔北部的一个游击区发动了多次围剿式攻击。可这种攻击型武装直升机顶部、尾部和桨叶缺乏防御功能,被掌握了该机特点的阿富汗游击队轻易用步枪、机枪击落。

何况是今天的无人机呢?随着反无人机技术的持续提升,犹如坦克与反坦克武器一样,谁也不能保证一定能战胜谁。从这个角度理解,王春雨心里坦然了不少,至少向公司申请的无人机没有白白牺牲。

这种相生相克不仅体现在武器装备上,在战场诸多方面也都有体现。

蛟龙旅是临时架桥过河的,仅带了一周给养,又不敢明目张胆从石梁河大桥上运输物资,后勤给养困难。旅长郑晅阳不无遗憾地说:"都说现代战争就是打后勤,这话一点不假啊。要是我们再坚持几天不进攻,红旗旅更会形成疲劳警觉,可惜我们前方给养只够一周的,只能提前发起进攻了。"

政委贺坚定说:"是啊,没有人不遗憾,只有人不喊疼,想想志愿军那会儿,一把炒面一把雪都能挺过来。现在战士不行啊,并非他们吃苦精神不够,而是他们的胃受不了啊,有的战士喝点凉水就会拉肚子,更别说没有给养了。"他不敢冒大量非战斗减员的风险,同意提前进攻。

接到蛟龙旅大部队进攻玉皇顶的报告后,胡勇智先是一惊:他们什么时候过的河?!

接到合成一营成功遏制蛟龙旅进攻势头的报告后,胡勇智微微一笑:他们也就这两下子!

蛟龙旅进攻的势头真的弱了,胡勇智坚信他们只有部分兵力渡了河,后劲不足。

蛟龙旅指挥部里,忙碌而有序,紧张而热烈。郑晅阳指着地图说:"从侦察情况看,红旗旅的指挥部在双峰山确信无疑了,胡旅长选择这个地点确实不错,我们的导弹打不过去,装甲部队也很难攻上去。"

贺坚定还有一个顾虑,那就是如何确定红旗旅指挥部的具体位置。双峰山重峦叠嶂,错综复杂,迷宫一样,不掌握胡旅长的精确位置,很难实施"斩首行动",打游击蛟龙旅也不占任何优势啊。

郑晅阳想了想说:"这好办。"他和政委秘谋一计,乐得贺坚定指着他说"老狐狸"。

一番简单部署后,郑晅阳果断命令出动6架自杀式无人机,其中5架冲向玉皇顶高地爆炸,1架却一头栽在牛起义的防御阵地上,没有爆炸,甚至说完好无损。

包括导演部的许多人都以为是无人机出现了故障,牛起义将这一战果报告给旅里。

合成营演练中,当领略到这款自杀式无人机的威力时,胡勇智就想看看庐山真面目,加上中将问他旅里有无配发这种无人机时,他回答得含含糊糊,更是有了心结。如今有了这么个好机会,他让牛起义把缴获来的无人机立刻送到旅指挥部。

伍晓刚提出反对意见,他担心莫名出现这么一架无人机,会不会暗藏什么计谋。他建议把无人机放到远离指挥部的地方,以防不测。胡勇智觉得政委多虑了,6架无人机爆炸了5架,这一架明显是出现了故障,他让人粗略地检查了一番,并未发现什么可疑之处,坚持让放到旅指挥部提升部队士气。

这架无人机被送到指挥部的那一刻,红旗旅指挥部也就暴露了。原来蛟龙旅在这架无人机上安装了自动识别和地理定位系统信标,由于伪装成了飞机零件,躲过了技术人员的检查。有了这个定位信标,他们就能对无人机实时跟踪定位、历史轨迹查询、预警系统和大数据管理,通过指挥部的平板电脑就获得了胡勇智的精确位置。

成功掌握了红旗旅指挥部的精确位置,郑晅阳说:"但我们还是要装作全力进攻玉皇顶的样子,当前最重要的,是把他们的预备队合成二营,最好是连同合成四营全部调往玉皇顶地域。"

第十二章 蓝军究竟如何过的河？ / 195

贺坚定说："以胡旅长坚守不出的策略，怕是很难。"

郑晅阳说："是啊，到现在为止，恐怕他们还不知道我们的大部队已经过河了。"

贺坚定说："老郑，我突然有个想法，不如把我们大部队过河的消息透漏给他们。"

审慎是防御的灵魂，勇气和信心则是进攻的灵魂。郑晅阳摸着下巴想了一会儿，说："政委，你这个想法妙啊。"

1分钟后，红旗旅指挥系统里突然出现了大量照片、视频，都是关于蛟龙旅利用新昌市举办游泳比赛以及平凉渡口西侧架桥过河的信息。恰似无声之处响惊雷，红旗旅指挥部里一阵骚动，胡勇智连声质问："哪儿来的？这些信息哪儿来的？"

值班信息参谋葛士伟报告说："信息处理中心正在查证。"

伍晓刚起初以为岸边安排了巡逻队，认为这是蛟龙旅释放的烟幕弹，仔细看了看照片，不像是假的，也命令信息处理中心尽快查证这些消息的来源。

这时，参谋肖述泉又送来了新昌市举办游泳比赛的海报，胡勇智气急败坏地说："还有没有点正事？净整这些没用的信息。"

"前几天他们不是刚组织过比赛吗？怎么这又要组织？"伍晓刚接过海报，瞬间明白了七八分，"上一次游泳比赛被蛟龙旅利用了，他们正是借助上次比赛偷偷渡了大量兵力，这一次比赛才是真正的地方性比赛。"

3分钟后，信息处理中心传出了爆炸性消息：信息全部来自蛟龙旅。

胡勇智一连问了几遍："确定吗？"

葛士伟十分肯定地回答："确定。"

别人唯恐不能保密，人家倒好，直接把部队过河的消息公开了。蛟龙旅这招高啊，反其意而用之，一来能给红旗旅造成恐慌；二来明确告诉你，就是让你想不到。导演部里海明军对蛟龙旅不拘一格的战法给予了肯定："打仗嘛，就是要让敌人想不到。"中将不由自主地想起了1948年10月毛主席将国民党偷袭西柏坡计划刊登在当时的报纸上，把傅作义偷袭部队番号、将领姓名和行动日期说得一清二楚，并号召华北军民诱敌深入、聚而歼之，迫使国民党放弃了进军计划，上演了现代版空城计。

不知这次胡旅长会不会上当，要是他们把防御石梁河大桥的合成三营调往双峰山，蛟龙旅这不是弄巧成拙了吗？张凌天兴奋中带有担忧，从军长角度，他肯定希望红旗旅获胜，但作为一名军人，他又崇尚战法创新与实践的精妙运用。

战场上本就虚虚实实、真真假假，以胡旅长一步三狐疑的性格，海明军断定他不会让合成三营出动，尤其这消息来自蛟龙旅，他肯定认为其中有诈。

张凌大点点头，此刻也相信胡勇智在弄清楚蛟龙旅的真实进攻意图前，绝不会轻易让三营放弃苦心经营、看似固若金汤的阵地。

红旗旅指挥部里，伍晓刚正与胡勇智商讨这事："旅长，既然801旅主力部队已经过了石梁河，那我们的合成三营还有必要在石梁河大桥防守吗？是不是可以调回来了？"

胡勇智扭头看了看伍晓刚说："政委，蛟龙旅有那么傻吗？他们主动传出信息，肯定另有阴谋，我们可不能上当。再说了，我们在那里构筑了坚固的防线，说不定801旅散布这些信息的目的就是希望我们撤出阵地呢，不要做敌人希望你做的事。"

"不排除这种可能，那我们就再等等看吧。"来回调动部队涉及时间损失，打击兵心士气，伍晓刚这时想起了合成三营巡逻队的事。胡勇智不屑一顾地说："就那一个班，能起多大作用？我早让撤了。"

"撤了？"伍晓刚想了想，结果已在问题中，既然蓝军已经过河了，现在去追究谁的责任已毫无意义，不是还有复盘检讨吗？他这会儿想的是蛟龙旅如何把信息发过来的，他甚至有种预感，是不是利用"零日漏洞"搞的鬼？

"零日漏洞"可能出现在任何软件系统和硬件设备中，具有隐匿、未公开、难发现的特性，是制造网络武器最为重要的原料。他国产品中对方恶意预留的软硬件后门，就是潜伏的"零日漏洞"。一些强国依靠网络信息领域的领先地位，可能掌握了数量惊人的"零日漏洞"。

蛟龙旅这次确实掌握了红旗旅的不少漏洞，要不然也不能轻易给红旗旅指挥系统精准发消息，发的还是真实的爆炸性消息。这在演练结束的复盘检讨中，蛟龙旅提取的一份报告中有着详细的记录。

战争真是不能存有任何侥幸心理，任何"漏洞"都可能成为致命死穴。1973年第四次中东战争中，美军的"大鸟"侦察卫星帮助以色列发现埃及军队第2军团与第3军团之间的10公里间隙地，使以色列军队一举反击成功。要是蛟龙旅此次利用漏洞调动红旗旅兵力，后果更不堪设想。

蛟龙旅将过河消息公开给红旗旅，紧接着就是对玉皇顶猛烈地进攻，摆出一副首战即决战的架势，轰炸一轮接着一轮，正面进攻、左侧迂回、右侧悬崖攀登一拨接着一拨。胡勇智命令牛起义的合成二营即刻投入玉皇顶战斗中。

第十二章 蓝军究竟如何过的河？ / 197

合成二营不来还好，来了反而添乱。

玉皇顶这个不足6平方公里的地域，杨吃狼一个营防守都觉得狭窄，他多次向旅里建议增大防御地幅，给出的理由也很充足：加大防御正面和纵深，扩大作战行动的舞台，可迫使蓝军在进攻正面上分散兵力，有利于制止蓝军长驱直入，增强防御的弹性；又有利于防御部队根据作战需要向各个方向运动，提升自己的机动自由。还附上例证：美军合成营在组织地域防御时，其正面有5—8千米，纵深8—12千米。防御地幅最小为40平方千米，最大可达96平方千米。

胡勇智撑回一句话："你是美军吗？"

一句话噎得杨吃狼哑口无言，老老实实地坚守玉皇顶阵地。

牛起义带领先头部队开进到玉皇顶高地，杨吃狼质问："你们来干什么？"

"我们来增援你们。"

"笑话，我要成为自己的太阳，何须借助别人的光？"杨吃狼冷笑着，自信这里有合成一营守住阵地足矣，杀鸡焉用牛刀？他记得克劳塞维茨有句名言，"只有能够以有限的手段取得伟大结果的人，才真正赢得了成功"。他借此讥讽牛起义，问他来是不是想抢夺劳动人民的胜利果实。

"你别在那儿咬文嚼字的，我读过《战争论》，不需要你教我。"牛起义也是一百个不愿意来，不悦道，"要不是旅长命令我们来增援，我们才不来呢。"

"来了，我们可没有饭吃。"杨吃狼显然还对上次事件耿耿于怀，可不是嘛，尽管一路走来犯错不少，可从来没有被关过禁闭啊，受此屈辱，当拜牛起义所赐。

牛起义一气之下，命令部队缓慢部署。

杨松见状劝道："两位营长，咱现在任务不同了，都是为了演练嘛！咱还是精诚团结的好。"不料，这话两位营长都不买账，异口同声地说："你是国民党啊？还精诚团结呢。"两人说完都笑了，在场的人也跟着笑，或许是"相逢一笑泯恩仇"，两人的怨气少了许多。

王春雨趁机化解道："既然两个营的作战目的是一致的，就研究一下如何打好接下来的仗，别浪费口舌了。"她推了推杨吃狼，清澈的眼神中透出不容争辩、不容抗拒的犀利，杨吃狼十分听话地伸手和牛起义握手言和，牛起义也回之以礼。

"胡旅长这仗打得可就让人看不懂了，并没有迹象显示合成一营顶不住了，他这样早早把预备队拉了上来，丧失了支援八方的机动性，也起不了多大作用。"海明军看到红旗旅这样调兵遣将，有点不理解。

张凌天笑笑说:"估计是担心合成二营没事做,吃饱饭闲磕牙,没事找点事做呗。"

海明军挪动了一下身子说:"看样子,胡旅长对自己双峰山指挥部的防御很自信嘛!"

胡勇智就是对双峰山的防御过于自信而担心玉皇顶高地守不住,才命令合成二营投入战斗的。只是,他恰好中了蛟龙旅的调虎离山之计。

第十三章　战斗机器人俘虏了红军旅长

老巢被人端了,仗都打败了,我们没受损失有什么用？还不如痛痛快快地干一场呢,全军覆没也比屈辱存在着好。

"多兵之旅必胜",一直是以往战争制胜的规律,体现在训练场上的演习则是人力密集型的人海战术,进攻系兵力密集队形的层层围点式的硬啃,防御是兵力密集队形的步步为营式的节节抗击,演的是集中兵力攻防,摆的是密集布阵,体现了大规模兵力集群攻击的排山倒海的气势。

演练进行到这一刻,依然没有突破这种传统模式。蛟龙旅又连续进攻了三天,丝毫没有前进一步,这让牛起义很自豪,心里想当然地认为是自己的援助起了很大作用。他认为旅长也是这么认为的,因为旅里通报表彰了他。

牛起义喜形于色,有意在众人面前显摆,被杨吃狼一阵戗:"主人守住了家,你这个不受待见的客人跟着瞎高兴什么？"牛起义臊得脸红,自知是来帮忙的,旅里的通报只说他功不可没,可更大的赢家还是合成一营,想到这他再也骄傲不起来了。

又激战了一天,双方依旧处于僵持状态,红旗旅的合成四营始终牢牢守在双峰山,丝毫没有调动的迹象。蛟龙旅郑昛阳旅长有点着急,道:"胡旅长还真能沉得住气。"

"看来我们只能强攻双峰山了。"政委贺坚定觉得一味的拉锯战,显然于己不利,既然红旗旅大部分主力都在玉皇顶,双峰山仅剩下一个营,强攻下来也是有把握的。

郑昛阳同意这个作战方案,快速制订了一个从玉皇顶秘密撤军、偷袭双峰山的计划。

蛟龙旅在炮火轰鸣的同时,突然向玉皇顶阵地发射数枚远程烟幕弹,刹那间整个阵地被烟雾笼罩,杨吃狼、牛起义等人判定蛟龙旅会发起新一轮的强攻。

烟雾渐渐散去,却始终不见蛟龙旅一兵一卒进攻上来,牛起义从望远镜里发现,蛟龙旅进攻部队仍处于破障状态,工兵分队刚刚将铁丝网、雷场、三角锥排除,正忙着在阻挡壕前配合舟桥分队架桥呢。难道他们释放烟幕弹只是为了掩护工兵排除障碍?牛起义不免发出轻蔑一笑:"这是蜗牛呢,还是龟速呢?哦,蛟龙旅来自海上,离开了大海就只能是龟速了。"

"蛟龙旅不是配备无人扫雷车了吗?为何弃之不用?"张凌天原本想通过此次演练以饱高技术排雷大餐,不明白蛟龙旅为何又用上了原始手段。之前他看过一组数据:"天王星-6"无人战车在俄车臣和叙利亚中部古城巴尔米拉执行过扫雷任务,曾在10天内清除4万平方米空地内的所有爆炸物,单日工作量能顶20名工兵。英国专用于水雷排除的"护身符"无人潜航器,可在水深0—300米的范围内,一次性完成4枚水雷的探测与排除,整体过程只需十几分钟,而传统扫雷作业需要2—3小时。

海明军笑了笑说:"这是战术,不完全是技术问题。"

杨吃狼对蛟龙旅这一反常如临大敌,倒不是提前知晓蛟龙旅配备了无人扫雷车,而是他细细观察发现,进攻玉皇顶的火力虽然未减,但是远程打击的居多,近距离的攻击明显减少。这可能是第801旅故意施展的战术。这些天,他一直纳闷:为什么只听炮弹声,他们却始终不前进呢?恐怕不是不能前进,有几次明显有推进的机会,他们却仍然驻守原地。这只有一种解释:第801旅进攻我们,或许只是个扮猪吃虎的幌子,他们有可能发现了我们旅的指挥部在双峰山,利用烟幕弹怕是要暗度陈仓,掉转枪口了。

杨吃狼决定派出部分兵力主动进攻一探究竟,却遭到牛起义等人的坚决反对。牛起义振振有词道:"战场上虚假难辨,咱们居高临下,依托坚固工事防御,他们奈何不了我们,就引蛇出洞,等着你下去送死呢。"

王春雨想起了公司的预测——只要坚持防守,蛟龙旅是攻占不了玉皇顶阵地的,故也不赞成杨吃狼分兵反攻,好言劝道:"一团大火总比几团小火炽热得多吧?"

"打仗又不是抱团取暖,更不是随便拼凑起来过家家。"杨吃狼本能地抗拒着一切劝诫,执拗顽强地命令合成一营做好进攻准备。

杨松这时过来传达旅里的最新命令,依旧是严防死守。杨松担心营长如果继续孤注一掷,有可能葬送整个军旅生涯,他劝说营长冷静对待,以不确定的危险抗衡未知的风险才是最冒险的,再说旅里三令五申地坚守,打胜了还好,败了就要承担所有罪责。

杨吃狼孤掌难鸣,又有旅长的达摩克利斯之剑高悬着,即使他有雄心壮志,即便有勇士此刻愿意跟着他不顾一切地冲锋,他也要对战士们的前途负责啊,所以他无奈,只能坚守。

正所谓遥远的距离,不是你与天上卫星的距离,而是你压根就没有想到它。比击败顽敌更难的,是克服自身认知上的顽疾。

一次冲击也就是转眼之间的事情,杨吃狼这个时候真要大胆反攻,蛟龙旅偷袭双峰山的计划恐怕是要泡汤。海明军分析了当前的作战态势说:"以杨吃狼合成一营加上合成二营的兵力,居高临下,再加上对地形的熟悉,完全能击溃蛟龙旅的三个营。"

张凌天想了一会儿说:"这样的话,还真就成了拉锯战。"

海明军笑笑说:"是不是拉锯战不好说,但红旗旅肯定不会像现在这么被动。"

蛟龙旅完成了兵力机动的秘密部署,突然以猛烈炮火轰炸驻守在双峰山的红旗旅指挥部,胡勇智的第一反应竟是:"误炸,误炸!"

火力越来越猛,蛟龙旅的地面部队对双峰山展开了全面进攻,胡勇智这才恍然大悟,可为时已晚,通信被完全压制,一个命令都发不出去。实际上,就算命令发出去了也于事无补,合成一营、二营在玉皇顶阵地坚守,合成三营在石梁河大桥附近防御,支援的通道均被阻断,短时间内难以形成有效的支援。

蛟龙旅三个营向双峰山全面发起进攻,郭恩典带领合成四营官兵依托有利地形奋力抵抗,兵力、火力总是捉襟见肘,眼见蛟龙旅的兵力就要突击上去,这时蛟龙旅接到特战队员的报告:双峰山的防空分队已成功被摧毁。

旅长郑眶阳收到报告后,嘴角露出一丝不易察觉的微笑,果断命令前沿部队占据有利地形,停止进攻。

闻听郑眶阳下达这样的命令,张凌天有点不明白这打的是什么神仙仗。火力较量就好比掰手腕,关键时刻退让一步,后面就是节节败退。红旗旅已经被打得跟跄失衡,这个时候完全可以趁势攻下阵地,怎么下令不前了?

"可能是蛟龙旅过了进攻的'顶点',心有余而力不足吧。"进攻应当犹如一枚楔入敌军的钢钉,而非一戳就破的气泡,作战"顶点"是能力达到作战极限的关键节点,一旦过了这个节点就会走下坡路,这要求指挥员能够根据战场态势实时调整策略,避免气泡式进攻。王春阳正是基于"顶点论",猜测连续进攻多天的蛟龙旅已是强弩之末,占据有利地形是为了调整部署。

"恐怕不只这些吧，想必还因为郑旅长心疼他的士兵，所以采取更有利的进攻方式吧。"海明军虽然赞同王春阳的顶点理论，但蛟龙旅远没有达到山穷水尽的程度，双峰山地势陡峭，易守难攻，蛟龙旅一鼓作气拿下阵地是完全有可能的，只是会有很大的伤亡。

张凌天赞同中将的分析，他早就听说郑旅长很推崇"零伤亡"打法，每次打仗都精打细算。再想想这几天的战斗情况，他似有所悟道："怪不得这些天801旅进攻，都是雷声大雨点小，看来进攻玉皇顶高地也不仅是声东击西那么简单。只是前两天为什么一直打得这么凶，到了关键点上反而叫停了呢？"

海明军说："前几天怕是时机不成熟吧，这不把红旗旅的防空阵地摧毁了吗？"

张凌天一下子明白了："郑旅长这是拿白菜逗兔子，一点一点出手啊！"

王春阳依旧有点没明白，笑问两位将军这里面藏有什么玄机。

中将微微笑道："这或许就是当局者清，旁观者迷吧。"

俗话说的一直是"当局者迷，旁观者清"，到了首长这儿怎么反了呢？王春阳感觉自己听错了，或者是首长口误。

王春阳没听错，中将也没说错："郑旅长是当局者，有什么作战企图，他心里不最清楚吗？我们又不是他肚子里的蛔虫，作为旁观者，只能猜测罢了。"

听中将这么一解释，王春阳完全清楚了，一个人还是对熟悉的人、熟悉的领域驾轻就熟，很多时候只有当事人清楚，别人只是跟着看个热闹罢了。在爱因斯坦创立相对论之初——正如法国著名物理学家郎之万所说——全世界只有12个人能懂。对战争而言，不像打牌、下棋那么直白，隐蔽作战企图尤为重要，怎能轻易让旁观者都看清呢？蛟龙旅这次进攻的真实意图，他就没能第一时间看出来。

眼看胜利在望，蛟龙旅指挥官可不只是逗兔子，而是尝试着不同的新战法，这与本次演练的初衷是完全一致的。政委贺坚定说："旅长，看来我们可以给红旗旅加点猛料了。"

郑晅阳正有此意，果断命令陆航直升机全体出动，快速抵达双峰山阵地前沿，不过这次投送的不是战斗人员，而是战斗机器人。

作为"树梢杀手"的陆航部队，突防能力强、火力杀伤大，往往被对手视为眼中钉。如今，加上察打一体的无人机和战斗机器人，更是如虎添翼。

只见，10余架无人机飞临战场，先将双峰山战斗情况实时传到蛟龙旅移动指挥所。画面连林中飞鸟都清晰可见，红旗旅的工事构筑、武器配备、人员隐藏位置等一览无余。战斗机器人随后发起集群冲锋，抵近到距合成四营阵地大约100米后,用机枪、榴弹和反坦克导弹进行攻击,隐蔽起来的801旅战士则在机器人后相对安全的距离内肃清残敌。遇坚固火力点,装甲火炮根据无人机和机器人传回的画面,实施精确炮击。

这些战斗机器人正好仰面进攻,无所畏惧,红旗旅官兵有点措手不及,子弹打在机器人身上,他们就像影视剧中变形金刚中枪一样,身上闪烁着火花,依旧一往无前,即使炮轰也无济于事,红旗旅甚至有战士居高临下用石头砸……

高精尖武器与掉渣的原始工具,智能化作战与互殴式对抗,形成鲜明对比,耐人寻味,勾勒出一幅全然不同的战斗图景。海明军随口念叨了一句列宁的名言:"用人群抵挡大炮,用左轮手枪防守街垒,是愚蠢的!"

"一流军队设计战争,二流军队应对战争,三流军队尾随战争。"海明军说,"我们要做设计战争的人,既要设计今天的战争,又要设计明天的战争和后天的战争。"其时间维度由近及远,大致可分为近期、中期、远期三个时段。

5年内的近期战争设计,通常是依据现有条件打仗,有什么样的武器就设计什么样的战争。5到15年的中期战争设计,主要是通过预判国际战略格局演变,找出潜在军事威胁和作战对手,结合可能拥有的武器装备,做相应的战争准备。15到30年的远期战争设计,主要是预测未来战略发展趋势、战争形态演变和军事技术发展远景,提出未来作战概念,有针对性地发展军事技术和武器装备。

蛟龙旅这次使用战斗机器人,既有近期战争设计,也有中远期考虑。看着这些仰面进攻的机器人,海明军颇有感触地说:"军队始终是时代科技的集合体,谁夺取了科技优势,出其不意地首先使用某一新型武器装备或某一新型作战力量,谁就易获得作战上的显著优势,也就占据了作战胜势,胜利桂冠应该奖给那些懂得操作战争而不流血的将领。"

2015年12月,俄军投入10部机器人协助叙利亚政府军,久攻不克的754.5高地,在机器人参与战斗后,短短20分钟就被拿下。俄军轻伤4人,毙敌77人。

俄军仰攻高地,本不占什么优势,但通过使用战斗机器人,对敌心理产生了强烈震撼,削弱了其抵抗意志,进而通过空中无人机与地面侦察相配合,前沿抵近侦察与后方火力打击密切协同,最终攻占高地。

与眼前作战场景异曲同工之妙,善战人之势,如转圆石于千仞之山者。第801旅凭借战斗机器人的出色表现,一举突破了红旗旅双峰山前沿阵地,又势如破竹地攻破了红旗旅的指挥所,活捉了胡勇智和伍晓刚,连自杀成仁的机会都没给胡旅长留。

更难能可贵的是,这次进攻几乎是"零伤亡"。张凌大不无遗憾地说:"过石梁河大桥时,胡勇智就吃了直升机的亏,没想到这次又在这方面吃亏了。"

红旗旅尚未配备参谋长,副旅长李晓辰又在后方负责后勤工作,根本来不及接替指挥,仓促开设的预备指挥所形同虚设,胡勇智连代理人都未来得及指定。两位主官同时被俘,消息传开,失去了核心指挥的红旗旅成了一盘散沙,再打下去意义也不大了,导演部宣布红旗旅阵地被突破,演练结束。

演练毕竟不同于真正的战争,战争时,别说指挥部被端了,即便一个国家灭亡了,不屈的民众仍可组织抵抗,哪怕敌方力量呈碾压之势,只要他们抵抗的意志力尚在,战斗仍可持续,就有翻盘的可能。演练却不一样,导演部宣判了胜负,演练就无可挽回地结束了。

杨吃狼感到了前所未有的挫败,他如狼般撕心裂肺地嚎叫:"蠢货!蠢货!部队就葬送在一帮蠢货手里了。"继而大声命令所有运抵一线、启封并上膛的炮弹一股脑儿全部打出去,纷飞的炮火好比官兵心中的怒火,似在出最后一口恶气和挽回最后一丝颜面。

一场火力咆哮至少宣誓了红旗旅还在,宣誓了还有一群不甘心失败的热血斗士。杨吃狼面如土色地坐在地上,依旧没有走出这憋屈战斗的阴影。他感觉自己就像在海里游泳,虽然很渴,四周都是水,却一口都不能喝,眼前的希望只能化为痛苦的泡影。杨松安慰说:"营长,我们营损失不大,主要兵力兵器都还完好,留得青山在,不怕没柴烧。"

杨吃狼气呼呼地说:"老巢都被人端了,仗都打败了,我们没受损失顶个屁用?还不如痛痛快快地干一场呢,全军覆没也比这样屈辱存在着好。"不光他这样想,合成一营的大多官兵也这样想,昨天真该随营长冲下去打个痛快,宁为玉碎,不为瓦全。

诚如一名商人无法因一笔交易的成功,就忽视整体的亏损,进而沾沾自喜,在战争中取得的一场局部胜利,也无法从总的溃败中剥离出来被单独褒奖。不管合成一营阻止了蛟龙旅多少兵力、多少次进攻,最终都难以改变红旗旅失败的命运。反之,整体上胜利了,谁还会在乎局部的失利?小分支牺牲或者覆灭均可说成顾全大局。

这一点放大到一个国家更易理解。有人曾说,南联盟虽然战败了,但只伤亡了500人,兵力损失不到1%。这种说法是不是掩耳盗铃了?是不是太可笑了?海明军看着荧屏前懊悔的合成一营,也深为他们惋惜。他理解杨吃狼此刻的心情,国家都完了,却还有那么多军队,这些军人都是干什么吃的?没有损失不是光荣,而是耻辱。

南联盟军人躲在山林里,倒不是因为他们没有勇气、没血性、不男人,他们这样做,其实很无奈——实力太悬殊,已经不能用降维打击来形容,简直就是零维打击,美军飞机要么离得太远,要么飞得太高,只能看到美军的飞弹,而看不到美军的人。为了保存实力,只能先躲起来。杨吃狼就不一样了,一个冲锋就能让801旅计划做空,甚至扭转乾坤。

还有一种说法是,南联盟部队伤亡率低,并不是他们隐蔽和防卫得有多好,美军根本没有将他们作为主战目标,而是重点打击南联盟的经济潜力,南联盟100%的炼油厂,70%的机械厂,40%的储油罐,80%的桥梁、铁路和公路,都毁于一旦。这与蛟龙旅隐藏作战企图是一致的,他们的主攻方向不是玉皇顶,也就没想着过多消灭红旗旅的有生力量。

未来一旦发生战争,我国大城市供电系统被摧毁了会怎样?我们会失去现代化的办公条件、生活条件,没有电梯,没有电脑,没有电视,大小便用老式马桶,三伏天无法洗澡,饮水、食品供应短缺等,海明军不敢想象此类后果,现实却又促使他不得不反复设想。

在这种条件下,如果民众仍然坚定地支持我们为之奋斗的正义战争,而不是怨声载道,决策层打一仗的底气就会很足,这就是人民战争的威力。

"还是克劳塞维茨说得好啊,是否决定进攻并不是因为防御有多强或困难有多大,而是由进攻者的决心决定的。"中将突然想起了这句话。

童话说雨后会有一条彩虹,却不曾说过它也会转瞬即逝。王春雨此刻终于明白了公司回复那段话的真正内涵:蛟龙旅确实没攻上玉皇顶,因为他们根本就没打算进攻那里。

只是一切尘埃落定,一切无可挽回。

硝烟散尽,寂静下来的战场,静得有些让人心神不宁。就像被麻烦缠身处于崩溃边缘的人们,站着想坐着,坐着想躺着,真躺下了却翻来覆去难以入睡,迷蒙、纠结、恍惚,甚至一个人躲在被窝里蒙头抽泣。胜利者欢呼,失败者懊恼,旁观者叹息。

海明军的心情此刻复杂极了,理不清头绪的他,干脆换上运动鞋到外面跑上几圈。一来呼吸一下外面新鲜的空气,这些天一直待在导演部也确实憋闷;再就是边跑边思考,坐那儿理不清头绪,运动量一大,出出汗,说不定脑袋就清醒了。

这是海明军多年跑步的体会,他习惯于长跑中思考。大自然的声音,原生态的恬淡境界,仿若清风拂面,轻松怡然,又如空谷幽兰,轻灵舒展,还似天人共语,化冥顽而向圆通。这是他喜欢一个人长跑,不带任何电子设备的缘故,不像一些年轻人边跑边听音乐。

张凌天知道首长有这个习惯,就没陪中将跑,也不让任何人去打扰。将首长送出门口,他就回到了导演部,详细了解了整个战斗的几个关键节点,也为红旗旅感到惋惜。只有过硬的头狼,才能带出战斗力强的狼群,一个强烈的信号始终占据着他的头脑:胡勇智是不是真的适合当旅长?首长这个时候出去跑步,是不是也在思考这个问题?

海明军跑步时思考的正是这个问题,用错一个人好比阻断了水流,但如果用人方向出了问题,就好比切断水源了。他一直讲:"演练就像一架望远镜,帮助看清与未来实战要求的差距。"来红旗旅这么多天了,胡勇智一味地墨守成规,如何能带领部队实现转型发展?红旗旅的人事问题不解决,恐怕只会与实战越来越远。

当初还是他推荐胡勇智去的国防大学,听说学习成绩不错,积极追求上进,连同学会、老乡会都极少参加,一心用在学习上。红旗旅旅长出现空缺,一时也没有更合适的人选,时任军长的海明军就推荐了胡勇智。上任之初胡旅长的工作还是可圈可点的,现在怎么思想僵化到连赵括纸上谈兵都不如了呢?唉,请神容易送神难啊!能上能下更多的还是一种美好愿景。可再难,也要有人解决啊,他下定决心当这个恶人。

海明军加快了步伐,跑得满头大汗,跑得全身湿透,任由汗水挥洒,他尽情享受着这拼尽全力的酣畅淋漓。

第十四章　一股检讨反思风暴

重任在肩,使命催征,我们绝不能在该觉醒的年代沉睡了。摆在大家面前的只有一条路——前进!

与以往演习后敲锣打鼓列队欢迎不同,此次参演部队回撤仿佛一场疲惫的旅行,除了累和窝火,谈不上有什么收获,先回来再说,最好的方式就是静静躺在床上美美睡上一觉,醒来后再谈所见所闻,再论功过是非。

海明军想着安定下来如何做通胡勇智的工作,他想了一百种劝说的理由,却又总觉得哪个理由都不够充分,这毕竟涉及一位把大半辈子都奉献在军队的大校军官的进退去留问题。胡旅长却主动承担了演练失败的主要责任,主动向集团军党委申请提前退休,这令中将始料不及,也颇为感动。胡旅长其实心似明镜,就当前军队的政治生态,不主动承担责任也会被追责,与其被免职,还不如姿态高点主动提出,也给自己保存点颜面。

晚饭后,海明军和胡勇智漫步在红旗旅大院主干道上,不时有路过的官兵向他们敬礼、问好,中将热情礼貌地和官兵打着招呼,胡旅长却始终视而不见地走着。不知不觉,两人来到了大院池塘一角,像两个累了的庄稼汉就地坐下。这里是两人都非常熟悉的地方,望着眼前浸染在夕阳中的荷塘,但见落日的余晖洒在田田的荷叶上,使碧绿的荷叶镀上了一层金黄色,而在夕阳柔和的光线辉映之下,娇美的荷花更多了一种从容优雅的美。

池塘还是那片池塘,再看时已截然不同。胡勇智曾经让官兵冬天挖藕捉鳖,后又让人将池塘整修,岸边贴上瓷砖,修建了围栏,打造成所谓的红旗旅"后花园"。他触景生情,心绪百转千回,虽然军旅生活的单调模糊了许多甜蜜,浓浓的军旅情结却与日俱增,真的要离开了,确有万般不舍。

"你我对这支部队都有深厚感情,都在这里洒下过汗水,值得留恋的地方很多。"海明军也有同样的心情,一晃离开红旗旅多年了,故地重游,难免感慨良多。

"我从当兵就在这支部队,中间离开过几年,大部分时间都还在这儿,如今已过去 36 年了。以前干过一些不靠谱,甚至混账的事情,当上旅长后,也想着为了旅里的建设好,对这里的一草一木都有了感情,所以,转型步子迈得过于谨慎,生怕出现问题。"胡勇智的话自带伤感,内心深处如明镜般凝结成一股检讨式注意力曲线。

当兵久了,心思就很纯粹,只要身处军营,家国天下便扛在了肩头。海明军并非自我标榜,这是一名从军 40 余年的老军人、老共产党员的内心表白,拂去岁月的尘埃,军人的生活原本就应该简单而充实。他抖了抖身上的军装道:"我们这些人,都是在部队奉献了大半辈子的人了,早就和部队融为一体了。"

一段历史,回首再看时,对它的认知往往会更加客观与清晰。以前总感觉在圈子里混,上头有人好做官,总想着择利、择权、择富而交。胡勇智现在明白了,人脉的核心,在于价值的互换,别人帮你,也是想从你身上获得好处,"你不优秀,认识谁都没用"。自从当上副旅长后,和地方上一些商人打交道,他就有过这种体会,只是他那时很享受众星捧月的快感,如同贪心的猎人不停追逐魔盒里释放出的兔子,一步步被带入幽暗的森林深处,无力回头了,如今即将从高位上退下来,多少有点失落。他用敬佩的目光望着中将说:"不像你才怀瑜和、行若由夷,把自己变成了人脉,一个人撑起一片天,一条道走出一座峰巅。"

"哪是什么峰巅啊,你没说我一条道走到黑就行。我只是个普通人家的孩子,身上没有什么高贵的气质,也没有什么人脉,只能靠自己一步步踏实走。"一颗流星划过夜空,海明军抬头望了望,依旧淡淡地说,"我们大多数人都是在平凡中度过一生,即便有流星划过的闪亮,也不过转瞬即逝。往近了说,总会有退下来的一天;往远了说,也终将归于泥土。五光十色的物质世界,亟须装上心灵的风向标。我们的身份、岗位、职务和财富可以变,但做人的本色不能变,本真不能丢,本来不能忘。人生拐弯处,多问问初心是什么,如今变得怎么样,偏了纠一纠,歪了正一正。军人嘛,个人利益没有啥可争的,为强军做点事倒是责无旁贷的。"

这些年,海明军有一个深刻的体会:无论从事什么专业,在哪个岗位上,他觉得有两样必须好,一个是你的专业,一个是你的人品——专业决定你的存在,人品决定你的人脉,剩下的就是坚持,用善良、专业和真诚赢取更多的信任。

人这一生很短暂,有时候跟睡觉一样,眼睛一闭一睁,一天过去了;眼睛一闭不睁,这辈子过去了;而最多的时候是半睡半醒状态,稀里糊涂混日子,不知道该睁眼还是该闭眼。滔滔流逝的旧时光,其实绕了个圈,重新冲刷了每一个人。

胡勇智凝望着远方,风摇起宿醉的记忆,他突然笑了笑说:"咱俩虽然在一个旅搭过几年班子,可很少到外面真正聚餐,以前还觉得老旅长过于迂腐,不通人情世故,原来什么都懂啊。"他突然改了称呼,并非想和中将套近乎,而是出于一种本能的感激,"本来,我当副旅长时就很不称职,是老旅长你拉了我一把。"

胡勇智曾经也是为了自己选择的路,跪着也要走到底的主儿,军旅征程中充满着硝烟迷彩的刚烈,看着老旅长步步高升,自己也一度做着将军梦,如今早被现实击得支离破碎,干旅长尚不称职,也快到了退休年龄,倒是心安理得不少,开始暗自感谢起恩人、感念组织。

海明军谈了这么多年很少应酬的原因:"刚当兵那会,包括提干了好多年,碍于囊中羞涩,不知市井繁华,很少有应酬,后来就习惯了这种简单的生活。都说请客吃饭能沟通感情,可沟通感情的方式很多,并不是非要去凑那个局,我们要做的事情很多,是没有那个时间,也不应该把过多的精力投入应酬啊。"

中将有时很不理解,为什么很多人遇到沟坎喜欢借酒消愁,结果使问题变得越来越糟?这些年部队处理过不少人,往往都与违规饮酒有关。在处理一名原本十分优秀的上校因家庭变故酒驾肇事被刑拘一事时,中将甚至在心底怒吼:所有的借酒消愁都是应当鄙视的!

中将有时无法理解,现在许多年轻人包括部队一些官兵都营养过剩,减肥成为一种时尚,节食不吃晚饭,辛辛苦苦锻炼一周,周末一次大餐就足以让所有努力付诸东流。

欲望与情绪如风沙袭扰,把原本如天一般空旷蔚蓝的心蒙蔽。每个人的心灵深处,不管乌云密布还是阴郁苍茫,依然有一道彩虹,亮丽于心中某处,想着做一个一尘不染的人。海明军又精准点穴胡勇智:"你能当上旅长,那是组织上的事。刚当旅长那会儿,你干劲还是比较大的,培养使用了不少优秀人才,搞的几次全军试点也是有模有样,给旅里建设打下了很好的基础,只是后来慢慢变得不太敢干了。"

"我老糊涂了,总觉得仗打不起来,或者打起来也轮不上自己,就把精力放在了部队日常建设上,却往往做了些表面工作,没有真正关心基层,连官兵吃几个菜都没整明白,惭愧啊!"胡勇智把自己剖析得体无完肤。

这场演习让他清醒地认识到真打仗没有真本事是不行的。他仰天道:"现在是年轻人的天下了,红旗旅成就了我,我却差点亲手毁了红旗旅。"浅笑安然,庆幸尚有挽回余地。

问题暴露给自己,还有改正的机会;如果暴露给敌人,就要付出血的代价。看到胡勇智已唤醒了自我反省的休眠力量,中将觉得多说无益,突然问了一个八卦的问题:"我听人说,旅里组织演练,你总是安排牛起义当蓝军,这是为何?"

"这小子不知轻重。"胡勇智不明白中将问这是出于好奇,还是有什么其他考虑,既然到了这个份上,他也就掏心窝子实话实说了。

胡勇智原本对牛起义是寄予厚望的,他刚当旅长不久,正是用人之际,刚好牛起义是军事学硕士研究生毕业,文笔也不错,就一纸命令把他调到了机关。由于不熟悉机关业务,胡勇智让他从基础做起,然后好接旅副参谋长,乃至作为参谋长的培养对象。机关的工作也很多,那时牛起义一心想做叱咤风云的将军,他夜以继日发通知、写材料,还有上级赋予的其他各种各样的任务……工作很忙,快乐很少,他心里有些空,甚至莫名其妙地心烦。

那天,办公室的挂钟指向凌晨两点,月光透进窗子,洒得满地都是。屋子里飘着几缕方便面的余香,这是牛起义一个小时前的夜宵。熬夜总是饿得慌。

敲着键盘的牛起义恨不得把电脑砸个稀碎,这几天要写的材料实在太多了。办公室只剩他一人,他想起下午的时候,科长贾岗要他往基层发通知,参谋长王钧交代拟订训练计划,要得都比较急。牛起义合上电脑关掉灯,脑子快要烧掉了。

胡勇智这时鬼使神差般走了进来,让牛起义给他起草一篇研讨论文。

牛起义表面上答应旅长这两天就写好,内心却极度抗拒,想想机关真不是人待的地方,说是能者多劳,好像是针对他一个人的。自己中校了,还要听从少校科长贾岗的安排,真是气人,不由自主地冲旅长出门方向骂道:"一群龟孙,真不拿老子当人看,老子又不是机器,怎么可能24小时连轴转?这不是官逼民反吗!"

万万没想到,旅长刚出门又拐了回来,把牛起义的话听得一清二楚,尤其那句"官逼民反"。胡勇智表面上安慰他:"我们都是凡人,总会有啥都不想干的时候,何况是你这样的高才生,让你干这些杂碎事着实委屈你了。"

当时牛起义听着心里暖洋洋的,以为遇到了知音,无奈多年在外学习,着实还是历练不够。喜欢看《三国演义》的胡勇智竟然相信了牛起义有反骨之说的无稽之谈,"起义"终究会背叛,私下找个理由将他发配到基层,并从心底盖上了"永不录用"的印章。尽管部队整编后牛起义当上了合成营的营长,但只要是胡旅长能做主的演练,都是让他充当蓝军。这样,牛起义要"起义"就只能投靠红军了。

真心培养一个人肯定不是完全把他推向自己的对立面,看来牛起义亦不是胡勇智心中的参谋长人选,中将不想对这荒诞不经的逻辑做任何的粉饰,一场燎原大火过后,还有春风吹又生的野草不是?充当蓝军已然磨砺得牛起义重获新生,但当参谋长合适与否又另当别论。海明军试探着问:"旅参谋长位置空缺了这么久,你觉得谁合适呢?"

胡勇智不假思索道:"杨吃狼。"这是他这几天想好的,即便海明军不问,他也会主动向旅党委建议。这场演练本身就有点伯乐相马的味道,杨吃狼的表现一直是海明军、张凌天关注的焦点,折腾出几件可圈可点的事,一直为两位将军津津乐道,既然挡不住,还不如做个顺水人情,这也能为自己留下个好印象。

"听说以前你有意推荐白阿毛,现在怎么又改变想法了呢?"

"以前对杨吃狼有些偏见,觉得白阿毛听话,可打仗光靠听话不行啊,战场打不赢,一切等于零。前线指挥员不能只会帐前听令,杨吃狼虽然是刺儿头,但可塑性强,咱用人用长,应该给他一个平台。"骏马能历险,犁田不如牛;坚车能载重,渡河不如舟。胡勇智仿佛大彻大悟了一般,又自嘲道,"兵者,国之大事,存亡之道,命在于将。多年前,我代表旅里去看望一位久经沙场的老兵,他跟我讲,战争年代跟着能打仗的将军,那是福气。东南西北,跟着甩开膀子打就是了,打胜仗、少流血,还能学到许多本事。当时我没太在意,现在我可以肯定,如果今天上战场,官兵可以选择的话,都会追随能打胜仗的战将,谁也不愿意跟着像我这样身患和平病的指挥员。"

看胡旅长如此检视轻薄自己,中将欣慰中莫名生出一种悲哀甚至怜悯,他指着旅里一排排现代化营区宿舍说:"建造高楼大厦,需要可塑性强的沙子;建筑战斗力大厦,则需要可塑性强的人才。"两人的目光不约而同地聚焦到了不远处的一堆沙子上,那是准备整修池塘用的。

优质的建筑用沙,一直是国际畅销品。中将借物喻人,让胡旅长的思想不免又漫游到了自己,这些年他也在寻求个人重塑,曾给自己定下"十六字"方针:观念转变、状态切换、能力升级、本领扩容。可真正实行起来,换羽之苦、拔节之痛、升级之艰都让他力不从心。

反复衡量后,胡勇智觉得自己不是战斗力大厦所需的优质沙子,提前退休也好,又像是感觉对杨吃狼不放心似的,说:"老旅长,你回头和伍晓刚说说,可得把这小子看好了,这小子天天喊着吃肉吃狼的,毛病多,犯点小错行,可不能犯法啊。"

"好,我回头好好敲打敲打他,好苗子也不能长歪喽。"海明军爽快答应了,随手捡起身边的一块鹅卵石说,"有点棱角也并非什么坏事,都像鹅卵石这般光滑,是堆砌不了强军大厦的。"中将欣赏杨吃狼身上那股自我洒脱,不唯上不唯书只唯实,不跟风不起哄守定力,不要奸不要滑有风骨。

见中将如此站台杨吃狼,胡勇智真有点羡慕嫉妒恨,觉得他这样就当参谋长太过容易了,想当年自己调正团可是费老大劲了,拐弯抹角托关系找了不少人的,感叹时代风气真的变了,不免好奇地望着海明军问:"杨吃狼当参谋长一事就这样内定了?"

"内定什么了?"海明军有点不悦,感觉胡旅长说这话简直就是政治上的不成熟,或者是对干部政策的一种亵渎,"用谁不用谁,可不是你我说了算!"

"那谁说了算?"胡勇智疑惑道。

"谁说了都不算,是制度说了算,靠制度选人比靠人选人可靠。"海明军稍停又加了一句,"不管如何选,如何考,最后的考官都是战场。"

要是别人说这话,胡勇智早就撑回去了:"制度还不是靠人执行?战场就更加虚无缥缈了。"可话到嘴边,他又咽了回去,他不能把肮脏的过去复制到当下,不能把过去个别领导的不正之风强加给眼前这位生而平凡却人格熠熠、生命无华却鞠躬尽瘁的将军。海明军向来寻觅人才求贤若渴,发现人才如获至宝,举荐人才不拘一格,任何时候都称得上正气充盈。推荐他胡勇智当旅长时,不是连自己一口水也没喝过吗?托人捎去的两盒茶叶,也被原封不动地退了回来。中将口中的战场选人,不正是这次演练的题中之义吗?胡勇智多少有点信了!服了!

再问胡勇智接下来有什么打算,他只是淡淡地说:"是该好好检讨反思了。"

中将深受启发:不仅胡勇智个人需要反思,红旗旅,乃至整个部队都应该反思。

两人站起,夕阳映照着两个远去的背影……

马家妹坐上快艇逃走后,警方多方查询未果。3天后接到群众举报,在一处海滩上发现了她的尸体。从尸检结果看,马家妹是被人勒死后扔进海里的,死亡时间就在追捕当天的晚上。冷一欣眼前浮现出那晚陌生男子的狰狞面孔,初步判断:杀人灭口。

尸体经海水浸泡已散发臭味,检查人员从尸身上的小挎包里发现一把刀刃长10厘米左右的匕首。回想着马家妹上船前紧握小包的表现,冷一欣猜测她是有所防备的,只是天黑,或者是男子没有给她掏刀的机会,就体型看,两人确实不在一个重量级上。

既然意识到了危险并有所防备,马家妹肯定留有后手。冷一欣和苏海榭再一次来到马家妹居住的出租房内。两人刚出电梯,房东就迎了上来。这个留着小平头、40岁上下的中年男子叫周天佑,似乎知道警察要来,早早准备好了钥匙,这引起了冷一欣的警惕。

冷一欣问男子:"你知道我们要来吗?"

"知道。"周天佑承认转而又矢口否认,头摇得拨浪鼓似的,"不知道,不知道。"

"你知道我们来干什么吗?"

这下周天佑没有急于回答,斜眼看了一眼苏警官。

苏海榭连忙将目光投向一侧,咳嗽了一声。周天佑想了想说:"这我哪儿知道啊!"

冷一欣和苏海榭进了马家妹租住的房间,有意支开了周天佑。冷一欣有点不解地说:"咱这案子都是隐秘的,房东怎么知道咱们要来?"

苏海榭说:"这我可不知道。"

房间内乱七八糟、零零碎碎,简直就是一个隔墙扔柴火的垃圾堆。

冷一欣仔细看了一会儿,没有发现任何有价值的线索。

"苏警官,你那发现什么没有?"冷一欣从卧室里出来,发现苏海榭正盯着客厅沙发上的烟灰印迹看。

见冷一欣过来,苏海榭慌忙移开眼神说:"没有,没有发现什么。"

冷一欣走上前仔细看了看,这烟灰印迹好像是在暗示什么,听上一家房东文惠说烟灰印迹是在卧室里,大家只当马家妹抽烟后揉灭烟头弄的,为何这次在客厅?马家妹完全可以摁灭在茶几上,或者是踩灭在地板上,哪怕是吃剩的快餐盒里。

看这印迹,中间一个鸭蛋样的椭圆,两头周围十个黑点,冷一欣想起了齐白石老人抗战时画的一幅"螃蟹十足"图,随口道:"这是不是有点像螃蟹呀?"

不料,苏警官脸色突变,艰难挤出一丝笑意:"冷组长真会说笑,这怎么像螃蟹呢!"

这时,房东周天佑闯了进来。

冷一欣问:"你有什么事吗?"

周天佑递上一份租房合同说:"这是和马家妹签的租房合同,给二位警官看看。"

冷一欣并未要租房合同,周天佑在这个时候送过来,怕是在门口偷听多时了,这让冷一欣更多了几分警惕,想着也有必要看看,便将合同留下了。

不多时,苏海榭对着烟灰印迹向周天佑偷偷使了个眼色,周天佑微微点点头。

这岂能逃过冷一欣凌厉的眼睛?

冷一欣故意支开二人："苏警官，你和房东先下去，看看有没有其他情况，我在这儿方便一下。"说着，冷一欣走向卫生间，双手摸了摸裤腰带，装作要上厕所的样子。

见苏警官和周天佑下楼去了，冷一欣赶紧拍下烟灰印迹画面，发给之前的房东文惠，确认印迹非常相像后，一条引蛇出洞计划浮现脑海……

胡勇智当红旗旅的旅长不合适了，谁能接任呢？

临阵换将乃兵家大忌，可不换只能任由其衰败下去，换了还能透过窗缝看落日，终究还有一线希望。

海明军报请战区和陆军党委下定决心——换，给红旗旅寻求一线突围的生机。红旗旅一路走过的历史，有涉滩之险，有爬坡之艰，有闯关之难，但从来没有败得这么惨过。所谓的功勋卓著，此刻只能在旅史馆里寻觅尘封的踪迹。

要想尽快打开局面，新旅长人选需要熟悉红旗旅，有丰富的工作经验，还要在红旗旅有一定的威望才行。

副旅长李晓辰刚赴任不到一年，资历尚浅。

张凌天把集团军的几名处长扒拉一遍，也没有一个合适的，训管处长丁士超去国防大学培训一年，一时半会回不来。论资历，军建处长刁向辉倒是合适，要是在平时，使用锻炼一段时间也未尝不可，但放到打胜仗上，谁也不敢下这个决心了。这肩上可担着带领红旗旅扭转乾坤的重任。

正在大家焦头烂额之际，海明军突然想到了一个人——王春阳。

大家眼前一亮，王春阳从红旗旅排长干起，当过连长、营长，在旅机关待过，又有战区机关的经历，上校也干4年多了，当旅长再合适不过。可中将有点顾虑："是我带他来指导训练的，这样会让人说我任人唯亲的。"

"举贤不避亲嘛！首长这也是帮助我们解决了一大难题。"张凌天对王春阳是比较了解的，觉得人才难得，早想动员其到集团军任职，这不是机会来了吗？他笑道："就怕首长舍不得放啊。"

对王春阳的任用，中将着实认真考虑过，这些年，两个人参加过不少演练，战区多名副局长出现空缺，来之前，中将已向战区党委推荐任用他为分管训练的副局长，党委已经研究同意了这项任命，拟在演练结束后让其走马上任。可当前正是用人之际，基层旅长位置更能锻炼人，尽管中将有些不舍，为了强军事业也只能忍痛割爱。

中将提议让王春阳先代理红旗旅的旅长,张凌天不解:"如果直接下命令,不更有利于树立威望和指挥吗?"

威望是靠能力和成绩赢来的,不是靠一纸命令换来的。中将有意考验王春阳:干好了继续留任,"代"字去掉;干不好,不是打道回府那么简单了,恐怕就是历史和人民的罪人了。

尚被蒙在鼓里的王春阳便没有了退路,中将也没有了退路。实际上红旗旅也退无可退,已经被逼到了悬崖边上,等待王春阳的是挽狂澜于既倒、扶大厦之将倾,还是与红旗旅数千官兵一道坠入深渊?一切有待时间给出公正的裁判!

特事特办,B集团军党委研究决定后报上级党委,上级党委批准了胡勇智的辞职申请,暂命王春阳代理红旗旅旅长一职。

接到这一任命,王春阳正在带井井去看病的路上。

这段时间,王春阳往家跑得勤了些,因为井井的病情特殊,全国这种案例少之又少,所以寻医的道路并不怎么顺利。他们跑遍了全国著名的几家医院,连神经方面都做过检查,得到的却都是一张张指标正常的检验报告。

"既然医院看不了,不如咱们找找当地的'神医'看看吧,没准儿有希望呢?"张燕燕对王春阳这样说,虽然不抱太大的希望,但是总得尝试一下,万一这些偏方真能起到效果呢? 王春阳明知不能瞎信什么"神医",但又不想让妻子失望,只好答应。

听说临县有一个"神医"很有名,他们就带着井井去看病。这位"神医"住在一个偏远山村里,周围几乎没有人家,车辆无法通行,又适逢刚下过雨,王春阳背着井井走在泥泞的田埂上,两人差点摔进水沟里,他尽力保持着平衡,井井身上敷满了冰块,冰块化成的水夹杂着汗水,顺着两人的衣服滴下。

"神医"是一个50多岁的男子,在了解到井井的情况之后,拿腔作调检查了一番后,为井井取了几包中草药,并交代了一些事项,嘱咐每天按时给她泡脚即可。

可是经过一段时间的治疗,井井的病非但没有好转,反而发病越来越频繁,时间也在不断地加长。由于长时间的药物浸泡,井井的双手双脚多处溃烂,疼痛让她失去了行动能力,每天只能坐在轮椅上。井井的心情一落千丈,几次想寻短见,张燕燕只好和家人日夜不停地轮流照看她。

铁打的人也经不住如此折腾。王春阳越发害怕这样下去会危及井井的生命,也会耗费家人巨大的精力,决定再次带她去别的医院碰碰运气。

这个时候接到上级的任命,王春阳一点也高兴不起来,且明显感觉到肩上沉甸甸的压力与责任。善解人意的张燕燕说:"你回去吧,部队需要你,家里有我呢。"

望着日渐憔悴的妻子,王春阳心中更是愧疚,这么多年一直受苦,好不容易阳和启蛰,过上了几天好日子,如今又遇到了这档子事。这次,他实在不忍心丢下母女三人,根本没有和张燕燕商量,从医院出来,就拉着娘儿仨直接坐上了去红旗旅的车。

反正在家也是看病,跟着去部队也好,张燕燕也没多说什么。

巧的是,这些年部队改革裁撤了一些人员,红旗旅又重新分了两个营区,不少单位搬了出去,也就没有那么多家属了,王春阳先前在红旗旅的房子竟还空着,他们一家人又申请住了进去。

来到熟悉的地方,张燕燕顾不上旅途劳累,安顿好井井,就开始收拾房子。还别说,原本破旧不堪的家,经张燕燕一收拾,竟像模像样了。

海明军和伍晓刚等人过来看井井,在详细了解了井井的病情和求医经过后,海明军说:"还是安排井井住院吧,这样有利于治疗,我们要相信科学。"中将亲自给战区总医院的何子安院长打电话,让他安排人过来接。

何院长当天就安排皮肤科专家王岚过来,把井井接走了,张燕燕和宣宣也跟着去了。临走前,张燕燕叮嘱王春阳不要分心,安心演练。挥手告别的那一刻,王春阳多么希望,再见时,母女三人都健健康康的。

对这场演练,导演部既不搞对着镜子作揖——自己恭维自己的那一套,亦不空对空地妄加评说,海明军让两个旅先自行总结反思。

走上一个新岗位,就像一艘船开到了一片陌生的海。红旗旅陷入了前所未有的失败阴影之中,王春阳依旧牵挂着井井的病情,对旅里的工作亦不敢有丝毫的懈怠。他上任之后点燃的第一把火,竟是火上浇油,在机关楼大屏上滚动播放演练视频,每个营连也都滚动播放,大到每项重大决策、部队的整体拉动,小到单兵单车的战术动作,都清晰展现在大屏上。

而播放视频的上方一直循环着一个词条:下一场战斗,下一秒打响!这是王春阳和伍晓刚商议后特意让加上去的,因为留给他们的时间不多了,必须争分夺秒。

营连门前的电子屏,是伍晓刚去年上任红旗旅政委后,为展现官兵风采、获取知识信息,特意统一招标安装的。还真别说,官兵的良好形象往大屏上一展示,官兵自觉多了,精气神也有了。有时,从网上下载一些优秀视频放上去,官兵过来过去还能学习。

可这一次曝光的却是演练的败招,这不是自揭伤疤吗?

一支要打胜仗的部队,决不能在平时贪于常胜而怯于失败、慕于虚荣而荒于真练、精于应付而疏于实战。从一定意义上讲,有时候打败仗的经历反而更能发人深省,既是痛苦的教训,也是宝贵的财富。

失败不可怕,怕的是散了心气。红旗旅要求全体官兵把所有的骄傲、自尊、成绩全部清除,在失败的地方画上句号,然后另起一行,从零开始,滚石上山,爬坡过坎,共同的目标只有一个——打赢下一仗。

此举如击鼓之槌,敲在红旗旅每名官兵心头。

伍晓刚多次驻足于大屏幕前,一遍遍看着,每一个细节、每一个动作,他都看得仔细。他一边看一边喃喃自语:"将蓝军无人机搬进指挥部,如同将'特洛伊木马'搬进了城里,就成了别人案板上的肉;我们的主力部队都还在,要是当时能提醒一下旅长指定好代理人,哪怕是一名营长接替指挥,或者说按照打仗要求,强化预备指挥所指挥功能,仗就可以继续打下去,就可能还有翻盘的机会;要是不那么盲目相信双峰山的坚固防守,也不至于被俘。"他有时真希望微弱的烛光能聚集为一道光束,点燃一场燎原大火。无论是忧虑还是憧憬,时代的浪潮已经把他们全旅官兵推到了风口浪尖上,不容他这个党委书记有丝毫的气馁,也不能有丝毫的退缩,演练还会继续,战斗还要继续。除了带领大家走出失败的阴影,打赢接下来的战斗,其他都是次要的。前路纵有万般险,也要破开荆棘迎朝阳。

迎着清晨的第一缕阳光,伍晓刚带领全旅机关干部出完早操,站在机关楼的大厅里,看着双峰山指挥所被攻克的情景,伍晓刚有一种负罪感和屈辱感,失败就像生了根似的扎在他心里,每拔一次就弄得鲜血淋淋,就刺得更深。他大声对旅机关人员说:"看到了吗?这是红旗旅的耻辱,也是我本人的耻辱!耻辱啊,耻辱啊!"见有人偷偷抹泪,伍晓刚眸子里燃烧着梦想的火光,"红旗旅的将士们,我们可以被打败,但不能当逃兵,是战士就该永远向着胜利冲锋,让我们微笑着转过身,昂起头,依旧是不可战胜的力量!"

现场掌声一片,掌声中蕴含着坚定的信念。

伍晓刚止住掌声,又说:"都说我们军人过着刀口舔血的日子,要我说,我们舔的不是血,是使命,是责任,是一往无前的胜利。"

伍晓刚提议大家唱首歌,由他亲自指挥,大家齐声高唱《一纸命令之歌》:

> 闻召应声"到",
> 天南地北永追随;
> 听令答声"是",
> 刀山火海不皱眉。
> 一纸命令,命令之一,
> 铁血使命有我在,
> 亮剑沙场不惜命。
> 赤诚信念,敲进骨髓,
> 血性基因,代代传递。
> 我们是新时代的人民子弟兵,
> 听令景从,毫不迟疑,
> 誓死不退,所向披靡!

这声音萦绕耳际、响彻云霄。指挥大家近乎吼叫地唱完,伍晓刚继而振聋发聩道:"同志们,重任在肩,使命催征,我们绝不能在该觉醒的年代沉睡了!摆在大家面前的只有一条路——前进,前进!"

众人高呼着"前进",血管中流淌的,是一样滚烫的血液;胸中奔涌的,是一样澎湃的激情;肩上担负的,是一样神圣的使命。

这种沉睡,不仅是身体上的沉睡,还有思想上的沉睡,不深刻反思,不创新,就是思想上的沉睡。伍晓刚和全旅官兵坚信:只要英雄情结和英雄精神尚存,军人的血性和气概还在,散落一地的基因和细胞就会聚合成钢筋铁骨,用血肉之躯筑起新的长城。

胜利,每个人肩上都有沉甸甸的责任;前进,从反思迈开第一步。

听到双峰山指挥所被占领,两位主官同时被俘的消息,部队整个就乱套了:白阿毛不相信,以为是801旅的心理战;牛起义一脸的茫然,反应过来后,说了一句"完了";杨吃狼倒是料想到了这个结局,啪地打了自己一巴掌,他是后悔没下定决心从玉皇顶阵地上冲下去,战机稍纵即逝啊,接到防守失败的消息,他用最后的炮火发泄了心中的不满……

通过演练态势回放,从单兵、单车开始,班、排、连、营、旅逐级逐个战斗阶段解剖麻雀、拉单列表,把在演习中阵亡、被俘、行动失利的集体和个人拉回现地,进行情景再现,查找原因、教训,做到吃一堑长一智。

如同在一切实际事务之中,总是留有一定的自由余地。实战化演练要适当留白,这合乎战场规律,也能为部队留出创造性空间,激励官兵开脑洞、想妙招。王春阳仔细翻阅此次演练方案,从根子上找到了些许答案:旅指挥部把演练方案制订得太细太具体,致使许多官兵原本可以大展拳脚的地方,反倒成了制约官兵思考和创新的枷锁,使许多开放题沦为答案唯一的单选题。白阿毛合成三营的固守、牛起义合成二营的无效增援等,就是统得过死、抓得过细,这就成了提线木偶,只能循规蹈矩、按部就班,违背了打仗的规律,焉能不败?

现代战争是读秒战争,战场上操作装备多一个人,指挥时多一道程序,就可能贻误战机,甚至导致失败。对合成旅的战斗编组,王春阳还没系统研究过,对前一阶段合成营战斗,他倒是认真总结归纳过,想必不会差太多:一个指挥主体控制的指挥对象,一般不宜超过10个,若超过10个,就可能产生运筹学动态规划中的"维数灾难",即当维数超过一定的量级时,若维数再增加,其工作协调量会呈指数倍增长。战斗编组的数量增长对于指挥控制效能的持续有效发挥,也有着类似的作用效应。

当练兵备战像星星一样撒进战场的汪洋大海时,映照出来的问题总是闪烁不已,消除了这些无精打采的虚光,才不至于令人晕眩。作战分析会上,王春阳和旅党委"一班人"决议进行任务式指挥:对营连一级的作战指挥,只提作战目标,具体如何做,放权到基层指挥员,让听得见炮火的人指挥炮火。

看似不起眼的问题,也绝不能轻描淡写放过去。红旗旅进一步放开言论自由,大屏幕前任由战士们评头论足,内部网上开设的论坛也任由官兵吐槽,开启了一场战斗力标准大讨论、战技法演练。转型重塑过程中,从灵魂到肌体,阵痛无处不在。

现场情景再现时,基于头脑中的每一个问号,每个人畅所欲言:你怎么"阵亡"的?你为什么没上得去?敌人为什么比你先开火?……一个个问题从迷宫中走出来,弥合着抽象概念与现实具象之间的鸿沟。官兵从中悟出了一个道理:对敌人一定要狡猾,考虑问题一定要周到,不能一厢情愿、挂一漏万。

鸵鸟在敌害来临时,总是把头埋进沙子里,来个眼不见心不惊。不敢正视危机和失败,是自欺欺人的懦弱表现。红旗旅拒绝鸵鸟心态,将诸多矛盾问题摆到台面上,进行了系统梳理,形成并上报了一份《实兵对抗检讨式总结报告》。

收到这份报告,海明军十分赞赏红旗旅这一举动,专程站在滚动播出的大屏幕前,脸上一片缺憾后的灿烂。他鼓励红旗旅的两位主官说:"没有演习中的败就没有未来战争中的胜,一支光荣的胜利之师,在前进的道路上不可能总是一马平川,不可能没有磕磕绊绊,不讳言失利进而不被失利吓倒,才能争取更大的胜利。"

一位在解放军档案馆工作的老战友曾透露:馆藏的1949年以前的革命历史档案中,从1932年红3军团第3师《攻赣战役的检讨》开始,仅标题中带有"检讨"字样的档案就多达2200多件,如果加上各类详报、总结、报告,包含"检讨"内容的档案更是不计其数,涵盖了政治、军事、后勤工作等诸多方面。

无论是胜是败,每战必有检讨,几乎成了人民军队的一种习惯。

红旗旅已经把这种复盘行为延伸到每个训练课目、每个训练环节中。海明军走出机关楼,打算到基层看看,王春阳和伍晓刚充当左右护法。中将边走边说:"如果你从肯定开始,必将以问题告终;如果你从问题开始,必将以肯定结束。对部队战斗力而言,问题在实践中产生,也要在实践中解决。"

"首长说得对,这一仗让我们彻底清醒了,我们会认真反思,有缺点克服缺点,有问题解决问题,有错误承认并纠正错误,除了这些,别无选择。"王春阳这番话既含蓄地报告了当前工作,也表明了原初动机的意志决心。

他们来到合成一营训练场上,只见杨松和几名身穿迷彩服、脸上涂着伪装迷彩泥的战士在坦克堑壕旁边热烈讨论,周围硝烟弥漫。

可能是讨论得太投入,谁也没有注意到首长们的到来,直至海明军走近前弯腰问干什么。大家抬头一看是一群将校,立马起立站得笔直。杨松响亮回答:"报告首长,我们正组织讨论呢。"

"讨论很激烈嘛。"海明军盯着杨松会心地笑了笑,言外之意是:说的啥?

"我们正在讨论如何改进一些薄弱点,进一步加强实战化演练。"杨松读懂了这些表情,也就对上了首长的暗号。

"懂得反思很好,一个错误第一次犯叫无知,第二次犯叫愚蠢,第三次犯就是不可饶恕了,要从中汲取教训,在呛水中学会游泳。"海明军盯着掩体看了一会儿,似乎也不太想挑毛病,又泛泛讲道,"其他事可能还允许第二次犯错,打仗可不行,战斗失利丧命了连翻盘的机会都没有。"

一路走来,看到训练场上、树荫下、土堆旁、草丛中、学习室里都有官兵在一起讨论,杨吃狼还创造性地让两个班分为红、蓝进行对抗,这样检验,结果发现的不仅是单兵问题,还有班、排的指挥问题。比如:一个目标几个人同时打,别的目标却漏掉了。班长对战场的判断不清楚,火力分配不科学,分工不明确。这样研究完了以后,两个班再来一次对抗,看原有的问题解决了没有。

结果发现,分工不明确暴露出班长指挥手段上的问题,光靠嗓子吼,战士听不到,必须要配备一些通信器材;另外,班长、战士都要学习掌握传统的简易通信方法,随机规定通信的方法,还可以发明只有本班能明白的通信方法。这些战斗经验,杨吃狼在上次演练侦察中都成功运用过,他要求大家灵活运用。

海明军走过不少单位,也组织过类似的复盘,一般都是军官的活儿,没有士兵什么事,很少像红旗旅这样把检讨反思的小花吹散开来,伸展到每个士兵、每个课目,长成一片片滋养战斗力提升的丰茂水草。中将风趣地对王春阳说:"你们这是要把每个人的智慧都榨干啊。"

王春阳对这种"压榨"倒是毫不避讳,苦涩地笑笑说:"不使出吃奶的劲,怎么能迎头赶上啊?"在红旗旅知无不言言无不尽,说好了会按训练标准给予奖励,说错了也没关系,不会影响个人进步,反而那些不直面矛盾问题,遮遮掩掩,甚至溜须拍马的,会在记录文献里纺上不光彩的纤弱线条。

中将赞赏"一定要让官兵大胆讲,放开了讲"。军队的基础在基层,基层的主体是战士。古希腊神话中,有一个叫安泰的战神,是大地之神盖娅的儿子。只要他的身体不离开大地,他就能从大地母亲身上汲取无穷的力量,战无不胜。人民军队同安泰一样,只有密切联系群众,紧紧依靠基层官兵,才能源源不断获取无坚不摧的巨大能量。

讨论持续了数周,犹如铁石相击,必有火花;水气相荡,乃生长虹。官兵的思路更活了,都有一个火热升腾的将星梦;心更硬了,坚如磐石,不惧风雨不惧战场;心更齐了,能撼动整个双峰山。

高昂的斗志一点一滴弥补进红旗旅战争潜力的"账户余额",直至丰盈成一个足够数量大的战斗"金库"。要是现在和801旅干一仗,定会让他们曳兵弃甲。

在王春雨的倾心帮助下,红旗旅建立了完备的智慧训练场,体能训练不再统一组织,官兵随时可以去考核,只要在入口处进行虹膜识别,自动校验身份后,领取手环,考核完自动出结果。这样就节省了许多组织基础训练及考核时间。

但,训练绝不仅仅是这些基础训练,王春阳报请战区批准,将部队整体拉到Z战区综合训练基地,这既是对上两次演练的复盘,也是一种全新的实战化训练检验。

不巧的是,此时正值驻训高峰期,多军兵种部队都扎堆于此,人员、车辆络绎不绝,原本沉寂的训练基地热火得闹市一般。海明军和张凌天也赶赴基地现场检查指导。

不少单位为争训练场地少不了打口水仗,一度到了剑拔弩张的地步。这背后,是九龙治水、各管一摊的尴尬,是缺少统筹、协调不力的无奈。

都是兄弟单位,训练热情高是好事,王春阳觉得争来争去没有必要,也没啥意思。

你不争,不代表别人不争,战斗力提升本身就不是忍让的事,有时战友间也要争个你死我活。红旗旅几项训练计划都因场地限制而被迫搁浅。

战区训练指导组几次干预,往往是说一次好一次,不说又打回原形。

一分一秒对红旗旅来说都显得弥足珍贵。时间的流逝不分昼夜,偷走的不是过去,而是未来;前进的航程击鼓催征,酝酿怎样的奇迹,只有奋进者最清楚。王春阳不止一次问自己:这心跳一次的1秒钟到底能干什么?他百度了一下,发现还真的能干不少事。

这1秒,电影放映24帧画面,竹子最快生长10微米,猎豹可以奔跑40米,蜂鸟能振动翅膀55次,最快的钢琴手能弹出20个音符,天空中发生近200次闪电,5G网络下可下载一部高清电影,而地球会绕太阳转动29.8千米。

原本匀速流动的时间,正是在生生不息的奋斗里,定义出生命的精彩,定格着历史的脉动。而王春阳此时除了等,还是等,他急得几乎生恨,但也实在拉不下脸来与兄弟单位撒泼斗狠,何况自己只是一个代理旅长。

正巧,海明军和张凌天到红旗旅了解部队训练情况,王春阳便报告了这一挠头事。

中将似乎早有准备,他指着自己的脑袋比画说:"要学会换'脑'思考。"

中将这样旁敲侧击是有所指的。从历史看,替代马车的不是跑得更快的马车,而是汽车;替代油灯的不是点得更亮的油灯,而是电灯。在科技高速发展的时代,一个国家或者一家公司的衰落未必是因为自身出了问题,而是跟不上时代潮流,逆大势而行必将消亡。诺基亚被微软收购时,有句话广为传播:我们没有做错什么,但不知为什么,我们输了。因循守旧、昧于大势、不思进取,难道不是错吗?

王春阳虽然明白其中的道理,但具体应用到训练上,尤其是解决当前场地的问题,还是有点摸不着头脑,他将训练计划呈给海明军看。

中将接了过来,看着一张缜密的训练计划表上,不少课目用红笔标注了出来。

王春阳解释说:"这些用红笔标注出来的,都是因场地限制而被迫推迟或者取消的。"

中将指着训练计划说:"合着我刚才的话都白说了,你们知道将红旗旅的训练计划排成一张表,为什么不能将所有驻训单位统一排成一张表呢?"

王春阳一拍脑袋,恍然大悟。火车调度、飞机调度、轮船调度,哪一个不比这复杂?哪一个不运转得井井有条?跟随首长这么多年,怎么刚下来代理旅长就不会站在全局考虑问题了呢?是屁股决定了脑袋,还是当真气糊涂了?

中将考虑的还不止这些,一支军队在发展中要紧盯对手、紧跟战争形势才不至于落败。打仗是这样,平时训练也应该这样。美军地面部队呼唤空军,空军就来了;呼唤直升机,直升机就来了。我们行吗?这里面有协同训练问题,更有体制问题。

"形联"更要"神合",部队体系作战能力的生成和提高,需要常态化的联演联训来实现。谁都知道这个问题,谁也不去解决这个问题,这个问题就一直躺着、拖着,成了制约战斗力建设的一个瓶颈。

海明军想借此机会突破这个瓶颈,他亲自给国防大学副校长卢海波少将打电话请假,让正在学习的 B 集团军训管处长丁士超回来几天,不仅是为了解决训练场地的纠纷,更重要的是协调各部队开展联合训练。

丁士超是训练的行家里手、协调能手,兼统筹高手。他和王春阳等人一道,加班加点将各部队训练内容整合到了一张表上。

解决了训练场地撞车问题,这只是万里长征的第一步。关键是要通过常态开展军兵种互为条件训练,检验攻防能力,进行战法、训法论证。海明军将各团以上单位主官召集起来开会,给出了明确指示:双方既掰手腕当对手,也手拉手做朋友,你为我指不足,我为你补短板,形成共同提高、携手进步的良好局面。

互利互赢的好事自然没有人拒绝,大家为了一个共同的强军目标,不遗余力地开展了各种各样的联合训练。

王春阳带领的红旗旅犹如龙入大海,寻找到了翻腾的海洋。他们积极和陆航部队联系,开展陆空协同演练;和战区空军联系,互为对手自主对抗;甚至和海军联系,练习装载航渡登陆。摸着石头过河,大家互为彼此的石头。

敌机来袭、导弹阵地遭遇不明电磁干扰……不间断的敌情通报,让中军帐内的气氛顿时紧张起来。数架空军战机加力升空,低空掠地飞行至预定空域,一场陆空对抗演练就此展开。

王春阳果断下达指令:"加紧侦测干扰源,加强对空侦察,及时上报空情。"

"报告旅长,敌机来袭,我们主战装备雷达是否开机?"面对防空分队指挥员冯佳的报告,王春阳根据战场态势命令道:"暂不开机!"敌机实施电磁干扰,目的在于诱导我方制导雷达开机,侦测我方位置,实施针对性火力打击,不可不防。

数分钟后,观察哨上报敌机目标方位、距离、高度、速度等数据。导弹战车雷达迅速开机,迅速锁定目标立即发射,一道长虹划破天空,向目标飞去。没想到敌机早有准备,迅速规避,完好无损。

更糟的是,敌机伴随着强电磁干扰呼啸而至。千钧一发之际,新型陆航直升机果断出击攻敌干扰源,在空中支援配合下,再次发射的导弹直奔目标并精准命中。

战斗结束,各参演单位领导齐聚一堂畅谈收获,王春阳和大家分享了心中感受:"有了空军兄弟的加入,演练更加逼真;能取得战斗胜利,多亏了陆航兄弟的帮忙!"

演兵场上能够拔刀相助,缘于平时训练中各兵种并肩同行。王春阳想起过去各兵种搞联战联训往往是临时拼凑,表面上轰轰烈烈,实则貌合神离、各自为战。而现在,新体制编制下的集团军拥有多种新型作战力量,"联"的壁垒被打破,"战"的效果正逐步显现。

胜利的军队用未来的观念打今天的战争,失败的军队用昨天的观念打今天的战争。基于这样的认识,红旗旅采取战例研讨、专家辅导等方式,自上而下刮起一场头脑风暴,彻底破除那些与打赢现代战争不相符的思想壁垒。

更重要的是,思心一至,不闻雷霆,红旗旅官兵一颗颗向战而行的心碰撞出闪亮的火花,照亮他们从新起点走向未来战场的漫漫长路……

第十五章　神秘人物浮出水面

他们是曾经的对手,但不是敌人,天生的战友情谊让两个旅手拉手、心贴心成了同一个战壕的人。

正当红旗旅官兵翘首以盼和蛟龙旅大干一场、一雪前耻时,中央军委下发了代号为"蓝色梦想"的联合军演预先号令,以登陆深夏大湾岛为作战背景,开展一场陆、海、空、火箭军,军事航天部队、网络空间部队、信息支援部队、联勤保障部队悉数参战的远岛登陆作战濒海城镇夺控,参演部队的兵力总数接近 20 万人。海明军任红军联合作战总指挥,他聘请智通公司董事长江耀武担任高级军事顾问。

陆军组成有红旗旅、蛟龙旅等 16 个合成旅,以及陆航旅、特战旅、防空旅、空突旅、电子对抗旅、信息保障旅等,几乎囊括了陆军所有主要专业力量。张凌天少将任副总指挥兼陆军指挥员,封海龙少将任海军指挥员,向天笑少将任空军指挥员,崔红军少将任火箭军指挥员,李谭少将任军事航天部队指挥员,刘卫国少将任网络空间部队指挥员,王继新少将任信息支援部队指挥员,范文武少将任联勤保障部队指挥员。

命令宣布大会上,海明军着重强调:坚持共下"一盘棋",共织"一张网",跳出各管"一亩地",发挥出 1+1>2 的叠加效应。所有军兵种同心同向,协作如一,像凹面镜使太阳光汇聚成烈度的焦点一样,把我们所有的军力凝缩成最大作战效能。

中将曾观察到,走向演练现场的诸军种,拿着的是本军种作战条令,而不是联合作战条令。平时训练中诸军兵种不深度融合,不建立共同遵循的联合标准,期盼战时各军兵种能像无思想的积木一样,拿来就可以任意搭建一个联合体,那只能是一厢情愿。

大湾岛位于深夏东南 100 多海里的地域,南北最长距离 300 余公里,东西最宽距离不到 200 公里,全岛不足 4 万平方公里,是扼守沿海通道的咽喉。

对于依托坚固工事防御的岛屿登陆作战,没有绝对优势兵力,要想登陆成功,难于上青天,但部署规模太大亦可能有害,这牵扯驻军、协同、后勤补给等诸多问题。进攻大湾岛的红军兵力是蓝军的 4 倍左右,武器方面尤其是主战装备性能上也占据上风,这样红军就有绝对的把握攻下大湾岛,中将想的是如何以最小代价换取最大胜利。

演练将通过卫星全程转播,数以万计的民众期待这场军演大餐,上百名国内外记者奔赴一线采访。进攻大湾岛的政治意义显然已大于军事意义,海明军慎之又慎,细之又细,但又必须处处争取主动,他在精打细算兵力的运用。

多年前,海明军曾写了一首题为《时事》的诗——

  外交上的斡旋,
  军事上的争端,
  重大活动的举办,
  特殊日子的纪念,
  名人逸事的访谈,
  权力更替的转变,
  自然酿成的灾难,
  国民形成的暴乱,
  科技领域的突出进展,
  盛世峰会发布的宣言,
  骇人听闻的重大事件,
  改造自然的巨大体现……

重大军事演习无疑是时事新闻,乃至时事政治的重要内容,备受民众关切。

现代战争是镜头和话筒下的战争,媒体会全程跟随和全程实播。要想完全封锁演练消息是不可能的,所谓的军事秘密恰恰是民众关注的热点与焦点,与其让各路记者道听途说,甚至捏造发布一些花边新闻,不如主动统一口径及时发布。在海明军的授意下,演练指挥舆情中心召开了首场新闻发布会。

新闻发言人张新中大校首先介绍了演练的基本情况,包括此次演练的总体考量、兵力构成、任务部署、达成目标等,而后答记者问。

新华社一名资深记者提问:"此次演练指挥员履行什么职责?"

张新中回答:"演练最高指挥员海明军中将,履行的不仅是战区首长职责,还肩负着军委首长的重任,单就此次演习来说,可动用除了核武器之外的一切常规武器。"

一名日本女记者问:"演练中会出动你们中国产的航母吗?"

张新中笑笑说:"使用什么武器作战,指挥员会根据战场需要而定,我刚才说了,指挥员可动用除了核武器之外的一切常规武器,当然包括航母。"

那名日本记者追问:"假如有外国军队或者武装势力干涉,解放军将采取什么措施?"

张新中霸气回应:"演练指挥部拥有除了进攻干涉国本土之外的任何权力,奉劝国外某些势力不要蠢蠢欲动,挑战我们的底线只会自食恶果。"

全军各大军兵种齐聚沿海,剑指大湾岛,一场夺岛大战即将上演。

距离演练不到30天的适应性训练。

对蛟龙旅来说,就在家门口打仗,这些年一直进行着夺岛演练,刚刚又打了胜仗,士气正旺,自然是踌躇满志。

对红旗旅来说却是处处围城壁垒,步步艰辛。当务之急是解决运输投送问题,王春阳正为这事发愁呢。

深夜的作战会议上,王春阳问副旅长李晓辰:"运输投送的事,协调好了吗?"

李晓辰显得一脸的疲惫,坐在椅子上差点就睡着了,他干脆站起来回答:"旅长,我们能协调的都协调了,最快也需要26小时后才有火车平板。"接到演练命令,他就专门协调此事,跑细了腿,磨破了嘴,敲碎了门,费了九牛二虎之力才有此结果。

"那不行,必须在12小时内解决平板问题。"王春阳初步算了算,加上装卸载和路途时间,到达深夏至少在两天后了。在分秒必争的现代战场,早到一分钟就意味着多一分胜算。

李晓辰深知此事难度巨大,却又不得不响亮回答:"明白,旅长,我们全力以赴,再去协调。"如此重要的作战会议,好比一次临战动员,任何的情绪低迷都会影响军心士气,尤其是作为旅领导,不能有丝毫的畏难情绪。这是一个成熟指挥官的成熟表现。

有困难,也只能会下单独报告。

散会后，李晓辰跟着王春阳走进办公室，单独汇报了此事的进展情况，两人一番合计后，像是有了清晰可行的攻略，李晓辰就匆匆离开办公室协调去了。事情确实够急的，人们期望火车隆隆开来的声音，犹如归心似箭的人期望列车。

第二天早操，王春阳问李晓辰协调结果。李晓辰无奈地摇摇头，依旧没有新的进展。

王春阳快速走进办公室，拿起电话逐个给运投系统的领导打电话，还动用了战区首长的关系，请求给予"关照"，得到的答复都是"这是目前最快的时间了"。

这么大规模的演练，动用数十万人的部队，不单是红旗旅涉及运投，不单是王春阳为此事着急，海明军和交通部耿亮副部长多次协商，交通部门已经尽最大努力保障部队运输了，能在一天后给红旗旅安排已经相当不易了。

从驻地机动到深夏演练地域至少需要三天，上次演练蛟龙旅刚刚验证过。运输投送易遭袭、难防卫，很容易成为作战体系的软肋。打击敌方运输投送常常能产生制胜奇效，而有效防卫己方运输投送也往往能扭转不利态势。要是在以前，王春阳肯定会选择全旅摩托化机动，这是一个绝佳的练兵机会。可现在战事刻不容缓，他必须充分保留部队的战斗力，到深夏不可预料的因素很多，要随时能战斗才行。

还有一个担忧就是，以前旅里进行过几次海训，也只是熟悉一下水性，对登岛作战尚处于启蒙状态，官兵们又刚从失败的阴影中走出来，他担心官兵们会重新背上思想包袱。

王春阳在办公室里来回踱步，冥思苦想，却又无计可施。

王春雨这时偷偷来看望哥哥，走到楼道间做贼似的四处瞄了瞄，发现没人，轻声敲门后便闪了进来，快速关上门。

"你进来，怎么不敲门？"王春阳眉头紧锁，顺势坐在了办公椅上，习惯性地拿起桌上的一支笔，像是随时记录似的，示意妹妹坐在侧面的沙发上。

"我敲了，你没听见。"王春雨没坐，眼睛盯着王春阳的头看了几秒，靠近些说，"哥，你才当几天旅长，怎么一下子那么多白头发了？"她欲上前揪一根，被哥哥本能地挡开了："别闹了，今天到我这里来有什么事？"

"没事就不能来了吗？官僚！"王春雨转了一圈，有种身轻如燕的感觉，"哥，看我瘦了吗？"

望着眼前日渐消瘦，却愈显气质愈有兵味的妹妹，王春阳心情放松了一些，却又不无心疼地说："别为了什么身材，跟着人家学不吃晚饭啊。"

"哥,你又给我上教育,我体重还增加了呢。"王春雨咬了一下嘴唇,看样子很满意这里的伙食,很喜欢这里的军营生活,又道,"谁说我不吃晚饭了,你可别听杨吃狼瞎说,就上次我没吃晚饭,他还向你告状了?"

"告什么状?他现在恐怕还不知道我是你哥吧?"最近家属院的军嫂们流行减肥,像是约好了似的不吃晚饭,王春阳出于关心提醒妹妹。

"是的呢,营里除了杨松班长,估计没有第二个人知道。"王春雨自信一直坚守着与哥哥的约定,从没向任何人提起过,就像地下党坚定地保守着神圣的秘密。

"你今天来我这儿到底有什么事?"王春阳再一次问妹妹的来意,实际上下达的是逐客令。他一会儿要和伍晓刚商议投送的事,现在还不是叙兄妹情的时候。善解人意的妹妹也不想耽误哥哥时间,她知道现在军情紧急,也不再兜圈子了:"我这次来呢,是想向你这个大旅长禀明,我来负责把全旅投送到沿海去。"

"别拿哥哥寻开心呢!"王春阳第一反应是妹妹只是为了宽他心,却又心存一丁点儿幻想道,"你说帮我们投送兵力,光去人有啥用?坐高铁一天也能抵达。"

王春雨应声说:"连同装备。"

"好大的口气,你知道全员全装投送一个旅,需要多少专列、多少飞机、多少平板车吗?"王春阳压根不相信妹妹有这个能力,他也实在想不出谁有这个能力,要不然早去拜访了,何愁于此?

"不用你提醒,自己几斤几两我心里清楚,我是没有这个能耐,可有一个人有这个本事。"王春雨白了哥哥一眼,像极了小时候对哥哥不满的表达。

王春阳迫不及待地问道:"谁?"

"这个人你认识。他今晚就到红阳来,到时你可以去见见他,当面洽谈你们的需求。"王春雨故意卖了个关子。

"那敢情好,我一定拜见。"王春阳觉得妹妹平时虽有点任性,甚至有点不讲道理,可对自己从来没有说过大话假话,尤其是这样的军情大事,断然不开玩笑,想必是胸有成竹,便对晚上的会见充满了期待。

19时许,王春阳、伍晓刚和王春雨驱车来到红阳机场,王春雨将二人领到候机大厅的一个贵宾室,海明军和张凌天已早早等待在这里了,王、伍连忙上前敬礼。礼毕,伍晓刚好奇地问:"二位首长也来接人啊?什么重要人物让首长们亲自来接?"

"你们也来接人啊?"海明军还礼后以反问代替了回答。

伍晓刚看了看中将,笑笑说:"我们来接一位神秘人物,说是能帮我们旅在一天之内全员全装投送到深夏去。"

"估计我们是接同一个人。"海明军一看就猜了个八九分,便招呼着大家坐下,机场服务员端来茶水,放置在每个人的座位旁。

"不会这么巧吧?"伍晓刚有点不相信。

张凌天看看表说:"是不是,一会儿不就知道了?"

也对,还有十几分钟飞机就落地了。

偏偏这时,广播里传出飞机大概晚点半小时的通知,似乎有意让神秘人物更神秘些。

却也不是,这阶段部队演练多,多个航班晚点,时有民众抱怨。

大家讨论开了这个话题,结合当前严峻紧张的国际形势,海明军只说了一句:"抱怨军演延误航班?若上空呼啸的是带弹的敌机呢?"

中将的话可谓一针见血,国外这些年战事不断,不知有多少家庭生活在水深火热之中,不知有多少民众流离失所,他们创伤的内心不知多么渴望和平呢!耽误出行给生活带来不便是一方面,但民众也需要理解包容,有了强大的军力,才有国家的安宁,也才有安全放心的出行。

对军人来说,对红旗旅官兵来说,当下最重要的是如何把兵力兵器投送到演练地域,这也是他们今天来此的主要目的。大家不知不觉间讨论起了动员投送,一个核心内容是,机械化战争时代那种"车水马龙、人山人海、多多益善"的传统动员方式,难以适应信息化条件下瞬息万变的复杂战场。信息化战争动员保障的节奏时效已从临战急动向随战随动转变,动员保障的供给要求也从超量模糊供应向按需精确保障转变⋯⋯

闲聊冲淡了飞机晚点带来的负面情绪,时间一晃而过,海明军看看表说:"走吧,我们去出机口接一下吧,老首长不喜欢走贵宾通道,他肯定会和大家一起出来。"

众人跟着海明军走了出去,到了出机口,乘客三三两两地带着行李出来。大家的目光四处搜寻,不约而同集中到了一个头发花白、身材中等,却精神矍铄的老人身上。王春阳仔细一看,比接冷一欣时还惊讶,惊呼:"老旅长!"

来人正是红旗旅老旅长江耀武,他健步如飞似的走了过来,众人像迎接尊贵的客人自觉排成一排,江耀武和大家一一握手。海明军握着他的手说:"老旅长,欢迎你!"

江耀武拍了拍海明军的手臂说:"明军同志,责任重大啊。"

到王春阳时,他双手紧紧握住老首长的手,久久没有松开。江耀武说:"怎么,当上代理旅长了,不认识了?"

"认识,认识,只是有点意外。"王春阳激动的心、颤抖的手,整个人显得不由自主了。

江耀武呵呵笑了几声,熟悉的声音,让王春阳的心情平复了一些,这才松开了手。

到了王春雨身边,江耀武并未握手,故作生气地指着她说:"你这鬼丫头,非让我过来。"

大家明白了,原来江耀武就是智通公司真正的大 boss,王春雨的大老板。

难怪对红旗旅的建设这么上心,几乎到了有求必应的地步。

江耀武在红旗旅短暂停留,待了解了红旗旅的投送需求后,让王春雨将需求传回智通公司。他顺道在红旗旅转了一圈,感慨红旗旅乘改革东风这些年的巨大变化。

公司接到指令后,利用平台向全国发出动员令,短短 30 分钟,十余家相关企业传回了投送方案。

公司将这些方案进一步优化,综合评估后,选中了其中一家投送公司。

大家惊讶这么重要的事,如何能交由地方企业承办?江耀武解释说,这种外包也不是什么新鲜事物,美军武器装备从生产到维修,很大一部分都外包给民营公司。他给出了一组数据:美海军舰艇的改装和维修,35%在私人船厂进行;陆军装备保障任务,40%交由地方完成;伊拉克战争中,美军装备维修任务交到地方的部分占49%,且完成出色。

江耀武说这些并非为公司揽生意,而是让大家放心,也放下对地方企业的偏见。

"老首长,你们真的能在一天内把我们整个旅投送到深夏去?"伍晓刚提出质疑同样是出于责任。

"我们一次可不止能投送这些。"江耀武爽朗一笑,"要不是老单位,投送咱这一个旅我就不来喽。"

伍晓刚问:"那咱一次性能投送多少?"

江耀武伸出一个巴掌道:"以我们现在的投送能力,一天之内可向沿海至少投送三十个建制旅,向边疆投送十个旅。投送手段涉及航空、水上、水下和公路、铁路等多种机动方式。"

对这样的投送方式,江耀武显然还不太满意,与美军"一小时内将大量货物运送到地球上任何一个地方"的目标相差甚远。他畅想着说:"未来投送模式很可能采用点对点太空发射技术,即从地面某地点进行发射,进入近地轨道或亚轨道,然后通过再入返回和精准着陆,将运载器降落在指定地点,这也是'超重-星舰'的运输模式。"

伍晓刚半信半疑,可江耀武这位从上将位置上退下来,又到智通公司发挥余热的老军人、老共产党员,有必要说大话吗?

有一条信息很快被证实了,中标的那家投送公司联合民航和铁路部门,经过周密计算,调运10余架大型运输机和近10条专列,连夜组织人员装车,仅用一天便将红旗旅连窝端到了深夏演习地域。

到了深夏,面朝大海,红旗旅许多官兵抑制不住内心的激动,张开双臂拥抱这碧海蓝天,有一种"我向你奔赴而来,你就是星辰大海"的豪迈,精神为之振奋,干劲十足,不到半天就安营扎寨完毕。

生活营房不再是搭建传统的帐篷,而是一组组箱体新型板房。这种移动营房按照办公室、会议室、宿舍、餐厅、盥洗室、厕所、淋浴房、医疗救护方舱等不同功能模块,将箱体式组合板房、钢结构板房、集装箱房、简易方舱、野战帐篷等进行自由拼接,从而形成不同的独立单元。

指挥所开设使用的是智通公司提供的钢骨架柔性被覆工事,掩盖部由金属桩、横撑和拱形骨架组成,外蒙金属丝网布,2小时内即可完成构筑。上面覆土超过0.5米,可防御155毫米榴弹炮打击。

这样就大大节省了安家、工事构筑时间。当务之急是根据登陆作战要求,适应、研究濒海城镇夺控战法。

虽说红旗旅多次进行过海训,可铁打的营盘流水的兵,官兵换了一茬又一茬,来深夏演练,还是有不少旱鸭子,大战又在即,让王春阳和伍晓刚很是着急。他们了解到解放海南岛战役发起前,40军韩先楚军长发现80%的官兵在船上呕吐、头晕,通过走浪桥、转迷螺等有针对性的艰苦训练,官兵们逐渐适应了海战环境,觉得可以借鉴先辈的经验训练部队。

动员会上,伍晓刚时不时给大家鼓劲:"江山留胜迹,我辈复登临。韩先楚将军将胜利的红旗插到了天涯海角,我们也要让五星红旗在大湾岛上高高飘扬起来。"

官兵们听后精神振奋、士气高昂,可一旦上理论课,大家还是听得晕晕乎乎,士气一落千丈。伍晓刚特意创作一首《风雨兼程》的海训军歌来提振士气。

风卷云涌,
披荆斩浪,
新征程的号角扬帆起航。

一脉相承,
初心不忘,
激情澎湃铁骨淬火精钢;
一纸命令,
铁血担当,
英勇无畏冲向未来杀场。

风吹不转向,
浪打不迷航,
忠诚因子融进血液里流淌;
练好手中枪,
守住每道岗,
坚韧身躯挺起不屈的脊梁。

不惧风雨奋发向上,不怕豺狼凶煞疯狂,
呼啸山河引爆血性胆量,
自豪的生命书写必胜辉煌。

士气高了那么一点点,没过两天,一切又恢复了老样子。王春阳和伍晓刚商议有什么办法请人给教一教,这光请院校专家上理论课不行啊,大家对纯理论学习积极性不高,也不容易掌握动作要领,要边学习边实践。

他们不约而同都想到了 801 旅,可两人的态度却并非一样。

"嗯,我就厚着脸皮去找找人家,败军之将嘛,真是没脸。"伍晓刚摸着下巴,想着自己被俘的场景,实在觉得窝囊。

"不，政委，我们可不能这样想，咱不是统一过思想了吗？演练败给友军不丢人，战场上败给敌人不但丢人而且丢命。"王春阳表明自己不是局外人，一脸诚恳地说，"政委，明天我俩一起去801旅。"

"那敢情好。"伍晓刚觉得和王春阳搭班子就是爽快，好多事情往往不谋而合，有时刚想和旅长谈某一个想法，王春阳就主动找他来谈了，用"心有灵犀"来形容也不为过。这次两人一同去801旅，王春阳可不单纯为了请几个教员，说不定还能化解不少恩怨，因为军演两个旅还要同舟共济。伍晓刚心里盘算着，虽说王春阳现在是红旗旅代理旅长，说到底还是战区机关的人，801旅多少得给点面子。

伍晓刚其实多虑了，甚至有点以小人之心度君子之腹，他们是曾经的对手，但不是敌人，天生的战友情谊让蛟龙旅领导早想尽点地主之谊，还担心邀请不来红旗旅两位主官呢。听说二位贵客到了，蛟龙旅郑晅阳旅长、贺坚定政委亲自到办公楼门口迎接。

几个人寒暄了一阵，走进会议室坐下。

王春阳开门见山地说："郑旅长、贺政委，我们这次来呢，是想向你们借几个人……"

话音未落，郑晅阳就强势回撑一句："不借！"

气氛有点尴尬，郑晅阳却哈哈大笑道："王旅长，咱现在是一个战壕的人了，我们的人就是你们的人，咋还借不借的，见外了不是？"

这一惊一乍的，贺坚定说："老郑啊，啥时候也学幽默了？"

王春阳趁机表明了红旗旅的态度："只有我们团结成一块坚硬的钢铁，才能打造无坚不摧的打赢劲旅。"这话引起大家强烈共鸣。

有了这个基调，谈起来一切就很顺利。两个旅的当家人就训练、演练等事宜进行了友好而愉快的交流，午饭就在蛟龙旅饭堂吃了。红旗旅与蛟龙旅演练中的不愉快就此翻篇，反倒手拉手、心贴心绑在了一起。

当天下午蛟龙旅就安排了50名小教员协助红旗旅训练。

这些小教员确实起到了很好的示范作用，红旗旅官兵们训练水平水涨船高。

但没过几天，王春阳又发现了一个新的棘手问题，第801旅小教员能帮助的只是一些基础性训练，和以前的海训没有本质上的区别。而真正登岛作战，仅靠这些远远不够，还必须作深入的研究。

王春阳和伍晓刚再次来到蛟龙旅讨教。郑晅阳很坦诚地说："我们旅摸索了这么多年,一些关键性问题还没有实质性解决,登岛作战演练未知情况多,一些设想根本无法实操实训实演。"

王春阳深知,训练水平提升并不代表作战能力的提升,要想把训练真正转变成战斗力,还需要实践论证,而许多实践论证就是无法逾越的实操。

难道就没有解决的办法了吗?他不甘心,不气馁,翻阅了大量资料,却所获甚少,不免自嘲:实践中解决不了的问题,书本上岂能有答案!

书本中确实没有现成答案,但能启发人思考,有关朱日和基地的介绍引起了王春阳的注意——朱日和就建立了作战实验中心。他迫不及待地找伍晓刚商议:"如果我们建立一个研究作战的实验室就好了。"

这个"如果"对很多人来说也许只是美好的愿望,对伍晓刚来说,却是个很大的启发。作战实验,最早可追溯到1811年,普鲁士冯·莱斯维茨父子发明"严格式兵棋",上升到理论层面却是美军首创的。早在1946年,美国学者莫尔斯和金布尔就提出了系统的作战实验思想。我国著名科学家钱学森院士也曾指出:"作战实验,是军事科学研究方法划时代的革新。"

"旅长,说说你的想法。"伍晓刚对王春阳这个大胆的想法很好奇。

作战实验是综合运用以计算机为核心的各种信息技术,构建可控可测的虚拟环境,通过虚拟兵力和实际兵力在多维空间的运用,对作战行动和军队建设进行检验式彩排,从而实现军事决策的最优化和作战效果的最佳化。王春阳说:"朱日和基地建立了作战实验中心,我们虽然不比国家实验室,但是我们可以推演当前的登岛作战,还可以牵引以后的作战研究。战争越来越像是从实验室打响的。"

"旅长,你说的这些都对,可我们有这个资源建立实验室吗?建好了,研究人才从哪里来?"显然,王春阳从理论上说服了伍晓刚,但真正建立起来和发挥作用,还需要海明军司令员的支持才行。

王春阳连夜将自己的构想简单形成一个方案,一大早就马不停蹄地找中将,海明军如今作为演练的总指挥,需要协调的事情如满天星斗,正在一个接一个地开会。为防止敌人进行"斩首行动",安保也明显多了起来。

王春阳到的时候还是晚了一步,秘书孟海扬少校告知,总指挥刚进去召开一个重要的会议。孟海扬将王春阳引进会客室,让他等一会儿。

这一等就是两个多小时,等海明军出来后,略显疲惫的中将一边表示"久等了,抱歉",一边却又浇了王春阳一头冷水:"中场休息10分钟,一会儿还要和军委领导以及各军兵种商量演练方案,没办法。"

王春阳简单禀明来意后,海明军让他把资料留下,自己先看看,并约好下午4点钟过来,那个时间是空档期,再详细聊聊。

王春阳只好先行离开了,中将的时间争分夺秒,旅里也有一些紧急事情需要他回去处理,双方都耽误不得。

不到15:30,孟海扬就打来电话,说是首长召见王春阳。

这对于守时如命的海明军来说实属罕见,苦心焦思的王春阳10分钟前就过来了,只是担心打扰中将,才一直在楼下边等边思考,想着如何才能说服首长。听到中将召唤,他一溜烟过去了。

进了海明军办公室,中将开门见山:"刚才压缩了开会时间,报告我看了,不错,可是我爱莫能助。"

中将这寥寥数语承载的内涵实在太过丰富,表明了提前召见的原因,肯定了建立作战实验室的报告,却又表示无能为力。

是不支持还是真没这个本事呢?若是不支持,就不会说报告不错;若没这个本事,这里除了中将,还有谁能有这个本事?报告就只能是废纸一张。

王春阳显然不想就是这个结果,还想再争取一下,可是刚刚组织的优美语言几乎全忘了,因为中将没问什么具体问题。他只记得作战实验室已成为人们研究战争、认识战争的第三只眼,不仅可以穿越时空运筹帷幄,更能透视战场决胜千里。他列举了美军空袭利比亚的外科手术式打击、阿富汗战争的空地协同作战、伊拉克战争的斩首与震慑行动三个战例,它们都是通过作战实验室的模拟推演来完善的,最终形成了实战中的行动方案,战争结果与实验结果同样是惊人相似。

这些战例中将都十分清楚,美军不仅建立了实验室,甚至还有一比一的模拟训练场。著名的欧文堡国家训练中心,就实行假想敌演习制度,他们有一支由700余人组成的专业队伍,训练和真正打仗是一个样子,作战不过是演练的重复而已。

两人都清楚作战实验室的重要性,更多的解释显然多余,但中将也确实有难处:"我也想建立,可战区这一级到目前都没成型,我真的是想帮也帮不上什么忙。"

王春阳跟随中将多年,对他呼吁在战区建立作战实验室的想法早有耳闻,如今亲耳得到了验证,即便不死心也感觉希望渺茫。他站起来有点遗憾地道:"让首长为难了,如果有条件了,我们再建吧。"

中将倒是笑了:"都说没有异想何来天开,我看你这个'如果'本来就带有结果了。放手干吧。我支持你。"

王春阳一怔,满脸问号地看着中将,似乎在问,刚才你还说无能为力,光嘴上支持有什么用?这似乎不太像中将严谨做事的风格。

"我没这个能力,你忘记了一个人,他有这个能力啊!"中将读懂了王春阳的疑惑,也不再兜圈子。

王春阳重新燃起了希望:"谁?"

中将指了指隔壁:"我的军事顾问江耀武老首长啊。"

王春阳一听,眼前一亮:"对啊,我怎么把他老人家给忘了呢?"

中将笑了笑:"你以为我请他当军事顾问干啥呢!他这尊大佛可是法力无边,帮我们解决了不少大难题啊,看你刚才愁眉不展的,快去吧。"

王春阳起身立正敬礼,转身出去,敲门进了隔壁办公室。

江耀武也是开门见山:"你的情况,明军总指挥已经和我说了,坐下聊吧。"

老首长的直白,让王春阳准备的恭维话一句也没有用上,他感叹改进作风就是好,没有那么多客套和弯弯绕,可再一想,老首长不是一直就是这个务实作风吗?老首长没有变,改变的是大环境和大多数人。

王春阳没敢坐。

江耀武反而拿着一沓资料走了过来,示意王春阳一同坐在沙发上,这里面就有王春阳上午给海明军的建立作战实验室的方案,中将下午开会前转交给了老首长。

老首长这么平易近人、礼贤下士,王春阳识趣地坐了下来。

王春阳初步谈了构想,拟建作战实验室不是单纯的计算机模拟推演,而是拥有提出理论—作战实验—实兵演练—实战检验的系统模式,实验和实战互为依托、相互验证。

老首长点点头说:"实验的驱动力应该是现实作战的需要,如果没有现实注入的能量和危机感,实验仍会像往常那样。实战应用是作战实验的首要追求,也是衡量实验效果的基本遵循。"

这话正中王春阳下怀,直入心坎,这正是红旗旅的现实需求,完全不能用"善解人意"来形容老首长了,老首长简直就是推心置腹的知心人。

江耀武似乎有点迫不及待了,指着脚下问:"建立作战实验室,我同意,是建立在这里,还是建在红旗旅里?"

"有区别吗?"王春阳欣喜中一时没明白什么意思。

"没有本质上的区别,既然我们在这儿训练,就先建在这儿,这样也能获得第一手资料。"见王春阳充满疑惑,老首长又说,"我们建立的是集装箱式的,等演练结束了,直接车载回去就是了。"

　　显然,江耀武已经做了充分的准备,即便没人提出来,他也会选择一个单位进行试点,他还想着用来进一步解放和发展新质战斗力呢。这不,设备和技术人员都选配好了。

　　两人一番交谈后,江耀武决定就在红旗旅进行试点,立即启动了作战实验室计划,一整套设备第二天就运抵沿海,很快建成了一个现代化的实验室。智通公司还安排了12名研究员,在高级工程师辛楠的带领下,迅即开展了相关研究工作。

　　远处海天碧蓝一体,不时有几只海鸟掠过海面,像是一把把剪开海天的大剪刀,大自然真是妙不可言。王春阳举目远眺,不少游客正在拍摄海滨之美,突然,他发现了一个熟悉的背影,正对着军营方向拍照,观察了一会儿,喃喃自语:"是他,就是他。"

　　伍晓刚问:"他是谁?"

　　"跟我走,我们抓住问问就是了。"两人悄无声息地走到拍照男子旁边,那名男子一看身穿军装的王春阳,愣了一下子,欲跑,被王春阳一把抓住胳膊,男子欲挣脱,被王春阳一个扫荡腿摔倒在地,相机扔在一旁。

　　男子支撑着坐起来,连声质问:"解放军同志,你们怎么打老百姓?"

　　真是踏破铁鞋无觅处,得来全不费功夫,王春阳直接戳破了男子的伪装:"钱老板,这么快就忘了?"

　　此人正是星光照相馆的老板钱记阁,见身份被识破了,欲捡起地上的照相机,却又被王春阳抢先了一步。

　　钱记阁勉强站起来说:"解放军同志,我来这边旅游,照几张相犯法吗?"

　　"犯法不犯法,你我说了都不算,证据说了算。"王春阳顾不上和他啰唆,将照相机递给闻讯而来的巡逻战士,拨通了正在该市办案的冷一欣的电话,让巡逻战士将钱记阁押解过去……

　　返回宿舍的路上,王春阳向伍晓刚介绍了钱记阁的情况。冷一欣之前和他通报了,已经有充分证据证明钱记阁就是间谍,方才出手那么重。

　　伍晓刚呵呵笑道:"听说,你当年就有过英雄救美之举,老弟你这是老当益壮,身手不减当年啊。"

王春阳摇摇头说："我的大政委,你就别取笑我了,现在间谍都到我们眼皮底下了,我们更要做好保密工作啊。"

　　这一点伍晓刚感同身受,他没想到正在被追捕的间谍还敢明目张胆地拍军营,真是太猖狂了!正想着如何搞好保密教育,还有处理杨吃狼的事,如何"昭告天下"?看着王春雨怒气冲冲地从对面走来,淡淡道:"旅长,找你的人来了!"说完,伍晓刚独自回去了。

第十六章　差点成了"肉夹馍"

"不救你　你就死了",没有任何表情符号,甚至连个标点都没有,只是在两个"你"中间空了一格。

王春雨果真找哥哥兴师问罪来了。她眉毛紧琐、怒目圆睁,不见了往昔欢喜的和颜悦色。一见面,王春阳就嗅出了浓浓的硝烟味,先发制人道:"你想加入作战实验室的研究,电话里不是说清楚了吗?我同意了。"

王春雨硬压着嗓门说:"哥,少犯贫,你知道我今天来说的不是这事。"

王春阳知道妹妹是为了杨吃狼的事而来,担心在外面影响不好,躲也躲不掉,就带妹妹到自己的办公室。

事情的起因是,随着战事一天天逼近,红军指挥部要求各参战单位对物资进行一次全面清查,尤其是武器弹药要逐一核对,旨在摸清部队武器装备的底数。

这一查,却查出一个足以改变杨吃狼人生轨迹的重大问题。

清查到合成一营时,清查人员发现一支冲锋枪上的编号对不上,这引起了清查人员的注意,经技术鉴定:枪支被偷梁换柱了。

这一下子炸开了锅。

丢枪这事本来已经被人淡忘了,况且原本知道的就那么几个人,如今被查又浮出水面。杨吃狼交代了上次演练中丢枪的实情,保卫部门将他带走的瞬间,杨吃狼回头纳闷地看了看王春雨,像是在用无声的语言问:"你不是说下去找到了吗?这是怎么回事?"

王春雨心里从未有过地发慌,不敢直视杨吃狼的眼睛。

幸好杨松还记得当时丢枪的地点,在作战地图上标定坐标后,王春雨请求公司帮忙寻找,公司安排了两台智能机器人下去。一番周折后,丢下山崖的冲锋枪找到了,可完全摔坏了,只能作报废处理。

枪支找回来了,杨吃狼的罪责就轻多了,很快从保卫部门给放了出来。

巧的是,杨铭的参谋长任命这时也批下来了,已经到了红旗旅。

枪支是在胡勇智任上丢的,如何处理杨吃狼,调查组还征求了胡旅长的意见。考虑到杨吃狼在石梁河大桥阻击战时救过自己,加上离开了他也不想做恶人,毕竟人间非净土,各有各的苦,胡勇智当即决定:对杨吃狼既往不咎。他还引用"毋以二卵弃干城之将"的故事,在工作组面前替杨吃狼说情。

这让杨吃狼和众人再次对胡勇智刮目相看。就在大家认为杨吃狼能幸运地躲过一劫,等着喜事临门之际,王春阳却坚持给他处分,对他参谋长的任命也暂不宣布,以观后效,待演练结束后再行定夺。理由嘛,无非是严肃军纪。

跟着哥哥到了办公室,王春阳指着桌子旁边的简易凳子示意妹妹先坐,王春雨却傲然挺立在办公桌前纹丝不动,俊俏的脸上依旧乌云密布,等待哥哥给个说法。

王春阳喝了一口水说:"你先告诉我,你那枪支从哪里弄的?"王春阳担心背后有枪械交易的黑幕。与冷一欣追查泄密案的这些日子,冷一欣给他讲了一些隐蔽战线斗争和黑色交易的内幕,让他多了些敏感的神经,生怕妹妹坠入该死的犯罪深渊中。

王春雨嘴里像是含着冰块,冷冷地说:"打印的。"

"打印的?"这似乎完全出乎王春阳的预料,他一脸的惊愕。

王春雨有点不屑地说:"打印枪支怎么了?"

"怎么了?打印枪支可是犯法的!"王春阳听说过 3D 能打印枪支,只是没见过,更没想到妹妹会这么做。

"有什么大惊小怪?别忘了我们是军工企业,是有制造许可证的。"公司原本答应王春雨下去寻找,恰巧公司最新打印了数百支枪,专门配给一线部队试验训练用,有时故意摔打、暴晒、雨淋、火烧、高处抛掷等,目的就是全方位检验一下枪支性能,损坏了再返回厂里维修、改进,这种情况下损坏几支不是什么大事。派去的工作人员来到悬崖边,想着那么高下去找也是报废了,就多上报了一支报废枪。公司已经严肃处理相关责任人了。

事情的来龙去脉清楚了,王春阳一颗悬着的心也随之落地,反而升腾起一股求知的欲望,极力撺掇妹妹继续科普一下 3D 打印。

王春雨耐着性子讲给哥哥听:3D 打印能进行创意验证和模具制作,直接打印特殊、复杂的配件或成品,使装备大规模制造、低成本生产、重复式使用成为可能。美国靠3D打印制造出了小型无人机、榴弹发射器和导弹用点火器;韩国军队还打印出了训练用地雷和迫击炮弹……对于这个话题,王春雨似乎有说不完的话,情绪也确实缓和了不少,她抬头看了看墙上的挂钟,明白自己是来干什么的,连忙说:"哥,3D打印以后再说,杨吃狼是为了救我才丢的枪,不让上报也是我的主意,你为什么要处分他?"

王春阳绕来绕去有意岔开话题,希望妹妹能以大局为重免开尊口,没想到妹妹还是为杨铭求情了。平时想歪招,战时必挨打。他觉得妹妹平时很讲道理的,这个道理应该不难理解,直说道:"处分杨铭是按照纪律规定、按照组织原则处理的。"

王春雨一听这官腔,"兄妹情谊的航母"说翻就翻,胸膛的怒火一下子蹿到了天灵盖:"人家胡旅长都说不处理了,你逞什么黑脸包公?什么纪律、原则的,我看就是你独裁专制,想借此事立威。"

红旗旅有人这样说他,王春阳身正不怕影子斜可以不在乎,脸皮厚也能顶住风言风语,没想到妹妹也这么说,加上连日来的诸多不顺,就像八寸脚穿七寸鞋走路那么别扭,他发泄出来的愤怒犹如战车一样狂奔,大声吼道:"你胡扯八道什么?!纪律就是纪律,你不懂,他一个营长还不懂吗?!"

王春雨从来没见过哥哥生这么大气,眼前还是那个疼她宠她的哥哥吗?简直就像魔鬼附身了一般可怖,惊恐之余更加有点气不过,嗓门也提高了八度说:"枪不是找回来了吗?你睁一只眼闭一只眼这事就过去了,还追究啥?"

"什么睁一只眼闭一只眼的?现在瞪大两只眼睛还担心出问题呢!杨铭现在是一个错误变成了两个错误,丢枪是一个方面,隐瞒不报性质就更严重了,给他一个严重警告处分算是轻的了。"这也是王春阳坚持给杨铭处分的明晃晃的理由。

王春雨冷冷道:"你是不是还要说他欺骗了组织,欺骗了党?"

王春阳瞥了妹妹一眼:"我没那么官僚,我是就事论事。"

"你不官僚,你是冷血,这刚当个代理旅长就六亲不认了。"王春雨从小到大一直以哥哥为榜样,对哥哥是言听计从:当初在英国留学好好的,哥哥让回来就义无反顾地回来了;哥哥说自己可能要离开部队了,让她直招入伍替自己完成心愿,王春雨二话没说就报了名;哥哥说她身上兵味稀薄,安排她来当兵锻炼,还"约法三章",王春雨也欣然领命了,至今还守口如瓶。

如今,为了这个刚接触几个月的男人顶撞自己,王春阳意识到了妹妹内心的脆弱,想着妹妹单纯清澈的时光,那些明亮懂事的青春,就在刚才还为自己科普了许多 3D 打印知识。他意识到刚才话说重了，默不作声地接杯水给妹妹递了过去，却被王春雨打翻在地："你要是真处分杨吃狼，我就没有你这个哥哥。"说完，绝情地离开了。

看着妹妹生气远去的背影，王春阳经过了一番思想斗争，他是了解杨铭的，很多人说他没有狼的血性，那是拿他跟白阿毛比体能，这哪能比得过？5 公里武装越野是合成三营的看家本领，像松柏一样冬夏常青，白阿毛雷打不动每天带队冲锋，全营士气如脱缰烈马，用步伐证明了军人的速度与硬度。

就凭杨铭 5 公里轻装都需要 23 分钟的成绩，合成三营的上尉参谋张泽湘曾调侃他："我们三营烧火做饭的都跑 18 分钟，你来我们营当炊事兵体能测试都垫底。"

杨吃狼不仅没有生气，反而笑嘻嘻地说："我当你们营炊事兵不合格，当你们营长绝对合格，有本事你来我们营，我让你当炊事班长。"

"那就看杨大营长有没有本事调我去了。"张泽湘内心里十分向往去合成一营，他敏锐地认识到，杨吃狼代表了合成营未来发展方向，只是未能成行。

杨吃狼从来不带队跑 5 公里不假，因为他觉得体能因人而异，蛮干无异于自杀，要留足时间学习、思考。科技练兵、科学练兵，他可是一直冲在前面呢！加之他之前从坦克上跳下来，脚踝受过伤，时不时隐隐疼痛，领跑确实有困难。对他来说，善谋打仗才是一个指挥员应该做的。

早在杨铭刚当上连长时，在一次军事理论交流会上，他就公开宣称：带着曼妙智慧去捕猎，才能在未来战场出手更快、更准、更狠。适度的勇气加上大才智，将比适度的才智加上大勇气更有效。一个 5 公里能跑进 16 分钟的战士，在面对高难度攀岩、颠簸中射击、泅渡划船等课目时恐怕会面露难色，甚至出现过度紧张的情况，这并不能说明他体能不优秀，只是他不符合多项任务的全面要求。

在别人看来这是强词夺理，或者说是歪理，王春阳一度也觉得杨铭是为自己开脱，玩文字游戏，当即批评杨铭不宜公开宣扬这样的言论，会在战士中造成不好的导向。经过这么多年的学习实践，他现在觉得杨铭所说不无道理，"科技是核心战斗力"不能只当成口号喊，兵在精而不在多，将在谋而不在勇。

一码归一码，正因为对杨铭寄予厚望，王春阳才对他要求格外严格，坚持给了他处分，参谋长的任命也暂时扣下了。伍晓刚对此是持肯定态度的，并且以旅党委的名义专门向集团军党委上了报告，详细汇报了此事。

王春阳本想要在旅党委会上做检讨，对此事承担领导责任，被伍晓刚给拦下了："你那时还没到任，要做检讨也是我做。"考虑到旅长处分人、政委做检讨会被人误解为"班子成员不和",或者说是故做样子,暂且作罢。

冷一欣对钱记阁进行了秘密审讯。

钱记阁这种被洗脑拉下水的单纯青年,本身就没有多少坚定的信仰,也犯不着为谁傲霜凌雪,暴露了也就无所顾忌了,反而有种解脱的快感,一股脑儿说出了自己知道的全部内容。

钱记阁原是东南大学电子专业的一名学生,有一次参加学校组织到台湾的交流活动时,被台湾间谍使用美人计策反,从此坠入至暗深渊。

冷一欣问:"你的上线是谁?"

钱记阁低头道:"马家妹。"

又是马家妹,冷一欣心底一阵惊叹,这女人身上的秘密真多,表面上还是波澜不惊道:"你们平时怎么联系的?"

钱记阁说:"我们平时不怎么联系,就是在马山时,她去过照相馆洗过几次照片,后来明确说不能去了,说是组织不允许。"

"你们最近一次联系是什么时候?"

"大概是在半个月前,就是我潜回台湾的那次,我本来以为自己暴露了,按照台湾方面的承诺,可以让我在那边生活,可他们说如今人手不够,非逼着我回来,还说让我以后联系马家妹。可我们仅仅当天联系了一次,就再也没有联系过,最近她电话也一直打不通。"钱记阁对台湾方面的背信弃义深恶痛绝,打算痛改前非。

看来钱记阁并不知道马家妹已死,这反而断了线索。

冷一欣平静地说:"马家妹已经死了,你还和谁联系?"

钱记阁有些吃惊地说:"死了?!"转而又说,"该死!都是他们联系我,我现在也不知道联系谁。"没有了这邪恶组织的提线,他这个木偶反而感觉到了轻松。

冷一欣又问:"你平时如何搜集、传递情报?"

"主要是通过病毒植入方式获取信息,然后传到他们指定的邮箱。"钱记阁还特意强调了一句,"基本上每次邮箱都不一样。"

钱记阁还交代了红旗旅赵可亮照相机泄密的事:趁赵可亮去厕所的时候,他偷偷将相机卡插入电脑植入了一种勒索病毒,通过赵可亮使用门口的充电宝,也成功将病毒植入了他的手机。这样,赵可亮照相机拍摄的每一张照片、手机发送的每一条信息,他都能完全复制下来,直至崔云龙购买更换了新的相机卡,才止住了这种相机泄密行为。

冷一欣将情况通报给王春阳时,他倒吸了一口气。

目前来看,钱记阁这条线索和马家妹那条一样中断了,只能守株待兔了,不知道哪个钩先钓到鱼呢。

海明军和张凌天等人吹着海风,边走边聊。

谈到处分杨吃狼这事,海明军持赞同态度,就像保险丝是为了更好地送电,车闸是为了更好地开车,纪律不仅要被遵守,而且要被敬畏,凡具摄敌魂魄之师,必有严于律己之将,面对曾经一手带出来的兵,能秉公处理,红旗旅交到他手里才能让人放心啊。

张凌天亦支持王春阳的做法,如同松弛的琴弦,永远奏不出美妙的乐曲,纪律的生命力在于执行,严明军纪的历史细节,往往喻示着未来的走向。

望着一望无际的大海,两人谈及了一段往事:

1935年,蒋介石的爱将张灵甫因生活原因,射杀妻子吴海蓝;

1937年,革命功臣黄克功因恋爱不成,枪杀陕北公学女学生刘茜。

面对自己的爱将,蒋介石百般纠结,先是把张灵甫判了10年,投进监狱,但没两年就特赦并加官进爵,最后出任蒋系的王牌整编第74师师长。与此相反,在权力、感情、法律的纠缠中,毛主席顶住黄克功和战友的求情,挥泪斩马谡。

蒋介石赦一张灵甫,毒瘤暗生,法乱而后功亏;

毛主席惩一黄克功,三军整肃,法力而后功成。

历史的对比,清晰地揭示出一条真理:厉行法治、严肃军纪,是治军带兵的铁律。即便是亘古不变的真理,事情一旦落到个人头上,没有真正的感同身受,就无法理解别人的心境,无法体会别人内心的疼痛。和平年代,多少军人为了证明自身价值冲锋陷阵,换来的最直接的褒奖不就是晋升的一纸命令吗?如今上校军衔向杨吃狼招招手却又溜走了,张凌天有点担忧地说:"就怕这只想吃狼的羊想不通啊!"

"想不通,他就不是一个纯粹的共产党员,更不是一个合格的指挥员,当参谋长不合适,当营长也不合适。不但吃不了狼,怕是连草都吃不上。"海明军并非没有替杨吃狼设身处地想过,但一名优秀的指挥员靠什么证明自己,一个重要的标准就是在逆境中逆袭,在最糟糕的情况下反败为胜。既有过辉煌的胜利,也有过惨痛的失利,历战弥坚,愈挫愈勇,这样的指挥员才更加成熟,才更让人放心。

海明军这样说是有道理的。淮海战役收官,粟裕完胜杜聿明,灭掉国民党五大王牌军中的两个——第5军和第18军。有人请粟裕评价杜聿明。粟裕一针见血指出：杜聿明的弱点是只能打胜仗，不能打败仗；只能在有利条件下打仗，不能在不利条件下打仗。

杜聿明能够收获昆仑关大捷的美誉，是因为日军恰好正在从山顶走下坡路，而他指挥的第5军是第一支机械化部队，武器装备和兵员素质都是顶级配置。他挥军进入东北，曾把林彪追得一路败逃，也是靠着抗战锻炼出来的精锐部队，但这之后，国民党军开始下坡，杜聿明的战场表现也一路走低，直到在淮海战役中沦为阶下囚。

解放战争末期，我军也曾犯过同样的错误，只适应顺境和胜利，最具代表性的就是金门之战，完全没有考虑到最糟糕的情况，船只登陆搁浅，无法回来接送第二梯队上岛。海明军说："所以，我们要想到最糟糕的情况，不要怕经历挫折磨炼，尤其是年轻的指挥员，吃点苦更有利于锻炼提高。"

杨吃狼还是没能明白这一点，理性匍匐于情绪，此刻正在家里睡觉呢。

原以为熬过了和胡勇智磕磕绊绊的这么多年，老连长的上任会让自己迎来春天，像嚼着甘蔗上楼一样节节甜、步步高，可恰恰他期盼的人事变动给他带来的伤痛最大。杨吃狼怎么也想不通，新兵时就对他那么关照、那么包容的老连长，自从演练以来对他也是多方鼓励，可以说，没有王春阳的悉心栽培，他就不可能顺利走到今天，可为什么在自己进步的关键时刻，老连长会这么绝情地痛下杀手呢！

成年人的世界没有提醒，只有无尽的击打和伤痕，有时脆弱得让人崩溃。要不是因为这个处分，杨吃狼此刻应该坐在旅指挥部里履行参谋长的职权，统领着旅里的千军万马。如今只能坐在台下参加旅里的协调会，会上什么人说了什么话，哪些是重点，他根本提不起兴趣去听，僵尸一样参会，好在没人关注他，没人提问他，因为大家都忙得不可开交。偏偏散会后，牛起义一个劲地喊他"杨参谋长"，还说请以后"多多关照"。牛起义去集团军参加一个装备会议，在那听说杨吃狼的旅参谋长任命已下达，只是尚未宣布，心态斗争了好长时间，才转过这个弯想着恭贺杨铭一番，一大早赶回来就直接开会了，并不知晓任命给旅里压住了。

杨吃狼也并不知道牛起义不知情，只觉得这是巨大的讽刺与挑衅、嘲弄与耻辱。他心情糟糕透顶，眼神落寞，心中怅然。他不停回看走过的路，比较别人的路，远眺前行的路，曾经努力的奔跑如同泡沫的幻影，目标变得飘忽不定。他仿佛神经病一样，一会儿觉得自己能成为中校军官早该知足了，一会儿又觉得将军之路不能就此止步,一个人静静地崩溃,默默治愈,可怜他满腔抱负、一身傲骨,却像个小丑一样,演尽所有的悲欢离合。加上连日来的身心俱疲,他明显有点头晕,似乎还有点发烧、咳嗽、胸闷、恶心,反正浑身不自在,便以身体不适告假。

按照训练计划,合成一营展开海上综合演练。刚刚上任没几天的副营长向虹禹接替他指挥,杨松这个营里的首席参谋担负海上救援任务。

杨松凌晨4时许便乘船至预定海域,从星光黑夜穿梭到微露的晨曦映在东方海平面上,有种冲破黎明前的黑暗,迎接曙光到来的自信。他不顾连日劳累身体上的透支,尽可能把细节想全,为分批次入海的装备保驾护航。

渐渐地,一轮红日从东方缓缓升起,把海天染成一片没有缝隙的金黄,空中的云雾逐渐散开,露出各演练部队迷彩装备的轮廓。杨松第一次在大海中欣赏日出,有种进入仙境的快意。他拿着望远镜一丝不苟紧盯着海上的动态,紧盯着演练部队每一个危险的、简单的、生疏的、熟练的动作,希望演练像日出一样顺利,一样祥和迷人。

一切似乎朝着杨松希望的那样进行着。在海上漂荡了几个小时,他寂寞得有点像游泳比赛场上的救生员,只是静静在岸上观察,根本没有他试水的机会。

怎么突然起风了?而且越刮越大,浪越涌越高。杨松预感到有点不妙,询问了几遍部队的情况,都表示一切正常,紧绷的神经刚刚放松下来,上午9时许,对讲机里突然传来消息:"106战车在距岸约10公里处失去动力,拖救失败……"

在杨松赶到之前,第一艘救援船拖救失败,把6名乘员安全转移,车长权东主动要求留在车上。紧急调来的轮船再次拖救,牵引绳绞进了螺旋桨。

杨松似乎心有不甘,大声说:"再试一次!"

一个巨浪打来,固定缆绳的拉杆断裂……

3次拖救均未成功,战车内渗水越来越多,车体开始倾斜,吃水线持续升高,像一叶扁舟在波浪中时隐时现,随时可能沉入海底。

海况越来越恶劣,杨松手握对讲机,双眼盯着造价上千万的战车,犹如千钧重担压于一身,他狠劲戳破胳膊上之前晒起的一个小水泡,怎么也说不出"弃车"二字。

演习激战正酣,红旗旅的战车编队破浪前行,抢滩上陆,这辆战车却无法发挥战斗力,让杨松倍感焦急。

当务之急是上车排水,杨松拉紧了连接车船的绳索,迅速脱掉衣服鞋袜,穿上救生衣,对身边救援人说:"战斗正激烈,让我上!"

杨松纵身跃入大海,双手紧紧拽着绳索,吃力地在惊涛骇浪间向前游,几次险些被大浪卷走。他好不容易靠近战车,又被冲得直接撞了过去,试了3次才登上去。

车船间不足20米的距离,杨松足足花了20分钟。

"车头进水最严重,必须进舱开启排水泵。"杨松试着打开驾驶舱的舱门,发现舱门锁死,又去开副驾驶舱门。一旁的权东忍不住说道:"杨参谋,这太危险了!"

杨松咋会不知危险?开门进舱,大量海水可能瞬时灌入,导致战车立即沉没,舱内人员根本没时间逃生。

"权东,帮个忙!"杨松喊道,趁着一个浪头刚过,他打开副驾驶舱门迅速跳了进去,权东顺势赶紧关舱。

驾驶舱内的积水已经没过脚踝,上面还漂着七零八碎的海藻,夹杂着油污。渗水还导致部分电路短路,刺耳的报警声响个不停。

杨松临危不乱,手动紧固百叶窗加强密封,检查车内控制系统,更换控制盒保险丝,发动车辆,打开排水泵。

排水泵嗡嗡的工作声传来,杨松爬出车舱,看到几个排水口都在正常排水,心里踏实不少,他深呼吸几口,调整了一下情绪。

燃眉之急已解,可险情并未完全排除。此时的战车如同无桨之船,随着涌浪不断退向远海。一旦油料耗尽,等待它的就是沉没。杨松本能地察看了一下油表,所剩油料已经不多。

时间一分一秒地过去,海况没有好转迹象,多等一分,险增一分。

"为了能打赢,咱俩拼一把!"下定决心的杨松对权东说。

随着近期海上强化训练的展开,杨松心里已经非常清楚,在这样的极限海况下,海上抢修驾驶如同刀尖上翻筋斗,孤注一掷无异于与死神掰手腕,毫厘之差就会车沉人亡。

以前的海训中,杨松就听到过其他部队惨痛教训的通报。来此强化训练,牛起义的合成二营前天刚刚经历过这样的风险,还好王春阳旅长现场指挥有度,有惊无险。如今,营长不在,旅领导正全力以赴组织演练,无暇顾及这里,一切只能自己做主,风险同样需要自己承担。

杨松还是决定冒险一试,于绝境中寻求转机。

"班长,放手干吧,你一定行。"在权东的鼓励和配合下,杨松再次趁着涌浪间隙进入驾驶舱。密闭的舱内,发动机舱漏过来的浓烟呛得人涕泪横流,睁不开眼。

杨松咬牙坚持着,经过认真检查发现,战车处于水陆模式,是陆上离合器发生故障,导致动力无法输出。

"如果切换成水上驾驶模式,应该可以恢复动力。"杨松大胆设想,但是,这种模式功率增大近 3 倍,只适合在风平浪静时使用。而且,陡然增大推力,战车可能会突然扎进海里,导致沉车。

艺高人胆大,杨松决定放手一搏,他有这份自信。

杨松将车头挡浪板升到最高,增大受力面,下放履带,增大阻力……

准备完毕,杨松手动启动水上模式,明显感到战车正向前蹿。

"有动力了! 有动力了!"权东在车外兴奋地敲着驾驶位舱门,向杨松大喊。

杨松抑制不住内心的兴奋,但紧皱的眉头仍然没有舒展——只要未上岸,依然有危险。这里距岸还有 10 公里,海况远远超出水上驾驶模式临界值。一着不慎,就会前功尽弃。

挡浪板遮住了杨松的视线,导航面板短路黑屏,持续涌入驾驶室的浓烟呛得人睁不开眼。杨松无法辨别方向,只能靠着权东的指挥口令修正航向,驾驶战车向岸滩驶去。

密闭的驾驶舱内温度持续上升,烟雾也越来越浓。就在杨松感觉快要坚持不住时,战车在波浪间一个剧烈起伏,透过挡浪板,岸上一个高地依稀露出轮廓来。

"是岸!"杨松心中一喜,仿佛又恢复了满血状态。

正午时分,杨松已驾车在海上行驶了近 2 个小时。驾驶舱内近 50℃ 的高温让他出现中暑症状,吸入大量有毒烟雾让他觉得呼吸越来越困难,意识越来越模糊。

从凌晨 3 时起床开始,杨松已经连续高强度工作近 10 个小时,数次呕吐,滴水未进,体力早已严重透支。

权东听着车内通话器里杨松的声音越来越微弱,忧心如焚,未经杨松同意,迫不及待用电台向旅指挥员报告了情况。演练中的王春阳这才了解到这边详细情况,随即命令:战车可根据情况就近抵岸,抢修车、救护车做好准备。必要时弃车,生命第一!

听到这句话,杨松心里一紧。演习就是打仗,战斗还在激烈进行,这样上岸岂不成了活靶子? 更别说弃车了。杨松直接呼叫王春阳,要求按照预定的 2 号通路抵滩登陆。

"同意。"王春阳一直以来对杨松非常放心,这次也不例外。

听到旅长的指令,杨松强打起精神,仔细听着车长权东的导航指令,小心翼翼地驾车向岸滩行驶。

"清理通路,发射信号弹引导……"

岸上指挥所做着各种准备,焦急地等待战车上岸。

风浪中,只见杨松驾驶的战车在海上画了一条漂亮的弧线,即将在预定位置抵滩。

"最后一跃"仍然风险相随。切换陆上工况,百叶窗将开启,这么大的拍岸浪,很容易导致战车搁浅。

杨松深吸一口气,在战车抵滩后迅速手动切换工况,在海水灌入百叶窗前抢滩上陆。履带着地的那一刻,他用尽最后的力气换挡、加速,驾驶战车顺利通过通路,向着不远处的树林冲去。那里,是极佳的隐蔽阵地。

13时20分,战车稳稳停住,驾驶舱的舱门却久久没有开启。权东冲过去,打开舱门,浓浓的有毒废气混着热浪扑面而来,杨松整个人瘫坐在驾驶座椅上,已经昏迷不醒。权东无法想象,杨松是如何在这样的环境中连续驾车2个多小时的。

战地救护组闻声赶了过来,喊名字、掐人中、输氧气,却怎么也唤不醒杨松,只能将他紧急送往战地医院抢救。

数小时后,杨松在医疗房里艰难地睁开眼睛,还念念不忘地说:"战车!战车!……"之后才慢慢回忆起来,战车已被自己救上了岸。

意识到自己还活着,杨松忍不住捶了权东一拳:"你小子,都是你这个车长指挥得好,我们终于把战车抢救回来了。"

权东抱着杨松喜极而泣,久久未能言语……

合成一营不仅是106战车出现了状况,副营长向虹禹上午指挥的演练也相当不顺,根本无法分心支援杨松。

战车入水不久,不知从哪里卷来一阵狂风,队形就乱了,有的被海浪拍打得辨不清方向,缺乏指挥经验的向虹禹靠着大家的密切配合,勉强完成战车的泛水编波,然后指挥着全营驾驶战车艰难向预定海域抵近。

"各车注意,迅速歼灭登陆点附近敌碉堡!"向虹禹按照旅里部署,机械地发出一道道指令,一台台战车迅速搜索目标。过去岸滩目标显示时间长、亮度强,炮手相对容易搜索和击中,现在风浪大、靶子灰暗,难度倍增,对炮手是个不小的挑战。

果不其然,由于车体前后左右摆动幅度大,一时间无法精准定位,目标难以被锁定。炮手急得直咬牙,迟迟未能按下发射按钮,经过测距计算、反复调整,抓住稍纵即逝的时机锁定目标。

亏得官兵平时训练有素,关键时刻没有掉链子。轰!轰!轰!随着发射口令的下达,炮声顿时连成一片,一发发炮弹像长了眼睛一样精准射向目标,一团团烟雾被拉直浮在海面上,依稀可见远处山头的白色目标尘土飞扬。随即,战车变换成三路纵队向岸滩发起冲锋,抢滩登陆后立即变换作战队形,迅速占领某无名高地……

这一天的演练结束后,向虹禹和王春雨到医院看望杨松,杨松当即拔下输液针头跟着回去了,他想当面找营长谈谈。

杨吃狼躺在床上,病情稍有好转,依旧感觉有点头疼,听杨松汇报完演练情况,他只是轻声说了句"知道了"。

王春雨知道他这是心病所致,躺在那里胡思乱想不仅不利于康复,反而更易加重病情,必须把他逼向训练场,人一忙起来,病也就好了。她一顿呵斥:"你知道什么了?一个营长不去组织训练,像什么话?"

杨吃狼仍旧爱理不理。

王春雨说:"不管你耳朵里塞棉花也好,贴封条也好,我都必须说,今天是杨松救了战车,也是救了你,万一出了事,可不是一个处分的事。你乌纱帽不保,你自暴自弃那是你的事,可你怎么对得起跟你一起摸爬滚打的战友?"

杨吃狼轻轻回了一句:"现在不是没事了吗?"虽然嘴上这么说,可心里也着实担心,旅里三令五申,海上实车训练,主官必须到场,出了问题从严处理。全营官兵在训练,他其实睡得一点也不踏实,心一直牵挂着训练场。正因为事情严重,王春雨觉得他会想明白,才没拿水泼他。

第二天,没等人喊,杨吃狼果真和全营去了训练场。这次是海上驾驶训练,杨吃狼驾驶步战车练习登舰。多日不练,且头晕未痊愈,让他多少有点不在状态。

茫茫海天,延续着昨天的凶恶,依旧险象环生。

王春雨担心杨吃狼会出事,在一旁死死地盯着他。

似乎再次应验了"墨菲定律",真是担心啥来啥,一个巨浪打来,步战车失去控制,直接向军舰撞去。

战车撞上军舰,至多损失装备。可怕的是,杨吃狼手拿一根一米多长的钢钎跳出驾驶舱,跳进了水急浪高的海水中。他想学杨松当一回英雄,欲将钢钎撑在车舰中间,只是钢钎不慎落入海中,救生衣也被冲掉了。战车一步步移向战舰,岸上的官兵扔去救生衣,异口同声大喊"营长,抓住救生衣",却都被一个个猝不及防的浪卷走了。

车上的教练驾驶员一级上士李群也探出头大喊:"营长,快闪开,快闪开!"

杨吃狼充耳不闻似的,或许压根就没听见,仍在海水中扑腾。

千钧一发的时刻,眼疾手快的王春雨抓起撑杆,双脚站稳下滑板,将撑杆向舰体顶去。

"她一个弱女子是要以一己之力,分开登陆舰和20多吨重的战车吗?"大家的心提到了嗓子眼,见浪涌一个接一个向她袭来,却又没有更好的救援方式。

"哐当……"撑杆打滑。找准部位,再来。又一个浪头盖过,王春雨险些落水。只见她定了定神,压低重心,双手死死握住撑杆抵在胸口,用尽全身力气。终于,战车开始一寸寸缓缓移动,逐渐远离军舰。

岸上的官兵欢声雷动,有人激动得流下热泪。大家知道,稍有不慎,王春雨和杨吃狼都有可能变成车舰"肉夹馍"。

当众人把两人拉上岸时,王春雨因呛水太多已昏迷,被紧急送往了战地医院……

大家都庆幸营长得救了,谁也不曾想到,王春雨的病竟来得如此迅疾凶险。

一批医疗专家抢救了72小时,王春雨仍未脱险,医院先后下达了3次病危通知,连江耀武从欧洲紧急请过来的顶级专家都诊断:醒过来的可能性不足1%,即便能醒过来,也是植物人。担心转院途中王春雨可能会随时出现意外,战地医院征得王春阳的同意,暂时放弃了转院。多名专家24小时待命。

王春雨舍命相救,暴风骤雨般触动、震撼、洗涤了杨吃狼残存内心深处的自私、冷漠、脆弱,让他自惭形 、无地自容。他在医院候了一天一夜,被王春阳给训斥了回来。他晚饭也没吃,一个人蹲在宿舍的一个角落里,盯着天花板发呆,台灯柔和的灯光落在曾经落过的地方。他满脑子想着王春雨的点点滴滴,恰似山河远阔,人间星河,无一是你,无一不是你。

看不见的伤口最疼,流不出的眼泪最冷。仿佛在一夜之间,杨吃狼变了脾气。

王春阳心中不断燃烧的怒火,像是岩层下炽烈的岩浆在奔涌,似欲喷薄而出,却连找杨铭算账的时间都没有。这些天他确实很忙,除了妹妹的事、井井的事、训练上操不完的心,还需要协调一些地方上的事。国防动员部杨瑞副部长亲自部署安排,凭借杨将军强大的号召力,民众表现出了前所未有的拥军热情,仅地方上的慰问就如同轨道上的高铁一拨接一拨,很多都是伍晓刚出面接待,王春阳只参与接待了深夏市委书记朱永祥、市长王经砺和深夏警备区司令员董承勇大校、政委易顺崇大校一同前来的慰问。

如今有一个特别的人让他拒绝不得,或者不愿拒绝。

就在一个小时前,王春阳送走了前来慰问的中原传媒董事长韩雪梅,这个他曾发誓呵护一生的女人。自几年前给他邮寄送花隔空道别之后,两人再也没有联系过。也正是从那一年,韩雪梅辞去了公职,接管了丈夫家族的文化产业。

面对陷入债务危机的公司,韩雪梅一心扑在工作上,凭着艰辛拼搏和良好信誉,一步步将公司带出了困境。生意做大做强了,她拥军的情怀却丝毫未减,千里迢迢来红旗旅训练地域慰问,并指名道姓要见王春阳。

王春阳尘封多年的心被点燃,他此刻也想找一个寄托心灵的依靠,鬼使神差般一路小跑到韩雪梅面前,毕恭毕敬敬了一个军礼,四目以对,一切恍然如昨。

韩雪梅一样的心情,多年记忆的闸门被打开,她清晰记得王春阳发给她这样一条短信:认识你之前,我不知什么是女人;认识你之后,我感觉全世界就你一个女人。当时,她将这条短信抄在甜蜜笔记本的扉页上,睡前无数次翻看,无数次被甜醒,有种"只为这一句,虽死也无怨"的青春萌动,如今只能封印在刻骨铭心的记忆里。

毕竟商海中打拼了这么多年,经历过万箭穿心的生活打磨,韩雪梅变得极为理性,露出一份淡定的笑容:"这都当旅长了,怎么还跟个小孩子似的?我来慰问一下官兵,希望你们打个大胜仗,让我们这些老百姓也多些安全感不是。"

如同王春阳经常听和唱的一首老歌《辜负你的情》:有些人在心里,时间越久越清晰……他明明很在乎,明明心很痛,却还要装作无所谓,痴痴地望着韩雪梅,思绪一度陷入"一切悔恨无从寄"的停顿之中,像是要凝聚成一尊雕塑。

伍晓刚不识趣地拉着大家一起照相,把两个人的思绪拉回了眼前。

韩雪梅大大方方地站在了两人中间,咔嚓的瞬间,她把头偏向了王春阳一侧。世事无常,造化弄人,她在心中感叹:世界太大还是遇见你,世界太小还是丢了你。

总以为自己还年轻,却忽略了岁月的脚步,当身边的风景变成了一道道回忆时,两人都蓦然发现,风景依旧在,人已非少年。青丝已染白霜的王春阳不觉把目光投向了慰问品。

韩雪梅送的慰问品亦与众不同。沿海毕竟是富庶之地,有些慰问者一掷千金,送来几十万、几百万的现金,可这些一入旅里的账户,与普通官兵就没有什么关系了;有的送来吃的喝的,可官兵并不缺这些,伙食费加上驻训演练补助,足以把大家伙食调剂得相当好。韩雪梅送的洗发膏、沐浴露、防晒霜、牙刷、牙膏、拖鞋,甚至内衣裤、卫生纸……这些看似土得掉渣、上不了台面的东西,却是每名官兵必需的,也是当前最需要的,她知道官兵驻训购物不便。

望着眼前刚刚卸下来的堆积如山的物品,王春阳不知韩雪梅背后花了多少心思,以前都没来得及陪她逛几次街,如今她却为慰问战士精挑细选,还是她那句"只买对的,不买贵的"。他能说什么呢?只是在心底默默把她当成了亲人,和春雨一样的妹妹。

送走韩雪梅,王春阳怅然的心情更无处释放,一种无名的压抑更无处宣泄,营区本就昏暗的路灯更显黯淡,犹如夜的残灯点不亮心灵的孤灯,时光的空洞填不满岁月的黑洞,一个人百感交集地来到了合成一营。

杨松领着旅长推门进了营长房间,看着杨铭一副自暴自弃悲惨的样子,王春阳不由分说骂道:"你这个厌兵,混账玩意,给我滚起来!"对这个自己曾经带的新兵,王春阳有过抱怨,有过不满,但一步步看着他成长起来,从他身上感受到了他对新知识、新科技的敏锐,以及敢于尝试的勇气,就像当年的自己,一路上磕磕绊绊、跌跌撞撞,却从没有放弃过。即便外界一直盛传杨铭是个"厌兵",王春阳都以老连长或者兄长的身份宽容、呵护着他。

这是王春阳第一次说他"厌兵",医生的诊断结果无异于宣布了妹妹的"死刑",失去一个妹妹,这就足以摧毁他大半的意志。对部队来说失去的可谓是一个顶尖级科研人才——王春雨已是军队人才库为数不多的专家型人才。不是他夸赞妹妹,像她这样对部队充满感情,有知识、有能力,又年轻的,可谓凤毛麟角,是未来战场急需的人才,怎可轻易失去?他臭骂杨铭得利就跃跃以喜,不利就戚戚以泣,并非完全出于领导教训部属,更多的是恨铁不成钢的失望。

听了这一声厉喝,杨吃狼条件反射似的站了起来,站得笔直,挺胸抬头,目视前方,就像刚入军营听到连长王春阳的命令一样。

王春阳紧握拳头高举着,恨不得一拳砸下去,他真想替妹妹狠狠揍杨铭一顿,仅仅放肆一回,可作为代理旅长,他怎能这么做?春雨是他的妹妹,杨铭是他的战友和部属。

杨吃狼此刻多希望王春阳能狠狠揍自己一顿,当不当参谋长已不重要了,只要王春雨能醒过来,让他当个大头兵他都愿意。

王春阳内心极度矛盾中,手机响了,是伍晓刚打来的,他掏出来接听,脸色煞白,对杨铭丢下一句"你好自为之吧",头也不回地走了……

冷一欣之前推测得没错,等再去马家妹住处时,客厅里的烟灰印迹已经不见了,只是冷一欣装作什么事儿都没有发生。

这一次她是一个人去的,故意将一个发夹掉在了卫生间,说是上次查案时掉下过来寻找的,周天佑见状露出一丝难以察觉的蔑笑。

在局里食堂边吃午饭边和苏海榭讨论案情时,冷一欣故意对苏海榭说,钱记阁交代了和马家妹在大船上接头的陌生男子的信息,正组织力量抓捕。

苏海榭通过"内部"打听,知道钱记阁已经交代了一切,怀疑是不是把自己也交代了,转念一想又不太可能,真有确切证据,办案组早把自己抓起来了,于是显得甚为紧张却又故作轻松状说:"这,我怎么不知道?"

"放心吧,案件很快就会水落石出了,到时你可要给我当个向导,好好游览一下祖国这大好河山。"冷一欣神秘又显得一身轻松。

苏海榭艰难一笑:"一定。"站起来走了,吃剩的盘子也不收。

冷一欣安排人员秘密跟踪了苏海榭。

当晚,冷一欣带人尾随他来到了一个码头,苏海榭四处看看,上了一条大船。冷一欣等人跟了上去,果然见到苏海榭和一个陌生男子在秘密交谈,商讨着让那名男子赶紧去台湾躲躲,等过了这个风头再回来。那名陌生男子正是上次和马家妹接头的男子。

当冷一欣等人出现在苏海榭面前时,苏海榭一下子傻眼了,等反应过来欲逃跑,被冷一欣早就安排好的便衣警察上前擒住,连同陌生男子一同带回了警局。

同时,另一组人马立即对房东周天佑进行了抓捕。

当晚就分头进行了审讯,冷一欣和年轻警官张伟鹏负责审讯苏海榭,张金柱和鲍官达两位警官负责审讯陌生男子。陌生男子叫唐河峡,家住深夏。唐河峡交代,他听命于一个代号为"螃蟹"的人。

审讯员鲍官达问:"'螃蟹'是谁?"

唐河峡说:"想必你们已经知道了,还问我干啥?"

鲍官达一拍桌子震慑道:"让你交代就老实交代!"稳重老成的张金柱警官按住他的手:"少安毋躁"。

唐河峡反倒像毛驴睡觉装起迷糊来,一副死猪不怕开水烫的样子,一句话不说了。

另一间审讯室里,冷一欣先给苏海榭洗脑:"你我曾经一起查案这么久,也算是老熟人了,想必我党的政策你也清楚,我们就开诚布公地谈谈吧。"

苏海榭点点头,也想和她敞开心扉聊聊。两人一起查案的日子里,他佩服冷一欣的冷静睿智,偶尔了解到冷一欣的过去,他更是钦佩有加,如今栽在她手里他认了,还想着能用自己的坦白换取她的立功,这或许也是一种心灵的救赎吧。

"你为什么选择当警察?"冷一欣调查得知,苏海榭家里并不缺钱,父母是做企业的,完全可以做一个衣来伸手饭来张口的公子哥儿。

苏海榭平静地回道:"出于好奇,就是想过把瘾。"

"那你为什么会想着出卖情报?"

"我没想过犯罪,感觉日子太过平凡了,就是想寻求点刺激。"

冷一欣真的有点不明白了,现在人都怎么了?有的被生活所迫犯罪,生活好了,安逸了,只是出于好奇也能犯罪,还是知法犯法的警察,这背后信仰和教育的缺失真的值得深思。她来不及细究这个浮躁的社会和这些浮躁的人,问他:"你就是'螃蟹'对吧?"

"冷组长,你是怎么猜到的?"苏海榭没有正面回答,实际上是承认了。

"凭你对马家妹留下烟灰印迹的反应。一开始我还不敢肯定,只是怀疑,你的名字叫苏海榭,海榭、海蟹,让我突然想到了螃蟹,没想到一提'螃蟹'你那么大的反应。"冷一欣冷冷地说,"是你让周天佑除掉了墙上烟灰印迹的吧,苏警官?这就弄巧成拙了,让我肯定了自己的判断。"

"没想到,你这么快就看出了端倪。"苏海榭点点头。

"以前马家妹租住房间里的烟灰印迹,也是你让房东刷掉的吧?"

"那完全是房东的主意,我去的时候,人家已经把墙刷了,我就用不着多此一举了。"苏海榭摇了摇头说。

"在大船上是你故意给马家妹报的信?"

"不错,大船上'都别动'是我故意喊的,即便我不喊,他们也早知道了。"苏海榭后悔喊这一句了,反而更容易暴露自己。

"为什么?"

"现在什么年代了?科技这么发达,你注意到车上那个坦克模型了吗?看似一件普通的装饰品,实际上是一个窃听器,所以我们车上的谈话,他们听得清清楚楚,早早做好了撤退准备。"苏海榭有点扬扬自得。

冷一欣仔细回忆着车前的那个坦克模型,感觉还挺精致的,想着买一个给儿子玩呢,没想到成了一个犯罪的工具。她脑海中突然闪现一个窃听故事:20 世纪 40

年代,某国官方向另一国大使赠送了一枚雕刻非常精致的大使所在国的国徽。大使把国徽悬挂在了自己的书房里,他总是习惯在这里和人密谈,并不知道国徽里藏了一个微波反射器,某国特工就在一街之隔的房子里窃听。

"是你让人杀了马家妹的吧?"冷一欣迅速整理了一下思绪,趁热打铁。

苏海榭却恨恨地骂道:"这个恶魔、浑蛋,我让唐河峡快艇开远点,把马家妹带去台湾躲避一下风头,没想到这个浑蛋直接把人杀了,还留下了杀人的证据。"

"唐河峡是谁?"

"就是刚才一起抓进来的那个。"

听到苏海榭咬牙切齿地骂同伙唐河峡,冷一欣感觉他良知未泯,微微抬头说:"算你还有点良心。"转而又问,"你和房东周天佑是什么关系?"

"我和周天佑没有啥关系,他之前猥亵女租客未遂,被我抓住了把柄,听命于我。"苏海榭说。

冷一欣追问:"是马家妹吗?"

苏海榭答:"不是,马家妹刚住进来没几个月,是之前租房的一个女学生。"

这与周天佑的口供一致。后经查证,周天佑确实不知苏海榭、马家妹与窃密案件有关,猥亵女租客一事移交当地公安调查了。

冷一欣直奔主题:"你们是怎么窃密的?"

苏海榭说:"我只负责通风报信和联络,从来不参与窃密。"

这一点倒完全出乎冷一欣的预料。

"我们都是懂法律的人,我知道与军事秘密有关的都是重罪。"苏海榭看着冷一欣,冷静地说,"有两样我不沾,一个是贩毒,另一个是窃密。"

冷一欣扬了扬手中的《反间谍法》,厉声质问:"那你可知道,明明知道是敌特分子,提供庇护,也是危害国家安全的重罪。"

这显然吓了苏海榭一跳,他耷拉着头想了一会儿,已经没有了先前的坦然,认识到自己所犯罪行确实已经危害到了国家安全,性质的严重性不言而喻。

沉默了一会儿,冷一欣又问:"你的接头人是谁?"

"我没有传递过情报,哪有接头人?"苏海榭沮丧地说。

"那情报是怎么传递出去的?"

"那你们只能去问'小河虾'了。"

"'小河虾'是谁?"

苏海榭显得十分疲惫,说话也有点有气无力、语无伦次:"就是和你一起抓的那位。"见冷一欣在瞪他,忙使劲地摇摇头清醒下,改口道,"就是和我一起被你们抓进来的那位。"

冷一欣见苏海榭交代得差不多了,说了句"你再好好想想,看看有什么遗漏的,随时交代",就让民警谢翔将他带走了。

冷一欣伸伸懒腰,看看墙上的挂钟,已经是凌晨3点,她收拾完资料对同伴张伟鹏说:"不知那边对'小河虾'审讯得怎样了?"

杨吃狼依稀听得电话那头伍政委说的大致意思是:什么病人危险了,让旅长赶紧来战地医院一趟。

想着王春阳当时吓人的表情,杨吃狼有种不祥的预感,会不会是王春雨?杨松也觉得极有可能,此刻能让旅长如此紧张的,恐怕只有他这个妹妹了,他们连忙奔向医院。

战地医院就在2公里外的小镇上,由野战方舱组成。两人一路狂奔到医院,急救室门口站了不少人,王春阳乘车还是早到了一步,正和伍晓刚讨论着什么。杨吃狼见状躲得远远的,做好了最坏的打算,却又在内心不断祈祷着。

急救室的门打开了,主治医生陈四喜主任摘下口罩说:"病人暂时脱离了生命危险,这里条件有限,需要转院治疗,什么时候能醒过来就不好说了。"

伍晓刚握着陈主任的手连说:"辛苦了,谢谢!"

牛起义满头大汗地跑过来,手里拿着转诊单递给王春阳说:"旅长,转院手续办好了,今晚的飞机票也已经订好,可以立即出发了。"

王春阳接过转诊单看了看,又还给了牛起义,转身对伍晓刚说:"政委,我还是不去了,这个时候离开不合适。"

王春雨病情这么严重?旅长跟着去也在情理之中,可怎么是牛起义办的转院手续?杨吃狼一连串的问号。直到病人从急救室里推出来,他才恍然大悟。

真是祸不单行,原来受伤的是合成二营战士霍启承,因下午在训练中不慎落水,救上来时已经是深度昏迷,抢救了5个多小时才被从鬼门关拉回来,现在需要转到战区总医院。因井井正在那儿治病,张燕燕和宣宣都在那儿陪护,伍晓刚特意报请海明军批准王春阳一天假,借送霍启承的机会去与家人见上一面。

王春阳想了想还是算了,眼下旅里这么多事,已经忙得拉不开闩了,他不能为了自己的小家庭耽误了工作,他拨通了何子安院长的电话。何院长请王春阳和首长们放心,医院已经成立专家组专门为井井治疗,已经基本控制了病情,发病的次数和程度逐渐减轻。王春阳相信战区总医院的医疗水平和王岚等专家的诊治技术，毕竟去或不去都靠医生不是？

王春阳去不了，红旗旅就需要另派一名干部去，住院协调总归方便些，不然战士醒来会心寒的。可在演练这个节骨眼上，干部都是一个萝卜一个坑，甚至一个萝卜几个坑，想要抽调一名干部陪同着实不太容易。

谁也不曾料想，胡勇智这个时候来了，他主动请缨，承担护送霍启承的任务。退休的这段日子，他进行了彻彻底底的自我反省，反而更关注演练，更希望赢得胜利，想着能为红旗旅做点什么。他一脸诚恳地说："我知道大家伙最近都很忙，全旅就我一个人比较闲，帮不上什么大忙，解决点后顾之忧总是可以的吧？"胡勇智还带来一张银行卡，上面存有10万多元，说是留给井井治病用的。虽然部队医院治疗有优惠，可一些药不在报销范围内，井井也需要补充一些营养，自己有退休金，也不需要花费什么钱。王春阳和伍晓刚同意了他的请求，这是对一个老兵情怀的认可，也特别感谢他对战士和井井的关心。

王春阳早先听妻子张燕燕说，井井特别坚强、乐观。刚转到总院时，井井的主治医生王岚特意嘱咐，在检测报告出来之前尽量让井井减少泡水的次数，以免加重手脚伤口的溃烂，从而引发败血病。井井听后便坚持不再用凉水泡脚，她还总是对医生、护士微笑。可没过多久，井井的怪病又开始发作，强烈的灼烧感遍布全身，井井的手脚瞬间变得通红无比，得不到冷水的浸泡，井井也忍着剧痛，咬紧牙一声不吭。

张燕燕实在不忍看到井井这个样子，带她来到病房的卫生间，因为，她知道卫生间里有凉水可以缓解井井的症状，井井的表情瞬间十分地渴望，但见她一头撞向墙面，撞得头破血流，她竟用这种方式摆脱对冰水的依赖。

王春阳多想即刻去看看井井，还有操劳的妻子，将霍启承送上去机场的车，他的心也一起随车走了，去了那个他渴望却又暂不能去的医院。他拨通妻子的视频电话，张燕燕把镜头对向病床，井井已经睡下了，站在一旁的宣宣正用一把小扇子轻轻为妹妹扇风，还轻声唱着儿歌《快乐长高高》：

太阳公公早呀早，
喜鹊枝头叫呀叫，
好宝贝从来不爱睡懒觉，
伸一伸懒腰，

跺一跺小脚，
呼一呼新鲜的空气,妙妙妙，
早睡早起身体好，
享受健康饮食好味道，
我要快乐地长高高。

花儿绽放笑弯了腰，
鱼儿游泳吹起了泡，
好宝贝自由自在地奔跑。
扬一扬眉毛，
翘一翘嘴角，
扮个鬼脸学猫叫,喵喵喵，
对着生活笑一笑，
和幸福来一个大大的拥抱，
病痛烦恼全抛掉。

　　看着这温馨的一幕,王春阳沉浸在这短暂的隔空天伦之乐中,让自由驰骋的亲情冲淡少许沉闷烦躁的心情,填充每一寸解锁心灵的空间,释放出内心的欢快和一丝轻松。

　　人员陆续离去后,他转身来到了重症监护室,好想和妹妹说说话。

　　护士尹圆吉领他进去,王春阳坐在床边的一个矮塑料凳子上,看着静静躺在病床上的妹妹,俊美的脸上依然红润润,仿佛睡着了一般。想着旁边的检测仪随时都可能成为一条直线,他极力控制住眼泪,现在最大的奢望就是妹妹能一直就这么躺着。

　　尹圆吉悄悄带上门走了出去,她想着给王春阳倒杯热水,这也是部队医院的一个不成文规矩,有部队首长来,总是要热情接待。

　　王春阳埋下头,一遍遍轻声呼唤妹妹的名字,希望她能睁开眼看看疲惫而濒临崩溃的哥哥,心底早就做好了向妹妹投降的准备,只要她能醒过来,什么都依她,他满脑子幻想着有奇迹发生。

　　像是沉寂了千年之久,王春雨突然缓缓睁开眼开口说话了:"哥,我这是在哪啊？你怎么了？"

王春阳不敢相信自己的耳朵,正端着一杯热水推门进来的尹护士,惊讶得捂住张大的嘴巴,连忙转身跑出去喊医生。

陈四喜带着几名医生赶过来,检查了一番,压根不相信这是真的,都称这简直就是医学奇迹,或是传说中的"回光返照",可王春雨活生生地坐了起来,还说自己饿了。

医院连忙准备了流食,王春雨吃饱后,竟然要出院,陈四喜表示还要继续观察几天。王春阳劝妹妹听从医生建议,转到普通病房。

闻听王春雨醒了,刚刚回到营里的杨吃狼又火速和杨松折返了过来。远远看到王春阳离去的背影,他也没有上前打招呼,此刻只想见王春雨一面。

站在病房门口,杨吃狼一边心里充满了万分的感激,一边满脸通红地彷徨,像一只等待惩罚的小企鹅。

护士尹圆吉出来捎话,王春雨拒绝见他。

王春雨刚醒过来,杨吃狼也担心她见到自己这个罪魁祸首,心里会不痛快,向医生询问了她的病情。陈四喜难掩兴奋地说:"我从医 30 多年了,从没见过这样的病人,各项指标都相当正常。"这样杨吃狼放心了,也就先行告别了。

返回的路上,杨吃狼有种劫后余生的感觉,仿佛听到了这个城市心脏跳动的脉搏声,精神亢奋得有使不完的劲。杨松这才得以为王春阳说几句公道话:"营长,你也不能怪旅长,有很多人觉得他当上了这个代理旅长,是靠首长的关系,就六亲不认了。你可知道,咱旅里刚打了败仗,很多人都看着呢,他要是不处分你,大家能服气吗?丢的可是枪支,咱红旗旅还有出头之日吗?他要是宣布了你当参谋长的命令,你这个参谋长能坐得安心吗?"

两人默默走了几分钟,绕过熙熙攘攘的人群,拐进了一条小路上,对比刚才繁华的步行街,人员明显少了,行进间的交流也更方便些。杨松又说:"咱要理解旅长的一片苦心,将心比心,要是咱营里战士丢了枪不报,你会怎么处理?"

"当然是按规定处理了。"杨吃狼外表看上去平静,心却像一粒浮尘,在风里不停地翻转飞扬,作了一番换位思考。前年营里有名战士把一支枪落在了训练场,即便后来找回来了,不是也给了一个严重警告处分吗?还是杨铭自己实施的,这些依旧历历在目。

杨松舒了一口气说:"这不就得了?纪律的生命力在于一视同仁,别人不了解咱旅长,你还能不了解吗?新兵连一起走过来,旅长什么时候对咱动过粗?"

"那是以前,刚才还臭骂我呢。"杨吃狼似有很多委屈,以前遇到这种情况,他想到的第一个倾诉对象就是王春阳,但自从任职参谋长命令被旅里压住,他就和王春阳划清了"界限",挨骂也当成了渐行渐远的必然。

"那是因为你太让他失望了,他太生气了,你差点让他失去了妹妹。"杨松情急之下说漏了嘴,他觉得也该让营长知道实情了。

"什么妹妹?"

"王春雨是咱旅长的亲妹妹。"

杨吃狼想了一会儿,一拍脑门:"哎呀,我估计自己是天底下最笨的傻瓜了。我曾经想过王春雨的身份,高干子弟?富家千金?没想到竟是这种关系,他们两个人的名字那么近,籍贯又都是安徽一个地方的,我怎么脑袋就装糨糊了,没想到这些呢?"

杨松还告诉营长,因为处分这事,王春雨去找过她哥哥,两人大吵了一番,甚至断绝了兄妹关系,在这之前两人可从未红过脸。

发生了这么多百结愁肠的事,旅长心里该有多么痛苦,旅长只是训斥了自己几句,自己有什么资格再怨词詈语?杨吃狼狠狠抽了自己一巴掌,恨恨地骂道:"我不是人,班长,我真是浑蛋。"

杨松和王春阳的想法一样,并不是要去责怪他,而是希望他振作起来。杨松安慰道:"所有的误解、偏见、冷漠、嘲笑、打击,在自信的人面前,都将是成功的催化剂。要想获得认可,杨铭,你要自信,要振作,活成春雨妹子希望看到的样子,这样才不辜负她救了你,也不辜负旅长,我们全营还指望着你带着训练打仗呢。"

一些不明真相的战士常常误以为杨铭、杨松是兄弟俩,杨松却有分寸,自己终究是个兵,人前人后都注意维护营长的权威。这是杨铭当上营长,不,当上连长,更或者是提干以来,杨松第一次直呼其名,更是从未喊过"杨吃狼"。这些细致入微的关爱,恐怕谁也没有察觉。杨吃狼这一声"班长",杨松这一句"杨铭",让两人都真切地感受到了那份埋藏心底的战友情丝与兄弟情义。

回到宿舍,杨吃狼关上门,鞋也没脱便仰面躺在床上,想着王春雨奋不顾身救自己,他感激中带着懊悔,懊悔中带着羞愧,羞愧中带着自责,想着战士晒脱皮不下火线而自己有点头疼就装睡,想着因为自己不在场可能导致战车沉没,想着王春雨如果醒不过来的可怕后果,他本能地给她发了条微信:"你真傻,为什么要救我?"后面缀了一连串的泪脸、膜拜、点赞、祈祷、玫瑰花等表情符号。

没想到王春雨竟然回复了:"不救你,你就死了。"没有任何表情符号,甚至连个标点都没有,只是在两个"你"中间空了一格。

这句再简单不过的回答,蕴藏着千万信息,如五味瓶在杨吃狼心中不断翻滚,他盯着这简短的"七个字"浮想联翩,想象着王春雨可能的表情,瞬间竟有多种不一样的解读:

一是我救你,你得感谢我,要记得我的好,一辈子;

二是上次你救过我,现在我救了你,咱俩谁也不欠谁的了;

三是战友有危险,作为战友救人理所当然,甭客气;

四是遇到一点挫折就自暴自弃,太让人失望了;

五是大家都在紧张训练,你作为营长不带好头,该死;

六是如有下次就不救你了,想死就去死吧,永远唤不醒一个装睡的人,又岂能救得了一个一心寻死的人?别连累别人,别连累部队。

杨吃狼越想头皮越发麻,越猜不透王春雨的心思,女人心,海底针嘛!

睡不着,他干脆不睡了,他发疯似的跑到训练场继续跑,手机里循环播放着《人生没有回头路》。他反复跟着唱,尤其喜欢其中的几句:我从不怕孤独,从不认输,哪怕错得离谱,万劫不复。如果人生路是一场赌注,那就做一个勇敢的赌徒⋯⋯

跑了几圈气喘吁吁,他停下来躺在地上,任月亮的光华洒落在身上。没有品尝过绝望的人,就没有资格谈希望。曾经,以为自己是将才,运筹帷幄、指挥千军万马;现在,却觉得自己很窝囊,因为自己的不争气,差点摧残了军中一支利剑蔷薇的绽放。

杨吃狼支起身子,朝四周望了望,星星灯光透过一排排简易的营房,那里是日夜奋战的战友。他想找个不在部队的朋友说说话,翻开手机,大学同学群里已经好久没人发言了。找出通讯录,从头看到尾,也不知道电话打给谁。他明白自己已经深深融入了部队,融入了军营,已然没有回头路了。眼前浮现着王春雨的一颦一笑,反复咂摸着她曾经说过的一句话:我可以忍受苦累,却忍受不了虚度光阴。

当初杨吃狼并未在意的一句话,如今像烙铁一般印在了他脑子里,缝补着他那颗破碎的心。他一拳砸在地上,心瞬间如一面涨满了风的帆!掏出手机看了看时间,已是夜间 11 点多了。走,回去。

路过旅指挥部,看着屋里依旧灯火通明。杨吃狼寻思着去给旅长道个歉,他知道这个点旅长一般都在加班,敲门进去却见海明军、张凌天、王春阳和伍晓刚等人正在研究什么训练方案。

杨吃狼这么不识趣地闯进来,大家都愣了,里面有重要首长开会,按惯例门口应该站着卫兵,至少有一名参谋人员在外协调吧,偏偏那个参谋此刻去了厕所,场面一度尴尬。伍晓刚问:"杨营长,来这儿有事吗?"

"没事,没事,打扰首长们了。"杨吃狼忽然觉得自己有点冒失,冒失得有点离谱,正想带门出去,只听海明军道:"既然来了,就坐下来一块商议吧,基层的同志更有发言权嘛。"看着中将手指的方向,杨吃狼在王春阳身边空位上坐了下来。

不单是霍启承不慎落水,兄弟部队也相继爆出训练落水事件,平时训练尚且如此,何况进攻大湾岛!为了避免悲剧再发生,减少演练乃至作战时不必要的伤亡,会议正研究解决此事。大家已达成的意见是:找一个合成营先行训练落水救人课目。

杨吃狼主动请缨,获批!

海明军给了三条指示性意见:一是摸索出一套规范的动作来,简便易行;二是要快,时间不等人;三是务必确保安全!

散会后,杨吃狼起身的瞬间,王春阳往他肩膀上重重拍了一下,没有任何言语,只留下信任和期待的眼神。

杨吃狼顿时明白了一切,完成任务比任何愧疚和道歉都有力,他起身飞奔回营……

拍拍胸脯要任务容易,但落实起来困难重重。

在众多首长面前揽下这项任务,杨吃狼就已经退无可退。

到了营里,他连夜召开协调会,部署落水救人训练。可时针已指向了"2",依旧没有丝毫的头绪。

杨吃狼不想继续打疲劳战,让大家赶紧休息,车到山前必有路。

而路在何方?梦里啥都有,杨吃狼想想也睡下了。

这一睡竟一觉到天亮。

早饭后,杨吃狼全副武装出现在训练场上,看到大家皮肤晒得黝黑,脸如青铜雕塑,却热情饱满、如火如荼地训练,他下达了今天的训练课目:落水救人。也传达了中将的三条指示。

这类课目比较危险,不可能单纯让官兵以身试险,上级专门配发了浮标和人体模型作为陪练器材,大家随即展开了训练。但杨吃狼很快发现了一个问题:这些人体模型虽然做得逼真,但扔进海里根本不会下沉,官兵实施救援缺乏那种紧张感,就像打捞漂浮的物品一样随意。

重新设计或者订购人体模型肯定来不及了,杨吃狼只好让人在模型上加些沙石,但加多少仍是个问题,加少了起不到下沉效果,加多了往往扔下去就沉了,且显得不伦不类,清洗起来也困难。

训练一度陷入僵局,但也迫在眉睫。

杨吃狼心一横,救生衣一脱,他要拿自己试验了。

杨松明白营长心思,连连劝阻。

杨吃狼仿佛吃了铁秤砣,哪里跌倒就从哪里爬起来,那么多危险课目,他都坚持下来了,为什么到了用兵一时的战斗却退缩了呢?他一脚踢开人体模型,"什么玩意儿",欲跳进水中。

杨松见劝阻无效,表示选几个人跟营长一起跳。杨吃狼呵斥一声:"胡闹!"

杨松却有自己充分的理由:登陆作战面对的可能是深海中的多种天气,即便身穿救生衣,也容易被冲走;航渡中,如果舰船被击中,就不是一两个人落水的问题,有可能是集体弃船了;进行救援时,不仅要与天斗,还要躲避敌人的炮火。

既然营里受领了这项任务,就要一切从实战出发,大海毕竟不是小池塘,作战毕竟不同于游泳训练,否则,弄得半生不熟的,也没法向中将交代。杨吃狼觉得是这么个道理,就挑选了十余名水性好的队员,先从浅海练习,并强令只有他一人不穿救生衣,他要模拟真实的人体落水。

杨松只好遵照营长指令,但他同时要求队员和救援人员时刻观察营长动向,还出动了两艘救生艇伴随保障。

队员们就位后,杨吃狼没有丝毫犹豫,第一个跳了下去,杨松紧随其后。

当他们跳进海水时,很快就被风浪冲得七零八落,有的被冲至数十米远。为了对抗风浪和海里的暗流,他们按照事先的约定,迅速地靠拢在了一起,采取手挽手、面朝外围成一圈的方法,这样不但能增加他们的浮力,而且形成了一个圆圈,人脸同时上仰,即便体力变弱,也能很大程度降低溺水的可能性。

风浪减弱,大家各自散开,船上的人开始实施多方救援。杨松一扭头,却发现不见了营长的踪迹。杨松大吃一惊,眼睛迅速扫过海面,发现营长就在身边,两手不停地攀爬。

杨松赶紧把营长救上船。

原来,杨吃狼双小腿都抽筋了,根本无法游泳,他用生命验证了一个事实:

实际上人溺水的时候,并没有影视剧中那么戏剧性,会疯狂挣扎拍打水面,大声呼救。真实的情况是没有挣扎,没有呼叫,也没有平躺,溺水者是无声的,他们更多地会呈现出攀爬梯子的状态,伴随呼吸急促或者双眼无神无法聚焦。

要不是杨松一直保持着警惕性,也很难这么短的时间内发现营长溺水。很多时候,旁人就在溺水者身边,而浑然不知。只有水性好的人,才可能呼救,而这部分人往往能自救。

今天的风浪还不是很大,也不在深海,要是前几天那么大的风浪,要是在无风三尺浪的深海,掉下去会怎么样,杨吃狼不敢想象,也不敢再拿自己和战友的生命开玩笑。

可训练没有理出头绪,此刻鸣金收兵就意味着失败,他不甘心,不放弃。

杨吃狼想着要是王春雨在就好了,肯定能给他支支招。午饭后,他一个人偷偷溜进病房,看见病床上支起一张简易小桌,上面放了一台笔记本电脑,王春雨正专心致志地写着什么,他轻轻推开虚掩的门进去。

王春雨抬头一看是杨吃狼,不冷不淡地道:"你幽灵啊?出去,记得把门带上。"

见她搭理自己了,杨吃狼竟有点喜极而泣,连忙上前敬礼说:"王工程师,王教导员,不,美丽的春雨同志,你好了?"

"你这营长,使点小性子,连话也不会说了,我根本就没有病,只是偷个懒睡得时间长了点,什么好了坏了的?"王春雨头也不抬,操作电脑的手也没停下。

杨吃狼并不奢求她的原谅,只希望她能快点好起来。

"与当前民族伟大事业相比,我没有你那么小气,早忘得一干二净了。"王春雨这句不冷不热的话,只言大义,不语悲伤,意在提醒杨吃狼不要太放肆,似乎印证了之前他猜中的第三种:战友有危险,救人理所当然,甭客气!

杨吃狼还想问昨晚拒绝见他的原因,脸红红的,话还没出口,王春雨就抢先道:"别问我为啥不想见你,我困得不行,想多睡会儿,不想被人打扰,不行吗?"又看看他,依旧不客气道,"对不住了!滚吧!"

多么简单又深刻的理由,要是按照杨吃狼先前的解读法,估计又能解读出多个版本来。如今,看见王春雨精神头不错,他也就放心了,还要准备下午的训练呢!

有什么更好的东西能代替人试验?落水救人训练仍然没有眉目。

秋老虎肆虐,海滩经太阳暴晒,像被点燃了一般,热得人喘不过气来,偶尔遇到的几丛杂草也都耷拉着叶子想要逃跑,只有不远处野外驻训地的一排排简易营房从容挺立,棱是棱,角是角。

杨吃狼望着远方,高呼一声:"苍天,可有高人指点迷津?"

"高人就在眼前,何必在这儿大喊大叫?"杨吃狼扭头一看,王春雨正向他款款走来。在医院仅仅观察了一天,她就迫不及待地出院了。出院后,她直接奔赴训练场,正为解决此事而来,随行的还有军医陈四喜,他们一人扛着一个大袋子。

令人不可思议的是,王春雨不仅没有留下任何的后遗症,精神头还特别旺,尤其是记忆力特别好,有不少专家研究过她的病历,如何醒过来的至今仍是个谜。

杨松赶紧上前接了下来,另一名战士接过了陈四喜的袋子。

本以为是什么稀罕东西,让一个工程师和一个军医扛过来,大家打开一看,竟是两大袋爆米花。杨松还亲口尝了尝:"嗯,味道不错,是爆米花。"

王春雨笑笑说:"这可不是给大家吃的。"

杨松问:"那这是干什么的?"

时间紧迫,王春雨也不再卖关子:"训练用的"。她从随行背包里掏出人形编织袋,把爆米花装进了一只袋子里,展示给大家看,成袋爆米花的体积跟人的脑袋大小差不多。

王春雨招呼大家过来,顺势把这袋爆米花扔进了海里,让大家注意观察爆米花起伏情况和下沉的时间。爆米花随海水起伏,还真有点像人在水里起伏的情况。

军医陈四喜适时给出了旁白:溺水后黄金救援时间4—6分钟,5分钟以内得到有效救援,被救回概率50%;6分钟后,死亡率则直线上升;超过10分钟,脑死亡概率达到100%。而爆米花浸泡融化的时间也就是3—5分钟,与意外落水者在寒冷海水中的存活时间大致相同,能够给搜救训练增加时间压力。霍启承大概是5分钟被救起的,至今仍昏迷不醒。

在王春雨的引导下,大家快速把爆米花分装完毕,按照流程反复练习,于是看到:爆米花不慎落水后,首先发现它的官兵会立即大声报告。舰船控制室人员迅速标记位置,舰船指挥员在瞭望和领航人员的指引下,努力操纵着舰船减速转弯,逐步接近爆米花。最后救生员跳入水中实施救援。

两大袋爆米花很快被消耗殆尽,杨松有点担心,一旦大规模推开,虽然原料易得,也不会造成什么污染,但会不会造成食物浪费?

杨吃狼道:"别斤斤计较这些了,我们吃鸡蛋是为了更好地投掷手榴弹,即便全部扔进海里,也是物有所值——喂鱼了不是?"

这一点王春雨早有盘算,他们联系了驻地一家养殖场,表示可以把训练用过的爆米花免费提供给他们。

杨吃狼忍不住问:"那海水浸泡过的还能喂牲口吗?"

王春雨反问道:"你吃过海鲜吗?"

不少老百姓还用海菜喂猪,王春雨咨询过相关专家,海水浸泡过的爆米花经过处理后,是可以作为养殖饲料的。但杨吃狼听的画外音,这是拿他和牲口比,要是平时他早就撑回去了,此刻他忍了忍,没有言语。

话一出口,王春雨也觉得有点过分,转念一想,杨吃狼是"狼",是禽兽,和牲口有的比,竟扑哧一下笑了。

微笑真是两个人之间最短的距离,王春雨这一笑胜过千言万语,让杨吃狼豁然感受到万里晴空,向王春雨竖起大拇指:"真行!"

王春雨可没有居功,连连推拖说:"这可不是我的原创,我是向外军学的。"美军将爆米花用于人员落水救援训练,10年间有超过100人落水,搜救成功率达到90%。杨吃狼想起昨天她在病房里专注的样子,原来是在网上查找资料,制定方案呢。

远远看到一群人过来,杨吃狼一眼认出了中将,他正好向中将汇报了训练成果。

中将观摩这番操作后,肯定了使用爆米花训练的创意和效果,觉得可以推广。

大家对照新编写的溺水救援方案训练后,中将给予的评价是:增强了安全意识,掌握了基本流程,提高了救援本领。

人有个适应问题,装备亦是如此。

杨吃狼认真查看着全营的武器装备,钻进一辆坦克对照微光瞄准器一阵观察,下车后拍拍手说:"我们的武器现在不可避免地在潮湿与盐雾环境中作战,武器装备防锈蚀、防霉变的能力亟待提升。全天时全天候待命,登陆通常抓住视线受限的有利时机,这就要求武器微光瞄准镜、红外瞄准镜等瞄具在黑夜、浓雾、雨天中仍有良好的瞄准性能。"

登陆工具面临新地域复杂多变的水文环境,指挥信息平台遭遇密布交织的电磁干扰,王春雨对是否仍能展现技战术性能存在疑虑。她了解到,英阿马岛之战中,英国"谢菲尔德"号导弹驱逐舰,由于不适应海面上的电磁环境,舰上的导弹系统与通信系统发生电磁干扰,无法同时工作,导致无法实施有效的防御而被击沉。

杨吃狼结合营里武器装备,支招说:"首先我们要延伸武器打击范围与打击精度,实现火力先行。登陆作战火力压制的连续性是顺利登陆的重要保障,融合直接火力支援与远程火力支援,实现不间断、精确的火力,以换取宝贵冲击时间,减少人员损耗。如我们的反坦克导弹射程保持 3500 米以上,才能在敌坦克火炮射程之外将其击毁。"

王春雨暗自佩服,"这小子正经起来,还是有两把刷子的"。在此基础上,她建议强化思想政治教育,充分发挥我军政治工作生命线的优势,融合新技术,可考虑引入 VR 技术,将体验战场环境与强化思想认识相结合,为官兵注入强大的精神力量,始终保持旺盛战斗意志与崇高的革命气节。

安排句句如锤,直抵杨吃狼心窝,他恭候多时的话如约而至:"这是政治工作加技术工作,是你这个教导员加技术员的分内事,你的职责由你做主。"

"不要推卸责任,我只是配合。"王春雨还建议将之前的复盘检讨移植过来,每天安排专人记录大家的训练点滴。晚饭后大家不约而同地驻足观看。

看到自己在训练场上的实录视频,大家异常地兴奋,所有苦累烟消云散。当看到自己在近 40℃ 高温的海训场上暴晒,身上的皮一层层脱掉,汗水裹着泥沙不停地从黑黑的脸上滑落,杨松有一种无与伦比的自豪感、成就感,痛并兴奋着。因为他深深懂得:汗水和泪水都是咸的,但汗水能够让你成功,泪水却不一定能得到同情。

这群可爱的战士,为有这样的经历而自豪,因为有这样的青春才让自己的人生更精彩,更富有意义。对他们而言,梦想与激情只有在练兵场上、在高强度的战斗体能训练中才能得到充分释放和彰显。在那里是意志与生理的较量,是梦想与激情的碰撞。

杨吃狼找回了曾经的自信,正和大家开展装载训练。

杨松急匆匆跑过来传达旅里紧急通知:停止一切适应性训练,人员全部进入战位,车辆全部加满油,武器全部配齐弹药。

杨吃狼惊呼:"这是要提前动手了?!"

第十七章　军马云集，剑指何方？

和平并不等于安全,蜘蛛网一样脆弱的和平之花,极易被战争飓风摧垮。"厉害了,我的国",有一个必要非充分条件——"厉害了,我的军"!

参演部队之所以提前进入了战时状态,是因为大湾岛闯进了一个"不速之客"。

据情报显示,这名不速之客是来自 M 国的政要,拟在大湾岛商谈部署先进的导弹系统,甚至叫嚣着部署核力量。倘若达成一致意见,无疑对进攻大湾岛造成巨大阻力,这是粗暴干涉中国内政,是中国人民绝对不允许的。海明军指示部队要在事情达成之前迫使其胎死腹中。

这不是提前动手,而是准备随时动手了。

参演部队重磅发布 2 分钟宣誓视频以表达心声:严阵以待,听令而战,埋葬一切来犯之敌! 参演部队 24 小时整装待发,密切注视着大湾岛的一举一动。

令人想不到的是,那名"不速之客"深夜便启程回国了,大家还没明白是火速达成了协议急于回去复命,还是被驱逐狼狈逃窜。飞机飞至公海处竟在空中爆炸,飞机瞬间成了碎片葬身海底。

世界舆论一片哗然,矛头一时间纷纷指向参演的解放军部队。因为,从 M 国公开的卫星照片来看,飞机的的确确是被导弹击中。但,导弹的发射轨迹和具体详情,M 国却只字不提。

在这个区域,解放军"嫌疑"最大,也最具实力。

中国网友几乎一边倒叫嚣:打得好。

这起偶然事件燃起了亿万群众空前的斗争情绪,迸发的战争激情已经内在于人民心中,大有"登高一呼群山应,从此华夏大一统"的豪迈与气势。因为大家所读厚重与辉煌的 5000 年中国历史是秦灭六国、汉武帝灭匈奴、唐朝万国来贺、元朝疆土远至欧洲……

海明军不能批评网友们的无知,他们中间绝大部分是爱国者,已经把幸福快乐的"小家",与共同奋斗的"大家"、安定祥和的"国家"紧密联系在了一起,纷纷给解放军点赞助威。不少地方群众走上街头庆祝,表示一旦开战,愿意捐款捐物,炽热而深沉的爱国情怀,正是中华民族乘风破浪的力量所在。

但如果一味迎合"民意",等于间接承认了是解放军所为,还可能被极少数别有用心的人利用。

有一点海明军十分确信:没有他的命令,解放军绝不可能发射导弹将其击落。

这个黑锅不能背!

对内,海明军通过主流媒体发声安抚网友情绪:一切以国家的意志为意志,以国家的主张为主张,切莫被别有用心的人利用了。

对外,海明军不卑不亢据理抗争:中国军人不惹事不怕事,向来光明磊落,绝不会干那些龌龊卑鄙的勾当,真要是胆敢侵犯中国领土,中国军队会光明正大予以还击。

M国联合西方媒体执意给参演的解放军泼脏水,嚷嚷着不惜一战也要讨一个说法,并借机把航母战斗群驶向我方演练区域。

对这种泼脏水式的指控,解放军可没有那么容易上当,因失事飞机在公海,如果自己调查,急于澄清的心理正中对方下怀,即便事后调查清楚了,也势必耗费大量精力,正所谓"造谣动动嘴,辟谣跑断腿"。海明军就一句话:"想要真相,自己去调查,我们没有义务。"

按常理推测,本国政要坠机大海,当务之急是派人进行搜救和成立联合调查组,好给民众一个交代。然而,M国既不组织搜救,也不允许任何船只包括民船在内靠近出事海域,更没有宣布成立任何事故调查机构,而是一味指责参演解放军。这完全不合逻辑。

逻辑在强权面前似乎一文不值,正应了那句:真理永远在大炮的射程之内。

换言之,当轮到大炮发言的时候,真理就失去了辩解的机会。

M国航母战斗群距离我方演习区域越来越近,一副咄咄逼人的样子,局势迅速升级,节奏瞬息万变,"战争"一触即发。这完全超出了演习的范畴,超出了军事范畴,中方外交部、国防部多次发声,中央高层也出面斡旋,有外媒猜测,中方的联合军演有可能就此搁浅。

海明军紧急召开绝密会议商量对策。

打,还是不打?与会人员进行了激烈讨论。

面对 M 国超豪华阵容的航母战斗群,有人担心一旦开战,不仅是演练方向发生改变,还会面临多线作战的压力,表示要以大局为重,建议协商解决。

崔红军和王继新主张武力对武力,不能敌人都打到家门口了,还不敢开第一枪。崔红军义正词严地说:"良心喂不饱野心,退让换不来安宁,必须从气势上压倒一切来犯之敌。再说了,战斗力比的又不只是纸上数据,在我们家门口作战,作战环境和民心我们都占有绝对的优势,正义必胜,我们必胜!"王继新口吐珠玑附议道:"他们犹如戏精附身闹得欢实,不过是为了掩饰内心的虚弱和无力,欺世盗名而已。"

向天笑和范文武主张先观察一下局势再定夺,战争从不会晴空霹雳突然爆发,也不可能顷刻间就蔓延开来。向天笑说:"每天上报的空情多如牛毛,稍有不慎,都有可能擦枪走火,必须把事情的来龙去脉搞清楚,才能有的放矢予以反制。"范文武一贯主张"和平,努力到最后一秒;战争,非到最后无选择"。

在如此紧张的局势下,双方堆积了太多的可燃材料,微不足道的争执亦可能产生一场大爆炸。虽说中央已经赋权海明军除动用核弹外的一切权力,可政治才是孕育战争的子宫,真正要点燃与 M 国当面交锋的战火,中将还是要仔细掂量掂量的。军人的战争不是一句外交辞令,一言挑事端容易,并不能一言息干戈。战端一开,可真的就没有回头路了。他可以不在乎自己背负千古骂名,但把民众拖入万劫不复就罪孽深重了。

海明军反复权衡利弊,艰难抉择,他干脆乘机到千里之外的某空军基地看看备战情况再定夺。当机舱门打开时,中将一身戎装精神抖擞地出现在众人面前,向天笑等人马上迎了上去。中将和众人握手后,向天笑开始向中将介绍备战情况。

崭新战机单从外观上就让人赏心悦目,性能上也卓越超群,具备良好的隐身功能。只是这款战机新列装不久,一个月前在轰炸石梁河大桥中首秀,如今尚未齐装满员配备部队,原本不在这次演练之列,是向天笑极力主张参加演练的。

海明军本欲安排两架战机沿着大湾岛巡航,在听向天笑简单介绍后,中将听出了一些弦外之音:部分人员对这款战机的性能信心不足。

海明军指着一架战机问向天笑:"向将军,你能飞吗?"

身为特级飞行员的向天笑曾当过多年试飞员,他熟悉各种先进飞机操作,可是当将军后很少亲自驾机了,他如实报告说:"只在性能测试时飞过一次。"而这一晃几年过去了。

海明军笑笑问:"有没有兴趣再飞一次?"

与其说是"有没有兴趣",倒不如说"有没有胆量"。向天笑挺了挺胸脯说:"这有啥不敢的?"他心里早想再飞一次了,只是出于多方面考虑很难成行,如今中将提出来,他答应之余还有点小兴奋。

万万没想到,中将说:"好,我给你当副手,我们一起飞。"

海明军并非专业飞行员出身,且不说这款战机的飞行员都是千挑万选的,就说这款战机飞行高度在万米以上,飞行速度达到惊人的每秒700多米,普通人乘坐都会头晕目眩,中将这样的年龄,身体能否承受住?

中将看出了大家的担忧,表示可以先让军医进行全面的体检,尊重科学嘛!

战地医院吕宏迪院长亲自给海明军体检,边体检边聊天得知,中将这些年来一直坚持锻炼,并参照飞行员训练内容和标准进行。检查结果很快出来了,中将身体各项指标完全符合执行任务的标准。众人为中将的身体健康鼓掌祝福,他的身体健康对部队也是一笔财富。为打消大家的顾虑,中将还特意签署了一份安全协议,认定是自己坚持飞行,出现任何后果都由自己承担。

随后,海明军脱下军装换上了帅气的飞行员服装,提上了一包装备,就昂首挺胸走出了体检中心,他为圆梦而骄傲。

在众人的注视下,海明军和向天笑走向了战机。更出人意料的是,中将并没有坐在副驾驶位置上,而是直接坐在了飞行员的位置上。"我签订的可是飞行协议,而不是乘坐协议。"中将又对惊讶不已的向天笑竖了一个大拇指,"要永远相信你的战友。"

向天笑知道首长当过特种作战部队的司令员,正是那2年多时间,海明军练就了上天入海的技能,尤其痴迷于先进战机,多次驾机翱翔蓝天,有人形容他是"天生当飞行员的料"。可驾驶这款战机,向天笑自己尚且不敢说有十足把握,首长能行吗?他疑惑的工夫,中将已面带微笑地戴上了飞行员防护头盔,调整了驾驶座椅的位置,熟练操作着密密麻麻的按钮。

这款战机中将之前未能试飞,心里多少有点遗憾,亲眼看见它轰炸石梁河大桥的卓越表现后,中将便下定决心试飞一次。他为此请专业试飞员反复辅导过,付出了千百倍的努力,天赋异禀的他早就通过了各项测试。如今还有向天笑这个特级飞行员坐镇,他心里更有底气了。

海明军驾驶着战机迅速升空,不多久已经到达万米高空。看着中将淡定从容的样子,像是做足了功课,向天笑心里踏实了许多,这才想起问中将飞向哪里。

中将的回答更像一声雷:"到出事海域看看。"

这几乎吓了向天笑一跳,连忙说万万不可,担心万一 M 国或者蓝军发射远程导弹后果将不堪设想。

"那可是公海,别国飞机飞得了,为何我们就去不了?"中将决心已定,即便是普通的交通事故,不还是要查看现场吗?向天笑暗自被中将的意志与胆魄折服,即便自己再说些什么也无法劝阻,只能建议中将远离大湾岛飞行。

中将心中自然有数,大湾岛防空力量主要对着深夏这边,对东南海域的监视较弱,中将正是利用监控上的盲区,一直绕开大湾岛的防空识别区沿弧线飞行,大概 40 分钟后飞到了距离 M 国飞机坠毁不远的海域。这片海域 M 国对外说是封锁了,实乃大王庙里的看门神——虚张声势,中将轻而易举地突破了,没有遇到任何的警告和拦截。

大湾岛雷达发现了这个不明飞行物,但压根没想到红军最高指挥员胆敢孤机闯入,从雷达上显示很难判定具体是什么东西,看起来更像只大鸟,加上又在防空识别区外,大湾岛守军作出的反应是:不予理会,密切监视。

海明军早早让人在那里设置了浮动靶标,即将执行一项发射任务,刺眼的阳光刚好照射进了驾驶舱中,为了清晰地看清目标,中将戴上了护目镜,非常淡定地按下了按钮,发射两枚先进导弹,都精准命中目标,海上舰船模型目标被炸得粉碎。

这番操作完,海明军快速飞离该海域,意犹未尽地飞回基地。飞机着陆是一项技术活,这也是中将操作的唯一短板,在向天笑的协助下,飞机安全平稳地着陆。

与此同时,参演部队临时调整了演练安排,中将果断命令火箭军向公海慷慨试射了四枚反舰导弹,均精准命中靶标。在早些年,我国就公开了这款被称为"航母杀手"的导弹,被外界解读为"一枚就能干掉一艘航母",在当今世界,恐怕还没有一种能够有效拦截它的反导系统存在。

海明军和向天笑从容地走下战机,看着地面人员紧张的神情,中将指了指对面笑笑说:"紧张什么?该紧张的是他们。"

果不其然,戏剧性的一幕出现了,M 国先前器张的气焰不见了,其航母战斗群匆忙后撤了 300 多海里,因为他们不确定背后有多少枚导弹已经瞄准了自己。

闻听这一消息,海明军自信一笑:"尚有自知之明!"

更让人匪夷所思的是,M 国政要压根没去大湾岛,而是停留在了 R 国。所谓的飞机是 M 国试验的一款大型无人机,伪装成了战斗机,连夜飞离大湾岛也是为了掩人耳目。飞至公海被导弹打了下来,导弹是由 M 国停留在公海的潜艇发射的。

要不是受解放军战机和反舰导弹的威慑,M 国潜艇匆忙后撤中出现故障,被迫浮出了水面,估计他们无论如何也不会认账。即便不浮出水面,海明军也坚信他们一直隐匿在深海某处。好比当你发现一只蟑螂,说明暗处蟑螂已经满了。

这种自编自导、嫁祸于人的伎俩被戳穿后,M国和大湾岛相互指责对方是主谋。

海明军无暇搭理这些口水仗,他深知"所当乘者势也,不可失者时也",趁势命令部队对大湾岛全面封锁,形成进逼态势。于危机中育先机,于变局中开新局。

如此一来,便切断了大湾岛上的原油供应,这是岛上最薄弱的环节,岛上原油储备本就不足一个月,而外部燃料供应率高达95%。海明军命令部队利用潜艇在主要港口的出入航道内布设漂雷,飞机在港口外2至3海里处布设沉底雷,水面舰艇在离海岸6至8海里处布放锚雷,并宣布禁飞区和禁航区,利用预警机和电子战飞机开始监控整个演练区域动向,对试图闯过封锁线的外国船只和飞机进行拦截,扣押没收货物,必要时将其击毁或击伤。

这样,未经解放军允许,连只鸟也别想靠近大湾岛。

有人担心M国吃了哑巴亏会寻求报复,海明军引用了中国的一句外交辞令表达心声:"朋友来了有美酒,敌人来了有猎枪。"

有记者问海明军对此事件持什么态度。

中将冷冷地撂出一句话:"玩火者必自焚,挑衅中国人底线,绝没有好下场!"

虚惊一场,这也给参演部队一些喘息时机。

海明军却丝毫不敢大意,M国随时可能卷土重来。

战争是实力的较量,和平与发展也是实力的较量。有力量而没有正义必然走向邪恶,有正义而没有力量则无法生存。海明军从这场教科书式的斗争中得出一条结论:硬气是藏在骨子里的硬气,而不是策略上的简单。这也用实际行动进行了反向验证:只有策略上的灵活,才能保证从根本上实现骨子里的硬气。

从空军基地回来,海明军带领张凌天、封海龙、向天笑、崔红军、李谭、刘卫国、王继新、范文武等各军兵种主官马不停蹄继续察看部队演练准备情况。大部队都进入了各自战位,往日喧闹的海滩一片宁静,留下海浪一拍一拍击打着海岸,海天交接处,一轮半坠的落日悬在海平面上。

海明军喜欢这样的场景,锐利的双眼直视着远方,刚毅硬朗的脸上看不出一丝波澜,军委把这么重要的演练的指挥大权交给自己,岂是组织信任那么简单!联合作战是一幅色彩斑斓的画卷,或许亦是他人生最后的辉煌。所以,他必须全力以赴,书写强军画卷,也书写人生最美画卷。

中将此刻壮志凌云,豪情满怀,气吞山河,用林则徐的诗《出老》形容他甚为贴切:海到尽头天作岸,山登绝顶我为峰。如日东山能再起,大鹏展翅恨天低。

由于任务紧急,部队战备等级转换得快,一些适应性训练时设置的浮标、警戒线、标语,乃至个别旗帜等还没有来得及撤掉,镶嵌在潮水退去的海滩上。

这看似是工作作风问题,实乃是和平积弊的流毒。这些年我国经济是强了,军事实力、国际地位都有了大幅度提升,生于华夏何其幸,可发展起来了,就安全了吗?

对海明军和众将领而言,这根本就不是问题,因为他们清楚历史法则如钢铁般冰冷。如果一个国家经济快速发展,维护安全的手段没有跟上,就恰恰潜藏着被人觊觎、任人宰割的风险。翻开中国的近代史,基本上就是一个被群殴的故事集。

所有历史的延续都是一种文化传承,哪怕是苦难屈辱的历程。但往往因为历史过于宏大,记忆的河床层层叠叠,时常容易掩埋住那些深深的伤痛,致使有些人一讲中国文化源远流长,就说我们有五千年文明史;谈论近代屈辱史,却刻意把我国与腐朽的晚清政府割裂开来,以旁观者冷眼看,当成故事讲,当成笑料谈,乃至描述成逸事趣闻,这是典型的对历史不负责任。

文化说到底是一种信仰。现在和平了,很多人就好了伤疤忘了疼。刚刚经历的危机虽来去匆匆,乌龙了事,但背后博弈的是军事实力和综合国力。"厉害了,我的国",有一个必要非充分条件——"厉害了,我的军"!

望着远处穿梭的商船,海岸林立的高楼,一片祥和宁静,让人很难与我国所处的险恶环境和紧张严峻的国内外形势联系起来。中将感叹说:"随着铿锵的战鼓声和战火硝烟渐渐隐去,继而软绵的圆舞曲和耀眼的霓虹灯扑面而来,长期的和平环境,孕育出数不清的高楼大厦,也在宝剑的锋刃上生出斑斑锈迹。"

只要人类存在世上,战争便不会有停止的一天。当前我们虽然处于和平状态,但安全形势不容乐观。和平并不等于安全,蜘蛛网一样脆弱的和平之花,极易被战争飓风摧垮。

一战后,法国元帅福煦在《凡尔赛和约》上签字时说:"这不是和平,而是20年的休战。"之后的历史,正应验了和平只是战争的间隙,往往就是这个间隙,容易遮挡人们警惕的视线,蒙蔽人们忧患的心,甚至会让一些人患上"和平病"。

海明军意味深长地说:"站在'现在'这个节点上打开手电筒,我们能看到多久的过去,就能看到多远的未来。"单就此次演练,犯不着使用洲际导弹、核武器,只需战术导弹即可,然而,国际风云变幻,大国重器,剑行天疆,又不得不时刻箭在弦上。

这次飞机坠毁事件就透露出这种端倪。

面对美、苏两个超级大国核讹诈的险恶国际环境,老一辈无产阶级革命家坚持造原子弹的决策,如今的中国人才如此硬气。火箭军指挥员崔红军少将深深佩服他们的这种魄力,他清晰地记得陈毅元帅曾说过一句话:哪怕裤子当了,也要搞原子弹。

海明军挺了挺腰杆对崔红军笑笑说:"现在不需要你当裤子了,你原子弹、氢弹都有了,可不能轻易使用哟。我们不但腰杆子要硬起来,肌肉也要强起来嘛!"

崔红军套用一句流行语说:"我们现在的东风快递,使命必达,打得又远又准。"他解释说,打得远,就是送你去千里之外;打得准,就是千里点穴。

中将觉得总结得还算到位,却也带着深邃的思考:"万一蓝军真的孤注一掷,勾结国外势力使用核武器,或者发生核泄漏怎么办?"

众人沉默了一会儿,张凌天神色凝重地说:"那将不是一场演习,而是一场实战了!"

海明军补充了一句:"那也将是人类的一场灾难!"

海军指挥员封海龙少将这时报告:参演的200多艘战舰悉数进入战位!近代中国所受到的外敌入侵都来自海上,现实中的最大危险也是来自海上,百年的屈辱让我们比任何国家都渴望拥有一支强大的海军。海军这些年的发展有目共睹,不仅拥有了多艘航母,各型先进战舰下饺子般密集列装,如今威慑四海,笑傲八方。

空军指挥员向天笑少将报告:上千架战机已随时待命!机动性最强的空军近年来发展迅猛,歼-10C、歼-16、歼-20、轰-6K和各类高新机的问世让中国空军不惧任何强敌,如今遍布全国多个机场整装待发。

中将赞许地点点头。

兵马未动,粮草先行。联勤保障部队这些年让官兵得了不少实惠,部队的营房建设、物资供应,尤其是医疗改革,惠及了家人,官兵满意度大幅提升。可能是宣传不够,大家了解得不多,甚至有些误解。海明军笑呵呵地道:"我可听说了,就连小孩子玩游戏,都说你们后勤兵是打扫战场的,一打就死。"

从事多年政治工作的范文武少将可谓军政兼优,他柔中带刚地说:"这完全是对我们的误解,我们可是后勤不后,'先到位,后收场,全程用'是我们坚持的原则,也是对我们工作最好的诠释。"

现代战争很大程度上就是打经济资源的战争,战事一开将大量消耗钢铁、油料、电力等各种经济资源。美军在伊拉克战争中，共消耗各类导弹和炸弹29199枚，单日消耗油料达5万多吨。其中一个装甲师在全速突击时，平均每天需要消耗弹药5000吨，淡水2000吨，口粮8万份，油料60万加仑。

如果缺乏强有力的后勤保障，战场将变成一片荒漠。海明军看了看范文武道："我军在抗美援朝时期建立了打不烂炸不断的钢铁运输线，未来战场上仗打到哪里，我们物资供应就保障到哪里，能做到吗？"

范文武依然底气十足地说："战场保障，我们准备好了。"他提议请大家参观一下仓库，让大家好有个直观印象，也便于大家监督和提供改进的意见。

部队进入战时状态以来，备战日趋紧张，海明军有意让一线指挥员适当放松一下。各军兵种都有自己的仓库，见多识广的将军们和一些旅团主官大多去过，中将主张就近的合成营主官以及演练观察家参加，其他指挥员可根据工作安排自行选择，这样杨吃狼和王春雨都在受邀之列。

早饭后，海明军因为另有紧要工作，让负责后勤的范文武少将带着杨吃狼、白阿毛和牛起义等60多人的参观团，乘坐两辆大巴车沿着蜿蜒的山路向深山开进。

道路两旁山上郁郁葱葱的松树，夹杂着山风，吹散了多日的疲惫与忧愁，杨吃狼坐在王春雨身边，油然生出带着心爱的人旅行之感，真希望车子就这么一直开着，永不停留，永无尽头。

车辆行驶了大约50分钟，连绵起伏的山势越发陡峭，有时车子就贴着峭壁行进，杨吃狼不大相信这石头缝里能储存多少油料。他一直觉得装甲车是油耗子，总担心不够用，既然联勤保障部队首长夸下了海口，今天就看个究竟。

车辆进入库区，门岗卫兵要求所有人员必须上交手机和留下火种，杨吃狼第一感觉是搜身后，被一众兄弟裹挟着上山入伙拜码头，不是很情愿，看到范文武少将都上交了手机，也只能端别人的碗服别人管——照做了。

人员下车后，来到一个铁门前，早早有两名战士在库区门口等待。众人按照战士的引导，先是触摸了门口钢管上的一个空心铁球，说是消除静电。

低头进入第一道厚厚的铁门，又进入第二道同样的铁门，范文武领着几名大校军官在前面走着，杨吃狼等小角色在后面跟着，见一个水桶粗的管子通向里面，杨吃狼兴奋地说："乖乖，这么粗的管子，加油肯定快。"

仓库保管员二级上士付相正笑笑说："首长，这是通风管，旁边才是导油管。"

杨吃狼顺着小付手指的方向，发现靠墙果然有两根碗口粗的管子，真是隔行如隔山,第一次进库区,堂堂一个陆军中校营长,竟把通风管说成导油管,不少人扭头冲他笑,杨吃狼坚持不笑,自己不尴尬,尴尬的就是别人。一个导油管,另一个是干什么的,付相正没说,他也不好意思再问。

王春雨也想弄个明白,便直白地问付相正:"班长,旁边的那根管子是干什么用的?"

付相正回答说:"是呼吸管。"

难道汽油、柴油还会呼吸?确实有点出乎意料。付相正解释说:"油罐呼吸,是指油气通过呼吸阀向外逸出或空气通过呼吸阀进入油罐的现象。"众人听得晕晕乎乎,付相正再想解释,被仓库领导叫到前面去了。王春雨补充说:"就是换气。"

大家加快了步伐,众人在一扇门外停下,有几个人已经开始往外走,里面就是储存油料的地方,黑乎乎的一片,付相正忙着给大家发手电筒,几名旅主官摆手不要,范文武之前带他们爬过一次油罐,不愿意再爬第二次。杨吃狼正好往前凑了凑。

范文武指了指身边的一名上校说:"杨营长,你不是总担心装甲车油料不够吗?问问他能不能保障。"

上校是这个油料仓库的政委武刚,人称"武状元",浓眉大眼,和蔼慈善,是当年家乡市级高考理科状元,拒绝了清华大学的邀请,选择了就读国防科技大学,如今也扎根山沟多年。武上校笑问杨吃狼:"你一辆坦克最大加油量多少?"

"差不多 1000 来升吧。"杨吃狼说的是主油箱容量,不同坦克类型,油箱容量不同,战时还可以加装辅助油箱,能增加更大的容量。

"我这一个油罐,一次性能加满 1 万辆坦克。"

杨吃狼觉得似乎听错了,全旅的装甲车、汽车加一起也没这么多啊,武上校右手指点着左手掌说:"我这是一个 1 万立方米的大油罐,你算算能加满多少辆坦克。"

杨吃狼习惯性想掏出手机计算一下,一摸兜才想起手机放在了门岗,就按 1 辆坦克加油 1000 升也就是 1 立方米来算,1 万立方米油刚好加满 1 万辆坦克。

杨吃狼顿时起了兴趣,随着武上校来到油罐边,透过手电筒向上照的光束,望着高高的油罐,众人像是巨型钢铁堡垒下的小矮人。武上校介绍说:"我们这油罐底面直径 30 米,高 18 米,大家有兴趣的话,可以爬上去看看。"见有几人摇头,武上校已经带头开始沿着梯子爬罐,杨吃狼和王春雨跟着爬,颇费了一番工夫才爬上罐顶。站在厚厚的铁皮罐顶上,武上校问大家爬一次油罐感觉如何。大家都有一个共同的感受——累！且刺鼻的油味着实不太好闻。

大家稍作停留，就小心翼翼地下来了，依旧感觉有点累和闷。

"你们爬一次油罐都不太适应，我们的油料保管员几乎天天爬。"出库的路上，武上校拉起一名正在检修油管的战士说，"这是我们的技术大拿王祖文同志，一等功臣，在这服役已经30年了。"

王祖文略显腼腆地站了起来，头发花白，却精神抖擞，肩上"三粗一细拐"的标识证明其的确是一个地地道道的老兵。

大家见过许多将军，从少将到上将都不足为奇，但面对面见识士兵的最高军衔很多人还是第一次。王春雨凑上前数了数班长肩章上道道岁月换来的勋拐，不由得哇了一声："老班长，这么多年，你是咋坚持过来的？"她深知王班长服役的年限就和她年龄差不多了，肯定有他过人的毅力，心中充满敬意。

王祖文却坦然道："当一天和尚撞一天钟呗！"

这大大出乎了众人的预料，在人们的理解中，当一天和尚撞一天钟是得过且过、不求上进的意思，与王祖文的一等功臣大相径庭。

经王祖文稍加提醒，便有了另一番理解：

过去的和尚讲究六根清净，远离世俗，撞钟是种很枯燥的工作，和尚撞钟，没有多少乐趣而言，日复一日年复一年，谈何容易？

撞钟谈不上功绩，既不能青史留名，也不会受人钦佩敬重，但钟又必须有人撞，职责攸关，就像快递小哥、环卫工人等，做着平凡又不可缺少的工作。

在古代无钟表的情况下，要把时间卡得很准，需要耐心细致地计算、等待。

敲钟钟响十里，也需要卖把子力气，尽管无人关注，但也要努力让众人听得钟响。

王祖文在这蹲山守库30年，守得住清贫，耐得住寂寞，像螺丝钉一样拧在哪里就在哪里尽责，如春蚕吐丝一般孜孜不倦，完美地诠释了撞钟和尚看似寻常实则坚韧的可贵品质。

王祖文还是过谦了，与古代撞钟和尚不同的是，在这片星空下，赫赫而无名的"王祖文们"接力去追梦，与一线拼搏厮杀的将士相比，这些藏在深山的"星星"，也在通过自己的方式努力发着光，做一支烛照天空的火炬，点一盏守望家园的心灯，留下自己最闪亮的一段段青春印记。一等功臣源于他10多项发明专利。强军兴军是一场寂寞的长跑，新时代需要更多的撞钟和尚。

通过U形通道从洞库里走出来，众人深呼着新鲜的空气，有一种"山大王也不好当"的惆怅,多了一份对"王祖文们"的敬意。

武上校指着连绵的山说:"我们这座山里有 8 个这样的油罐和 16 个 5000 立方米的。"杨吃狼掐指一算,单就保障坦克来说还真是不缺油。中将之所以这么安排,就是让大家消除后顾之忧。

"串起颗颗珍珠,便是美丽的项链;干好件件小事,便是履行成功的强军事业。"想起王祖文的这句话,想想仓库官兵"不恋闹市钻山沟,守着清贫谈富有"的境界与情怀,杨吃狼觉得每一滴油都应该形成战斗力,才能对得起他们。

沉默一会儿,从洞库出来的范文武指着一座山体让大家看看那是什么山。顺着将军手指方向望去,不远处有一座突出的山体,颇像巨大的"关公像",威风凛凛地守护着群山。武上校解释说:"我们这叫关公山,有关公守护,仓库从建立到现在 60 多年了,从未出现过大的事故。"

"没出问题,说明你们管理维护得好,这个功劳可不能记在关公头上哦。"范文武看着"关公像",笑笑说,"我们共产党人崇尚英雄,可不迷信风水哦。"

众人边走边说,武上校几次招呼大家上车,却没有一个人愿意坐车,范文武干脆让车开到前面哨所去了。这样,大家就能饱览这大自然馈赠的风光了。

杨吃狼默默数着油库的数量,他现在知道了洞口有门的地方就是一个洞库,不知道的是一个洞库里面有多少油罐,就像刚才探寻的 U 型通道里,隐蔽起见,有些油罐里储存了油,有些就是备用的空油罐,战场上本就是真真假假。

不知不觉中来到了停车的哨所,这个哨所驻守仓库的制高点,被誉为"沿海第一哨"。站在哨所极目眺望,碧海蓝天浑为一体,能看到几十公里远,有一种天高云淡的洒脱。"我们这里是天然氧吧,能够畅快呼吸。"说到动情处,一名二级上士解说员即兴哼唱起《山海恋》:"白天和石头说说话,晚上和星星眨眨眼……有人说太清苦,我说有甘甜……看看大海,吹吹海风,听听海浪,枯燥中有浪漫,阳刚中也有柔情……"

这名二级上士叫常建康,在部队服役了 12 年,守护了大山 12 年,不知不觉间,把青春融进了祖国的山河,面对数十次"在这咋样"的问题,常班长总是响亮地回答"好得很",他的乐观主义也感染了大家。

王春雨一度以为每天重复同样的事情,人生就会变小。战士却肚子里装大海,脸上映蓝天,把困苦活成了诗意的栖居。王春雨倍感兴奋,合影后想掏出纸笔给战士留下微信号,可身上就一支笔没有纸。常建康伸出结实的手臂说:"姐姐,写在我胳膊上吧。"

这一声姐姐,叫得王春雨心里甜美极了,尽管两人年龄相差无几,还是乐于当姐姐,她微笑着拉过常建康的手,细心写下自己的微信号。常建康不追星,却像粉丝得到了偶像的签名一样兴奋,参加完这次演练,他就要面临退伍了。

常建康稳了稳情绪,将大家引领到哨所一旁,山体中有条一尺多宽的裂缝,旁边用红漆写着"天然冰箱",里面放着一些蔬菜和水果。在常建康的示意下,王春雨把手伸进去,冷飕飕的风吹来,感觉比在空调下直吹还要凉几分。

旁边的一块大石头引起了大家的注意,只见这块高约1.5米、宽约1米、厚约0.6米的大石头上写着"飞来石"。常建康说:"这块石头,是前年夏天,下雨刮风从山上滑落下来的,为警醒大家注意安全,就立在这里了。"

范文武笑笑说:"你们这是变废为宝了,既是提醒,又是景观石。"可不是嘛,放在这里恰到好处,仿佛大自然的天然设计。

紧接着常建康把大家引到哨所通往库区道路的栏杆处,顺着他手指的方向俯瞰,有一条废弃的索道,一端连着哨所,一端通向山脚,蜿蜒盘旋在陡峭的悬崖壁上,历经岁月冲刷,被乱石荆棘覆盖,早已失去了往昔容颜。要不是常建康特意介绍,很少有人会注意到。王春雨预感到这是一个有故事的地方。

20世纪50年代,洞库建在半山腰上,没有运输通道,老一辈建设者们硬是用铁锤、钢钎在悬崖峭壁上开凿出2250级整齐的台阶。架设钢缆时,牵拉钢缆的麻绳承受不住重量断裂了,钢缆就像吐着红芯子的毒蛇,翻滚着向山下卷去,当场有15名同志牺牲。常建康努力控制着情绪讲解,还是让很多人红了眼圈,大家自觉摘下帽子,鞠躬致敬。

"我们在这里不做出点成绩,何以对得起建设索道的前辈们!"范文武提议就在哨所旁边修建一座烈士纪念碑,众人表示赞同。

这里也是孕育人才的好地方。哨所10余平方米的荣誉室里,摆满了熠熠生辉的奖杯和老旧却含金量十足的红旗,一面墙上记载着哨所考上军校的战士的名字。一个只有3至8人的常驻哨所,20多年来,竟有近30人考取了军校。

提起哨所的这些荣誉,仓库再腼腆的士兵也能如数家珍。他们在这里不仅学会了忍受寂寞,还学会了享受寂寞。大家深深记住了荣誉室里的一句话:脚步在深山,思维在云端。

午饭就在哨所吃的,原本5个人的哨所一下子热闹起来了,范文武让战士们都休息,大家自己动手,丰衣足食。杨吃狼笨手笨脚地择菜、洗菜,王春雨等3名女同志忙活了半天,给大家准备了虽不算丰盛但也可口的饭菜。

在范文武的带头下,每个人AA制,交了15元伙食费,然后乘车回去了。

烈日下,留下"武状元"带着5名战士整齐列队敬礼的身影。

车辆并未返回营区,而是驶向了另一座更深更远更大的山。

一行人又马不停蹄地参观了位于30公里外的弹药仓库,深山洞库中琳琅满目的弹药,这里面就有合成营常用的坦克炮弹,只是密封着无法看真切,大国兵器的风范却是一览无余。

范文武边看边给大家介绍:"现代战争节奏快、耗费大、损失大,一次作战行动中投射几百吨弹药、几百发炮弹司空见惯,一天出动几百架次战机、花费几十亿美元更是小意思。海湾战争共用弹药70万吨,相当于每天都投一颗小型核武器。"

"用完了再造呗,我们现在工业这么发达。"杨吃狼曾看过一份数据,美国二战期间共生产了150余艘航母,30万架各种型号飞机,400多亿发子弹,上千万支枪械,8万辆坦克和自行火炮。以我们现在的工业水平,肯定比当时的美国强。

"用完了再造?"范文武淡淡道,"哪有那么轻巧?"

许多人有杨吃狼这样的想法,对武器装备生产存有误区。在他们的印象中,现代工业能力发展迅速,不论是人员还是设备都突飞猛进。一旦到了战时,所有军工厂动员起来,短时间内造些武器装备应该没有问题。

实际上并非如此。工业能力的发展确实让不少军工产品的产量得到提升,这也仅限于结构简单、零部件数量较少的装备,短期突击加班,或许可以大批量生产。但对于一些高精密的武器装备就不适用。俄军耗时12年,苏-57的数量才超过10架;我国生产一架歼-20大概需要10天。

因前几年美军拆除F-22战机的生产线引发热议,杨吃狼倒是知晓战斗机最基本的三大件——机身、发动机、雷达航电,也深知军工强国一定是制造业强国,军工业不可能脱离制造业体系而一骑绝尘。他认为无论制造业还是军工业,无非就是烧钱。范将军并不赞同,说仅制造一个发动机需要数千个零件,这些零件精度超高,达到0.01毫米甚至更高的精度。很多特殊处理设备,就算是美国波音和洛克希德·马丁这样的军工巨头也才配了一套。这意味着短期内增加再多人手,生产出再多零件,最终仍会卡在这些特殊零件上。

这让杨吃狼瞬间想到全球只有荷兰才能制造的高端光刻机,似乎有点理解了军机、民机都很讨厌的"避不开针眼"定律,就是不论多大的动物,假如不能将血管上的漏洞堵住,即使针眼很小,也会很快失血而死。

范将军微微点头，道出F-22战机雷达由2000多个TR发射接收组件装配在一起，这些组件并不是全自动生产，需要依靠大量的人工一点点制造出来。还有F-22机身大框，是从毛料制造开始的，先用重型水压机锻造，再用数控机床一点点抠掉95%的材料，剩余一点点骨架，装配测试都很费时间。

杨吃狼听后茅塞顿开，涨了不少知识。

"不单是武器装备金贵，守库人更可敬，一头牲畜都值得尊敬。"范文武这话容易让人联想到日行千里的战马和"无言特种兵"军犬。然而，范将军今天所指的是一头驴。一行人来到一个哨所，范将军竟向一个驴子石像伫立敬礼，石像位于仓库的一个哨所门前，约有2米高，大青石上站着一头埋头苦干的军驴，背后刻有碑文：

公元1981年春进哨所，为官兵驮送给养，14载独自往返哨所连队。山势陡峻，道路崎岖，沐烈日，踏冰雪，顶狂风，冒倾盆。日复一日，年复一年，行程七万公里，辎重千余吨，后病卒于驮运途中。虽草料之腹，牲畜之躯，却性温和、达人意、任劳怨、无牵引。哨所改建，一应建材，尽数承运。人患疾，悉心下送。所事所为，官兵甚爱，谓之"无言战友"。

这个弹药仓库的政委韩兵上校深情地读完碑文，讲述了背后的感人故事，听得不少人泪流满面。14年来，小毛驴每天往返仓库通往哨所4.5公里的小路上，一共走了7万多公里，最后死于为官兵驮运口粮的途中。后来，部队为纪念小毛驴所做的贡献，把它命名为"军驴"，并且为它建了一座石像，碑文上记载了它的丰功伟绩。

有时候，触动我们心底最软弱部分的，往往是这些平凡的故事。不少人走上前和军驴合影，王春雨抹了一把眼泪，也想凑个热闹。杨吃狼笑道："至于吗？"王春雨捶了他一拳："你个冷血动物，还不如一头驴呢。"

杨吃狼并不躲闪，他对军驴事迹并未注入太多的情感，思绪却变得天马行空起来，在参观油料仓库时他就有个疑问，此刻这个问号更加强烈，这些仓库多建在深山里，山路弯弯曲曲的，运输肯定是个大问题，过去靠毛驴运输一些生活物资还行，油料呢？弹药呢？油料还好说，建个输油管就行，可弹药运输不一样啊，虽说铁轨铺到了站台，但距离库房还有段距离，既不能像运输普通货物那样，就是来回入库出库都是问题。几年前他在院校培训时，听后勤单位的战友说，多是人抬肩扛。如今呢？

早在三国时期，诸葛亮为解决蜀地路难行、运粮难的问题，就发明了"木牛流马",其载重量为"一岁粮",大约200公斤,每日行程为"特行者数十里,群行三十里",大大增加了蜀军的后勤力量,可这只能是人们的一种美好期望罢了,"永动机"式的运输方式本就有违科学。

如今仓库弹药搬运实现了智能化,即便是人抬肩扛,也多是穿上了科幻电影与军事游戏中常常出现的"机械甲"。随后仓库的现场演示解开了杨吃狼心中疑惑,测试显示:在同一时间内,单兵徒手搬运40公斤重的弹药与穿上机械外骨骼搬运效能相比,器械运能达到了徒手的3倍以上,而智能化运输车充当的现代化"木牛流马",随着仓库主任张长上校"一键启动",一辆满载两大箱弹药的无人运输车在远程遥控下,驶过沟坎密布的"染毒区",很快将弹药安全送到指定位置……

虽然运输问题解决了,让杨吃狼心头的一块石头落了地,但返回的车上,他还一直想着仓库的安全问题,影视剧里经常出现炸毁油库、弹药库的镜头,它们一旦被摧毁,战争往往无以为继!虽说仓库隐蔽深山,有时"一夫当关,万夫莫开",但架不住高技术武器的远程打击啊。俄军2023年5月空袭波乌边境军火库致巨型蘑菇云,据说里面存放着西方国家援助的贫铀弹,引起了世人广泛关注。

王春雨不想过多评述俄乌冲突,政客和军事专家的口水仗令她眼花缭乱,如何保护仓库也不是一个营指挥员此刻考虑的问题,她转移了话题的核心说:"影视剧中的你也信啊?为了刺激的视觉效果,导演们经常违反基本物理、化学原理,进行偏离事实的艺术夸张。这在很大程度上助长了银幕谣言。"

"这我知道,比如,我国的抗战神剧。"杨吃狼十分自然地接话,因为炸库的镜头在抗战剧里出现得最多,布告贴在楼顶上,天知道有多雷人。

不单是神剧,就是一些枪战片也时常有悖常理。王春雨从专业的角度,解释了一个现象:几乎在所有影片中,用枪射击油桶、汽车油箱都会立刻引起爆炸。事实上,很多子弹的弹头是由铅、铝、铜等材料制成,击发之后的弹头犹如一块高速飞行的金属块,虽然同空气摩擦有可能产生高温,但是远不够点燃汽油,汽油必须是在遇到明火、高温高压并与氧气接触的情况下才可能发生爆炸。

这一点,杨吃狼原来一直在误区中,他真的以为汽油能被枪点燃,也曾幻想过自己穿越到了那个年代使用此方法偷袭敌人军火库。

看着有点迷茫的杨吃狼,王春雨问了一个浅显又现实的问题:"战场上,你会让战士把空弹匣扔掉吗?"

杨吃狼虽说没上过真正的战场,但在多次实战化演练中,每个战士都会在腰间围上一个网兜,专门收集换下的弹匣。他回答得很干脆:"当然不会了,战场上的弹匣甚至比子弹还珍贵！我们大部分后方补给只给子弹，不给弹匣。谁也不会在战斗中扔掉弹匣。"

王春雨笑笑说："那不就得了。而影视剧中的战场上，战士打空弹匣开始换弹，换下的空弹匣通常随地一扔，整个过程如同行云流水，十分帅气。"

杨吃狼仔细回忆了影视剧的几个镜头，想着确实如此，如果让自己本色出演，肯定能获得好评。因为前些年，他配合中央电视台拍摄过一个比赛类军事栏目，收获了大量粉丝，电话不断，为了不干扰主业，他干脆换了一个手机号码。

扯了这么多影视剧，杨吃狼对如何保证仓库安全仍一头雾水，以致演练结束后，他专门又去了一趟仓库，向韩兵政委请教。韩兵说没有绝对的安全，只有你们战斗力强了，仓库才能真正安全。杨吃狼想想也是，战胜敌人才能保护自己。

陆军上校陈豫郸这时起头唱起了《强军战歌》，大家尽情地唱罢，响起一片掌声。

大家为国家的强大欢呼，为我国的军工企业喝彩，为默默坚守的官兵点赞，对大湾岛作战充满了必胜信心……

利用备战间隙，大家又参观了物资供应中心和野战方舱医院等，得到了一个信号：有全国人民的支持，物资供应绝对充足。灵活可移动的手术室与不断前推的野战医院，更让官兵放心，因为伤员在30分钟内就可以得到救护！

海明军的本意是让大家参观后勤保障后，对我军的后勤保障有充分的信心。

信心是有了，却也带来了新的问题，按照我军的战略物资储备，能支撑这样规模的战争至少半年。

战地记者进行了专题报道，央媒记者杨雨霜的本意是报道我军强大的后勤保障能力，把我军的后勤保障情况对外公布后，说打个一年半载没有问题，没想到引发了新一轮的舆论。

网上解读出一种声音：进攻大湾岛将是一场旷日持久的战争。

一石激起千层浪，深夏民众出现了局部恐慌，许多超市爆发了抢购潮，当地政府不得不出面澄清，这只是一场例行性军事演练，民用物资充裕。

虽说抢购风波很快平息了，但谁也说不清演练究竟持续多久。

杨吃狼回答不了这个问题，王春阳回答不了，海明军一时也回答不了。

但，民众的期待必须回答。

于是，出现了持久战和"闪电战"之争。

第十八章　不打无把握之仗

战争迷雾可能永远存在,但作战计算可将战争迷雾降至更低,乃至驱散。拥有先进的算法作战系统,就相当于用战术核武器来对付只有常规武器的对手。

这个问题看似是时间长短之争,实乃作战原则之问。

"持久战"观点的人认为大湾岛战力虽然整体处于弱势,但凭借茫茫大海和苦心经营的障碍,配备强大的火力火器和红军也没有代差,加上熟悉的作战环境,想短时间内拿下大湾岛不太可能。

以江耀武老将军为代表的"闪电战"派态度坚决:这不是可能不可能的问题,而是必须以凌厉攻势速战速决!大湾岛战事拖得越久,外部干涉势力就介入得越深,直接投入兵力参战可能性就越大,对民众伤害也就越大,战端一开就要一鼓作气拿下来。他麾下的智通公司提供了一项长达566页的报告,详细分析了对抗双方的政治、军事、经济、科技实力,以及双方民众支持的潜力,得出了九个字的结论:三天内可以解决战斗。

海明军完全支持"闪电战",持久战不可取,中间派没商量,必须在外部势力干涉之前解决战斗,不给蓝军以空间换时间和任何翻盘的机会。中将给出的期限是三天,这三天是基于部队实际的科学判断,智通公司的调研报告已经证实了此方案可行。

是光环加身还是耻辱落幕?中将对自己的前途命运没有想太多,他现在唯一的念想就是检验出真实的强军兴军成果,检验出部队真实的战斗力。他对这支英雄的部队有信心!但要发挥出大家的聪明才智,也要给每个人成长进步的平台与机会。因为,这种大规模的联合军演,不单是从几名合成营长中选拔出一个合成旅的参谋长,他需要推荐选出一个、一批旅长、军参谋长,或者是更高级别的指挥员来。

个人的智慧,犹如草尖露珠;集体的心力,汇成大江大海。海明军思来想去还是要依靠群众力量,相信能从中寻找出思想的闪光点。他采取揭榜攻关的方式,让参演官兵建言献策,主题就一个:如何在三天内解决战斗?

杨吃狼对这种例行性的建议向来不感兴趣,层层过滤早已非原表达,甚或断章取义,改头换面,提好了都是上面的功劳,提不好又都是下面胡说。中将让人在网上开通留言,并为自己建立了个人意见箱,这样就能直达天庭,兼听广听。

意见建议像雪片一样飞向演练最高指挥部,飞向中将的个人信箱,网上留言数千条,有以各级组织为名义的,也有以个人为名义的,加上情报部门提供的信息,各种矛盾交织产生的数据,如何从海量信息中筛选出有用信息成了重点,海明军从全国全军紧急召集30余名数学家和运筹学家加入了这场划时代的军演。

一战是化学战,使用了大量化学武器;二战是物理战,原子弹的核裂变是物理技术;海湾战争是"硅"对"铁"的信息战;伊拉克战争以后是算法战,新型作战力量以数学方式改变战场格局;俄乌冲突是第一场"宽带战争","星链"给乌克兰带来了难以置信的优势,尤其是在传输高质量视频方面。

"一种科学只有在成功地运用数学时,才算达到了真正完善的地步。"海明军引用马克思的这句话并揭示了一个道理:战争迷雾可能永远存在,但作战计算可将战争迷雾降至更低,乃至驱散。拥有先进的算法作战系统,就相当于用战术核武器对付只有常规武器的对手。

从旅作战会议室开完会出来,一辆大客车从眼前呼啸而过,驶向旅作战实验室方向。杨吃狼一顿骂:"哪家小子开车这么牛?欠收拾了!"他讨厌生活中不守规矩的人,就像讨厌战场上一成不变一样,既然道路旁标有时速不能超过30公里,就应该一视同仁地执行,要不然干脆把这碍眼的标识牌给撤了。

"可别乱说,那可是最高指挥部请来的数学专家。"白阿毛认出那是战区的车牌号,前天出公差帮助收拾住房时,他就获悉了专家今天这个时候报到,想必是遇到了什么紧急情况,才开得这么快。

牛起义不以为然道:"嗨,大战在即,不征调些能征善战的将领,弄些写写画画的数学家干什么?"

"指挥部的决策岂是你我能妄议的?干好本职工作吧。"杨吃狼给中将信箱留言正是如此:未来智能化战场上,算法远比炮弹重要,战争计算将从幕后走向前台,由辅助决策上升到支撑甚至是主导决策的地位,是未来智能型军队必须抢占的战略制高点,建议增加一些计算专家加入演练。没想到这么快被采纳了,且闻风而至般落实。不知怎的,一股暖流迅速流遍了他的全身。

"好好好,不妄议,不妄议,你小子觉悟高,我们跑步追赶。"牛起义也深知数据承载着信息,信息越多,越需要从海量繁杂的信息中提炼出优质高能的信息,从中发现和掌握规律,真正为指挥员决策提供遵循。智通公司之所以有那么多精准预测,是因为旗下先进的大数据平台和数百名精英分析师。

大家如今绑在一台战车上,从心底渴望能赢得胜利。每一片雪花都应愧对雪崩,如同每一根蜡烛都应擎起光明,每一个参与者亦能享受胜利的高光时刻,而失败的滋味实在不好受。牛起义抬头望了望天空,若有所思地说:"不知道天上的卫星,能否看到我这颗大公无私的心。"就在刚才的作战会议上,中将宣布动用10颗卫星、11架预警、侦察飞机,编织了一张巨大的情报信息网,对大湾岛实施全方位、全频谱、全天候监控,形成了战场的透明,提高战场实时感知能力。

杨吃狼拍了拍胸脯,觉悟瞬间拉升了几个层次似的,他诗情画意又不失豪壮地表述:"天上的卫星有没有想起我我不知道,但只要我一颗清心常在,就上可对青天朗月,下不负芸芸众生,徐徐清风激荡于天地间。"

牛起义笑笑说:"别感天动地了,问心无愧就好。"同一战壕的战友情谊最真,并且这种情谊会随着时间的推移,在使命任务锤炼中编织得牢不可破。

借助强大的侦察力量,海明军要求对大湾岛做一次全面"人工CT",对蓝军编制、人员、装备、时空环境等定量分析和精确计算,对重要军事目标,包括每一个暗堡都详细标明,力争精确打击。他引用1947年毛泽东在《十大军事原则》中对作战指挥的科学总结说:"不打无准备之仗,不打无把握之仗,每战都应力求有准备,力求在敌我条件对比下有胜利的把握。"

经过反复酝酿研究和作战实验室推演,综合分析大湾岛的战场环境和守军作战特点,红军最终形成了"五打五不能打"原则:

  打一场目的坚决的夺控速决战,不能打成时空错位的持久战;
  打一场信息制胜的信息主导战,不能打成盲人摸象的自闭战;
  打一场点瘫体系的目标中心战,不能打成步步为营的攻坚战;
  打一场分割围歼的分区歼剿战,不能打成层见叠出的低效战;
  打一场慑控一体的攻心夺志战,不能打成杀鸡取卵的毁城战。

这场战斗以什么样的形式开战，成了众人关注的焦点。

规避持久消耗的残酷性，运用"低特征能力"塑造速胜开局。像第一、二次世界大战那样势均力敌的长时间厮杀，已成为当今世界各国无法承受之重。俄乌拼杀两百多天的巴赫穆特绞肉机之战，也迫使海明军和江耀武等人寻求开战新法，力争在正面交锋之前即将对方削弱至一推就倒的状态。

之前对大湾岛有了全面的"体检"，大家自信满满，甚至把这场演习当成了演戏，或是看戏或是表态的舞台。讨论间隙，江耀武让工作人员利用3D效果，向大家展示了智通公司最新设计的"微观战争模型"：

A国只有微观武器，尺寸大于0.1毫米的武器为零；B国只有宏观武器，尺寸小于0.1毫米的武器为零。A国的微观武器可以飘浮在空气中，漂洋过海。B国的宏观武器也很先进，飞机、坦克、舰艇和导弹完全隐形，弹无虚发。

由于某种原因，B国决定对A国发动先发制人的打击。

第1秒：B国1000枚天基导弹、5000枚陆基导弹和4000枚海基导弹同时发射。

第50秒：1000枚天基导弹从500公里轨道上挺进到5万米高空时，突然全部爆炸。原来，A国的微米颗粒飘浮在0—100公里范围内，经过50公里追踪、确认和聚集，自行引爆了来袭的导弹。

第60秒：B国5000枚陆基导弹和4000枚海基导弹在飞行到距离A国还有1000公里的时候，突然全部爆炸。原来，早已潜伏在这些导弹中的A国纳米颗粒，出于不伤害B国公民的考量，在确认相对安全后，自主引爆了这些导弹。

第100秒：B国军政要员突然全部死亡。原来，早已潜伏在B国军政要员体内的A国纳米颗粒经过反复确认，自主执行了斩首程序。

战争结束了，A国没有任何人员参与战争，也未动用任何电磁和网络设备。

演示完毕，看得在坐的指战员们目瞪口呆，接着是议论纷纷。

这样的战争看似有些科幻，但距离我们并不遥远。西方大国正在联合研发只有针尖五千分之一大小的纳米炸弹，可以炸毁生化武器中的病毒。江耀武站起来让大家稍稍安静，说："一些国家已经开发出的纳米机器人士兵——蚂蚁兵，它可以大量散布于任何空间，自主随性战略打击。"

先前鼓吹快速发起进攻的指挥员默不作声了，有人小声嘀咕："要是这样的战争，要我们这些常规部队有什么用？"

江耀武演示这些不是灭自己威风，亦不是炫耀公司的推演成果，而是给大家提供一个思路:即便是要达成闪电战作战企图,也要紧跟战场形势创新战法,尤其是在新质领域挖掘出新质战斗力。

海明军认真观看了演示,略作思考地说:"老首长这一课,不仅让我们对信息战有了全新认识,还是对我们作战思维观念的一次洗礼。"

话音刚落,始料未及的是指挥部所有电脑全部蓝屏,大家以为这又是在演示,作战大厅内一阵骚动,海明军靠近江耀武耳语了几句,连忙让人查明原因。

网络专家赵国营带人忙碌了3分钟,查出了症结:指挥系统遭到了网络攻击。

大家的注意力瞬间转移到了一角的网络控制室,赵国营神色凝重地通过话筒报告说:"系统受到了一种新型病毒攻击,初步判断为蓝军投放的勒索病毒。"

众人这才明白,这不是演示,而是进入了战争状态。

蓝军在M国的帮助下,高薪招募了一批网络水军,早就侵入参演部队的指挥系统。

对现代战争来说,指挥系统瘫痪1分钟有时就是致命的,如今5分钟过去了,海明军意识到了问题的严重性,连忙问:"多长时间可以恢复?"

"首长请放心,我们正全力组织抢修,马上好。"说话间,网络恢复了正常。这种病毒的入侵,多亏了赵国营之前在作战实验室演示过,有详细而成熟的应对方案,否则很难这么短时间内恢复正常的。

海明军等人长舒了一口气,但也领教了蓝军的网络攻击能力,保存在桌面上的文件全部消失了,保存在硬盘里的文件也全部损坏,多是乱码,多台电脑出现死机、蓝屏、打不开等现象。幸亏海明军让大家养成了备份的习惯,重要资料全部另存。而一些刚完成尚未备份的文件影踪全无了,只好重新做了。

从贝卡谷地之战以色列凭借强大的电子战能力奇袭叙利亚的一战成名,到海湾战争美伊双方电子战装备的激烈对抗,再到俄乌冲突中你死我活的无形较量,每一场战争都是孕育下一场战争的母体。各军事强国相继提出电磁频谱战、电磁机动战、赛博空间作战等新概念,战场网络电磁观正催生作战方式的全新改变,网电对抗战争时代扑面而来。

就目前的装备和态势,江耀武主张信息主导,以电子斩首的方式,制造迷雾,即对大湾岛守军决策机构进行信息攻击,致盲其战场传感器,迫使蓝军指挥官难以使用自动化或电子辅助决策手段,从而陷入决策混乱。

海明军等人领悟了其中奥妙,随即指示各参战部队做好相关准备。

渡海登陆作战历来是一道战争难题。抗登陆一方优势明显,坐拥海洋天然屏障,以逸待劳的作战,能随时得到地面增援;而登陆一方则是背水一战,战术腾挪空间狭小,会遭受大量伤亡;战略撤退条件欠缺,往往会出现大溃败。

诺曼底战役之前,盟军在法国港口小镇第厄普地区登陆,6000人上阵,5810人伤亡,伤亡率高达96.8%。在诺曼底登陆计划制订中,有两条被视为金科玉律的原则就来自第厄普——绝不要直接在港口登陆和登陆前必须要进行有力的海空火力准备,要选择沙质较硬、便于坦克装甲车辆机动的坡度较缓的岸滩作为登陆点。

联合登陆作战行动成功,很大程度上依赖于行动的突然性和隐蔽性,但大湾岛蓝军经过几十年的苦心经营,已经形成了以卫星、预警机、侦察机、雷达、监听站等多种侦察手段相结合的远中近和陆海空多层次立体侦察、巡逻、警戒体系,具备对超高空、空中、水面和水下目标进行全域不间断侦察的能力,要想隐蔽登陆几乎不可能。

接着是登陆部队航渡时间越长就越有可能遭到攻击,登陆点的选择尤为关键。作战会议上,大家对这个问题展开了热烈讨论。

海明军给出的选择标准是:登陆点既要靠近对手战略要地,又不能距离守军主力部队太近,最好只有少量敌军,还要有一定面积容纳登陆部队建立滩头阵地。

叮事实是这些条件全部没有,大湾岛1000多公里的海岸线上没有一处符合要求的海滩。全岛一半以上的地面是山地,仅有不到四分之一的地面是城市,面朝深夏的西部地区虽说有不少适合登陆的海滩,也不是很理想,海滩边上有许多住宅区、稻田和鱼塘,海岸附近的大量风力发电厂、防波堤、人工鱼礁、养殖网箱等障碍,不适合居住的地区即是山丘、树林或质地非常松软的泥沼地,而且海滩不宽,很难一次性登陆大部队,不少泥沼地含水量很高,走人都困难,坦克、装甲车等就更别说了。

红军距大湾岛西海岸左、中、右翼各有一个港口,受第厄普和诺曼底登陆的启示,海明军排除了从港口直接登陆的预案,而是选择从港口附近的岸滩登陆。经过一番筛选后,最终确定龙凤、鹰潭、琼崖三个地区是较为理想的登陆地点,适合登陆的海滩有7处,其中2处在琼崖附近,3处在龙凤附近,2处在鹰潭附近。

琼崖距离深夏不到90公里,四周环山,有大量的居民楼、学校、科技工厂、物流中心及炼油厂,防守兵力相对空虚。向天笑、封海龙等人主张从这里登陆。也有人主张从鹰潭登陆,理由是:鹰潭处于大湾岛正中间,登陆地点开阔,登陆后可占领滩头阵地,快速向两翼进攻。也有人主张从东岸进攻,理由是:蓝军把主要兵力放在了西岸,东岸防御较为空虚。

从琼崖和鹰潭登陆都面临一个共性问题,那就是战线拉得过长,岛内桥梁和隧道密布,一旦守军炸毁一处,抢修起来费时一分,进攻就会被迟滞一分,往内推进更易遭受重兵围困,很可能陷入一场持久的消耗战。这是海明军极不愿看到的。

从东岸进攻显然不合理,东部多是悬崖峭壁,只有少量被山脉包裹的小平原,依靠绵长的公路隧道才能出去,守军可以随时摧毁这些隧道,就算登陆成功也无法快速到达岛内的其他地区;达成进攻的突然性也不可能,等红军把主力部队投送到东岸,大湾岛的蓝军发现进攻企图后,临时调整部署还是比我们快;再说了,我们现在的投送手段,还不具备跨洋投送大规模兵力的实力,投送少了,无异于羊入虎口。这一方案很快被海明军等人否定。实际上,东岸的部署,海明军已做了秘密安排。

张凌天和范文武主张从左翼的龙凤港多点登陆,登陆距离虽然超过了120公里,可涨潮后能快速登陆上岸。就像汽车行驶一样,高速公路上行驶阻碍少、红绿灯少,虽然距离远了点,但实际上用时少。

范文武还有一个重要理由:龙凤海滩附近有岛上的最大机场——大湾机场。轻装的伞降部队和机降部队占领机场就能迅速与抢滩部队会合,不必担心受到重装部队的包围,机场稍加整修就立刻成为前进基地接受运输机和战斗机起降,附近的龙凤港可以快速卸运大批重装备,维持抢滩部队的战斗力。而且周围公路密布,一旦拿下,增援部队就会源源不断地向内陆突破。

海明军支持张凌天和范文武的选择,从左、中、右登陆点看,从龙凤地区登陆只比从右翼登陆多50公里,这对于现代化武器装备来说,并没有本质区别。

海明军之所以青睐于从龙凤地区登陆,还有一种更深邃的战略考量:左翼距离大湾岛指挥中心仅40多公里,除了范文武说的增兵方便外,更具战略价值和政治影响力,打蛇要打七寸,能对蓝军老巢造成直接威胁,既然是现场直播,就更要能引起轰动效应,明明白白地告诉你:我就是要攻打你。

海明军秘密命令红旗旅绕道北岸,从距离左翼较近的北岸听风崖登陆。那里自然环境恶劣,防御也相对薄弱。

大湾岛历史上一直是抵御外敌入侵的前哨,原本居住着许多土著村民,听风崖原本是一个大风口,是北岸距离海面最低处,据说是敌军和海盗易偷袭的地方。

古代有一位渔民自告奋勇地"站岗",老渔民夫妇死后,儿子接着守,守到孙子这辈时,发生了一次大地震,山体裂开了一道大口子,风呼呼地吹进来,形成巨大的回响,还带有一定的音乐节奏感,原来适合上岸的地方全都变成了恐怖的悬崖峭壁。此后,敌人再也没有从这儿上来过,可孙子还在坚守,孙子也有了孩子,一直到临终前还交代自己儿子继续守下去。

儿子不解地问父亲:"敌人都上不来了,我们还守在这儿有啥意义?"

父亲回答说:"敌人现在不上来,不代表将来上不来,万一哪天上来了,我们没有发现,整个岛就完了。"

儿子又问:"敌人一直不上来呢?"

"那是我们这个岛的幸事,就当我们一家人在这儿听风吧。"说完,父亲就咽气了,儿子一直继承祖辈们的意志,并传给了子子孙孙,一辈一辈传承了下来。在270年后,果然有东洋倭寇从这里攀岩上岸,被他们发现,及时通知村民齐心协力将其全部赶下了海,维护了大湾岛的安全。

后人为了纪念这家渔民,就把这崖取名为"听风崖"。如今的听风崖已然没有了老渔民后代的身影,只有一座石头雕像矗立在那里。

受领从北岸进攻的命令,王春阳便有了继承渔民意志、视死如归的决心。

作战任务明确后,红旗旅立即研究作战计划。

有人说,从听风崖进攻无异于自掘坟墓,上下好几米、几十米乃至100多米高的落差,登陆舰无法登陆不说,装甲车根本无法开上岸,杨吃狼亦觉得这是个不可思议的任务。这么关键的时候,王春雨还不在,说是海明军亲自安排了秘密任务,要是她在能咨询一下就好了。

王春阳让大家安静一下,虽然他一时也无法明白上面究竟如何考虑的,但从海明军三令五申看,肯定有战略考量,即便是为了做登陆试验探索,红旗旅全部葬身大海,命令也必须坚决执行,这是他和伍晓刚会前达成的一致意见。

既然命令已不容置疑,红旗旅就围绕如何装载、航渡、登陆、建立登陆点,乃至向纵深发展研究制定作战预案。可研究到登陆上岸,就实在研究不下去了,因为大家实在无法想象如何登陆上岸。

这时,参谋葛士伟通过机要发来一份绝密电报,是海明军亲自签发的,保证红旗旅能登陆上岸,让大家打消顾虑。

演练最高指挥员发话了,大家对能送上岸确信无疑,却又不自觉地猜想起来。

杨吃狼觉得应该使用"地效飞行器",这有点类似于红警游戏中的"基洛夫飞艇",能低空飞行的空中巨无霸,前些年听说我军在秘密研制,几场演练下来,试验了那么多先进武器装备,这次会不会投入实战?但这么大的目标,很容易成为蓝军的靶子。

白阿毛想着可能会使用大型运输机,我国的空运力量这几年飞速发展,完全有这个实力,可他没弄明白从哪里装载,飞机降落在哪里。

牛起义认为干脆把山炸了填海登陆。

郭恩典的想法是:未必非要登陆,在海上也是一种威慑。随即郭恩典又进行了自我否定:"如果仅仅停留在海上,干吗不用海军啊?"

王春阳猜测会不会使用气象武器,使得海面局部上涨到可以登陆上岸的高度,但他了解的气象武器往往是破坏性的,所引发的海啸更是人类目前所无法掌控的,即便军方研制了这种武器,恐怕也不敢贸然使用,何况就没有报道成功的先例。

伍晓刚觉得大家说的都有可能,又都不太可能,战争中最普通的事情往往看似最不可理解,他设想到像轮船过三峡大坝那样,把船四周围起来,往里面注水,通过抬高水面升高船的高度,可船用什么围,围多大,需要多大的承重力,一切又都是未知数。

这个世界上最亏本的事情,就是担忧未知的变化,焦虑想象不出的结果,痛恨毫不在意的琐事,放弃一步之遥的成功。实在弄不明白,红旗旅干脆跳开登陆上岸这一环节,继续研究下一个作战环节,又难以预料上岸后会发生什么事,匆匆了事。

草案真就成了草案。

再说,冷一欣走进审讯唐河峡的审讯室一看,他几乎睡着了,审讯员鲍官达警官拍着桌子喊:"醒醒,醒醒!"唐河峡依旧耷拉着脑袋,微微睁开眼看看又装睡了。

见冷一欣进来,审讯员张金柱和鲍官达都站了起来。冷一欣查看了一下审讯记录,发现也没审出个所以然来,就让停止审讯,先行休息,大家实在太疲惫了。

第二天,重新对唐河峡进行审讯,他依旧是徐庶进曹营——一言不发,头耷拉在一边,面如死灰,一副生无所恋的样子。

冷一欣干脆来了一剂猛药,出示了马家妹的死亡照片,说:"人是你杀的?"

唐河峡冷冷地笑道:"开什么玩笑?我出卖情报,可没有杀人。"这大大出乎了冷一欣的预料,从他的表情看,不像是在掩饰,好像根本不认识马家妹。

冷一欣又说明了之前两人在船上会面的情形,虽然不是很清晰,但能看到他和马家妹的脸。唐河峡更是矢口否认:"你说的马家妹我不认识,你说的那个时间,我正在医院看病呢,怎么去杀人?"

冷一欣立即让人去他说的医院核查,发现他那晚确实喝得烂醉如泥,由朋友送到了医院输液,不可能有作案时间。

案件越来越无头绪……

再次提审苏海榭,他认真反省了自己犯罪的严重性,不仅交代了知道的全部内容,还愿意戴罪立功。不过,苏海榭也纳闷了:"唐河峡怎么就不认识马家妹呢?明明是两人上了船,是他让唐河峡把马家妹带去台湾家里避避风头的……"

冷一欣突然意识到了什么,打断苏海榭的话说:"你是说唐河峡住台湾,可我们掌握的情况是,他一直居住在深夏。"

苏海榭十分肯定地说:"不可能,唐河峡是台湾桃源县人,祖籍在深夏。"

冷一欣站起来踱步,手摸着下巴思忖了一会儿说:"我明白了,可能有两个唐河峡,长得一模一样,我们只是抓了其中一个。"

冷一欣猜测两人可能是双胞胎,或者是间谍机构故意找的两个特别像的人,连忙让人提取唐河峡的指纹,和残留在马家妹身上的犯罪嫌疑人的指纹进行比对,发现果然不同。这些间谍,可谓处心积虑,无所不用其极。

再次提审唐河峡,问其家庭成员,见其有点含糊不清,冷一欣单刀直入地问:"你有没有一个双胞胎哥哥或者弟弟?"

唐河峡一惊,摇头否认,拒绝中透露出几分无奈,欲言又止。

冷一欣正是读懂了这些符号,直言相告:"我们已经掌握了线索,你就不想找回你的亲人?"

"你们真的能找到?"唐河峡两眼放光,充满期待。

"那要看你配合不配合了。"冷一欣同样充满了期待。

唐河峡先是沉吟不语,继而开口道:"我配合,我全交代。我听母亲说,我有个双胞胎弟弟叫唐河水,在我3岁那年失踪了,母亲找了20多年也没找到,成了她老人家一辈子的遗憾,直到3年前临终之际还嘱咐我一定要找到弟弟,带他到她坟前磕个头。"

唐河峡抹了一下湿润的眼睛,哽咽着说:"我知道弟弟可能不在大陆了,猜想可能去了那边,才想到与那边联系,他们答应帮我寻找弟弟。"唐河峡指了指身后,意思是说东边。

"那你是如何传递情报的?"

"我不传递,我只负责技术合成。"唐河峡交代,他负责将郭冬冬拍的照片进行技术处理,挑选出有用的信息,按照"螃蟹"的指令,将照片或者资料放在一个快递柜里,具体谁取走,就不得而知了。

现在都信息时代了,犯不着用这种原始的方式传递,冷一欣一脸的疑惑:"快递柜?"

"是的。"唐河峡是在马家妹死后才知道,他们这个情报小组传递方式至少有两条线,一条是钱记阁那种利用科技手段获取与传递的,另一条就是用这种原始方式传递的。

唐河峡起初和冷一欣一样不理解,后来明白了,最原始的方式往往也是最安全的,国内的快递业近几年飞速发展,有谁能想到包裹里装情报呢?有些不太重要的情报,他们夹杂着或者伪装成影像资料就明目张胆地邮寄了,这么多年竟然"万无一失"。

得到肯定的答复,冷一欣"佩服"间谍的狡猾与胆识,也意识到了这是我们监管的盲区,禁不住问:"快递柜在哪?"

"就在外面。"唐河峡指了指门口。

冷一欣等人押解着唐河峡来到局门口的快递柜前,一排老旧的快递柜右下角的一个不起眼处,果然有个特制的快递橱窗,外观上与其他的毫无两样,只是多了两层加密。冷一欣上前查看了一下监控,这里恰巧是监控的死角。要不是出现这事,谁也不会怀疑摄像头是被人动了手脚,说不准是风吹的还是安装时就这样了。

冷一欣示意他打开,唐河峡有点为难,说他只负责放文件,从来没有打开过。想想间谍的工作本应如此,也就没再勉强他。冷一欣担心快递柜真正打开了,还会打草惊蛇,就让张金柱警官将唐河峡带回审讯室了。

冷一欣简直不敢相信,堂堂的国安局快递柜竟然成了犯罪分子传递情报的工具,这或许正应了那句:最危险的地方往往就是最安全的地方。

苏海榭惊讶于和他联络的竟是两个人,难怪有时候沟通起来说得莫名其妙,苏海榭还以为是间谍天生的警惕性所致,原来如此,只是他们本就联系得不频繁。

案件渐渐清晰了,杀害马家妹的凶手,以及单线联系钱记阁的人,很可能就是唐河峡的双胞胎弟弟唐河水,他或许是破解整个窃密案件的突破口。

如何抓捕唐河水,成了破案的关键。

进攻发起前,红军指挥部召开了第二次新闻发布会。

面对剑拔弩张的态势,新闻发言人张新中大校介绍了红军的备战情况,轻声细语地传达雷霆之声,向全世界表达了登陆作战的决心和意志。

一名外国记者上来就挑衅道:"这次演练,被外界视为中国对外扩张的开始,你怎么看?"

张新中首先澄清了一个事实,中华民族的血液里没有侵略他人、称霸世界的基因,我们在15世纪就拥有了先进的航海技术,却没有像西方国家那样依靠坚船利炮四处掠夺。新中国成立后,也从未以大欺小、恃强凌弱、结盟称霸,从未主动挑起过任何一场战争和冲突,没有占领过别国一寸领土。我们完全着眼于满足自身安全的正当需要。

那名记者追问:"既然不是对外扩张,我是不是可以理解为,解放军向外界秀肌肉呢?"

张新中笑笑说:"我们又不是模特,肌肉长在自己身上,秀不秀有必要吗?"

一名外国记者刁钻地提问:"假如此次演练是一场战争,是国际行为,还是国内事务?"

张新中淡淡地说:"所有的战争都是内部的战争,因为所有的人类都是兄弟。"

有记者直截了当地问:"红军打算什么时候发起进攻?"

张新中自信地说:"我们已经做好了一切战斗准备,全时待战,随时能战。"

那名记者追问:"登陆作战不需要隐蔽企图吗?"

张新中略带幽默地说:"那是战术层面上的事,进攻大湾岛还需要隐蔽企图吗?有你们这么多的长枪短炮现场直播,能隐蔽得了吗?"

现场发出一片会心的笑,这句话某种程度上诠释了红军的自信。

"战争准备的蓄水池有多高,战争闸门的泄洪就有多壮观。"张新中最后引用了一位军事专家的话,借以表达一种锐不可当的气势与豪迈。

这次新闻发布会上透露的信息,都是海明军亲自审定的,多家媒体资深评论员顽强地反复掂量着每一字每一句话的分量,一致解读为必藏有深意。

红军主力部队依旧从西海岸的龙凤地区进攻。

为统一指挥,海明军打破常规,设置联合指挥决策中心、登陆编队兵力控制组、战术兵团兵力控制组、空军兵力控制组、信息支援控制组、联勤保障控制组"一中心五个组"的新编组模式,初步实现统一指挥、统一引导、统一打击,将联合作战从简单的嵌入式指挥引向全方位的深度融合。

登陆作战要想先敌一步,就要有足够的情报支撑。如兵法上所讲的"兵之所加,如以碬投卵者,虚实是也"。海明军命令红军综合运用卫星侦察、预警机、侦察机、无人机、雷达侦察等战略、战役侦察力量,摸清大湾岛蓝军战争潜力目标和重点打击目标,为联合火力打击力量提供先期打击目标清单。

在作战部署会上,红军公布的来自遥感卫星的影像,将大湾岛最高指挥部、军港、机场以及诸多重要军事设施暴露得"一丝不挂"。卫星遥感以人造地球卫星为遥感平台,主要利用光电、无线电或雷达等技术手段,从太空直接对地表目标实施侦察监视、跟踪预警,突出特点就是"站得高看得远",不受国界和地理条件的限制,能轻易获得相关数据情报,因此也被称作卫星家族中的"头号间谍"。

为了把来自空天的艺术照拍得更清晰一些,分辨率自然越高越好。分辨率优于0.3米的可被视为军用级别。红军此次使用的遥感卫星分辨率已达到0.1米,不仅能看清地面上的男女老少,甚至连车牌号都一清二楚,蓝军的一举一动都在密切监视中。

随后展示的几幅照片引起轩然大波,内容是红军3艘舰艇在大湾岛海域巡航,旁边有大湾岛3艘舰艇一比一的跟踪监视。

大湾岛军方在M国的怂恿下安装这款"上帝之眼",原本是监视红军,结果却暴露了自己军舰的行踪。

不知这是人为失误,还是蓝军故意泄密,都大大出乎了红军的预料,按照封海龙少将的预料,如此严密的演习封锁区域,大湾岛海军就是有一万个胆子也不敢闯进来。

然而,他们已经切切实实地闯进来了。

海明军并不觉得有什么值得大惊小怪的,用他的话说,"来而不往非礼也"。

海明军命令指挥部加速作战准备,巡航军舰若无其事地按计划巡航,对后面的尾巴表面上视而不见,实则做好了一切战斗准备,定叫它有去无回。

参演红军借助统筹学,用时间轴和任务轴两条轴线标识清楚。任务区分精确到分秒,几分几秒,什么部队干什么,多大规模,达到什么目的,左邻右舍的部队在干什么,怎么互相配合……如此形成环环相扣、左右贯通、首尾相连的一根链条、一个体系、一张网络,经过反复演练磨合,练到炉火纯青,默契到如臂使指。

指挥部再一次核准当前的作战态势,得到的明确回复是:

火箭军各发射单元蓄势待发,

空军战斗机已完成空战准备,

海军舰船全部到达指定海域,

登陆作战群随时奉命航渡……

一切战斗准备就绪,却并未像一些军事观察家预料的那样,先用巡航导弹踹门,精确制导武器点穴,无人机持续进行电子干扰,进而派兵登陆。

海明军命令红军运用联合信息攻击,抢先以快节奏的突然网电闪击,对蓝军指挥系统、信息战装备、雷达系统等重要目标实施软打击,瘫痪蓝军指挥体系,削弱蓝军预警能力,一举达成麻痹神经、割断纽带、遮蔽耳目和扰乱秩序的作战目的。

这番异常"冷清"的软打击,指挥部内有的人沉浸其中,看得津津有味、目不转睛,还频频指指点点,有的观摩人员和少数记者却感觉索然无味,甚至打起了瞌睡。

这样的打击持续了3个多小时,蓝军的指挥控制信息系统均遭受了重创,一半以上处于瘫痪状态。海明军瞅准时机,下令全力发动火力打击。

一枚枚导弹拖着炽烈的尾焰呼啸升腾,撕裂空气,扑向无垠苍穹的打击目标,人们期盼已久的炮火连天终于上演了。红军利用中远程导弹、航空兵、舰载导弹等,从政治和军事、心战和兵战双重需要出发,首先对蓝军防御体系起支撑作用的指控机构、通信枢纽、防御要害和防空、兵力集结阵地等核心目标进行了炮火急袭。

几乎是同一时刻,巡航中的军舰果断对跟踪的蓝军舰艇杀个"回马枪",瞬间击沉了1艘,另外2艘受重创狼狈逃窜途中,亦被守候多时的红军潜艇猎杀。

大湾岛顿时陷入一片火海之中,由于红军强有力的电子战行动,蓝军预警系统、通信系统遭到全面压制,红军第一颗炸弹投下3分钟后,大湾岛的空袭警报才响起。蓝军紧急启用备用指挥系统,快速发射导弹还击。在红军的强大火力下,显得只有招架之力。

紧接着,红军对蓝军防御起稳定作用的地下据点群、火力点等关键目标,采用钻地弹、高爆弹、子母弹等精确制导武器实施了点穴式打击,使其很快丧失了作战效能。

按照作战实验室模拟数据,只要发射6—8枚弹道导弹就可以让一个机场瘫痪几个小时,大湾岛目前有5座军用机场和3座备用机场,200余架各式战机。要让蓝军无法威胁红军登陆部队,首先是要打垮蓝军的空中力量。

为达成"闪电战"企图,红军的火力特别关照了蓝军的军用机场,上百枚导弹无死角伺候,有相当一部分战斗机被直接炸毁在机场,多数跑道被炸得支离破碎。

一轮炮火打击后,人们直呼过瘾。海明军命令部队继续扩大战果,对蓝军作战支援、攸关城镇命脉的政府机构、电视广播、电信网络、数字化城市监控系统、机场港口、交通枢纽、水电油气、物资仓库等设施进行全面打击。

崔红军和范文武等将领似乎并不赞成这种做法,在他们的认知里,即便是真正的战争,也要慎打与民众息息相关的目标。面对陷入一片火海的设施,范文武建议对这些事关民众利益的准军事目标,视情实施有限的精确打击。

海明军立即否定了这一方案,他像变了一个人,毫不客气地道:"战争中,出自仁慈的错误只会更残忍,任何可能被敌人利用的目标都应在摧毁之列。"

范文武自然清醒这一点,俄军在与乌克兰的冲突之初势如破竹,直捣龙门,兵临基辅城下,想以闪电战的方式达成战略目的,但由于过于仁慈,没有对乌基础设施进行规模性打击,战争打了半年多,乌克兰的发电厂、自来水厂和能源通信节点都在运行,直到在哈尔科夫作战失利后,俄军才不得已改变作战策略,大规模轰炸乌克兰的电力等设施。北溪天然气管道和克里米亚大桥被炸让俄军进一步警醒。

而美军毫不留情地用石墨炸弹将南联盟供电系统轰炸至瘫痪,没电也就没有自来水,城市的抽水马桶无法使用,很快堆满了粪便。老百姓怨声载道,对战争的态度发生了逆转,从以前的拉起"人盾"阻止轰炸变成了厌战、反战,迫使南联盟政府做出了妥协。有人评价说:南联盟败在了抽水马桶上。

对敌人的仁慈就是对前线将士的残忍。如今真真切切摆在了中将面前,他不得不痛下杀手,必须以排山倒海之势拿下大湾岛,否则一旦陷入长期的僵持作战,不仅自己人会付出更多代价,对大湾岛民众也会造成更大伤害,还会给域外力量更多的介入之机。这是中将绝对不能容忍的。

海明军还是有所禁忌的,那就是绝不能炸水库和核电站,那是国际法明令禁止的反人类行为。位于赫尔松地区的卡霍夫卡水电站大坝被炸,被誉为俄乌冲突中的"花园口事件",遭到了全人类的谴责。中将让人清晰地标明了大湾岛内的16座水库和2处核电站,非但不能打,还要重点保护好,以免酿成人类的灾难。

遭受此轮打击的大湾岛,已近乎一座孤寂死城。红军综合运用多种手段,及时准确获取目标毁伤信息,通过前后对比、功能分析、模拟计算、综合印证,评估毁伤效果,努力实现火力的有效引导、精确打击、效果评估、及时调控,减少附带损失和平民伤亡。

第十九章　登陆上岸

我们提倡反常用兵，更强调反常的科学性。既然无法隐蔽作战企图，与其夜间登陆给自己徒增困难，倒不如白天大摇大摆地发起进攻。

战场上打仗打什么？有时候打的就是指挥员下定的决心。

千军万马看指挥。战争的前台是官兵血与火的对抗，是硅片和钢片的较量，后场则是指挥员智与勇的较量。

在一轮信息干扰和火力打击后，海明军力排众议，命令部队白天发起登陆作战。

有指挥员提议说，应该利用夜幕掩护隐蔽企图。

海明军笑笑说："你能隐蔽企图吗？只要这边战舰一动，人家早就发现了。"

包括登陆作战在内的军事领域从来都不缺少奇思妙想的神来之笔，许多杰出的指挥员在用兵打仗中，发散创造性的思维，逆着人们习惯的模式方向，从相反中求相成，最终取得了意想不到的收获。

解放一江山岛战役中，我军创造了白天航渡、200米减速抵滩、高潮位突出部上岸的登陆经验，表面上看违反了夜暗航渡以增强隐蔽性，天亮登陆利于航空和舰炮火力准备，也是由我们特殊的军情和一江山岛特殊地形所决定的。当时我们的登陆船只性能各异，驾驶协调水平有限，白天有利于航渡和准确抵岸。而且，登陆地段狭窄，夜间看不清，很容易撞在一起，加之我军已握有制空权、制海权，可以保障昼间航渡和登陆安全。

海明军说："我们提倡反常用兵，更强调反常的科学性。"一次脑洞大开，就是军事风云的一次骤变；一次灵光乍现，就是战场风雷的一次集聚。反弹琵琶曲更新，充满逆向思维的理论，总在不经意间影响着军事革新的走向。

此次备受关注的大规模联合军演,既然无法隐蔽作战企图,与其夜间登陆给自己徒增困难,倒不如白天大摇大摆地发起进攻。在一个风和日丽的中午,正当大湾岛蓝军享受午睡之际,100余艘大小不一的舰船在空军的掩护下,向大湾岛发起了全面进攻。

这反而出乎了大湾岛守军的预料,他们料定红军会拂晓时登陆,正在倒时差呢。

不过,从上次的新闻发布会上,蓝军也应该嗅出些端倪,那就是红军不分天候、时间,随时随地会发起进攻。

这一天迟早要来!这一天终于来了!

在前期多轮次精确打击中,大湾岛上60%的作战飞机被摧毁,能出动的作战飞机不多。蓝军出动12架轰炸机被向天笑指挥的空军部队全部击毁,余下的飞机再也不敢贸然出战。大湾岛海军舰艇也遭到了毁灭性打击,仅剩的不足50艘战舰,全部躲到了港口里,有的尚在维修,更是不敢轻易拦截登陆部队。

为了弥补大湾岛防御纵深短浅的缺陷,守军逐步调整障碍配系,基本实现了"四个一体化",即水中障碍、水际障碍、陆上障碍一体化;防登陆舰艇、防两栖装甲、防登陆步兵障碍物一体化;障碍设置与地形利用、改造一体化;障碍配系与火力配系一体化。

大湾岛守军一方面寄希望于利用滩头障碍阻滞,可障碍只能迟滞对方进攻,而不能达到完全阻止对方战斗的目的;另一方面蓝军利用强大的中远程导弹进行炮火拦截,一段激烈交火后,红军舰艇有一半中弹起火,退出战斗,余下各战舰摇摇晃晃却又坚定不移地破浪前进。

蓝军正庆幸辉煌战果时,却很快发现击中的多是红军的无人舰艇,这是海军最新列装的无人舰艇,中将让悉数参加此次演练,是推进海军海上无人系统作战的一次尝试。

首批出动的绝大多数是无人舰艇,为达到欺骗蓝军的效果,船上设置了不少人体和武器模型,普遍吨位小、航速慢,有些是特意加宽加大的,目的是诱出蓝军剩余火力,蓝军果然火力全开,炮弹雨点般向红军舰艇袭来。

中将命令火箭军、航空兵对蓝军导弹进行拦截,同时对大湾岛上导弹阵地进行天雷地火般覆盖式、饱和式摧毁,海军驱逐舰也利用强大的火力对岸滩进行炮火攻击,为红军登陆部队快速装载、航渡创造条件。

随后跟进的上百艘大吨位战舰才是真正的主力部队,数千名海军陆战队员率先出征,第一拨登陆部队2个多小时便抵达大湾岛滩头阵地,包括合成旅在内的重装部队跟随其后,但不少官兵明显出现眩晕,海上作战毕竟不同于平时的游泳和抗眩晕训练。

更糟的是,蜂窝似的障碍延缓了红军正面的进攻节奏。

大湾岛抗登陆障碍种类繁多,结构复杂,仅水雷就有10多种型号,地雷有20多种型号,不同类型的非爆炸性障碍物有30多种。沉底雷、漂雷在距岸边10至13千米的驻泊和火力支援的海区,外海每一排水雷宽8至12千米,越靠近岸边越密集,浅水区宽度约为3千米,严重影响了登陆舰队航行速度。

根据红军登陆作战要求,破障分队必须在高潮前3—4小时实施破障行动,1—2小时内完成破障任务。但海上航行受风浪、海流、气象、潮差等自然环境因素和复杂作战环境影响很大,过早到达容易暴露企图,遭敌杀伤,过晚赶到又会贻误战机,影响后续行动。

轰炸机群向岸边雷区精准投放深水炸弹炸开水雷区后,海明军果断命令破障分队快速前进,刚才作战中舰船颠簸摇摆,人员体力消耗大,受眩晕影响严重,加上一些破障器材难以稳定加固,直接影响发射精度,破障行动又在蓝军火力特别是直瞄火器打击范围内,红军破障异常困难。

第一批次进攻未被击中的10余艘无人舰艇这时发挥了重要作用,一艘艘动力十足全速冲向雷区,引爆携带的巨量炸药,与雷区同归于尽,继续炸开和扩大多道水雷区缺口,为破障分队增添了力量和争取了时间。这些看起来可人的新型无人舰艇就这样"香消玉殒",着实有点可惜,或许这是它们最好的归宿。

约莫15分钟,破障分队在上校队长杨东军的带领下排除多道障碍,成功开辟了5条宽6—10米、纵深300—800米的通道,使用了智通公司最新研究的激光设置通路法,将激光棒打进不太深的海底,激光棒触到海底后,像小蝌蚪一样迅速钻进海底,尾巴上的特制绳子自动伸展,能钻进海底深处2—5米,将留在海底外面的激光棒牢牢锁住,借助荧光棒发出的耀眼光芒,将海底照得通亮,不过亮光只能照射2个小时。

这要求红军登陆舰必须在2小时内通过通路。

红军瞅准时机,如疾风般快速通过。

不料,水雷区之后离岸边仅有100多米,莫名从海底漂出大量油桶,形成巨大的爆炸火球,在30—50米半径内制造杀伤登陆人员的火障。这是大湾岛守军储存大量装有炸药和汽油的油桶,事先沉入水下约1米处,待登陆部队经过时产生爆炸,造成了部分登陆船只尤其是小型舰艇的搁浅。

早在登陆舰靠岸之前,担负一线指挥的合成第801旅郑晅阳旅长,就命令装甲车乘员全部进入战位,登陆舰全速冲出火障靠岸,装甲车鱼贯突击上岸,与先期泛水登陆的两栖战车配合,怒吼着快速占领先头阵地。

与此同时,红军超常使用直升机、气垫船、运输机等超越输送载具,成规模编组机降作战力量,多拨次输送平面超越力量,尽快保障重装部队上陆突贯,全纵深快速投送兵力。

岸滩上还有一连串的地雷、壕沟、单堡与群堡、明堡与暗堡,有些海滩还专门设计由缠绕的铁丝网和杀伤地雷组成的"击杀区",海滩后方还密布池塘、丛林、沼泽,设置带刺铁丝网、铁拒马、地雷、反坦克壕沟,布满竹刺、碎玻璃、金属碎片、低空钢索、防空气球、断木、集装箱货框、带刺植物、报废汽车等,不少地区还有蓄洪区可以放水淹没低洼地带,绵密的障碍物给登陆部队带来巨大的麻烦。

可以想象,登陆部队上岸后将面临一场风号雨泣的搏杀。

红旗旅乘坐6艘严密伪装的大型商船,在合法商贸旗号的掩护下大模大样地起运,又利用蓝方监控死角巧妙地改变了航道抵达听风崖,那里果然防守松懈,大湾岛蓝军竟然丝毫未觉。

原本就风大浪高的海面,好似敌军使用了气象武器,浪潮一个一个接踵而来,掀起几十米巨浪,红旗旅官兵像被扔进了巨大的洗衣机里,左右摇晃不已,胃里翻江倒海,不少官兵连苦胆似乎都要吐了出来。杨吃狼艰难站立后,望着眼前多是几十、上百米高,最低处也有十几米高的悬崖,想着无论如何都无法上岸。

王春阳此刻却下达了卸载的命令,他命令所有人员装备依次从船尾上岸。

大家觉得这太不可思议了,就像中将之前承诺的"一定能让大家上岸",现在连人员站都站不稳,更别说攀上数十米高的悬崖了,还有装备呢,这不是自欺欺人吗?

王春阳没有自欺也没有欺人,商船在大家普遍怀疑中竟不知不觉稳稳地靠近崖边,不过是船尾靠岸,像汽车驾驶员倒车入库一样,完全契合旅长说的从船尾上岸。

这6艘商船经过特殊改装后,能向数百米深的海底抛下巨锚,听风崖风浪大,海底却不深,巨锚牢牢将船体固定平稳。再就是,船尾有个100多平方米的大房间,看似普通的白房子,却是一部巨大起降平台,就像一部巨型电梯,能将货物最高送至七八十米,这完全能满足红旗旅当前上岸的高度。

船队的队长李磊原是某登陆舰的舰长,多年前退役后受命组建了这支船队,明面上隶属于大湾岛某船运公司,实际上受命于智通公司,就在航行途中,王春阳、伍晓刚和李舰长商讨出一套详细的卸载方案。

红旗旅在王春阳的指挥下有条不紊地卸载上岸。呼呼的大风伴随巨浪拍打着岸边石头,带着强烈的音乐节奏,印证了这"听风崖"并非徒有虚名。

陆续上岸的战士被吹得东倒西歪,胃里倒是好受多了。先行上岸的杨吃狼一脚踏在大石头上,挺直了身板,任凭大风吹,他享受着这种玉树临风的感觉。由于王春雨头比较小,头盔明显大了2号,头盔差点被吹到海里,她摇摇晃晃地用手扶头盔的婀娜身影,像个岸边礁石上的舞者,引来杨吃狼一阵大笑。

杨吃狼伸手将她拉上岸,她瞪了他一眼:"你还笑,小心掉进海里喂王八。"

杨吃狼丝毫没有理会,怒喊一声"让暴风雨来得更猛烈些吧",继而大声唱道:"就让这大风吹,大风吹,一直吹,吹走我心里,那段痛、那段悲……"

杨吃狼唱得正起劲,被王春阳从后面揪住耳朵,就像当年海训时被揪耳朵一样,他不仅没有感到一丝不适,反而有种温暖涌上头,之前的怨恨早已一扫而空。人与人之间的感情就是这么奇怪,刻意迎合和迁就只会更加疏远,坦诚相待却能拉近心的距离。

人员装备全部上岸后,红旗旅的两位主官和李舰长握手告别,他们要按照计划将一批物资继续运送到东南亚某国,这样才不至于引起大湾岛守军的注意。单纯保障红旗旅3艘这样的商船就足够了,动用6艘是因为商船上还装有大量的物资,红旗旅卸载完,这些可压缩的物资一伸展又是满船,有效地隐藏了红旗旅的人员和装备。

李舰长祝福红旗旅旗开得胜,两位主官报以"定不辱使命"的自信承诺。事不宜迟,王春阳命令部队关闭所有无线电信号,按战斗队形隐秘向大湾岛纵深开进。

就在这当儿,王春阳收到了两个天大的好消息:霍启承醒了,井井的病有好转了。

苍天似乎特别眷顾这两个娃娃,尤其是可怜又坚强的井井。

霍启承的治疗可谓是惊心动魄,一到医院就被送进了急救室,经过48小时的接力抢救,方从鬼门关把他拉了回来。而井井到了总院后,就像病人被送到了华佗家,真是找对了地方找对了人。

经咨询王岚医生得知,专家组多次会诊后,井井手脚发烫是一种名叫"红斑性肢痛症"的病症,这是一种非常少见的病症,诱发病因不明,是一种阵发性血管扩张性疾病。

该病通常的临床表现为肢端皮肤阵发性皮温升高、潮红、肿胀,并伴有剧烈的灼烧感和疼痛感。多半以足部为主,对温度变化十分敏感,降温可以缓解疼痛感。所以,井井对冷水和冰块非常执着、渴望。

知道病因之后,治疗就有了方向,经过对井井半个月的精心治疗,井井的症状得到了有效的改善,那种灼烧感也渐渐地离开了井井,如今她已经可以在阳光下开心地奔跑了,变成了一个正常的孩子。

这里面胡勇智功不可没,他垫付了井井所有需要自费的医疗费用,还忙前忙后地办理各种手续,像对待自己的子女一样照顾井井,让张燕燕省了不少心。

人们感叹胡勇智像变了一个人,感谢他为井井付出的一切。胡勇智也从中找到了亲情,从军这么多年,一直到女儿长大成人,他陪伴女儿的时间都很少,从井井身上,他感受到从未有过的温暖。爱是会扩散的,善是能复制的,一束光只能驱散手掌大的影子,一片光则能点亮整个世界。这位曾经叱咤风云的旅长后来热心于关爱儿童的公益事业,正是从这个时候埋下的思想火种。

回想起自己这段治病过程,井井扑向张燕燕的怀里,泪流满面地直喊"妈妈,妈妈"。张燕燕轻抚井井稀疏的头发,想想再多的付出也值得了。

张燕燕本想早点把消息告诉王春阳,得知他已开赴东南演练场,手机根本打不通,只好通过战区值班系统顺道传达了这一消息。巧的是,这也是红旗旅在无线电静默前接收的最后一条信息。

听闻这振奋人心的消息,王春阳心里仿佛一颗巨石落了地,感觉浑身充满了力量。他势必要打赢这场演练。

如果把此次演练比作一幕精彩的话剧,那么多元的战场环境就是一个精彩的舞台,而多变的战场情况恰是跌宕起伏的剧情。

从西岸进攻的红军并不顺利,蛟龙旅破除层层障碍刚刚突击上岸,蓝军趁红军立足未稳之际发起了疯狂的反扑,炮火如流星雨般瞬间覆盖登陆上岸的部队,多辆装甲车中弹起火。

更料想不到的是,情报上显示的岸滩坚硬土质,不知被蓝军采用了什么手段进行了疏松,致使多辆登陆车一着地就陷入泥沙,挡住了后续登陆舰艇,使之无法抢滩上岸,坦克和重型火器上陆后行动缓慢,蛟龙旅的损失呈几何级增长。

经历过江海的人从不惧怕风浪的汹涌,郑晅阳沉着应对,将计就计,派工兵用高压水枪冲刷蓝军的沙质防御工事,一旦制造出小缺口,就迅速用炸药和推土机扩大缺口,在不到1个小时内,打开3个可容坦克通过的缺口,艰难突破了蓝军第一道防线。

为了进攻连贯快速,郑旅长一方面调来牵引车强行拖走挡道的装甲车,有的实在拖不走,干脆就地挖坑垫路,数辆装甲车配合着架桥坦克瞬间成了坚实的路基;另一方面利用坦克强大的突击力,顶着蓝军炮火开辟新的通路。郑晅阳对打头阵的坦克乘员命令道:"你们要不顾一切地往前开,不要停留,不要恋战,全力前进,能开多远就开多远。"

坦克雄狮骤醒般怒吼着跃出,如同一支直射蓝军心脏的利箭疾驰冲锋,卷起一道道浓烟、泥尘……

郑晅阳这是将坦克作为破障的武器使用,为后续部队创造战机。这一招果然奏效,进攻节奏明显加快。越是这样一往无前,反而越不容易被蓝军的炮火击中,打头阵的坦克开出了1公里多,才被击中履带停止了前进。

坦克本是用来在战场上同敌方装甲力量硬碰硬的武器,但在现代城市巷战中,"陆战之王"们往往没来得及发挥自身优势,就被敌方单兵反坦克导弹点名报销。究其原因,除了坦克自身移动反击较慢外,更多的则是来源于设计上的缺陷——过多的视野限制和射击死角让坦克成了活靶子。

第一次车臣战争中,大摇大摆地进入城区的俄军坦克,就有相当一部分被敌方从楼上发射出来的反坦克火箭和导弹击毁。坦克大决战时代之后的游击巷战,成了俄军永远难以忘却的痛。

蛟龙旅此次使用坦克破障,反倒让人眼前一亮,发挥出了坦克快速机动的作战效益。

海明军端坐在指挥部荧屏前,忍不住拍手叫好:"这是功臣,我要给他们记头功。"他果断命令后续部队快速跟上,无论在何种条件下实施进攻作战,快速都是最重要的决胜因素,登陆作战对速度具有更高的要求,必须要有比抗登陆一方更快的集聚力量的速度,才能克服背水攻坚的不利,这一点郑旅长做得干脆。

"以一辆或者几辆坦克的代价,换取部队的整体快速推进,这太值了。"张凌天同样喜形于色。

"登陆成功的关键归根结底取决于一个简单的公式:我们从海上加强桥头堡的

兵力上陆速度,能不能超过德军从陆路增援部队的速度?如果我们能,我们就成功;如果我们不能,我们就失败。"海明军引用二战中盟军参谋长布鲁克的这句话说明增援速度的重要性。

江耀武却有点纳闷地问:"不是给你们提供无人战车了吗?怎么没使用?"坦克虽然成功开辟了一段通路,毕竟"壮烈"了3名坦克乘员。

海明军明白老首长说的是城市作战增强模块,上个月列装了红旗旅和另外一个旅,蛟龙旅尚未列装,他故意卖了个关子说:"这些年,老首长给我们提供了不少宝贝装备,可我们都要用到刀刃上啊。"部队刚刚进入抢滩登陆阶段,远没有到最吃紧的时候。

这一点江耀武深信不疑,这么多年他经海明军之手试验的多款武器,总能出色地挖掘出武器效能乃至事半功倍的效益,这也是他喜欢与海明军合作的重要原因。他静静等待着城市作战增强模块的出现,甚至想着关键时刻它一举扭转战局的神一般出现。

特定时期,某一特定兵力装备的集中使用,总能释放出成百上千倍战斗力的增长,有时会影响整场战役,乃至改变人类战争进程。战国时期秦国的箭阵横扫群雄,13世纪的蒙古骑兵集群席卷欧亚大陆,二战时德国的坦克集团几乎碾压了整个欧洲。未来战争中,大量具有作战功能的无人机、无人艇、无人潜航器、无人战车将成为战场主角,而非目前重金打造的五代机、航母等明星装备。智通公司多年追求的目标也正如此。

江耀武紧盯着实时呈现的演练镜头,部队正源源不断地登陆上岸,他一方面欣慰红军投送能力的快速发展,一方面又感叹道:"真正实现了无人作战,我们就可以大幅减少人员牺牲了,毕竟每个生命都是无价的。"

荧屏中的郑晅阳正指挥蛟龙旅全力推进,节节攀升的兵力战损报告让他忧心如焚,这对于一个追求零伤亡的将领来说,是多么地痛和无奈。当蛟龙旅上校参谋长鲁向辉向他报告战损超过20%时,郑晅阳心一横,下令使用新型电磁炮和激光武器,犹如科幻电影般对蓝军阵地一通齐射,摧毁了蓝军部分阵地和有生力量。

如此的绞肉厮杀让众将领更渴望无人作战。

"条件允许的话,我们可以专门组织一场无人作战演习嘛!"海明军闭上眼,畅想着或许有那么一天,在战场上冲锋陷阵的不再是血肉之躯的人,而是作为钢铁战士的机器人。中将列举了一些运用机器人作战的优势:可省去军人的工资、住房、养老、医疗等开销,又在速度、准确性上高于人类,而且不用休息,一个指令,就能抵达人类不可及之处。

未雨绸缪,思想上要率先到达战场,也就是登高望远、永立潮头的视野,就像善于看"桅杆顶",练就草摇叶响知鹿过、松风一起知虎来、一叶易色而知天下秋的见微知著能力。海明军看着激烈的战况,红军正全力撕开蓝军的滩头防御体系,步步维艰,步步惊心,他盯着江耀武化缘似的说:"军事理论、科技创新研究,还有无人装备演练,这些都不能等啊,我们得抓紧时间准备,老首长要大力支持才是啊。"

"那是自然,富国强军兴军,我们的目标是一致的嘛!"江耀武也感觉此事迫在眉睫,似乎有意缓解一下当前紧张的气氛,说了句:"你老弟总是这么个急性子。"

"使命催征,由不得我们有丝毫的等待、懈怠啊!"海明军这些年致力于强军,犹如踏上高速行进的列车,不到站根本停不下来,就像眼前正在进攻的蛟龙旅,容不得丝毫迟疑和后退,退则可能一败涂地,必须全力以赴向前进。

郑昫阳却也给力,灵活调度各类兵力兵器以变应变,没有给蓝军任何可乘之机。但在激光武器的使用上,因为技术尚不成熟等原因,蛟龙旅出现一些不必要的伤亡。

无人作战也存在指挥控制手段要求高、容易受到电磁干扰等诸多劣势。江耀武形容说:"恰如步行这最简单的运动无法轻而易举地在水中进行,高技术武器往往在最原始的作战方式面前无法达成原始的威力。"

"话虽如此,但这并不能否认高技术武器对战争的主导作用,我们该拥有的智能武器还是要有啊,手里有伞才能少被雨淋,用或不用,最起码主动权掌握在我们自己手里。"海明军终于露出那可爱的笑容。

"说得也是。"江耀武点点头。

红军第一批次投送了三个合成旅和一个特战旅。后续部队陆陆续续登陆上岸,上岸即快速建立滩头阵地,抢占交通要道、桥梁和港口码头等重要目标。中远程导弹对蓝军阵地不间断的火力打击,取消了蓝军炮火的发言权。

地面激战,红军丝毫没有占到便宜,空军机降一个旅这时快速投入战斗。

以空中着陆方式为主的立体登陆,登陆方对着陆地点具有很强的选择性,只有保证上陆工具的高速度,才可保证其在预定着陆地点快速集聚力量,从而超过抗登陆方力量集聚的速度,为赢得登陆作战的胜利奠定力量基础。

1956年11月,第二次中东战争中,空中上陆方式首次被成功运用。当时英法联军使用24架直升机往返4次,在塞得和富阿港共机降了一个营的兵力450余人,成功地配合了登陆部队夺取港口和登陆场的行动。作战规模虽然不大,但显示了其独特的优势和发展前景,后来被称为登陆作战方式的一次革命。

红军这次制定的作战原则是:一旦抢滩上陆成功,就要综合运用多种手段,破其"外壳",而后大胆穿插,实现割裂歼敌的目的。

有了空降兵和特种作战部队的加入,第801旅如虎添翼,郑晅阳命令部队审大小而图之,酌缓急而布之,当务之急是建立滩头阵地,并迅速建立有效的防御部署,坚决抗住蓝军的反击。

"这郑晅阳怎么不进攻了?"海明军盯着大屏幕看,第801旅的进攻节奏明显慢了,似有转入防御的倾向。张凌天解释说:"郑旅长这可能是为了站稳脚跟,巩固阵地,为下一步攻坚破壳做准备。"

"守住不是目的,我们花那么大的精力登陆上岸,仅仅是为了站稳脚跟吗?要打得进才行。"海明军这是从兵法常识入手,一旦暂停已成必须,通常就无法重新挺进,他果断命令郑晅阳:迅速查明对我突击威胁最大的关键目标和障碍,利用直接火力支援和自身火力优势,粉碎敌一线工事,配合登陆兵力打开突破口,形成立体突入态势。

中将同时命令:航空兵分批分区域临空待战,实时听召唤精确打击。

郑晅阳接到命令后,快速调整部署,将防御任务交给后续上岸部队,实施全纵深突贯,直捣蓝军重心……

大湾岛上地形复杂多样,主要由山地、丘陵、台地、平原构成,其主要山脉又将全岛分割,加之热带—亚热带的气候条件,导致沟谷雨裂多、水溪河流多,山高坡陡、森林茂密、灌木丛生,通行条件差,且水网稻田地众多,部队行动只能沿主要通道或山间川谷对预定目标实施进攻作战。

红旗旅从北岸登陆后,起初如入无人之境挺进了30余公里,行进至大王山附近,四周都是茂密的森林,前方侦察兵报告,唯一的通道被蓝军一个小分队50余人的小分队驻守。守军平时看护这片森林,防止不法分子偷伐,战时也可防止敌军偷袭。

现代通信条件下,一个数千人的合成旅要想从蓝军眼皮底下悄无声息地过去不大可能,要端掉这支闪避不了的小分队不被发现也不可能。杨吃狼这次明白了蓝军为什么不在听风崖驻兵了,因为他们觉得根本没有必要。

王春阳执行总指挥部的命令是坚决的,首战必须达成突然性,对重要目标实施致命一击,否则就失去了偷袭的意义,也很难达成这次费尽周折偷袭的战略战役目标。他否决了白阿毛强行进攻的做法。

想着丛林作战乃至中国远征军从缅甸撤军穿越原始森林的悲惨境遇,牛起义建议干脆一不做二不休,一把火将这片森林烧了,部队趁机溜过去。

"我们可不是鬼子兵,即便是真的战争,这些丧尽天良的事也绝不能干。"王春阳用"丧尽天良"来形容,表示这昏着儿断不可取,或许出于对日军侵华战争中不择手段的鄙视,又或许在他年幼时听家人讲述大兴安岭失火的事至今痛彻心扉吧。

装甲车想要短时间内穿越这片原始森林几乎不可能,一时间,红旗旅如何突破眼前的小分队陷入了困境。大风大浪都过来了,难道要在这小阴沟里翻船?

"我们可以伪装成偷伐工人,引开部分兵力,再采用偷袭的方式,制住其余人。"杨吃狼觉得既然小分队的职能是看护森林,必然对偷伐者提高警惕,既然不能强攻,那就只能智取。

牛起义有点不屑道:"你是影视剧看多了吧?还用这种原始的小儿科方式。"

王春雨倒是觉得这种方式可取,从卫星和前方侦察情况来看,蓝军小分队驻守后方的悬崖正好通往营区的核心区域,只要能把小分队主要兵力引开,就完全可以出奇制胜。

牛起义看到这两个人一唱一和的,心生嫉妒道:"你们这叫夫唱妇随吗?"被王春雨翻白眼给打住了。杨吃狼心中早就乐开了花。

这甜味还没来得及完全化开,随着任务的开始便随风飘散了。王春阳和伍晓刚一番短暂研究后,觉得也没有什么更好的方案,杨吃狼的作战方案不妨一试。即便任务失败了,暴露了行踪,强行突击过去也是分分钟的事。

偷伐树木的任务交给了杨吃狼,偷袭的任务则交给了白阿毛。

杨吃狼将2辆生活物资保障车伪装成伐木车,王春雨头上裹了一块花布,和杨吃狼装扮成夫妻。杨吃狼趁机递给她一包衣服,示意她塞进怀里扮成孕妇,王春雨接过来就打:"滚,滚,要装你装。"引得众人大笑。手中的活却一点没落下,不一会儿就砍伐了两车木头,伪装完毕后,悄悄向蓝军小分队驻守营区开进。

眼尖的蓝军哨兵发现后,大喊了几声,大家稍作迟疑,车辆掉头快速往回跑。

蓝军果然上当,派出大部分兵力追击,被埋伏在道路两旁的红军"包了饺子",兵不血刃俘虏了30多人。

与此同时,白阿毛挑选20多名精兵强将,从小分队营地后边悬崖攀爬过去,这是白阿毛营的特长,营里经常组织这类攀岩训练,没想到今天果真用上了。这项任务没有交给侦察分队,而是交给了白阿毛,也说明王春阳知人善用啊。

白阿毛带领小分队攀爬到蓝军营区,迎面却是一条臭水沟,又赶上蓝军哨兵换岗,队员们潜伏在恶臭的泥潭里约15分钟,艰难通过设置在臭水沟里的铁丝网,巧妙制服了新上岗的哨兵。就在杨吃狼俘获蓝军小分队大部分人员的同时,白阿毛也带人冲到了蓝军阵营,以迅雷不及掩耳之势控制了所有守军。

首战告捷,处置完这些"俘虏",王春阳带领大家继续前进。

战斗激烈进行,冷一欣侦办的窃密案件也有了突破性进展。

冷一欣提议释放苏海榭和唐河峡,诱捕唐河水。她这些天观察到,苏、唐二人已经有些心动神移了,就目前掌握的线索而言,他们是与唐河水的唯一接头人。

办案民警鲍官达首先在两个人身上秘密安装了跟踪仪,两人的一举一动都在掌握之中。

唐河水打听马家妹案件的进展情况,按照事先计划,苏海榭向他透露了部分案情,与他掌握的情况一致,又经过一番试探,唐河水这才相信了他。

唐河水说:"苏警官,郭冬冬、马家妹都死了,有些情报需要你搜集了。"

苏海榭连忙推脱:"这事我可干不了。"

"干不干可由不得你。"唐河水凶相毕露,果然与唐河峡的神情不一样,眼睛里明显充满凶残杀气,又好言相劝道,"苏警官,我们现在是一条船上的人,就提供一些国安局的内部信息,发不了多大财,只有搞到货真价实的情报,才能换个好价钱。"

苏海榭只得答应一试,唐河水的进一步指令是,让他协助"蓝鲸"尽快搞到这次"蓝色梦想"联合军演的资料。

苏海榭问:"蓝鲸是谁?"

"不该问的别问。"唐河水眼睛一瞪。

"如何交易?"

"老地方!"

两天后,苏海榭携带着标有"绝密"的演练资料,登上了之前的客轮,坐在一个角落里等了20分钟后,一个妙龄女子上来搭讪。几番交涉后,苏海榭确定来者就是"蓝鲸"。

苏海榭将情报递给她,"蓝鲸"接过一看,欣喜劲儿未过,就被便衣警察擒获。与此同时,秘密跟踪监视唐河水的警察也在其住处将其抓获。

当唐河峡和唐河水四目相对时,两人都惊呆了,不愧是双胞胎,简直就是一个人,难怪苏海榭等人分不清。

唐河峡说出了唐河水的身世,还坦言自己之所以为间谍组织卖命,就是为了寻找弟弟。

唐河水听后热泪盈眶,原本自己一直喊着母亲的人,竟是拐走自己,让自己走向这万恶深渊的仇人。他自知罪孽深重,已无法回头。

冷一欣劝他唯有戴罪立功,才能从轻处理。

在唐河峡的一番苦劝下,唐河水幡然醒悟,道出了自己知道的一切,承认了自己就是杀害马家妹的凶手,并且打算除掉钱记阁,因为他感觉两人都暴露了,已经失去了价值。

加上对"蓝鲸"的审讯取得重大突破,冷一欣等人顺藤摸瓜,果断收网,一举抓获了60多人参与的窃密、卖密犯罪团伙,涉案人员有大学教授、记者、警察、学生、企业家、退伍军人、科研人员、"爱国"华侨、出租车司机等。团伙头目竟是《深夏日报》的副总编虎林风,在他隐秘别墅中发现许多尚未转移出去的绝密情报。

鉴于苏海榭、唐河峡、唐河水对侦破这起特大窃密案件有功,给予一定的减轻处罚。窃密毕竟罪不可赦,苏海榭被判处有期徒刑10年零3个月,唐河峡被判处有期徒刑12年,唐河水窃密、杀人等数罪并罚,被判处无期徒刑,其他成员也都依法受到了审判,虎林风等3名恶贯满盈的核心成员被判处死刑。

唐河水提出回家祭祖,监狱法外开恩,准许他回去探望一趟。在狱警谭超波的带领下,由哥哥唐河峡陪着,唐河水回到了阔别已久却又难觅回忆的家园,扑通一声跪倒在母亲墓前,失声痛哭道:"妈,你活着我没能尽孝,我一定好好改造,争取还能活着出来到你老这里看看。"

唐河水真情流露,悲痛欲绝,在场的人都为之动容。然而,法不容情,祭奠完毕,唐家两兄弟被带回监狱继续服刑。

突破蓝军第一道防线后,红军西岸的进攻一路势如破竹,蛟龙旅郑晅阳旅长和贺坚定政委指挥全旅愈战愈勇,连续突破蓝军三道防线。正当蓝军组织力量固守时,蛟龙旅留下一部分兵力由伍晓刚正面牵制蓝军,而他则组织部分精锐力量绕大湾岛城市中心防御阵地而过,出乎意料地直奔蓝军101机场的"雷霆行动",由阵地进攻转为机动进攻,这样做尽可能地避免巷战,也便于部队增援。

分兵乃进攻大忌,也是红军的无奈和明智之举。情报显示,101机场防御力量薄弱,需要一支地面部队定点清除蓝军隐蔽的防空设施,为空中突击分队开辟一条天兵神将的绿色通道。原本执行此项任务的部队被蓝军阻击在滩头,泥菩萨过河——自身难保,其他部队都正和蓝军激战,分身乏术,只有蛟龙旅正面之敌压力稍小,又被蓝军紧紧咬住,他们只好分兵御之。

蓝军也并非等闲之辈,他们刁钻在敢于向自己开刀,就像杨吃狼之前火烧物资,他们敢于抛弃一切挡道者,在获悉这座机场是红军重点打击和占领的目标后,他们就秘密转移了绝大部分飞机,炸毁了跑道,兵力全部后撤。

郑晅阳带领部队兴冲冲地冲进蓝军101机场,却发现空无一人,几架被红军导弹炸毁的飞机散落一地。郑旅长满脸的笑容霎时僵住,心中一惊,"不好,上当了"。随行的蛟龙旅参谋长鲁向辉建议快速突围,郑晅阳思索片刻说:"不可,蓝军也会这么认为,不知道外面有多少火力等着我们呢。"他命令部队:快速占领机场,寻找飞机洞库。

鲁向辉不明白:占领一座被遗弃的机场有何用?

101机场是大湾岛的第二大机场,也是蓝军最大的军民两用机场,稍加修复,就可以利用,这样便于部队投送和运输物资。郑晅阳这是站在全局考虑,相信红军增援部队很快会抵达,实际上也做好了玉石俱焚的准备。

鲁向辉坚定地落实旅长的决策,命令工兵炸开飞机洞库掩体,这是蓝军为了抗击红军轰炸修复的坚实洞库掩体,此次正好被红军利用了,红军将主要兵力兵器藏了进去。蓝军原本想着郑晅阳发现上当后会迅速撤出机场,这样他们就来个守株待兔。没想到,郑晅阳反而坚守不出了。

气急败坏的蓝军孤注一掷,对101机场疯狂轰炸,并派出精锐特种作战部队进入机场,命令部队务必全力、快速活捉郑晅阳。

蓝军获知郑晅阳隐藏在某个飞机洞库内,正逐个搜查洞库和地下掩体,这是他们自己修建和使用的,熟悉地形和内部构设,搜查起来相当顺手,推进速度相当快,随时可能发现红旗旅的藏身之处。

这样下去只能坐以待毙,为了保存蛟龙旅的有生力量,也为了红军最后的胜利,郑晅阳命令鲁向辉带领部队继续隐藏在洞库待援,他带领一个加强连冲出去引开蓝军部队。鲁向辉争着要求自己去引开蓝军,可郑晅阳斩钉截铁地说:"蓝军的目标是我。你,服从命令!"

郑晅阳带领一个连快速冲出洞库,蓝军判定他会往西南方向回撤,和红军主力会合,在那儿早早重兵设防,只等他自投罗网。

郑晅阳大声道:"志行万里者,不中道而辍足。"他果断下令部队往东进攻,这是蓝军始料未及的,也是蓝军防御的薄弱点。等蓝军明白了他的作战企图,郑晅阳已指挥部队快速攻进蓝军的一个弹药库,点燃了内部囤积的巨量弹药,一时间爆炸声此起彼伏,轰天震地,火光冲天……

郑旅长等人光荣"阵亡",退出演习。

第801旅元气大减,贺坚定继续指挥部队作战,进攻势头锐减。

蓝军抓住战机,趁机以两个旅的兵力组织逆袭,战场态势急转直下。

第801旅迅速收编部分被打乱甚至打残的部队,临时组建新的合成旅,虽然看似临时拼凑的杂牌军,指挥起来却像整体一般融通,有效阻止了蓝军进攻的汹涌洪流。这是模块化的优势所在,它让部队在灵活作战的同时,也要做到灵活编组,迅速组成战斗力。

他们抢占有利地形,由进攻转入防御。

失去巨量弹药的蓝军恼羞成怒,并不给第801旅任何喘息的机会,投入大量兵力步步逼近,加之对地形的熟悉,很快对第801旅形成包围之势。第801旅虽得到了部分兵力,但面对蓝军强大的攻势仍难以支撑,看得张凌天等指挥部人员都心惊肉跳,却又无可奈何。海明军和江耀武却一副若无其事的样子,似乎战局很快将被扭转。

这又或许是大家的一种美好期望,单从战场态势上一点也看不出红军有何优势,尤其是第801旅近乎陷入了绝境,被压缩在一个狭长的街道工事内,只要蓝军再来一个冲锋,第801旅就岌岌可危了。

激战到深夜,双方已筋疲力尽,就像这早已瘫痪的城市供电系统,原本耀眼的路灯此刻仿佛聋人的耳朵,大街上漆黑一片,偶尔点缀的星星灯火如残焰余烬随时可能消失殆尽。贺坚定做好了殊死一搏的准备,他命令全旅化整为零,以班排为单位,自主突围后就近加入友邻。

蓝军临机调整策略,命令部队将贺坚定所部围得密不透风,待天亮后再聚而歼之,这样就打破了贺坚定分散突围的最后希望。

拂晓之际,就在蓝军下令准备对第801旅残余力量围歼之际,上千枚照明弹、闪光弹突然投掷于蓝军阵地,刺眼的光芒伴随惨叫的音效弥漫整个蓝军上空,这种特制的照明弹、闪光弹足以令蓝军短暂致盲。王春阳带领的红旗旅趁机从蓝军身后快速发起了进攻。

原来,红旗旅经过严密伪装行军侦察后,秘密找到了蓝军的指挥所,杨吃狼等人一举端掉了蓝军的前线指挥所,算是给郑晅阳旅长报了一箭之仇,并会聚性前后切割夹击蓝军部队。

好一招螳螂捕蝉,黄雀在后。海明军为红旗旅的及时出现拍手叫好,这正如他期望的那样,一旦我部分力量处在"蝉"的位置,就必须在"黄雀"的位置上有所考量部署,以防止受制于人。

失去了一线指挥,加上红旗旅犹如神兵天降,一下子打乱了蓝军的节奏。蓝军犹如被切割成多块的蚯蚓,虽然各段都依然能动,但丧失了首尾一体的天然功能,指挥战斗笨拙不灵,混乱不堪。

红旗旅依托夺控的外围要点要域,迅速呈对城封围、对外防抗态势,采取临机设障阻滞、空炮火力拦阻、地面正抗侧击的手段,粉碎蓝军的增援和反击。

红军空中突击分队使用两批共36架直升机将500多名空降兵送到101机场,和鲁向辉指挥的蛟龙旅剩余部队迅速控制了机场的各要道,并快速抢修了机场跑道,成功打造了一个空中桥梁,使得后续增援部队和作战物资源源不断地运抵作战前线。

红旗旅就这样由配角转成了进攻的主角。谁能成为战场主角完全由战场本身决定,冲锋在前和起决定作用的不一定都是主角,站在幕后和辅助进攻的不一定都是配角。我军赫赫有名的塔山英雄团,虽不是辽沈战役的主角,但在担负阻击国民党东进兵团任务时,却打成了主战的阵势和主角的威名。主角唱成独角戏的也为数不少,像国民党军整编第74师,在山东战场可谓担当打头阵的角色,但谁都不围着它转,最后孤立无援,被我军全歼。

包括此次演练的信息化战场上,作战空间多维、作战节奏更快、联合程度更高,一直扮演主角的蛟龙旅瞬间转换成了配角,隐秘在后方的红旗旅却一跃切换成了主角。江耀武打了个比方:"好比一盘棋中的车、马、炮,时而车、马掩护炮,时而马、炮支援车,时而车、炮策应马,有时更是车、马、炮一齐出击,共同护送过河卒子直捣龙潭。"

无论主角还是配角,怕就怕该你上场时迟迟上不了场,该你出手时迟迟出不了手,那样非贻误战机不可,非影响胜利的全局不可。看着大屏幕上红旗旅风驰电掣、势如破竹,一路收割着胜利的丰硕成果,大家庆幸红旗旅及时赶来了,否则第801旅真够悬了。

海明军表面上神情自若,内心也确实没有十足的把握,偷袭蓝军指挥部前,红旗旅全部无线电静默,他之前已授权王春阳见机行事,不由得感慨说:"势者,因利而制权也。战场上,在广阔的时空调度中形成强大的势能,是一个酝酿和积累的过程,是诸军兵种心有灵犀、同频共振的结果。"

包括活跃在各自战场上的各方力量,规模庞大的、小支分队的、成建制的、单兵作战的、看得见的、看不见的、身处交战一线的、隐居幕后的,都是不可或缺的,甚至起到了画龙点睛的作用。细细把演练中的每一个片段推向舞台中央,都能上演一出绝美的演练大戏。

从战争实践看,有些行动看似南辕北辙,实则是为了在更大范围内调动对手;有些部署看似是闲棋冷子,实则是为后面的决战埋下伏笔。韩信背水一战绝不是一个孤立的战术安排,实际上他先分了一部精兵进行埋伏,前后夹击才大获全胜。

海明军想要表达的意思显而易见:没有红军大部队的正面进攻,红旗旅北岸的进攻很难有成效。大家纷纷点点头,思绪也更集中到了眼前的演练。

尽管大湾岛海空主要力量被消灭,但零星的厮杀仍然在继续,甚至在局部他们还占据着优势,不时有红军战机被击落、舰艇被击毁的战报,但这丝毫影响不了大局,陆续增援的红军很快将蓝军团团围困在核心城中。

蓝军开始鼓吹红军攻城后会大肆抢掠财物,乃至屠杀居民,号召民众共同抵抗红军入侵,并释放了监狱中数千名罪犯,开始给民众和罪犯分发武器,设置阻击点,欲依仗熟悉的地形与红军进行殊死的巷战。这一招无耻、卑劣,却也让红军进退两难。

这是海明军最不希望看到的,他在指挥部里来回踱步,一番思索后,命令部队采用"围三缺一"的方式,从一侧开放绿色通道,允许大湾岛民众和放下武器的蓝军出城,最大程度地孤立顽敌。这种封而不死、围而不困的方式,既不阻止平民进出和运送食品,又使蓝军进不来、出不去、援不了。

海明军这样做,不仅是为了孤立顽固的蓝军,还出于人道主义的考虑。第二次车臣作战,俄军在对格罗兹尼攻坚最紧张最激烈的时刻仍留出一条安全走廊;美军费卢杰之战,通过心战攻势和预留通道,83%的平民在大举进攻前逃离了城区。

在一个满目疮痍的小学教室里,王春雨擦去黑板上原先的字与尘灰,用娟秀、刚劲的粉笔字写下一段话:孩子们,很抱歉,用这种不太友好的方式来到学校,我们是一家人,永远的一家人,维护好家园,是我们共同的夙愿。我们今天进行的战争,就是为了避免你们将来的战争。请孩子们放心,等你们再回来时,一切都是新的!

战争伟力之最深厚的根源,存在于民众之中。民心所向,剑锋所指。诸多以少胜多、以弱胜强的经典战例,完全从军事实力对比的角度看是很难让人理解的。参演红军也有个清醒的认识:战争之后必然是重建,重建必然要依靠当地民众,让群众树立信心比给予黄金重要。官兵相信一切都将是最好的!

绿色通道开辟后,果然有大量的民众拥出,就像多年前火爆的春运一样,大包小包拥向一个方向。海明军安排力量将这些百姓有序引出,沿途设置了不少给养点。

始料不及的是,大批蓝军和一些雇佣军混迹其中,企图蒙混过关。有些蓝军开始摇摆不定,红军将计就计,趁机发起心理攻势。宣传部门立即将事先准备好的宣传口径呈上,主要是宣扬红军进攻大湾岛的决心意志,情感引导,武力威慑,顽抗到底只有死路一条,也必将钉在历史的耻辱柱上。

海明军接过来一看,笑笑说:"这措辞蛮激昂的嘛,像是一篇战斗檄文了。"

众人听得出中将这是对文稿不满意,战况紧急,海明军直接让张新中大校公布了亲自拟定的《蓝军归顺指南》,还通过网络植入式宣传、无人机撒传单、远程火炮发射和一线广播喊话等手段对蓝军实施心理攻势,传单雪片一样覆盖了蓝军的大街小巷,尽可能让蓝军人尽皆知。

《蓝军归顺指南》大致包含了这么几层意思:

一是我们都是一家人,归顺红军不叫投降,是回家了。蓝军最好成建制地归顺,人越多越好,这样属于集体行动。归顺后可以根据自愿原则编入红军,人人军衔晋升一级。不愿意加入红军的,发放一定的安家费。

二是归顺时需放弃重武器,只携带防身轻武器,与极端的分裂势力隔离开来。雇佣军需完全放下武器,主动遣散回去,否则,不享受战俘待遇,顽抗即被彻底消灭。

三是归顺时最好录制一段视频信息,告诉蓝军最高指挥官,是上级指挥官抛弃了你,你是逼不得已才离开阵地的,使任何法院都承认你这样做是合法的。

海明军这一招确实高明,第一次让众人感觉到投降似乎是理所当然的。不少蓝军的政治立场和信念彻底崩塌,有1600多人按照红军公布的方式归顺,其中包括两个建制连,大批的雇佣军也消失得无影无踪,更加孤立弱化了蓝军的防御力量。

随着蓝军指挥部被摧毁和防御体系的崩溃,失去核心指挥的蓝军败局已定,残余骨干分子密谋着撤向东部山区与红军进行游击战,甚至有从海上撤向国外的计划。

海明军早就料想到了蓝军会有此一招,命令红军航母战斗群和潜艇部队抢先一步封锁了东海岸,严阵以待地切断了蓝军的所有退路,断不能让这些激进分子逃之夭夭。

见无路可逃,部分顽固分子犹作困兽斗。

第二十章　新时代"向我开炮"壮举

军人的使命,有时不需要走完一生的长征,一次壮举足矣!如果祖国需要,不只是一个营,就是牺牲一个旅、一个军也在所不惜!

一番精心部署后,红军向蓝军发起了最后的攻势。

海明军命令电磁对抗部队持续对蓝军实施全方位电磁压制,让蓝军指挥所完全陷入瘫痪;命令入城部队即刻接管大湾岛大中型企业、发电厂、供水厂、炼油厂、食品加工厂等基础设施;命令空突旅、特种作战旅快速占领机场、重要桥梁、大型港口、车站、电台、兵工厂、弹药库等重要场所。陆续登陆上岸的人民武装警察部队也在文志勇少将的指挥下,加入了维持外围秩序的行列。

来自空中、海上、陆地的炮火继续对蓝军重要目标进行饱和式压制,还对蓝军隐秘目标发射了多枚巡飞弹。这款类似无人机的巡飞弹发射升空后,可长时间滞留在作战区域上空,搜索3千米内各种发射电磁波的装置和雷达站,或者指挥所等可疑目标,待命发动致命一击。战场画面清晰地传到演练大屏幕上,有5枚巡飞弹直接撞向了蓝军的火炮牵引车,引爆了机载弹头。正在转移榴弹炮的蓝军,连同刚完成的卡车牵引被巡飞弹炸上了天。

各登陆部队一路狂飙突进,捷报频传。

然而,进入城市攻坚作战,蓝军的工事更加诡异多样,尤其是地下工事错综复杂,不少街道中间的一个花坛、一个下水道口、一个看似普通的路灯,此刻都可能演变成蓝军的一个战斗堡垒,让红军吃了不少苦头,红旗旅官兵一度与蓝军短兵相接。

战斗已经进行了两天多,如果使用远程炮火乃至钻地炸弹,无异于"手榴弹炸跳蚤",消耗巨大火力不说,也很难短时间内清除障碍,势必影响达成"三天攻占大湾岛"的战略意图。但如果使用传统意义上的合成营作战,伤亡又太大。

城市作战增强模块此刻发挥了至关重要的作用。王春阳快速调整红旗旅部署,利用大型的履带式无人战车开路,蓝军步兵使用突击步枪和轻机枪射击,却完全无济于事,蓝军投掷的火箭筒,都被无人战车巧妙躲避。

在车体上面,有一个大型的无人化炮塔,上面安装了足够多的传感器,针对城市战的环境进行有效感知,眼观六路耳听八方,对于隐藏在废墟或者是建筑物内的对方作战人员,包括火力点,可以进行精准的侦察和定位。而且机关炮具备很强的穿透能力,可以进行穿墙式的杀伤,针对藏匿在建筑物内部的枪手、反坦克弹药的发射手,进行密集的火力压制。主炮和并列机枪的仰角也是非常大的,可以对高层建筑进行直接的火力杀伤。

可蓝军的工事类型多样、犬牙交错,仅靠巡飞弹和无人战车摧毁太过缓慢,大型装甲车又很难充分发挥作用,远程导弹犹如迫击炮打蚊子。王春阳命令部分步兵下车,利用装甲车的直瞄火器及下车步兵的火箭筒、喷火器或炸药包等手段,打炸结合,摧毁蓝军工事。

王春雨刚想下车加入战斗,被杨吃狼一把拽住:"你没有经过特战训练,不要逞强。"

见杨吃狼如此不给自己留颜面,王春雨拿起一把冲锋枪,执意要下车,杨吃狼大声中夹点火气道:"这是打仗,你再胡闹,军法处置。"

杨吃狼这种大男子主义,要是在生活上甚至平时训练中,王春雨早就怒不可遏了,可在如今的实战化演练场上,他能如此坚持原则,杀伐果断,说明时间和经历抹去了他年少轻狂,也渐渐沉淀了成熟稳重。王春雨由怒转喜,放下冲锋枪说:"那行吧,就听你这个战场指挥官的,我不去了。"

杨吃狼的霸道是有道理的,蓝军的狙击手遍地都是,下车战斗很容易成为猎杀对象。多名训练有素包括乘车战斗的士兵被莫名撂倒,恰恰证明了他的判断。

杨吃狼命令利用多款无人侦察设备,针对狙击手进行精准的定位,然后使用自动榴弹发射器连续发射榴弹,对蓝军的狙击手进行密集的火力压制,形成弹幕式的杀伤。

拔除了蓝军多名狙击手,杨吃狼还是给王春雨一个台阶下:"主要是我这个指挥官离不开你这个大参谋。"

杨吃狼说的也是实情,一路战斗过来,多个难题都是王春雨化解的。

对隐藏在坑道内难以发现的敌人,王春雨熟练操作着无人机,坑道里的画面实时展现:有的蓝军战士抱着枪躲在某个角落,有的惊慌失措四处躲避,有的见缝插针吃着干粮。杨吃狼命令狙击手以及使用无人机投掷手榴弹等作了定点清除。

侦察发现蓝军一名士兵在坑道里快速爬行,无人机投掷的第一枚手榴弹在蓝军士兵身后爆炸,蓝军士兵爬行速度更快了。王春雨瞅准时机"补一刀",第二枚直接从下水道内掷入坑道命中士兵。同情、怜悯、善良、宽容在残酷的战争面前荡然无存,一只只生命被无情地消灭,如同碾死一只只蝼蚁一样,血腥、残忍、无奈,却又那么地大义凛然和理所当然。

然而,有些地方不便于火力摧毁,即便发现了也只能眼睁睁看着敌人逃脱。杨松请命带人深入坑道里去将其消灭。杨吃狼想着那样的话就好比回到了地道战时代,虽说是我军所创的拿手好戏,但这么多年都没用过了,再者大湾岛守军对地形熟悉,即便人员下去了,也可能被动挨打。

杨吃狼一时不知如何应对,陷入了短暂的沉思之中。

激烈的战斗,紧张的指挥,连喝口水的工夫都没有。杨松这时递过来一个水壶,本想让营长喝点水,润一润他那冒火的喉咙,也缓解一下他紧张的情绪。杨吃狼一个没注意,水壶掉在了地上,水洒了一地。杨松弯腰去捡,却被营长抢先捡了起来。

杨吃狼两眼直直地盯着水壶,犹如瓦特盯着烧开的水般入神,将水慢慢倒在了地上,王春雨责怪道:"你即使不喝,也不能浪费啊。"

杨吃狼轻声笑了笑:"有了!"随即命令杨松赶紧带人弄些抽水装备过来。

众人不解,杨吃狼旁敲侧击地说:"听说过关羽水淹七军的故事吗?"

"对啊,我们可以用水攻啊。"杨松等人恍然大悟,连忙行动。

旅里似乎早有准备,合成一营刚想提报需求,王春阳就安排专人送来2辆消防车和一批抽水泵,真是瞌睡了有人送枕头啊。大家不禁佩服起旅长的未雨绸缪。

杨吃狼命令部队,靠近河沟的地方使用大功率抽水泵,远离水源的地方使用高压水枪,向蓝军低凹的坑道、地堡喷水淹之,蓝军犹如地老鼠般从里面鱼贯钻出,他正好布好口袋阵将其一网打尽。

仗越打越精,物资消耗也越来越大,蓝军似乎瞅准了红军的漏洞,构筑了密集的火力网,专门封锁红军的后勤补给。红军几拨后勤人员运送物资时都被阻在火力网之外。

红旗旅调整运输方案,紧急启用机器狗和机器骡等无人运输装备,将弹药、补给品、医疗用品等作战物资,源源不断地投送到一线交战区域,让一线作战官兵士气大振。

对不太容易使用水淹的地堡,杨吃狼命令部队对其释放催泪弹等,刺鼻的气味驱使蓝军脱离堡垒,进而歼之。

当蓝军死守坑道时,杨吃狼果断命令工兵将洞炸塌,封锁洞口。对一些难以炸毁的工事,他命令部队利用喷火器喷射的高温火焰歼灭敌人。

对于隐藏在建筑物内的蓝军,红旗旅派出四足机器人进行搜索。这款机器人的关节非常灵活,不仅可以在崎岖不平的道路上有效行进,还可以进入建筑物或者断壁残垣的内部,爬楼梯进入房间去搜索残敌。

清除了主要火力点,红旗旅的进攻更加顺畅,一鼓作气地挺进了蓝军最后龟缩的区域。海明军命令部队继续向蓝军进行心理攻势,还让投诚过来的蓝军劝降,希望蓝军能认清形势,主动放下武器,以减少无谓的伤亡。

蓝军顽固分子置之不理,海明军命令红军2小时内拿下蓝军最后一道堡垒,王春阳领命即刻发起最后的进攻。

突然,蓝军伪装成现代建筑的地堡犹如雨后春笋般复活,吐着火舌般的密集炮火阻止红军的进攻。

不愧是经营多年的坚固堡垒,蓝军的这些地堡从外表上看就是普通的住宅,里面却是坚固的防御工事,有的是高低双层的,有的是里外多层的。红军用水淹了底层,上面一层可以继续使用;摧毁了外面一层,里面的照样可以使用。

打头阵的红旗旅官兵倒在了一道道火墙面前。

眼前一幕正应了那句:要想赢得战争胜利,最终还是需要步兵冲锋。中将暗下决心,一定建议军队大力改进防弹衣,减少伤亡。

更致命的是,蓝军藏在地下的主力突然冒了出来,向红旗旅发起了疯狂反攻。红旗旅官兵猝不及防,人员伤亡很大,大批装甲车被摧毁在进攻道路上,堵住道路,进退两难,平时勇猛无比的钢铁巨兽此刻发不出任何威力,就像铁拳打在棉花糖上,有劲使不上不说,还黏黏糊糊地粘你一身,看似有点甜味却如鸡肋,如502胶水洗也不好洗。为数不多的修理工拼尽全力抢修也是杯水车薪。

不知是领悟了红军作战精髓,还是有意以其人之道还治其人之身,蓝军也开始使用无人机投掷手雷,多辆装甲车中弹起火。交战区域四处残垣断壁、瓦砾遍地、千疮百孔、满目疮痍,已经没有一堵完好的墙,只剩下一片片荒凉和一堆堆焦黄废墟。为躲避炮火,杨吃狼命令将指挥车隐藏在道路旁一栋厚实的建筑下,却很快被蓝军无人机发现,悬停在上方。

蓝军无人机投下手榴弹的瞬间,驾驶员李勉快速向左倒车,手榴弹在车前爆炸,靠近副驾驶的车窗玻璃被炸碎。随即,蓝军实施了更精准的投弹,一枚手榴弹透过破损车窗扔了进来,落在杨吃狼眼前,他本能地抓起手榴弹快速抛了出去,手榴弹瞬间在空中爆炸。

眼看进攻防线要崩溃,这样躲在车里简直就是活靶子,但也只能坐以待毙,杨吃狼给每人发一把冲锋枪,准备弃车战斗。王春雨这时却没接枪,反而让他待在指挥车里别动。

杨吃狼冲她吼道:"怎么,怕了吗?"

"吼什么吼?现代战争非要用枪才能打仗吗?"面对疯狂反攻的蓝军,王春雨迅速启动手中操控器上的一个按钮,只见数架无人机飞向对方,天空中突然展开一个硕大的屏幕,刹那间遮住了蓝天白云,在空中呈现出一面巨大的蓝军军旗,蓝军发出一片欢呼声,感觉这是天意,预示己方一定能守岛成功。谁知,他们的欢呼声还没有停止,军旗上突然贯通上下打上了一个血淋淋的大"×","×"中间渐渐演变成骷髅头形。

这一情景,使蓝军大惊失色,他们刚刚建立起来的信心,立刻被不祥的阴影所笼罩。随后,伴随着父母思念儿子、妻子呼唤老公、孩子喊爸爸的声音,屏幕上播放着各种各样的画面,画面就像播放电影一样清晰可见,声音却悲悲戚戚,听得真真切切:"爸爸,回家吧,妈妈生病了,我照顾不了她,你快回来吧……"

交战双方都被这突如其来的一幕惊呆了,蓝军许多官兵抬头仰望,脑中一片空白,既不能说话,也不能思考,有的不由自主地跪下祈祷了,并且泪流满面。战斗一度处于停滞状态。

"亲爱的杨铭,我想你了,你说来看我,怎么又食言了?"画面上一个青春美少女,配上娇滴滴的声音,杨吃狼以为找自己的,心想这简直是乱弹琴。王春雨解释说对面的蓝军连长也有一个叫杨铭的,果然,屏幕上即刻出现了一个帅气的上尉连长的照片。

杨吃狼骂道:"敢和老子重名,看我不团灭你。"他做出了一个疯狂的举动,命令全营不顾一切地扑向蓝军,数十辆装甲车、数百名战士怒吼着冲向蓝军……

王春雨这次成功施展的"妖术",源于智通公司对大湾岛蓝军连以上指战员进行了长达3年多的信息采集,掌握的信息恐怕比蓝军还要全、还要细,搜集剪辑或者刻意模仿其亲人讲话,足以以假乱真。

再综合运用混合现实技术,把三维空气成像的数据存储于芯片中。这种技术,王春雨和辛楠在作战实验室里反复模拟过,这才精准地实施了"军旗上打×""亲人的呼唤"等心理攻击,打了个蓝军措手不及,给红军有了可乘之机。

这也留给了人们一个思考的空间:未来信息化战场上,心理战的演变方式,或许正由"制脑"指挥官向"制心"全体参战官兵转变,犹如科幻中的"心灵控制器"。

合成一营的指战员连同装甲车以排山倒海的气势,化作血染江河的壮烈、猛虎下山的冲锋、视死如归的献身,全速冲进蓝军指挥部、导弹阵地、武器库、暗堡等最后的重要军事目标,随着一发发炮弹追随着装甲车呼啸而来,蓝军地下工事瞬间土崩瓦解。

如同蛟龙旅获取红旗旅双峰山指挥部的精确位置,合成一营活学活用,在每辆装甲车、每名战士身上都安装了定位信标,杨吃狼下达这种碎裂行动的命令,原本是红旗旅一个迫不得已的备选作战方案,但从他们安装信标开始,就似乎注定了有这样的结局。此举目的是向红军指示蓝军目标,也展示了新时代"向我开炮"的壮烈。合成一营以全体牺牲的方式完成了战斗使命。

历史的灯盏,时代的火炬,虽隔着万水千山、雄关漫道,精神根基却一脉相承。看到这种集体冲锋的自杀壮举,海明军和指挥部全体人员都站起来热烈鼓掌,中将兴奋地说:"新时代的军人,就需要这种血性!杨吃狼,不愧是一只敢于吃狼的羊!"

指挥部里不少指战员流下了激动的泪水。

增援部队源源不断地赶来,对蓝军完全形成压倒性的合围之势,王春阳命令全旅肃清残敌,牛起义、白阿毛、郭恩典等人指挥着各自的部队,踏着合成一营开辟的通路,迅速控制了各个要道,残留蓝军有的被击毙,有的缴械投降,有的四处溃逃……

大湾岛被红军完全控制。

演练结束后,红军指挥部召开了第三次新闻发布会,张新中大校进行简单开场白后,主角采访便交给了一线指战员。

备战一默如雷,胜战一锤定音。在刚刚结束的总结表彰大会上,"死而复活"的郑晅阳、杨铭、王春雨双双荣立二等功,表彰他们顾全大局、勇于牺牲的大无畏精神。王春阳被正式任命为红旗旅旅长,杨铭被正式任命为红旗旅参谋长,如今他们正坐在主席台上接受媒体采访。让人意外的是,海明军和郑晅阳随后也走了进来,端坐在主席台上一同接受采访。

有记者上来挑衅海明军:"请问中将同志,你如何看待这场所谓的战争演练?"

海明军不慌不忙道:"战争是有颜色的,有维护正义的红色战争、争夺名利的灰色战争、奴役他人的黑色战争。我们既没有想着争名夺利,也没有想着去奴役谁,我想你心中应该有了答案。"

有记者问海明军:"中将同志,我们注意到这次演练,使用了很多无人作战装备,你能谈谈是出于什么考虑吗?"

海明军依旧平静地说:"战争是残酷的,但人性是温暖的,正因为我们珍爱和平、珍爱生命,才尽可能地使用无人作战装备,目的就是减少人员伤亡。"

有记者问郑晅阳:"当时为什么敢于反向亮剑?"

郑晅阳回答得铿锵有力:"除了胜利,别无所求;为了胜利,在所不惜。"

有记者问王春阳:"打赢了这场演练,你最想做什么?"

王春阳不假思索道:"回去看看孩子,然后睡觉!"他太累了,待亲眼证实井井康复后,真的很想好好睡上三天三夜,从不说谎的他也就言由心生了。

现场有人发出轻微的笑声,那名记者笑着追问:"再然后呢?"

王春阳觉得刚才的回答过于草率了,这样庄重的场合不同于平时聊天,他代表着万千的演练军人作答,自己的一言一行可都关乎着解放军的形象,他浅浅一笑:"我们会认真总结反思,此次演练中我们还有很多不足,最好的庆祝,就是创造新的战绩。"

真好,胜不骄败不馁,懂得反思的军队方能百战不殆。现场一片赞扬声。稍停,有记者问杨铭:"听说,你有个'杨吃狼'的称号,你认为羊真的吃肉,真的能吃狼吗?"

已经佩戴上校军衔的杨铭回答:"生活中,羊吃不吃肉我不知道,但对我们军人而言,无论是羊还是狼,最终都要能吃狼。"

那名记者又问:"我记得有一句话,军人的荣耀不在于牺牲,而在于不怕牺牲的勇猛,实战中,你们会以这种全营自杀的方式战斗吗?"

杨铭狼坚定地回答:"苟利国家生死以,岂因祸福避趋之。军人的使命,有时不需要走完一生的长征,一次壮举足矣!如果祖国需要,不只是一个营,就是牺牲一个旅、一个军也在所不惜。"

如此忠诚而专注,如此血性而勇敢。这样的军人,一旦战争打响,就是一把插向敌人心脏的尖刀;这样的部队,一旦战争打响,就是让对手心惊胆寒的虎狼之师。

现场响起热烈掌声。从此,杨吃狼摘掉了"尿兵"的帽子,"羊吃狼"的笑柄也终于转变成了"杨吃狼"的美名。

新闻发布会结束,各参战部队陆续回撤。

冷一欣来向王春阳告别,案件破了,她心里并不轻松。在送冷一欣到机场的路上,王春阳问她:"郭冬冬为什么会走上犯罪道路?"他查过郭冬冬在红旗旅的服役经历以及表现,当时连队给他的评语是:团结同志,爱护集体荣誉,工作认真负责,积极参加大项任务,还被评过"优秀士兵"。

"退伍之后,原本忙碌的生活骤然闲了下来,他整个人就空虚了,迷上了网络游戏和赌博,退伍费输光了,只好网上借贷,后来被间谍组织利用了。"冷一欣道出了郭冬冬走上犯罪的经过和原因。

王春阳痛恨网赌网贷,心想真是害人不浅。他也在想,培养新时代的青年官兵,不仅要在服役期间使其练就过硬的杀敌本领,还要尽快与地方接轨,确保他们退伍后有生存技能。前些年部队上开展的一些军地两用培训技术,还是值得借鉴的,他希望地方上优待军人以及退役军人,能多些授人以渔的举措。

除了空虚,还有很多人想不劳而获,一夜暴富的心理在作怪。冷一欣讲述了一名犯罪分子的故事:一名犯罪分子描述说,这个世界上不缺钱,钱最好赚。因为,人可以不分男女、高矮、胖瘦、美丑、出身,甚至大字不识几个,依然可能成为亿万富翁,学问再多也可能穷困潦倒,买彩票可能会中大奖,一个流量镜头可能爆红,唱火一首歌、拍摄一部好电影也能成大腕,你跑得快可参加体育比赛,你口才好可以抖音直播带货,前些年炒房躺着也能赚钱,站在风口猪也能飞起来,这就是说大家都有成为富豪的可能。

成功的道路不是普惠的,能从分母上升为分子的总是少数。王春阳说:"一夜暴富者毕竟寥寥无几,网红直播并非都能大紫大红,冠军背后哪一个不是艰辛付出?"

"我问他为什么还贩毒,你猜他怎么说?"冷一欣点点头,并没有让王春阳的话打断思路,她自问自答,"他说,这个世界上钱最难赚,因为大家都想赚钱,千军万马挤独木桥,通过的毕竟是少数,大部分人都在河里挣扎,只能铤而走险了,我贩毒只不过也是一种生存方式。所以,永远是古人的那句话,不患寡而患不均。"

瞧这都成哲学家了,把犯罪说得这么冠冕堂皇。听冷一欣讲完,王春阳对犯罪分子的这种心态第一反应是:强盗逻辑!

义愤填膺之后呢,王春阳很快又想到了自己,扭头斜视了肩上刚刚晋升的大校军衔,不知道自己是成功还是失败。儿时一起玩耍的小伙伴,就他一个人上了大学,还当了军官,如今还成了部队一个不小的干部,回村里也算得上光宗耀祖了。

另外,伙伴们依靠着这些年党的好政策,有的开办工厂养活了村里很多人,有的去沿海打工挣了不少钱,面对他们开豪车、住别墅、喝着名贵的酒,掷几百万帮村里修路,带领村民们致富,自己又算得了什么?保家卫国虽说不是空洞的口号,对于家乡建设来说却似乎太过遥远。每年村里有年轻娃想当兵的,想让他"关照"一下,他都以不正之风拒之门外,让按规矩按程序办理。因为自己没有转业,老家购买的一套住房也早早变现支援家用了,如今依旧是片瓦无存。王春阳沉默了一会儿说:"我们不要羡慕别人,过好自己就行了。"

冷一欣道:"也不是羡慕别人,只是希望我们的祖国越来越好。"

车子很快到了机场,换好登机牌,王春阳递给冷一欣一个航母乐高玩具,说是送给关禹的,之前听说关禹有这方面的特长,特意挑选了一个难度比较大的。

接过礼物,冷一欣的眼泪扑簌簌地往下掉,一句话没说便进了安检口,头也不回,只是一个劲儿地挥手告别。王春阳理解她的这种心情,见到昔日战友就会不自觉地想起关舜,她对关舜的思念一如既往,才拒绝了所有追求她的人。压抑越久,痛楚越深。原本想时间会冲淡一切,却如酒一样越放越醇。

战争没有倒计时,每天都是出征日。

三天后,红旗旅返回到红港驻地,刚刚部署完休整一个星期,突然接到 Z 战区转发军委的一纸命令:部队立即进入一级战备状态……

从命令的严厉措辞和当前紧张的国际国内形势看,这或许不再是一场演习,而是一场真正意义上的战争!

红旗旅时刻准备着!

全军将士时刻准备着!